为诗辩护

菲利普·锡德尼的
人生和诗学

何伟文 著

商务印书馆
The Commercial Press

图书在版编目（CIP）数据

为诗辩护：菲利普·锡德尼的人生和诗学 / 何伟文著. —北京：商务印书馆，2023
ISBN 978-7-100-21665-4

Ⅰ. ①为…　Ⅱ. ①何…　Ⅲ. ①诗歌研究—英国—中世纪　Ⅳ. ①I561.072

中国版本图书馆 CIP 数据核字（2022）第165635号

权利保留，侵权必究。

为 诗 辩 护
菲利普·锡德尼的人生和诗学
何伟文 著

商 务 印 书 馆 出 版
（北京王府井大街36号　邮政编码100710）
商 务 印 书 馆 发 行
苏州市越洋印刷有限公司印刷
ISBN 978-7-100-21665-4

2023年3月第1版　　开本 670×970　1/16
2023年3月第1次印刷　印张 28½　插页 2
定价：148.00元

《菲利普·锡德尼肖像》(Sir Philip Sidney)

伦敦,国家肖像馆

《身负重伤的菲利普·锡德尼爵士》(The Fatal Wounding of Sir Philip Sidney)

费城,伍德米尔艺术博物馆

目　录

绪　言 　1
第一章　为诗辩护的传统和现状 　31
第二章　锡德尼之生：从行动者到沉思者 　79
第三章　诗歌的地位 　131
第四章　诗人的"神性" 　185
第五章　诗人的"有声画" 　233
第六章　诗人的"无艺之艺" 　277
第七章　锡德尼之死：一个英国文化偶像的塑造 　331

菲利普·锡德尼年表 　375
附录一　含泪的微笑：重访亚里士多德《诗学》中的悲剧快感 　379
附录二　论朗吉努斯《论崇高》中关于艺术家的思想 　397
附录三　中世纪文学批评与基督教的关系之初探 　415
参考文献 　427
后　记 　453

绪　言

> 我不知道由于什么不幸，在我这并不老迈、并不闲散的岁月里，无意中竟盗得诗人的名号，而被激动得要有所陈述，来为我那并不是有意挑选的行业有所辩解。
>
> 锡德尼《为诗辩护》

1913年7月2日，在荷兰扎特芬菲利普·锡德尼（Sir Philip Sidney，1554—1586）纪念碑的落成典礼上，著名荷兰历史家约翰·赫伊津哈（Johan Huizinga，1872—1945）在致辞中指出："一位诗人为自由而战，献身疆场，有比这更动人的事件值得我们纪念吗？"[1] 尽管对于锡德尼是否"为自由而战"，研究者莫衷一是，但是他们会众口一词地承认，在西方文学批评史上，他毋庸置疑是一位重要人物。锡德尼《为诗辩护》（A Defence of Poetry）的出现，打破了自公元一世纪朗吉努斯的《论崇高》（On the Sublime）面世之后，绵延一千五百余年的文学批评不活跃时期。作为英国诗歌传统的最初宣言，《为诗辩护》指明了英国文学批评的发展方向，在欧洲文学批评传统中由此开始形成了一种具有鲜明特征的英国传统，与欧陆传统相比，它带有更浓厚的实用主义色彩。《为诗辩护》自身的这种特征体现在诗学与政治、宗教等的紧密联系上，即使是其中最纯粹

---

[1] Johan Huizinga, *An Address Delivered by J. Huizinga… on the Occasion of Uncovering a Memorial to Sir Philip Sidney at Zutphen on July 2nd 1913*, p.1.

的诗学概念，如摹仿、灵感等，也无不与作者个人的政治抱负和宗教情怀密切相关。

在英国文学史上，锡德尼因文学批评、传奇故事和十四行诗组诗等三方面的成就而成为伊丽莎白时期最出色的作家之一。他因《为诗辩护》而被誉为"当之无愧的英国文学批评之父"，又因《阿卡迪亚》(Arcadia)对后来小说的形成产生的影响而被称为"英国小说之父"[1]。他的《爱星者和星星》(Astrophil and Stella)引领一时之文学风尚，成为众多诗人竞相摹仿的对象。锡德尼与威廉·莎士比亚（William Shakespeare，1564—1616）、埃德蒙·斯宾塞（Edmund Spenser，1552—1599）三人并立，被尊称为"都铎王朝英国文艺复兴时期最伟大的作家"[2]。锡德尼的诗歌以手抄本的形式流传之广胜过同一时期任何其他诗人的作品，它们的出现标志着英语诗歌"黄金时代"的到来。正如贝克·史密斯在纪念其逝世四百周年文集的前言中所说，对于塑造英国文艺复兴，锡德尼的重要性"今天无论我们怎样强调，都不为过分"[3]。文学批评家C. S. 刘易斯称他的作品"真正影响了英国人的思维模式"[4]，而作者本人如今已然成为英国文化的一个符号。

一

本论著以锡德尼诗学为研究对象，而这必然会涉及他的人生。弗里德里希·希尔在《欧洲思想史》中指出，"英国的哲学思想从来不仅是一种

---

1 John O. Hayden, *Polestar of the Ancients: The Aristotelian Tradition in Classical and English Literary Criticism*, p.105, p.118. 尽管约翰逊博士称约翰·德莱顿为"英国文学批评之父"，T. S. 艾略特在二十世纪早期也称其为"英国文学批评的第一位真正大师"，但是正如海顿指出的，如果"批评"所指为"文学理论"，那么没有人比锡德尼更有资格享有此称号。详见T. S. Eliot, *John Dryden*, p.51。

2 Arthur F. Kinney, "Preface," p.vii.

3 Dominic Baker-Smith, "Preface," p.x.

4 C. S. Lewis, *English Literature in the Sixteenth Century: Excluding Drama*, p.333.

抽象思想体系，而是社会、国家、政治、宗教、经济、生活经验的结晶。每一种英国哲学都是当时英国政治情况的一座纪念物，正如英国的诗歌是英国宗教状况的纪念物一样"[1]。希尔对英国哲学思想的论断同样适用于锡德尼的诗学思想。二十世纪关于伊丽莎白时期诗歌最具洞察力的学者之一塔克·布鲁克有言道："英国文学领域的任何学者都无须为自己花费大量精力关注菲利普·锡德尼爵士的个人和社会生活而辩护。"[2]锡德尼的人生短暂而辉煌，即使《爱星者和星星》《为诗辩护》和《阿卡迪亚》均未曾面世，我们依然必须视他为一个文化地标。究其原因，锡德尼不是一位静坐书斋的诗人或理论家，其诗学与人生彼此交融，两者有着共同的目的。如果对此茫然无知，我们很可能会不解《为诗辩护》的深意，难懂其中离题部分作者的良苦用心和真实意图。一方面，锡德尼的人生对其诗歌和诗学影响是巨大的，他壮志难酬，转而将充沛的精神能量投向诗歌，为了证明诗歌的合法性，便在诗学中赋予诗歌实现其政治[3]计划的功能；另一方面，锡德尼对后世的影响同样是其人其作合二为一，他的诗歌及诗学宣告了英国文学和文学批评的未来走向和精神气质，而他1586年的早逝则构成其文学生涯中最重要的事件。如果他得以颐养天年，或许不会允许其作品付梓，也就不会缺席主导整个十六世纪九十年代的英国文学文化（literary culture）。当代锡德尼研究者格文·亚历山大甚至指出，"经由对文学史来说实属根本性的一个转喻，锡德尼其人现在就是其作"[4]。因此，研究锡德尼诗学绝不能抛开他那被赋予了太多含义的人生，我们正是从中得以窥见其诗学与人生德行之间真切的内在关系。

---

[1] 弗里德里希·希尔《欧洲思想史》，第372页。
[2] Tucker Brook, *A Literary History of England*, p.472.
[3] 这里的"政治"具有古希腊时期雅典公民的"政治"生活的含义，与亚里士多德在《政治学》中所论述的"政治"一致，与我们今天所说的"社会"有相同之处。
[4] Gavin Alexander, *Writing After Sidney: The Literary Response to Sir Philip Sidney, 1586–1640*, pp.xix, 1.

本论著对锡德尼诗学的研究聚焦于《为诗辩护》。与英国文学批评史上那些著作等身的理论家不同，锡德尼身后只留下这一部诗学理论著作。十六世纪的欧洲正处于从封建社会转向工业社会的过程中，西方文化在哲学、宗教、心理等各个领域都发生了巨变，《为诗辩护》是形成于这一时期的典范之作。锡德尼不只是以文学批评家，更是以政治家、廷臣、历史家、宗教改革家等多重身份来写作《为诗辩护》，他的目的既是为了解决诗学问题，也是为了解决社会和政治变革、宗教改革、人的塑造等多方面的问题。为此，锡德尼作为时代精神的先锋和最初的批评家，在继承古典和中世纪诗学的基础上探讨诗歌的本质，在诗学领域发起了一场革命。在主导性的艺术理论从新柏拉图主义美学转向经验主义美学的过程中，他凭借一种清晰的"理念或事先的设想"[1]，通过修正原有的理论，改变诗歌的本质，创造性地构建新的诗学，最终达到为诗歌辩护的目的，使之不仅获得独立的地位，远胜竞争对手哲学和历史，而且具有解决上述多方面现实问题的功能。对于英国文学史而言，尤其值得我们关注的是，尽管在锡德尼写作《为诗辩护》时，英国"阿波罗的花园"呈现出一派萧条的景象，但是他在指出现有诗歌的不足的同时，仍然为英语母语献上了一曲赞歌，传递出对其未来毋庸置疑而又令人振奋的信心。诚如他所愿，英国文学在他早逝之后不久果真迎来了"黄金时代"。

锡德尼构建的新诗学在对传统诗学的继承和发展方面别具一格。他本着一种"为我所用"的原则，以一种开放的态度对各种传统元素兼收并蓄，极具原创性地将古典、中世纪和文艺复兴时期的批评理论融为一体并加以发展，其结果是他的诗学既带有明显的中庸主义色彩和这一时期特有的人文主义色彩，又有着明确的诗学主张。《为诗辩护》首次向英国读者呈现出了一种描绘性诗学，它构建于亚里士多德传统之中，又与柏拉图传

---

[1] "理念或事先的设想"是《为诗辩护》中的一个融合了多种传统的、含义繁复的关键词。详见本论著第215—223页。

统若即若离，同时还容涵了经验主义、新教精神等时代新元素，文中那些古已有之的概念都被赋予了特有的现代含义。锡德尼以柏拉图的二元论以及关于知识的等级体系为框架，用柏拉图对诗歌的攻击来为"已沦落为孩童笑料"的诗歌进行辩护，在基督教化的柏拉图主义基础上，为诗歌确立了一个恰当的位置，把以往为神保留的权力交给诗人，使之能够像上帝一样创造出一个"金的世界"。他巧妙地"篡改"亚里士多德的摹仿理论，将柏拉图关于形式的概念融入其中，精妙而又理性地改变了诗歌的性质，以至于诗歌的未来也因此被永久性地改变了。作为连接古今之人，锡德尼实现了对原有诗学的创造性转换，为英国日后诗歌大繁荣的到来做好了理论准备。

  锡德尼的《为诗辩护》有助于我们重新认识英国文学及其功能。尽管各个民族都有自己的文学，但是它们承载的功能不尽相同。T. S. 艾略特有言道："理解当代英美文学的关键线索，可以在衰微的新教中找到。"[1]《为诗辩护》作为英国文学理论发展过程中的"主要事件"，或者至少是"一个主要事件"[2]，被称为综合了各种传统因素的"新教诗学"，它以极其隐晦的方式包含了那条至今尚不为我们特别关注的"线索"，向我们揭示了英国文学内在的某些功能。首先是道德和"传道"功能。锡德尼把诗歌与道德紧密地联系在一起。作为一名受过良好教育、才智高超的人文主义者，同时又是修辞学大师，他认为诗歌是一门语言艺术，源自诗人的创造，它除了贺拉斯在《诗艺》中早已确立的教育和愉悦这两项功能之外，还能够打动人，进而把人引向德行（**virtuous action**）。[3] 他明确提出，人类学问的

---

[1] T. S. Eliot, *After Strange Gods: A Primer of Modern Heresy*, p.41.

[2] S. K. Heninger, Jr., *Sidney and Spenser: The Poet as Maker*, p.225.

[3] 锡德尼承认有几门使用语言的不同学科：哲学、历史、诗歌和修辞学。他认为诗歌明显不同于哲学和历史，但是他并没有在诗歌和修辞学之间做出明显的区分，甚至在《为诗辩护》中有一处他嘲讽自己有时将两者混为一谈，只不过很快又为自己辩解，说明其缘由。此外，他还讨论了神学和法学这两门使用语言的学科。

最高目的就是把人引向德行，而在这一功能上诗歌胜过历史和哲学。他的柏拉图主义思想明白无误地证实了这种目的论，即文学是一种培养本国同胞公德和私德的手段。同时，他的新教信仰又使诗歌表现出一种全新的紧迫性，即英国文学能够像福音书一样传递信息或者说"传道"，它在某种意义上可以如《圣经》那样承载一种宗教使命，去救赎所谓"处于堕落中的人性"。

其次，诗歌具有特殊的政治功能，对一个国家和民族有强大的塑造能力。自锡德尼以来英国文学被赋予的此项重要功能，在大英帝国的形成和扩张中扮演重要角色，对此我们或许可以通过一则例子来加以说明。英国历史上第一位首相小威廉·皮特[1]之父老威廉·皮特（William Pitt，1708—1778），即恰萨姆伯爵一世（1st Earl of Chatham），仅让自己精通了一部看似不太像政治家手册的书，那就是埃德蒙·斯宾塞的《仙后》（Faerie Queene）。早在十六世纪后半叶伊丽莎白女王统治时期，斯宾塞就在《仙后》中不仅重构了英国的过去，而且还建构了它的未来。尽管老皮特是政治家，而不是美学家，但是他能够用词语来作用于人的思想。如果说斯宾塞构想的是第一大英帝国，那么老皮特描绘了第二大英帝国的蓝图，它最终被印刻在了世界版图上。直至今日，那上面依然保留了老皮特当初设计的图案，尽管许多地方的颜色已经发生了变化。老皮特对斯宾塞诗歌的痴迷极具典型性，西普赫德指出，"其他国家可能或多或少成功地让自己依靠来自经济学家、技术官僚或专栏作家的指导，还有来自学者、将军或神谕的指导，这个国家过去很愉快地在诗歌中发现了政治行动的秘密道德之源"[2]。老皮特的例子也许能让我们对英国文学的地位及其与帝国主义的关系感知一二。

---

[1] 小威廉·皮特（William Pitt the Younger，1759—1806）二十四岁便成为英国历史上第一位，同时也是最年轻的首相。

[2] Geoffrey Shepherd, "Introduction," p.1.

再次，诗歌能够让人获得一种对人类事务切实而又全面的把握。在英国诗人接受的常规教育中，对文学有用性的假设构成了其中的一个重要部分，他们借此获得一种对人生和文学的态度。这种假设还渗透到英国的整个教育体系中，比如，英国文学批评家F. R. 李维斯博士（F. R. Leavis, 1895—1978）称英语语言文学学科为"主要的人文学科"，英国哲学家亨利·西格维克（Henry Sidgwick, 1838—1900）认为，通过理解高贵、微妙而又深刻的思想以及优美而又崇高的情感，一个人可以扩展自己的视野和同情心，他在文学中看到了"那种真正能使人变得仁慈博爱的文化源头和精髓"[1]。时至今日，尽管这一概念经常被人以不同的方式加以解读，甚至不时被有意曲解，但它依然顽强地保有生命力，而对此应该没有人比锡德尼论述得更为深刻。四百多年前锡德尼写下的《为诗辩护》，为这一概念提供了最透彻的分析和最有说服力的论证。在我们所处的时期，人文主义思想在西方社会风光不再，甚或可以说陷入了某种危机。要理解这种危机，正如A. C. 哈密尔顿所言，"至关重要的先决条件是理解锡德尼的人文主义思想和他在西方文化中赋予文学的地位"[2]。今天我们研究锡德尼诗学当不无意义。

二

在研究锡德尼诗学时，我们不能忽略这种诗学产生的时代和个人因素。文艺复兴时期的宇宙观是无限和开放的，人们认识到世界并非事先完全设计好的，而是可以通过人来改变的；正如布鲁诺赞扬的那样，这样的宇宙观推倒了世界上所有的隔离墙。[3]世界不再是僵化的模式，一切都可

---

[1] 转引自George Steiner, *George Steiner: A Reader*, p.27。
[2] A. C. Hamilton, "Sidney's Humanism," p.109.
[3] 详见欧金尼奥·加林《中世纪与文艺复兴》第二部分第三章，第145—162页。

以重新塑造。在此之前，中世纪学者虽然看上去对各种古典思想兼收并蓄，但却坚定地在理性和信仰之间划出界限；不同的学科之间壁垒森严，相互之间的关系井然有序。上述变化在一定程度上可以归因于1460年前后费奇诺（Marsiliao Ficino, 1433—1499）在佛罗伦萨发起的新柏拉图主义运动（Florentine Neo-Platonism），它如燎原之火，势不可当，其影响之深远在二十世纪唯有弗洛伊德的心理分析学说可与之相提并论。[1] 新柏拉图主义者尝试融合古典和中世纪两种不同的文化世界，不仅打破了哲学、宗教和魔术之间的隔离墙，而且消融了各自内部不同派别之间的界限。尤为引人注目的是，艺术和科学之间的界限也被消除，两者在一个彼此交融的前沿共同发展。艺术在文艺复兴时期达到了一个高峰，而科学也并非如有的人认为的那样却处于两座高峰之间的低谷。尽管科学不像艺术那样进步显著，但是它与时俱进，开始转向"实验性"，从对经验的研究中为科学猜测寻找支撑。艺术的繁荣至少应部分归功于科学，而科学的进步艺术同样功不可没，两者相辅相成，甚或形成了一种"你中有我，我中有你"的局面。

　　文艺复兴时期学者、思想家与实践者之间的壁垒也被消除。潘诺夫斯基甚至提出，这一时期自然科学方面的重要成就，不是由教授而是由工程师、仪器制造者和艺术家取得的。[2] 这种说法不无道理。在中世纪，理论与实践之间缺少互动，工程师和手工艺人的创造发明难入"自然哲学家"

---

[1] 克利斯特勒称"从1464年科西莫·德·美迪奇死后到1494年革命的数十年间，费奇诺和他的圈子主导着佛罗伦萨的知识生活"，他们的思想"在意大利和欧洲的其他地方迅速传播"。佛罗伦萨的柏拉图主义形成一股巨大的知识力量，"其影响力在十六世纪变得越来越盛"。迟至十八世纪，仍有许多理论与柏拉图的名字和声望联系在一起，但是这种名字和声望属于他的佛罗伦萨译者和评注者。直至十九世纪，真正的柏拉图思想与他在古典后期及文艺复兴时期的继承者和评注者的思想才被区分开来，只有到这时，佛罗伦萨柏拉图学园作为一股精神力量的直接影响也才告以终结。详见保罗·奥斯卡·克利斯特勒《文艺复兴时期的思想与艺术》，第128—129页。

[2] 详见Erwin Panofsky, "Artist, Scientist, Genius: Notes on the 'Renaissance-Dämmerung,'" p.136。

的"法眼",反之亦然,逻辑学家和数学家也不会用实践来检验他们的推演。例如,亚里士多德认为物体降落的速度与重量成正比,十二世纪时曾有人对此产生过怀疑,但是直到十六世纪才有人意识到,让两个不同重量的物体同时从塔楼上坠落,便可以知道确切的结果。中世纪时期,即便是在同一个学科领域内,理论和实践之间也缺少必要的沟通渠道。譬如,中世纪的天文观测和计算都精确到了令人惊讶的程度,关于天体运行的理论猜测也极具洞察力,可是两者之间没有被联系起来。直到文艺复兴时期,人们才打通了实践与理论之间,以及理论内部不同分支之间的沟通渠道。随之而来的是学科之间的界限被渐次消除,一种前所未有的融合和渗透的局面得以形成,这种局面一直延续到十七世纪出现新的学科划分时方告结束。[1] 当时的情况恰如西普赫德所言:"关于知识的每一种综合性人文主义理论都采用了这种联合,这是一种各学科之间的完满融合,是一种众缪斯间创造性的和谐共处。每一位伟大的人文主义者都像培根一样,把所有的学问都当成自己的学习领域,总是在具有说服力的话语中间寻找至尊的工具性艺术。"[2]

壁垒的消除最终导致"全才"(l'uomo universal)的出现。不同学科人群之间形成了团体,而同一人又往往汇集多方面的才能与兴趣。以达·芬奇(Leonardo da Vinci, 1452—1519)为例,他既是画家,又是解剖学的奠基人,其兴趣之所在是被专业外科医生所忽略的骨骼、肌肉、组织等。他让解剖服务于艺术,又让艺术服务于解剖,使解剖符合人体器官的形式及功能,因对象的年龄、性别和生理条件的不同而有所不同。换言之,无论是作为画家还是解剖者,达·芬奇都拥有现代意义上专业领域之外的知识和才能。他在论述采用图像表现新方法的必要性时,列出了理想解剖者的必备条件:在令人恐怖的尸体面前,必须"胃口大开"、意志坚

---

[1] Erwin Panofsky, "Artist, Scientist, Genius: Notes on the 'Renaissance-Dämmerung'," p.128.

[2] Geoffrey Shepherd, "Introduction," p.35.

定、无所畏惧，同时还必须有能力计算肌肉的运动，能够速写画图和熟练运用透视法。[1] 可见，对于达·芬奇而言，一名优秀的解剖者应当具备多方面的才能。达·芬奇的出现并非个案，当时出现了不少与他类似的人物。譬如，语文学家、古文物研究家威利巴尔德·波科海姆（Willibald Pirckheimer，1470—1530）对数学有精深的研究，在他的启发之下，画家阿尔布莱希特·丢勒（Albrecht Dürer，1471—1528）开始研究阿基米德几何学，其几何学论文被伽利略和开普勒等人引用；医学领域的天才奇洛拉莫·弗拉卡斯托罗（Girolamo Fracastoro，1476/1478—1553）既是天文学家，又是文学批评家，同时还是杰出的诗人。[2] 实际上，在文艺复兴时期的文化氛围中，"全才"的涌现是顺理成章、水到渠成之事。

雅各布·布克哈特（Jacob Burckhardt，1818—1897）称杰出的"全才"为意大利所独有，但是英国人菲利普·锡德尼的出现无疑让人有理由修正他的论断。在《意大利文艺复兴时期的文化》（*Die Kultur der Renaissance in Italien*，1860）中，布克哈特指出："在意大利文艺复兴时期，我们看到了许多艺术家，他们在每一个领域里都创造了新的完美作品，并且他们作为人也为世人留下了最深刻的印象。此外，有的人除了自己所从事的艺术之外，还对广泛的心智学术问题深有钻研。"[3] 在这些多方面发展的人群当中，就心智学术问题而言，除达·芬奇之外，只有少数人真正称得起是出类拔萃的"全才"，但丁·阿里基耶里（Dante Alighieri，1265—1321）、尼科洛·迪·贝尔纳多·代·马基雅维利（Niccolò di Bernardo dei Machiavelli，1469—1527）是其中的典型例子。但丁是诗人，又是哲学家，在造型艺术上也是第一等人才，同时还是伟大的音乐爱好者。至于马基雅维利，恩格斯在《自然辩证法》中称他为"政治家、历史

---

[1] 详见 Erwin Panofsky, "Artist, Scientist, Genius: Notes on the 'Renaissance-Dämmerung,'" p.146。
[2] Ibid., p.139.
[3] 布克哈特《意大利文艺复兴时期的文化》，第131页。本人对译文略做改动。

家、诗人,同时又是第一位值得一提的近代军事著作家"[1]。锡德尼和他们一样,多才多艺,学识渊博,是集多方面才能于一身的典型"全才"。他在欧陆"大游学"期间学习了数学和天文学,还和爱德华·戴尔(Edward Dyer,1543—1607)一道向约翰·迪伊(John Dee,1527—1608)博士学习了化学,交往的朋友中有植物学家克鲁修斯、医生卡马拉留斯和卡拉夫塞姆·冯·克拉托、哲学家布鲁诺等等。[2]锡德尼虽身为诗人,但对当时新出现的科学表现出浓厚的兴趣。《为诗辩护》中关于诗人创作过程的思考,就特别得益于当时新出现的思想,如上文提及的自然哲学家弗拉卡斯托罗对人的大脑的分析。[3]此外,《为诗辩护》既是一种综合了多种传统因素的新教诗学,又是文艺复兴时期的人文主义宣言、政治著作或者哲学著作,甚至在英国宗教史中也占有一席之地,是一部名副其实地汇集了不同学科各种思想观点的著作。

其实,锡德尼不只是消除了学者、思想家与实践者之间的壁垒,他最显著的特征就是集沉思者与行动者于一身。由"行动生活"和"沉思生活"构成的双重人生几乎成为锡德尼的标识,他的诗学思想与作为一名实践者的人生紧密地交织在一起。[4]锡德尼因行动者(廷臣)的身份受挫,才转而退隐成为沉思者(诗人),并欲以诗人的身份完成此前未竟的使命。在被伊丽莎白女王疏远和排斥之后,他借诗歌抒发胸臆,赋予诗歌实现人生抱负的重任。玛格丽特·弗格森在《欲望的审判:文艺复兴时期的

---

[1] 恩格斯《自然辩证法》,第445—446页。

[2] Geoffrey Shepherd, "Introduction," p.10. 一般认为锡德尼在文学方面最亲密的朋友是爱德华·戴尔而不是斯宾塞和福科尔·格瑞维尔(Fulke Greville,1554—1628),也许是因为戴尔的诗歌比后两人的更好地反映了锡德尼的主张,相比而言,后两人在思想上更独立。详见 Howard Maynadier, "The Areopagus of Sidney and Spenser," p.301.

[3] 详见本论著第213页。

[4] 关于锡德尼的"双重人生",详见 Katherine Duncan-Jones, *Sir Philip Sidney: Courtier Poet*; A. C. Hamilton, *Sir Philip Sidney: A Study of His Life and Works* 等著作。本论著对锡德尼"行动生活"和"沉思生活"的界定,详见本论著第80—87页。

为诗辩护》中指出,诗人为诗歌所作的辩护,必然是对其"个人愿望"的一种自私表达。[1]《为诗辩护》的悖论在于锡德尼的"个人愿望"并非从事诗歌创作,无论是家庭出身、社会阶层,还是所受训练和个人选择,都注定了其个人志向不在诗歌创作,而是成为政治家,投身家国事业,只有当他被拒之门外时才转向诗歌。他为之辩护的,是他那"不是有意挑选的行业"[2],其原因正如他在致友人爱德华·丹尼的信中所言:我们身处一个卑鄙的时代,它使人难以从事"适当的职业"[3]。在这种语境下,我们有理由把《为诗辩护》视为锡德尼的一种尝试,他意欲在诗人的角色中找回他那惨遭伊丽莎白女王宫廷拒斥的与生俱来的使命感。

三

上述因素决定了我们在研究锡德尼诗学时所应采取的方法。早在十九世纪后半叶,在关于意大利文艺复兴的研究中,特别是在文化、文学批评等领域,研究者开始采用文化研究方法,三部具有一定代表性的著作都格外强调研究对象的整体性特质。该领域的奠基者布克哈特首次在《意大利文艺复兴时期的文化》中把这一时期作为一个整体视为现代性的摇篮,试图通过艺术化的国家管理、个人的发展、古典文化的复兴、世界的发展和人的发现、社交与节日庆典、道德和宗教等方面的特质来确定时代精神。约翰·阿丁顿·西莫兹(John Addington Symonds,1840—1893)在《意大利文艺复兴》(*Renaissance in Italy*,1886)中从政治、艺术、科学、哲学等不同的方面来呈现意大利文艺复兴的历史,作者收集和整理了

---

[1] Margaret Ferguson, *Trials of Desire: Renaissance Defences of Poetry*, p.10.
[2] 锡德尼《为诗辩护》,第4页。本论著《为诗辩护》中的引文均出自钱学熙的译本,作者对译文略做修改。本论著后文出自同一著作的引文,将随文标出引文出处页码,不再另注。
[3] Philip Sidney, "To Edward Denny," p.287.

大量资料，从中确定了一些指南性的概念和明显对立的观点，总结出具有普遍性的规律。乔尔·埃利亚斯·斯宾格恩（Joel Elias Spingarn，1875—1939）在《文艺复兴时期文学批评史》（*A History of Literary Criticism in the Renaissance*，1899）中把那些与文学理论不相关的意大利文艺复兴的特点排除在外，提出了一个相对简单的问题：文艺复兴时期关于诗歌和文学艺术的概念，是通过什么人和什么文本在意大利出现并发展的？除此之外，正如韦恩伯格所言，斯宾格恩还提出了两个补充性的问题：这种理论是如何传播到法国的？它如何出现在英国并奠定了其古典主义的基础？[1] 就研究对象本身而言，这两个问题使得其出现、发展和传播以一个整体状态呈现。可见，由于意大利文艺复兴时期是这三部年代久远的著作的共同关注点，研究者对于其文化、历史和文学批评史的研究，便不能不考虑这一时期文化的整体性特质，唯有从多维度而非从单一视角展开研究，方可避免有失偏颇或以偏概全。

事实上，除了对文艺复兴时期的研究之外，在人文社会科学的其他诸多领域，也都有必要强调这种整体性特质。德国社会学家诺贝特·埃利亚斯（Norbert Elias，1897—1990）在《文明的进程：文明的社会发生和心理发生的研究》（*Über den Prozeß der Zivilisation: Soziogenetische und Psychogenetische Untersuchungen*，1939）中谈到，他最迫切的任务是找回关于文明的某一领域内失去了的进程的观念以及人的行为变化的观念。他指出："为了解决在这一过程中产生的诸多问题，需要许多人的共同努力和各个学科分支的合作（这些学科分支在今天经常被人为设置的界限隔开）。这些问题涉及社会学和历史研究的各个分支，同样也涉及心理学、哲学、人种学和人类学。"[2] 这表明，在他看来其研究对象应该被作为

---

[1] 详见 Bernard Weinberg, "Introduction," p.v。
[2] 诺贝特·埃利亚斯《文明的进程：文明的社会发生和心理发生的研究》，《前言》，第6页。

一个整体，而不应被人为地分割成不同学科的对象来加以研究。与此类似，历史家汤因比（Arnold Joseph Toynbee，1889—1975）在一次访谈中提到，古希腊时期写历史的方法以写片段为特征，波利比奥斯（Polybius, c.205—c.123BC）有意识地反对这一点，而汤因比本人也意识到同样的问题，因为人类文明的所有方面都结合在不可分割的统一体中，假如一个人用希腊和拉丁的语言、文学去研究人类事物，他就不可能把研究对象分为历史、建筑、艺术和文学等等。[1] 汤因比指出："当人类事务被历史、诗歌、宗教、心理学、人类学、社会学等等不透水的密封舱分裂成许多彼此隔绝的'准则'时，其研究就会有偏差。"[2] 早在二十世纪一〇年代初汤因比接受大学教育的时候，西方学者已将原本无缝的人类事物的"织品"切割成碎片，把每一片都放在显微镜下细细查看，仿佛每一块碎片都是一个自成一体的宇宙，而非如它本来的情形那样，是一个较大整体中不可分割的一个部分。[3] 这样做的结果势必是既不能正确地认识整体，也不能恰当地认识各个部分本身。

强调整体性文化特质决定了文化研究方法应如何选取研究对象。汤因比在《历史研究》（A Study of History, 1961）中采用了一种后来对多个学科都产生影响的汤氏范式，这是一种确定历史研究中用于分析和比较的基本单位——所谓的"可以认识的单位"（intelligible unit）或"可以认识的历史研究领域"（intelligible fields of study）——的研究方法。汤因比在寻找史学研究最合适的"可以认识的单位"的过程中，将传统研究的"基本单位"在空间和时间上予以扩展，从单个的民族国家扩展到文化或文明的范围，研究者不是拘泥于一国一邦的盛衰兴亡，而是关注整个文明体系的发生、发展和消亡，因为欧洲任何一个国家自身都难以构成一个可以得到

---

1 详见汤因比、G. R. 厄本《汤因比论汤因比：汤因比—厄本对话录》，《论方法》，第1—78页。
2 同上，第36页。
3 同上，附篇《我作为一个历史学家的追求》，第179—188页。

解释的历史研究范围。譬如，英国史越往前追溯，所能找到的自给自足或与世隔绝的相关证据就越少。汤氏指出，"不列颠民族的历史看来过去不是，现在不是，将来也几乎不是一种可以孤立地得到说明的'可以认识的历史研究领域'"[1]。其他国家亦然。汤氏这种打破传统"国别史"和"断代史"研究的方法，大大拓展了史学的视野，使人们能够在更为开阔的舞台上认识人类生存和发展的历史和现状。

在过去的半个多世纪里，汤氏研究范式不仅仅在历史学科，而且在社会学、人类学、经济学、政治学、国际关系、文化研究等学科和领域都产生了学术影响或回应。剑桥学派的史学研究方法与汤氏研究范式不无类似之处，他们于二十世纪六十年代后期在政治理论研究领域发起了一场"历史性的革命"，倡导一种语境化的新研究方法。其代表性人物昆廷·斯金纳（Quentin Skinner，1940—）批评流行的政治思想研究方法落伍过时、带有预期性和目的性，主张把过去的思想概念"放置在其思想语境中，以期看到事物自身存在的方式"[2]。他指出，一个概念"不是可以抽象地加以分析的一种属性"[3]，它是在多重而散漫的语境中被提出来的，研究者不能把它从这种生成语境中分割出来。史蒂芬·科利尼（Stefan Collini，1947—）同样提出，为了理解一个特殊的概念及其出现的文本，"我们不仅需要认识用以表达的词语，而且需要知道谁在运用它，其论证目的是什么"[4]。由此可见，斯金纳和科利尼在研究一个思想概念时所看重的，与汤氏范式在确立研究的基本单位中所强调的一致，同样是一种整体性，即把研究对象放在历时和共时的坐标轴里，对其历史与现状予以必要的关注。

---

1 汤因比《历史研究》，第3—13页。
2 Quentin Skinner, *Visions of Politics,* p.3.
3 详见 Hent Kalmo and Quentin Skinner, eds. *Sovereignty in Fragments: The Past, Present and Future of a Contested Concept,* p.5。
4 Stefan Collini, "What is Intellectual History?" p.51.

无独有偶，不只是历史家如此，文学研究者亦然。德国著名历史语言学家和文学批评家恩斯特·R. 库尔提乌斯（Ernst Robert Curtius, 1886—1956）在《欧洲文学与拉丁中世纪》（*Europäische Literatur und Lateinisches Mittelalter*, 1948）中对欧洲二十世纪前五十年的文学研究评价道："基本上是个幻影。"原因是那些研究者忽略了西方文化传统的时空统一性，没有认识到（欧洲）文学的自主结构（autonomen Struktur），学术视野因被刻意缩小而显得狭窄。[1] 库尔提乌斯认为，对于文学的认识需要有一种整体意识，因为文学和文学批评的发展过程是一个有着内在联系的有机整体。亚里士多德早就提出，任何事物的本质都蕴含在它的完整的发展过程之中，艾略特同样认为："过去因现在而改变，正如现在为过去所指引。"[2] 文学以及文学理论、批评的发展毕竟是一个逐渐演化的过程，例如，在从菲利普·锡德尼到塞缪尔·约翰逊的英国作家的文学批评著作中，我们时常可以发现明显借鉴而来，同时又被赋予了新内涵的概念，这些概念只有依照更早时期的思想才能够被后人理解。后人会遇见许多文学现象，而这些现象的历史和意义也同样只有依据更早的文学思想才能被恰当理解，诚如阿特金斯所言："想要学习现代批评理论，而对其来源一无所知，结果只能是令人百思不得其解，白费力气。这就好像讲故事的人在故事已经过半时才开始叙述。"[3]

库尔提乌斯强调研究对象的整体性特质，目的是为了更好地把握其在西方文学批评传统中的地位和价值。他在上述著作的英文版作者序言中指出，"全书旨在阐释文学视域中的西方文化传统，试图运用新方法来表明该传统的时空统一性"[4]。他的研究对象没有局限于学科意义上的"文学"，

1　恩斯特·R. 库尔提乌斯《欧洲文学与拉丁中世纪》，第11页。
2　T. S. Eliot, "Tradition and the Individual Talent," p.24.
3　J. W. H. Atkins, *Literary Criticism in Antiquity: A Sketch of Its Development*, p.2.
4　恩斯特·R. 库尔提乌斯《欧洲文学与拉丁中世纪》，第579页。

而是涵盖了文学、修辞、历史、宗教、艺术等诸多学科；不过，论述的核心仍然是"文学及其专题（themes）、技法、文学流变、文学社会学"[1]。他借一幅形象的画面来阐明他用以把握欧洲文学总体和拉丁中世纪文化传统的方法及其重要性："借助高海拔的航拍照片，当代考古学取得了令人吃惊的发现。例如，人们依靠该技术，在北非首次发现罗马晚期的防御工事。置身废墟之上的人是不可能看到航拍照片所展现的一切。不过接着，人们会放大航拍照片，将其与详细的地图比对。"[2]库尔提乌斯在书中运用的文学考察技巧便与此有着异曲同工之妙：

> 如果我们放眼两千或两千五百年来的西方文学，就能发现管中窥豹所不能见的宏景。不过，俯瞰的前提是各个领域专家已经进行细致入微的研究，而这却是人们常常忽略的。只有高瞻远瞩，才知这样的劳动，于人于己，受益无穷。既纵观全局，又细察入微，这样一来，史学学科才能取得进步。如今，两种方法相辅相成，缺一不可。只知细察入微，不知纵观全局，便是无的放矢；只知纵观全局，不知细察入微，便是华而不实。[3]

从中可见，关于如何凸显研究对象的整体性特质，库尔提乌斯与埃利亚斯、汤因比、斯金纳、科利尼等人一样，他们倡导的方法有着一种共同的指向，这就是把研究对象作为一个整体置在其生成和发展的历史语境中加以研究。在我们所处的时代，虽然学科划分越来越细，但近年来随着交叉学科和跨学科研究的兴起和蓬勃发展，这种方法日益焕发出强大的生命力。例如，《剑桥早期现代英国文学史》（*The Cambridge History of Early*

---

[1] 恩斯特·R. 库尔提乌斯《欧洲文学与拉丁中世纪》，第579页。

[2] 同上，第580页。

[3] 同上。

Modern English Literature，2006）便采用了一种类似的研究方法，为读者提供在生成语境中理解早期现代英国文学的新途径。以"伊丽莎白女王和詹姆斯六世国王时期"一章为例，作者采用了"文学和民族身份""文学和宫廷""文学和教会""文学和伦敦""文学和剧院"等五个研究单位，而每一个研究单位既呈现出全景式画面，又透彻地揭示了重要作家的独到之处及在同一话题上与其他作家的关联性。[1]

鉴于上述对方法论的思考，结合锡德尼诗学产生的时代和个人因素，本论著将采用一种以关注研究对象整体性特质为核心内容的动态跨学科文化研究方法（Kulturgeschichte）。这是因为研究对象本身具有鲜明的跨学科性质，我们在研究锡德尼诗学时难以回避其政治、宗教等各方面的思想、观点。文学研究者认识到，在讲述伊丽莎白时期的政治时，锡德尼的重要性并不是"仅把他放在脚注里"就足够了，因为在玛丽·罗斯（Lady Mary Wroth，1587—1653）离世后，最强劲的锡德尼传统不是文学性的，而是政治性的。[2] 格文·亚历山大勾画出一条始于锡德尼的脉络，它持续不断，清晰可见，是有关政治思想而非诗学的：它从菲利普·锡德尼开始，经过罗伯特·锡德尼父子平凡的著述，再到那个非同凡响的罗伯特·锡德尼二世的著作及其生平，再到共和制的拥护者、英雄阿尔格龙·锡德尼。[3] 一方面，如果说伊丽莎白女王统治时期的政治事件有助于后人解读锡德尼的作品，那么他的作品同样有助于理解那些事件。《阿卡

---

[1] 详见 David Loewenstein and Janel Mueller, *The Cambridge History of Early Modern English Literature*, pp.313-456。

[2] 详见 S. T. Bindoff, *Tudor England*, p.298; Gavin Alexander, *Writing After Sidney: The Literary Response to Sir Philip Sidney, 1586-1640*, p.336。玛丽·罗斯夫人原名为玛丽·锡德尼（Mary Sidney），为英国文艺复兴时期的女诗人，是菲利普·锡德尼爵士的侄女。她作为著名文学之家的一员，是最早获得永久性名望的英国女作家之一。

[3] 详见 Gavin Alexander, *Writing After Sidney: The Literary Response to Sir Philip Sidney, 1586-1640*, p.336。

迪亚》不仅值得文学研究者,而且也值得历史研究者细心阅读,原因正在于此。另一方面,对于这一时期的政治状态,历史家也许会觉得文学批评家的研究方法不着边际、异想天开,或者与时代不符,尤其是当他们采用文学批评理论及相关抽象概念的时候;反过来,在文学批评家的眼中,历史家对同一主题采用的研究方法也未尝不失之偏颇。与此相似,在锡德尼研究中,如果我们仅仅强调某一方面的传统或者背景,往往会顾此失彼。[1]凡此种种无不提示我们,有必要从跨学科的角度对锡德尼进行研究。

在采用跨学科文化研究方法时,本论著还强调它是"动态"的。所谓"动态",是相对于"静态"而言,它关注的是一种发展变化过程。在一个突飞猛进剧烈变革的年代,时代因素以某种方式作用于传统,使之在变革中得以发展。如果把西方为诗辩护的传统比喻成一条河流,那么它自古希腊流淌而来,剧烈的变革令河道的航向发生变化,新思想的涓涓细流会汇入江河滚滚向前。倘若一位批评家非另辟蹊径,自绝于传统和时代,纯粹凭空臆想,搭建空中楼阁,那么其思想便如无源之水洒向干枯的沙漠,子孙后代很可能难觅其踪迹,甚或不知其短暂的存在。锡德尼的诗学不是一种与世隔绝、静止不变的"状态",而是有其来源和去向。它从何而来,表现在什么方面,其原因、动力和目的是什么,其意义何在?更具体地说,《为诗辩护》反映的是一种什么样的诗学?在这部诞生于文化巨变时代的著作中,锡德尼是如何创造性地转换了诗学传统?他又是如何为英国文学把脉开方,进而为诗歌大繁荣的到来做好理论准备?尽管这些问题对

---

[1] 比如,格文·亚历山大颇有洞见地指出,下述研究专著虽然具有较高的学术价值,但是由于各自强调锡德尼文学理论中某一方面的背景,而其理论丰富的含义被大大简化,以至于最终得出的结论有失公允: Forrest G. Robinson, *The Shape of Things Known: Sidney's Apology in Its Philosophical Tradition*; Ake Bergvall, *The "Enabling of Judgment": Sir Philip Sidney and the Education of the Reader*; Michael Mack, *Sidney's Poetics: Imitating Creation*; Robert E. Stillman, *Philip Sidney and the Poetics of Renaissance Cosmopolitanism*. 详见 Gavin Alexander, "Loving and Reading in Sidney," p.40。

认识锡德尼诗学来说非常重要，也是本书希望解决的主要问题，但是没有人能够理所当然地说，孤立地研究某一种"静态"就可以对此认识得很清楚。《为诗辩护》中的诗学核心概念无不来自源远流长的西方文学批评传统，但是在"文化大变革"的年代，锡德尼对这些概念进行了"改造"，我们唯有"远观"方能看清来龙去脉，辨别出其诗学在传统中所处位置及其贡献；唯有"近观"方能细察其内在本质，最终为本研究探寻的问题找到答案。

为了寻找答案，本书将在中世纪转向早期现代的这个时代大背景中，在西方为诗辩护传统的历史语境和锡德尼的人生场景中，从多维度而非从单一视角展开对一种行动者诗学的研究，以期呈现出一幅多侧面的立体图景。我们将确定一些具有整体性特质的"研究单位"，从材料中抽取例证，探究核心概念的起源、原始意义及锡德尼为它们赋予的新内涵。这不可避免地会涉及文学、哲学、历史、宗教、政治等不同方面，因为这些核心概念并没有局限在某一个具体的领域之内，它们是各自有着不同方面的一个整体，既彼此独立，又不乏内在的关联。特别需要强调的是，对研究对象进行"整体性"探讨，绝不是对锡德尼的全部作品进行"系统性"研究，因为"系统性"的潜在含义就是把研究对象纳入研究者构想的某个"体系"中，对象自身的丰富内涵大有可能在此过程中被简约化，这与"整体性"研究的意图南辕北辙。本论著选择《为诗辩护》中或古已有之或众所周知的关键性概念为研究单位，如"神性""有声画""无艺之艺"等等。对于这些看上去简单地融合了不同传统或风靡一时的概念，如果我们探赜索隐，便会恍然大悟，发现原来它们最能体现锡德尼的诗学思想。概念的原意在不知不觉中已被"偷换"或"篡改"，颠覆性的含义虽呼之欲出却又不失对传统的"温情"。对于生于斯长于斯的传统，锡德尼永远是怀旧的，他所做的只是"微调"，也许他和蒙田一样，相信大的变化导致的是毁灭，而细微的变化才能起到最好的作用。锡德尼能够对诗学理论做出难能可贵的创造性贡献，原因或许正在于他在继承中对传统做出了微妙而又事关重大的改变。

四

上述研究目的和研究单位决定了本论著在研究视角和内容上均与以往的研究有所不同。我们在着手简要的文献综述时，首先需要特别关注的是自《为诗辩护》问世以来西方学界对其思想原创性的曲折认识。在二十世纪中叶之前，锡德尼作为思想者的地位以及《为诗辩护》的原创性都招致怀疑。尽管这是一部伊丽莎白时期诗人和批评家的宣言，然而其随后的命运却令今人甚感意外和遗憾，其影响力未能超出十七世纪。十八世纪小说家江奈生·斯威夫特调侃道，锡德尼写作《为诗辩护》，"就好像他真的相信自己所说的那样"，言外之意即他所写的内容不足为信。十九世纪末，斯宾格恩坚定地认为："亚里士多德主义被引进英国，是意大利批评家的影响带来的直接后果。菲利普·锡德尼爵士把这种新影响带入英国文坛，其《为诗辩护》是意大利文艺复兴时期文学批评的真正典范。"[1] 斯宾格恩用"典范"一词强调锡德尼作为集大成者而非原创性思想者的价值，否认他有任何"观念创新之处"，并以一种权威的口吻宣称《为诗辩护》中的任何一项根本性原则都可以追根溯源至意大利有关诗艺的论著。不过，他承认《为诗辩护》"在情感的统一性以及理想而又高贵的气质方面，表现出明显的原创性"[2]。二十世纪初，格里高利·史密斯在两卷本《伊丽莎白时期的文论》的前言中写道："不难看出锡德尼关于戏剧的理论尽管属于亚里士多德传统，但是经过了斯卡利杰这一媒介，他的阐述和'排列'都

1　J. E. Spingarn, *A History of Literary Criticism in the Renaissance*, p.170.

2　Ibid.

令人想起斯氏的《诗学》。"¹ 史密斯虽然不像斯宾格恩那样以一种断然的语气摆出一副不容置疑的姿态，但对于《为诗辩护》中是否存在原创性思想这一问题，温和的语言无法遮掩他的否定性回答。

自此之后，《为诗辩护》还被多位批评家视为一种对他人思想的华丽重组。麦瑞克在享有盛誉的《作为文学匠人的菲利普·锡德尼爵士》（1935）中提出，锡德尼是"他人思想的有说服力的倡导者"；而阿特金斯虽然于1951年宣称，原创性赋予锡德尼的著作毋庸置疑的价值，但是他所指的原创性同样不是在思想方面，而是其"吸收前人教益的技巧，他选择、转化和融合从许多资源撷取而来的观点，目的在于最终推出自己独立形成的关于诗歌的概念"。² 1965年，西普赫德出版了其编注的《为诗辩护》，我们在编者的长篇绪言中仍然可以看到类似的观点："《为诗辩护》的主要思想并非锡德尼所特有的，尽管论据的编排出于他本人。这是他本人才智、知识氛围和批评遗产带来的结果。"³

对于上述几乎众口一词的对锡德尼思想者地位的否定，二十世纪中叶开始出现了不同声音。道林在论文《锡德尼和他人的思想》（1944）中首次尝试恢复锡德尼思想者的地位，指出他不同于柏拉图攻击的高尔吉亚和其他一些修辞学家，他不只是试图在辩护中获胜，而是要赢得令人心悦诚服。为了达到这个目的，他凭借独立的判断细致甄别古今批评理论，他的思想与当时流行于意大利的多种思想交相辉映。⁴在此之后，哈密尔顿在论文《锡德尼关于"真正的诗人"的思想》（1957）中指出，任何文艺复兴时期的作家要声称自己的思想具有原创性都十分困难，特别是像锡德尼

1　G. Gregory Smith, "Introduction," p.lxxxv.

2　Kenneth Orne Myrick, *Sir Philip Sidney as a Literary Craftsman*, p.216; 详见 J.W. H. Atkins, *English Literary Criticism: The Renascence*, p.137。

3　Geoffrey Shepherd, "Introduction," p.16.

4　关于锡德尼与意大利批评家思想的关系，详见 Cornell March Dowlin, "Sidney and Other Men's Thought," pp.257-271。

这样的折中主义者，也许包括他在内的所有文艺复兴时期的文学批评家都只不过是在为柏拉图、亚里士多德和贺拉斯作脚注。然而，我们必须认识到，批评家可以博采众长，原创性地对此前的批评理论加以综合。[1]哈密尔顿详细地分析了锡德尼"真正的诗人"概念，表明它并不是原封不动地出自意大利文学批评理论，而是一个真正具有原创性的概念。对于任何来自他人的思想，锡德尼都在更高的程度上加以综合，化为己有，正是从中诞生了他那原创而又深邃的诗学思想。漫长而曲折的认识过程，也从另一方面证实了锡德尼原创思想之精微和玄妙。

在二十、二十一世纪之交，锡德尼的原创性得到批评界更充分的肯定。雷格在《锡德尼为柏拉图所作的辩护》（1998）中颇有眼光地指出，《为诗辩护》绝不是古典和文艺复兴时期各种思想的简单组合，缺乏内在逻辑性和统一性；相反，"它是一部构思精妙、有着内在一致性的手册，由以英语为母语的诗人所写，目的是在宗教改革派对《圣经》理解的基础上，构建一幅诗性蓝图"[2]。文本中呈现的问题都是因这种理解而引发，它们构成了锡德尼阐述"真正的诗人"概念的框架。从这个角度来看，《为诗辩护》对整个英国诗歌传统都产生了巨大影响。马克在《锡德尼诗学：摹仿创造性》（2005）中提出，锡德尼从此前半个世纪的意大利批评著作中借鉴了许多材料，这使得他容易被人认为只不过是起到了一种输入渠道的功能而已，如斯宾格恩即持有此种观点。斯氏把锡德尼当成意大利文学批评的主要输入者，尽管这一点无可厚非，但是他未能往前更进一步，认识到锡德尼和他的意大利前辈之间的不同。与他们的著作不同的是，《为诗辩护》是一部关于文学的作品，而其本身就是一部文学作品，带有某种独具一格的神秘性和原创性。[3]

---

1 详见A. C. Hamilton, "Sidney's Idea of the 'Right Poet'," pp.51–59。
2 Michael Raiger, "Sidney's Defense of Plato," p.47.
3 详见Michael Mack, *Sidney's Poetics: Imitating Creation*, pp.11–12。

除了《为诗辩护》是否具有原创性这一问题之外,在近百年的锡德尼诗学研究中,二十世纪中叶还出现了另一种重大转折。此前,权威观点认为他的思想来源于亚里士多德,正是他把亚氏的摹仿论引进英国,斯宾格恩即持此观点,麦瑞克对此表示赞同,重申锡德尼诗学本质上是属于亚里士多德传统的。[1] 二十世纪四十年代,这种权威的观点开始受到挑战,《为诗辩护》中的柏拉图主义元素受到越来越多的关注。最初的挑战来自以下三篇论文:塞缪尔的《柏拉图对锡德尼〈为诗辩护〉的影响》(1940),道林的《锡德尼关于诗歌的两个定义》(1942)和克劳斯的《柏拉图和锡德尼的〈为诗辩护〉》(1954)。他们开辟了新的研究领域,但在论证方面尚显不足。[2] 及至二十世纪六十年代,麦克因泰尔在《锡德尼的"黄金世界"》(1962)中深入分析了锡德尼的柏拉图主义,提出新的证据说明这是一种业已变化了的佛罗伦萨学园的新柏拉图主义,后者也是《为诗辩护》最直接的来源。[3] 二十世纪八十年代初,亨尼格在《隐喻和锡德尼的〈为诗辩护〉》(1982)中,从新柏拉图宇宙统一性思想的角度出发,探讨柏拉图对《为诗辩护》的影响。他认为锡德尼在诗歌传统中的位置反映了宇宙和谐论的观点,即宇宙的目的及其终极意义存在于宇宙的有序形式当中。[4] 同年,德福乐在《锡德尼〈为诗辩护〉中快乐的含义》中指出,柏拉图对物质世界和形式世界的区分,存在于锡德尼关于诗人创造的诗歌世界的思想当中,至于诗性形象如何感动灵魂,要理解他对这一问题的认识,柏拉图关于爱欲的思想是有用的范式,诗歌带来的快乐类似于柏拉图的美。[5]

---

1 详见 J. E. Spingarn, *A History of Literary Criticism in the Renaissance*, p.170; Kenneth Orne Myrick, *Sir Philip Sidney as a Literary Craftsman*, ch.III。

2 详见 Irene Samuel, "The Influence of Plato on Sir Philip Sidney's Defense of Poesy," pp.383–391; Cornell March Dowlin, "Sidney's Two Definitions of Poetry," pp.573–581; F. Michael Krouse, "Plato and Sidney's Defence of Poesie," pp.138–147。

3 详见 John P. McIntyre, "Sidney's 'Golden World,'" pp.356–365。

4 详见 S. K. Heninger, Jr., "'Metaphor' and Sidney's Defence of Poesie," pp.117–149。

5 详见 James A. Devereux, "The Meaning of Delight in Sidney's Defence of Poesy," pp.85–97。

二十世纪末至今，国外锡德尼诗学研究有一种明显的趋势，这就是向宗教、政治、历史等方面有所深化。随着后现代主义时期人文主义精神陷入危机，他在西方文化中赋予文学的作用引起了一定的关注。其中，在宗教方面的成果尤为丰厚。金南在专著《菲利普·锡德尼爵士与新教政治》(1994) 中细致论证，加尔文主义以及宗教改革运动对锡德尼产生了影响，反过来他的作品又为宗教提供了服务，可以被当作新教文本来阅读。格伦在《菲利普·锡德尼爵士与十六世纪的英国视觉艺术》(1998) 中试图回答如下问题：信仰新教的英国诗人是如何看待艺术的社会、伦理和宗教的政治功能的？[1] 马克在《锡德尼和莎士比亚作品中上帝和人的类比》(1998) 中指出，在锡德尼看来，诗人的思想类似于神性思想，诗人在表现作为道德楷模的英雄人物时，使得世俗意义上对基督的摹仿成为可能，因此诗人的实践即使不是创造性的，至少也是再生性的。[2] 雷格在《锡德尼为柏拉图所作的辩护》(1998) 中指出，锡德尼诗学的核心就是他对柏拉图攻击诗人的态度，他在柏拉图美学的基础上，为诗歌在宗教改革后的教会里确立了一个崇高的地位。[3] 雷格的研究无疑极具启发性，到2010年仍有摩尔等学者在继续深入探讨这一问题。[4] 佩里在《摹仿与身份：托马斯·罗杰斯、菲利普·锡德尼和新教自我》(2005) 中指出，罗杰斯把坎皮斯的《摹仿基督》放置在世俗摹仿这一更宏大的传统中，表明在英国天主教和新教文学中，与在世俗文学中一样，主体性的构建有一套文学和文化常规，对于像锡德尼、斯宾塞、约翰·多恩（John Donne，1572—1631）和弥尔顿（John Milton，1608—1674）这样的经典作家，他们作品

---

1 详见 Elizabeth Klein Geren, "The Painted Gloss of Pleasure": Sir Philip Sidney and the Visual Arts in Sixteenth-Century England, ch. III, pp.119-156。

2 详见 Michael Mack, The Analogy of God and Man in Sidney and Shakespeare, ch. I, pp.26-54。

3 详见 Michael Raiger, "Sidney's Defense of Plato," pp.21-57。

4 详见 Roger E. Moore, "Sir Philip Sidney's Defense of Prophesying," pp.35-62。

中的自我意识与宗教文学中强调对有罪之自我的规训和超验有关。[1]苏福兰在《不知所措：菲利普·锡德尼、意志薄弱、人类堕落之后理性和意志的局限》（2018）中，分析了锡德尼《为诗辩护》中的"正直的才智"和"堕落的意志"如何为了宗教改革的目的，使"意志薄弱"（akrasia）这一古典概念面貌一新，而它又是如何展现在其爱情诗当中的。[2]

此外，在政治、历史等方面，也出现了值得关注的研究成果。代表性著述有沃顿的专著《德行之声：菲利普·锡德尼的〈阿卡迪亚〉和伊丽莎白时期的政治》（1996）。他提出，锡德尼在诗歌中使政治美学化，又使美学政治化，在政治上诗歌写作可以像治国之术一样重要。[3]诺布鲁克在《英国文艺复兴时期的诗歌与政治》（2002）中细致探讨了锡德尼作品中两者的关系，沃顿在论文《历史家和诗人》（2005）中分析了早期现代历史和诗歌的共同场域、方法和目的，以及在锡德尼的《为诗辩护》及《阿卡迪亚》中事实和虚构的关系。[4]在关于文学的作用方面，勒瓦尔斯基在《诗歌如何感动读者：锡德尼、斯宾塞和弥尔顿》（2011）中触及感动这一诗歌除教育和愉悦之外的一项特殊功能，分析了其在锡德尼作品中的意义。[5]辛普森·杨格在《菲利普·锡德尼爵士作品中的始于友善》（2016）中提出，锡德尼在《为诗辩护》中指出文学被假定为具有教育和愉悦的功能，可是同时他又暗示每一部文学作品都内在地具有不确定性，因为作家是一介凡夫俗子，不可能创造出完美无瑕的作品，读者也不可能在阅读过程中

---

1 详见 Nandra Perry, "Imitatio and Identity: Thomas Rogers, Philip Sidney, and the Protestant Self," pp.365-406。

2 详见 Lauren Shufran, "At Wit's End: Philip Sidney, Akrasia, and the Postlapsarian Limits of Reason and Will," pp.679-718。

3 详见 Blair Worden, The Sound of Virtue: Philip Sidney's "Arcadia" and Elizabethan Politics, Part Four, pp.209-296。

4 详见 David Norbrook, Poetry and Politics in the English Renaissance, pp.1-17, 91-108; Blair Worden, "Historians and Poets," pp.71-93。

5 详见 Barbara K. Lewalski, "How Poetry Moves Readers: Sidney, Spenser, and Milton," pp.756-769。

不出丝毫差错。锡德尼为了应对这一问题提出了"友善"（goodwill）的概念，要求读者尽己所能，以善意、仁慈和宽容的态度来判断文本瑕疵。这种基于哲学和神学传统的友善态度，最终取决于作者和读者的关系，它将有助于鼓励一种强调德行驱动的教育。锡德尼本人的作品表明，这种相互依存的友善是文本教育功能最大化的方法，因为它最大限度地弥补了作品的不足。[1]

综上所述，国外相关研究相对丰富，多部论著对锡德尼诗学的原创性、其中体现的亚里士多德传统和柏拉图传统进行了广泛考察，也有论著从其他学科视角切入。国外研究者关注的问题主要有三大类：其一，锡德尼诗学是否为各种诗学理论的大融合，在多大程度上具有原创性？其二，锡德尼诗学属于亚里士多德传统还是柏拉图传统？其三，锡德尼诗学有何政治、宗教内涵？上述研究基本未触及在从中世纪迈向早期现代的重大文化转型时期，锡德尼诗学对传统的创造性转换及其理论和现实意义，当然更不会尝试从东方人的视角，把研究对象纳入西方文化传统，对其来源、内在的变革及影响做较为宏大的思想上的考察。

国内学界在锡德尼诗学研究方面起步于新世纪，目前已做出有益的尝试。胡家峦在他关于文艺复兴时期英国文学的著作《历史的星空——英国文艺复兴时期诗歌与西方传统宇宙论》（2001）中，用部分章节探讨了《为诗辩护》中有关摹仿与创造、诗人的"小宇宙"和寓教于乐等方面的思想，在《文艺复兴时期英国诗歌与园林传统》（2008）中分析了锡德尼诗歌中的园林意象等。本论著作者（2014，2015，2016，2019）相继发表了有关锡德尼《为诗辩护》中诗人的"神性"、锡德尼身后如何被塑造成英国文化偶像、西方为诗辩护传统的形成、诗人的创造性和诗性灵感之

---

[1] 详见Nancy Simpson-Younger, "Beginning with Goodwill in the Works of Sir Philip Sidney," pp.797-821。

间的关系等论文。[1]此外，国内尚有少量学者探讨了锡德尼的诗歌形式建设，或者围绕文艺复兴时期的人文主义特质来展开研究，将研究视野囿于其人文主义思想与中世纪神权思想的对抗上。总体而言，国内锡德尼研究正在兴起，中国学者开始以独特的视角关注到一些不同的问题，得出的结论往往不落窠臼，具有特殊的价值，对此我们无须妄自菲薄。有道是"不识庐山真面目，只缘身在此山中"，我们占尽了"身在此山外"的优势，当然，反之亦然。不过，我们必须承认国内本领域学术成果明显不足，在本论著之前国内学界尚未出现锡德尼研究专著。有关锡德尼诗学在思想渊源、对古典诗学的继承和发展及理论影响和现实作用等方面，目前尚存在较大的研究空间和价值。

五

本论著首先"远观其势"，简要勾勒西方为诗辩护的传统和伊丽莎白时期英国文学批评的现状。古希腊诗歌是孕育哲学的温床，哲学的形成导致了对诗歌的最初攻击。由于早期哲学中出现了与希腊神话对立的新思想，根植于神话的史诗遭受到了最初的攻击。在此之后，诗歌在真实性、道德影响和情感作用等三方面成为攻击的对象，最初的回应出自亚里士多德和新柏拉图主义者，但与其说他们是在为诗歌进行辩护，毋宁说是在揭示诗歌的本质。为诗歌辩护的传统在此过程中得以形成，诗歌的本质逐渐变得明晰。中世纪仍然是从上述三方面来对诗歌进行评判，只有在中世纪的早期和晚期，为诗歌辩护才真正变得必要，其中最著名的辩护出自乔瓦

---

[1] 详见何伟文《论锡德尼〈诗辩〉中诗人的"神性"》，第184—199页；《锡德尼之死：一个英国文化偶像的诞生》，第105—121页；《论西方诗辩传统的形成》，第345—358页；《论锡德尼〈诗辩〉中诗人的创造性和诗性灵感》，第18—27页。

尼·薄伽丘（Giovanni Boccaccio，1313—1375）。[1]他从诗歌与神学的关系出发来为诗歌的合法性进行辩护，认为真正的诗歌值得人们珍视，不是因为任何精妙的文学品质，而是它在本质上就是一种戴着"面纱"的神学。他提出神学和诗歌都是寓言，都把真理掩藏在面纱后面。然而，这种寓言解释法没有让诗歌获得一门独立的艺术所应拥有的地位。诗歌要获得独立的地位，还有待于后来的辩护者登场，其中最为重要的是菲利普·锡德尼。在他所处的伊丽莎白时期，清教徒从历史和道德角度发起对诗歌的攻击，由此引发了对诗歌的理性辩护，从中出现了英国文学批评的最初问题。通过对此的简要论述，我们可以看到锡德尼在西方为诗辩护传统中的位置。

在通过"远观其势"获得"宏景"之后，本论著尝试在锡德尼的人生场景中"近观其质"。"锡德尼之生"和"锡德尼之死"两章被用来呈现一种实用主义诗学构建的社会语境及其影响。在从中世纪晚期转向早期现代的过程中，人们对"智慧"的认识发生了变化，这导致了对"沉思生活"的崇尚逐渐让位于"行动生活"。"锡德尼之生"由此着手，通过勾勒其生平和写作事件，来论述人生与诗学之间的关系：一个行动者是如何转化为沉思者，两者的角色如何因共同的使命而合二为一，他又是如何通过《阿卡迪亚》《为诗辩护》等作品来体现自己的政治意图和宗教思想的。本章的讨论包含锡德尼思想形成的方式及语境，假如不了解这一点，我们将不可能综合性地评价其诗学。1586年锡德尼在扎特芬的早逝，被伊丽莎白女王和其妹彭布罗克伯爵夫人先后为了政治目的和家族利益而大肆利用，其形象发生多次转变，最终他被塑造成了一个光彩夺目的英国文化偶像。对于身后名声的形成过程，锡德尼本人似乎早已在《为诗辩护》中做出预言。"锡德尼之死"尝试从他的早逝这一构成其文学和政治生涯中最重要

---

[1] 薄伽丘是意大利文艺复兴早期的诗人，由于他为诗歌所作的辩护仍然带有明显的中世纪晚期的特质，故有此划分。

的事件，同时也是其诗学影响的一个重要案例出发，探讨《为诗辩护》中诗人的"理念或事先的设想"如何被用于构建英国文化偶像这一宏大的诗篇。

在由为诗辩护传统和现状的历史语境及锡德尼生死构建的现实场景中，本论著依次对四个研究单位"近观其质"。它们既彼此独立，又内在关联地直指锡德尼诗学的核心内容。前三个研究单位仿佛是摄像头由大到小、由远到近逐渐聚焦的三个对象，涉及《为诗辩护》中锡德尼按照固定"配方"写就的正文部分的内容，针对的是普遍意义上的诗歌。第四个研究单位探讨的是《为诗辩护》中的离题部分，也就是他讨论英国文学的内容。"诗歌的地位"论述在文艺复兴学科大辩论的背景下，锡德尼是如何通过对学科的重新划分，使原本依附于他者的诗歌最终成功地获得独立地位。"诗人的'神性'"阐明锡德尼如何在基督教思想框架内，从艺术创作和艺术理念两方面，把诗人的创造与上帝的神性创造并列，以凸显诗人的创造性价值，重塑诗人的尊严和地位，从而达到为诗正名的目的。"诗人的'有声画'"探讨锡德尼如何通过创造性地转换古已有之的概念，并赋予它特有的现代含义，来彻底修正原有的诗学理论。"诗人的'无艺之艺'"从一个貌似关于《为诗辩护》艺术风格的问题切入，探究锡德尼在为诗歌辩护之后，如何为沉疴在身的英国文学号脉开方，以谋求本国文学的独立发展之道，最终开启英国文学的"黄金时代"。

本论著尝试探讨上述研究单位，对某些古老的概念在其自身的小传统中探幽索隐，以期达到"细察入微"的目的；在此之前，我们将"纵观全局"，查看西方思想史上为诗歌辩护的传统及其在英国伊丽莎白时期的现状。

第一章
为诗辩护的传统和现状

　　像画家一样，诗人的创作是真实性很低的：因为像画家一样，他的创作是和心灵的低贱部分打交道的。我们完全有理由拒绝让诗人进入治理良好的城邦，因为他的作用在于激励、培育和加强心灵的低贱部分，毁坏理性部分，就像在一个城邦里把政治权力交给坏人，让他们去危害好人一样。

柏拉图《理想国》

　　西方关于诗歌和艺术的思想史中有一个为诗辩护的传统，至今已绵延两千五百余年。开启这一传统的是古希腊哲学家柏拉图，他同时又被视为诗人。[1]他在《理想国》第十卷中，继第二、三卷之后重新讨论诗歌，得出的结论是"我们当初把诗逐出我们的国家的确是有充分理由的"。为避免简单粗暴之嫌，他随后指出："哲学和诗歌的争吵是古已有之的，例如，

---

[1] 朗吉努斯在《论崇高》中强调柏拉图是荷马的摹仿者，"他把那来自伟大荷马源泉的无数涓涓细流汇集于自己"。详见 Longinus, "*On the Sublime*," p.90。锡德尼也在《为诗辩护》中指出，虽然柏拉图作品的内容和力量是哲学的，"它们的外表和美丽却是最为依靠诗的……他那富有诗意的会谈细节的描写，如一个宴会的周到安排，一次散步的高情逸致等等，中间还穿插着纯粹的故事，如古格斯的指环等，不知道这些东西是诗的花朵的人是从未走进过阿波罗的花园的了"（6）。

什么'对着主人狂吠的爱叫的狗';什么'痴人瞎扯中的大人物';什么'统治饱学之士的群氓';什么'缜密地思考自己贫穷的人',以及无数其他的说法都是这方面的证据。"[1]不过,哲学家对诗人的指责有据可考,但很少有证据表明诗人曾攻击过哲学家,这让人不得不怀疑柏拉图所引用的例句多半是他的杜撰。在柏拉图之后,为诗歌辩护者大有人在,其中不乏哲学家和诗人,如亚里士多德、普罗提诺、但丁、薄伽丘、锡德尼、雪莱、艾丽丝·默多克、雅克·德里达等等。正如锡德尼在《为诗辩护》中所言,在一切人所共知的高贵民族和语言里,诗歌"最早给'无知'带来光明,是其最初的乳母,是它的乳汁喂养了'无知',使其渐能吸收更艰涩难懂的知识"(4)。既然如此,那么攻击诗歌无异于忘恩负义,我们不禁会产生这样的疑问:为什么会出现这种情况呢?在哲学家对诗歌的最初攻击之后,为什么会形成一个绵延千载的为诗辩护的传统?后人的辩护是老调重弹,还是别有深意?对这一系列问题的深入探讨,将有助于我们认识为诗辩护的传统和诗歌的本质及价值。本章将以时间为线索,探讨西方为诗辩护的传统及锡德尼所处时代的状况。[2]

一

在柏拉图之前的古希腊时期,关于哲学家攻击诗人的原因,我们可以从哲学和神话之间的关系中找到线索。在哲学产生之前有一个神话阶段,那时人类尝试对周围发生的种种现象做出素朴的猜测,他们用拟人化的幻想手段,也就是神话,对自然力和社会形式进行想象性认识。马克思在《政治经济学批判导言》中指出:"任何神话都是用想象和借助想象以征服

---

[1] 柏拉图《理想国》,第407页。
[2] 十六世纪后半叶,处于形成期的英国文学批评主要以为诗歌辩护的形式呈现。关于文艺复兴时期意大利文学批评的状况及其对英国的影响,本论著将在后文中探讨具体问题时有所论及。

自然力，支配自然力，把自然力加以形象化；因而，随着这些自然力之实际上被支配，神话也就消失了。"[1] 荷马史诗就深深地根植于古老的神话传说中，《伊利亚特》和《奥德赛》早在哲学产生之前就广为流传。荷马史诗描写了希腊人攻克特洛伊城的英勇事迹，但将人间的英雄与天上的诸神结合在一起，使得诸神有着和凡人一样的喜怒哀乐，他们不仅性情变化无常，而且贪婪残酷，荒淫好色。诸神相互限制、相互嫉妒、相互斗争。由于荷马史诗极具艺术价值，而且反映了英雄时代的风俗习惯和精神面貌，因此几乎承载了全民宗教和伦理教育的重任。荷马本人也被尊称为"人类的老师"，享有崇高的威望。

希腊神话是希腊艺术的土壤和素材，也是希腊哲学的温床。哲学用抽象的概念、推理和论证来说明世界，它需要等到人类发展到具有一定抽象能力和推理能力时才会产生。西方学者一般都承认希腊神话对希腊哲学的影响：早期哲学在万物的本源等方面的思想，可以从希腊神话中找到根源，如希腊神话将自然力量人格化，并且以追溯神谱的方式，探求自然最初始、最根本的起源。[2] 早期哲学中关于宇宙起源和演化的思想，以至于关于变化生成、对立斗争等的基本思想，也同样都可以在神话中找到根源，如在神话中的自然界里，日、月、江、海、雷、电等各种现象，都是以人格化的神的形象出现，神话里将这些现象的产生归于诸神间的父子、夫妇、兄弟关系。[3] 上述特点毫无例外地存在于当时不同的宗教和神话系统中。古希腊最盛行的宗教埃琉西斯（Eleusis）和另一种宗教奥菲斯（Ophic）均吸收了荷马史诗和赫西俄德《神谱》中关于奥林帕斯诸神的神话，前者含有当时希腊人对自然力量的某种朦胧认识和猜想，后者以幻想的形式猜测宇宙的起源、日月星辰等天体形成的过程，对希腊哲学的出现

---

[1] 马克思《马克思恩格斯选集》（第二卷），第113页。

[2] 详见汪子嵩《西方哲学史》（第一卷），第76页。

[3] 同上，第77页。

产生了较大的影响。

哲学一方面根植于神话，另一方面又有着向理性发展的倾向。格里斯在《希腊哲学史》的"前言"中指出，在哲学家的先驱赫西俄德、奥菲斯等人中间，"存在一种离开神话、向理性发展的倾向，其重要性最近已越来越清楚地被认识到了"[1]。比如，早期哲学在灵魂问题上透露出不满足于原有神话的端倪，表现出一种背离神话的倾向。公元前六世纪在希腊迅速传播的奥菲斯教认为，灵魂唯有离开肉体才能呈现本性，不像荷马史诗所说的那样仅仅是人自身的双重化。这种教义迅速传播开来，人们开始对原来诗人描绘的城邦传统宗教里的诸神感到不满，而且这种不满并不是一种孤立的现象。公元前六世纪在早期哲学中出现了一种与荷马史诗分庭抗礼的新思想，并以风卷残云之势占据了一席之地。借用亚里士多德在《形而上学》中的话，传统的自然哲学家认为宇宙是在变化中生成的，而这些持新论的思想家"则说'宇宙不变'"[2]。亚氏这里主要是指爱利亚派的哲学家，他们对奥林匹亚神话产生怀疑，在解释宇宙本质的过程中给出一种新的猜测。这一派的色诺芬尼提出神是"一"的新思想，它完全不同于以前那些自然哲学家的理论。他所说的"一"既不是生成的，也不会产生万物，因为他认为"世界不是产生出来的，而是永恒的，不可毁灭的"[3]。实际上，色诺芬尼是在重述米利都哲学家的一些看法，他们虽然看法各不相同，提出诸多理论，但是都认为宇宙不是种种不受限制的力量漫无目相互作用的结果，而是受到某种永恒不变的法则和秩序的制约。换言之，诸神不讲道德又彼此心怀忌妒，宇宙不是一个任由他们肆无忌惮任意干扰的剧场，而是自有其运行的法则。[4]

---

[1] 转引自汪子嵩《西方哲学史》（第一卷），第72页。

[2] 亚里士多德《形而上学》，第15页。

[3] 转引自汪子嵩《西方哲学史》（第一卷），第552页。

[4] 详见 J. W. H. Atkins, *Literary Criticism in Antiquity: A Sketch of Its Development*, p.14。

这种新思想与荷马史诗发生冲突，导致其倡导者从道德和形而上层面对荷马发起攻击。以色诺芬尼为例，他的批评对当时的文学和哲学都产生了重大影响。他本是一位游吟诗人，到处吟诵荷马和赫西俄德的神话史诗，但他又是一位思想家，发现神话中矛盾重重，于是开始批判关于神的旧观念，并且从中得出自己的结论。他尖锐地指出，传统神话和史诗中关于诸神斗争的故事，只不过是"先辈们的虚构"[1]。他对旧的宗教观念、价值判断、风俗习惯和生活方式都持批判态度，出发点是要破除传统的宗教观念，在对自然的解释中，利用当时自然哲学的成就取代神话。他把矛头直接指向以荷马和赫西俄德为代表的旧神话体系，从道德角度批判他们把人的恶习转嫁给诸神，把诸神描绘为不道德的，指出"荷马跟赫西俄德把人类当中难以启齿的一切——偷盗、通奸、尔虞我诈——都放到诸神身上了"[2]。此外，色诺芬尼还反对他们持有拟人化的多神论和在诸神之间划分等级的做法。除色诺芬尼之外，其他哲学家也对荷马进行了类似的攻击。由于荷马对神不敬，毕达哥拉斯在一幅画中描绘了他在地狱里饱受折磨的景象；赫拉克利特干脆把荷马从整个公民活动中驱逐出去："应该把荷马赶出比赛，然后用棍棒好好教训教训他。"[3] 赫拉克利特还从形而上层面对荷马发起攻击，以他祈求神灵废除斗争的做法为例，不遗余力地谴责他缺少真正的智慧，因为根据赫拉克利特本人的哲学，斗争是相互对立的力量之间的平衡，是生活的指导性原则。赫拉克利特还特别提出，荷马史诗中的那些寓言既不虔敬也不道德，这样的作品毫无教育意义而言，因此，这位国家级诗人理应受到严厉的谴责。[4] 诗歌在这一时期遭受到了致命的打击。

这一时期试图消除哲学和诗歌之间的不和的折中者同样不乏其人。他

---

[1] 转引自汪子嵩《西方哲学史》(第一卷)，第541页。
[2] 转引自恩斯特·R.库尔提乌斯《欧洲文学与拉丁中世纪》，第268页。
[3] 同上。
[4] 详见 J. W. H. Atkins, *Literary Criticism in Antiquity: A Sketch of Its Development*, pp.14-15。

们为诗歌进行辩护的思路也同样来自哲学。在哲学家中间早已流行一种思想，认为在早期诗人的神话作品中，在高深莫测的象征性形式的背后，掩藏着艰深难懂的智慧，相关神话的真正含义或许可以用"寓意解释法"（allegoresis）来探寻。[1] 他们由此相信荷马史诗字面上的意义绝不是它唯一的含义，更复杂真实的含义躲藏在字面下，即使是那些最令人反感或最无道德感的段落，情况也不例外。[2] 从字面意义上看，荷马、赫西俄德等诗人没有把神再现为善或善的来源，反而把他们描绘成一群与人共处、争吵不休、虚伪欺诈、报复心极强的神祇。在这些诗人的笔下，英雄情感热烈，但生性懦弱；邪恶之人飞黄腾达，正义之士却历经坎坷。早期诠释者把这种不虔敬的做法说成是"寓意性的"：它"在某种更抽象的意义上掩盖了一种可以被人接受的信息"[3]。诗人为道德和真实覆盖了一层神秘的面纱，我们唯有揭去面纱，方可一睹其真容。在荷马史诗中，神和英雄一样，代表自然的力量或抽象的品质，他们之间的斗争具有象征含义，无论是善与恶，还是自然中不同成分之间的较量，概莫能外。这种寓意解读契合希腊宗教思想的一个基本特征：希腊人相信诸神以隐晦的方式表达自己，明察秋毫者的责任就是参透真相。从寓意角度为诗歌辩护的做法，正如阿特金斯所言，"让诗歌成为一套略胜于抽象真理的系统。作为文学解释的一种方法，它注定了将有一段漫长的历史，在未来的岁月里，错误源源不断地从中诞生"[4]。这种辩护影响深远，直到中世纪晚期和文艺复兴早期仍为辩护者沿用，但是它没有触及诗歌艺术的本质，为诗辩护的传统尚有待开启。

柏拉图在上述基础上真正开启了西方为诗辩护的传统。他无疑把在他

1　详见恩斯特·R. 库尔提乌斯《欧洲文学与拉丁中世纪》，第269页。

2　详见 J. W. H. Atkins, *Literary Criticism in Antiquity: A Sketch of Its Development*, pp.14–15。

3　W. K. Wimsatt, Jr. and Cleanth Brooks, *Literary Criticism: A Short History*, p.11.

4　J. W. H. Atkins, *Literary Criticism in Antiquity: A Sketch of Its Development*, p.15.

那个时代已经成为老生常谈的"哲学和诗歌的争吵"推向了高潮。他猛烈攻击荷马,究其原因,与其所处时代的状况密切相关。这是一个政治腐败堕落的时代,困惑茫然的情绪日渐取代昔日的雅典精神,在人群中四处蔓延,影响到政治、道德、教育等国家生活的方方面面,希腊艺术和文学不断走向衰败。随之而来的是一段反思时期,哲学家和演说家开始引领时代精神。苏格拉底教导人们对整个知识领域进行探索,以一种非功利性的方式思考和追求真理。此时,新出现的辩证法终结了以往希腊悲剧和史诗对宇宙万物的猜测性思考。柏拉图在思想上追随先师,能够熟练地运用辩证法,相信人们可以通过它来获得真理。然而,现实却并不如他所愿,他痛感所处时代的社会和政治仍在继续恶化,决心全力以赴加以阻止,以让个人和国家重回康健之路。[1]

柏拉图把腐败的根源归结为希腊的教育传统。他认为希腊人此前拥有的教育传统介于道德与非道德之间,甚为可悲的是,年轻人至今仍在这种传统中接受教育。关于这种教育的弊病,柏拉图在《理想国》第二卷中指出,人们对年轻人的告诫"不是颂扬正义本身,而只是颂扬来自正义的好名声",他们劝导年轻人"节制和正义固然美,但是艰苦。纵欲和不正义则愉快,容易……他们说不正义通常比正义有利"[2]。希腊年轻人的心灵受到毒害,相信"貌似"远胜"真是",丧失了做一个正义的人的理想信念,认为"除非我只是徒有正义之名,否则就是自找苦吃"[3]。从表面上看,这些年轻人的行为举止仍然得体正派,但是他们内在的道德原则已遭破坏。柏拉图在此质疑的,诚如哈维洛克所说,是他所处时代的希腊传统及其基础,而"对这种传统至关重要的是希腊教育的状况和本质"[4]。年轻人思想和态度形成的过程是柏拉图关注的核心问题,而诗人正是处于这一过

---

1 详见 J. W. H. Atkins, *Literary Criticism in Antiquity: A Sketch of Its Development*, p.36。

2 柏拉图《理想国》,第51—52页。

3 同上,第53页。

4 Eric A. Havelock, *Preface to Plato*, pp.12–13.

程的中心位置。这种状况令柏拉图焦虑不安，乃至痛恨不已，他在对话中反复引用荷马和赫西俄德的诗歌，说明正是诗人在坚持那种业已败坏的道德原则。因此，柏拉图对希腊现行教育体制深感不满，而诗人又在其中扮演关键角色，由此引发了他对诗歌的猛烈攻击。

柏拉图用道德、情感和真实等非美学性标准来衡量诗歌。他发现，在最伟大的诗人荷马的史诗中，存在各式各样歪曲事实、亵渎神灵和淫秽下流的言语。他在《理想国》中，特别是在第二卷和第三卷当中，把诗歌视为一种不道德的谎言。不仅如此，他还发现文学作品充满想象，比真实生活更能够煽动人的情感，而那些可耻的激情本应该被严加控制的，他愤愤然地指出："在我们应当让这些情感干枯而死时，诗歌却给他们浇水施肥。"[1] 最后，根据他的二元论思想，终极真实是绝对的，由永恒不变的原则、形式和理念构成；表象世界是对超感觉的真实世界的复制，或者说是对存在于上帝思想中的理念的摹仿。真实世界超越表象世界连续不断的变化，后者只不过前者的影子和摹仿。艺术是对自然的摹仿，艺术家就像"所有其他的摹仿者一样，自然地和王者或真实隔着两层"[2]。诗歌提供的不是"真实"，而是一些不真实的"摹仿"，并且这种摹仿的对象仅仅局限于具体世界。因此，柏拉图在第十卷中从著名的形式理论出发，谴责诗歌和所有其他摹仿性或再现性艺术都远离真实。他反对当时流行的把艺术当成科学知识、把荷马史诗当成百科全书的错误做法。仅就这一点而言，我们不得不赞成刘易斯所说的"柏拉图的谴责是一种真正的进步"[3]。鉴于上述原因，柏拉图决定把诗人从理想国驱逐出去。

柏拉图既在《理想国》中从道德、情感和真实等方面对诗歌发起攻击，又在《伊安篇》和《斐德若篇》中以一种极端的形式提出了灵感论。

1　柏拉图《理想国》，第405页。

2　同上，第392页。

3　C. S. Lewis, *English Literature in the Sixteenth Century: Excluding Drama*, p.319.

在他之前的古希腊灵感论中，虽说诗人的创作依赖于缪斯女神，但是诗人绝不只是无意识地被动接受神赋灵感，诗歌是缪斯女神的礼物，同时也是诗人自身创作的艺术作品，诗人的天赋也许难以言说，但它绝不是非理性的。[1] 到了柏拉图的时代，他的灵感论有所不同，其中最显著的区别就是他坚信灵感与诗人的技艺势不两立，诗歌不再是一种艺术，而是神的作品，包含一定的真理。[2] 在柏拉图看来，处于神赋迷狂中的诗人只不过是神的"传声筒"或者"容器"，当一行行诗句从他的笔端流淌而出时，诗人不知其所以然。诗歌的真正创造者是神，而被选作传声筒的人则大有可能是最蹩脚的诗人。这里涉及可以追溯至柏拉图的无意识知识概念，其最初形式来自毕达哥拉斯派哲学家。柏拉图在《斐多篇》（62b）中提到，毕达哥拉斯派哲学家相信灵魂被禁锢在肉体之内，而家园却在远方，那里是灵魂所由来和回归之处。在古希腊时期，受到神赋灵感凭附的先知是一个家喻户晓的形象，颇为神奇的是，他所知道的远多于他所能解释或理解的，他的思想可能与远处某个莫名的东西相关联。从传统来说，处于神赋迷狂中的诗人也可以被视为先知，具有某种神性。在《克拉底鲁篇》（405a）中，缪斯女神是记忆女神的女儿，阿波罗既是先知又是音乐家；在《斐多篇》中，先知迷狂和诗性迷狂（furor poeticus）是并置的。显然，艺术家无意识灵感的本质令柏拉图着迷，他一方面不失时机对此嘲弄一番，另一方面也把这当作一个线索。在《普罗泰戈拉篇》（347e）中，他喜欢由哲学家而不是诗人陪伴，因为后者从来不知所云，其他人亦不例

---

[1] 后来被译为"灵感"（inspiration）的"enthousiasmos"一词，最早出现在公元前六世纪德谟克利特著作的残篇中。柏拉图在《法律篇》（219c）中把诗人受到神赋迷狂的影响说成是"一个古老的故事"，而据后世学者的考证，这种说法并无依据。可是，如果我们就此认为"神赋迷狂"说为柏拉图首创，目的是为了疏泄对诗歌爱恨交织的情感，亦难免牵强，证据有限，不足为信。对此问题的讨论，详见 Timothy Clark, *The Theory of Inspiration*, p.40; E. N. Tigerstedt, "Fuor Poeticus: Poetic Inspiration in Greek Literature before Democritus and Plato," p.165; Penelope Murray, "Poetic Inspiration in Early Greece," pp.87–100。

[2] 详见 Penelope Murray, *Plato on Poetry*, p.9。

外。[1]综上可见，柏拉图对诗歌的攻击事实上从另一方面凸显了诗歌在揭示真理和产生道德影响方面的巨大作用，借用刘易斯的话来说，他对为诗辩护的传统做出了"性质迥然不同的两种贡献"[2]。

尽管柏拉图对诗歌发起了攻击，但是他期待后人为之辩护。柏拉图的兴趣仅在于诗歌对社会福祉和道德的影响，本质上他并不希望把诗歌从人类生活中驱逐出去，而是反对当时人们持有的一种坚定信念：在人类的追求中，占据最重要位置的，应当是诗歌，而不是哲学，诗人是理想的"人类的老师"。柏拉图认为，由于哲学探索运用的是理性，而诗歌和艺术表现的是情感，"人类的老师"这一殊荣应归于哲学家而非诗人。因此，他在得出把诗歌逐出理想国的结论之后，仍然留下了一个有意味的空间。他向后人发起挑战，表示期待有人来为诗歌辩护：

> 我们大概也要许可诗的拥护者——他们自己不是诗人，只是诗的爱好者——用无韵的散文申述理由，说明诗歌不仅是令人愉快的，而且是对有秩序的管理和人们的全部生活有益的。我们也要善意地倾听他们的辩护，因为如果他们能说明诗歌不仅能令人愉快而且有益，我们也就可以清楚地知道诗于我们是有利的了。[3]

对于柏拉图的这一挑战，最初的两种回应性质不同，分别出自亚里士多德和新柏拉图主义者。亚氏几乎是立即做出回应，但是我们也可以说他其实并没有接受挑战，也没有细致地为诗歌辩护。他的许多著作都表明，他相信在人的成长过程中，诗歌艺术能够发挥人们所期望的作用，这也与

---

1 对此问题的讨论，详见 Iris Murdoch, *The Fire and the Sun: Why Plato Banished the Artists*, pp.24-26。

2 C. S. Lewis, *English Literature in the Sixteenth Century: Excluding Drama*, p.319.

3 柏拉图《理想国》，第408页。

古希腊人的普遍认识一致，倒是柏拉图的立场显得反常。当亚氏本人成为亚历山大的私人教师时，他面临的实际问题就是必须在以下两者中做出选择：其一是遵循柏拉图的教导，在教育学生时只选用少量道德说教诗，仅把它们用作文学训练的基础材料，通过全然忽略诗歌来达致使学生的情感逐渐枯竭的目的，从而最终培养出一个"哲学王"；其二是接受古希腊的传统观点，相信诗歌是有用的，并向自己、学生和公众证明这一点。[1] 他写作《诗学》的目的就是为了表明他接受的是古希腊的传统观点。

亚氏从真实、情感和道德等方面为诗歌辩护。关于诗歌是否反映真实这个问题，亚氏在《诗学》中承认，艺术关注的是我们周围的表象世界，相对于柏拉图理想的和绝对"存在"的真实世界，这是一个"变化"的世界。可是，这个"变化"活动的过程本身就是真实或自然。变化是自然的一个根本性过程，表象世界不只是对永恒不变的理念的复制，而是会展现这个变化过程。形式在变化过程中通过具体材料得以显现，而具体材料又依据持续而又有序的原则运行。亚氏还在《尼各马可伦理学》中指出，摹仿性艺术就像自然一样，形式和物质两者皆需要，艺术的形式是动态的，出现并运行于具体材料或事物当中。诗人在摹仿过程中从自然中获得某种形式，再在不同的物质或媒介中对它进行重塑，而这种物质或媒介便是每一件作品内在秩序或原则的来源。不同于奴性的复制，诗人的摹仿是一种创造，主体正是通过这种独特的摹仿，发现行动的终极形式。因此，诗歌尽管如柏拉图所指责的那样，是在摹仿具体的自然，但又不是仅此而已。

亚氏强调，诗歌不是对自然中具体独特事物的摹仿，而是再现自然那具有普遍性的特征。他指出，诗歌不是再现已经发生了的事物，而是在某一类情境中根据可然或必然的原则很可能会发生的事物。诗歌比历史更具有哲理性，因为历史是按照时间顺序对事件逐一加以陈述，只有当历史试图具有哲学性时才聚焦事件相互之间的因果联系，排除不相干的细节。相

---

[1] 详见 Humphry House, *Aristotle's Poetics*, p.29。

比而言，诗歌与哲学一样，从一开始就寻找具有普遍性的形式：它带有选择性，略去与它要揭示的普遍性无紧要关系的所有特殊事件或特征。[1]当亚氏说诗歌关注的是"理想"时，他的含义正在于此。古典诗学理论中的"理想"，诚如贝特所言，是指"对事物起支配作用的形式、原则得以全面实现时，事物所应当成为的状态"[2]。以剧作家的创作为例，在选取一个历史题材创作一部戏剧时，他也许会省略某些细节，压缩另一些细节，只强调最终导向逻辑发展终点的某些事件之间的内在联系。再以剧中人物为例，剧作家细致刻画的是人物的类型，而不是人物个人化的独特风格，他呈现的是人物"应该是怎样的"，而不是人物"实际上是怎样的"。易言之，他必须展现在一系列事件中某种类型的人物会有怎样的反应和行动。与此类似，古希腊雕塑并不试图强调某一个模特儿相当个性化的特征、表情或孤立的行动，而是尝试抑制这些，取而代之的是，再现人体在得以全面充分发展之后所能达到的、比率匀称的理想状态。因此，亚氏认为诗歌揭示的是具有普遍性的真理，是"比历史更富有哲学性、更严肃的艺术"[3]。与其说艺术像柏拉图认为的那样是影子的影子，毋宁说它复制了自然的一个活生生的过程，完成并突出了其潜在的形式。

至于在情感和道德方面，亚氏强调诗歌能够对人的思想产生健康而又有形塑意义的作用。与古希腊时期人们对艺术的普遍信念一致，亚氏深信灵魂是一种"活动"，艺术具有对灵魂产生影响的力量。亚氏承认诗歌能够挑起人的情感，他对此非但不排斥，反而认为情感不应当被抑制，抑制只会适得其反，使之变得更为强烈。他把情感视为人生必不可少的部分，情感能力应当得到教育、培养和提升，而不是受到压制或扼杀。当然，情感也不应当不加控制，任其自由发展或许会使人变得狂热或导致混乱局

---

[1] 详见亚里士多德《诗学》第九章。
[2] Walter Jackson Bate, ed. *Criticism: The Major Texts*, p.4.
[3] 亚里士多德《诗学》，第81页。

面。人应当把握好一个度，用恰当的方式调节好情感，适当地感受到它的存在。亚氏认为艺术便是这样一种方式，在提升、净化和引导人的情感等方面具有不可替代的作用。疏导理论是他为诗歌辩护的基本元素之一，他借此反驳柏拉图对诗歌的攻击。在《尼各马可伦理学》中，他指出人的情感"在实践中存在着过度、不及与适度"[1]几种状态。他关于"适度"的思想与他更具普遍意义的"中庸之道"哲学思想一致，认为道德德性同自然一样，必定是以求取适度为目的的。所谓"疏导"，不是把某种情感或情绪清除出去，而是使观众的怜悯和恐惧情绪因疏导而达致适度的状态，这种状态因符合道德德性而让人感受到一种纯真无邪的快乐，进而"继以普遍的愉悦"，这也就是亚氏所说的悲剧给人带来的"特有的快感"。[2]在一个全面发展的"全人"[3]身上，理智和情感和谐相处，而艺术在帮助人成长为"全人"方面有一种神奇独特的力量。因此，艺术在道德作用和在情感方面的吸引力，应当受到赞扬而不是攻击。

在亚里士多德之后，新柏拉图主义的回应姗姗来迟。这种回应是在对宗教传统形象长期思考的基础上逐渐形成的，辩护者尝试解释艺术的本质，最终形成了一套新柏拉图主义的艺术理论，直接针对柏拉图在形而上层面对诗歌的攻击。公元一世纪，迪奥·克利索斯顿（Dio Chrysostom, c.40—110）借用斐底阿斯（Pheidias）之口指出，艺术家不是摹仿表象世界里的具体对象，而是其头脑中的形象："要塑造奥林匹斯山上的宙斯，最艰巨的工作莫过于在艺术家的头脑中将同一个形象保持不变，直至他完成雕塑，而这通常是几年后的事情了。"[4]显然，艺术家头

---

1 亚里士多德《尼各马可伦理学》，第47页。
2 关于亚氏《诗学》中悲剧的情感作用及其意义，详见本论著附录一《含泪的微笑：重访亚里士多德〈诗学〉中的悲剧快感》。
3 此处的"全人"不同于文艺复兴时期出现的"全才"，前者指人的身和心、理智和情感等的全面发展，后者指文艺复兴时期特有的具备多方面才能的人。
4 转引自C. S. Lewis, *English Literature in the Sixteenth Century: Excluding Drama*, pp.319-320。

脑中的这一形象，既不是自然之物，也不是对事物表面的一种摹仿，而是他所创造的。与此类似，迪奥·克利索斯顿提出："智慧和理性是无法被直接描绘出来的。因此，当我们知道它们出现在某个具体的对象上时，我们就求助于它，用人的形象来再现智慧和理性，用可见之物来表现不可见之物。"[1]一个世纪之后，斐罗斯屈拉塔斯（Flavius Philostratus, c.170—245）走得更远，在他的论述中出现了艺术家的想象，他同样以斐底阿斯的作品为例，还加上了布拉克斯特勒斯（Praxiteles）的作品，指出"是想象塑造了这些作品，与摹仿相比，它是更为巧妙的艺术家。摹仿仅能塑造它所见之物，而想象还能塑造它未见之物，并把这未见之物作为现实的标准"[2]。

到公元三世纪，普罗提诺进一步完善了该理论。他指出，艺术家非但不像柏拉图所说的那样因双重远离真实而处于劣势，相反，享有独特的优势，接收到更多神性"努斯"的照射，比寻常更多地参与到"那边"关于美的神性智慧中。他在《九章集》第五部中写道：

> 艺术不应当由于摹仿自然对象而遭人轻视，因为首先自然对象本身也只不过是摹仿物；其次，我们必须认识到艺术不只是摹仿由肉眼可见的东西，而是要回溯到自然所由来的理念；再者，艺术中还有许多东西是由艺术自己独创的，艺术本身就是美的塑造者，弥补自然原本所缺乏的。例如，斐底阿斯雕刻天神宙斯，并不是按照什么肉眼可见的蓝本，而是他的理解，即如果宙斯屑于显现给凡胎肉眼看，他理应会呈现出何种形象。[3]

---

1 C. S. Lewis, *English Literature in the Sixteenth Century: Excluding Drama*, p.320.
2 斐罗斯屈拉塔斯《狄阿那的阿波洛尼阿斯的生平》，第134页。
3 转引自 W. K. Wimsatt, Jr. and Cleanth Brooks, *Literary Criticism: A Short History*, p.117. 此处部分参照朱光潜先生的译文，详见《西方美学史》，第117页。

相对于超感觉的"理念",艺术和自然都只不过是复制品,彼此是竞争对手,我们没有任何理由认定艺术是其中更逊色的那一个。据说,这也就是为什么当有人提出要为普罗提诺画像时,他回答道:"在没有同意让一个影子的影子——仿佛它值得让人沉思默想似的——得以永久保存的时候,就不得不身披自然用以包裹我的'真实的幻象'(eidolon),这还不够么?"[1] 这里"一个影子"指人的自然样子,它不是真实的,只是"真实的幻象",人的真实被这个"幻象"给包裹;"一个影子的影子"指艺术家根据人的自然样子这一影子("幻象")而不是人的真实所作的画像,普罗提诺认为没有必要让其得以永久保存。他在保留柏拉图对物质世界和理念世界的区分的同时,用亚里士多德对柏拉图进行了修正。他把艺术家的技艺与创作的主导理念联系在一起,这种理念让艺术家拥有了超越自然限制的自由,通过美把艺术作品的形式原则从自然状态提升至理想状态。他指出:

> 假如两块石头并置,其中一块自然粗糙,未经雕琢,另一块由艺人的双手精雕细刻为上帝或人的塑像,是一尊神或缪斯,或者倘若是一个人,它不是肖像而是创造,艺术家的技艺向它倾注了全部的爱。
>
> 现在我们必须看到,尽管天然的石头或许会令人愉悦,但是由艺术家的双手引入形式美的石头,不再是以石头本身为美,而是因艺术带来的形式或思想而美。这种形式不是存在于原始材料中,而是在进入石头之前就已在设计者的头脑中。[2]

因此,艺术品成为美的对象,不是因为其原始材料,而是因为由艺

---

1 转引自 W. K. Wimsatt, Jr. and Cleanth Brooks, *Literary Criticism: A Short History*, p.113。

2 Ibid., p.122.

术引入的形式或理念。普罗提诺的这种思想直接回应了柏拉图对诗歌的攻击，有力地否认了他关于艺术家的摹仿"与王者或真实隔着两层"[1]的主张。

综上所述，面对柏拉图对诗歌的攻击，新柏拉图主义者的艺术理论，连同亚里士多德的最初回应，终于使得西方为诗辩护的传统得以正式形成。简言之，在古希腊早期哲学的发展过程中，新思想的出现导致了对诗歌的最初攻击。之后，柏拉图开启了为诗辩护的传统，为其做出了性质迥异的贡献。他把国家生活的腐败归咎于希腊原有的传统，坚信在该传统中，诗人处于教育的核心地位，他们破坏了道德原则。他以非美学性的标准来衡量诗歌，从真实、道德和情感等方面向诗歌发起攻击。同时，他承认诗人的言说缘自神赐的灵感。对于这种攻击，亚里士多德和新柏拉图主义者做出了最初的两种不同回应。亚氏强调真实蕴含在我们周围表象世界的变化过程本身，摹仿这一过程的艺术能够揭示真理。不仅如此，艺术还能够对人的道德、情感产生有益的作用。新柏拉图主义者否认艺术是对外部事物的简单摹仿，与真理隔着两层，认为它和自然一样直接接受神性"鲁斯"的照射，在艺术家的创作过程中，形式和理念被融入材料。不过，与其说亚里士多德和新柏拉图主义者是在为诗歌进行辩护，毋宁说他们是在揭示诗歌的本质。

二

与古希腊时期一样，中世纪对诗歌的评判总体上仍然是从真实、道德和情感三方面来进行的，只不过此时一种更为实用的思想取代了柏拉图的形而上思想。首先，就诗歌能否反映真实而言，中世纪流行的观点认为诗

---

[1] 柏拉图《理想国》，第392页。

歌归根结底是一种虚构,本质上就是不真实的。其次,就诗歌对人的道德影响而言,攻击者认为由于完全不包含淫秽下流的语言或亵渎神灵的言辞的想象性作品极少,这些污点与诗歌艺术本身是不可分离的,因此,诗歌会起到败坏人的道德的作用。再者,关于诗歌对人的情感的作用,他们反复强调柏拉图的观点。此外,中世纪的作家偶尔还会提及或暗示对诗歌的其他攻击,例如,诗歌在引导人的行为方面没有明显作用,而在整个人生当中行为至关重要;诗歌没有实用价值,它非但不会让人去行使自己的使命,而且还会使人萎靡不振。一言以蔽之,正直的人完全可以去从事其他许多更有意义和价值的职业。[1]

具体而言,只有在中世纪的早期和晚期才出现了一些对诗歌的非系统性攻击,为诗歌辩护才真正变得必要。早期基督教神父特尔屠良(Tertullianus,160—230)指出:"真实的作者(指上帝)憎恨所有的虚构,他把所有的不真实都看成乱伦……他永远不会赞成装模作样的爱情、愤怒、呻吟和眼泪。"他声称在《圣经》和神父的作品中存在大量基督教文学,它们不属于虚构作品,"不是虚构的,而是真实的;不是一些艺术化的诡计,而是明明白白的真实"。[2] 特尔屠良还特别注意到诗歌对人的情感的作用,指出上帝要我们温和、安静地与圣灵相处,而文学特别是戏剧常常会把人的精神引入骚动不安的状态,唯一值得认真研究的就是关于异教神灵和宗教实践的文学作品。[3] 至于圣奥古斯丁(St. Augustine,354—430),正如乔治·萨斯布利(George Saintsbury,1845—1933)在《从最早的文本至今的欧洲批评和文学趣味史》(*A History of Criticism and Literary Taste in Europe from the Earliest Texts to the Present Day*,1922)中注意到的、文森特重申的那样,"世俗文学的吸引力远不是让他不得不思

---

[1] 详见 J. E. Spingarn, *A History of Literary Criticism in the Renaissance*, pp.4-5。

[2] 转引自 Ibid., p.4。

[3] Ibid., pp.4-5.

考的最危险的事情"[1]。尽管如此，圣奥古斯丁对诗歌的攻击就像他写下的任何文字一样在整个中世纪都产生了深远的影响。

不同于柏拉图，圣奥古斯丁和他的同时代人都没有为我们提供对文学的系统性攻击。圣奥古斯丁在《上帝之城》中总结了特尔屠良等基督教神父对罗马剧院的攻击，流露出对诗歌强大说服力的钦佩，即使是在诗歌被用于增强一种"完全错误的神性"[2]时也不例外。在他看来，就算人做了一些多余或有害的事情，但是人在能力上的卓尔不群使其在创造上的罕见优点显而易见。诗歌已被证明是人所做的尤为有害之事，特别是戏剧诗。对于圣奥古斯丁而言，罗马剧院是魔鬼的工具，他们会伪装成神，无比诡诈而又恶毒，仅有的快乐就是干些极端野蛮而又令人憎恶的勾当，他们会用诗性创造来伪装这些卑鄙行径，将其作为自己的真正功绩公之于众，命令人在盛大的节日里将其公开呈现在戏剧中。剧院对布匿战争中罗马遭受劫掠负有直接责任，因为戏剧鼓励罗马人模仿异教神祇的堕落行为，从而使自己被削弱。圣奥古斯丁还指控诗人是魔鬼以及人间堕落统治者的传声筒。因此，圣奥古斯丁认为，在尘世建立上帝之城时，诗人是必须清除的重大障碍，他赞同柏拉图把非宗教诗人从理想国驱逐出去的观点。与圣奥古斯丁类似，圣格里高利（St. Gregory, ?—386）和圣本笃（St. Benedict, 480—547）都或多或少敌视诗歌。在公元六世纪，即使是最好的诗歌也被认为传递出一种"错误的宗教信仰"，有时甚至是一种"败坏的道德观"，而这两者都是教会不共戴天的死敌，伊西多尔（Isodore of Seville, 560—636）因此主张禁止基督徒阅读诗歌，其他人对于诗歌也偶尔会流露出类似的忧虑。[3]

1　W. K. Wimsatt, Jr. and Cleanth Brooks, *Literary Criticism: A Short History*, p.153.

2　Augustine, *The Confessions of St. Augustine*, pp.78—79.

3　详见 J. E. Spingarn, *A History of Literary Criticism in the Renaissance*, p.4.。关于中世纪基督教对诗歌的态度，详见本论著附录三《中世纪文学批评与基督教的关系之初探》。

事实上，除了上述攻击之外，中世纪早期绝大多数教父深知诗歌令其受益匪浅，不能愚蠢地谴责如此宝贵的遗产。他们内心甚为矛盾地承认，自己能从诗歌中获得巨大的精神愉悦。当时用于制作书籍的主要材料基本上是兽皮，纸张直到十四世纪才被广泛使用。格林布拉特指出，"有相当数量的修道院院长和修道院图书馆管理员珍惜的不仅是羊皮纸，还包括写在上面的异教作品。浸淫在古典文学中，有些人相信他们可以汲取精华而不受污染，就像古代希伯来人蒙上帝恩准偷取埃及人的财富一样"[1]。教父们的情形亦与此相仿，他们有的一方面沉迷于诗歌带来的无可比拟的快乐，另一方面又内疚悔恨，态度十分纠结。圣哲罗姆（St. Jerome，347—420）在一封写于公元384年的信中描述了这种内心挣扎。他回忆起十年前计划退出所有世俗纠葛，从罗马前往耶路撒冷，却仍然随身携带古典书籍。他虽然致力于拯救自己的灵魂，但无法忘却精神层面令人上瘾的快乐："想到我过去的罪孽，便会从内心深处流出苦涩的泪水；然后我会再拿起普劳图斯。"[2] 圣奥古斯丁的情形甚为相似，在《忏悔录》中回忆自己过去沉迷于维吉尔的《埃涅阿斯纪》时，他内疚不已。[3]

在接下去的八百年间几乎没有为之辩护的必要。尽管中世纪诗歌也歌颂美酒、爱情和一切尘世生活中的欢乐和忧伤，但所有的赞美都是为了另一个世界，这表明世俗诗歌难以与宗教诗歌分离，"纯"抒情诗歌难以与理性诗歌分离。中世纪基督教作家总是从两个不同的方向来理解诗歌的作用，有时把诗歌看成是修辞学上的装饰，有时看成是最高的直觉、观念和思想的感受。研究者不断发现，许多中世纪文献把诗歌视为人的经验中心和最高表现形式，认为诗歌内含反映宇宙本质的节奏，具有神性的诗歌的作用被提升到可以与哲学相提并论的高度。加林指出，

---

[1] 斯蒂芬·格林布拉特《大转向：世界如何步入现代》，第26页。

[2] 转引自同上，第72页。

[3] 转引自 Augustine, *The Confessions of St. Augustine*, pp.56–57。

如果说哲学家是在阐述、证明、解释和澄清，但要深入看清人在具体位置中的环境的，并不是哲学。现在要以居高临下的视野，掌握事物变化的生动节奏，并且参与其中，把它们都用人能够交流的形式和形象表现出来：这正是"诗歌"的作用。但是这类诗歌也像圣经一样，是启示性和预言性的，它们同异教的"神话"之间没有任何关系。[1]

我们无须为上述这类带有"启示性"和"预言性"的诗歌辩护，同样也无须为用俗语（vernacular）创作的诗歌辩护，因为一直到中世纪结束之前，有教养的人士根本就没有严肃地对待这类诗歌。[2]随着中世纪日渐式微，后来的教父们甚至更清醒地意识到，自己所拥有的一切无不来源于基督教和古典传统，两者在程度上几乎不相上下。即使有人反对诗歌，那也仅仅是因为反对某些使用诗歌的方式，如拒绝单纯地把诗歌当作传播悦耳的声音和娱乐的工具。

真正的变化发生在十四世纪，此时诗歌开始受到猛烈的攻击。一个重要原因是始于这个世纪的意大利人文主义运动，它很快将自己置于与中世纪教会对立的位置。教会原本拥有对学问近乎垄断的地位，深信无论何时何地永远只存在一种真理。这种真理没有被前基督教民族所掌握，而在基督诞生之后，其宣扬和传递者唯有罗马教廷认可的权威人士，即被统称为经院主义者的神学家、语法学家、逻辑学家和哲学家，这些人寻求采用唯有少数人能理解的高度专业的形式来阐述真理。与之相比，人文主义者的赞助者通常来自世俗统治阶层，如君主及其顾问、贵族、富有的商人等，他们始终在与僧俗两界的政治和商业对手进行权力斗争。许多人文主义者都是律师、公证人或者秘书而不是教士，他们的兴趣在于修辞学而不是逻

---

1 欧金尼奥·加林《中世纪与文艺复兴》，第47页。

2 详见J. S. P. Tatlock, "Bernardo Tasso and Sidney," p.74。

辑学。修辞学可以促进公众交流的话语，在法庭、市场和辩论场所极具价值，而逻辑学是职业神学家的专门工具。人文主义者认为诗歌才是公众交流的终极形式。

除此之外，随着人文主义运动的发展，人们发现古典传统本身居然是不统一的，一方面诗歌和诗人享有崇高的地位，另一方面柏拉图在理论上贬低诗歌，要把诗人从他的理想国驱逐出去。更为重要的是，随着经院主义哲学的胜利，一种不安的情绪因罗马宫廷名望下降而开始蔓延，圣格里高利的蒙昧主义在一般的教会阶层得以复活。再者，在人文主义者内部，古典学者逐渐变得热情高涨，有些人的行为越来越显得傲慢无礼，凡此种种，无不引得神学、法学和医学等领域的人士心生嫉恨。上述多重因素使得诗歌开始受到猛烈的攻击，彼得拉克（Francesco Petrarch，1304—1374）和薄伽丘都敏锐地意识到了这一点。事实上，自彼得拉克之后，在人文主义者对发现和解释古典文本的理论阐释中，为诗歌的辩护扮演了一个关键角色。薄伽丘洋洋洒洒地为诗歌写下了一篇正式的辩护词，即《神谱》的第十四和第十五章，这也是现存最早的一篇真正意义上为诗所作的辩护，斯宾格恩称之为"一位现代世界的诗人为了向他自己的艺术表示敬意写下的第一篇辩护"[1]。

薄伽丘奋起驳斥对诗歌的攻击。诚如布克哈特所言，当时对诗人的攻击主要来自"那些除了淫乱对任何事情都打不起精神来的轻浮的无知者……那些因为诗歌不能给他们带来钱财而认为它是一种多余之物的贪婪法律家；最后还有那些（他拐弯抹角地说，但却很明显）随便以异教和不道德的罪名来进行攻击的托钵僧人"[2]。这些"托钵僧人"使得诗歌被迫沦落到极其卑微的境地，他们就是诗歌的敌人，是薄伽丘猛烈抨击的对象。他们对诗歌最大的指控就是说诗人是谎言家，这一论断有其历史渊源，可

---

[1] J. E. Spingarn, *A History of Literary Criticism in the Renaissance*, p.6.
[2] 布克哈特《意大利文艺复兴时期的文化》，第202页。

以追溯至柏拉图,因为正如前文所述,他声称诗人再现的所谓真实是虚假的。对于这套老调重弹,中世纪晚期已有的一套辩护词指出,虽然诗歌从表面上看是不真实的,但是它内里隐含的道德教益足以弥补存在于此种谎言中的任何不足。薄伽丘不满足于这套辩护词,他另辟蹊径,重新定义诗歌和谎言。他首先把诗歌定义为"一种热情洋溢而又精致典雅的创造,它在口头或书面语言中采用充满激情的表达,它是由人的思想创造的"[1]。其次,他再把谎言定义为虚假的再现,说它是"真理的逼真赝品,被人用来摧毁真品,代替假货"[2]。他在反驳时比中世纪任何作家都更明确有力地揭示了其中隐藏的再现问题,指出诗人根本无意于摹仿和再现"字面真实"(literal truth),因而也就不能被称为谎言。他声称"诗人的目的不是用其创作来欺骗任何人,况且,诗性虚构(poetic fiction)不同于谎言,因为在绝大多数情况下,它不仅与字面真实无相似之处,而且恰恰相反。两者既非大致相同,也非协调一致"[3]。对于艺术"摹仿"生活这类柏拉图式常识,正如戴维斯所言,"薄伽丘是第一位提出质疑的文学批评家,他为日后文艺复兴时期有关诗歌是对自然的摹仿的辩论打下了基础"[4]。

为了提升诗歌的地位,薄伽丘强调诗人的"超自然灵感"。中世纪晚期诗歌在思想方面的地位一再被贬低,但丁和彼得拉克以较为含蓄的方式对此表达不满,薄伽丘和克鲁奇奥·萨卢塔蒂(Coluccio Salutati,1331—1406)则明显发出了更为激烈的抗议之声。薄伽丘在《神谱》中把那些不和谐的色情作品统统排除在外,认为它们不配被冠以"诗歌"这一高贵的名称。他所说的"诗歌"是指诗人学者们的整个精神活动,他关于诗歌的

---

[1] Giovanni Boccaccio, "Genealogy of the Gentile Gods: Book XIV," p.166.

[2] Ibid., p.172.

[3] Ibid., pp.172-173.

[4] Robert Con Davis and Laurie Finke, ed. *Literary Criticism and Theory: The Greeks to the Present*, p.164.

定义表明人的思想在创作中至关重要。[1]非但如此，他还特别强调在这种活动中"超自然灵感"的作用，相信大凡能够创作真正诗歌的人，都必须具备某种只存在于少数灵魂中的先天禀赋："这的确是一种如此精妙的天赋，以至于真正的诗人永远都是人群中极为罕见的那一类。"[2]尽管薄伽丘与贺拉斯和朗吉努斯一样，深知诗歌技艺方面后天训练的重要性，但是从他引用的西塞罗的一段名言中，我们可以看出"天生的能力"和"超自然灵感"于他而言是无可替代的："我们从最高贵、渊博的权威那里知道，其他的技艺都是有关学科、形式和技巧之类的事情，唯有诗歌完全取决于天生的能力，由纯粹的思维活动而引发，与奇妙的超自然灵感融为一体。"[3]薄伽丘如此强调诗歌的超自然神性，目的就是为了把诗歌的地位从中世纪的教室和小酒馆中提升上来。

薄伽丘依据中世纪关于诗歌的概念，重新把它定义为一种寓言，有着准神学性的重要意义。寓意解释法源自古希腊流行的神话解释模式，最早由智者派采用，后来被斯多葛派学者广泛使用，衍生出多个分支，出现了明显不同的发展阶段。如前文所述，公元前六世纪，在新思想与荷马史诗发生冲突时，一些人试图用这种方法来对荷马史诗进行解读，以消除哲学和诗歌之间的不和。在柏拉图时期，辩护者用它来为荷马的诗歌辩护。在古代晚期，希腊化的犹太人菲洛（Philo）将其转移至《旧约》，日后从中产生了教父的基督教式寓意解经法。在后古典和中世纪时期，异教也用寓意解经法来为异教寓言特别是维吉尔《埃涅阿斯纪》辩护，必要时他们还

---

[1] 薄伽丘这种辨别诗歌的方式后来被英国文人所继承，他们提出了以下如格言警句般的诗歌评判标准：真正的诗歌是内容严肃、音调和谐、彻彻底底的人工之作，是由睿智饱学之诗人创作而成；主题低俗的粗制滥造之作完全被排除在外，它们根本就不是诗歌。这些说法在英国文艺复兴时期广为流传。详见Geoffrey Shepherd, "Introduction," pp.28-29.

[2] Giovanni Boccaccio, "Genealogy of the Gentile Gods: Book XIV," p.166.

[3] Ibid., p.167. 诗人的"先天禀赋"也被称为"自然"或"天然"，"后天训练"被称为"艺术"或"功夫"，关于贺拉斯和朗吉努斯对两者之间关系的论述，详见本论著附录二《论朗吉努斯〈论崇高〉中关于艺术家的思想》。

尽可能地辅之以词源学的方法。[1]《圣经》与维吉尔著作的寓意解经法，在中世纪相遇并融合，寓意于是成了解读所有文本的基础。[2] 薄伽丘一方面像但丁和其他诗人一样，把诗歌的目的界定为在虚构的"面纱"之下揭示真理，指出虚构作品的力量源自其怡情悦性和循循善诱的能力；另一方面，他又和彼得拉克一样谨遵前贤，把寓言看成是诗歌的基础，指出对于揭示真理它有着难以替代的优势：

> 显而易见，较之轻而易举得来之物，任何费尽周折才获得的东西似乎更加美好可爱。一望而知的真理给人带来愉悦，旋即在头脑中烟消云散，因为它让人理解起来不费吹灰之力。但是，诗人为了让真理给人带来更多快乐，往往把它掩藏在貌似相反的事物背后，原因是如果我们是费尽心力才得到它的，就会更长久地将它保留下来。由于这个缘故，诗人们无须打着其他幌子，只须编造美丽动人的寓言故事，任何哲学论证或者劝导皆无法与其魅力相提并论。[3]

这段话论及"费尽心力"才得到的"真理"能够给人带来更多快乐，相关论述让人自然联想起圣奥古斯丁。在《基督教原理》(On Christian Doctrine)第二卷第六章中，圣奥古斯丁在探讨神圣文本的词语、其指涉的内容以及将两者联系在一起的相似性时，指出"无人怀疑通过相似性更易把握事物，我们历经困难去寻找，发现时从中得到更多的快乐"[4]。薄伽丘把这一针对神圣文本的言论引向诗歌，表明读者在阅读诗歌时，"剥去一层一层虚构的外衣，最终得到诗人掩藏在创作中的真实含义"[5]。

---

[1] 详见 W. K. Wimsatt, Jr. and Cleanth Brooks, *Literary Criticism: A Short History*, p.148。
[2] 详见恩斯特·R. 库尔提乌斯《欧洲文学与拉丁中世纪》，第269—272页。
[3] Giovanni Boccaccio, "The Life of Dante," p.211.
[4] Augustine, "From *On Christian Doctrine*," p.127.
[5] Giovanni Boccaccio, "Genealogy of the Gentile Gods: Book XIV," p.164.

薄伽丘不仅把诗歌定义为"寓言",也给神学冠以同样的名称,指出两者在本质上具有一致性。关于中世纪时期诗歌和神学之间的关系,人们往往会想到托马斯·阿奎那(Thomas Aquinas,1225—1274)的论述。虽然他没有攻击诗歌,但是在《神学大全》第一部分第一节第九条的"反对意见"里,他把诗歌安排在所有学科中最低等的位置上(infima interomnes doctrinas),仿佛这是不言自明的。[1] 阿奎那认为神学家和诗人都使用寓言和形象化的语言,但是使用的方式迥然有别,前者的类比遵循事物内在的客观结构,而后者的比喻与此背道而驰。他指出,"诗歌这门学科关注的对象因缺少真实性而无法被理性所理解,因为理性必然被某些相似性所迷惑。相比之下,神学关注的是超理性的对象。对两者而言,象征性手法都是颇为常见的。神学是所有学科中最高等的,而诗歌是最低等的"[2]。中世纪贬低诗歌的流行做法大体如此。薄伽丘联合彼得拉克一道对这种认识加以修正,像所有中世纪的知识人一样,他采用那个时代划分知识的方法,深信在全部学问中神学是当之无愧的"女王",而真正的诗歌"自上帝的胸膛流淌而出",是一种绝妙之物,本质上就是某种形式的神学。他刻意淡化诗歌和神学之间的界限,在《但丁的生活》中指出两者都采用了诗性虚构。和彼得拉克一样,他坚信《圣经》本质上是诗性的,基督本身多半是用诗歌意象来言说的:

> 神学和诗歌几乎可以说是一回事,它们有着相同的主题。我甚至可以说神学就是上帝的诗歌。《圣经》上有一处称基督为狮子,另一处为羔羊,还有一处为蠕虫,这儿称为龙,那儿又称为岩石,还有

---

[1] 详见Thomas Aquinas, "From *Summa Theologica*," p.145。《神学大全》采用典型的经院主义哲学的思考方法,以开放的方式呈现问题,阿奎那先充分考虑对立双方的意见,然后再给出自己的答案。

[2] 转引自Ronald Levao, *Renaissance Minds and Their Fictions: Cusanus, Sidney, Shakespeare*, pp.104-105。

许多其他的东西,为了简洁的缘故,我此处略而不谈。这不是诗性虚构,又是什么?我们的救世主在福音书中所说的一番话,不是超出字面意思而另有所指的布道,又是什么?用一个早已为人所知的术语,这就是我们所称的寓言。显而易见,不仅诗歌就是神学,而且神学也就是诗歌(Dunque bene appare, non solamente la poesia essere teologia, ma ancora la teologia essere poesia)。[1]

薄伽丘在这里着重强调的是神学的诗性虚构特质。诗性虚构是一种话语形式,它戴着创作的面纱阐释或证明一种理念:如果脱去表面部分,作者的意图便显而易见了。如果在虚构的面纱之下意义可以被揭示出来,那么创作虚构作品就不是毫无意义的。由于《圣经》也是把真理掩藏在虚构的面纱之下,薄伽丘实际上是把诗歌中的虚构与《圣经》中的寓言联系在了一起。既然神学和诗歌都是寓言,都把真理隐藏在面纱后面,那么就不应该厚此薄彼,为神学而排斥诗歌。薄伽丘更进一步直截了当地提出,《圣经》就是最高水平的诗,是造物主这位艺术家创作的伟大史诗,它同另一部史诗(指自然世界)并列。他还为此引证权威:"假如我的话还不足够可靠的话,我并不为此感到烦恼,因为我可以信赖亚里士多德。在诸项重要事务上,他都是一位无与伦比的权威,他断言他发现最初写作神学作品的人都是诗人。"[2] 如果诗歌是神学,诗人是神学家,那么顺理成章地,诗人就应当得到赞许,享有盛誉。

尽管薄伽丘采用上述寓意解释法有其时代意义,但未能使诗歌脱离

---

[1] Giovanni Boccaccio, "The Life of Dante," p.211. 薄伽丘所说的"诗歌就是神学",在对上帝的认知方面可能具有深刻含义。欧金尼奥·加林指出,如果说哲学的认识能够上升到神学的地位,那么可以更确切地说,哲学就是神学,信仰的行为就是对上帝的认知,也就是神圣诗人在诗歌中赞美的深刻概念。对于人与神之间的接触,诗人是揭示者,他可以把人和神之间的事翻译成为人所能听懂的语言。详见欧金尼奥·加林《中世纪与文艺复兴》,第52—54页。

[2] Ibid. 这里薄伽丘不是指亚里士多德的《诗学》,而是他的《形而上学》第四卷。

对神学的依附。基督教教会反对世俗诗歌，抨击经典异教文学和周围的所谓"野蛮"世界，寓意解释法是中世纪回应攻击的必然结果，薄伽丘和其他人文主义者正是用这种方法，通过持续不断的共同努力，把诗歌从被忽略和压制的境地挽救出来。[1] 薄伽丘为想象性文学所作的辩护，就是说明诗歌的真实依赖于寓言基础，其道德教训隐藏在文字的背后，需要逐层挖掘。根据这种认识，真正的诗歌之所以值得人们珍视，简言之，就是因为它是一种戴着"面纱"的神学，而不是因为任何精妙的文学品质。毋庸置疑，当薄伽丘用寓意解释法来为诗歌进行辩护时，诗歌只不过成了神学的一种大众化形式，其终极价值仍然存在于诗歌之外、神学之中。[2] 他虽然赞美诗歌，但实际上是把它降格为一种严肃的寓言。寓意解释法或许从伦理学或神学立场为诗歌做出了辩护，可是并没有让它获得一门独立艺术所应拥有的地位，也没有解释为什么诗歌需要躲藏在寓言的面纱之下。在薄伽丘之后，萨卢塔蒂继承了他的理论，并且稍往前推进了一步。作为崇高诗歌理论的早期倡导人之一，萨卢塔蒂赞同诗人不仅仅是工匠的观点，声称诗人是真正的哲学家，甚至提出作为一门有关道德的学科，诗歌总体而言高于哲学，原因在于诗歌以更生动的形式来呈现真理，《圣经》本身就是诗歌。[3] 对于中世纪的诗歌概念，这类理论提供了解释，而且产生了深远影响，在之后的许多个世纪里一直被用于为诗歌的辩护。[4]

---

[1] 详见 W. K. Wimsatt, Jr. and Cleanth Brooks, *Literary Criticism: A Short History*, p.152。

[2] 锡德尼在《为诗辩护》中则把神学排除在有关人类学科（human sciences）的范围之外。

[3] 详见 Geoffrey Shepherd, "Introduction," p.29。

[4] 例如，弗朗西斯·培根（Francis Bacon，1561—1626）详尽阐述了有关诗歌的寓言性理论，约翰·哈里顿爵士在《疯狂的奥兰多》英译本的《前言》中展现了这一理论的传统形式。不过，锡德尼在《为诗辩护》中对此只是一笔带过，没有给予特别的关注。他在《为诗辩护》结尾部分以缪斯女神的名义，恳求大家和科尔努图斯的翻译者克劳塞鲁斯一道相信："依靠赫西俄德和荷马，在神话的面纱下给我们一切知识、逻辑、修辞、哲学——自然的和道德的……正是天帝的意志……" 详见锡德尼《为诗辩护》，第66页。

然而，无论是薄伽丘还是萨卢塔蒂，他们在为诗辩护时都没有涉及精妙而复杂的文学品质，这关键性的一步需要等到伯纳德·塔索（Bernardo Tasso，1493—1569）[1]来迈出。尽管在他和薄伽丘之间还出现了多人为诗歌辩护，但是他的《诗论》（*Ragionamento della Poesia*，1562）被公认为《神谱》之后第一篇完整而正式的辩护。塔索把诗歌定义为一种近似于绘画的摹仿，描述了不同种类的诗歌，指出最初的诗歌具有浓厚的宗教意味，广泛流传于异教徒和犹太教徒中间。他列出了诗歌值得赞美的诸多品质，譬如，诗歌涵盖所有技艺和学科，是传授美德的典范。他还对意大利诗歌加以点评，行文中不时反驳诗歌遭受的各种攻击，如诗歌具有某种败坏道德的力量，不值得有识之士去关注，诗人遭到柏拉图的驱逐，等等。塔索辩称诗歌可以通过愉悦的方式达到教育的目的，柏拉图驱逐的只是不道德的诗歌，而对于其他诗歌他是支持的。塔索在对诗歌的赞美中提到，伊索寓言中那不勒斯的罗伯特王原本是一个枯燥乏味的小男孩，是伊索寓言激发了他的兴趣，让他掌握了"自由艺"（liberal arts）。他还提到亚历山大大帝出征时随身携带《伊利亚特》，希腊诸城邦争相声称本城是荷马的出生地，等等。他指出世界上没有一个民族野蛮到不需要诗歌的程度，最后以不无同情的口吻提及他所处时代口头流行的诗歌。[2] 塔索自认为他肩负着一种不容推卸的责任，即证明诗歌值得人们尊敬并为之奉献毕生精力。尽管塔索没有具体指明他的论敌究竟是何人，但是我们有理由相信这些人与薄伽丘的对手应该是一丘之貉。

虽然塔索在为诗辩护时涉及诗歌的本质、美学和道德功能，但诗歌与修辞学、语法学等其他学科的关系尚未厘清，其独立地位尚有待确立。自雅典伯里克利时期开始，诗歌就被纳入学校的教学内容之中，至少史诗被

1　伯纳德·塔索是史诗诗人T.塔索（Torquato Tasso，1544—1595）之父。
2　详见J. S. P. Tatlock, "Bernardo Tasso and Sidney," p.76。

用作教科书，特别是被用于道德教育。奥维德及其后诗人的作品也经常性地被人阅读。尽管如此，诗学从未被视作一门真正的学科。在古典时期，西塞罗称修辞学和诗学为最亲密的邻居，它们各自吸收了对方的一些技巧，并且由此开始逐渐形成了一个不可忽视的传统：诗学的某些方面被简单地归入语法学或者修辞学，有时甚至被归为逻辑学。[1]到了中世纪，令后人惊愕而又深感失望的是，在课程体系中，像绘画和雕塑一样，诗歌没有被纳入"七艺"，诗学也不享有界定明确的学科地位，它与多门学科之间存在一种纠缠不清的混乱关系。"三艺"（语法、修辞和逻辑）中，诗歌与语法的关系较为疏远：语法学家在散文体和诗体之间划出界限，提供一些关于音节长短、音步的基本规则等方面的知识。诗歌与语法的关系仅此而已。至于诗歌与逻辑的关系，自从亚里士多德把诗学定为哲学的一个组成部分之后，诗学与哲学其他部分——特别是与逻辑学——的关系便成为人们辩论的一个话题，中世纪尤其如此。亚氏《诗学》自古典后期开始长期被湮没，在面对由此而来的缺失时，中世纪的学者用他们那种百科全书式的头脑上下求索，探寻诗学和逻辑学之间的关系，期望找到某种最能够代表诗歌本质的东西。[2]相比之下，诗歌与修辞的关系最为密切，由于修辞学家把语言作为演讲术中的话语来探讨，在描述修辞手法时通常给出大量取自诗歌的例子，诗学于是被巧妙地纳入了修辞学。到文艺复兴时期，

---

1 详见Ronald Levao, *Renaissance Minds and Their Fictions: Cusanus, Sidney, Shakespeare*, pp.116-117; S. K. Heninger, Jr., *Sidney and Spenser: the Poet as Maker*, pp.77-79; J. E. Spingarn, *A History of Literary Criticism in the Renaissance*, pp.16-18; Bernard Weinberg, *A History of Literary Criticism in the Italian Renaissance*, pp.1-13.

2 在其他时期，这一问题的重要性有所减弱，但直到二十世纪上半叶，此话题才明显不再被提及。详见J. P. Thorne, "A Ramistical Commentary on Sidney's *An Apologie for Poetrie*," p.158。亚里士多德的《诗学》虽然是十六世纪诗学理论的重要著作，但是即使在中世纪晚期，也几乎处于无人知晓的状态。《诗学》的第一个完整的拉丁语译本直到1498年才由维刺完成，伯纳德·塔索称其"被长久地埋藏在无知的阴影里"。详见W. K. Wimsatt, Jr. and Cleanth Brooks, *Literary Criticism: A Short History*, p.156。

原本仅为修辞所具有的功能也被扩展至诗歌，譬如，西塞罗指出演说家的三重目的是"教育、愉悦和感动"（docere-delectare-movere）听众，如果他能有效地做到这三点，他基本上就算成功。在西塞罗之后不久，关于诗歌的功能，贺拉斯在《诗艺》中提出了类似的但流传更广的说法。由于诗学被纳入修辞学，西塞罗所指的演说家的功能，被安东尼奥·闵托诺（Antonio Minturno，1500—1574）转而用来指诗人的功能，后来者尤利乌斯·斯卡利杰（Julius Scaliger，1484—1558）和锡德尼也都采用此说。[1]

纵然如此，在中世纪末期诗歌总体上仍无枝可依，是一个无家可归的流浪儿。诗歌不像"三艺"或"四艺"（算术、几何、天文和音乐）中的任何一名成员，不能声称自己拥有任何理论，在学问体系中没有一席之地，只有在为那些早已确立地位的学科提供生动的例证时，方可被体面地接纳。早期著名的语法学家、逻辑学家和修辞学家都被后人尊为权威，但是就诗歌而言，这样无可争议的权威地位是不存在的，即使是柏拉图和亚里士多德，也概莫能外。柏拉图把诗人驱逐出理想国，由于这个缘故，在有关诗歌的问题上，无人把他当成一名合格的代言人。亚里士多德的《诗学》在文艺复兴开始很久之后才真正被人知晓，而且其意义被解读为对柏拉图的反驳，亚氏本人则被认定为诗歌教化功能的主张者。同时，由于各类学校广泛采用亚氏的《尼各马可伦理学》和《修辞学》，在《诗学》重见天日之后，学者们不由自主地把三者联系起来，在诗学与伦理学、修辞学等其他学科之间建立认同，而且似乎顺理成章地把前者当成后两者的辅助材料。至于贺拉斯，虽然整个中世纪《诗艺》都广为人知，备受推崇，被用作学校教材，但是这部作品如行云流水，文辞华丽，意象繁复，这类特点导致当时的学者把他所有关于诗歌的建议都顺理成章地轻松纳入了修辞学传统，有时还把它们与亚氏的思想混为一谈。

---

[1] 关于文艺复兴时期诗学与修辞学的关系，详见 J. B. Trapp, "Rhetoric and the Renaissance," pp.90–108。

直到1580年前后菲利普·锡德尼写作《为诗辩护》时，没有哪一种诗歌理论是诗人或者诗学理论家普遍接受的，甚至他们之间达成一致的可能性都堪称渺茫。这项任务有待稍后的批评家来完成，锡德尼是其中杰出的代表。只有在他们正式登场之后，诗歌作为一门独立学科所应拥有的地位才最终得以确立。

三

在探讨锡德尼所处时代的为诗辩护和诗歌的地位时，我们将聚焦英国文学批评的状况。这里所指的是严格意义上的伊丽莎白女王统治时期（1558—1603），因为正如史密斯所言，此前的批评著作基本上都是修辞类或编纂性的，而此后则明显带有不同的批评特质，"把我们引入了文学批评史的下一个阶段"[1]。以本·琼生（Ben Jonson，1572—1637）和培根为例，前者在女王统治时期只有少量著作问世，后者的《随笔》（*Essays*）虽然于1597年首次付梓，但是重要的再版都出现在詹姆斯一世统治时期（1603—1625）。再者，两人所处的社会环境均属于詹姆斯一世而不是伊丽莎白时期。当然，文学和文学批评的发展是一个渐进演化的过程，我们无须过分拘泥于时间的划分。总体言之，伊丽莎白时期知识界的状况决定了英国批评活动的性质和范围。在这个具有启蒙意义的时代，新思想、新观念层出不穷，伴随新学而来的，是人们对人的力量再度充满信心，他们以一种全新的精神探索和创造世界，以一种清新的眼光看待和理解事物。随着理性的复苏，人们在缺少古典原则带来充分启示意义的情况下，依据道德价值和实际用途，而不是美学和艺术品质，对文学进行评判，如根据诗歌对性格的影响，它在训练人扮演好自己在现实生活中的角色的功能，甚

1　G. Gregory Smith, "Introduction," p.vi.

至它为表达所提供的范本等等，对诗歌进行评判。这些评判标准成为伊丽莎白时期人文主义文学批评的基本特征。[1]

在探讨伊丽莎白时期的文学批评之前，我们首先需要纠正一种先入为主的谬见。由于这一时期出现了英国文学史上的"黄金时代"，长期以来有一种观点甚为流行，认为在这个文学创作上令人高山仰止的时代，诗人取得了如此辉煌的成就，以致文学理论家相形见绌，他们在批评上的作为乏善可陈。此种说法一望而知有着内在的逻辑问题，因为两者之间没有必然的因果关系，也不存在此消彼长的情况。一些批评家指出，当时所谓的"批评"著作无非是一些东拼西凑的大杂烩，既有与古老的修辞学传统一脉相承的论文，也有关于韵律的短文，还有各类滥竽充数的前言；偶尔有几位作家显露出批评家的特质，但是他们对引起同行或同时代人关注的内容全然无动于衷。[2] 这种评价简单片面，流于肤浅，无视整整一代人多姿多彩的批评活动，而多样性本身正是活力的表现。一个无可辩驳的重要事实是，这一时期的理论家为了理解诗歌的本质和内在原则，做出了各种不懈的努力和尝试。

毋庸讳言，此时的文学批评明显带有实验性特征，但是并非没有其正面价值。英国的文学理论家清醒地意识到他们正处于一个新旧交替、继往开来的时期，在进行批评活动时，他们没有本国传统可以遵循，也很少有本土材料可以用于建构新诗学。尽管一种新批评体系的雏形正处于形成过程中，但是它离最终完成尚有待时日，理论家还来不及严肃认真地思考如何确定文学批评的范围。以我们的后见之明，在这种情况下，对于形成一个有别于欧陆的批评传统而言，实验性或许是一种不二的选择。此时的批评虽说带有实验性，但并不杂乱无章，正如史密斯所言，它旗帜鲜明地

---

[1] 关于伊丽莎白时期文学批评的功能，详见 J. W. H. Atkins, *English Literary Criticism: The Renascence*, pp.3–15。

[2] 关于这类批评家的观点，详见 G. Gregory Smith, "Introduction," pp.x–xii。

在起点上确定了英国文学批评的立场，即英国诗歌必须也能够证明自身的合法性。[1] 不可否认的是，对打破英国文坛盲从欧陆的局面，这种立场起到了积极作用。英国的文学"批评"首次以一种文学"样式"的形式出现在英语中，其实欧陆各国的批评也不一定比它出现得更早。所有的一切皆处于形成过程之中，后人从中依稀可见日后英国批评"大厦"的最初"建材"。

诗歌的地位以及如何为之辩护，构成了伊丽莎白时期文学批评的核心问题。这一时期攻击诗歌的做法颇为盛行，最初的英国文学批评均以为诗歌辩护的形式出现。为了恰当地理解这类辩护，我们在此需要明确两个基本事实。其一，和古典时期一样，这里的"诗歌"相当于我们现在所说的"文学"，通常指所有想象性写作，不论它们是以诗行还是以散文的形式呈现。控方和辩方的区别不是散文和诗歌，而是事实和虚构之间的区别。[2] 这种区别来源于亚里士多德，他在《诗学》第一章结尾处把摹仿作为区分诗歌与非诗歌的标示。[3] 其二，尽管在英国绝大部分对诗歌的攻击出自清教徒，但是清教徒身份不是一个决定性因素，不能以此认定一个人是诗歌的攻击者还是辩护者。在当时的欧洲大陆流行的对诗歌的攻击，主要出自十五世纪意大利的吉罗拉马·萨瓦洛罗拉（Girolamo Savonarola，1452—1498）、十六世纪上半叶德国的科勒里乌斯·阿格里帕（Cornelius Agrippa，1486—1535）等前辈学者，在伊丽莎白时期的英格兰则多半出自当代人托马斯·德朗特（Thomas Drant，1540—1578）和斯蒂芬·高森（Stephen Gosson，1554—1624）。他们从社会、政治和个人等多方面向诗歌和剧院发起猛烈攻击，谴责诗歌淫秽下流，痛斥剧院为带来各种弊端的学堂。

1　详见 G. Gregory Smith, "Introduction," pp.xiv-xv。
2　详见 C. S. Lewis, *English Literature in the Sixteenth Century: Excluding Drama*, p.318。
3　详见亚里士多德《诗学》，第27—28页。

清教徒主要是从历史和道德两个角度发起对诗歌的攻击。从历史角度攻击诗歌，始于基督教兴起之初，传统的指控包括诗人是谎言家，诗歌削弱人的理性，学习诗歌毫无用处，纯属浪费时间，等等。从古希腊时期一直到早期现代，诗歌的攻击者屡屡使用这套陈词滥调。教会领袖还从圣奥古斯丁、特尔屠良等人的作品中引经据典，不无夸张地痛斥戏剧、歌曲和故事，指出里面隐含着各种邪恶。在宗教改革时期，英国的清教徒甚至能够在没有读过第一手材料的情况下振振有词，一再引用中世纪谴责诗歌的文字。究其原因，如史密斯所言，这不是因为他们与中世纪的神父们在精神上一脉相承，或者遥相呼应，而是因为这些文字满足了数量庞大的英国禁欲主义者长久以来的本能欲望，即为自己的主张寻找支撑。尽管中世纪的文字因年代久远而令人感到陌生，同时也很容易让人产生误解，但是他们在所不惜，从中收集现成的材料。[1] 这种做法在清教徒中间十分流行，无论是从较为平庸的戏剧，还是从如斯宾塞的《仙后》这样被视为经典杰作的史诗中，我们都可以感受到这一点。不仅如此，清教徒还转向古典文学，援引亚里士多德或者柏拉图来对沉迷于诗歌的人进行攻击。[2]

从道德角度发起的攻击更为喧闹而猛烈。攻击者瞄准的目标主要有两个，第一个是剧院及相关机构。清教徒撰写各种关于这类机构的小册子，他们的意图与其说是就剧院的道德影响进行辩论，毋宁说是在肆无忌惮地谩骂戏剧和剧作家。他们很少"屈尊俯就"地去谈论任何真正意义上的文学问题，在他们眼中，戏剧有一种内在固有的不道德性，但是与此相比，其社会功能更值得关注。这种较为含混不清的认识导致他们在攻击诗歌时意图不够明确，其必然结果就是他们想要"集中火力"，却又往往因目标

---

[1] 详见 G. Gregory Smith, "Introduction," p.xv。
[2] 详见 Ibid., pp.xv-xvi。

太泛而表现得"火力不足",总是给人一种"虚张声势"之感。从他们的小册子看,无论是诗人还是作为社会机构的剧院,其实都没有什么不当之处。那些诗人就算在他们眼中才疏学浅或者艺术趣味低下,充其量只不过是一些鲁莽粗俗的乡绅,称不上是道德败坏之徒;至于那些剧院,他们虽欲"加之罪",对其无情鞭挞,但是实在提供不出多少确凿证据。

以高森为例,他虽然像所有违背常情者一样时常表现出过分高昂的热情,但是在为自己攻击诗歌的行为进行辩护时又言之无物。高森认为诗歌和戏剧对整个社会构成危害,它们会误导或引诱观众作恶,因此,应当把它们从个人和公共生活中驱逐出去。甚为有趣的是,他引用的权威不是《圣经》,而是古典作家,如柏拉图、西塞罗等。也就是说,他对文学艺术的攻击建构在源自古典人文主义传统的资源之上。他指出,虽然西塞罗年轻时代沉迷于诗歌,但是等到他年龄稍长能够做出更成熟的判断时,他视诗人为"谎言之生父,虚荣之管道,弊端之学堂"。高森把一系列恶行都归因于诗歌——特别是戏剧——的影响,在他看来,如果说诗人是不诚实的销售员,那么剧院则是直接导致卖淫嫖娼的场所,因为淫夫荡妇欢聚于此;剧院还败坏公序良俗,允许一些演员穿戴绫罗绸缎,而根据法律,这些只有比他们社会阶层更高的人士方可享用。高森曾经为剧院创作了多部戏剧,他为自己过往的行为解释道:"如果有人问我,为什么自己过去写过喜剧,而现在又如此急不可待地在这里痛骂它们,那就让他知道:我有罪,为自己的过错感到难过,永不悔改者愈走愈远,亡羊而补牢未为迟也。"[1] 这类表达让人觉得言说者尽管摆出一副信心十足的样子,但实际上相当软弱无力。清教徒的辩论对手发现,剧院虽不乏种种邪恶,对此他们自己也不遗余力地加以谴责,但是这不足以构成终止其存在的理由,更不能成为反对戏剧和诗歌的理由。

---

[1] 转引自 G. Gregory Smith, "Introduction," p.xvii。

清教徒攻击诗歌的第二个目标，是外国文学——主要是意大利诗歌和散文——对英国的影响。与对剧院的攻击相比，对这类影响的攻击力度要大得多，两者几乎不可同日而语。这类攻击者的主要观点是当今时代诗歌让基督教读者分心，令他们不能集中精力接受宗教教育。声名显赫的人文主义者罗杰·阿斯克姆（Roger Ascham，1515—1568）[1]是持这一观点的代表性人物。他的《师者》（The Schoolmaster，1570）一书，顾名思义，关注的是教育问题，特别是拉丁语的教学。当时流行的教学法是师者对受教育者严加威逼，使之就范，他推荐的方法是他们应当把学习变得趣味盎然以吸引学生。然而，在新诗强大的吸引力面前，这种温和的劝导式教学法似乎不堪一击。于是，对于构成人文主义教育基础的古典和圣经文本而言，世俗爱情诗和情欲意味浓厚的传奇故事在他的书中被视为其邪恶的对立面。他一再告诫读者，一些中世纪的堕落修士创作了《亚瑟王》之类的传奇故事，他们的目的就是为了引诱年轻人抛弃《圣经》；近年来还出现了一种更加阴险狡诈的诗性威胁，这就是某些俗不可耐的外国作品被译成英文引进英国。

阿斯克姆没有明确指出是从哪些国家传来的作品，不过从行文看他所指的应该是意大利诗歌和散文。譬如，他痛斥一些读者，他们"尊崇彼得拉克的《爱的胜利》超过摩西的《创世记》……尊崇薄伽丘编造的故事胜过《圣经》故事"[2]。他颇具洞察力地指出，就瓦解整个英国新教而言，与天主教的渗透相比，意大利书籍在力度上有过之而无不及，因为它们不是以一种公开和普通的方式打开了通往邪恶的大门，而是仿佛"润物细无

---

[1] 罗杰·阿斯克姆在亨利八世时期先后担任过伊丽莎白公主的家庭教师（1548—1549），以秘书身份（1550—1553）陪同英国大使游历过德国和意大利，后来被任命为玛丽女王的拉丁语秘书（1553—1558），在伊丽莎白女王的宫廷里他的秘书和家庭教师职位得以保留。他的主要著作有《爱剑术者》（Toxophilus，1545）、《师者》等。

[2] 详见Roger Ascham, The English Works of Roger Ascham, p.231。

声"一般，以微妙、狡猾、多样的全新方式对读者的思想产生影响，使之发生转变，让他们"年轻的意志转向虚荣，年轻的才智转向祸害"。所有这些都是头脑单纯的英国人难以想象的，此前在英国也是闻所未闻的。不仅如此，那些令人喜不自禁的意大利书籍，还将以同等力量作用于人的思想和情感、"才智"和"意志"。它们将以一种最便捷有效的途径，使意大利人的圆滑世故取代英国人的真诚率直和对上帝话语的虔敬谦卑。阿斯克姆警告本国同胞，在这种替代的准备阶段结束之后，他们只需一两个步骤便可以轻而易举地把英国转化成为一个天主教国家。[1] 在伊丽莎白时期，天主教和新教处于紧张对立状态，这样的话语拥有非同一般的鼓动性。特别值得我们关注的是，这种攻击诗歌的强大力量就其自身而言是非文学性的，但激发起了文学性的辩护。

上述攻击产生了重要作用，以特有的方式定义了英国文学批评最初的问题，引发了对诗歌的理性辩护。一些全身心投入本国文学事业的作家严肃认真地对待这些攻击，为诗辩护成为他们就相关文学问题阐述个人观点的方式。辩护者面临的问题或多或少具有一定的普遍性，例如，为什么说诗歌本身无可厚非，只是被滥用了？假如说诗歌中包含邪恶的话，如何证明那不是诗歌本身或"真正的诗人"（the right poets）的过错，而是那些"摹仿诗人者"（poet-apes）的过错？诸如此类的问题不一而足，辩护者需要思考如何来回答。在最初的批评家尝试为诗歌进行辩护的过程中，事实上，正是诗歌的攻击者帮助他们进一步深入探讨诗歌的本质，认清英国现有诗歌中存在的不足，进而意识到从英国诗歌内部进行改革的必要性。史密斯恰当地指出，那些"试图把诗人从理想国驱逐出去的极端者，把他们的精神传递给了对手，使之成了文学的严厉裁判者"[2]。尽管这些"裁判者"

---

[1] Roger Ascham, *The English Works of Roger Ascham*, p.232.
[2] G. Gregory Smith, "Introduction," pp.xiv-xv.

做出的辩护各不相同，但他们有着一个共同的目标，那就是毫不动摇地肯定诗歌在教育和愉悦方面的力量，以稳步提升其地位。[1]

宗教改革元素在某种程度上决定了这一时期为诗辩护的走向。虽然中世纪诗人和早期人文主义者都曾证明过诗歌的合法性，但是随着宗教改革运动的蓬勃兴起，关于人的本质和功能的概念发生了变化，原有的证明现在难以令人信服。从前文所述薄伽丘关于诗歌的定义及相关论述中，我们可以看到宗教改革之前的美学思想：诗人不应当只是揭示真理，还要通过充满激情的创造和表达来敦促读者寻求真理，这种激情不是情感性的，而是一种对知识的知性渴望；诗人应采用比喻和隐晦的言说方式，诗歌必须拥有一个"面纱"，读者需要付出艰苦卓绝的努力方能获取其中蕴含的智慧，这样他们才会对其倍加珍惜。[2] 迟至1589年，仍有人以这种方式看待文学，如托马斯·纳什（Thomas Nashe，1567—1601）有言道："我把诗歌视为一种更隐晦而又神圣的哲学，它被包裹在隐蔽的寓言和神秘的故事里，那里隐含着更出色的关于行为的艺术和道德箴规，对此加以解释的，是林林总总发生在其他王国和国度的范例。"[3]

这种美学思想源远流长。早在圣奥古斯丁阐释《圣经》文本时就指出，与直言不讳相比，用比喻的方式言说更能够感动读者和点燃起他们心

---

[1] 和薄伽丘所处的时代一样，在伊丽莎白时期的英国，诗歌的地位十分低下。譬如在人们眼中，诗歌尽管灿烂辉煌，但它与哲学和历史一样，终究不过是一门服务于伦理学的学科，是一件提供箴言和范例的工具，也是一件适当鼓励理性的工具。详见 Robert Montgomery, *Symmetry and Sense: The Poetry of Sir Philip Sidney*, "Introduction"。再如，锡德尼英年早逝之后，最初挽诗中其形象是多才多艺的恩主和战士，而不是诗人。所有的缪斯女神都为其早逝悲悼，不是因为失去了一位杰出的诗人，而是因为他再也不能为那些诗人提供赞助了。多年之后，福尔克·格瑞维尔在《献给菲利普·锡德尼爵士》(*A Dedication of Sir Philip Sidney*) 一书中几乎完全把锡德尼作为政治家来缅怀，其诗人角色基本上被忽略，日后诞生的有关锡德尼的传说只零星提及其诗人品质。详见本论著第365—367页。

[2] 详见Giovanni Boccaccio, *Boccaccio on Poetry*, p.60; 另见Andrew D. Weiner, *Sir Philip Sidney and the Poetics of Protestantism*, pp.32-33。

[3] Thomas Nashe, "From *The Anatomie of Absurditie*," p.328.

中爱的火苗。例如，在《雅歌》中，教会被比喻成佳偶，"你的牙齿如一群新剪毛的母羊，洗净上来，个个都有双生，没有一只丧掉子的"[1]。圣奥古斯丁以此为例，在《基督教原理》第二卷第六章中阐明如下：

> 当我把圣人想象成教会的牙齿，撕咬掉人的过错，再在其铁石心肠像被咀嚼一样软化之后，把他们转化成她的躯体的一部分时，我以一种神奇的方式，心情更加愉悦地默想圣人。我无比快乐地把他们认作剪去毛的羊群，已然把世界的重负如同这么多羊毛一样放置一旁，洗净上来，也就是接受了洗礼，所有的羊都生下了双胎，也就是两种爱，他们当中无一人没有收获这种圣果。[2]

这段文字表明，根据圣奥古斯丁的思想，《圣经》中用比喻的方式言说能够令读者"心情更加愉悦"地寻求真理。此外，他在《上帝之城》第十一卷中提出，"神圣词语晦涩难懂，理当有此优势：关于真理的各种意见和讨论都将因它而出现，每一位读者都将从中看到某种新意"[3]。他还就《诗篇》第一百二十六首做出如下具体点评："或许是由于以下原因，词语被表达得相当隐晦：它们可以引发形形色色的理解，与那种人们打开之后发现只有一种解释的书相比，这种书让人读完之后在精神上更为充实富有，他们已经发现书合上之后可以用多种方式打开。"[4] 阿奎那的名言是"历尽千辛万苦获得的真理远比一目了然的真理更有价值"，因为对于前者人们历经了诸多困苦，也理解得更加透彻。彼得拉克在《谩骂》（Invectives）第三卷中坦言："这种雄伟和庄严不是有意用来给那些渴

---

1 《圣经》（和合本），第417页。
2 Augustine, "From *On Christian Doctrine*," p.127.
3 转引自 Giovanni Boccaccio, *Boccaccio on Poetry*, p.60。
4 Ibid.

望理解的人设置障碍,而是布置一项令人愉快的任务,它们被设计出来是为了增加读者的快乐,帮助他们记忆。我们历经艰险获得并精心保管的东西,对于我们总是更有价值的。"[1]构成这种美学思想的深层原因,就是假设人在所学内容的基础上拥有行动能力和自由意志,虔诚而又热烈地爱真理——也就是上帝——是可能的,所有的诗性真理无不把人引向它。

然而,新教徒要否定的正是这些假设,其结果就是原有的辩护词不再适合。宗教改革之后,根据严格的新教教义,词语并无任何隐含的意思,读者必须按照字面意思来解读。于是,虚构作品不再是戴着面纱的真理,而是带有欺骗性的谎言,就像撒旦和夏娃在伊甸园时使用过的谎言一样,其目的大有可能是为了引诱读者堕落。[2]严肃的新教徒无法继续以寓意解读的方式,把中世纪的传奇故事视为对"天国之美"的求索,他们尤其痛恨《亚瑟王》《特洛伊罗斯》等作品,原因是那些作者竟敢声称他们写下的是真实发生的故事。虽然诗人仍然可以按照原有的方式继续写作,但是不再能够为诗歌辩护,因为他们还没有找到一种与其宗教信仰一致的诗歌概念来服务于这一目的。在这种情况下,正如维拉指出的,为诗辩护的唯一出路便是"构建新的诗歌美学,包括重新定义诗歌、评价诗歌教育功能的重要性等等"[3],这正是锡德尼计划在《为诗辩护》中完成的任务。

在此,我们有必要稍加查看同时代辩护者群体的共同努力以及锡德尼的独到之处。为了构建新的诗歌美学,辩护者采用了大量有利于诗歌的历史证据。除锡德尼之外,这类辩护者还有托马斯·洛奇(Thomas Lodge,1558—1625)、约翰·雷诺兹(John Rainolds,1549—1607)、乔治·普特南姆(George Puttenham,1529—1590)等。他们最常采用的有利于诗歌的历史证据有以下三类:其一,诗歌具有悠久的历史;其二,世界所有的

---

[1] Giovanni Boccaccio, *Boccaccio on Poetry*, p.62.

[2] 详见S. K. Heninger, Jr., *Sidney and Spenser: the Poet as Maker*, p.230。

[3] 详见Andrew D. Weiner, *Sir Philip Sidney and the Poetics of Protestantism*, p.32。

民族都拥有诗歌；其三，诗歌受到最伟大的人物的青睐。他们指出诗人是最初的立法者、哲学家和历史家；所有的民族都怀有对诗歌的深厚情感，诗歌是最古老而又最具普适性的存在；王公贵族和学识渊博者深爱诗歌的例子，更是不计其数。他们在基于历史证据的基础上为诗歌做出的辩护，多半是向古人和欧陆同行借鉴而来的，甚或是同胞之间的相互借鉴，鲜有原创性。他们中有的人采用"剪刀加糨糊"的方式为诗歌辩护，有的人为借鉴而来的内容套上令人赏心悦目的外衣。在很长的一段时期内，锡德尼的《为诗辩护》被认为属于后一类，其诗学理论的原创性直至晚近才逐渐为人所识。

除了提供历史证据之外，伊丽莎白时期的辩护者还从多方面去认识诗歌的本质。针对诗歌当下遭受的攻击，他们凭借一种比前人更坚定的信心，首次在辩护中展开了多种多样的批评实践活动，只不过除锡德尼之外，其他人均未提出完整的诗学主张和构建新的诗歌美学。锡德尼与他们之间既有相似之处，也有截然不同之处。总体而言，辩护者对诗歌的认识主要涉及其神圣来源、本质、道德价值、功能等问题。首先，关于诗歌的神圣来源，许多辩护者都认为诗人也许并不都是具有神性的，但他们创作时都处于神赋迷狂（divino furore）状态，都是预言家。诗歌凭借的是诗人的先天禀赋，而非后天训练。这种关于诗人的神性的观点源远流长，锡德尼虽然对此没有直接予以驳斥，但是持有本质上迥然不同的观点：他把诗人个人的才智放在一个更重要的位置上，进而赋予其"神性"完全不同的含义。

其次，关于诗歌的本质，辩护者提出诗歌是一种摹仿性艺术。他们经由贺拉斯、意大利当代批评家斯卡利杰和文艺复兴时期的其他理论家，间接援引亚里士多德有关摹仿的理论，指出诗歌并不摹仿宇宙运行的声音和"天国之美"（heavenly beauty）的形式，或者重新加工传统材料，就像中世纪流行的观点认为的那样。锡德尼更是明确地彻底修正了原有的诗学理论，把原本至关重要的诗歌形式置于一个次要的位置上，而把附属于形式的内容提升到了一个更高的位置，从而把诗歌转变成为一种创造形象的描述性和叙述性艺术，而不只是为了传递"天国之美"。这一点对英国文学批评的发展产生了重大影响，为诗歌研究开辟了新的领域，预示了日后审美理论的出现。锡德尼可以说是一位领导者，他对诗歌本质的新认识最终导致了一场革命，使诗学领域的主导性艺术理论从新柏拉图美学转向了经验主义美学。

再次，关于诗歌的道德价值，辩护者的论据在很大程度上基于中世纪关于寓言的理论。原有的观点认为道德（moralitas）是文学作品的内核，寓意和诗性想象是一种手段，引导读者走向某种隐藏在内的善。借用文艺复兴时期广为人知的一个比喻来说，诗歌是一个裹着糖衣的药丸，也可以说是一个内含大黄的糖果。糖衣或糖果存在的理由是人们对药丸或大黄的需要，换言之，诗歌的实际用处是它存在的根本依据，在遭受攻击时诗歌之所以能够得到辩护，就是因为它给人类带来了益处。随着为诗辩护本身的发展和变化，这种观点固有的不足日渐明显，锡德尼在《为诗辩护》中虽然提及"裹着糖衣的药丸"这一比喻，但是关于诗歌对人的道德作用，他在诗歌的定义中采用了古已有之的"有声画"概念，并且赋予它新的内涵。

最后，关于诗歌的功能，辩护者谨慎地区分愉悦和教育两种传统功能，使前者不附属于后者。攻击者承认诗歌拥有无法抵挡的魅力，但是无论是在辩论还是在实践中，他们都对这种力量本身心存怀疑，认为它既能使人向善，热爱正直诚实，也能使人向恶，堕入下流猥亵。辩护者尽管真心实意地承认这两种可能性都存在，但是坚信不能因一些人的滥用而损害诗歌的名声，强调诗歌具有"教育和愉悦"（to teach and to delight）双重功能。锡德尼在指出诗歌具有"令人愉悦的教育"（delightful teaching）功能时，似乎偏重于愉悦而不是教育功能。对"令人愉悦的教育"功能的强调，无疑加快了把诗歌视为艺术的理论化进程，只不过在伊丽莎白时期为诗歌所作的辩护中，对这一问题的理论表达还不是出于言说者完全清醒的意识，后人从他们具体的改革计划中反而能够看得更为真切。锡德尼对诗歌功能的论述最接近问题的核心，但是他的认识与其说是出于批评者的洞见，毋宁说是一种同情式的理解，因为作为批评家的锡德尼本身就是一位诗人。

上述的简要勾勒表明，锡德尼在伊丽莎白时期的辩护者当中是不容争辩的核心人物。由于《为诗辩护》集中反映了锡德尼的诗学思想，而关于他写作此文的动机存在一种根深蒂固的认识，我们在进入正文之前有必要对此加以辨析。1808年，托马斯·邹奇（Thomas Zouch）发表《菲利普·锡德尼爵士生平和写作回忆录》(Memoirs of the Life and Writings of Sir Philip Sidney)，指出高森影响了锡德尼。在此之后，学界几乎达成共识，即锡德尼写作《为诗辩护》的目的就是为了反驳高森的《弊端学堂》(The School of Abuse, 1579)，而且这种认识还长久流传。[1] 例如，爱德华·阿伯在他编辑的《为诗辩护》中提出，这部著作是对高森的一个"精心准备的回应"[2]。虽然雅各布·布隆诺斯基在《诗人的辩护》中承认，由于两人的立场基本一致，锡德尼未必真正回应了高森，但是他随后细致地分析了锡德尼对高森的反驳，甚至声称如果不了解高森，就无法理解锡德尼。[3] 温塞特和布鲁克斯在《文学批评简史》(Literary Criticism: A Short History, 1979)中指出，"虽然锡德尼的《为诗辩护》也许一直到1585年才完稿，但是传统上一直被认为是对高森的反驳，这主要是因为高森敬献《弊端学堂》以及斯宾塞在一封信中暗示此事的缘故，不过，也有可能是因为锡德尼辩论中的某些地方和几个戏仿尤弗伊

---

[1] 详见 Thomas Zouch, *Memoirs of the Life and Writings of Sir Philip Sidney*, p.197。

[2] 转引自 Arthur F. Kinney, "Parody and Its Implication in Sydney's Defense of Poesie," p.1。

[3] 详见 Jacob Bronowski, *The Poet's Defence*, pp.38-39。

斯体风格的片段看上去像是对高森的回应"[1]。直至2000年，罗伯特·马驰依然认为"锡德尼的作品几乎肯定是对《弊端学堂》的回应"[2]。其他众多锡德尼传记、专著、文论选集、文学批评史著作也都把锡德尼写作《为诗辩护》的原因主要归于高森。[3]

然而，上述观点经不起仔细推敲，既过分高估了高森的重要性，又极大地削弱了锡德尼《为诗辩护》的价值和意义。《为诗辩护》和《弊端学堂》之间并不存在直接联系，原因首先是从多种锡德尼传记、他与其精神导师于贝尔·朗盖（Hubert Languet, 1518—1581）的通信看，高森敬献《弊端学堂》时，身为贵族才子的锡德尼时年二十五岁，早已是一位闻名遐迩的恩主。许多欧洲大陆声名显赫的文人争相与之结交，而他只与其中最杰出者成为朋友，并且时有书信往来。高森只不过是一个受雇于宗教团体的蹩脚文人，刚从失败的剧作家摇身一变，成为一名不足挂齿的道德家。他很可能是在未经许可的情况下，擅作主张将《弊端学堂》敬献给锡德尼，因为在致加布里埃尔·哈维（Gabriel Harvey, 1553—1631）的信中，埃德蒙·斯宾塞对此不失尖刻地评论道："我近期没有听说过有什么新书，不过，有一个人写了一本名为《弊端学堂》的书，把书敬献给锡德尼先生，先生对他的辛勤努力漠不关心……事先不考虑我们要敬献作品的人的禀性和品质，真是愚不可及。"[4] 高森敬献小册子完全不足以让锡德尼

---

1 W. K. Wimsatt, Jr. and Cleanth Brooks, *Literary Criticism: A Short History*, p.169. 这里指出《为诗辩护》可能完成于1585年，该观点早已被推翻，但是关于其具体写作年代，至今尚无定论。详见Geoffrey Shepherd, "Introduction," pp.2-4; Katherine Duncan-Jones, *Sir Philip Sidney: Courtier Poet*, pp.230-232。

2 Robert Matz, *Defending Literature in Early Modern England: Renaissance Literary Theory in Social Context*, p.60.

3 二十世纪六十年代之前的大量英文著作都采用了这种观点，相关中文著作基本上也都受此影响，在此仅举数例: Mona Wilson, *Sir Philip Sidney*, p.156; J. E. Spingarn, *A History of Literary Criticism in the Renaissance*, p.273; Cornell M. Dowlin, "Sidney's Two Definitions of Poetry," pp.573-581; J. W. H. Atkins, *English Literary Criticism: the Renaissance*, pp.113-138。

4 Edmund Spenser, "Spenser-Harvey Correspondence, 1579-1580," p.89.

引以为荣，也不会使他有兴趣就其对诗歌的攻击做出回应。锡德尼对此书的不屑，究竟是指向作者本人，还是他的写作风格或者辩论方式，后人已无从考察。研究者亚瑟·金尼颇有说服力地提出，高森恳请锡德尼给予赞助时言辞华而不实，夸夸其谈；在高森的书中，修辞手法夸张，结论过分轻率，论证有失严谨，所有这些都令人产生不快之感，很可能令潜在的恩主对他不屑一顾。[1]

再者，锡德尼无意为高森攻击的内容辩护。在诸多问题上，锡德尼和高森的看法明显一致，譬如，他们都认为诗歌具有教育功能，真正的目的是向人传授美德；诗歌有助于人保持人性，这于高森而言，就是让人承担起自己在世俗社会中的责任，而在锡德尼看来，就是使人意识到自身和上帝的存在；两人都相信在人的过去和现在之间存在巨大的差距，诗歌昔日（或者理想）的状态与当下被滥用的状态判若云泥。[2] 高森在攻击诗歌时，矛头所指的事实上并不是诗歌本身，而是对诗歌的滥用，他痛批的主要是流行的新式舞台剧给社会带来危险，锡德尼在《为诗辩护》中对此没有多费笔墨，只是一笔带过，因而多位研究者认为两人在这一问题上的态度总体上是一致的。[3] 大体而言，锡德尼不会强烈反对《弊端学堂》中的内容，高森的传记作者威廉·宁格勒甚至提出，高森有理由向锡德尼敬献此书，原因是"同时代人一般认为，在《弊端学堂》之前被敬献给锡德尼的著作中，有三部道德论文和一部希腊语的《新约》，我们从中可以看出他会被哪一类书所吸引。任何在1579年仅因锡德尼的名望而知晓他的人，都有种种理由期望他会发现一部像《弊端学堂》这样的书是完全可以接受的"[4]。锡德尼和所有的清教徒一样，既反对女王与法王之弟安茹公爵的联姻，也

---

[1] 详见 Arthur F. Kinney, "Parody and Its Implications in Sydney's Defense of Poesie," p.6.

[2] "人的过去"和"诗歌昔日（或者理想）的状态"，都是指人被逐出伊甸园之前的状态。

[3] 详见 Geoffrey Shepherd, "Introduction," p.3. 另见 Arthur F. Kinney, "Stephen Gosson's Art of Argumentation in *The School of Abuse*," pp.43–54。

[4] William Ringler, *Stephen Gosson: A Biographical and Critical Study*, pp.36–37.

反对大众剧院。更进一步地说,锡德尼和高森一样,是信奉具有清教思想的圣公会信徒,而不是信奉加尔文宗的清教徒。[1]

锡德尼写作的目的不太可能是对高森的回应,也不是为了反驳英国清教徒对诗歌的攻击。[2] 尽管欧洲大陆日益增长的清教情绪重新引发了对艺术的不信任感,特别是戏剧艺术,也对诗歌地位及价值提出了挑战,但是在锡德尼之前,如果对戏剧的攻击不包括在内,那么英国除了高森之外无人攻击诗歌。现在几乎已有定论,在锡德尼的思想中,除了高森等几人之外,对诗歌吹毛求疵者都是意大利人而不是英国人,是无知的"男修道士"而不是"清教徒"。在锡德尼写作《为诗辩护》时,高森对诗歌的攻击可能会在他的脑海中一闪而过,也可能根本就不会出现,他的对话者是柏拉图而非高森。[3] 锡德尼的辩护本质上是基于诗歌的功能,论据是诗歌在感动人方面胜过哲学和历史,诗人迂腐的敌人不是清教徒,而是哲学家。他追随自古希腊以来逐渐形成的为诗辩护的传统,使古老的哲学与修辞之间的争吵再度复活。[4] 此外,新出现的朝臣理想或许也是锡德尼写作《为诗辩护》的原因之一,因为这种理想促成人们严肃地探究诗歌的意义,为其在知识生活中确立一个更有价值的位置。

---

1 详见 John O. Hayden, *Polestar of the Ancients: The Aristotelian Tradition in Classical and English Literary Criticism*, p.103。

2 锡德尼《为诗辩护》的两位主要编者西普赫德和邓肯-琼斯均持有类似观点,后者还是当今权威锡德尼传记的作者。

3 托马斯·洛奇为诗歌所作的辩护《诚实的借口》(*Honest Excuses*, 1579)通常被认为是对高森《弊端学堂》的回应,他通过引证一系列权威来反驳高森对诗歌、音乐和剧院清教徒式的攻击。他的辩护思路和策略都较为传统,如他声称诗歌就像《圣经》本身,通常是寓言性的。尽管洛奇与锡德尼一样引经据典,旁征博引,但是他对典籍的处理明显要更简单。他通常只是重申前人的观点,循规蹈矩,鲜有新意,缺乏锡德尼的《为诗辩护》展现出来的那种开阔视野和原创性。关于两者之间的差异,详见 Michael Mack, *Sidney's Poetics: Imitating Creation*, pp.8-9。

4 哲学与修辞之间的关系,是文艺复兴时期学术的一项重要内容,详见 David Norbrook, *Poetry and Politics in the English Renaissance*, pp.85-86; Jerrold Seigel, *Rhetoric and Philosophy in Renaissance Humanism: The Union of Eloquence and Wisdom, Petrarch to Valla*。

综上所述，始于柏拉图绵延两千余年的为诗辩护的传统，到锡德尼生活的时代，业已经历过攻击者和辩护者之间的多次交锋。在古典和后古典时期，面对柏拉图在真实、情感和道德等各方面对诗歌的攻击，亚里士多德及新柏拉图主义者做出了最初的回应。在中世纪早期和晚期，诗歌遭受到猛烈的攻击，当薄伽丘等人用寓意解释法为诗歌辩护时，其终极价值仍在神学之中；塔索虽然在辩护中涉及诗歌的文学品质，但诗歌与"三艺"中各个成员之间的关系尚未理顺，仍未能获得独立的地位。到伊丽莎白时期，清教徒从历史和道德角度对诗歌发起攻击，引发了人们为诗歌做出理性的辩护，其中唯有锡德尼的《为诗辩护》尝试提出了完整的主张。《为诗辩护》诞生于早期现代西方文化发生巨变的年代，是这一时期文学批评著作的典范，它既回应了对诗歌的传统攻击，又与时代密切相连，同时赋予了诗歌一种与作者人生相关的特殊使命。锡德尼自出生之日起就被寄予厚望，他的人生志向是成为一名伟大的行动者，却不得不在自认为理应大展宏图之际隐退，成为一名沉思者。锡德尼在这种背景下写成的《为诗辩护》，呈现出一种集行动者和沉思者的使命于一体的诗学，我们唯有从他的人生中方能发现其真意。

第二章

锡德尼之生：从行动者到沉思者

> 我的笔墨显然已经凝滞，我的思想本身即便曾经有过一丝价值，也开始因无聊的嬉戏而在不知不觉中丧失力量。在一个腐败的年代，我们竟然无法期望为了公众的利益而运用我们的思想。倘若无此机会，又有何必要让各种知识激起这些思想呢？
>
> 锡德尼《书信集》

在锡德尼生活的十六世纪中后期，整个英国都处于从中世纪向早期现代的转型中。新旧交替，风云际会，英国国内的封建势力、天主教和经院哲学，正在逐渐让位于现代权术、新教和新学；国外的西班牙即将遭到迎头痛击，其不断扩张的势力将受到遏制，大英帝国崛起的基础很快将得以奠定。在所有这些变化当中，尽管锡德尼置身其中的世界仿佛仍然是为贵族阶层而存在的，而他就是其中的一员，但是英国中产阶级的力量开始显现。随着新时代的到来，贵族的理想悄然发生变化，他们当中最强有力者不再是军事领袖，而是像红衣主教托马斯·沃尔西（Cardinal Thomas Wolsey，1473—1530）、弗朗西斯·沃尔辛厄姆爵士（Sir Francis Walsingham，1532—1590）和伯雷勋爵（Lord Burghley，

1520—1598）这样的政治家。[1] 虽然中世纪的骑士风依然盛行，但是骑士已悄然转变成了廷臣，政治和学术就像习武一样，正在成为绅士的职业。无论是军事领袖还是政治家，无论是骑士还是绅士，抑或是廷臣，他们都有一个共同之处，那就是崇尚行动生活（vita activa），而不是沉思生活（vita contemplativa）。这种不同于中世纪的新认识的出现，有其深厚的思想根源和时代因素，极大地影响了锡德尼的人生道路以及与之紧密相连的诗学思想。为了公允地评判锡德尼作为沉思者的诗人角色及其诗学本质，我们必须认识其作为廷臣的行动者角色。鉴于此，本章将首先简要勾勒两种生活的思想来源，在此基础上界定其在本论著中的含义；其次，在广阔的时代背景下，以锡德尼的人生走向为线索，论述他被迫从命定的行动生活转向沉思生活时两者之间的张力及互动，阐明他如何在写作中完成行动中未竟的使命并形成其独特的诗学思想。

一

在从中世纪走向早期现代的过程中，随着"智慧"概念内涵的发展，人们对行动生活和沉思生活的认识发生了相应变化。自古希腊以来，"智慧"（wisdom）被描述为人所能拥有的最高程度的知识，是人类追求的一种崇高理想。柏拉图称智慧为对永恒不变的理念的沉思，亚里士多德把它定义为对事物第一动因的知识，圣奥古斯丁称之为对不可见的无穷宝库的沉思。在中世纪后期，神学使人类脱离自然，人被固定在原罪上，只能在孤独的修炼中放弃一切，而哲学是一种古典秩序的神学，它本身永恒不变，十分完善，人在其中并无任何意义，只能接受一切事先的安排。因

---

[1] 详见Kenneth Orne Myrick, *Sir Philip Sidney as a Literary Craftsman*, p.6. 红衣主教托马斯·沃尔西是亨利八世最重要的大臣，他一度大权在握，后因未能确保国王与阿拉贡的凯瑟琳离婚而失宠；弗朗西斯·沃尔辛厄姆爵士是伊丽莎白女王的国务秘书，锡德尼的岳父；伯雷勋爵即威廉·塞西尔（William Cecil）是女王的首席枢密官。

此，这个时期最高形式的智慧是一种沉思性美德，人所能过上的最高层次的生活是一种宗教性的沉思生活。阿奎那通常把智慧局限在关于精神存在的知识和对上帝的沉思的范围之内，在《神曲》中唯有贝雅特丽齐可以被恰如其分地与智慧联系在一起，是她引导但丁走向沉思上帝的终极快乐。到了文艺复兴时期，人关于宇宙的观念变得无限而开放，新的哲学从人的自由、意志和活力方面对人做出解释，提出人不能在对原罪的忏悔和自责中耗费一生，应当去过一种行动生活，拥有个人尊严。[1] 十五世纪佛罗伦萨的人文主义者公开质疑沉思生活的优越性，颠覆原有的立场。他们想象另一种智慧的可能性：它是伦理的而非形而上的，是行动的而非沉思的。他们尽管排斥中世纪亚里士多德主义的方法，但是肯定亚氏本人在探索中以人为中心的做法，同时使得西塞罗、斯多葛派和圣奥古斯丁变得日益重要。他们赋予"智慧"世俗含义，表明它既可以属于修道院和大学，也可以属于市井社会，与关于真理的知识相比，它更看重德行。[2] 于是，智慧以具体的方式变得世俗化，带上了一种比以往更实用的色彩，人类事务在智慧的概念中占有了一席之地，行动生活受到前所未有的重视。

从彼得拉克到雷奥纳多·布鲁尼（Leonardo Bruni，1370—1444），多位人文主义者对智慧的认识渐进性地表现出了上述变化。位于起点的是彼得拉克，一方面，他是一位虔诚的基督徒，终其一生，非常严肃地反思自己的精神状态；另一方面，他被一种其本人永远无法完全理解的对古代异教的迷恋所控制。他并没有将这种迷恋占为己有，而是通过抄写、校勘及订正他找到的古代拉丁文本，使之进入流通，与他人分享。因而，他倡导的智慧深深地根植于两种土壤中，一种是对上帝的虔敬以及与此相关的知识，另一种是最伟大的古典作家的思想和榜样。圣奥古斯丁关于智慧的论断是"智慧就是虔敬"，也就是在此生中以一种卑微而又虔诚的态度，认

---

[1] 详见李玉成《译序》，第iii—xvii页。
[2] 详见Eugene F. Rice Jr., *The Renaissance Idea of Wisdom*, p.30。

识到上帝的力量和爱的存在。彼得拉克对此深信不疑,认为智慧从这样一个谦卑的起点开始,从知性(intellectual)美德转向德性(moral)美德,从关于基督教原理的知识类型转向伦理范畴。[1]他写作就是为了养成虔敬和美德的品质,他的作品中很少包含思辨哲学、形而上学或者系统性的神学。彼得拉克的思想被早期人文主义者所继承,其中最杰出者莫过于佛罗伦萨共和国秘书长克鲁奇奥·萨卢塔蒂。[2]

萨卢塔蒂在继承的同时也与导师彼得拉克分道扬镳。如果说生于流放途中的彼得拉克从未认同一个特定的家园,终身都在从一个地方搬到另一个地方,对稳定生活的依恋感到绝望,感觉自己被拉向一个沉思的世界,那么萨卢塔蒂则要在他热爱的城邦国家创造新的东西。他指出,"无论是在人间,还是在天堂,行动生活在所有方面都比沉思生活更为可取"[3]。根据他的认识,人作为一种政治动物,应当义不容辞地承担起对家庭、朋友和国家的基本责任,有智慧的人理应积极投身于公共事务。1376年2月13日在写给安科纳镇的一封信中,萨卢塔蒂敦促那里的居民反抗强加给他们的教皇政府:"你们要永远处于奴隶制的黑暗中吗?最优秀的人啊,你们不认为自由有多美好吗?我们的祖先,实际上是整个意大利民族,战斗了五百年……这样自由就不会丢失。"[4]萨卢塔蒂上述认识的权威依据是西塞罗关于智慧的定义,其大意是说智慧是一种关于所有神圣和世俗事务的渊博知识。人类事务被纳入智慧,较之"渊博知识"的内涵本身,更令萨卢塔蒂感兴趣,他在圣奥古斯丁对西塞罗的注解中读出了相同的含义。圣奥古斯丁在《上帝之城》中有言道:"对智慧的研究,不是行动就是沉

---

[1] 关于彼得拉克对智慧的认识,详见Eugene F. Rice Jr., *The Renaissance Idea of Wisdom*, pp.30–36。

[2] 佛罗伦萨共和国秘书厅是政府工作机构,秘书长是机关首长,相当于现在一些国家的内政部长,通常由文艺复兴时期著名的学者、政治思想家和人文主义者出任。萨卢塔蒂于1375年被任命为秘书长,后来布鲁尼、马基雅维利等都出任过该职。

[3] 转引自Eugene F. Rice Jr., *The Renaissance Idea of Wisdom*, p.37。

[4] 转引自斯蒂芬·格林布拉特《大转向:世界如何步入现代》,第100页。

思……行动包括在人生中践行道德，沉思包括探究自然的奥秘和神性的本质。据说，苏格拉底善于行动，毕达哥拉斯精于沉思。"[1]萨卢塔蒂对此评论道，一种集行动和沉思、人类和神圣事务于一体的智慧，当然是完美无缺的，可是这种智慧我们易于想象，却难以发现。因此，在实践中最好把自己限制在人类事务的范围内。一个人如果能够做到永远积极上进，对本人、家庭、亲人、朋友有用，以自身的榜样和有益的工作服务于国家，那么他将比仅仅独自一人沉思默想更显高贵。萨卢塔蒂几乎把智慧等同于道德哲学，于他而言，智慧就是美德。[2]

到了十五世纪初，萨卢塔蒂最有前途的学生布鲁尼又比他更激进。彼得拉克让智慧和美德并存，萨卢塔蒂把智慧与行动生活更紧密地联系在一起，从他们的做法中逐渐形成了一种为后来者所继承和发展的人文主义思想传统，其中最杰出者莫过于布鲁尼。当时佛罗伦萨独立城邦中的市民既富有又爱国，积极投身于对商业活动和城邦的管理中，但是他们清醒地意识到，自己已然不同于原有的教会阶层和古老的贵族阶层。他们可以说是一种新人，渴望在理论和道德上证明其雄心或野心的合法性。因此，布鲁尼在一部关于城市历史的书中重新检视了亚里士多德和西塞罗的道德思想，牢牢把握其中关于公民和政治的论述的深刻含义，用全新的理解来表达一种能够满足城邦市民的关于人和人类行为的理想。

书的主题涉及公民对城邦的忠诚问题，布鲁尼在一个与亚里士多德相关的语境中，重构了他关于智慧的思想。公民人文主义精神诞生于意大利反专制暴政的残酷斗争中，在这一时代背景下，它把对城邦的忠诚视为最高美德，歌颂行动生活。这也是十五世纪上半叶佛罗伦萨人文主义精神的显著特征。布鲁尼在书中明确表示厌恶那些对群体毫无贡献的饱学之士，强烈反对他们只会纸上谈兵而无实际行动的做法。他甚至提

1　转引自 Eugene F. Rice Jr., *The Renaissance Idea of Wisdom*, p.39。

2　关于萨卢塔蒂对智慧的认识，详见 Ibid., pp.36–43。

出，就给人带来的荣耀而论，科学、文学和雄辩均低于军事行动，因为后者比前者对国家更有用处。[1] 布鲁尼还对"忙于事业的生活"和"无所事事的生活"两者进行对比，指出孰优孰劣不言而喻。对此，莱昂·巴蒂斯塔·阿尔伯蒂（Leon Battista Alberti，1404—1472）评论道："人生不应虚度光阴，而应建功立业。"[2] 此外，由于人有能力把理性的知解力与实践德行结合起来，布鲁尼还把人称为"虽有一死但快乐的神"。这自然是在暗示西塞罗说过的一番话：就像马是为了奔跑而生，牛是为了犁地而生，狗是为了气味的踪迹而生一样，诚如亚里士多德所说，人是为了两件事而生，这就是知（to know）和行（to act）。唯其如此，人虽有一死，仍近乎成为神。[3]

对行动生活的崇尚同样是十六世纪的德西德里乌斯·伊拉斯谟（Desiderius Erasmus，1466—1536）和英国宗教改革派的主要认识。他们把善视为拥有行善的力量，把最高的智慧看成知道如何才能获得善。这种思想认识带来的实际后果，就是他们谴责远离尘嚣的沉思和退隐，对任何与人生和美德分离的唯智论都表示反感。因而，绝大多数人文主义者都对所有为事物的本质提供终极定义的尝试表示怀疑，他们把投身行动生活，或者说成为行动者，当成人生信条和理想抱负。他们还援引圣奥古斯丁，指出他称苏格拉底的生活是一种典型的行动生活，因为这位古希腊哲人坐在市场上提出各种关于日常生活和人类行为的问题。人文主义者关注种种相关问题，如社会、人类和公民行为、人向善和趋恶的潜质、对美德的追求等等，深信有意识地致力于实现全社会共同目标的人生才是值得赞美的。[4]

1　详见 Eugene F. Rice Jr., *The Renaissance Idea of Wisdom*, pp.46-47。
2　转引自阿伦·布洛克《西方人文主义传统》，第25页。
3　详见 Eugene F. Rice Jr., *The Renaissance Idea of Wisdom*, p.48。
4　详见 Geoffrey Shepherd, "Introduction," pp.21-24; Eugene F. Rice Jr., *The Renaissance Idea of Wisdom*, ch.2。

关于行动生活的含义，英国人文主义者鲜有争议，但是他们对沉思生活的理解却与中世纪时期略有不同，彼此之间也不尽相同，我们有必要对本论著中使用的该术语稍加界定。由于文艺复兴时期布鲁尼撰写的西塞罗传记广为流传，人文主义者深受西塞罗的思想及人生经历的影响，在讨论关于行动生活和沉思生活的传统二分法时，通常把他在《论演说家》中的一段话引为权威：

> 人们经常忙于一成不变的日常事务……由于当时环境的缘故无法从事政治工作或者选择度假的时候，他们中有些人全身心地投身于诗歌，其他人陶醉于数学，有人沉迷于音乐，还有一些人重新为自己培养一种辩证家的兴趣和爱好，把全部时间和生命都倾注于一些技艺上。他们把这些技艺创设出来，就是为了用关于文化和美德的文字来塑造年轻人的思想。[1]

人文主义者把上述这段话引为权威，表明在他们的理解当中，与行动生活相对应的沉思生活，在范围上已经超出了宗教性沉思。事实上，在中世纪意义上的行动生活和沉思生活之间，还存在写作生活、闲暇生活等。譬如，本·琼生认为写作生活仅次于行动生活，而不同于沉思生活：

> 纵然写作不及行动重要，
> 但它是次等行动，堪称伟大。[2]

在埃德蒙·斯宾塞的《仙后》中，贝尔福比在为行动生活辩护时，把

---

[1] 转引自 S. K. Heninger, Jr., *Sidney and Spenser: The Poet as Maker*, p.502。

[2] Ben Jonson, "To Sir Henry Savile," in *Works of Ben Jonson*, Vol.8, p.61.

学者、作家的写作生活纳入其中，而与之相对的是闲暇生活。[1] 从朗盖1579年致锡德尼的信看，锡德尼的划分与此略有不同："你写信告诉我，你长期努力希望达致此种状态：于你而言，懒惰成为可能。把你身上的懒惰视为一种罪恶，实乃有失公允。"[2] 换言之，锡德尼所追求的懒惰或者说闲暇生活，尽管是与行动生活对立的，但有其正面积极的意义。他表达的也许是亚里士多德在《尼各马可伦理学》中的一种主张，即我们忙碌是为了闲暇，它不是无所事事，而是为了人身上某种带有神性的东西而过的一种生活。[3]

然而，锡德尼对闲暇生活的态度又是矛盾的。在《阿卡迪亚》中，主人公之一梅西多卢斯对朋友皮罗克勒斯为隐居所作的辩护，在头脑中酝酿了以下这段逻辑严密的反驳，我们从中不难窥见创作者本人内心深处的纠结：

> 在皮罗克勒斯刚开始为隐居辩护时，他便在头脑中构思了一个回答。他要用赞美行动生活来反驳他，他要表明这种沉思只不过是安逸懒散的一个美称；一个人在行动中不仅能提升自己，还能造福他人；众神不会把灵魂注入拥有四肢的躯体，除非打算让头脑来使用它们，它们只是行动的工具；头脑最好通过实践来知晓自身的善或恶；知识是用来扬善惩恶的唯一途径；此外，他还有许多其他论据，这件事内涵丰富，使他的机智变得锋芒毕露。[4]

然而，对于行动生活，锡德尼虽心向往之，但却不能投身其中。1580

1　详见 Edmund Spenser, *Fairie Queen*, II, iii, 40。
2　转引自 Neil L. Rudenstine, *Sidney's Poetic Development*, p.292。
3　详见亚里士多德《尼各马可伦理学》，第305—308页。
4　Philip Sidney, *Old Arcadia*, p.15。

年，他在致爱德华·丹尼的信中抱怨，这个时代"令我们无法从事适当的职业"[1]，言外之意，人生的目的是"行"，而不是"知"。既然在腐败堕落的年代一个人无法去践行德行，锡德尼似乎就应该选择去过一种"沉思生活"以提升思想，可是他对此又是排斥的："由于思想源于它自身，它不能把自身的力量转向内部来进行自我检讨。"[2] 他在写作中发现了一种可以用思想做到这一点的方式。在他的思考中，虽然写作生活不同于"沉思生活"，但是可以实现后者的目的，就是说两者能够做到目标一致。鉴于锡德尼多次把远离宫廷从事写作的日子与闲暇联系在一起，本论著采用"沉思生活"这一概念来统称他人生中"行动生活"之外的"闲暇""懒惰""写作""沉思"等生活。

二

锡德尼的人生有着清晰的阶段性。早期是1575年之前的求学阶段，也是为未来担任重要公职做准备的阶段；中期以廷臣的行动生活为主，从1575年持续到1579年，前两年他寄希望于女王，渴望她对自己委以重任，后两年深感绝望，怀疑她是否有此意图；后期始于他的人生发生转折的1580年，这一年在一再受挫、等待被任命担任公职的过程中，他从行动者走向了沉思者，开始了诗人的生活。

锡德尼的出生注定了他以成为行动者廷臣为人生旨归。他于1554年11月30日出生于一个显赫的家庭，身为长子的他拥有父母双方权力和地位的继承权。从父系方面来说，祖父威廉爵士曾获英王亨利八世（1509—1547年在位）授予的最高勋位，即嘉德勋位。父亲亨利爵士从君王的角度来看

---

[1] Philip Sidney, "To Edward Denny," p.287.

[2] 转引自 A. C. Hamilton, *Sir Philip Sidney: A Study of His Life and Works*, p.32。

是一位温良敦厚的廷臣，曾经担任后来的英王爱德华六世（1547—1553年在位）孩童时代的伴读，成年之后深得国王的赏识，被授予爵士头衔。在信奉天主教的玛丽一世的统治时期（1553—1558），他仍能受宠，在锡德尼出生两年之后，荣升为英国驻爱尔兰总督。到了伊丽莎白时期，他成了女王最忠心耿耿的大臣，长期位居总督宝座。[1]然而，从受他统治的爱尔兰人的视角来看，他是一位血腥的征服者和殖民者。他在爱尔兰的历史和诗歌中扮演了恺撒（Caesar，100—44BC）的角色，彻底改变了当地人和久居此地的英格兰人的生存状态，给他们带来了灾祸和痛苦。[2]在上述几位英王统治时期，血雨腥风的宗教斗争正在天主教与新教之间无情地展开，锡德尼家族与两方都保持着千丝万缕的微妙联系。家族成员本身虽然信仰新教，但与天主教的权贵关系密切，譬如，1554年亨利爵士陪同虔诚的天主教徒西班牙国王菲利普二世来到英国迎娶玛丽一世。在风云变幻的宫廷斗争中，亨利爵士能够凭借对君王的忠诚，历经爱德华、玛丽和伊丽莎白三朝而居于不败之地，这一事实足以表明他非凡的政治智慧和家族势力。[3]

　　锡德尼母系的声名更为显赫。母亲玛丽夫人是诺森伯兰伯爵约翰·达德利之女，父亲亨利爵士让锡德尼"记住从母系流淌而来的高贵血统，时刻不忘你唯有通过德性生活和善行，方可点缀那高贵的家族"[4]。锡德尼后来自豪地宣称："尽管千真万确我可以不偏不倚地肯定，我的父系古老而

---

[1] 亨利爵士于1566年至1569年任爱尔兰财政次长，先后于1565年至1567年、1568年至1571年和1575年至1578年三度出任爱尔兰总督。关于其生平，详见 *Oxford Dictionary of National Biography* 和 *Dictionary of Irish Biography* 中分别由 Wallace T. MacMaffrey 和 Ciaran Brady 撰写的"Henry Sidney"词条。

[2] 详见 Thomas Herron and Willy Maley, "Introduction: Monumental Sidney," pp.1-26.

[3] 亨利爵士的仕途虽然中间有过波折，也有过短暂的间断，但从各种锡德尼传记材料看，他总体上没有遭受过那个时代常见的因宗教、政治等派系原因而带来的致命打击。

[4] Malcolm William Wallace, *The Life of Sir Philip Sidney*, p.69.

又备受尊敬,是与门当户对的家族联姻的贵族,可是我还是承认我最大的荣耀是身为达德利家族的一员。"[1]爱德华六世统治时期,诺森伯兰伯爵本人因野心勃勃地推动新教事业而锒铛入狱,于1553年被送上断头台,但家道并未由此中落,家族势力几经波折,终于在十七世纪后半叶达到顶峰。伊丽莎白女王统治时期,在伯爵之子吉尔福德、罗伯特和安布罗斯三人中,出了一个几乎是一人之下万人之上的人物,他就是次子罗伯特·达德利(Robert Dudley,1532/1533—1588),也被称为莱斯特伯爵(Earl of Leicester)。他是女王宫廷新教阵营的领袖,是家族晚辈的眼中几近楷模式的人物。据传他"英俊潇洒,风流倜傥,举止优雅,体魄强健"[2]。他是女王的宠臣,也是她狂热爱过的唯一男士,奈何他强大而理性,无法安分守己地扮演女王背后的那个人。在诺森伯兰伯爵之后,达德利家族的势力再度变得强大,自然与罗伯特受宠密切相关。不过,兄妹中其他几位也并非等闲之辈:安布罗斯后来成了沃里克伯爵,玛丽夫人自己则是女王的侍臣。[3]

锡德尼自诞生之日起就被包围在"远大前程"[4]中。在伊丽莎白时期,家庭背景是决定一个人身份的不可或缺的重要因素。锡德尼的身份从他的名字"菲利普"中可略见一斑,它来自他的教父西班牙国王菲利普二世,据说这位欧陆霸主在锡德尼孩童时代喜欢逗他玩乐。不仅如此,由于那个时代长一辈廷臣,如爱德华·戴尔、莱斯特伯爵、沃尔辛厄姆爵士等等,不是未婚,就是已婚无子,随着锡德尼长大成人,他几乎成了"一种具有普遍意义的'侄儿'形象的代表"[5]。在很长一段时期内,锡德

---

[1] Philip Sidney, "Defense of the Earl of Leicester," p.134.

[2] Forrest G. Robinson, "Introduction," p.viii.

[3] 详见Roger Kuin, "Philip Sidney," p.10。

[4] Philip Sidney, *Astrophil and Stella*, p.161. "远大前程"出自锡德尼的十四行诗组诗《爱星者和星星》第二十一首,查尔斯·狄更斯的小说《远大前程》的书名即来源于此。

[5] Katherine Duncan-Jones, "Introduction." p.viii.

尼是沃里克伯爵和莱斯特伯爵两位舅舅的爵位和一个总督职位的继承人，后来他又成为国务秘书弗朗西斯·沃尔辛厄姆爵士的女婿和继承人，人们一直相信他终有一日会继承他们巨大的名望和身份地位。尽管这些贵族亲戚最终未能兑现他们对锡德尼的承诺，但是外界对他未来的预期一度使他成为炙手可热的人物和众多达官贵人竞相攀附的对象。这里需要特别提及的是莱斯特伯爵，他不仅为锡德尼构建了令人炫目的未来人生图景，而且还以自己在当时英国政治舞台上的角色对他起到了示范作用。莱斯特伯爵对锡德尼后来的发展至关重要，我们甚至可以说他在很大程度上塑造了锡德尼，无论是在其接受的教育，还是在思想的形成方面，莫不如此。锡德尼后来支持荷兰[1]新教事业，对西班牙态度强硬，以及由此导致的在伊丽莎白宫廷中遭受挫折，转而投身文学事业，无论是悲是喜，无不拜这位舅舅所赐。[2]

锡德尼自幼接受典型的贵族青年式教育。[3]他幼年时期在家中读书开蒙，年岁稍长后进入什鲁斯伯里文法学校。这所位于英格兰什罗普郡的学校以人文主义教育著称，尤以拉丁语课程见长，同时还为学生提供一定程度的希腊语训练。教学中涵盖的古典作家主要有古罗马时期的西塞罗

---

[1] 这里是在十六世纪意义上使用"荷兰"这一概念，它不同于现代"荷兰"的国家概念。当时只有十七省的最高统治者及其高级管理者才将此地精英阶层视作"国民"，而普通民众则视与己相关的行会会员或所属城市的人口，特别是自己归属的群体为"国民"。有的人从"省"的层面出发把本省贵族或官僚视作"国民"，任何此地以外的人都被当成"外国人"，包括西班牙菲利普二世任命的摄政。本论著在论及十六世纪的"荷兰"时，是指十七省中北部的七省，它们由荷兰领导，后来建立乌得勒支联邦，1581年宣布独立于西班牙的统治，尼德兰联省从中诞生。详见 Simon Groenveld, "'In the Course of His God and True Religion': Sidney and the Dutch Revolt," p.60; 约翰·巴克勒等《西方社会史》(第二卷)，第180—181页。

[2] 详见 Forrest G. Robinson, "Introduction," p.vxxx。

[3] 关于锡德尼接受的教育，详见 John Buxton, *Sir Philip Sidney and the English Renaissance*, pp.33-94; James M. Osborn, *Young Philip Sidney, 1572-1577*, pp.74-302; Edward Berry, *The Making of Sir Philip Sidney*, pp.28-48。关于锡德尼本人对于用文学作品来教育读者的观点，详见 Ake Bergvall, "The 'Enabling of Judgement': An Old Reading of the New 'Arcadia'," pp.471-488。

（Cicero，106—43BC）、恺撒、萨卢斯特（Sallust，86—34BC）、维吉尔（Virgil，70—19BC）、贺拉斯（Horace，65—8BC）、李维（Livy，59BC—17AD）、奥维德（Ovid，43BC—17AD）和泰伦斯（Terence，c.195/185—c.159BC），古希腊时期的伊索克拉底（Isocrates，436—338BC）和色诺芬（Xenophon，431—354BC）等等。[1] 这所学校享有崇高的名望，主要是因为校长托马斯·阿什顿（Thomas Ashton，？—1578）的缘故。他是一位具有强烈新教倾向的著名人文主义学者，坚持在教育中采用宗教和古典相结合的方式，这种做法深刻地影响了学生宗教观的形成。学校在选用古典作品时基本上都遵循一个共同的原则，那就是作者同时也是政治家，如伊索克拉底、色诺芬、西塞罗、李维、恺撒、萨卢斯特等等。[2] 此外，从有关传记材料看，在全校四百名左右的学生中，锡德尼是公认的模范学生，福科尔·格瑞维尔在传记《菲利普·锡德尼爵士传》中写道："虽然我从小就认识他，和他共同生活，但是除了以下内容，我对他一无所知：他思想沉稳，优雅亲切，庄重得体，他受到的敬重超出其年龄。他的言谈总是涉及各类知识，即便是在嬉戏时，他也总是留心提升思想。"[3]

这位模范生较早地感知到现实中的政治和权力。1566年的夏天，十二岁的锡德尼第一次离开学校，到肯尼沃斯城堡拜访位高权重的舅舅莱斯特伯爵，停留近一周之后，随他一道赶赴其新近就任校长的牛津大学，参

---

[1] 关于锡德尼求学阶段学习的人文课程，详见 Geoffrey Shepherd, "Introduction," p.4; A. C. Hamilton, *Sir Philip Sidney: A Study of His Life and Works*, p.10; Forrest G. Robinson, "Introduction," pp.viii–ix。长期以来研究者一般都认为，锡德尼不太可能真正掌握希腊文，或者说他这方面的知识相当贫乏，但是2013年牛津大学学者 Micha Lazarus 颠覆性地提出，真实情况恰好相反，锡德尼的《为诗辩护》中有一段直译自亚里士多德的《诗学》，而且通过对现有翻译文本的语文学比对分析，他发现锡德尼的译文直接译自希腊文原文。对于文艺复兴时期英语世界与这一重要古典文本的相遇问题，这项发现很有可能将修正原有的观点。详见 Micha Lazarus, "Sidney's Greek Poetics," pp.504–536。

[2] 详见 F. J. Levy, "Philip Sidney Reconsidered," pp.3–14。

[3] Fulke Greville, *Life of Sir Philip Sidney*, p.10.

加一系列为迎接伊丽莎白女王的到访而举行的庆典活动。在那里，锡德尼身着舅舅特地为他定制的盛装，亲历了场面奢华、气氛热烈的盛大欢迎仪式：开始是显贵要员列队行进，随后是赞美女王和向她敬献华美的礼物，紧接着是拉丁语致辞。当光彩照人、气度威严的女王乘坐富丽堂皇的敞篷马车抵达时，目睹这一盛况的锡德尼深深地为至尊王权感到震撼。在伯爵和父亲亨利爵士为他制定的人生规划当中，锡德尼日后将直接参与这类活动。在系列活动结束之后，锡德尼在牛津继续小住数日，然后才返回学校。在他的生命历程中，这次激动人心的旅行具有非凡的意义，其间所见所闻俨然令他焕然一新：重新回到什鲁斯伯里时，他仿佛已不再是原来那个尚未涉世的少年，而是一位形象高贵庄严的年轻绅士，对崇高的权力和地位已经有了刻骨铭心的记忆和全新的认识，而这一切都将包含在他的锦绣人生之中。[1]

一年之后，锡德尼进入牛津大学基督教堂学院，初次品尝到失败的滋味，并展露出对沉思生活的激情。在女王统治时期，牛津和剑桥两所大学颇为形象地被喻为国家的"两只眼睛"，分别由莱斯特伯爵和他的死敌威廉·塞西尔爵士担任校长。[2] 在这里，学生接受的标准本科教育持续七年，通常是从十三到二十岁，但是贵族子弟基本上对钻研纯粹的学术问题不感兴趣，往往浅尝辄止，一般不会接受完整的本科教育。[3] 关于锡德尼在牛津的学习和生活经历，现存的文字记载十分有限，不过多部传记都提到一件事，令人印象深刻：他与舅舅的对手威廉·塞西尔爵士过从甚密，两人关系友好。到1569年，外界已在盛传锡德尼将迎娶塞西尔之女安娜，甚至传言相关细节都已安排妥当，但是到了1570年婚约却被解除。这件事成了锡德尼生平第一次失败经历，他当时只有十六岁，自然无力改变长辈为他

1　详见 Malcolm William Wallace, *The Life of Sir Philip Sidney*, pp.51–72。

2　详见 A. L. Rowse, *The England of Elizabeth*, p.515。

3　详见 Patricia Ann Kennan, *Sidney Defending Poetry*, p.44。

做出的任何婚姻安排，缔结或解除婚约完全非他所能掌控，也几乎不可能是出于他个人方面的原因。这件事令他痛感婚约与权力、地位之间微妙复杂的利害关系。[1]

所幸的是，牛津求学时代的锡德尼把他的激情倾注在心智而非罗曼蒂克方面。他展现出一种"勤于思"的精神气质，明显有着出世的一面，至少给人留下了这样的印象。他早逝之后，同时代人托马斯·墨菲特（Thomas Moffet，1553—1604）在《高贵》（Nobilis）一书中写道："在他们面前，他谦和庄重，让人难以断定他拥有的精神气质是积极向上、崇高伟大和超凡脱俗的，还是谦恭、退隐和卑微的。"[2] 当时牛津实行人文主义教育，学者们以一种对古典作品特有的尊崇讲授语法、修辞、逻辑等核心课程，学校为了检测学生掌握知识的程度，提升他们的拉丁语水平，为本科生安排了各类辩论，锡德尼总能在其中技压群雄。[3] 他虽然在学术方面表现出卓越的才能，但是几年之后，像其他贵族子弟一样，未获学位就离开了牛津。此时的锡德尼已展露出与众不同的才华，谦和优雅，严谨深沉，仿佛注定了是为某种特殊使命而生。

三

锡德尼的特殊使命是要成为一名卓越的廷臣，赴欧陆游学是他为此所做的最后准备。莱斯特伯爵格外器重这位才华横溢的外甥，鼓励其父母把他培养成廷臣。父亲亨利爵士终生投身公职，对此深以为然，相信"只有在为君主和国家的无私服务中，一个人才能找到值得他全身心投入的目

---

[1] 详见 Forrest G. Robinson, "Introduction," p.x.
[2] Thomas Moffet, *Nobilis or the View of the Life and Death of a Sidney and Lessus Lugubris*, p.78. 关于托马斯·墨菲特的身份及其写作此书的原因，详见本论著第363页。
[3] Ibid.

标"[1]。他还谆谆告诫两个儿子,"应时刻记住自己是谁的儿子,而非是谁的外甥"[2]。言外之意,他们应当以父亲而不是舅舅为榜样。父亲对锡德尼寄予厚望,期待他追寻自己的足迹,在担任公职中成就伟业。无论是在什鲁斯伯里学校,还是在牛津大学基督教堂学院,锡德尼接受的教育都是为了实现这一目标。1572年夏天,长辈们为了让他完成廷臣的教育,并被顺利举荐进入伊丽莎白女王的宫廷,把他安排在女王因《布卢瓦条约》的批准而向法国国王查理九世(1560—1574年在位)派遣的特别使团中,这样他便以使团成员的身份开始了欧陆大游学。

此次出访使锡德尼有机会置身于欧洲各种政治和思想氛围中。锡德尼的出身让他拥有了通往欧洲几大宫廷的资格,毋庸讳言,能够像他这样游历欧陆的英国青年屈指可数;但真正为他赢得知识界关注的,是他展露的才华和求知欲。虽说他与多个国家的艺术家和手工艺人有过交往,但他的主要兴趣是政治和思想,而不是文学,诚如西普赫德和奥斯本所言,他和七星诗社的诗人也许都没有理由彼此交往。[3] 锡德尼结交的朋友大部分是政界和宗教界人士,其中不乏王公贵族、政治思想家、卓越的政策制定者和执行者。欧陆的饱学之士在与他见面交谈之后都发现,尽管他没有参与到当时各种思潮的形成过程中,但是他对相关内容十分熟悉,值得他们与之深入交谈。同时,他们还意识到他是一位出色的倾听者,具备一种非凡的天赋,能够吸收和同化不同的思想观点。这是一种堪与莎士比亚那种开放的接受能力相提并论的天赋,但处于更纯粹,也更具政治色彩的层面上。由于锡德尼身处西方文化发生大变革的年代,当时欧洲人自我意识的觉醒日后在他的作品中留下了深刻印迹,我们甚

---

1 Malcolm William Wallace, *The Life of Sir Philip Sidney*, p.71.

2 转引自 A. C. Hamilton, *Sir Philip Sidney: A Study of His Life and Works*, p.4。

3 详见 Geoffrey Shepherd, "Introduction," p.6; James M. Osborn, *Young Philip Sidney, 1572-1577*, p.53。

至不妨说，两者息息相关。

欧陆游学期间，锡德尼首先在巴黎经历了对其思想的形成和发展产生重大影响的三件事。第一件是他深受法国国王查理九世宫廷的欢迎。他逗留巴黎长达三个月之久，其间居住在英国驻法国大使、未来的岳父弗朗西斯·沃尔辛厄姆爵士的府邸。这时的锡德尼已经能说一口流利的法语，他受到了瓦卢瓦宫廷的热烈欢迎，查理九世很快加封他为法国男爵。我们在官方文件中可以看到授予锡德尼爵位的三条理由：其一，他来自长期与君王关系密切的家族；其二，他具有卓尔不群的个人品质；其三，伊丽莎白女王和查理九世之间有着深厚的友谊。一望而知，这些理由均为冠冕堂皇的说辞，秘而不宣的原因自然是与当时的政治、宗教斗争相关。项庄舞剑，意在沛公。法王加封他为男爵，主要是为了笼络能对女王施加影响的莱斯特伯爵。[1] 此外，他还有其他一些意图。譬如，根据胡格诺派宣传家西蒙·高乐的记录，海军司令加斯帕尔·德·科利尼（Gaspard de Coligny, 1519—1572）声称，法王渴望拉拢来自英国的莱斯特伯爵和伯雷勋爵，或者其中的一位；他设宴款待他们，因为他希望充分利用未来的弟媳英国女王的忠实仆人，把他们当作一个真正联盟的标示。不过，根据英国历史家威廉·卡姆顿（William Camden, 1551—1623）的记录，法国方面的动机要远比这更邪恶。锡德尼很有可能像一枚棋子一样，被法王和莱斯特伯爵共同利用了，而代价却由他独自承担。因为女王生性多疑，对臣民获得国外君王分封头衔之类的事，"素来敏感多疑"[2]。授勋之事为日后女王不信任锡德尼埋下了伏笔。

锡德尼在巴黎经历的第二件事是结识了于贝尔·朗盖。他逗留巴黎期间与许多著名政治、宗教领袖人物有过交往，如科利尼、彼得·拉莫

---

[1] 详见 Alan Stewart, *Philip Sidney: A Double Life*, pp.81-82。

[2] Michael G. Brennan, *The Sidneys of Penhurst and the Monarchy, 1500—1700*, p.70.

斯（Peter Ramus，1515—1572）、菲利普·杜普莱西·莫奈（Philippe Duplessis-Mornay，1549—1623）等等。[1] 其中，对他影响最大的人无疑是朗盖，两人的相识是其精神生活的转折点，此后他与欧陆新教人士的所有联系都与他们之间的友谊相关。锡德尼日后直接投身欧洲和英国新教联盟的建立，同样与朗盖关系密切。朗盖是十六至十七世纪法国基督教新教胡格诺派的思想家，是宗教改革派著名人文主义者菲利普·梅兰希顿（Philip Melanchthon，1497—1560）的学生。[2] 朗盖热切地投身于国际新教政策的制定中，帮助奥兰治的威廉王子（William of Orange，1533—1584）起草辩护书，证明他领导的反菲利普二世的"叛乱"具有合法性，他还和菲利普·杜普莱西·莫奈共同撰写了著名的《为反僭主辩护》。[3] 十六世纪，为反抗僭主辩护的理论家并不是民主派人士，事实上，他们认为只有拥有地位和财产的人才有权反僭主，否则社会将陷入混乱。锡德尼日后的作品

---

[1] 关于锡德尼在欧陆结交的政治、宗教、学术等领域的其他重要人物，详见James M. Osborn, *Young Philip Sidney, 1572-1577*; Philip Sidney, *The Correspondence of Sir Philip Sidney*; Jan A. Van Dorsten, *Poets, Patrons, and Professors: Sir Philip Sidney, Daniel Rogers, and the Leiden Humanists*。

[2] "胡格诺派"的法文为Huguenots或Higunaux，该词源自瑞士文Eidgenossen，意为"同盟者"。该教派多数人属加尔文宗。菲利普·梅兰希顿是马丁·路德的朋友和继任者，在宗教改革运动中，全力支持路德。梅兰希顿的人文主义和反教条主义的思想特征，被称为"菲利普式的"（Philippist）观点。这种观点曾导致路德宗内讧达数十年之久。他尸骨未寒，"梅兰希顿主义"已沦为贬义词，特指那种背离了路德教诲的人文主义异端邪说。"菲利普主义者"曾经试图平息法国宗教战争，化解最终导致三十年战争的紧张局势，但均以失败告终。近年有Stillman、Kuin和Lockey等多位研究者把锡德尼视为外交家和政治家，把《为诗辩护》与"菲利普主义者"的失败努力联系在一起。

[3] 菲利普·杜普莱西·莫奈被称为为贝尔·朗盖较为年长的"精神之子"，他的敌人称他为"胡格诺教派的教皇"。据称，他不知疲倦，风趣幽默，相貌奇丑无比却又异常动人，聪明得令人震惊而又完全正直诚实。当时一些法国学者开始把新教信仰置于一个全球地缘政治框架内，在他们当中，莫奈的思想是最先进的。锡德尼十分敬重他，视他为楷模，两人之间逐渐形成了一种精神关系。1581年莫奈的《基督教真理》（*De la vérité de la religion christienne*）出版之后，身为作家的锡德尼深为此书所吸引，其思想不时出现在自己的作品里。详见Roger Kuin, "Querre-Muhau: Sir Philip Sidney and the New World," pp.549-585。

表明，他在思想上深受朗盖这类贵族激进主义者的影响，相信唯有强有力的贵族才有能力确保自由的存在。[1] 朗盖不仅把梅兰希顿的新教人文主义精神传授给锡德尼，而且教他如何治国理政，如何在公共事务上保持一种镇定自若的精神，如何坚忍不拔地追求美德，等等。[2] 朗盖年长锡德尼三十六岁，或许是由于年龄的关系，在两人交往中他似乎总是扮演父亲的角色，不时对年轻人耳提面命。锡德尼返回英国之后，这位良师益友继续与他保持密切的通信联系，直至生命结束。[3]

除了上述两件事之外，锡德尼还在巴黎亲历了一场惨绝人寰的大屠杀。在1572年的圣巴塞洛缪日，法国国王的妹妹玛格丽特公主和信奉新教的纳瓦尔国王亨利将举行婚礼。这场婚礼原本是为了帮助天主教派和胡格诺教派达成和解，信奉加尔文教的科利尼也将出席。他是法国一支重要贵族的首脑、胡格诺派的领袖，刚刚取代信奉天主教的太后凯瑟琳·美迪奇，得以对年轻的查理九世施加影响。就在婚礼前夕，天主教贵族领袖吉斯的亨利派人刺杀了科利尼，暴乱和屠杀随之而起。[4] 国王听信凯瑟琳太后，相信胡格诺派信徒正在准备武装推翻他的统治，确信自己的权力已到了岌岌可危的时刻，终于在1572年8月23日到24日的夜晚发起了针对新教徒的屠杀，数以千计的新教徒在巴黎街头或是屋内惨遭杀戮："众多尚在酣睡之中的胡格诺派信徒未及清醒便做了刀下之鬼，那些惊醒后夺路而逃者也多被追杀，横死街头……丧生的胡格诺派信徒多达两千余人。"[5] 在这

1　详见David Norbrook, *Poetry and Politics in the English Renaissance*, p.89。
2　详见Geoffrey Shepherd, "Introduction," p.6。
3　半个世纪之后的1633年，朗盖致锡德尼的信在法兰克福结集公开出版，迅速成为当时欧陆政治教育的畅销书，被那些未来的外交官和政要争相阅读，他们期望从中获得实用指南。相关背景知识，详见Roger Kuin, "Introduction," pp.xxii–xxv; Philip Sidney, *The Correspondence of Sir Philip Sidney and Hubert Languet*, pp.1–96。
4　详见约翰·巴克勒等《西方社会史》(第二卷)，第176—177页。
5　详见吕一民《法国通史》，第64页。

场天主教徒对加尔文教徒的攻击中,胡格诺派贵族几乎被悉数屠杀殆尽,宗教暴力迅速蔓延到外省。这就是宗教史上臭名昭著的"圣巴塞洛缪之夜大屠杀"(Massacre of St. Bartholomew)。身为皇家贵宾的锡德尼在屠杀开始时住在卢浮宫或附近,8月24日作为高级别外国使团的成员,被太后的"意大利"亲信之一奈弗斯公爵带往惨案事发现场视察,亲眼看见了年长的科利尼被亵渎凌辱的尸体,随后很快被送到位于左岸的使团驻地。这一事件强化了锡德尼的胡格诺派宗教思想,使他确信国际政治斗争就是反抗罗马教皇及其捍卫者西班牙国王的斗争。

1572年10月,锡德尼离开巴黎,开始游历欧陆。在朗盖的周密安排下,锡德尼首先北上,在法兰克福度过了一个冬天,主要是潜心学习和与朗盖的朋友畅聊。次年早春,他赴海德堡,与著名学者约翰·斯蒂芬斯会面,稍后马不停蹄直奔斯特拉斯堡,在那里受到另一位杰出的人文主义者、十六世纪最伟大的教育家之一约翰内斯·斯特姆(Johannes Sturm,1507—1589)的盛情款待。锡德尼短暂停留之后,来到位于维也纳的神圣罗马帝国宫廷,此时麦西米连二世已在位九年。数月之后,锡德尼置朗盖的劝阻于不顾,迫不及待地再次启程奔赴意大利。对于十六世纪的新教徒而言,意大利就是"欧洲的巴比伦,混乱一片,马基雅维利式的腐败和教廷的暴行无处不在"[1]。朗盖对锡德尼此行满怀焦虑,他在信中写道:"你记得你曾频频庄重地向我承诺,你将加倍小心。如果你未尝如此,我将责备你没有谨遵我们的约定,你也将无法否定你的行为背离了友谊的法则。"[2]两周之后,朗盖再次写道:"我不是请求你为了我的缘故,去做那些你并不认为令人愉快的,或对于你毫无用处的事情;我也不希望你受到对我许下的承诺的约束,除了一件事,那就是你发誓为了自己的健康和安全,你

---

[1] Forrest G. Robinson, "Introduction," p.xii.
[2] Philip Sidney, *The Correspondence of Sir Philip Sidney*, p.33.

将会加倍小心谨慎。"[1] 朗盖甚至把锡德尼的这种"冒险"上升到违背上帝意志的高度：

> 我深信与我相识的任何其他人都不具备上帝赋予你的思考力。他这么做，不是为了让你冒险滥用它们以满足虚荣心，而是让你用它们来服务国家和所有善良的人。你只不过是这种天赋的守护者，倘若事实证明你滥用了它，那么你就是没有公正对待赐予你如此巨大恩惠的上帝。[2]

锡德尼毫不为之所动，先后去了威尼斯、帕多瓦、佛罗伦萨等地，其间在帕多瓦大学潜心学习了将近一年。这所坐落于东北部的大学属于对新教徒相对宽容的威尼斯共和国，是意大利境内最受外国新教徒青睐的地方。锡德尼于1574年返回维也纳过冬，翌年早春时分告别朗盖，一路缓慢西行，5月在安特卫普登上游轮，返回阔别三年之久的英伦。

欧陆大游学的三年是锡德尼思想形成的关键时期，为他此后的人生定下了基调，其重要性无论怎样强调都不为过。弗朗西斯·沃尔辛厄姆爵士曾经在侄儿启程赴欧陆游学时，致信提出各种忠告，指出游历异国要达到两个目的，第一是要使个人受到教育，第二是要在外交事务上为他提供情报，这样"你最终会发现诸多可以服务于自己和国家的信息"。沃尔辛厄姆鼓励侄儿要仔细关注"那里的人的习俗和性格"，特别是"贵族、绅士和学者"，要求他尽可能多地学习"有关国家和君主的事务"，如观察"法国绅士的性格"，确定他们是倾向于"西班牙、德国还是英国"。沃尔辛厄姆还建议侄儿多结交"政要"，一个人唯有了解了他们的所思所想，才有可

---

[1] Philip Sidney, *The Correspondence of Sir Philip Sidney*, p.42.

[2] 转引自James M. Osborn, *Young Philip Sidney, 1572–1577*, p.xxx。

能意识到他们将来会采取什么政策。[1] 虽然沃尔辛厄姆的这些忠告不是针对锡德尼提出的，但是他基本上都谨遵了，仅有的例外是为数不多的几次出游，如出入威尼斯廷臣的官邸、与声名不良者同游等等。从锡德尼与各类名流往来的信件看，他谈论的基本上都是时政，几乎不涉及文学话题。尽管如此，他个人对古典著作的热爱仍然令人印象深刻。弗里德里希三世选帝侯之子的家庭教师、人文主义者和政治观察家沃夫冈·居特林（Wolfgang Zündelin，1539—1600）在致锡德尼的信中写道："他（指朗盖）指出您贵体欠安的原因，即您在文学研究中不加节制，而您也用'鲜活的'行动向我表明了这一点，因为您是如此废寝忘食地给我和其他许多人写信。"[2] 锡德尼对古典著作的学习，与新教政治紧密相连，在这一点上他明显受到朗盖人文主义理念的影响。周围许多杰出的人文主义者和政治领袖都在生动地演绎着这种理念，他们令朗盖这位来自英国的门徒终生难忘。

笼罩在锡德尼身上的光环也同样令他们难以忘怀，并由此对他寄予厚望。朗盖在致波兰大使的信中写道：

> 其父是驻爱尔兰总督，有人告诉我在德行和军事方面英国贵族中无人能出其右。其母是沃里克伯爵和莱斯特伯爵罗伯特之姊，是宫中的大红人。因两位伯爵均无子嗣，这位先生（也就是锡德尼）大有可能成为他们的继承人。其姑母嫁给了苏塞克斯伯爵……其姨母是汉廷顿伯爵的夫人，这位伯爵与皇室交往甚密。这些贵族中没有一人生有子嗣，所以全都把希望寄托在他一人身上，决定一旦他返回英国，他们就兑现对他的承诺。[3]

---

1 详见 Brian C. Lockey, *Early Modern Catholics, Royalists, and Cosmopolitans: English Transnationalism and the Christian Common wealth*, pp.9-10。

2 Philip Sidney, *The Correspondence of Sir Philip Sidney*, p.372.

3 转引自 James M. Osborn, *Young Philip Sidney, 1572-1577*, p.246。

当时北欧各大权力寻求建立新教联盟，锡德尼的特殊身份令他成为举足轻重的人物，他几乎是身不由己地卷入了相关政策的制定过程中，并因天资出众而被赋予了一项特殊使命。锡德尼在英伦的亲朋好友同样意识到自然赐予他的独特禀赋，他本人对此生的使命也抱有一种高度严肃的态度。在他的自我意识当中，投身"行动生活"是他的人生选择。自孩提时代开始，他显赫的家族为他设定的目标是成为宏图大展的廷臣，他自己对此也是满怀豪情：他将处理战争和国家事务，日理万机，只有在闲暇时，才顺便做一名学者。[1] 一切都有待于他不久之后在伊丽莎白女王的宫廷开启。

四

"大游学"之后，锡德尼把支持欧洲大陆的新教事业当成了此生最为紧迫的使命。[2] 在完成了为履行使命而做的最后准备后，锡德尼应当是万事俱备，只等进入宫廷。此时的情形诚如奥斯本所言："冉冉升起的旭日为这个年轻人承诺了一个伟大的人生旅途，他似乎拥有全部个人和教育方面的优势，可资成就为女王服务的卓越人生。"[3] 然而，天道不测，造化弄人，英吉利海峡两岸对他寄予的厚望，为未来令他倍感挫败的廷臣生涯埋下了种子。锡德尼必定是在回到英伦后不久就认识到，伊丽莎白女王的政策与他的期望大相径庭，在她的宫廷里，他通往权力的道路上注定会布满荆棘。由于种种他无法掌控的缘故，锡德尼在短暂受宠于女王之后旋即失宠，行动者这一仿佛被注定的人生角色发生了变化，他转而别无选择地成了一名沉思者。

---

1 详见 A. C. Hamilton, *Sir Philip Sidney: A Study of His Life and Works*, p.4。
2 与此间接相关的是，多年之后锡德尼大力倡导英国探险家的海外航行。详见 Geoffrey Shepherd, "Introduction," p.7。
3 James M. Osborn, *Young Philip Sidney, 1572-1577*, pp.396-397.

在锡德尼进入宫廷的最初两三年，即1575年至1577年，情形还算令人乐观。他一定是时时记起肩负的使命，朗盖也常在信中提醒他。譬如，这位精神导师在1575年12月的信中写道："永远不要以为上帝赋予你如此绝妙的思想，只不过是为了让你在嬉戏中把它荒废。恰恰相反，要相信他对其他人不像对你这般慷慨，他对你的要求亦相应更多。"[1]锡德尼返回英伦后经莱斯特伯爵引荐，顺利进入了伊丽莎白女王的宫廷，不久就在例行巡游和比武练习中脱颖而出。锡德尼最初引起女王的关注，是在肯尼沃斯城堡莱斯特伯爵为女王举行的一场华丽的宫廷表演会上。他不负众望，很快得到了女王的青睐，第二年就被提升为她的尝酒侍者。很可能是在这段时间内，锡德尼去爱尔兰看望了身为总督的父亲，亲眼看到了他需要面对的困难局面，并与女王派遣的另一位总督埃塞克斯伯爵建立了良好的关系。不久之后，年迈的伯爵离世，临终前高度评价锡德尼，说他"睿智、高尚、虔诚，假如他在已开启的航程中继续前行，他将会成为英国自古以来孕育的最著名而又富有的绅士"[2]。伯爵表示，希望锡德尼能够迎娶自己的女儿佩内洛普·德弗罗。锡德尼很可能在处理伯爵后事的过程中见过这位年轻貌美的小姐，她后来成为《爱星者和星星》中遥不可及的星星史黛拉的原型。不过，当初他完全不为之所动，婚姻生活的前景对他的吸引力相当有限，因为他的主要兴趣和目标已经跟欧陆的政局日益紧密地联系在了一起。[3]

要理解当时欧陆的政局，我们需要追根溯源至中世纪晚期神圣罗马帝国的历史。这是一段缺少强大中央力量，充满纷争、瓦解和衰落的历史。七个选帝侯中的每一位——美因兹大主教、特里尔大主教、科隆大主教、勃兰登堡伯爵、萨克森公爵、莱茵巴拉丁伯爵和波希米亚国王——都在自己的领地上获得了实质上的君主权，贵族巩固了其领土，帝国的权力却每况愈下。帝

---

1 Philip Sidney, *The Correspondence of Sir Philip Sidney*, p.591.

2 Malcolm William Wallace, *The Life of Sir Philip Sidney*, p.169.

3 详见Katherine Duncan-Jones, "Notes," p.357。

国权力的分裂和地方势力的强大，构成了马丁·路德发动宗教改革运动的背景。路德发表《九十五条论纲》两年之后，选帝侯推选了一位来自哈布斯堡家族的皇帝，他就是十九岁的神圣罗马帝国皇帝查理五世（1520—1556年在位）。[1]他从母亲卡斯提尔的乔安娜和父亲勃艮第的菲利普那里，继承了性质各异的国家和民族的大集合体，确信他的职责是"保持西方基督教世界政治和宗教上的统一"[2]。查理五世退位时把领土分给了儿子菲利普和自己的兄弟斐迪南，这一分割使哈布斯堡家族开始分为西班牙和奥地利两支，菲利普继承了西班牙、低地国家、米兰和西西里王国以及西班牙在美洲的领地，斐迪南继承了神圣罗马帝国皇帝的头衔和哈布斯堡家族在中欧的领地，其中包括奥地利。如果说查理五世把精力分散在神圣罗马帝国和西班牙两处，那么在其子菲利普二世统治时期（1556—1598），哈布斯堡王朝的中心和整个帝国的政治重心已经向西转移到了西班牙。[3]他同其父一样是个谨慎勤勉的统治者，但是他注定了要面临动荡，遭受挫折和失败。

菲利普二世不仅从父亲那里继承了同法国的王朝斗争，而且还有和新教的宗教斗争。1559年之前，为争夺意大利的统治权，西班牙和法国彼此为敌，苦争恶战；1559年之后，这两股天主教势力一致把矛头指向新教，当新教传播到北欧其他地区时，新的紧张局势随之形成，冲突频频发生。尼德兰的情况尤为严重，因为它是欧洲货币、外交和战争的中心，这里的教会改革运动后来发展成为争取荷兰独立的斗争。[4]在尼德兰十七个省中，每一个省都有自由的历史传统，都是自治的。巴克勒指出，它们都"享受立法和征税的自主权，只有对查理五世这一共同统治者的承认联系着各省。来自各省的代表召开全体等级会议，但重要的决定必须回去提交各省，征得同意。在十六世纪中期，尼德兰的各省有一种有限联邦的意

---

[1] 详见约翰·巴克勒等《西方社会史》（第二卷），第121页。
[2] 同上，第122页。
[3] 详见同上，第178—185页。
[4] 详见同上，第170—181页。

味"[1]。由于菲利普二世试图强迫这里所有的臣民都接受天主教，1567年荷兰人开始反叛，由此导致了一场剧烈的斗争。在从1568年到1578年的十年间，在尼德兰的天主教和新教之间、十七省和西班牙之间，内战时有发生，其中1576年十七省在奥兰治的威廉王子的领导下联合起来。直到1598年菲利普去世时，斗争仍未结束。[2]

在十六世纪的最后二十五年，英国的政治是否能够维持稳定，西班牙将享有何种国际声誉，罗马教皇国能够产生什么样的道德影响，等等，所有这些问题都与低地国家的宗教危机联系在一起。1576年10月，麦西米连二世去世的消息传到英国，巧合的是，一周之内巴拉丁选帝侯弗雷德里克三世离世，欧洲再次面临不确定性和变局。究其原因，麦西米连二世尽管出生和成长于天主教的环境中，自身也带有各种局限性，但是他从父亲斐迪南皇帝那里继承了宽容的品质，确立了远超时代的相对开明的标准。譬如，有一次他告诉罗马教廷大使："我既非天主教徒，亦非新教徒，而是一名基督徒。"[3]其子鲁道夫二世虽尚未经受灾难的考验，但已表现出独裁主义倾向，而这与他在西班牙的成长环境和近乎被控制的人生经历高度一致。显然，麦西米连二世之死使得新教国家再也无法寄希望于他所展现的那种仁慈和宽容。[4]1578年，菲利普二世派他的侄儿帕尔马公爵亚历山大·法尼斯（Alexander Farnese，1545—1592）带兵前去镇压奥兰治的威廉领导的联盟，随着一座座南部城市的沦陷，加尔文教在这些地区被禁止，新教徒被迫或者皈依天主教，或者远走他乡。[5]在这种情况下，奥兰

---

1 约翰·巴克勒等《西方社会史》（第二卷），第177页。
2 详见同上，第179页；斯塔夫里阿诺斯《全球通史》，第149—150页。
3 转引自James M. Osborn, *Young Philip Sidney, 1572–1577*, p.98。
4 Ibid., p.447.
5 Ibid., p.170. 锡德尼后来写作《为诗辩护》时，开篇就满怀思念地提及麦西米连二世时期自己在维也纳宫廷的骑术训练经历，字里行间流露出对"自爱"的揶揄和对当朝独裁君主的暗讽。

治的威廉向英国信奉新教的伊丽莎白女王求助。

这种求助令伊丽莎白女王面临两难的抉择。她不同于菲利普二世，倾向于从世俗国家的角度对事物做出判断，把本地区和本王朝的利益，而不是宗教因素，摆在优先考虑的位置。[1]女王认为至关重要的事是维持欧陆各方权力之间的平衡，她的目的本来就是要让它们相互牵制，无力与英国为敌。女王意识到如果她赞同奥兰治的威廉的计划，那么她将必定会激怒菲利普二世，法国与西班牙在荷兰的对立状态很可能会终结。何况身为女王，她并不想支持叛乱者，在本国她不止一次直接面对过叛乱，对此有着切肤之痛。再者，尽管她不是天主教徒，但她认为自己与荷兰的正统加尔文宗信徒之间没有什么密切关系可言，也不主张在北海的另一边出现一个独立的加尔文宗国家，因为这样的国家不太可能拥有真正的权力，反而很有可能会沦落为法国军队的猎物。在女王的构想中，荷兰的理想状态是再现查理五世时期的情景，如历史学家戈罗恩维尔德所说，这是"一种由哈布斯堡领导的个人联盟，没有西班牙的介入，最重要的职位留在本土成长起来的荷兰官员的手里"[2]。然而，眼前如果她对信奉新教的尼德兰不出手相助，它们无疑会被击溃，届时西班牙就大有可能一举入侵英国。法王之弟安茹公爵的求婚，使女王的两难处境变得更为微妙复杂。[3]公爵早已离开法王的宫廷，正在统领一支由胡格诺派教徒组成的军队，他求婚的目的显然是为了增强自己的实力。但是女王清醒地意识到这种联姻将会使法王

---

[1] 详见 E. I. Kouri, *England and the Attempts to Form a Protestant Alliance in the Late 1560s: A Case Study in European Diplomacy*, p.169.

[2] Simon Groenveld, "'In the Course of His God and True Religion': Sidney and the Dutch Revolt," pp.63-64.

[3] 安茹公爵（Duc d'Anjou）：法王查理九世之弟弗朗西斯，凯瑟琳·美迪奇之子。在其兄亨利三世于1574年即位之前，他是阿朗松公爵（Duc d'Alençon）；兄长即位之后，他同时拥有了阿朗松公爵和安茹公爵两个贵族头衔。锡德尼在巴黎时已与他相识，那时他还没有成为安茹公爵。详见 Alan Stewart, *Philip Sidney: A Double Life*, p.209。

与自己疏远，而且还有可能使法国和西班牙结盟。因此，她采取了一种迂回拖延的策略，一边鼓励奥兰治的威廉，一边又诱使安茹公爵继续向她求婚，而她对两人都不做任何正式承诺。

莱斯特伯爵集团及锡德尼个人的政治立场与女王的截然不同。如果说女王代表政治现实主义，那么莱斯特伯爵集团则代表理想主义，直到1586年锡德尼离世，两派之间的严重分歧也未能消除。女王曾经鼓励德意志各个路德宗和加尔文宗的君主结盟，在荷兰采取联合行动，这将符合英国的利益，因为它可以置身局外，不与菲利普二世发生冲突。[1] 面对奥兰治的威廉的求助，锡德尼和莱斯特伯爵很可能表现得相当热切，因为如果女王允诺，英国将会卷入反抗西班牙的积极外交中，这样将会大力推进新教事业。女王坚持自己的主张，1577年在鼓励结盟的努力一无所获的情况下，她派遣锡德尼以贵族和特使的身份去完成这项使命，随同出访的还有格瑞维尔和戴尔。他们一行来到德意志，锡德尼表面上是代表女王，对前一年麦西米连二世之死向鲁道夫二世表示哀悼，也对弗雷德里克三世之死向路德维希六世和其弟约翰·卡西米尔大公（Prince Casimir）等表示哀悼，同时告诫兄弟俩，他们在路德宗信仰方面的分歧，将会在欧陆更大范围内带来政治和宗教危机。[2] 实际上，他的目的是要进一步打探德意志的政治动向。女王的特使可谓不辱使命，不虚此行。就锡德尼个人而言，这次出访最令他激动的是与奥兰治的威廉会面。王子委托他再次向女王提出与英国结盟的请求，他对王子的处境感同身受，从此与荷兰的关系变得十分特殊。后来的结果不出锡德尼所料，女王再次断然驳回了王子的请求。自此以后，锡德尼和女王在政见上的不同已然不可扭转，日趋加深，直至其生命的终点。

与女王迥异的政见，使得锡德尼不得不开始行动者和沉思者的双重人

---

1 Simon Groenveld, "'In the Course of His God and True Religion': Sidney and the Dutch Revolt," p.64.
2 详见Timothy D. Crowley, "New Light on Philip Sidney and Elizabethan Foreign Policy," p.89.

生。[1]此次返回英国标志着锡德尼一生中最活跃时期的开始,他似乎过着两种相互独立的生活:一种是文艺复兴时期廷臣寻求实现政治抱负的行动生活,另一种是诗人的沉思生活。他依旧屡屡找寻机会,渴望女王任命他率领英军奔赴欧陆援助荷兰,但是他一再受挫,空有壮志。他在1578年3月致朗盖的信中写道:

> 正如您所看到的,我的笔墨显然已经凝滞,我的思想本身即便曾经有过一丝价值,也开始因无聊的嬉戏而在不知不觉中丧失力量。在一个腐败的年代,我们竟然无法期望为了公众的利益而运用我们的思想。倘若无此机会,又有何必要让各种知识激起这些思想呢?[2]

锡德尼的思想使他与当时的宫廷文化格格不入。他终其一生都与莱斯特伯爵集团核心成员有着一致的志趣。该集团形成之初,其宗旨是为了服务于伯爵的个人野心,但是逐渐演变成了一种国家政策,带有特定的精神气质,借用西普赫德的表述,"它是民族主义的,有节制的,实用的,清教的和重商主义的"[3]。它不仅形塑了国家政策,而且造就了一种个人文化,与宫廷中的另一种气质互为对立。朗盖在信中谈到过那种气质,说它"不如我所期望的那么有男子汉气概,你们贵族中的许多人为了沽名钓誉,在我看来采用的是一种装模作样的殷勤,而不是那些更有益于国家的美德"[4]。我们从中隐约能够感知到,锡德尼似乎与当时出入宫廷的一些贵族大异其趣,甚或大相径庭。

---

[1] 本论著所指的"双重人生"不同于阿兰·斯图尔特用同样的名称所指的内容,他所指的一重是锡德尼在欧陆享有赞誉和盛名的人生,另一重是在国内令他倍感受挫的人生。详见Alan Stewart, *Philip Sidney: A Double Life*, p.7.
[2] Philip Sidney, *The Correspondence of Sir Philip Sidney*, pp.816-817.
[3] Geoffrey Shepherd, "Introduction," p.7.
[4] Philip Sidney, *The Correspondence of Sir Philip Sidney*, pp.931-932.

锡德尼与欧陆激进的政治思想家之间的密切关系，加深了女王对他的不信任感。女王深知由于家族及莱斯特伯爵的关系，锡德尼在欧陆被视为一个重要的政治人物，卡西米尔大公等多位权力人物与他保持着密切的私人关系，奥兰治的威廉曾一度把他与自己的妹妹联姻之事提上议事日程。[1] 如果此事成功，锡德尼很有可能被带入欧洲新教政治的中心，日后成为王位继承人不是一件不可想象的事情。[2] 女王很快意识到，为了自己的至尊王权，于她而言最重要的事，莫过于遵循分权而治的古训，即不允许任何人在任何情况下独揽大权。[3] 因此，尽管锡德尼才华横溢，此时似乎意气风发，如愿以偿地成了女王宫廷中令人瞩目的理想廷臣、政治家、外交家和宗教改革家，但是他与女王相处得并不愉快。女王不希望他有任何非分之想，更不愿向他委以任何外交或军事重任。她有意为之的打压，使得锡德尼在行动生活方面壮志难酬。

1579年的后半年，锡德尼经历了人生中最重大的挫折。有一个时期，女王貌似有可能与安茹公爵联姻，而到了1579年，这种可能性好像已大为增加。事实上，女王从来没有把安茹公爵这个只有她一半年龄的法国男人太当一回事，对于他的求婚，她总是闪烁其词，目的只不过是为了赢得时间，以维持欧陆各大权力之间微妙的平衡。然而，女王的暧昧态度着实激恼了她的不少臣民，锡德尼就是其中一位，他奋笔疾书，不计后果地写下《致女王书》，反对他与安茹公爵联姻。[4] 正如罗宾森所言，任何一部锡德尼传记的读者都会发现，"这封上书只能说明在伊丽莎白女王的政治舞台上，他永远都无法真正实现其政治理想"[5]。《致女王书》带来的最重要的后

1　详见 Duncan-Jones, *Sir Philip Sidney: Courtier Poet*, pp.140-143。
2　详见 David Norbrook, *Poetry and Politics in the English Renaissance*, p.89。
3　详见 Patricia Ann Kennan, *Sidney Defending Poetry*, p.50。
4　详见 Philip Sidney, *The Correspondence of Sir Philip Sidney*, p.1013。
5　详见 Forrest G. Robinson, *The Shape of Things Known: Sidney's Apology in Its Philosophical Tradition*, p.97。

果,便是写信人被从宫廷重要事务中"放逐",他将"不得不满足于扮演一个女王次要随员的角色"[1]。就在同时,锡德尼又因"网球场事件"[2]与牛津伯爵发生冲突,并深受侮辱。这两件事为他招致女王毫不留情的训斥,政治前途几乎完全被葬送。自此之后,锡德尼仅有机会参加少量活动,如议会辩论、骑士比武以及陪同莱斯特伯爵前往荷兰等。

政治才能在宫廷中得不到施展,不表明锡德尼没有其他的途径,也不意味着他失去了展露多方面才华的机会。尽管被女王剥夺了在外交和军事方面施展才能和担负使命的机会,但是锡德尼对新教事业的信念没有因此而有所动摇。他在致沃尔辛厄姆的信中写道:"如果女王陛下是源泉,想到每天都有可能发现我们的水源日渐枯竭,我或许会心生恐惧,但是她只不过是上帝行事的一种手段。我不知道自己是否上当受骗,可是我深信假如她抽身而去,为支持这项事业,其他各种源泉会奔涌而出。"[3]他开始把被压抑的精神能量投向写作,为那个不是他自主选择的诗人职业辩护,致力于在沉思生活方面成就一番"千古伟业"。[4]他虽身在宫廷,但心已另有所属,私下里悄悄舞文弄墨。宾多福在《都铎王朝时期的英国》中指出,就行动生活而言,锡德尼的最终结果是"从政治上来说,人们在书写伊丽莎白统治时期的英国时,无法不提及他的舅舅莱斯特伯爵或者他的岳父弗朗西斯·沃尔辛厄姆爵士,但是在书写那段历史时可以不提及菲利普,或者,也许仅把他放在脚注里而无须有太多的不安"[5]。当然,宾多福只是说"无须有太多的不安",真实的情况是政治研究者发现从锡德尼的生平、书信、文学作品及诗学理论中,可以获得对这一时期力透纸背的认识。

---

1 详见 Forrest G. Robinson, "Introduction," p.xv。
2 关于"网球场事件",详见本论著第342—343页。
3 Philip Sidney, *The Prose Works of Sir Philip Sidney*, Vol.3, p.167.
4 Richard Hillyer, *Sir Philip Sidney, Cultural Icon*, p.viii.
5 S. T. Bindoff, *Tudor England*, p.298.

五

1580年是锡德尼人生的一个转折点，之前他过着一种以廷臣行动生活为主的双重生活，从这一年直至其生命的终点，他的生活模式更加清晰了，他不得不将主要精力投入诗人的沉思生活。哈密尔顿指出，"尽管从外部看，他或许还在宫廷里忙于各种事务，但他的生活本质上出现在其写作中"[1]。然而，对于贵族青年而言，诗人的角色甚为可疑，这不仅因为诗人是沉思者而非行动者，而且因为即使在沉思者当中，诗人也位处末流。在学校历史和哲学被认为适合心智成熟的人，而诗歌无法与之相提并论。朗盖曾在信中向锡德尼建议，作为未来的政治家，他应该接受的核心教育是道德哲学和历史，而不是诗歌。两人的通信涵盖了锡德尼教育的方方面面，可是他们从未提及诗歌的价值。[2] 锡德尼本人在《与弟书》和《致丹尼》等信中虽然对他们的教育问题多有真知灼见，但也未曾谈及诗歌有任何重要功能。爱德华·巴利指出："对于像锡德尼这样身居高位的人，诗歌充其量只不过是一种宫廷游戏，它或许像其他游戏一样，需要人精力充沛、满怀激情地投入，但不可与人生正道混为一谈。"[3] 巴尔达萨雷·卡斯蒂廖内（Baldassare Castiglione, 1478—1529）在风靡一时的《廷臣论》（*The Book of the Courtier*, 1508）中推荐廷臣们用诗歌来娱乐女士们，这也许就是当时诗歌的重要价值之所在。

鉴于上述原因，锡德尼永远无法全然舍弃行动生活，以写作为主的沉思生活只是一种被动选择。假如他有权决定，第一选择一定不会是写作，事实上，他生前仅把它安排在人生的边缘位置；假如他的政治才能得到女

---

[1] A. C. Hamilton, *Sir Philip Sidney: A Study of His Life and Works*, p.17.
[2] 关于诗歌在人文主义教育中的低等地位，详见 Richard Helgerson, *The Elizabethan Pridigals*, pp.31–35。
[3] Edward Berry, "The Poet as Warrior in Sidney's Defence of Poetry," p.22.

王或者莱斯特伯爵的更多赏识，他很有可能会写得更少。[1] 锡德尼去世之前从未真正有志于做一名诗人，在《为诗辩护》中他一方面盛赞文学艺术是比哲学更好的老师，另一方面又指出自己步入诗人的行列纯属偶然，以戏谑的口吻宣称："我不知道由于什么不幸，在我这并不老迈、并不闲散的岁月里，无意中竟盗得诗人的名号，而被激动得要有所陈述，来为我那并不是有意挑选的行业有所辩解。"（4）在乡间度过漫漫的沉思生活之际，锡德尼所思所想仍然是如何通过写作把它转化成另一种行动生活，正如格瑞维尔所言：

> 即便在写作时，他的目的也非写作本身。他积累的知识既不是为了用餐礼仪，也不是为了学业。他的才智和本于内心的理解，是为了让自我和他人在生活和行动上——而不是在言辞和观点上——变得善良而伟大。他是那项艺术的大师，如此威风凛凛而又和蔼可亲，所以无论置身何处，总是受到爱慕和拥戴。[2]

当锡德尼"不幸"地"步入诗人的行列"时，他需要为诗人辩护，这既是面对外部攻击诗歌的人，也是面对自身内部那个怀疑诗人的自我。这种辩护的潜在含义便是，当他仕途失意被迫赋闲在家时，他仍能够凭借沉思者的角色来完成行动者的使命。这一点清晰地反映在他的主要作品中。

锡德尼在太过短暂的沉思生活中完成了多部风格迥异而又非同寻常的作品。他只有两次在书信中相当含糊地提及自己的写作：一次是1580年初夏，他在《致丹尼》中提到"我写的那些歌曲"，即《一些十四行诗》（*Certain Sonnets*）中的几首；另一次是同年晚些时候，他在《与弟书》中

---

[1] 详见Richard Dutton, *Ben Jonson: Authority: Criticism*, p.59。

[2] Fulke Greville, *Life of Sir Philip Sidney*, p.18.

轻描淡写地提及"一个华丽的玩具"(a splendid toying),即《旧阿卡迪亚》(*Old Arcadia*,1578—1581)。[1] 由于这个缘故,关于锡德尼每部作品的具体写作年份,甚至不同作品之间的写作顺序,至今难有定论。编者和传记作者只能根据锡德尼写作风格变化的内在逻辑以及较为可信的文本证

---

[1] 详见 Philip Sidney, "To Edward Denny" "To Robert Sidney," pp.287-294;另见 James M. Osborn, *Young Philip Sidney, 1572-1577*, p.540。锡德尼的《阿卡迪亚》有三个不同的版本:*The Old Arcadia, The New Arcadia, The Countess of Pembroke's Arcadia*。他于1580年完成了一部完整的《阿卡迪亚》,不久之即着手对此进行修改,但未及完成便奔赴荷兰战场。后来人们称早期的版本为《旧阿卡迪亚》,未完成的修改本为《新阿卡迪亚》。《旧阿卡迪亚》作为一个独立的文本,以八份手抄本的形式保存下来。《新阿卡迪亚》只有一份手稿,在锡德尼去世四年之后,即1590年,在福科尔·格瑞维尔监督指导下,得以付梓。修改过的前三卷出现在这个版本中,《旧阿卡迪亚》中只有几首诗被用在了各卷之间的牧歌中。除上述两个版本之外,还有第三个版本,这也是人们最熟悉的,同时也是最令人满意的版本,它是在锡德尼之妹彭布罗克伯爵夫人玛丽(Mary Countess of Pembroke)监督指导下于1593年出版的。从十七世纪至二十世纪初,前两个版本的《阿卡迪亚》基本上处于被遗忘状态,1593年的版本是后来各种印刷版本的最终来源,也是读者所阅读的唯一版本。不过,一些著名的早期读者偏爱1590年的版本,他们在1586年至1590年之间甚之后的写作中都充分利用了《旧阿卡迪亚》。虽然一些最初的读者知道《阿卡迪亚》有两个版本,但是十六世纪九十年代之后,大家似乎忘记了这一点,《旧阿卡迪亚》因此进入了长达三百年的冬眠期。

直到1907年《旧阿卡迪亚》被重新发现时,人们才知道伯爵夫人的所为。她为了使《新阿卡迪亚》完整,让人把《旧阿卡迪亚》中未被修改的后半部分"缝补"上去,而废弃其他部分。这个版本极大地扩充了牧歌,几乎包括了《旧阿卡迪亚》牧歌中的全部诗歌,另外还加进了两首新诗,锡德尼应该没有这种意图。代伯爵夫人操刀之人,可能是受雇于彭布罗克伯爵的休·桑福德(Hugh Sanfold, ?—1607),他在《序言》中嘲笑1590年的版本,但似乎又不太了解锡德尼文本的不同状态,指出伯爵夫人为我们提供了"《阿卡迪亚》的结局,而不是使之完整"。1593年之后的读者看到了一种不一致和不完整,需要自己判断这部在形式上最完整的《阿卡迪亚》是否符合原作者的意图。

关于《阿卡迪亚》文本的演变,存在两种不同的观点。其一以锡德尼诗歌和《旧阿卡迪亚》牛津版的编者林格勒和罗伯森为代表,他们认为《旧阿卡迪亚》本身是一部完整的作品,而修改之后的《阿卡迪亚》是一部完全不同的作品,缺少用以表明作者将如何来安排牧歌的标识。第二种观点以牛津版的编者斯科乐特科维奇为代表,他认为最初的《阿卡迪亚》的一个手写本,后来演变为修改版的《阿卡迪亚》,因而也是1593年版本的来源。因此,我们应当读最初的版本,因为它代表锡德尼留下手稿时的文本状态。详见 C. S. Lewis, *English Literature in the Sixteenth Century: Excluding Drama*, p.332; Blair Worden, *The Sound of Virtue: Philip Sidney's "Arcadia" and Elizabethan Politics*, p.xix; Gavin Alexander, *Writing After Sidney: The Literary Response to Sir Philip Sidney, 1586-1640*, pp.xx-xxvi。

据来做出判断,他们发现他的主要作品都创作于1579年之后的五六年间。以《爱星者和星星》为例,这组十四行诗是基于现实生活的虚构作品,带有一定的自传色彩,研究者依据这方面的因素大致可以确定其写作年代,判断它很可能写于《阿卡迪亚》之后。再如,锡德尼几度远离宫廷,闲居在其妹彭布罗克伯爵夫人的领地威尔顿,这种时候似乎特别适合他构思并创作复杂而又精妙的《爱星者和星星》和《阿卡迪亚》。这样我们大致可以勾勒出锡德尼创作经历的轮廓。根据格文的判断,他的写作生涯很可能始于1577年。[1] 这一年他为宫廷骑马持矛冲刺活动谱写了歌曲,还写了田园对话(pastoral dialogue)和《论爱尔兰事务》,后者是为其父在爱尔兰的活动写成的辩护。1578年春天,为了取悦伊丽莎白女王,他完成了《五月夫人》(The Lady of May),并开始写作长篇田园传奇故事《旧阿卡迪亚》。1579年锡德尼被"放逐"的日子正好为写作提供了机缘,他退隐至伯爵夫人的乡间领地,继续创作《阿卡迪亚》。[2] 尽管后人无法确切知道《为诗辩护》的具体写作时间,但一般都认为是在1579至1580年间那个漫长而寒冷的冬天。

锡德尼的写作生涯一直持续到1584年,其间他虽处于半退隐状态,但所写的内容都与他的政治计划有着密切的内在联系。从古代到文艺复兴时期,在退隐问题上,前人留下了大体上一致的建议,那就是悠然自得地写作。小普林尼给朋友提出的忠告是:"你现在过着悠闲自在的隐居生活,我劝你把那些下贱的劳务让仆人去做,自己专心著书立说。"西塞罗说过,退出官场后,要利用退隐时间写文章以垂名青史:"天下人不知道你的才华,满腹经纶不也归于无用?"贺拉斯为了凸显致力于写作时乡居生活的优势,指出城市喧嚣生活的种种不利:"身处罗马,在其劳顿和呵护

---

[1] 详见 Gavin Alexander, *Writing After Sidney: The Literary Response to Sir Philip Sidney, 1586–1640*. p.xx。

[2] 详见 Philip Sidney, *Sir Philip Sidney: The Major Works*, p.3。

中,你以为我能写下和谐之篇章?"蒙田也指出,退隐都有着相同的目的,那就是为了生活得更加悠闲从容。[1]锡德尼部分采纳了先贤的建议,不过,他的退隐生活似乎既不悠闲,也不从容,大有"身在江湖,心存魏阙"的意味。他认为诗歌应当引导人不仅"好知"(well-knowing),而且"好行"(well-doing),将"知"落实于"行"。为了达到这个行动者的目的,诗歌应当是"经验性的"而非"沉思性的"。亨尼格颇有见地地指出,诗歌对于锡德尼与其说是祷告仪式中的元素,毋宁说是一种政治工具。[2]他虽然远离宫廷,不再有直接行动的机会,但像其他重要的行动者一样,以自己特有的方式——写作诗歌或传奇故事——投身到反抗西班牙菲利普二世的斗争等行动中。那时英国和欧洲的新教国家都面临来自这位霸主的威胁,行动者用来与之进行类比的,是马其顿国王菲利普对古希腊的威胁,他们纷纷宣称并阐释为什么如果想要避免古希腊的命运,英国就必须采取一套强硬的主战策略。政治家和修辞学家托马斯·威尔逊(Thomas Wilson, 1524—1581)用一些事实和虚构夹杂的希腊史研究成果来对此加以论证,议员托马斯·诺顿(Thomas Norton, 1532—1584)在一份政府文件中采用上述类比,弗朗西斯·培根用一篇为政府辩护的文章来阐发自己的观点,锡德尼采用的则是虚构作品《旧阿卡迪亚》。[3]

这部作品以"阿卡迪亚"命名,别有一番深意。古希腊的阿卡迪亚以宁静美妙的田园生活著称,而自古以来这种生活本身似乎就是一种承诺:人们可以相信一个人"在田园中,能够逃避一切纷争,获得真正的幸福。田园是逃避妒忌与仇恨、荣誉的虚名、穷奢极欲和严酷的战争的避难

---

[1] 详见蒙田《蒙田随笔全集》(第一卷),第218—228页;Giovanni Boccaccio, *Boccaccio on Poetry*, p.55.

[2] 详见 S. K. Heninger, Jr., *Sidney and Spenser: The Poet as Maker*, p.224。

[3] 详见 Blair Worden, "Historians and Poets," pp.83-84; *The Sound of Virtue: Philip Sidney's "Arcadia" and Elizabethan Politics*, pp.161-164, 255; Peter Mack, *Elizabethan Rhetoric: Theory and Practice*, p.180; F. J. Levy, *Tudor Historical Thought*, pp.205-206。

地"[1]。以"阿卡迪亚"命名的传奇故事自然令人联想起田园牧歌,在牧歌中情人或诗人往往把自己当成远离尘世生活的牧童:他沉醉在一个牧笛悠扬、鸟语花香、洒满阳光的国度,甚至他的忧伤也被染上了一道美妙动人的色彩。[2]除了这层含义之外,在古代田园牧歌还被认为是一种批评社会和政治的工具,它把宫廷行动者令人狂热而骚动的生活,与乡村沉思者平静而恬淡的生活并置,让两者形成鲜明的对照。十六世纪人们还似是而非地把田园牧歌当作一种"表里不一"的文类,即诗人的真实意图隐晦曲折地躲藏在文字背后,与他在作品里的言说并不一致。[3]威廉·韦伯在论及斯宾塞的《牧人月历》时声称,诗人欲说还休,作品中"诸事既被言说,又被遮掩",乔治·普特南姆认为"从寻常百姓的面纱下"我们得以见识意义重大之事,锡德尼在《旧阿卡迪亚》中也提到,有关豺狼和绵羊的寓言故事定然大有真意。[4]与上述含义相吻合的是,锡德尼写作此书时远离钩心斗角、尔虞我诈的宫廷,隐身于彭布罗克伯爵夫人宁静的乡间领地,这种远离尘嚣的生活似乎正好为他提供了机会创作一部富含上述"阿卡迪亚"意味的作品。

《旧阿卡迪亚》充满了行动的张力。他虚构的阿卡迪亚远不是什么世外桃源,那里政治动荡,危急四伏,事关国家安危、君臣的责任和义务、权力、正义等等。由于情节本身对传奇故事的重要性,我们在此蜻蜓点水般地复述《旧阿卡迪亚》的情节,或将有助于阐明在锡德尼的沉思中行动及行动者的分量。故事的主人公阿卡迪亚的公爵巴西琉斯,因一个令人困惑不解的神谕,产生了一种不祥之感,于是举家迁离宫廷,躲藏到乡间。马其顿王子皮罗克勒斯和色萨利公爵梅西多卢斯表兄弟俩也来到这里,他们分别爱上了巴西琉斯的两个女儿菲洛克丽和帕梅拉。为了接近两位公

---

[1] 约翰·赫伊津哈《中世纪的衰落》,第109页。
[2] 关于西方田园牧歌传统,详见 Johan Huizinga, *The Waning of the Middle Ages*, pp.128-137。
[3] 详见 Catherine Bates, "Literature and the Court," p.366。
[4] William Webbe, *A Discourse of English Poetrie*, p.264; George Puttenham, "From *The Arte of English Poesie*," p.38.

主,他们一个男扮女装,一个贵族冒充平民,皮罗克勒斯把自己化装成女战士克里菲拉,梅西多卢斯则装扮成牧羊人多拉斯。可是求爱过程并不顺利,两人屡屡受挫,必须得想方设法在不暴露身份的情况下让公主们爱上自己。后来,梅西多卢斯用第三人称的口吻讲述自己的故事,终于成功地说服帕梅拉跟他私奔。皮罗克勒斯的情况更为复杂:巴西琉斯相信了他的虚假身份,爱上了这位女战士,他的夫人吉尼希娅看出了他的真实身份,也爱上了他。皮罗克勒斯于是安排公爵和夫人赴同一个幽会,当不明就里、各怀鬼胎的夫妻二人猛然间认出对方时,彼此面面相觑,好不尴尬。虽然他们最终言归于好,但是巴西琉斯在喝了一杯水之后跌倒在地,如死去了一般,起初吉尼希娅还以为这是一杯爱情药水。就在发生这一切的同时,皮罗克勒斯和菲洛克丽已决定私奔。

接下去的情节发生在巴西琉斯的仆人、小丑牧羊人达摩特斯的家中。梅西多卢斯和帕梅拉在他家投宿,皮罗克勒斯和菲洛克丽因落入了达摩特斯设下的圈套也出现在了这里。就在梅西多卢斯一阵冲动之下意欲强奸熟睡中的公主时,表兄弟两人双双被抓获。最后,他们分别因企图强奸公主和谋杀巴西琉斯被送上审判席。此时,皮罗克勒斯的父亲尤阿库斯碰巧途经阿卡迪亚,他顺道前来拜访巴西琉斯,一则想劝说他停止退隐重返宫廷,二则打算为儿子和外甥向巴西琉斯的两个女儿求亲。[1] 尤阿库斯应邀担任匿名法官,在法庭上他未能认出两个年轻人,给他们判了死刑。到这时两人才说出自己的真实身份,但尤阿库斯绝不肯徇私枉法,坚持维持原判。巧合的是,就在此时巴西琉斯从昏死中苏醒过来,所有的问题都随之迎刃而解。故事在皆大欢喜中结束。

《旧阿卡迪亚》纷繁复杂、跌宕起伏的情节难掩其特有的政治含义。研究者无论持何种观点,都难以否认故事中有不少对伊丽莎白女王宫廷的

---

[1] 这个具有讽刺意味的插曲在《新阿卡迪亚》中被删去。

指涉。譬如，维纳提出在锡德尼的请求遭到女王驳斥之后，他对英国的未来和个人的前途深感绝望，转而在"这部痛斥世界上玩忽职守者的伟大著作"中扮演了一个角色。对于锡德尼而言，故事中的情节是一个隐喻，暗示一个统治者未能在"公共行动"的召唤和"个人见识"的格局之间保持平衡时将可能导致的局面。[1] 麦克科仪等研究者认为，故事中拉丁人和亚细亚人带来的威胁表明，锡德尼察觉到了西班牙和奥特曼帝国对欧洲各国的威胁。根据这种解释，尤阿库斯与伊丽莎白女王不乏类似之处，前者最早寻求建立包括阿卡迪亚在内的希腊联盟，而后者尝试互惠互利地与德国新教君主结盟。[2] 沃顿颇有说服力地指出，巴西琉斯躲藏在乡间不理朝政，无论是在比喻还是在字面意义上，都是对自身深陷其中的险境视而不见，锡德尼试图以此再现女王对与奥兰治的威廉之间组建新教联盟一事的厌恶。[3] 斯迪尔曼提出了另一种具有代表性的观点，他认为锡德尼倾向于在诸如《阿卡迪亚》之类的虚构作品中再现一个微型或小型世界，目的是为了教育读者，让他们能够在文本之外更大的世界里拥有德行。从这一角度来看，锡德尼在《阿卡迪亚》试图通过创造"另一个自然"来达到教育读者的目的。[4]

除上述解读之外，我们不难看出锡德尼的其他两种较为明显的意图。首先，他在故事中暗藏着对政治上的专制主义的抨击。在十六世纪，《廷臣论》风靡欧陆和英伦，许多人和此书的作者巴尔达萨雷·卡斯蒂廖内一样为宫廷生活辩护，相信在贵族社会君主的存在本身便带来一种和谐之音，国家已然成为一件艺术品，斗争和冲突均被排除在外，爱是人们关注

---

1 详见 Andrew D. Weiner, *Sir Philip Sidney and the Poetics of Protestantism*, pp.25–26。
2 详见 Richard C. McCoy, *Sir Philip Sidney: Rebellion in Arcadia*, p.120。
3 详见 Blair Worden, *The Sound of Virtue: Philip Sidney's Arcadia and Elizabethan Politics*, pp.235–239。
4 详见 Robert Stillman, *Sidney and the Poetics of Cosmopolitanism*, p.86。

的主要内容,因此,沉思比行动更有价值。锡德尼采用"阿卡迪亚"为书名,目的就是要推翻这种认识,宣告"不和谐之音"的存在。该书名能够挑起读者的期待,让他们想象那种熟知的宫廷氛围,可是他们一旦进入文本的世界,就会发现随着情节的发展,这种期待和想象很快就被打破,乃至被彻底颠覆。作品中的公爵试图把自己的生活转化为一件艺术品,他远离尘嚣,来到坐落于迷人乡间的行宫,沉醉于田园牧歌给他带来的快乐中,而他在这样做的时候实际上忽视了比个人快乐更重要的政治使命。君主不履行使命是《阿卡迪亚》再现并加以抨击的一个核心问题,在锡德尼看来,这种逃离是一种不负责任的专制主义。

其次,锡德尼还通过传奇故事的形式,抨击当时盛行的知识独裁运动。新古典主义在意大利和法国占主导地位的时期,正是政治上专制主义的盛行时期。新古典主义后来发展为一种知识独裁运动,用严格的规则约束作家的自由,通常被认为带有影射独裁政治的意味。亚里士多德的《诗学》是新古典主义的主要来源,在意大利极具影响力,锡德尼是英国最早仔细研究过该著作的诗人之一,在《阿卡迪亚》中他借用对传统形式的突破,以一种巧妙的方式来表达对知识独裁运动的反叛。[1]宫廷传奇故事通常都有一个贵族读者喜闻乐见的散漫结构,它不受明确的形式原则的限制;而《阿卡迪亚》则背离读者的期望,作者抛开传统的传奇故事形式,采用古典戏剧形式,设计了一套紧凑而非散漫的主要情节,并在其中加上了田园插曲。可见,无论是在形式还是在内容上,《阿卡迪亚》的颠覆性含义都是毋庸置疑的。

紧随《旧阿卡迪亚》面世的是文艺论文《为诗辩护》。如果说《阿卡迪亚》复杂的情节犹如一层花纹繁复、色彩斑斓的面纱,覆盖在锡德尼的

---

[1] 从菲利普·锡德尼、乔治·普特南姆、本·琼生到约翰·德莱顿,多位英国诗人都以某种形式隐约表达了对欧陆新古典主义知识独裁运动的反叛。

写作动机上，那么在《为诗辩护》中那层面纱已然被揭去。《为诗辩护》既是一部诗学，又是一份政治文件，它比锡德尼的任何其他作品都更直截了当地告诉后人，他在丰富的知识储备的基础上为什么以及如何写作。[1] 借用研究者麦克·马克的话来说，贯穿全篇的可以说是一种"福音派式的布道冲动"[2]，锡德尼每时每刻都在用他的美德和对诗歌的开阔视野来吸引观众和读者。尽管《为诗辩护》原本是一篇关于文学的专题论文，用古典法庭辩论体形式写成，涉及文学形式问题及其道德力量，但是锡德尼赋予文学艺术如此独特的地位，以至于后人不禁产生这样的疑问：这位振振有词的辩护者，就像当年那位意气风发的年轻廷臣，他雄辩地为诗歌确立的那些美学原则，是否比他当初怀抱的政治理想拥有更强大的生命力？易言之，他是否为其诗性感悟（gnosis）找到了通往政治实践（praxis）的路径？或者说，沉思者是否能够在诗歌中实现行动者的理想？在沉思者和行动者之间，一个人的角色是否必须只能是其中之一而不能兼而有之？瓦根丁不无理由地提出，锡德尼"在用修辞方式寻找一种解释原则，它将有助于他克服每每置身其中的那种非此即彼的对立状态"[3]。我们无法否认锡德

---

[1] 《为诗辩护》在锡德尼生前以手抄本的形式流传，在其早逝之后于1595年付梓，两家出版社分别采用 The Defence of Poesy 和 An Apology for Poetry 为书名。从此之后，这篇论文出现在《阿卡迪亚》每一次重印的版本里。研究者尝试列出锡德尼参考过并包含文学判断的著作，他们大致赞同以下几种：斯卡利杰的《诗学》（Poetices libri septem，1561），托马斯·埃利奥特（Sir Thomas Elyot，1490—1546）的《统治者》（The Boke Named the Governour，1531），海因里希·科勒里乌斯·阿格里帕的《论艺术与科学的无用与不可靠：一篇谩骂演讲词》（De incertitude et vanitate scientiarum et artium excellentia verbi Dei declamatio invectiva，1526；Of the Vanitie and Vncertaintie of Artes and Sciences: An Invective Declamation，1530），克里斯托弗洛·兰迪诺（Cristoforo Landino，1424—1498）为其但丁评注写的《序言》（Preface to Dante，1481），贺拉斯的《诗艺》以及柏拉图和亚里士多德的部分著作。当然，锡德尼在写作《为诗辩护》之前积累的知识储备远远超过上述著作，他还熟读过许多人文主义作家的作品，如彼得拉克、薄伽丘、塔索、伊拉斯谟、莫尔、拉莫斯、博丹、布坎南等等。详见 Geoffrey Shepherd, "Introduction," pp.8-10。
[2] Michael Mack, *Sidney's Poetics: Imitating Creation*, p.2.
[3] Germanie Warkentin, "Sidney's Authors," p.83.

尼的雄心完全是政治性的，他是作为一名一再受挫的廷臣，而不是诗人本身，在为自己的职业进行辩护，他称诗歌为"军营的伴侣"，指出桂冠诗人的光荣"只有凯旋的军事领袖可以和他共享"（51）。《为诗辩护》不啻为他的宣言：他将以诗人的身份去完成行动者的使命。

为了达到上述目的，锡德尼在欧洲大陆古典修辞学和诗学的基础上写作《为诗辩护》，构建一种新诗学。在他看来，德行是行动者和沉思者的最高目标，它既将两者联结在一起，又为他的辩护提供了强大的依据。从本质上来说，锡德尼从教育的角度来为诗歌辩护，提出诗人的创造是"为了摹仿；摹仿是为了愉悦，也为了教育；愉悦是为了感动人们去实践他们本来会逃避的善行，教育则是为了使人们了解那个感动他们，使他们向往的善行——这是任何学问所向往的最高尚的目的"（14）。这种虚构的能力是诗人的真正标识。锡德尼坚持认为在感动读者并使他们采取行动方面，诗歌胜过哲学和历史，因为历史无法为人的行为提供最佳范例，而哲学缺少那种感动读者以使他们遵循其劝导的能力。诗人的力量在于他能够通过情节、人物等，以最强有力和最持久的方式，将作品内在的"理念或事先的设想"（11），以"有声画"的形式，直接作用于读者的"心眼"（oculi mentis，即 the mind's eye），从而向他们传授有关美德的知识，并且鼓励他们将其融入行动，最终达到教育的终极目的。

这里特别值得我们关注的，是其中两个与锡德尼"行动生活"密切相关的方面。首先，他别出新意地谋篇布局，赋予"真正的诗人"某种超凡的能力，使他拥有一种无可辩驳的、集权力和权威于一体的地位。诗人既是芸芸众生的道德领袖，又是道德裁判者，扮演着重要的政治角色。身为诗人的锡德尼一方面把这种角色赋予他本人，为自己提供进入统治者行列的途径，另一方面以道德为基础，为处于宫廷宗教斗争中的新教集团提供依据。其次，锡德尼把诗歌视为一个"金的世界"，它被装饰得比自然中任何事物都更华美。这种思想自然而然地让人联想到十六世纪逃避现实的意大利宫廷文化，但是锡德尼的目的并非是寻求一种超越政治危机的理想贵族乌托邦。他想说的是"金的世界"不但比"铜的世界"更美丽，而且它本身就是自足的，不受经验事实的制约，超越于传统观念，诗人能够借此自由地探索各种可能性。锡德尼超然而又具有批判性的思维方式，使他能够为了实现自己的理想抱负，想象和创造一个独特的艺术世界，它恰似一个复杂而又统一的"共和政体"，独立于现实世界中的统治者个人。研究者诺布鲁克指出，锡德尼在《为诗辩护》中区分不同的诗意理想，有的诗人描绘理想的君主，如色诺芬、维吉尔等，也有的诗人虚构"一个完整的共和政体，就像托马斯·莫尔所做的"[1]。这就像在现实生活中存在不同的"共和政体"一样。我们未尝不可以说，在锡德尼的思想中，诗人之于"金的世界"恰似统治者之于"铜的世界"，在这个意义上，沉思者和行动者在功能上当有异曲同工之妙。

六

从写作《为诗辩护》到1583年着手修改《旧阿卡迪亚》，锡德尼活跃的诗人生活与日趋黯然的行动生活形成了对照。其间的主要作品有伊丽莎白时期最重要的十四行诗组诗《爱星者和星星》，该诗通过一百零八首十四行诗和夹杂其中的十一支歌，讲述主人公爱星者对星星狂热而又未能如愿以偿的爱。[2] 爱星者对情人赤胆忠心，情意绵绵，却屡遭伤害，他貌似

---

1 David Norbrook, *Poetry and Politics in the English Renaissance*, p.86.
2 类似的内容在中国古典诗词中有时会被认为隐含浓厚的政治意味，令人想到君臣关系，如清人朱长孺在《笺注李义山诗集序》中有言道："《离骚》托芳草以怨王孙，借美人以喻君子，遂为汉魏六朝乐府之祖。古人之不得志于君臣朋友者，往往寄遥情于婉娈，结深怨于蹇修。"西方中世纪传奇故事中骑士对贵妇人无望的爱也同样如此，但是锡德尼的十四行诗组诗却未必有这层含义，研究者往往会把史黛拉的形象与佩内洛普·德弗罗而不是伊丽莎白女王联系起来。

淡然闲适，但实际上备受欲望的折磨，夜不能寐。组诗中不再有风靡一时的彼得拉克式的典雅，一切都变得通俗易懂、简洁明了。[1]我们从爱星者身上仿佛可以看到诗人自己的影子，而星星的形象让人自然联想到埃塞克斯伯爵的女儿佩内洛普·德弗罗，即后来的佩内洛普·里奇夫人。毋庸讳言，组诗中有自传的成分，但是由于锡德尼在具体细节上的精雕细琢，它们难以与诗人的个人经历一一对应，许多地方显得神秘莫测而又引人入胜。同时代诗人丹尼尔、麦克·德雷顿（Michael Drayton，1563—1631）、斯宾塞、莎士比亚等竞相摹仿《爱星者和星星》，以至于形成了一种新的写作风尚。除了这组十四行诗之外，1581年锡德尼还帮助策划了一场名为《欲望的四个养子》的重要宫廷表演会，并扮演了其中的一个养子。他还创作了其他一些不同题材的诗歌，包括歌曲和译文，后来这些作品连同《旧阿卡迪亚》中没有用上的诗歌一起结集出版，取名为《一些十四行诗》。

这段时间发生了两件值得一提的事，但它们并没有让锡德尼沉寂的行动生活有所起色。其一是锡德尼被授予"爵士"头衔。这件事没有使他低迷的精神状况有所好转，因为女王给他加封不是因为他本人的缘故，而是为了让他有足够高贵的身份来代表缺席的欧洲卡西米尔大公，参加在温莎城堡举行的嘉德骑士受封仪式。[2]其二是与莱斯特伯爵集团最强有力的同盟者沃尔辛厄姆爵士之女弗朗西丝喜结良缘。在这段暗淡的岁月里，锡德尼不只是怀才不遇，经济上也陷入拮据状态，仅有的一抹亮色便是这桩婚事。邓肯-琼斯推测从锡德尼这方面来说，缔结这桩婚约部分是为了强化他与新教之间的关系，[3]他与莱斯特伯爵集团本已密切的关系因此而越发坚不可摧。此外，这段婚姻还为他留下了一生中唯一的孩子伊丽莎白。

---

1 这里涉及锡德尼关于诗歌风格的独特见解，详见本论著第311—329页。
2 详见 Michael. G. Brennan, *The Sidneys of Penhurst and the Monarchy, 1500–1700*, p.88。
3 详见 Duncan-Jones, *Sir Philip Sidney: Courtier Poet*, p.217。

锡德尼在1583年前后最重要的工作是彻底修改《阿卡迪亚》。[1]在完成这部传奇故事后不久，他就对故事的结局甚感不满，很快着手重写。他几乎改完第三卷，却在一个句子的中间戛然而止。[2]未完成的修改稿在篇幅上远远超出原手稿，在叙述语气和写作意图上都与原书有着本质的不同。修改内容可以简单地概括为"净化"和"补充"两方面。锡德尼"净化"了原有的主要情节，他首先给第一卷加上了一个序言，明确表示两位王子具备美德，行动果敢。与此相呼应的是，在后文中，他从梅西多卢斯与帕梅拉的相爱场景中删去了他企图强奸她的情节，又从皮罗克勒斯与菲洛克丽的故事中删除了他们最终两情相悦合二为一的场景。这些改动简化了尤阿库斯需要面对的案情，降低了两位王子为自己辩护的难度。这样尤阿库斯最终做出判决时，他们就并非罪有应得，巴西琉斯对他们的谅解也就不显得那么有悖常情了。除了"净化"之外，锡德尼还"补充"了许多错综复杂的次要情节。他扩充了尤阿库斯的阿卡迪亚之旅，在第二卷中增加了大量王子对早先经历的回忆，让他们用故事的形式讲述各自是如何追求并最终赢得公主的。

最重要的"补充"是一个带有骑士风格的次要情节。主人公是巴西琉斯的外甥安菲阿鲁斯，他带来了极大的行动张力。锡德尼在原有四个主要角色的故事基础上，增加了他的爱情故事。科林斯的女王海伦爱上了他，

---

[1] 关于《阿卡迪亚》新、旧版本之间的关系，较为综合性的讨论，详见A. G. D. Wiles, "Parallel Analysis of the Two Versions of Sidney's *Arcadia*, including the Major Variations of the Folio of 1593," pp.167-206。关于锡德尼如何修改《阿卡迪亚》，较有洞见的探讨，详见Jon Sherman Lawry, *Sidney's Two Arcadia: Pattern and Proceeding*, pp.154-289; Gavin Alexander, *Writing After Sidney: The Literary Response to Sir Philip Sidney, 1586-1640*, pp.1-56; Victor Skretkowicz, "Categorising Redirection in Sidney's *New Arcadia*," pp.133-146。

[2] 邓肯-琼斯指出，1585年11月，锡德尼在离开英国奔赴荷兰战场前夕，把未完成的修改稿留给福科尔·格瑞维尔，这时他很可能是在宣告，将来的某一天他必将重新回到尚未完成的修改工作之中。他故意留下那个未完成的句子，期望届时它将有助于自己回忆起当时的构思。详见Katherine Duncan-Jones, "Introduction," p.vii.

而他爱的却是菲洛克丽,这种"错爱"导致了第一卷中他的朋友之死和第三卷中的叛乱。叛乱的起因是他邪恶的母亲塞克罗皮娅,她指望儿子篡夺姐夫的王位,计划让人绑架帕梅拉、菲洛克丽和泽尔麦恩(这是皮罗克勒斯装扮成的女战士在修改版文稿中的名字),并且设法让两位公主中的一位同意嫁给他。由于安菲阿鲁斯狂热而又绝望地爱着菲洛克丽,他同意了母亲的计划。锡德尼把这场叛乱呈现得像一场正义的政治暴动,当巴西琉斯的武装力量包围塞克罗皮娅的城堡时,田园传奇故事仿佛演变成了一部波澜壮阔的史诗。在两军对决和几场规模较小的交战中,安菲阿鲁斯和乔装的梅西多卢斯如史诗英雄一般凸显出来。第三卷结束时,塞克罗皮娅死去,安菲阿鲁斯生命垂危,梅西多卢斯正欲攻入城堡,而皮罗克勒斯(泽尔麦恩)已杀死了两兄弟,正准备结果第三个的性命。研究者深感困惑,不知道在如此令人震撼的史诗般的插曲之后,故事如何才能重新回到乡村的田园生活和原来的故事结局中。锡德尼对此或许已有所考虑,但他的构思连同种种奇思妙想却永久性地留存在了他的脑海深处。

从修改的内容我们可以看出,身为诗人的锡德尼在他的想象世界中并没有远离宫廷和廷臣的生活,沉思者和行动者的角色在他虚构的世界里交织在一起。在人生的这一时期,锡德尼无法在真实生活中投身于轰轰烈烈的政治或军事行动,于是把所有的能量都投入写作。诗人原本只是一个引导者,通过自己的诗歌把人引向德行,锡德尼却并不满足于此,他让诗人在自己呈现的战斗中像英雄一样建功立业,正如巴利所说,他在这样做的过程中"倾向于把诗人等同于他所歌颂的英雄,将引导和进攻的形象合二为一……诗人不再是引导者,转而成为保家卫国、建功立业的史诗英雄"[1]。锡德尼在此把诗人的角色提升到民族英雄的高度。[2]

---

[1] Edward Berry, "The Poet as Warrior in Sidney's Defence of Poetry," p.30.

[2] 详见 Andrew Hadfield, *Literature, Politics and National Identity: Reformation to Renaissance*, p.141.

不仅如此，锡德尼在写作中探讨了诸多关于诗歌的本质等诗学理论和实践问题。十六世纪中叶，英国文坛呈现一派萧条景象，在有关诗歌的问题上，英国迫切需要指导，特别是因为当时流行的有关诗歌的概念模糊而又混乱，诗歌艺术普遍遭到人们的怀疑甚至蔑视。刘易斯指出，"几乎没有任何新的灵感存在的迹象……这是一个严肃认真、笨拙粗俗而又循规蹈矩的时代：一个单调乏味的时代"。然而，在这个世纪的最后二十五年，让人无法预料的事情发生了："以一种迅雷不及掩耳之势，我们扶摇直上。幻想、意象、隽语、色彩、重叠手法，全都回归了。青春的活力回来了。"[1] 后人有理由把这种现象的出现至少部分归功于锡德尼。当他居住在莱斯特伯爵的府邸时，与他相伴的，有伯爵的秘书同时也是诗人的爱德华·戴尔爵士，还有众多文人学者、专业人士，包括同为伯爵服务的埃德蒙·斯宾塞和亚伯拉罕·弗劳斯（Abraham Fraunce，1558/1560—1592/1593）。[2] 从1579年锡德尼被女王"放逐"的那个秋天开始，他与他们一起写作和讨论诗歌。在这个多半由博学之士组成的文人圈子里，他是一个理所当然的核心人物，他们既为了崇高的文学目标，也为了与政治、宗教斗争等更现实的功利目的，共同致力于寻找和挖掘英语语言的源泉。这是锡德尼及其文人圈子投入战斗的方式。在锡德尼早逝之后，友人丹尼尔1594年在一首致彭布罗克伯爵夫人的诗中写道：

---

[1] C. S. Lewis, *English Literature in the Sixteenth Century: Excluding Drama*, p.1.

[2] 详见Geoffrey Shepherd, "Introduction," p.7. 锡德尼与斯宾塞之间的关系引起许多学者的关注，关于两人的交往及其性质，详见S. K. Heninger, Jr., *Sidney and Spenser: The Poet as Maker*, pp.1–16; T. P. Harrison, Jr., "The Relations of Spenser and Sidney," pp.712–731; Frederic I. Carpenter, *A Reference Guide to Edmund Spenser*, pp.95–98; Ralph M. Sargent, *At the Court of Queen Elizabeth*, pp.58–64; Jean Robertson, "Sir Philip Sidney and His Poetry," p.114; William A. Ringler, ed. *The Poems of Sir Philip Sidney*, pp.xxix–xxxiv; William Belson, *The Poetry of Edmund Spenser*, pp.18–20; John Buxton, *Sir Philip Sidney and English Renaissance*, pp.126–132; James M. Osborn, *Young Philip Sidney, 1572–1577*, pp.504, 536–537.

> 如今众多笔尖（如长矛）蓄势待发，
> 只为驱赶这北方的暴君；
> 粗俗的野蛮风尚，已伸张的魔掌
> 近日被您英勇无畏的兄长
> 头一回发现、阻击、激惹；
> 他的进攻壮大了同胞的胆量，
> 他们如他一般磨刀霍霍
> 怒向盘踞于此的邪恶猛兽。[1]

在移居伯爵夫人的庄园时期，锡德尼这位不得意的廷臣用"笔尖"来实现他原本要用"长矛"完成的使命。锡德尼和他的朋友们奋力驱赶"北方的暴君""粗俗的野蛮风尚"，"着手把英语诗歌从'单调的押韵'中解救出来，他们成功了。从中诞生了伊丽莎白时期诗歌的黄金阶段，而菲利普·锡德尼正是他们的领袖"。[2] 正如佛利斯特所言，锡德尼"本来应该是莱斯特、伯雷和埃塞克斯这些权倾一时的人物中的一员，而不是站在斯宾塞、莎士比亚等诗人的行列中"[3]。

多亏锡德尼失宠于女王，英国文学和文学批评史才得以改写。我们不得不赞同奥斯本的感叹："政治生涯上的挫折很少能够结出如此光彩夺目的丰硕果实，这是文化历史上最令人愉悦的悖论。"[4] 锡德尼不仅在沉思生活中融入了行动生活的元素，而且还以另一种方式实现了原有的抱负，其作品为英国文学的发展做出了杰出的贡献，而这同样与他行动者的理念一

---

1 转引自 A. C. Hamilton, *Sir Philip Sidney: A Study of His Life and Works*, p.9。
2 James M. Osborn, *Young Philip Sidney, 1572—1577*, p.504.
3 Forrest G. Robinson, "Introduction," p.viii. 埃塞克斯伯爵（2nd Earl of Essex），即罗伯特·德弗罗（Robert Devereux，1565—1601），是继莱斯特伯爵之后最得女王宠爱的大臣，权倾一时。在锡德尼早逝之后，他继承了其宝剑，并与其遗孀成婚，后因叛罪被女王处死。
4 James M. Osborn, *Young Philip Sidney, 1572—1577*, p.504.

致。[1]虽然他揶揄地称自己的作品为雕虫小技，在《与弟书》中把《阿卡迪亚》说成是"一个华丽的玩具"，但它却是英语语言中第一部原创性散文体虚构作品（prose fiction），字里行间闪烁着作者巨大的文学天赋。弗吉尼亚·伍尔夫宣称："它就像一个通体发光的球体，其中潜藏着英国小说的所有种子。"[2]约翰·巴克斯顿评论道："《阿卡迪亚》很可能是第一部从英语译成法语或意大利语的文学作品。锡德尼使英国文学踏上了成为欧洲主要文学之一的道路。"[3]当《爱星者和星星》于1591年面世时，诗人托马斯·纳什预言，英国文学的黄金时代将因此而到来："白痴的景象终结了，爱星者已盛装登场。"[4]锡德尼使用音步的形式繁复多样，同时代其他诗人难以望其项背，威廉·宁格勒甚至相信在这一方面"从古英语到都铎时代，甚至从未有过任何英国诗人与他相距不远"[5]。在英国文学传统中，上述两部作品留下的印记随处可见：莎士比亚《李尔王》的次要情节即来自《阿卡迪亚》，理查森的《帕梅拉》更是在《阿卡迪亚》的基础上改写而成；在狄更斯的《远大前程》中，菲利普对可望而不可即的史黛拉无望的爱，是对《爱星者和星星》的直接指涉。[6]就诗艺而言，《为诗辩护》的第一位编辑亨利·欧内感叹道："这篇《为诗辩护》创造了精美绝伦的诗艺。"[7]

尽管如此，锡德尼在沉思生活中取得的巨大成就，并不足以令他在阿波罗的花园里流连忘返，号角一旦响起，他便义无反顾地转身投入行

---

[1] 在人生的最后几年，除了上文提及的作品之外，锡德尼身为新教集团中的重要人物，还花费了大量时间翻译杜·巴特斯（Du Bartas，1544—1590）的著作、《圣经》中的《诗篇》和菲利普·杜普莱西·莫奈的《基督教真理》（未译完），如今这些译作多半已不复存在。

[2] Virginia Woolf, *The Second Common Reader*, p.48.

[3] John Buxton, *Sir Philip Sidney and the English Renaissance*, p.135.

[4] 转引自A. C. Hamilton, *Sir Philip Sidney: A Study of His Life and Works*, p.9。

[5] William A. Ringler, ed. *The Poems of Sir Philip Sidney*, p.lviii.

[6] 详见Katherine Duncan-Jones, "Introduction," pp.xiii-xvi。

[7] 详见A. C. Hamilton, *Sir Philip Sidney: A Study of His Life and Works*, p.10。

动生活。在人生的最后两年，机会出现了，锡德尼得以重新投身于服务国家之中。1585年他时来运转，被提升为治理官（the Mastership of the Ordinance），与舅舅沃里克伯爵共同拥有这一收入颇丰的职位。同时，他无疑高兴地注意到欧洲局势发生了变化，法国出于对西班牙的恐惧拒绝扮演荷兰的保护者的角色，对伊丽莎白女王而言，这意味着她将要面对西班牙和法国重新结盟的威胁。与此相应的是，女王与低地国家新教力量的联合变得越来越重要，这一次她不得不采用莱斯特伯爵的积极介入政策。尽管她仍然有所保留，但认识到冲突在所难免，而且时不我待，英国必须援助低地国家，领导一个松散的新教联盟来抗击西班牙。女王很快启动了与欧洲同盟者的协商，决定派遣军事力量越过英吉利海峡，向他们提供必要的援助。女王的这一决定实际上相当于向西班牙宣战。

在这一关键时期，锡德尼再次得到女王的重用，他被任命为荷兰海岸线上军事要塞弗拉辛的总督。同年11月，他带领一小队随从启程奔赴目的地，同行的还有其弟罗伯特；莱斯特伯爵被任命为作战行动总指挥，将于12月出发。锡德尼抵达之后很快全身心地投入战斗，不久便以出色的军事作战能力和卓越的领导才能闻名遐迩，可是就在他出发征战还不到一年时，命运女神将灭顶之灾降临在了他的身上。1586年9月22日，在荷兰扎特芬，阿尔瓦的部队和英国的精锐部队之间爆发了一场小战役。锡德尼也许是出于鲁莽轻率的判断，带领一支不足六百人的队伍，迎战四千五百名西班牙士兵。英军起初成功击退敌军，但在第三次交战中，一颗火枪弹击中锡德尼的左大腿膝盖以上三指处，子弹一路上行，击碎了他的整个股骨，于是，他在这样"一场在军事上无足轻重的战役"中身负致命重伤。[1] 两周之后，伤势恶化，仅数日后他便撒手人寰，此时离他三十二岁的生日正好相差一个月。临终前，陪伴在他身边的是一位不懂英语的博学之士，

---

[1] Geoffrey Shepherd, "Introduction," p.8.

锡德尼用拉丁语断断续续地向他述说了几件事，其中之一是说虔诚的信徒在极端痛苦的时候，往往会用回忆以往生活的方式来给自己带来慰藉和支撑，因为他们曾在那种生活中给上帝增添过荣耀，但是"我的情况不是这样，那种方式不能给予我慰藉。我往昔生活中的所有一切，都是毫无价值的，毫无价值，毫无价值"[1]。出师未捷身先死，建功立业终成泡影，或许是他有此感叹的主要原因。

锡德尼本人觉得自己的人生毫无价值，壮志未酬，关于国家、君臣、权力、正义、战争等的杰作，徒然在他的脑海里酝酿成形；然而，后人在回望时有着不一样的认识。譬如，西普赫德认为，"在他的人生中看到的，是一种完美和完满，是雄心、慷慨、智慧、典雅、虔诚的统一"[2]。锡德尼仕途的失意成就了英国文学史上的幸事，他的写作生涯和政治生涯紧密交织，他的行动和沉思、人生和诗学指向共同的目标。由于他在诗学中让诗歌承担起实现行动者政治计划的重任，他必须为"已沦落为孩童笑料的诗歌"辩护。在学科大辩论的背景下，他通过重新划分，使长期以来附属于神学、修辞学、语法学，甚至逻辑学等的诗歌，首次获得独立的学科地位，并战胜法学、哲学和历史，最终登上王者的宝座。

1　Anon, "The Manner of Sir Philip Sidney's Death," p.318.
2　Geoffrey Shepherd, "Introduction," p.9.

第三章
诗歌的地位

哲学家用人难以掌握的论证来确立赤裸裸的原则,他是如此拙于措辞,如此含糊难懂,以致并无其他指导可以遵循的人会在他的泥沼中跋涉终生,而没有找到应当老老实实做人的充分理由。因为他的知识是建立在这样抽象和一般化的东西上,所以能理解的人已实属有幸,能够运用其理解的人更是有幸了。另一方面,历史家缺乏箴规,他是如此局限于已存在的事物而不知应存在的事物,如此局限于事物的特殊真实,而不知事物的一般真理,以致他的实例不能引生必然的结论,因此他所能提供的学说只有较少的效用。

锡德尼《为诗辩护》

在古典和中世纪时期均依附于他者的诗歌,在文艺复兴学科大辩论的背景下,开始走向独立。[1] 当时对文学的讨论形式多种多样,根据温塞特和布鲁克斯的划分,主要可以分为以下四类:第一类是诗歌艺术论,如马尔科·吉罗拉马·维达(Marco Girolama Vida,1490—1566)的《诗艺》

---

[1] 关于文艺复兴时期的学科大辩论,克利斯特勒指出,正如这一时期人们在宫廷和公共仪式上非常重视"排序"问题一样,学园和教育界继承了中世纪学校的传统,热衷于争论不同学科、艺术或者其他人类活动的相对价值和优劣问题。详见保罗·奥斯卡·克利斯特勒《文艺复兴时期的思想与艺术》中关于艺术的近代体系的论述,第163—260页。

（*De Arte Poetica*，1527），它们常以诗行的形式写成；第二类是诗学论文，如斯卡利杰的《诗学》；第三类为前言和论文，这类文字常被用来反驳一些古典主义者对诗歌的具体攻击，如 T. 塔索的《诗论》(*Discorsi del poema eroico*，1594）；第四类为辩护性论文，其主要目的是回应古典主义者对俗语文学的传统攻击，反驳清教徒从道德角度发起的攻击，为文学的永恒价值辩护，等等。[1] 至于锡德尼的《为诗辩护》究竟属于哪一类，言说者众，最具说服力的观点来自麦瑞克，他于1935年用翔实的论据阐明，文艺复兴时期诗歌与修辞两者之间关系紧密，区别甚微，《为诗辩护》属于绵延了许多个世纪、与文学批评传统并行不悖的修辞学传统；他同时提出，作者采用了古典法庭演说（classical judicial oration）的辩护形式。[2] 后来的学者虽然在细节上或持有不同观点，但对此普遍表示认同。[3] 譬如，西普赫德认为《为诗辩护》属于古人熟知的一种演说类型，它包含各式各样的赞美型演说（laudatory oration），常被用来证明哲学或艺术的合法性。简言之，锡德尼的《为诗辩护》属于第四类。在这种辩护形式中，作者为什么又令人困惑地插入了一个体量颇大的离题部分？它有何深意？他又是如何通过对学科的重新划分，使诗歌在竞争中战胜强劲的对手哲学和历史，最终享有至尊的地位？本章将对此进行探讨。

一

锡德尼在《为诗辩护》中采用了文艺复兴时期讨论文学的常见形式，按照严密的辩论思路，精心设计，巧妙布局，颇具策略地展开他为理想诗

---

[1] 详见 W. K. Wimsatt, Jr. and Cleanth Brooks, *Literary Criticism: A Short History*, pp.156–157。

[2] 详见 Kenneth Orne Myrick, *Sir Philip Sidney as a Literary Craftsman*, pp.46–83。

[3] 详见 Geoffrey Shepherd, "Introduction," pp.12–17; John O. Hayden, *Polestar of the Ancients: The Aristotelian Tradition in Classical and English Literary Criticism*, p.103; Walter Jackson Bate, ed. *Criticism: The Major Texts*, pp.78–79。

歌所作的辩护。作为赞美一种艺术的演说，《为诗辩护》严格遵循自古希腊罗马时期以来就为人们所熟知的古典法庭演说的固定写作"配方"。与此相应的是，行文也反映了司法文类的文体风格，西普赫德认为《为诗辩护》整体内容仿佛是律师在法庭上为某个案件所作的辩护词。[1] 尽管我们可以想象控辩双方在法庭上唇枪舌剑，但是无须认为锡德尼是为了在某个特定场合发表演说而写作《为诗辩护》的。正如弥尔顿在写作《论出版自由》(*Areopagitica*, 1644) 时，借用了向英国国会发表演说的形式，锡德尼虚构了他在法庭上为面临指控的诗歌进行辩护的场景。指控共有四项：第一，诗歌关注毫无价值的琐碎之事，因而诗人是一种消遣性职业，并无多少严肃性可言；第二，诗歌是"谎言之母"，阅读诗歌纯属浪费时间；第三，诗歌毒害无辜青年；第四，诗人遭到柏拉图的驱逐；等等。虽然这些指控看上去就像老调重弹，只不过重现了柏拉图在《理想国》第二、第三和第十卷中对诗人的攻击，但是辩护人锡德尼起而应对，新意迭出地一一予以答辩。《为诗辩护》中的许多词语和句法、组织和安排辩论的方法，都符合传统上对演说的要求，但是诚如西普赫德所言，它"如大理石雕塑般的完整性以及其中一些有启示意义的短语"无不表明，它是"写"成而非"说"成的，是供人私下阅读而不是在公众场合倾听的。[2]

作为一篇被阅读的"法庭演说"，《为诗辩护》全文清晰的段落划分表明，固定写作"配方"对段落的内容和形式均有严格规定。[3] "配方"共包括七个部分，每一个部分都有一个传统标题。除此之外，在第六和第七

---

[1] 详见 Geoffrey Shepherd, "Introduction," p.12。
[2] Ibid.
[3] 这似乎有点类似于中国明清科举考试制度规定的八股文。八股文每篇由破题、承题、起讲、入手、起股、中股、后股、述股八部分组成。其中，"破题"用两句话说破题目要义，"承题"承接破题的意义而阐明之，"起讲"为议论的开始，"入手"为起讲后入手之处。下自"起股"到"述股"是正式的议论，以"中股"为全篇的重心。在这四段中，每段都有两股排比对偶的文字，共为八股。

部分之间还包含一个离题部分。各部分的标题和主要内容如下：

1. 绪言（the *exordium*）：吸引听众的注意力；
2. 叙述（the *narratio*）：简要概述关于诗歌功能的历史；
3. 命题（the *propositio*）：解析叙述部分的内容，包括锡德尼对诗歌的定义；
4. 划分（the *partitio*）：划分和陈述尚需辩论的内容；
5. 论证（the *confirmatio*）：论证辩论的内容；
6. 申斥（the *reprehensio*）：采用谴责或苛评反方的方式做出最后的反驳；

  离题部分：讨论英语诗歌；

7. 结语（the *peroratio*）：做出最后的总结。

  锡德尼在绪言部分采用一种西塞罗在《论修辞学的发明》中所称的"微妙方式"引出主题，即用风趣幽默的逸事、自嘲性的说明和谦虚的客套话挑起观众的好感，作者通常在假定观众对要讨论的对象心存偏见的情况下使用这种方法。锡德尼通过一则骑术逸事在自己和观众之间建立起友好联系，勾画他将为之辩护的艺术在理论与实践之间的关系。在叙述部分，作者先用简单的过渡性辩论来凸显诗歌攻击者低下的人格，之后逐一呈现赋予诗歌尊严的诸多事实，如诗歌古老而又普遍，从词源上来说，它在拉丁语、希腊语和英语等不同语种中都具有高贵的含义。作者最后陈述了诗歌高于其他学科的根本原因，也就是它不受物质世界法则的束缚。在命题部分，锡德尼提出了《为诗辩护》的主要论点：诗歌由于自身那种旨在"教育和愉悦"的摹仿性本质而应当受到肯定和赞扬。这一论点在后文中将逐步展开。在划分部分，为了论证命题部分的论点，锡德尼系统地阐释了叙述部分概述的那些事实。他按照主题把诗歌分为宗教性、哲学性和摹仿性三类，指出创作第三类诗歌者才是严格意义上的"真正的诗人"。在论证部分，锡德尼通过分析"作品"和"成分"来进行论证，前者指诗性摹仿的本质和效果，后者指不同种类诗歌的特点和效果。他表明诗歌在说服人去采取德行方面更为有效，高于竞争对手哲学和历史。在申斥部分，锡德尼针对控方提起的具体指控，首先抨击那些贬损诗歌的人，指出他们本身就是不可信任的；之后就控方对诗歌形式的异议进行答辩，列出其对诗歌内容的指控并逐一进行驳斥；最后，作者总结这一部分的论证，从中得出有利于诗歌的几点结论，从而把申斥转变成对上一部分论证的确认。

在申斥之后出现了一个长篇离题部分。锡德尼在固定"配方"中独具匠心地插入这个初看令人费解的部分，他的目的并不是为了就自己感兴趣的批评问题，自由散漫地发表一些个人见解，而是用它来探讨他观察到的与诗歌理想相距甚远的英国诗歌状况，指出诗人如何才能创作出真正无愧于王者地位的诗歌。该部分采用"演说中的演说"（an oration within an oration）形式讨论英国诗歌的现状，指出英国诗人未能达到他从叙述到申斥部分阐述的诗歌理想，指明他们应当如何对此加以弥补。叙述部分对诗歌的状况进行陈述，说明历史上的伟人不仅尊崇诗歌，而且他们自己就是诗人；即使是英国诗歌也曾是受人尊崇的，如今它却遭人鄙视，只有劣等诗人才来写作诗歌。命题部分提出，如果要让诗歌获得应有的尊重，诗人们必须竭尽全力让自己明白应该做些什么以及如何来做。划分部分指出，创作好诗的三个前提条件，即艺术、摹仿和实践，并进一步把诗歌实践细分为内容和词语两个主要方面。论证部分阐述了英国诗歌实践方面存在的不足，证据分为主题和风格两类。论证过程分为四个部分：第一是主题方面的欠缺，其次是用词和表达方面的欠缺，再次是对欠缺处理的总结，最后是对英语语言的赞美。其中，第一部分包括在过去的实践、当代戏剧和诗歌存在的不足，如忽视三一律、得体原则以及其他方面等；第二部分包括用词和风格方面的造作，夸张的西塞罗风格带来的危险，"绮丽体"（Euphuism，又称"尤弗伊斯体"）的弊端和艺术语言使用上普遍存在的不足。论证的最后一个部分是对离题的总结并过渡到结语部分。也就是说，这个"演说中的演说"比外部的演说少了申斥部分。作者在结语部分对全文进行了总结。

上述结构中令人感到困惑的问题是：为什么锡德尼要插入一个分量不轻的离题部分？这个"演说中的演说"是否与其他部分共同构成一个有机整体？锡德尼研究者纷纷提出各自的见解，其中以下两种较有代表性。第一种观点以O. B. 哈迪森为代表，他在颇有影响力的论文《锡德尼〈为诗辩护〉中的两个声音》中提出，《为诗辩护》写于两个不同的时间段，最初是回应高森的《弊端学堂》，之后锡德尼对全文进行了部分修改，使之成为一篇新古典主义论文。第二种观点认为锡德尼这样做是有意为之的，并对哈迪森的观点提出了具有说服力的反驳。[1] 反驳第一种观点并不困难，任何想从《为诗辩护》中读出确切含义的人都会发现，文中许多段落的含义令人难以捉摸，整篇文章更是错综复杂，我们在初读之下还会察觉到其中不乏不一致，甚至自相矛盾的地方。然而，貌似不一致的表象之下是内在的统一，《为诗辩护》一以贯之地忠实于某些基本假设。其实，"离题"是《为诗辩护》存在的原因，也是它的核心部分。[2] 锡德尼从头到尾都在关注理论与实践之间微妙复杂的关系，以及想象中的诗歌理想与诗歌现实之间的差距。由于他对现有的英国诗歌深感不满，如果他想要强调诗歌在把人引向德行方面的价值，就不可避免地要详细分析其中存在的问题。

锡德尼对当下诗歌不满的原因与其身为行动者的实用主义精神相关。在十六世纪的欧洲，雄辩术被认为对提升政策和原则的效用有直接关系，

---

[1] 哈迪森的观点，详见 O. B. Hardison, Jr., "The Two Voices of Sidney's Apology for Poetry," pp.83–99；对他的观点的反驳，详见 Andrew Hatfield, *Literature, Politics and National Identity*, ch.5。

[2] 亨尼格、马斯仁等研究者均持此种观点，详见 S. K. Heninger, Jr., *Sidney and Spenser: The Poet as Maker*, p.15; R.W. Maslen, "Introduction," p.34。

宗教改革运动与反改革运动、国与国之间的斗争不只是表现在刀光剑影中，也反映在各种文件、宣传手册和文字诽谤中，词语的力量主宰着宗教和政治。锡德尼属于保皇主义者，在某种程度上，是一位专制政治论者和坚定的民族主义者，他拥有宽广的欧洲视野，在与外国人或者不同宗教派别者交往时都表现得友好、包容和慷慨，但是一旦涉及国家政策，他必定立场坚定，绝不通融。与此相应的是，《为诗辩护》中的爱国主义元素不只是一种点缀，而是贯穿整个辩论，他写作此文的主要目的就是要为英国文学的病症开出良方，让英国诗人重拾对母语的信心，进而达到提升国家实力的目的。正如萨卢塔蒂强调古典修辞的运用对共和国的生存至关重要，托马斯·威尔逊深信英国的逻辑学和修辞学能服务于英国的宏图大业一样，锡德尼坚信英国的诗歌将能成为国家实力的一部分。尽管在他早逝之前，英国文学沉疴在身，莎士比亚尚未在文坛崭露头角，但是他深信英国文学即将迎来全面的发展，而他的信心在当时具有让人难以想象的感染力。[1]

　　锡德尼别出心裁地把《为诗辩护》中最重要的内容放在离题部分，这种做法与他的辩论策略相关。由于写作对象是伊丽莎白女王宫廷中的廷臣圈子，他自始至终彻底摒弃一本正经的说教，而是采用一种所谓的"*sprezzatura*"方式，即在论述繁复的内容时，"用一种自然而又清晰的方式……让人轻松愉快地获得知识"[2]。一方面，锡德尼在绪言和结语部分都采用了嘲讽的口吻，指向的却是作者本人。这种无处不在的自我嘲讽极为微妙，在言说者与他狂热的演讲之间巧妙地拉开了一个安全的距离。约翰·巴克斯顿称之为"讽刺而又戏剧性的自我欣赏"，把它视为文艺复兴时期诗人的一种特长，认为他们天生具备"像他人那样从外部查看自我人

---

[1] 详见 Geoffrey Shepherd, "Introduction," pp.25-26。
[2] J. W. H. Atkins, *English Literary Criticism: The Renascence*, p.114. *sprezzatura* 的含义极为丰富，详见 Harry Berger, Jr., "Sprezzatura and the Absence of Grace," pp.295-306。关于锡德尼在《为诗辩护》中采用的 *sprezzatura* 风格与及其意义，详见本论著第277—287页。

品的能力"。[1] 另一方面，在绪言部分，锡德尼这位有自我意识的言说者开篇便采用略带调侃的口吻，让听众在不知不觉中跟随他进入主题，同时又故意向他们传递自己紧张不安、矛盾重重的心理感受；他们则情不自禁地对他的辩护产生同情性的理解，时时意识到假如自己不赞同他，就要成为忘恩负义之徒，沦落到那帮"诗人的鞭挞者"（poet-whipper）之列。诚如巴勒斯所言，正当听众在修辞的罗网中愈陷愈深的时候，"辩护者却带着自己的激情、言辞的魔力，还有如此易受影响的听众的感情，悠然后退一步"[2]。在这种情形之下，达到辩论的目的自然是水到渠成之事。

离题部分的严肃主题与上述轻松随意及嘲讽调侃之间，存在一种特殊渊源和意味。锡德尼在申斥部分令人回忆起一个被称为"*serioludere*"的人文主义传统，即以轻松诙谐的态度来处理严肃重大的主题。它虽然比较复杂，但却是演说传统中的一个常用资源，风行一时的伊拉斯谟的《愚人颂》（*The Praise of Folly*，1509）和阿格里帕的《论艺术与科学的无用与不可靠：一篇谩骂演讲词》都是典型的例子。[3] 锡德尼在《为诗辩护》中引用了这两部著作，他指出：

---

1 John Buxton, *Sir Philip Sidney and English Renaissance*, p.23.
2 Catherine Barnes, "The Hidden Persuader: The Complex Speaking Voice of Sidney's Defence of Poetry," p.423.
3 例如，伊拉斯谟利用这种资源，写出了集嘲讽和赞颂于一体的《愚人颂》，书中主要的玩笑就是作品是以玩笑的方式写成的，但是处理的主题却无比重大。愚人宣称，由于所有人在行为上似乎都愚不可及，她将统治人类。伊拉斯谟根据字面意思解读她的观点，抨击人类的道德和思想价值观，谴责它们颠倒是非。不过，愚人也攻击利他主义的社会服务、人文主义智力训练与学习的理想、现有的宗教价值观和制度等等。伊拉斯谟的嘲讽虽错综繁复，含义却是明显的：被愚人嘲讽为"真正的愚蠢"的东西代表了恰当的思想和行为，而她赞颂的内容则指向人类的变态举动。自相矛盾的是，愚人嘲讽性地呈现自己，而这是一种更高的智慧：人必须理解和接受人性中的愚蠢，以便领会其堕落状态的深刻含义。对伊拉斯谟而言，人在那种状态中是否能够得到救赎，部分取决于能否理解自身的愚蠢和改造自身的智力，这两者主要通过学习古典著作和恰当地解读圣经来做到。然而，对人的最终改造超出了人自身的智力和道德能力。在伊拉斯谟看来，颂扬这个世界里的愚蠢，就是承认人必须依赖上帝的才智和道德才能获得救赎。详见 Elliot M. Simon, "Sidney's Arcadia: In Praise of Folly," pp.285-302.

如果我们把奥维德的那句诗——"害处藏在好处的相近之处"——颠倒成"好处藏在害处的相近之处",就无怪阿格里帕也会乐于指出科学的无用,伊拉斯谟也会赞扬愚蠢;因为任何人或物都逃不掉这些微笑的嘲讽者的笔端。但是,至于伊拉斯谟和阿格里帕,除了他们的表面揭示出使人期望的东西之外,他们还另外有个基础。(38—39)

简言之,这个"基础"就是在他们看上去滑稽可笑的文辞背后所隐藏的深层次的严肃内容。伊拉斯谟和阿格里帕两人都对十六世纪早期欧洲教育、政治和宗教方面的权威毫不留情,在论著中大量使用各种各样的讽刺手法,犀利地批评其中存在的问题。

锡德尼在《为诗辩护》中对离题部分严肃主题的处理与此类似。他看似谈笑风生,实则对世俗生活和文坛状况了如指掌,对欧洲内在的危机明察秋毫。轻松随意的文风难掩他在一些重大问题上的严肃态度,字里行间流露出一种别样的厚重感。不仅如此,他还像伊拉斯谟赞美愚人、阿格里帕说科学无用一样正话反说。他鼓励读者把离题部分视为一个附录,相信作者原本是要为一般意义上的,而非某种具体文化中的诗歌辩护,可是激情让他偏离了原先的计划。他在离题部分一开始就坦承:"因为我已经在这条路上走过了这样一个长程,我想,在我完全停笔之前,去研究一下为什么英国,卓越心灵的母亲,会对于诗人变成这样一个硬心肠的后母,也只会再略为多费一些时间了。"(51)之后,在从讨论诗歌内容转入讨论风格问题时,他先抱歉道:"但是,什么!我想,我应该受到拘禁,为了离开了诗而游荡到演说上来了。"(63)在离题部分结束时,他再次道歉:"可以说的还有很多,但是我已经发现这谈话已是琐碎得过分又过分了。"(65)锡德尼告诉读者,关于英国诗歌的这个离题部分只不过是浪费时间,擅自偏离了文章严格意义上的主题,其内容之琐碎威胁到《为诗辩护》本身,几乎证实它本身就是琐碎不堪的。

然而，锡德尼表达上述歉意的口吻是含讥带讽的。他为诗歌所作的辩护远非琐碎，他引经据典，里面既有古代圣贤的典籍，也有基督教的权威著作。离题部分在整个《为诗辩护》中处于一个显而易见的边缘地位，恰似诗歌在伊丽莎白时期的英国所处的位置。锡德尼或许期望读者意识到，把诗歌边缘化是错误的。他或许还期望读者记住，对一个主题轻描淡写，并不意味着这个主题本身是无足轻重的。[1]我们不难理解，就像《愚人颂》和《论艺术与科学的无用与不可靠：一篇谩骂演讲词》的"基础"是隐藏在嬉笑怒骂背后的严肃问题一样，《为诗辩护》的"基础"实际上存在于其看起来最不相关的离题部分。当我们明白了这一点时，对锡德尼为诗歌辩护的实用性目的也就恍然大悟了。[2]

二

锡德尼在固定"配方"的形式框架内为诗歌展开辩护，为其争取应有的独立学科地位。文艺复兴时期，一些意大利人文主义者积极投入学科大辩论，他们多半是大学教授，无论从事医学、法学、战术，还是任何其他领域，都不遗余力地为各自的学科辩护。关于不同技艺和学科之间的相互关系及各自的重要性，他们众说纷纭，争论不休。[3]锡德尼把自己为诗歌所作的辩护设置在当时最为人津津乐道的辩论中，以难以辩驳的命题和叙述，证明他对学科的比较和划分具有合法性，进而为其辩护提供充分依据。在他之前，像薄伽丘这样的辩护者把诗歌纳入神学的范畴，诗歌的终极价值始终未能存在于自身之中；锡德尼则与之不同，把神学排除在关于人类学科（human sciences）的范畴之外。假如神学在各种技艺和学科领

---

[1] 详见R.W. Maslen, "Introduction," p.34。

[2] 详见Ibid., pp.34-35。

[3] 关于不同学科之间的相互辩论，详见 Geoffrey Shepherd, "Introduction," pp.28-42。

域中的角色发生变化，那么为诗辩护就不能再借助于神学这面大旗，而是不可避免地需要另辟蹊径，重新审视原有的把诗歌视为寓言的理论。与此相应的是，假如诗歌获得某种独立于神学的尊严，那么它就不再需要匍匐在神学"女王"的长袍之下。锡德尼通过对学科的重新划分参与到当时的辩论中，并最终赋予了诗歌这种尊严。[1]

锡德尼对学科的划分与文艺复兴时期关于知识的概念相关。这一时期思想史上最重要的发展出现在"新学"领域，知识的范围迅速扩展，关于知识的概念本身随之发生变化。十六世纪后半叶，尽管学术仍然不是对绝对真理的追求，因为那是归属于上帝的领地，人是不能涉足其间的，但是这一时期奠定了科学革命的基石，一种关于学术的新哲学开始出现，它强调通过行动和实用创造来获得知识。这至少部分与海外探险和商业竞争带来的新机遇有关，反映了美德和公民义务的当代理想模式。[2] 就英国的状况而言，艺术家和自然哲学家为了通过自己的努力来增添上帝以及英国的荣耀，尝试创造美德，相信经由这种途径他们或许可以接近真理。《为诗辩护》反映了当时关于知识的概念，其主要观点就是知识应当引导行动，行动中最重要的当属德行，而引导人走向德行的最佳良师益友莫过于诗歌。锡德尼为此所作的辩护在逻辑上简单清晰：首先，他给出传统上常列出的原因，说明为什么诗歌值得被珍视；其次，他做出令人信服的辩护，阐明诗歌的本质和用途；再次，在让读者对诗歌产生正面认识之后，他开始讨论当下对诗歌的攻击；最后，他对英国诗歌的现状进行点评。锡德尼关于学科的划分，就与诗歌把人引向理想德行的能力密切相关。

---

[1] 锡德尼的划分仿佛是弗朗西斯·培根《伟大的复兴》(*Great Instauration*，1627) 中学科划分的彩排。关于培根对学科划分及知识等级的探讨，详见 Brian Vickers, "Francis Bacon and the Progress of Knowledge," pp.495–518。

[2] 详见 Freyja Cox Jensen, "Intellectual Development," p.521。

在学科划分中一个根本性问题就是各种技艺与自然的关系。亚里士多德在《物理学》中把自然之物视为人类技艺的主要对象，文艺复兴时期的作家总体而言都遵循这项原则。吉罗拉莫·贝尼维耶尼（Girolamo Benivieni，1453—1542）在《亚里士多德〈诗学〉评注》中指出上帝是一位摹仿者，把存在于他的思想中的"理念"转化为现实："自然据说是在摹仿上帝，艺术摹仿自然。"[1] 洛多维科·卡斯特尔维屈罗（Lodovico Castelvetro，1505—1571）在《亚里士多德〈诗学〉诠释》中写道："艺术并非不同于自然之物，它同样不能超越自然的边界，它欲实现的目的与自然相同。"[2] 当时关于各种艺术与自然之间的关系，人文主义者各执己见，由此导致了对人类技艺等级的经常性辩论。例如，萨卢塔蒂分别探讨诗歌与"三艺"和"四艺"的关系，提出诗歌是一种独立于其他技艺的艺术："所有其他技艺的原则均与自然相连，这些技艺摹仿自然的方式表明，创新（invention）不过是微妙而又热切地感知自然的运行而已"，然而"诗歌的对象具有普遍性和开放性，不像具体学科的那么明确，只受制于语言艺术"。[3] 闵托诺把诗人跟音乐家、几何学家、占星家、语法学家、演说家、法学家和哲学家等进行比较，而贝内德托·瓦尔齐（Benedetto Varchi，1502/1503—1565）则一一列举哲学家、法学家、修辞学家和历史家等各自主张的权利，最后声称自己站在诗人一边，"所有其他技艺都是为之服务的"。锡德尼关于学科划分的内容主要出现在《为诗辩护》的叙述和命题部分，貌似与上述诸种观点相似，但是我们细察之下会发现有所不同。

---

1 转引自 Baxter Hathaway, *The Age of Criticism: The Late Renaissance in Italy*, p.21。被翻译成英语 "Art" 的词，对应于古希腊语中的 "techné"。后者指可以传授的技巧、技术，从制鞋、打铁到制作音乐、药品等等，古希腊人用这个词来指所有的制作技艺，只要人们可以列出关于其客观性的基本原理。因此，"Art" 一词因语境不同而可被译为汉语中的 "技艺" 或 "艺术"。本论著在需要强调 "Art" 中的 "techné" 含义时采用 "技艺"，其他情况下采用 "艺术"。

2 转引自 Geoffrey Shepherd, "Notes," p.153。

3 Ibid.

第三章 诗歌的地位 143

在叙述部分,锡德尼从各种技艺与自然的关系角度出发,强调与其他学科相比,诗歌能更好地实现学问的目的。他首先从词源上解释"诗人"一词在古拉丁语、希腊语和英语中的含义,然后陈述各种技艺与自然的关系。他列举了天文学家、几何学家、数学家、音乐家、自然哲学家、道德哲学家、法学家、历史家、语法学家、修辞学家、逻辑学家、医生、形而上学家等等,指出他们无不以自然为基础。唯有诗人"不屑为这种服从所束缚,为自己的创新气魄所鼓舞"(10)。锡德尼在此强调的是诗歌不受制于物质世界法则的约束,能比其他学科更好地实现学问的目的。在命题部分,锡德尼阐明了他做出这项论断的原因。他给出诗歌的定义,把诗人分为三类,再把由第三类"真正的诗人"创作的诗歌按照形式细分为八个类别,并分别对整体和类别加以剖析。锡德尼关于学科的划分正是出现在对整体的剖析中,而构成其强大支撑的,便是亚里士多德在《尼各马可伦理学》中开宗明义地提出的一项原则:"每种技艺与研究,同样地,人的每种实践与选择,都以某种善为目的。"[1]日后在这项原则的基础上形成了一个历史悠久的传统。亚氏指出,由于存在多种技艺与学科,因而也就存在多种目的,如"医术的目的是健康,造船术的目的是船只,战术的目的是取胜,理财术的目的是财富"。在有些情况下,几种技艺又可以都同属于另一种技艺,如"制作马勒的技艺和制造其他马具的技艺都属于骑术,骑术与所有的军事活动又属于战术"[2]。在所有这些场合,主导技艺的目的比从属技艺更被人欲求,因为后者是因前者之故才被人欲求的。亚氏随后提出一项关于美德的指导性原则:

---

[1] 亚里士多德《尼各马可伦理学》,第3页。这里的"研究"是指理智对可变动的事物进行的思考活动。亚氏在此书中没有给研究下定义,但是他似乎把研究作为科学与技艺、智慧与考虑的泛称。有的学者指出,研究是"走向科学(理论)的道路"。亚氏不提科学的原因,是科学不专以活动之外的善为目的。技艺与研究、实践与选择都是关于可变动的题材并以某种善为目的的。

[2] 同上,第4—5页。

如果在我们的活动中有的是因其自身之故而被当作目的的，我们以别的事物为目的都是为了它，如果我们并非选择所有的事物都为着某一别的事物……那么显然就存在着善或最高善……它是最权威的科学或最大的技艺的对象。而政治学似乎就是这门最权威的科学。因为正是这门科学规定了在城邦中应当研究哪门科学，哪部分公民应当学习哪部分知识，以及学到何种程度……这种目的必定是属人的最高善。[1]

无论在思想上还是在行动上，在"好知"还是"好行"上，锡德尼及文艺复兴时期许多人文主义者无不遵循这项原则，这已成为他们的一个重要特征。[2] 外部世界的本质、结构、比例和数量等等，只有在与人相关的情况下，才能成为真正的学问研究的对象。

在上述有关技艺与自然的关系的基础上，锡德尼把所有的学问分为两类。第一类学问为"手段性学科"[3]（serving sciences）。为了达到为诗歌辩护的目的，他采用阿格里帕《论艺术与科学的无用与不可靠：一篇谩骂演讲词》中的论点，机智而又有力地攻击这类学科。[4] 他在叙述部分表明，这类技艺和学科在知识范围上都具有局限性，它们仅研究物质世界及操控该世界的超出人力范围的力量，因为它们依赖于自然的某一特别方面，或者说针对宇宙中某一个具体方面，而不是人居于其中的宇宙整体。就研究

---

[1] 亚里士多德《尼各马可伦理学》，第5—6页。

[2] Eugene F. Rice, *The Renaissance Idea of Wisdom*, p.163.

[3] 本论著此处将锡德尼原文中"serving sciences"中的"sciences"译作"学科"而非"科学"，由于它与中世纪晚期、文艺复兴初期出现的学科融合背景相关，此处译为"学科"似更恰当。该词与亚里士多德《尼各马可伦理学》英译本开篇中所用的词一致，该书的中译本采用了"研究"一词，但从译作注释看，"研究"的含义与"学科"有重叠之处。

[4] 关于阿格里帕对锡德尼的影响，格里高利·史密斯和阿特金斯均有所提及，哈密尔顿则进一步认为，这是一种彻底而又具有形塑作用的影响。详见Gregory Smith, *Elizabethan Critical Essays*, Vol.I, p.393; J. W. H. Atkins, *English Literary Criticism: the Renascence*, p.123; A. C. Hamilton, "Sidney and Agrippa," pp.151-157。

这类学问的人而言,各人都依照其禀赋和爱好而追求不同的学问,如天文、自然哲学和超自然哲学、音乐和数学,尽管这些学问各不相同,但它们都有着共同的目的:"求知,要凭知识来把心灵从身体的牢狱中提升上来,以享其神性本质。"(15)此外,锡德尼还在命题部分进一步论证"手段性学科"在道德上存在的局限性,指出它们只能让心灵为美德做好准备,而不能把美德传给心灵。

第二类学问为"主要知识"(mistress-knowledge)。古希腊人称这类学问为"architectonike",它不同于"手段性学科",是人关于自我的知识。所有"手段性学科"都有着各自的目的,但是都以"主要知识"的最高目的为旨归,为"知识的最高目的"积累有用的但却不是根本性的材料。锡德尼认为第一类学问让人获得实用知识,如医学、修辞学等等,与此不同的是,第二类学问让人获得关于自我的知识,它是"在伦理和政治问题上关于自我的学问"(15),是唯一有价值的学问。它与人在宇宙万物间各种复杂关系中所处的地位不仅相称,而且息息相关。这种学问的目的是"好行",而不只是"好知"。

锡德尼提出第二类学科高于第一类学科。他用骑术为例,形象化地说明"手段性学科"和"主要知识"之间的关系:"犹如鞍工的直接目的是做出好鞍子,但是其更深远的目的是为骑术这一更高贵的技能服务;骑兵之于军事亦然;而军人不仅要有军人的技能,还要能够完成军人的任务。"(15—16)手段性学科贡献于终极目的的,正如鞍子之于骑术,或者如骑术之于军事。这一类比令人回想起《为诗辩护》绪言部分提到的泼格里安诺骑术逸事,顺理成章地把"手段性学科"从思想领域引入军事或政治领域。[1]

---

[1] 详见 R. W. Maslen, "Introduction," p.46。正如埃德蒙·斯宾塞被称为"诗人中的诗人",锡德尼被称为"骑手中的骑手",《为诗辩护》中多次出现与骑术相关的类比或比喻,绪言部分的"骑术逸事"及其他部分的"骑术"含义十分丰富。除了文中提到的含义之外,还有学者
(转下页)

锡德尼暗示，在严格的等级链中"手段性学科"处于相对低端的位置，而居于最高位者是那些对人类如何组织个人、社会和政治生活产生直接影响力的学科。

在锡德尼的划分中，这类处于高位的学问主要有诗歌、历史、哲学和法律，它们之间又有高下之分。旨在把人引向德行的学问，即最高的学问，是研究人情世态的，所有从事这类研究的人莫不归属于这四门学科。至于四者当中哪一门学科可以荣登王者的宝座，我们在对此进行探讨之前首先需要指出的是，锡德尼用两个原因敬而远之而又一劳永逸地把神学家排除出竞争者的行列："不但因为他的目的是如此遥远地超过这些学科，犹如永恒超过刹那一样，而且因为就在每项学科自身之中，他也超过他们。"(18)在锡德尼的认识中，对于未知上帝的猜测不是人类学问的恰当对象，而应有赖于《圣经》给人带来的启示，也可以通过上帝与人之间的日常沟通，如祷告，而部分获得。

神学家被排除之后，律师也因自身的原因而丧失竞争力。锡德尼在伦敦时久居莱斯特伯爵的府邸，比邻律舍（Inns of Court）。律舍是当时伦敦文学活动的中心，其重要性自不待言，但它更是学习高等法律专业的地方。十六世纪后半叶是英国法学思想和实践的一个伟大时代，出现了培根、爱德华·柯克（Edward Coke，1552—1634）、托马斯·史密斯

（接上页）
指出，从表面上看，骑手（riders）就像作者（writers），在伊丽莎白时期的骑术手册中，骑手和马匹之间的关系常常被类比于作者和诗歌之间的关系。在英语中骑手和作者不仅读音相近，而且骑手必须训练马匹，作者必须训练读者，同时两者又必须与训练对象进行合作，在某种程度上接受其自由意志。然而，读者与文本的关系也类似于骑手与马匹的关系，就像失控的马匹可能会对骑手造成危险一样，如果读者想要对文本进行解释性的控制，其自由意志势必对作者构成危险。锡德尼在《阿卡迪亚》中把理想的作者与读者的关系，比喻成像"马人"一样骑手与马匹融为一体的关系。对这一问题的讨论，详见 Jennifer Bess, "Schooling to Virtue in Sidney's *Astrophil and Stella*, Sonnet 49," pp.186-191; Brad Tuggle, "Riding and Writing: Equine Poetics in Renaissance English Horsemanship Manuels and the Writing of Sir Philip Sidney," pp.17-37; Philip Sidney, *The Countess of Pembroke's Arcadia*, pp.247-248。

(Thomas Smith，1513—1577)和瓦尔特·哈顿(Walter Haddon，1516—1572)等法学史上的重要人物。莱斯特伯爵集团素来重视法律知识的学习，瓦尔特·哈顿和托马斯·威尔逊早在十六世纪六十年代就力劝伯爵研习法律、掌握这门知识，以备日后在国家事务中担当重任之用。[1] 锡德尼耳濡目染，对法律刮目相看，他和卡斯蒂廖内及受其《廷臣论》影响的同僚一样，认为公正是君主的主要美德，在《为诗辩护》中指出，"法律是公正的女儿，而公正是美德中最主要的一种"(18)。这一思想来源于亚里士多德的《尼各马可伦理学》："公正常常被看作德性之首，'比星辰更让人崇敬'。还有谚语说，'公正是一切德性的总括'。公正最为完全，因为它是交往行为上的总体的德性。它是完全的，因为具有公正德性的人不仅能对他自身运用其德性，而且还能对邻人运用其德性。"[2]

尽管如此，锡德尼认为在伦理道德领域中情况并非如此，而一个人的行动是由其伦理道德观决定的。他指出："公正在使人向善时，凭借的与其说是使人爱德性，毋宁说是怕惩罚，或者说得更正确一点，它并不是努力使人变善，而是使他们的邪恶不伤害及他人，只要他是一个好公民，无论他多么坏都可以。"(18)"好公民"意味着遵纪守法，而"坏"则属于伦理道德的范畴，美德是无法靠法律来强制执行的，十六世纪新教神学让每一位基督徒都自己肩负起全部责任，其中就包括这一点。锡德尼赞同加尔文宗的伦理观，无法默认"只要他是一个好公民，无论他多么坏都可以"。虽然人类的邪恶使律师成为必要，而他的必要性也使其受人尊敬，但是在锡德尼看来，律师是"实在不能与上述诸人并肩而立的，他们是努力消除邪恶而把善良植于我们灵魂的最秘密的密室中的"(18)。由于在伦理道德方面的作用十分有限，因此，法律无法与诗歌、历史和哲学竞争。就这样锡德尼轻而易举地把法律从竞争者之列淘汰出局了。

---

1 详见 Geoffrey Shepherd, "Notes," p.106。
2 亚里士多德《尼各马可伦理学》，第130页。

神学被排除，法律又败下阵，只剩下哲学、历史和诗歌。锡德尼在《为诗辩护》中常把"才智"（wit）作为"理解力"（understanding）的通用名词，与"意志"（will）相对，或者说，他用"才智"表示与意志力（*appetitus*）相对的知解力（*intellectus*）。"才智"似乎由以下三个方面构成：其一为记忆，即对知识的被动储存；其二为判断，即理智的评判；其三为想象，或设想，即对事物形成概念的思维活动。锡德尼认为记忆、判断和想象是人的内在思维活动的三个部分，在人类学问中与它们对应的分别是历史、哲学和诗歌。[1] 关于这类学问的目的，锡德尼指出：

> 我们通常称为学问的这种才智的洗濯，记忆的充实，判断的增强和想象的展开，不论它在什么名目下出现，为什么直接目的服务，最后的目的无非是引导我们，吸引我们，去达到一种我们这种带有惰性的、为其泥质的居宅污染了的灵魂所能够达到的最高程度的完美。（15）

锡德尼认为，尘世间学问（learning）的终极目的就是德行，也就是引导和吸引人去追求完美，因而"最能启发德行的技能就有最正当的权利作为其他技能的君王"（18），这正如处于最高位的一国之君乃为最尊贵的公职人员，国家需要采取的每一项重大行动均由他指挥。在这三门学科中，哲学和历史似乎可以向诗歌发起挑战，如果诗歌在竞争中能够胜过这两者，那么人类任何其他学问都将无法与之相提并论，诗人就应享有君王的称号。[2]

---

[1] 在锡德尼之后，培根同样指出，理解力似乎是包括记忆、想象和理性在内的通用名称。他和锡德尼一样把它们与学问联系在一起："人类学问的组成部分与理解力的三个部分有关：历史与记忆，诗歌与想象，哲学与理性。"培根的整个计划就是建立在这种划分的基础之上，也有人认为培根的三分法来源于意大利学者吉罗拉莫·卡尔达诺（Gerolamo Cardano, 1501—1576）。详见 Francis Bacon, *The Advancement of Learning*, p.85; Geoffrey Shepherd, "Notes," p.166。

[2] 锡德尼在此似乎暗藏着对"自由艺"（liberal arts）的嘲讽，因为诗歌居然被排除在外。

锡德尼以众所公认的原则为基础,按照逻辑严密的既定程序,对历史、哲学和诗歌三者进行比较。他根据亚里士多德以及他本人关于学科划分的思想提出以下设定:首先,最高的学问必然与道德内容相关;其次,在教育中抽象知识高于具体知识,教师应当向学生传授关于美德和邪恶的具有普遍意义的知识;最后,锡德尼确信要想拥有最佳教育效果,抽象的道德概念不应只停留在定义层面,而需要被转化成"心眼"可视的画面,他称之为"有声画"。历史、哲学和诗歌三者都符合第一条要求,第二条把历史排除在外,因为它局限于讨论具体的人物和事件。哲学无法达到第三条的要求,原因是它关注的是抽象概念,采用的方法在严格意义上也是言语性的,而非画面性的。[1]事实上,第三条是锡德尼诗学理论的基石,因为它足以确立诗歌在三者中的至尊地位。在程序上,锡德尼让历史家和哲学家先相互竞争,他们起劲地彼此攻击,揭示出对方的弱点,以至于需要诗人担任法官,从中调停。最后,由于诗人意识到他们当中历史家仅拥有范例(examples),而哲学家仅拥有箴规(precepts),唯有诗人两者皆有,法官不得不公正地裁定自己获胜。虽说诗歌在三者的比较中优势明显,但我们仍需细察它与哲学和历史各自的较量。

三

　　我们要探讨《为诗辩护》中诗歌与哲学之间的竞争,首先需要查看十六世纪后半叶哲学的含义。一种常见的观点认为,在现代西方哲学史中,从中世纪晚期的经院主义哲学家,到十七世纪的笛卡尔之间,没有出现特别令人肃然起敬的哲学家,费奇诺、马基雅维利、伊拉斯谟、托马斯·莫尔、皮科、布鲁诺、培根等人只是点缀其间,而非占据一席之地。这段时

---

[1] 详见 Forrest G. Robinson, *The Shape of Things Known: Sidney's Apology in Its Philosophical Tradition*, pp.98–99。

期尽管形而上学思想依然如薄雾一般弥漫在所有严肃的文学活动中，但是被认为"在哲学领域内毫无重要事件可言"[1]。仅就形而上学而论，这种观点不无道理；然而，在逻辑学、实用哲学的一些分枝上，在关于宗教、历史、法律和医学的哲学等领域，均发生了巨变，取得了重要进步。事实上，哲学的内涵发生了变化，全然以"形而上学"来指代这一时期的"哲学"并不妥当。自十四世纪末以来，哲学进入了一个新旧交替的时期，勤于思索的人文主义者反对和摧毁了哲学家们的哲学，而他们本身谈论哲学的地方并不多，如瓦拉的逻辑学，萨卢塔蒂、布鲁尼和马内蒂的伦理学，以及波利齐亚诺的修辞学，但正是这些学科以一种特有的方式取代了更古老的真正的哲学，正如加林所言，

> 如果这些修辞学、诗歌、文学和讲道，都不是真正的哲学，那么比十四世纪和十五世纪更古老的真正的哲学，不会在咒骂和嘲笑声中倒塌。真实的情况是，正是这些不是哲学的东西，从它们产生之初，便是新的哲学，它们对"人类的"现实做出真正新的理解，即从自由、意志和活动方面进行新的理解；世界并不再是一成不变的，并非所有的环节都是固定的，历史并非事先完全设计好的，而是通过劳动可以"奇迹般地"改变一切，这里既要有冒险精神，又需要良好的道德。[2]

对于锡德尼及其同时代人而言，要回答究竟什么是哲学并非易事，涉及在十五世纪德国人文主义者鲁道夫·阿格里科拉（Rudolph Agricola, 1444—1485）的基础上，彼得·拉莫斯对逻辑学的重组。由于人们对经院主义逻辑学表现出日益增长的不满情绪，阿格里科拉发起了一场本质上带

---

[1] 详见罗素《西方哲学史》（下卷），第5页。
[2] 欧金尼奥·加林《中世纪与文艺复兴》，第36页。

有教育性质的影响深远的变革。[1] 经院主义哲学家深信逻辑学的目的是获得正式的、科学的确定性，而阿格里科拉否认必须通过明显的逻辑技巧才能获得可信而又可证明的知识，把辩证法定义为"关于对任何主题进行可然性讨论的学科，只要该主题的本质可以令人信服"[2]。他认为，由于缺乏方法论方面的共识，知识上出现了混乱局面。他指出，"当畜生冲破围栏，跑出边界，侵犯邻人权利的时候，很少有人意识到自己的牧场在何处"[3]。在影响重大的著作《辩证开题术三卷》（*De inventione dialectica libri tres*，1479）中，他用新的修辞学批判亚里士多德的逻辑学，确定了一些工具和途径，使不同的概念之间能够有序和协调，以便建构不同的学科体系。他"希望革新逻辑的教学，让青年人向诗人和演说家学习，不仅在说话时用词纯正，谈吐文雅，而且还要思维敏捷和做出判断时充满智慧"[4]。后来在十六世纪经院主义哲学的捍卫者看来，阿格里科拉的主张仿佛把科学降低为某种文学性或印象式的获取真理之途径，但实际上他本人并不关注任何哲学立场的本质性改变，他感兴趣的是途径而非目的，这就决定了在他看来，逻辑学的第一要务是必须在教学中对师生有用。他在意的与其说是使

---

1 文艺复兴时期是一个教育大发展的时代，中世纪高度专门化的哲学思想成果扩散到人类活动的各个方面，诚如西普赫德所言，"从思想史的长远角度来看，文艺复兴的功绩在于分发贮藏的宝物，传播知识，把神圣知识改作俗用，提升一般性标准"。详见 Geoffrey Shepherd, "Notes," p.32。教育大发展与新教改革存在一定的内在关系，改革者认为中世纪教堂和修道院主办的各种学校提供的是一种"教导无方、杂乱无章"的教育，而在新教学校里他们采用的是"一种前所未有的精心安排、协调一致的教育方式"。对于马丁·路德及其追随者，教育是一项应当持之以恒的事业，一部路德宗教义问答手册的前言中写道："如果我们希望拓展基督王国的领土，令我们的社会中敬畏上帝的基督徒比比皆是，那么，就必须从孩童着手。孩子是我们要精心培育的种子。"详见玛格丽特·迈尔斯《道成肉身：基督教思想史》，第327页。

2 转引自 Walter J. Ong, *Ramus, Method and the Decay of Dialogue: From the Art of Discourse to the Art of Reason*, p.101。在文艺复兴时期的教育中，"逻辑学"是一个可以和"辩证法"互换的术语，两者都是关于话语——也就是"词语"——的学科，都描述言说者或写作者用于发现和组织观点的技巧。

3 转引自欧金尼奥·加林《中世纪与文艺复兴》，第129页。

4 这是彼得·拉莫斯对阿格里科拉这部名著的赞美，转引自同上，第128页。

陈述的形式因其有效性而必然得到一致的赞同，毋宁说是话语应当从混乱的存在中把握意义模式，并且用可以被人理解的方式表达出来。这种对待逻辑学的新态度迅速为欧陆各大学所接受。[1]

在欧洲思想史中，把重新定义逻辑学范畴的过程明显往前推进一步的人是彼得·拉莫斯，一个我们讨论锡德尼时无法回避的人物。[2]他终其一生致力于不断提升新的逻辑学方法，以至于出现了"拉莫斯主义"[3]。拉莫斯在重新定位逻辑学时，把矛头直接对准亚里士多德。亚氏把逻辑学、辩证法、修辞学、诗学等置于哲学的研究范畴，而在拉莫斯的理解中，它们均为彼此独立的智力活动，各自有着自己的对象。根据亚氏，逻辑学是可论证的，其对象是必然真实的，辩证法的对象很可能是真实的，修辞学旨在说服，其对象是另一种很可能真实的，而诗学的对象是可能的。[4]拉莫斯在攻击亚氏时瞄准这一点，再三强调不应有这样的划分，因为人的智力

---

1 譬如，剑桥大学从1535年便开始研究阿格里科拉的辩证法，牛津大学紧随其后。关于阿格里科拉的新逻辑学思想及其影响，详见 Geoffrey Shepherd, "Introduction." pp.32–33; Walter J. Ong, *Ramus, Method and the Decay of Dialogue*, ch.5。

2 几乎所有的锡德尼传记都写到他，这不仅是因他死于锡德尼亲历的"圣巴塞洛缪之夜大屠杀"，也因他的逻辑学所产生的深远影响。当时剑桥大学成为拉莫斯逻辑学的中心，该校的基督学院、女王学院和国王学院等都有学者发表有影响力的拉莫斯主义著作。锡德尼本人也非常重视拉莫斯的学说，他任命国王学院的研究员和导师威廉·滕普尔为自己的秘书，此人是当时英国最杰出的拉莫斯主义者，撰写了从严格的拉莫斯逻辑学角度分析《为诗辩护》的著作 *William Temple's Analysis of Sir Philip Sidney's Apology for Poetry: An Edition and Translation*。不仅如此，锡德尼还激发了亚伯拉罕·弗劳斯等学者的相关兴趣，后者于十六世纪八十年代出版了两部著作，分别阐述拉莫斯的逻辑学和修辞学，并从锡德尼和斯宾塞的作品中引用了大量段落。他把其中根据拉莫斯和斯宾塞的著作写成的《牧羊人的逻辑学》敬献给"善良的主人和恩主P.锡德尼先生"，在另一部更为著名的《律师的逻辑学》中坦承，"当我初次被引荐给P.锡德尼先生时"，已着手撰写这两部著作，"这微不足道的开端，既令他（指锡德尼）愈加喜欢拉莫斯逻辑学，也使我在对此的阐释之旅中走得更远"。详见 Geoffrey Shepherd, "Introduction," pp.32–34; Rosamund Tuve, *Elizabethan and Metaphysical Imagery*, p.332。

3 在内涵上，"拉莫斯主义"与严格意义上的"逻辑"相去甚远，是十六世纪晚期至十七世纪初期流行的逻辑体系，在欧洲新教国家和北美洲新英格兰地区被广泛接受。详见 W. J. Ong, "Ramus and the Transit to the Modern Mind," pp.301–311。

4 详见 J. P. Thorne, "A Ramistical Commentary on Sidney's *An Apologie for Poetrie*," p.158。

活动都拥有共同的特点，正是从这种共同点出发，人们在现代社会才把理性作为唯一的思想力量来加以赞美。[1]拉莫斯声称，我们必须把亚氏提出的所有命题都解释为"虚构的"，这种主张就算不能标志一场彻底的革命，至少表明他身为巴黎大学教授和逻辑学家会在教学中讲授何种内容。

拉莫斯试图重组所有的学科，使其各自只关涉属于本领域的内容。他坚信传统人文学科的内容都是在几个世纪的使用和发展过程中很随意地组合在一起的，混乱、重叠、多余的情况比比皆是。他对此十分反感，试图通过审视每一特殊用途背后的普遍性智慧来重新确立学科对象。[2]譬如，辩证法传统上包含两个部分：开题和判断；修辞学包含五个部分：开题、布局、演说、记忆和行动。[3]在阿格里科拉的影响之下，菲利普·梅兰希顿、拉莫斯等北方人文主义者，把修辞学中的开题和布局纳入辩证法名下，使之等同于辩证法中所包含的开题和判断。这样"修辞学"这一术语主要就是指演说（风格），因为记忆和行动（即回忆和发表一篇演说）不适用于书面作文。由此，修辞学和辩证法这两门分别出现于公元前五世纪和前四世纪的古老学科就像诸多其他学科一样，经历了重大调整和变化：辩证法集中于辩论，对于亚里士多德主义者而言，其例证就是三段论；修辞学涉及说服的多种方式，其中既包括辩论，也包括呈现自我、操纵听众、诉诸情感、使用修辞手法等。最终，由阿格里科拉发起、拉莫斯推进的逻辑学领域的变革产生了普遍性的影响，所有的逻辑学都转变为实用性的、可服务于教学需要的内容，成了某种修辞学，而运用这种修辞学的普遍知识领域似乎或多或少与哲学处于共同的边界之内。[4]在这种语境下，

1　详见 J. P. Thorne, "A Ramistical Commentary on Sidney's *An Apologie for Poetrie*," pp.158–159。

2　详见 Geoffrey Shepherd, "Introduction," pp.33–34。

3　"开题"（invention）指适当的题目（或论据）的选择。

4　拉莫斯对英国新教学者及日后对美国学者均产生了明显影响，例如，约翰·弥尔顿根据拉莫斯逻辑学思想写出了自己关于逻辑学的著作，指出锡德尼像他自己一样相信拉莫斯是最出色的逻辑学家。关于拉莫斯思想对当时英国诗人的影响，详见 Rosamund Tuve, *Elizabethan and Metaphysical Imagery*, pp.331–353。

纯粹的哲学家被逐出，由诗人和具有高度道德原则的修辞学家取而代之。

锡德尼深知哲学和诗歌的共通之处，不过，为了达到为诗歌辩护的目的，他仍着重强调哲学所处的劣势地位。在《为诗辩护》中，他把哲学看成有才智、受过良好教育的人沉醉其中的一种智力活动，这些人在思考或写作有关道德的问题时，经常引用柏拉图或亚里士多德。事实上，锡德尼自己在为诗歌辩护时也经常信手拈来，引用他们及其他哲学家。本来诗歌和哲学两者就有共同之处，它们的首要目的都是教育，诗人与哲学家在这一点上可以说目标一致，他们身为人师，传道授业的内容也大体一致。然而，当锡德尼以裁判者的身份来评判他们的竞争时，他在两者之间划出了一条泾渭分明的界限，毫不客气地列出哲学家的种种劣势。当他虚构的哲学家以诗人的竞争者身份出场时，他看上去就像一个稻草人，"不修边幅，为了用外表来表示他们蔑视的一切外表……到处施舍着定义、分类、区别"（16）。他满口经院主义哲学术语，是一个十足的斯多葛派、犬儒学派或伊壁鸠鲁学派的混合体。[1] 无论是在教学方法还是在所起到的教学作用上，这位哲学家永远都无法与诗人同日而语。

在教学方法上，哲学家提供的是概念，而诗人提供的是形象。锡德尼认为哲学家的知识是建立在如此抽象而又带有普遍性的对象之上，他探讨的是理论而不是实践，采用的是箴规而不是范例。哲学家的箴规太过深奥难解，他的著作让人感到兴致索然或者不知所云，"能够了解他的人已经是真正有幸的了，能够运用其了解的人更是有幸了"（18）。哲学家的思想领域如"沼泽"一般，让人深陷其中，难以前行："哲学家用人难以掌握的论证来确立赤裸裸的原则，他是如此拙于措辞，如此含糊难懂，以致并无其他指导可以遵循的人会在他的泥沼中跋涉终生，而没有找到应当老老实实做人的充分理由。"（18）哲学家声称能够教给人至高无上的智慧，

---

[1] 详见 Geoffrey Shepherd, "Introduction," p.36。

终其一生却只不过是在教授学生辨别正确与错误。与哲学家在探讨美德、邪恶等问题时使用抽象概念不同，诗人采用的是画面。诗人能够把普遍性的概念与具体的事例结合起来，或者说把概念再现于具体的例子中，赋予它可被人立刻感知的属性，因为所谓的"诗性摹仿"就是虚构关于美德、邪恶等的引人注目的意象。锡德尼指出，对于哲学家认为人们应该做的那些事情，诗人"就在他所虚构的那些已经做到的人物身上，给予了完美的图画……我说完美的画面，是因为他为人们的心眼提供了一个事物的形象，而关于这个事物哲学家只予以叨唠的论述，这种论述既不能如前者那样打动和深入人们的灵魂，也不能占据其心眼"（19）。

锡德尼结合具体实例来阐述上述较为抽象的观点。在他看来，对于人们的理解力而言，哲学家的所作所为就好比

> 一个人精确地把大象或犀牛的全部形状、颜色、大小、特殊标识告诉一个从未见过它们的人，或者一位建筑师说明一座富丽堂皇的宫殿的全部美妙之处，他们很可能会使听的人单靠记忆背出一切他所听到的东西，但不能为他的内在理解力提供一种亲历者所得到的那种来自真正鲜活知识的满足。（19）

对于没有见过大象、犀牛或宫殿的人，哲学家只能提供那些关于"形状、颜色、大小、特殊标识"或者"美妙之处"的抽象概念。由于哲学家只能提供抽象的概念或定义，这样他或许能够教给人们什么是善或恶，但是难以使人对事物有一种内在理解，也无法让人因获得真正知识而得到满足。与之相比，诗人却能够为那同一个人提供相关的生动画面，使人仿佛亲眼看见，从而对事物有真切的理解："当他一看见画得好的这种动物或那幢房子的好模型时，他无须任何描述，立刻就获得关于它们的恰当理解。"（19）诗人能够用他的生花妙笔把原本晦涩难懂的道德哲学描绘成一

幅画面，令人愉悦。诗人的"花园"或者"葡萄园"，或繁花似锦，或果实累累，令人流连忘返，乐不思蜀，远比哲学家的"沼泽"有吸引力。诗人寓教于乐的神功当令哲学家自叹弗如，难以望其项背。

不仅如此，与诗人相比，哲学家的教学策略匮乏到了灾难性的地步。所谓哲学家教授给人们"这样便捷的、通往美德的道路"（16），就是告诉他们什么是美德，而他用以阐明它的手段不是揭示美德的本质及其前因后果，就是"揭露它的务必消灭的仇敌——邪恶——和它的务必克制的仆役——情欲"（16）。这样一种"消灭"和"克制"的战斗性教学方法，势必激怒被教育者，尤其是当他们是统治者的时候。哲学家直截了当的教学方法表明，他是何等缺少必要的教学策略，以致最后不得不做好准备，拿自己的人身安全来冒险，因为他还要"凭明确说明它（指美德）怎样从个人小天地的局限中扩展开来，以达到治理家庭和维持社会的目的"（16）。哲学家总是对私人和公共事务直言不讳，这种侵扰往往让他们自身深陷困境。锡德尼一连举出数例，譬如，哲学家苏格拉底"像叛徒一样被处死"（26），他是经过雅典城邦敌对的法官投票表决，被法庭判处死刑，最终服毒身亡的。又如，亚里士多德的学生亚历山大大帝"杀死了哲学家卡里斯提尼斯，因为他抱着似乎是哲学的而实在是叛徒的固执"（46—47）。再如，"许多城市都驱逐哲学家，认为他们不是住在它们中间的合适成员"（48），雅典人甚至认为许多哲学家不配活下去。赛门尼德、品达等诗人能够使暴君转变为明君，而柏拉图却无能为力，甚至连他自己都"从哲学家变成了奴隶"（48）。像历史家一样，哲学家真正被"这个愚蠢世界的真实"俘虏，在面对监禁、奴役或处决时，完全束手无策，不堪一击。哲学家软弱无力，是因为他在说服和逢迎艺术上极度无能，而如果一个人希望自己的声音能够传到腐败的政治家耳中，那么这两项是必不可少的先决条件。相比之下，诗人在这方面遥遥领先，其精湛的技艺使得他不仅在政治家、廷臣、士兵中备受欢迎，而且如君主一般拥有一种他人难以企及的力量。

哲学家除了在教学方法上无法与诗人相提并论之外，在教学效果上同样难以跟诗人媲美。锡德尼把哲学家提供的论述与诗人描绘的形象进行对比，阐明就教育的效果而言，桂冠当属诗人。他的论证是基于这样的前提：概念在被转化成画面形式时最容易让人明白，抽象的道德概念可以经由头脑中出现的某种画面而被人理解。[1]对于那些还没有受到诗歌启迪而变得明智的人，哲学家"只是用智慧的许多可靠原则来充填记忆，而它们在人的想象力和判断力之前却会黯然无光"（19）。这种"黯然无光"，诚如马斯仁所言，表明"智慧的许多可靠原则"将不会带来多少道德或思想营养。[2]哲学家抽象的原则只有少数已接受过教育的人能够理解，而诗人则是"真正的群众哲学家"："哲学家固然教导，但是他教导得难懂，所以只有有学问的人能够了解他；这就等于说，他只能教导已经充分受过教育的人。但是诗作是适合最柔弱的脾胃的食物，诗人其实是真正的群众哲学家。"（22）这样哲学的教育效果自然无法与诗歌等量齐观，尽管哲学家可以像诗人一样自由自在地讨论关于美德和邪恶的普遍性原则，但是在把善的种子播种在人的心灵方面却是个令人失望的"园丁"。

此外，哲学家不能像诗人一样用生动的画面来感动人，而感动人的重要性有甚于教导人。贺拉斯在《诗艺》中指出，诗歌应当同时既有教育作用又能给人带来愉悦，锡德尼对此完全赞同，但同时补充了一项，即诗歌还应当能感动读者。[3]他特别强调诗歌的这项功能，原因在于，如果一个人不被感动得有所行动，将他所接受的教导付诸行动，那么教给他美德又

---

1 详见 Forrest G. Robinson, *The Shape of Things Known: Sidney's Apology in Its Philosophical Tradition*, p.100。

2 详见 R.W. Maslen, "Introduction," p.47。

3 锡德尼不是提出诗歌此项功能的第一个人。闵托诺、瓦尔齐、斯卡利杰等都提到了诗歌的"感动"功能（详见本论著第60页），但锡德尼对此的强调似尤为突出。斯宾格恩指出，关于诗歌的目的或功能，锡德尼的观点与斯卡利杰的一致性。就像对待《为诗辩护》中其他诗学问题一样，由于过分强调这种一致性，斯宾格恩忽视了锡德尼极为难能可贵的创造性。详见 J. E. Spingarn, *A History of Literary Criticism in the Renaissance*, pp.170-174。

何用之有？诗人能够给人带来快乐，使人在不知不觉中被感动得要像作品中具有美德的人物一样拥有德行。锡德尼认为，知识并不是德行的充分条件，因为"我们善于思考的头脑使我们知道了至善，然而我们的被污染的意志却使我们达不到它"（11—12）。诗歌对人的教育因愉悦和感动而增加时，会对读者的道德倾向产生实际影响。一般而言，愉悦是一种力量，它能够吸引和维持读者的兴趣，而感动是一种劝导，能够说服人去过一种具有美德的生活。在文艺复兴时期，教育、愉悦和感动相互之间的区别，是人们对贺拉斯关于诗歌功能的思想做出的一种当下阐述。锡德尼对此的论述暗示人的才智[1]和意志在力量和功能方面存在区别。人的才智本身只不过是一种了无生气的知识容器，为了发挥道德功能，它需要从意志那里得到能量和指导，而诗人超越哲学家之处在于他有能力通过教育和愉悦来激活和引导读者的意志。[2] 概言之，无论是在教学方法还是在教学效果上，诗人都远胜哲学家，诗歌都胜过哲学。

四

如果说在哲学和历史这两门可以向诗歌发起挑战的学科中，诗歌与哲学的竞争还不算激烈，那么诗歌与历史的较量则有势均力敌之嫌。锡德尼在为诗歌辩护时十分清楚，在他所处的时代历史的重要性是毋庸置疑的，作家们写出了大量聚焦英国的过去和古典世界的书籍，从伊丽莎白女王到朝廷重臣无不严肃地对待历史。[3] 女王在历史方面阅读甚广，不仅翻译了

---

[1] 此处"才智"是指锡德尼《为诗辩护》原文中"intellect"的含义，该词有"智力、理解力、领悟力、思维能力、大智而非凡的才能"等含义，作者强调的是属于人的而非属于神的一种能力。

[2] 详见 S. F. Heninger, Jr., "Speaking Pictures: Sidney's Rapproachement between Poetry and Painting," pp.3–16; 另见 Forrest G. Robinson, "Notes," pp.20–21, 36。

[3] 详见 Freyja Cox Jensen, "Intellectual Developments," p.522。

萨卢斯特的著作，而且还写下了历史沉思录。[1] 莱斯特伯爵是历史研究的重要赞助者，也是他赞助翻译出版的大量历史著作的狂热读者，他依赖历史学家来解决政府面临的各种问题。[2] 沃尔辛厄姆在有关外交政策上向古罗马历史家李维寻求指导，建议他的顾问们学习如何使阅读历史"服务于"公众。[3] 他的同僚托马斯·威尔逊在试图说服女王相信天主教势力正在离间她和奥兰治的威廉时，一连举出多位古罗马、中世纪英国和当代法国阴险政治家的类似行为。在女王统治后期，埃塞克斯伯爵从历史中寻找"关于政策的规则和模式"，不厌其烦地细致研究塔西佗，声称后者教会了他理解有关现代法国政治的一个难题，"正如普鲁塔克教会了我如何利用敌人一样"。[4]

人文主义者同样视历史为一门宝贵的学习科目，认为它能够把至善的道德品质"植入"读者的心田。朗盖始终把锡德尼视为伊丽莎白女王宫廷中前程无量的年轻廷臣，非常关注他的历史学习，在写给他的信中一再强调，历史的重要性仅次于救赎和那个"关于正义和非正义的"道德哲学分支伦理学，提出每人都应该从历史中接受教育，君主和地方行政官尤其如此。从朗盖的信中，我们同样可以看出锡德尼本人对历史的重视："我无须跟你谈论学习历史，没有什么比它更能影响一个人的判断，你自己的爱好已把你引向了它，而且你已大有长进。"[5] 诚如斯言，锡德尼对历史有着浓厚的兴趣，熟读李维、塔西佗、马基雅维利、圭恰尔迪尼、让·博丹（Jean Bodin，1530—1596）、威尼斯政治历史家加斯帕罗·孔

---

[1] 对此霍林斯赫德在他有关女王宫廷的编年史中补充道，一些古代贵妇长期阅读的不是《圣经》，就是本国及周边国家的历史，间或她们也勤奋著述，或者把其他人的历史著作翻译成英文或拉丁文。详见 Blair Worden, "Historians and Poets," p.80。

[2] 详见 Christopher Hill, *Intellectual Origins of the English Revolution*, p.175。

[3] 详见 Blair Worden, *The Sound of Virtue: Philip Sidney's "Arcadia" and Elizabethan Politics*, pp.254-255。

[4] 转引自 Blair Worden, "Historians and Poets," p.80。

[5] 详见 Philip Sidney, *The Correspondence of Sir Philip Sidney*, p.97。

塔里尼（Gasparo Contarini，1483—1542）和多奈托·吉安诺蒂（Donato Giannotti，1492—1473）等人的历史著作，在实际生活及《与弟书》等作品中反复强调学习历史的重要性。[1] 不仅如此，他还在十六世纪史学领域内的一场温和的革命中扮演了关键角色，历史在学科大家庭中的归属最终因此而发生了变化，从世纪初属于道德哲学的一个分支，到世纪末转而成为政治学的一个分支。在此过程中，只有寥寥无几的英国人留下了关于历史书写的理论，其中首屈一指的就是锡德尼。[2]

既然锡德尼及其所属集团强调历史的重要性，重视其教育功能，他本人还在史学革命中扮演关键角色，那么他在《为诗辩护》中要让诗歌在竞争中战胜历史，是否意味着他自相矛盾或者口是心非呢？学者对这一问题有着不同的认识，如赫尔西、西普赫德等学者均试探性地提到，《与弟书》和《为诗辩护》两者关于历史的言论多有矛盾之处，沃顿则认为锡德尼的虚构作品对《为诗辩护》中关于历史的观点提出质疑，而李维、丹诺等则持相反意见，认为其中有着内在的一致性。[3] 其实，锡德尼绝非口是心非，他关于历史的言论貌似有矛盾之处，但实际上前后一致，观点明确。不同于前人的是，他悄然改变了对诗歌和历史进行比较的基础，尝试在旗鼓相当且日益融合的两者之间划清界限，不仅在古老性、历史真实和诗性虚构的价值等问题上给予诗歌强有力的辩护，而且细分历史和诗歌各自的道德和政治教育功能，最终让诗歌在人类学问的最高目的方面战胜历史。以下将从十六世纪历史的含义出发，理清"诗史之争"出现的背景，在此基础上对上述观点进行论述，以揭示锡德尼为诗歌做出的具有说服力的辩护。

1　详见Blair Worden, *The Sound of Virtue: Philip Sidney's "Arcadia" and Elizabethan Politics*, ch.14。

2　详见F. J. Levy, "Sir Philip Sidney and the Idea of History," pp.608-617。

3　详见Marguerite Hearsy, "Sidney's 'Defense of Poetry' and Amyot's 'Preface'," pp.541-555; Geoffrey Shepherd, "Introduction," pp.41-42; Blair Worden, "Historians and Poets," p.81; F. J. Levy, "Sir Philip Sidney and the Idea of History," pp.608-615; Elizabeth Story Donno, "Old Mouse-eaten Records: History in Sidney's Apoloty," pp.275-298。

历史在古典意义上仅指历史编纂，根据诗学和修辞学的用法类推，历史学在十六世纪指关于阅读和书写历史的教导性著述。这种著述主要包括两类，其一是修辞性的对历史的赞美，如洛伦佐·瓦拉（Lorenzo Valla，1407—1457）、乔瓦尼·潘塔鲁斯（Giovanni Pontanus，1426—1503）、安德烈·阿尔夏托（Andrea Alciato，1492—1550）、雅克·阿米欧（Jacques Amyot，1513—1593）等人的著作；其二是更为技术性的历史编纂方法，如弗朗西斯科·罗伯特罗（Francesco Robortello，1516—1567）的《如何书写历史》等。他们关注的问题是历史编纂的修辞性特色、风格、历史书写的总体效果和尊严等等，其评价标准几乎无一例外都是文学性和道德性的。[1] 上述两类著述都有其古典来源，前者是波利比奥斯或伊索克拉底的历史或修辞学著作，后者是卢西恩（Lucian，125—180）的《如何写作历史》和哈利卡纳苏斯的狄奥尼修斯（Dionysius of Halicarnassus，60—7BC）的《修昔底德历史批判》。中世纪这两类的典范分别是圣伊西多尔关于历史的论著和卡西欧多鲁斯（Cassiodorus，490—585）关于教育的论著。[2]

十六世纪之前，历史和诗歌一样未曾享有独立的学科地位。柏拉图和亚里士多德的哲学虽然影响深远，但对古希腊关于历史的思想均未产生影响。柏拉图在《理想国》中为公民制订的学习计划中，没有出现历史科目。亚里士多德有关历史的言论对后世产生了影响，可是他本人从未对历史进行理论化阐述，他在《诗学》中关于历史与诗歌之间对比的著名论述，就其影响而言，仅触及有关两者之间差异的讨论。[3] 严格意义上的历史哲学直到希腊化时期才出现，奠定这种哲学基础的人并不是哲学家，而是修辞学家，特别是伊索克拉底，他本人又受到过历史家修昔底德的影

---

1 详见Donald R. Kelley, "Boudouin's Conception of History," p.311; Geoffrey Shepherd, "Introduction," p.36。

2 详见Donald R. Kelley, "Baudouin's Conception of History," pp.310-311。

3 详见亚里士多德《诗学》，第74—75页，第81—82页，第157—158页。

响。[1] 到十六世纪，历史和诗歌一样，处于寻求自身学科地位的阶段。社会上有职业律师，但没有职业历史家，在各类学校中都没有为历史家专门设立的职位。这当然并不表明历史或历史家毫无实用价值，事实上，诚如十七世纪初期丹尼尔·海西乌斯指出的："假如历史学没有教授职位，假如所有的大学都倒闭，她（指历史）永远都会在国王和君主的宫廷和密室里受到体面的款待。"[2] 历史学因正规史官的存在而得到认可，这一点并不为人文主义者所看重。这个非学术性的职位颇受争议，对于任何有尊严的人文主义者，为君主建言献策，地位甚为低下，况且伴君如伴虎，这种职业至少是与恐惧如影随形的。学科地位唯一真实的标识是在中世纪的课程体系中占有一席之地，而这一点是历史学所或缺的。

历史的学科地位甚为卑微。与文科各学科相比，历史最多只处于辅助位置，为文学原型或者任何其他经验提供道德上的范例或者法律上的判例。历史或许可以服务于某些实用性学科，特别是政治学和伦理学，但因其缺少一种足够井井有条的学科安排而无法被视作一门独立的学科。历史也许可以被纳入修辞学或语法学，但是自身没有资格成为一门人文学科。历史长期以来与修辞学关系密切，两者有着相同的风格和目的，有时甚至被人认为是同一的。我们似乎很难看出历史作为一门独立的学科本身所特有的价值。凯雷指出，"从一个历史视角来看，把历史学视作修辞学传统主题中的一个复杂类型，似乎要比视作一种文类更合理"[3]。历史学与语法学的关系也大体相仿，因为语法学家研究的对象包罗万象，涵盖整个古典时期的作品，而且语文学的方法从本质上来说也与历史学一致，两者均注重字面含义而不是其隐喻或寓意。

在文艺复兴时期学科大辩论中，许多人文主义者大力为历史辩护。他

---

1 详见 George H. Nadel, "Philosophy of History Before Historicism," pp.293-294。
2 转引自 Donald R. Kelley, "Boudouin's Conception of History," p.311。
3 Ibid.

们在找寻一门能够最完美地提升行动生活的学科时，青睐历史而不是诗歌，对历史的赞美俯拾即是。阿米欧的观点相当具有代表性，他在为普鲁塔克《希腊罗马名人传》(*The Lives of the Noble Grecians and Romans*)的法文译本撰写的前言中声称，最古老学科这一殊荣当属历史："历史不仅比人类任何其他书面文字都更古老，而且在人类使用任何文字之前就被广泛使用，因为那时人们在有生之年把对过往事物的记忆以歌谣的形式向子孙吟唱。他们让孩子们记住歌谣，使之口口相传。"[1] 人文主义者还在与其他不同学科的比较中赞美历史，认为它不仅应拥有独立的学科地位，而且在众学科中应当荣登榜首。阿米欧指出，历史因拥有感动人的力量而胜过道德哲学，因教育方式比责难和惩罚更典雅而胜过民法，因严谨、真实、庄重而胜过随意编造的诗歌。[2] 瓦拉的讨论更为细致深入，他提出，尽管哲学家声称哲学因其古老而应位居首位，但是我们应视历史为所有学问和语言艺术的基础，哲学和诗歌莫不出自这同一来源。对于哲学家经常性地表现出人文主义者常有的偏见，他指出，诗歌比哲学更古老、更具有权威和尊严。他质问道："既然诗人最初创立了哲学，值得拥有哲学家的称号，他们不同于哲学家之处在于其作品更具有哲理性，那么为什么诗人反被认为不如哲学家？"[3] 这些言论看上去仿佛是在为诗歌辩护，但是瓦拉认为诗歌拥有的所有优势无不属于历史，他的结论是历史胜过哲学和诗歌。历史在古老和理性用途等方面比哲学更胜一筹，在训练世人的心智方面比诗歌更严格和扎实。最出色的历史书写必定能激起读者的敬仰之情，它能够展示难能可贵的判断力、洞察力和思维力，而不只是妙不可言的修辞技巧。[4]

1　转引自 Marguerite Hearsy, "Sidney's 'Defense of Poetry' and Amyot's 'Preface,'" p.542。
2　详见 Ibid., pp.541–555。
3　转引自 Geoffrey Shepherd, "Introduction," p.37。
4　上述对历史的赞美还出现在各种演说、书信、历史著作及其译本前言中，如在波利多尔·弗吉尔（Polydore Vergil, 1470—1555）、胡安·比韦斯（Juan Vives, 1493—1540）等意大利、西

（转下页）

综上所述，就诗史之争而言，历史的辩护者主要持有以下观点：其一，历史是比诗歌更古老的学科；其二，历史真实胜过诗性虚构；其三，历史在道德教育和政治教育方面胜过诗歌。

五

面对上述对历史的赞美，锡德尼在诗史的较量中看似与瓦拉、阿米欧等其他人文主义者持有诸多一致的观点，其实不然。他细致研读过阿米欧为《希腊罗马名人传》法文版撰写的前言，《为诗辩护》与之不乏类似之处：两人目标一致，都强调用美德来教育人；他们在辩论中采用的方法有异曲同工之妙，所用术语和材料也大体相仿；对于说服性写作的重要性，两人并无异议。[1] 然而，关于"诗史之争"他们各自得出的结论却判若云

（接上页）

班牙人文主义者的著作中均不乏这类溢美之词。通过文艺复兴时期人文主义者的努力，从十六世纪后半叶开始，历史学逐渐在大学里找到自己的立足点，获得独立的学科地位，甚至还以语文学的名义侵入其他学科。详见 Donald R. Kelley, "Boudouin's Conception of History," p.312。在信仰新教的德国，历史学的地位取得了更为实质性的突破，特别是由于菲利普·梅兰希顿的教育改革，一些大学开始设置历史学教授职位，使历史学能够与诗学，甚至与法学和神学平起平坐。1557年海德堡大学首次设立了诗学和历史学的联合教授职位，这是历史学获得独立学科地位的一个标识。英国牛津大学和剑桥大学分别于1622年和1628年首次设立专门的历史学教授职位。详见 Norman Farmer, Jr., "Fulke Greville and Sir John Coke: An Exchange of Letters on a History Lecture and Certain Latin Verses on Sir Philip Sidney," pp.217–236。

[1] 普鲁塔克《希腊罗马名人传》法文版由托马斯·诺斯译成英文，并于1579年在英国出版。这部著作对锡德尼的思想和风格产生了一定的影响。关于锡德尼对普鲁塔克著作法文版的兴趣，可参阅他与朗盖之间的通信。锡德尼在1572年12月从威尼斯寄给朗盖的信中写道："如果您在维也纳能够买到法文版的普鲁塔克著作，我希望您能寄给我。我将很乐意为此支付五倍的价钱，毫无疑问，您可以通过商人把它们寄给我。"详见 Philip Sidney, *The Correspondence of Sir Philip Sidney*, pp.64–65。锡德尼不仅熟知普鲁塔克的《希腊罗马名人传》和《道德论丛》（*Moralia*），而且还特别细致地研读了阿米欧的前言。关于《为诗辩护》与此前言之间的相似之处，详见 Marguerite Hearsy, "Sidney's 'Defense of Poetry' and Amyot's 'Preface'," pp.535–550。

泥：阿米欧声称历史占据上风，而锡德尼则坚信诗歌略胜一筹。

我们首先来看古老性问题。在所有的学科中，究竟哪一门最古老？无论是阿米欧、瓦拉、锡德尼还是其他人文主义者，都极其严肃地对待这一问题。历史因古老而受到人文学者的特别赞美，究其原因，与当时流行的堕落论史观关系密切。[1]堕落论者无不相信在遥远的过去曾经有过一个黄金时代，此后人类日渐堕落，他们认为今不如昔，历史上最美好的时代莫过于人类被逐出伊甸园之前，而历史只不过是记录人类及其创造物加速堕落的过程。自然本身处于衰退之中，今日无望，更枉论未来，正如埃德蒙·斯宾塞在《仙后》中描写的那样：

> 每每当我把今日状况，
> 　与远古世界形象相比，
> 　彼时人类正意气飞扬，
> 　美德之花蕾初绽放矣，
> 　我觉两者殊异，云泥
> 　之别兮现于漫漫长途，
> 　我眼中之世界已偏离，
> 　鸿蒙时代设定之道路，
> 渐行渐远兮一旦有误。[2]

从斯宾塞到弥尔顿，诗人们纷纷留下类似对"黄金时代"神话的追忆。文艺复兴时期常被视为一个积极向上的乐观主义时期，但它同样也是

---

[1] 文艺复兴时期大体上存在六种基本史观：进步论、自然论、气候论、循环论、均变论和堕落论，它们构成各种思想的基础。详见 Herbert Weisinger, "Ideas of History During the Renaissance," pp.415-435。

[2] Edmund Spenser, *Fairy Queene*, Book V, p.1.

一个消极低沉的悲观主义时期。"黄金时代"主题明显传递出一种茫然无措的情绪：人们缺少坚定的信念，不能肯定时代的进步和人类的理性是否足以解决人类面临的困境。[1] 要等到十八世纪，人类和社会的完善才上升到中心地位，人们对社会的进步才拥有坚定不移的乐观主义。克罗齐指出，文艺复兴运动推动了堕落论的流行，历史家看见他们十分珍视的许多东西消失不见，"为乃在享有的东西胆战心惊，至少是因预见到它们迟早必然会让位给其反面而替它们担惊受怕"[2]。

与此一致的是，人文主义者坚信古代的重要性，并赋予古人的言论某种权威性。这种认识部分是由于他们认为研究过去辉煌的历史能够给人提供一种检验人类成就的方法，部分也由于中世纪和文艺复兴时期的许多思想家都相信，只有通过上帝在《创世记》中给亚当的最初启示，人才有可能获得知识："耶和华神用土所造成的野地各种走兽，和空中各样飞鸟，都带到那人面前看他叫什么，那人怎样叫各样的活物，那就是它的名字。那人便给一切牲畜和空中飞鸟、野地走兽都起了名；只是那人没有遇见配偶帮助他。"（2：19—20）[3] 古代本身就是令人崇敬的，任何知识的增长都不是意味着进步，而是一种向人类堕落之前的知识完美状态的回归。在这种认识的基础之上为历史进行的辩护，诚如西普赫德所言，"对于锡德尼和他同时代的人，有着我们难以承认的思想力度"[4]。在这种思想背景之下，历史和诗歌在竞争中自然要在古老性上一比高低。

阿米欧、瓦拉等人文主义者提出，最古老学科这一殊荣当属历史，锡

---

[1] 基督教神学原本就对人类的理性抱不信任的态度，很快就轻而易举地吸收了这种反智主义思潮，堕落论于是成为阻碍人们迅速接受文艺复兴思想的最大障碍。堕落论在诗歌领域因成为一种传统主题而长久保有生命力，它在哲学领域内的盛行要等到培根及其追随者倾其全力方得以终结。

[2] 详见贝奈戴托·克罗齐《历史学的理论和实际》，第189页。

[3] 详见《圣经》（和合本），第2页。

[4] Geoffrey Shepherd, "Introduction," pp.37–38.

德尼则雄辩地证明,诗歌当仁不让地是最古老的学科。对阿米欧和瓦拉等人的观点,锡德尼以人所共知的事实予以简单明了而又雄辩的反驳。他提出,"让博学的希腊在其多种多样的学科中拿出一本写在穆赛俄斯、荷马、赫西俄德之前的书来吧,而这三人都不是什么别的人物,而是诗人"(4)。可是,人们却拿不出一本这样的书。锡德尼声称,诗人不仅早于任何学科中人,而且"首先用笔传下知识,是有理由被称为学术之父的"(5)。非但如此,哲学家和历史家最初无不以诗人的面貌出现,因为诗人拥有一种他们不得不叹服且仰仗的迷人力量:诗人"用他们那使人着迷的甜美,引诱粗犷的头脑来钦佩知识……以至于希腊的哲学家在很长的时期内不敢不在诗人的面貌下出现"(5),历史家"也乐于向诗人赊借形式,甚至力量"(6)。"如果不先行取得诗的伟大护照",他们"都不能够进入群众审定之门"(7)。

锡德尼除了提出诗歌比历史更古老之外,还对历史真实和诗性虚构的价值进行了比较。历史的辩护者声称,历史如实叙述确为人所做过的事情,提供确曾发生的事件,而诗歌呈现的只不过是诗人"幻想地、虚伪地暗示曾经有人做过的事情的形象"(22)。历史家自认为能够从历史事件中得出具有普遍意义的合理结论,其理论依据是在人类历史中有一些事件重复出现,而在古人和今人之间存在着某种内在的相似性,后人为避免重蹈覆辙,可以从过去的经验中吸取教训。[1] 所谓"以史为鉴",就是通过借鉴过去曾经发生的事物,洞悉今日,推测未来。因此,历史真实的价值高于诗性虚构。然而,这个结论是锡德尼不能赞同的。他用一则具体的例子把"以史为鉴"这类方法置于荒谬可笑的境地:"如果他(指历史家)依靠那'做过'(bare *was*)而就这样推论,就好像他会辩解说因为昨天下了雨,所以今天也会下雨,那么这的确对妄自尊大会有所益处。"(24)尽管锡德

---

[1] 详见 F. J. Levy, "Sir Philip Sidney and the Idea of History," p.612。

尼把预测天气的例子与"以史为鉴"相提并论着实令人意外，甚至有点滑稽可笑，可是细察他的论证，我们不难看出两者在本质上不乏类似之处，因为正如"昨天下雨了"与今天是否会下雨之间不存在逻辑关系一样，从任何一个出自历史的实例个案做出归纳并无逻辑有效性可言。[1]

锡德尼对历史真实及通过它来求知表示怀疑。他认为如果历史等同于真实，那么无疑历史将高于诗歌，可是我们必须考虑到以下因素：其一，人们需要的不仅仅是一个关于真实的陈述，而是接受它使之成为行动的依据；其二，无论在何种情况下，历史都不能提供与事件整体性相关的真实叙述，只能提供孤立而又毫无意义的细节。借用锡德尼的表述，这是因为"历史家缺乏箴规，他是如此局限于已存在的事物，而不知道应当存在的事物，如此局限于事物的特殊真实，而不知道事物的一般真理，以致他的实例不能引生必然的结论，因此他只能提供更少效用的学说"（18）。纵然对于已经发生的事，在锡德尼看来，历史家也只不过是一个不可靠的假权威。他只能对过去的事物加以选择，在此基础上进行猜测，然后对史料进行编排，欺骗性地叙述他的故事。锡德尼产生上述认识的原因，是在伊丽莎白时期人们虽然日益强调事实性真实（factual truth），但又比中世纪历史家更有意识地对材料进行编排，他们的意图是使材料与作者内心深处关于上帝的目的和人的本质的信念一致。[2]

同时，在历史叙述中理性之光时常被"命运"所遮蔽。所谓"命

---

[1] 威克斯认为，这种思想问题真实存在，在日后培根的思想中变得比以往更突出。详见 Brian Vickers, "Francis Bacon and the Progress of Knowledge," pp.495–518。培根对知识的三分法不同于蒙田，在某种程度上促成了这类问题的出现。详见第171页脚注1。

[2] 详见 Geoffrey Shepherd, "Introduction," p.39。在二十世纪的有关史学的著作中，我们可以看到对历史叙述的类似怀疑。埃尔顿在《政治史：原则和实践》中提出，现代历史家所能获得证据材料的多样性导致了对历史叙述方法的怀疑或敌视，因为巨大的多样性使人相信，历史如果以一个故事的形式呈现，则必然被简化，"写作历史的唯一方式包括从过去择取一些碎片，呈现在读者眼前，然后又在对一个有机体或结构的描述中把它们整合在一起"。详见 G. R. Elton, *Political History: Principles and Practice*, pp.136–137。

运",在阿米欧看来,只不过是"人的才智想象出来的玩意儿",它被用来解释人一无所知的第一动因,即"上帝无穷无尽的力量和不可理解的智慧"[1]。在中世纪思想中,只有超自然世界呈现出一种可被完全理解的秩序,而自然女神(the goddess Natura)的领地则并非完全理性的,各种盲目的力量势必导致种种无法预见的结果,"命运"被认为在这个神秘莫测的过程中发挥作用,残酷地戏弄人生。在文艺复兴时期,由于对异教命运女神崇拜的复苏,在许多情况下,人们用"命运"来解释过去的事件呈现在诚实的记录者面前的混乱局面,而真实的原因永远无法清晰地被揭示出来。[2]锡德尼指出,"历史家在他那仅有的'做过'(bare was)里,就会常有我们所谓命运的情况来推翻最高的智慧"(24)[3]。这就是说,历史家的"做过",即过去发生的事,必然使得他让"我们称为命运"的东西来主宰行动,因为他自己也无法讲清楚事件发生的缘由,而假如他讲清楚了,他无疑是"用了诗的方法"(24)。诚如西普赫德指出的,锡德尼对历史价值的隐约怀疑源自一种信仰,即理解过去的核心不是经验或记忆,而是具有普遍意义的理性,他不能接受基督教的上帝连同中世纪肯定过的理性、目的和发展等观念都日渐消失。[4]历史中充满着偶然事件和细枝末节,缺乏主导性的理性原则,而于他而言,历史所缺乏的元素正是诗歌可以提供的。

锡德尼认为诗性虚构是一种比历史真实更可靠的求知途径。他从斯

---

1 转引自 Elizabeth Story Donno, "Old Mouse-eaten Records: History in Sidney's 'Apology'," p.289。
2 详见贝奈戴托·克罗齐《历史学的理论和实践》,第188—189页。
3 李维认为,锡德尼这里所说的"我们所谓命运的情况来推翻最高的智慧",同样适合于悲剧诗人,但后者却被人称颂,因为他们教给人们"这个世界具有怎样的不确定性,流光溢彩的屋顶又是建筑在何等脆弱的基础上"。详见 F. J. Levy, "Sir Philip Sidney and the Idea of History," p.612。无论是在历史家还是在诗人的作品中,锡德尼都不主张让命运女神起到主导性作用。原因除了它违背亚里士多德在《诗学》中提出的"可然性或必然性原则"(the law of probability or necessity)之外,还部分与其新教信仰有关。
4 详见 Geoffrey Shepherd, "Introduction," pp.41—42。这种怀疑不为锡德尼所独有,在蒙田随笔如《雷蒙·塞邦赞》等中也依稀可见。详见《蒙田随笔全集》(第二卷),第97—264页。

卡利杰的《诗学》中借用"另一个自然"的概念，详尽阐述诗性真实的价值。根据斯卡利杰，所有的话语都是说服性的，其终极目的都是为了确立信仰或信念，因此，人们可以对它们从修辞角度来加以评判。同时，修辞涉及的所有问题无不包含在诗歌的范围之内，或者说，诗人触及言说者与其听众之间的所有关系，诗歌在各个方面都超越传统修辞的范畴。这就好比人类普通生活提供一块园地，修辞从中攫取相关材料，而诗歌则关注另一个繁复而又有序的园地，这是一个人造的、由词语组成的世界，是另一个自然。[1] 锡德尼虽然没有强调斯卡利杰论及的第二自然的修辞特征，但是绝不会没有注意或意识到其重要性，因为他对修辞学理论方面的问题兴趣甚浓，曾把亚氏《修辞学》的前两卷译成英文。在这两卷中亚氏没有把他的材料当成一门实用艺术来进行探讨，而是提供了一种呈现可然性知识（probable knowledge）的基本艺术理论。

关于这种可然性知识，拉莫斯尝试采用一种逻辑方法来把握。正如我们在探讨哲学与诗歌之争时所述，古人早就认识到在知识领域内存在不同程度的确定性，与此对应的是不同的逻辑方法。在拥有不同程度确定性的知识中，有一种可以加以科学论证，它对应于严格意义上的逻辑，但是还有的知识无法加以科学论证，它们关涉伦理、政治和艺术等方面的意见，对应于辩证法，后者也被称为"可然性逻辑"（the logic of probabilities）。面对后一类知识及其作为真理的不确定地位，拉莫斯试图找到或形成一种精确的方法，设计一套关于可然性逻辑的"词语运算法则"。他追随阿格里科拉，否定古人及经院主义哲学家根据知识的确定性程度而对逻辑做出的区分，提出只有一种逻辑，那就是辩证法。和蒙田一样，拉莫斯认为所有关于人本身的知识都有赖于特殊的个体，都是不确定的，其基础脆弱不

---

[1] 对斯卡利杰相关观点的讨论，详见 Geoffrey Shepherd, "Introduction," pp.71-75。"另一个自然"不同于"第二自然"。上帝用以创造世界的理念是"第一自然"，创造出来的世界为"第二自然"，也即上文中所说的"人类普通生活"。

堪，任何一项结论都可能被某一个体推翻。[1]因此，为了证明具有普遍意义的命题，拉莫斯通常都会特别强调"特殊个体或具体例子"的重要性，或者换一种说法，具体例子与具有普遍意义的命题之间存在一种非常密切的关系。那么，这是一种什么样的例子呢？要回答这个问题，我们需要明白在拉莫斯看来，由于人天然拥有理解所有事物的能力，尽管人对这些事物也许会一无所知，但是在任何意义上这都绝不表明他不应当去探索，或者他不能在艺术创作中呈现它们。他指出，"关于事物的各个种类，如果人当下就拥有一种创造它们的艺术，这种艺术就像镜子一样，为他反射所有事物的普遍性和总体性意象，那么他就会较容易地通过这些意象认出每一个种类，从而创造出他一直在寻找的东西"[2]。虽然这种艺术呈现的是具体对象，但是它具有一种普遍性力量，能够识别所有"特殊个体或具体例子"，而不仅仅是某一个具体事物。回到刚才的问题，拉莫斯所指的例子便是艺术呈现的具体对象。

尽管拉莫斯攻击亚里士多德对人的智力活动的划分，但是对于上述他关于例子的论断，其依据同样是来自亚氏。在一部托名亚氏的修辞学著作《献给亚历山大的修辞学》(Rhetoric ad Alexandrum)中，"例子"被定义为

---

[1] 蒙田在《雷蒙·塞邦赞》中把哲学分为三类，逍遥派、伊壁鸠鲁派等第一类宣称已经获得真理，第二类肯定人的力量永远无法达到真理，皮浪等第三类哲学家说他们还在寻找真理，他们宣扬的是"犹豫、怀疑和探寻，什么都不肯定，什么都不保证"(160)。蒙田相信第三类是最明智的，认为"凡事疑而不决，不是胜过陷入幻想所产生的种种谬误吗？暂且不做决断，不是强于参加乱哄哄的纷争吗？"(161—162)详见蒙田《蒙田随笔全集》(第二卷)，第97—264页。培根同样把哲学分为这三类，但他把蒙田所指的包括其本人在内的第三类哲学家统统归到第二类当中，第三类哲学家不应当总是让自己"迷失在永无止境的思想活动和练习"当中，而是应当寻找"一种全新而又确定的思想途径"，它将"为确定性构建递进的阶段"(establish progressive stages of certainty)(41)。因此，对培根而言，第三类哲学的任务不是在绝望和假设之间永远"搁置判断"(suspend judgment)(42)，而是建构中间地带，在此基础上可以做出带有疑问的判断，从中可以逐渐得出安全可靠的结论。Francis Bacon, *The Works of Francis Bacon*, Vol. IV, pp.41-42。

[2] 转引自 Geoffrey Shepherd, "Introduction," pp.73-74。

发生在过去、与我们正在言说的行动相似或者相反的行动。就对人产生的作用而言，例子因其生动性而被认为具有说服力，能够把正确行动的动机根植于人的内心，令人无可抗拒。[1]亚氏在《修辞学》中把例子分为两类，一类出自历史，一类出自虚构作品："一类是从前发生的事情，另一类是演说者虚构的事情，后者又分为比喻和寓言，例如伊索寓言和利比亚寓言。"[2]关于"例子与它要证明的事的关系"，亚氏指出，它"不是部分与全体的关系，不是全体与部分的关系，也不是全体与全体的关系，而是部分与部分的关系、同类与同类的关系，但其中一个比另一个更著名"[3]。亚氏认为，例子必须在以下场合派上用场：你的陈述本身不足以让人相信，你又希望确立它的真实性，而这个时候根据可然律辩护又不能令人信服。在上述那部据说出自亚氏的修辞学著作中，作者指出，当你的听众获悉与你言说的行动相似的另一个行动发生过，就是以你声称的方式发生的时候，"他们可能更愿意相信你所言说的。这就是采用例子的目的"[4]。作者举例道：

> 要证明狄俄倪西俄斯要求给他一个卫队是他企图成为独裁君主的证据，我们可以说"从前，当庇斯特拉妥有这个企图的时候，他曾经要求给他一个卫队；他一获得卫队，就成为独裁君主"。梅加腊的忒阿格涅斯也是这样干的。所有人都共知的别的独裁君主都可以用来作为证明狄俄倪西俄斯的企图的例证，尽管这人要求给他一个卫队的理由我们还不清楚。所有这些例子都带有普遍性，因为一个企图成为独裁君主的人都要求给他一个卫队。[5]

---

1 详见 Geoffrey Shepherd, "Notes," p.178。
2 亚里士多德《修辞学》，第253页。
3 同上，第148页。
4 转引自 Geoffrey Shepherd, "Notes," p.178。
5 亚里士多德《修辞学》，第148页。

例子能够使得根据可然律做出的辩护令人信服，所有用例子来进行的辩论传统上都被认为具有归纳的性质。我们不妨将上述例子换一种更具有普遍性的表述：为了证明甲有A目的，因为他想要有B行为，我们可以举出例子，说他之前的乙、丙在有过B行为之后，都达到了A目的，而这里的乙和丙比甲有名。所有这些例子都包含在同一个具有普遍意义的命题之下：有A目的者就会有B行为。这种证明是从具体到具体，从乙、丙到甲，其论据来自类比。这种论据假定归纳过程是有效的，并不提出证明，而只是简单地提出可然性。这正是锡德尼在对诗歌的理解中所要求的。

呈现可然性知识就是锡德尼眼中诗歌的逻辑地位。他认为，如果求知行为是一种确定的行为，或者求知的对象是关于确定行为的对象，知识都是全面而完整的，所有事物都是已知的，那么历史家记录的曾经发生的事物将足以为人的行动提供依据，这样历史就足够了。或者，如果理性之光未曾被遮蔽，那么我们或许可以绝对信任哲学家的总结。然而，由于知识是不确定的、有条件的、偏颇的，理性是受到制约的，人们只能以一种"可然的"（probable）而非"确定的"（certain）形式来获取真理，用锡德尼本人的词语，即一种"猜测到的可能"（conjectured likelihood）。一首诗就是一个例子，也即亚氏《修辞学》中的例子。这种例子并不试图提供可证明的确定性，因为这是诗歌无法做到的，人类事物原本就不构成能够证明的材料。诗歌就某种生活场景提供一个例子，这种生活场景与另一个生活场景有着某种关联，原因是所有的生活、所有的自然都是相互关联的，是由一种具有普遍性的理性加以组织的。所有这一切的基础都是理性，这一点确保了由例子来做论据的有效性。

概言之，诗人在诗歌中创造了"另一个自然"，这是他用来把人引向德行的材料。诗人在创作时遵循可然律或必然律，他笔下的事物是它们本来应该是的状态，即使他是在叙述事实，他也仍然是在呈现其可能或应该会是的样子。每一首诗歌都可以被看出是一个例子或者范例，它就好像是在概念上由理性控制的一座建筑物，作者要实现其创作的原初目的，则有赖于读者或者听者的理性。诗人在诗歌中提供了一个关于真实的小模型，用它来揭示人生活于其中的那个有限世界的真正秩序。诗歌作为一种由词语构成的表达形式，所表达的不是一种肯定，而是一种"猜测到的可能性"。锡德尼指出，这使得诗性真实在求知和揭示真理方面远远地超过了历史真实："如果诗人知道一个例子只提出一种猜测到的可能，而且还是凭借理性，那么他是这样遥远地超过了历史家，因为他正是要把他的例子虚构得更为合理，不论在战争、政治还是私人事务方面。"（24）

六

除了上述关于古老性、历史真实与诗性虚构之间的比较之外，锡德尼还对历史和诗歌的功能进行了辨析。历史自古以来就被认为具有政治和道德教育功能。在古希腊时期，历史家就极为重视历史的政治教育功能，波利比奥斯的思想具有代表性。他认为，一介书生是不太可能写出对读者有实用价值的著作的，要判断一位历史家是否应该受到褒扬，就要看他是积极投身于政治，还是闭门造车，为了个人的利益而写作。历史家要想使其著作有实用价值，就应该只关注那些投身政治的人感兴趣的内容。无论是作为历史家，还是历史著作的读者，波利比奥斯本人所关注的都是"行动者"（man of action）。他声称："柏拉图告诉我们，只有当哲学家成为国王，或者国王学习哲学时，人类事物才井然有序，我要说只有当行动者写作历史……或者在写作历史时把在实际事物中的训练视为必要，历史才可能具有价值。"[1] 波利比奥斯对这类历史赞赏不已。在他所处的时代，各种技艺和学科都得以迅猛发展，历史能够为学习者提供方法，以应对各种可

---

[1] 转引自 George H. Nadel, "Philosophy of History before Historicism," p.299。

能出现的情况。他认为在现实生活中有两种经历可以让人从中学习，即自己的苦难和他人的苦难，而第二种更为安全，它不会置人于危险的境地。历史提供的方法正是来自他人的间接经历，而不是自己的直接经历。那种描述细致的失败经历尤其能够给人带来启发，因为其中包含与此相关的背景、动机和理由，而一个人通常不是从箴规中而是从对经历的思考中获得教育。波利比奥斯称之为"历史的实用功能"，即政治教育功能。历史需要满足两个条件方能拥有这种功能。其一是把真实性作为判断历史的必要标准，无真实性的历史犹如没有眼睛的躯体，读者难以从中获益；其二是不容置疑的阐述，即引用恰当的细节，举出事件发生的原因，因为假如历史只有对事实的陈述，读者也许会对它产生兴趣，但读之无益。波利比奥斯指出，"我们在头脑中把相似的情境与当下联系起来，正是这一点为我们提供了一种方法，对将要发生之事产生预感，使我们能够在某些时候采取措施，在另一些时候通过重现原来的情境，以更大的信心面对给我们带来威胁的困境"[1]。

除了政治教育功能之外，历史的道德教育功能在古希腊时期几乎受到历史家的同等重视，而这种功能主要是通过历史范例来实现的。早在公元前一世纪，古希腊人狄奥多鲁斯·西库鲁斯就以翔实的论据阐明，在他那个时代，历史早已拥有了不容争辩的传统美德：历史把长者的智慧赋予年轻人，使老人业已拥有的经历再翻上几倍，让普通公民有资格成为领导者，它还引导人摹仿善、远离恶。李维在《罗马史》前言中反复强调历史中范例的功能，他指出，使历史结出累累硕果的，是它清晰地呈现每一种行为的范例。人们正是通过学习这些范例给人带来的道德教训，为自己和所属国家做出选择，判断哪些是值得摹仿的光荣正义之举，哪些又是应避免的不义之举。历史的道德教育功能常常被置于政治教育功能之前。比

---

[1] George H. Nadel, "Philosophy of History before Historicism," p.299.

如，根据塔西佗在《编年史》中的构想，历史家的第一要务不只是记录值得称赞的行为，而是对作恶者或者有作恶动机者形成威胁。他深信只有屈指可数的几件事能够对邪恶的恺撒起到制约作用，其中之一就是他对于后人会怎么看他心存恐惧。因此，历史家通过威胁当事人将其恶行载入史册可以起到威慑作用，从而达到制约恶的目的。正是由于这个缘故，塔西佗本人和后来的一些历史家被称为"惩罚暴君的棍棒"（a rod for tyrants）。这是历史家作为君王教育者角色的一个极端例子，也是关于历史道德教育功能的一个典型例子。

在十六世纪，人文主义者同样重视历史的道德和政治教育功能。比如，阿米欧认为应当向读者推荐历史，它集教育和愉悦于一体，总能给人带来道德教育和政治教育。阿米欧深信不学历史无以成功，因为历史提供范例和教训。他认为历史书写本身构成"善有善报，恶有恶报"机制的一部分，恶会因人们对永久污名的谴责而受到抑制，善会因人们永远想得到表彰和荣耀而受到激励。他还指出历史"是某种准则和指导，用过去的例子教给我们如何判断今日，预见未来：这样我们或许会知道应当喜欢什么，遵循什么，不喜欢什么，避免什么"[1]。不过，他也提到仅靠学习历史还不足以使一个人成为英明的地方行政官和精干的军事将领，还需要天性、训练和实践，而历史有助于训练。[2] 又如，1574年托马斯·布朗德维尔（Thomas Blundeville，1522—1606）完成了《书写和阅读历史的真正顺序和方法》（*The True Order and Methode of Wryting and Reading Histories*）一书，此书日后被公认为英格兰史学史上第一部用英文撰写的"历史之艺"（*artes historicae*）。他在把这本小册子敬献给恩主莱斯特伯爵时在献词中写道："知悉您有诸种爱好，其中最爱者乃为阅读历史，历史反映人

---

[1] 转引自F. J. Levy, "Sir Philip Sidney and the Idea of History," pp.610–611。

[2] 详见Ibid., p.610。

生的真实形象和画面。您不像许多人那样为了消磨时光而阅读历史，而是为了从中收集判例和获取知识，您借此将愈加能够在公共事务中像最谨慎的议员那样提出建议和指导个人行动。"[1]这里的"判例"应当是指各种重大历史事件，伯爵从中学习在面对各类事件时如何做出判断。这便是从历史中获得一种政治教育。"个人行动"（private action）指个人的"德行"，这表明伯爵相信历史有助于提升人的德性，能够给人提供一种道德教育。

由于自古以来诗歌也同样拥有政治和道德教育功能，历史和诗歌长期以来被联系在一起。在十六世纪，它们的部分内容大体一致，两者之间的界限变得愈发模糊，不少人同时从事诗歌写作和历史撰写，几乎所有的人文主义者都和古人一样把历史视为文学的一个分支。[2]两者均因能给人提供道德教育而被视为道德哲学的一个分支，又因都能给人带来愉悦，具有感动人和说服人的力量，而被视为修辞学的一个分支。修辞学传统在古希腊和古罗马历史写作中长期占据统治地位，在人文主义者中间依然格外强大，优美的风格和高调的道德教义被公认为历史编纂中的美德。在十六和十七世纪绝大多数流行的历史著作中，我们都可以发现类似的态度。[3]例

---

[1] 转引自 Eleanor Rosenberg, *Leicester, Patron of Letters*, p.62。

[2] 关于诗歌与历史长期以来被联系在一起的实例，参阅本论著第五章中有关普鲁塔克的部分。关于十六世纪诗史的融合、史诗重要性的凸显等现象，其原因与当时学者们对亚氏《诗学》中摹仿概念的认识相关。详见 S. K. Heninger, Jr., "Speaking Pictures: Sidney's Rapproachement Between Poetry and Painting," pp.3-16。十六、十七世纪有不少作家同时写作诗歌和历史，如托马斯·莫尔爵士（Thomas More, 1478—1535）既创作虚构作品、诗歌，又写作关于塔西佗历史的论文，还研究理查三世统治时期；在伊丽莎白女王和詹姆士一世时期，乔治·布坎南（George Buchanan, 1506—1582）在英国都是一个深受爱戴的人物，身兼历史家、诗人和剧作家三重角色；沃尔特·罗利爵士（Sir Walter Ralegh, 1552—1618）是诗人和历史家，与他同时代的塞缪尔·丹尼尔（Samuel Daniel, 1562—1619）不仅创作了当时最为人所喜爱的十四行诗，也留下了那个时代最精微的史学著作之一。再如，约翰·弥尔顿不仅是史诗诗人，而且在清教革命时期写下了《不列颠历史》。详见 Geoffrey Shepherd, "Introduction," p.38; Blair Worden, "Historians and Poets," pp.71-93。

[3] 详见 F. Smith Fussner, *The Historical Revolution: English Historical Writing and Thought, 1580-1640*, p.46。

如，意大利人文主义者潘塔鲁斯是历史修辞学概念的典型倡导者，他提出历史、诗歌和修辞有着共同的目的，即感动、愉悦、教育人，使之过上一种德性生活，如果史实本身不足以达到这个目的，历史家拥有合法的权利来操纵史实，虚构一些可能发生的内容，也就是说，历史编撰者为了上述目的而随意安排或增删细节，甚至事件。如此写出来的历史必然是坏历史。同时，潘塔鲁斯还提出，优美的风格能够感动和愉悦读者，因而在历史写作中风格问题至关重要，历史家需要为文本提供一些外部修饰。[1] 事实上，除了威廉·卡姆顿之外，内战之前的主要历史家几乎都为其笔下的历史人物虚构了演说词，就连培根也不例外，而卡姆顿本人的历史著作也充满了戏剧感。[2] 由于诗人在诗歌、戏剧中通过讲述真实的故事，也就是历史，来达到同样的道德教育目的，这类历史不管是否忠实于史实，都必须忠实于作者的文学目的，即他的道德或爱国主题。道德教育功能至上的观念，使得历史与诗歌在目的和内容方面都存在趋同的情况，伟大的历史著作难以出现。[3]

历史和诗歌之间的融合，甚至出现在人文主义者对最严格意义上的文学理论问题的处理中。哈利卡纳苏斯的狄奥尼修斯早就确立了如下概念：在最宽泛的意义上，历史书写应遵循文学法则，在主题的选择、叙事的起始和终结、内容的取舍等方面都应取决于美学标准。人文主义者卡斯特尔维屈罗宣称，如果我们拥有一种关于历史的艺术，那么就没有必要书写关

---

[1] 详见 Leonard F. Dean, "Bodin's Methodus in England before 1625," p.164。
[2] 详见 Hugh Trevor-Roper, "Queen Elizabeth's First Historian: William Camden," pp.145–146。
[3] 这可以部分解释为什么十六、十七世纪英雄体诗歌（史诗）占据如此重要的地位：史诗既是诗歌又是历史，它提供了一个具备历史基础的故事，其中有一个堪称楷模的主人公。文艺复兴时期的批评家几乎众口一词，指出鉴于与历史之间的亲密关系，史诗是最值得赞美的文学形式。详见 S. K. Heninger, Jr., *Sidney and Spenser: The Poet as Maker*, p.230。据统计，在1560年至1700年之间，大约出现了650部戏剧作品（喜剧除外），其中至少有三分之二取材于历史事件。详见 Blair Worden, "Historians and Poets," p.82。

于诗歌的艺术,因为这两种艺术自始至终并行不悖,诗歌实际上早就被定义为"与历史类似或者对历史的摹仿"。两者的不同仅表现在题材和语言两方面,也就是真实故事与虚构故事、散文体与诗歌体之间的不同。历史的题材不是历史家凭自身才能创造的,而是由人世间发生的事件或是由上帝的意志(显现的或隐藏的)提供给他的。相比之下,诗歌的题材是诗人凭借自身才能寻找或是想象的。历史家的语言是推理用的语言,而诗人的语言是他运用自己的才思按照诗的格律创造的。[1] 我们从中依稀可见中世纪关于诗歌本质的观念,有所不同的是,在十六世纪历史被认为能够展示某种诗歌所具有的说服人的力量,历史和诗歌各自的辩护者都深信这种力量的重要性。[2]

在十六世纪后半叶的相关讨论中,诗史之间界限日渐模糊的趋势因新观点的出现而有所改变。尽管关于这种改变的程度及速度研究者众说纷纭,但是都不否认其存在。[3] 历史家和诗人都提出新主张,接受新检验:诗人成了创造者,其想象力高翔于事实之上,对这一高贵的职业最著名的赞扬无疑出自锡德尼的《为诗辩护》。[4] 与此同时,越来越多的历史家竭力把神话传说与可被证实的事实分离开来,在此过程中,他们日益认识到有关过去能够被证实的内容少之又少。[5] 一些具有改革和理性思想的学者提出了不同于以往的新观点,其中最著名者当属法国政治思想家和法学家让·博丹。在文艺复兴时期众多关于阅读和书写历史的论著中,博丹的《理解历史的方法》(*Methodus ad faciliem historiarum cognitionem*,1566)

---

[1] 详见 Lodovico Castelvetro, "The Poetics of Aristotle Translated and Annotated," pp.305–306.

[2] 详见 Geoffrey Shepherd, "Introduction," pp.38–39.

[3] 详见 F. J. Levy, *Tudor Historical Thought*, p.244; F. Smith Fussner, *The Historical Revolution: English Historical Writing and Thought, 1580–1640*, p.47; D. R. Woolf, *The Idea of History in Early Stuart England*, p.17; William Nilson, *Fact or Fiction: The Dilemma of the Renaissance Storyteller*, p.106。

[4] 关于诗人的创造性,详见本论著第191—208页。

[5] 详见 Blair Worden, "Historians and Poets," p.73。

是最有影响力的一部。他在书中指出，历史是关于人类、自然和神圣三类事物的真实叙述，其中唯有人类历史混乱不堪。[1]博丹希望从混乱无序、变化无常的人类经验中找到某种方法或秩序，以证明阅读和书写历史的合法性。[2]这与司马迁所说的"究天人之际，通古今之变，成一家之言"颇有类似之处。和拉莫斯重新定义逻辑学的范畴一样，博丹尝试在对过去的客观研究中引入某种方法，如把流动的时空视为变量，把人视为超越于它们的常数，并与朗盖及英吉利海峡两岸许多有思想的历史家一道，以一种新精神来从事历史研究。他鼓励一种真实的、分析性的，而非修辞性的历史叙述，反对史家用杜撰的演说词和滔滔不绝的题外话来中断叙述，认为最受人尊敬的史家不是讲述奇迹、制造戏剧化场面的人，而应是在民事和政治事务上有丰富实践经验的人。史家书写时应谨小慎微，依赖可考的史料，避免在材料中掺杂高度主观性或修辞性的内容。与此相关，博丹强调历史的政治功能，认为最受人尊敬的史家把自己的才华、在国家事务中的经验以及细致的研究融为一体，能够为读者提供一种对公共和私人事务敏锐的洞察力。[3]博丹明确提出历史的首要功用是为政治服务，倡导历史提供一种本质上理性和分析性的政治教育。

博丹的观点为"诗史之争"增加了新元素，对锡德尼关于历史的思想产生了影响。首先，就历史的概念而言，锡德尼在《与弟书》中向其弟罗伯特指出，存在两类不同的历史家：第一类呈现的"只不过是对已发生事

---

[1] 此书于1566年出版，1650年之前七次重印，但1580年之前几乎不为英国学者所提及或引用。对于长达十四年之久的沉寂，较有代表性的解释有以下两种：其一，这部早期著作很有可能是因作者1572年出版的《共和六书》(*Republique*)的流行才为读者所关注；其二，博丹本人于1579年和1581年两次陪同安茹公爵访问英国伊丽莎白女王的宫廷，这才使其著作引起英国学者的注意。详见 Leonard F. Dean, "Bodin's Methodus in England before 1625," p.160。锡德尼1579年因反对女王与安茹公爵的联姻而上书，随后被女王疏远，可能错过了与博丹会面的机会，但熟悉其著作。

[2] 详见 Jean Bodin, *Method for the Easy Comprehension of History*, pp.15–19。

[3] Ibid., pp.41–84。

件的叙述",他们可被称为编年史家;第二类"不仅仅讲述事实,而且讲述事实背后的原因及其发生的环境"[1]。锡德尼指出第二类更值得肯定:历史并不等于编年史,历史应提供事件发生的原因。他承认这种区分是从博丹那儿借鉴而来的,还在《与弟书》中给罗伯特提出建议:"关于历史书写的方法,博丹有过详尽的论述,你不妨读读他的著作,从卷帙浩繁的作品中采撷一些有用之物。"[2] 此外,博丹的著作至少还有助于使锡德尼更坚定地反对有关历史书写的极端修辞性概念。

锡德尼在博丹强调历史政治功能的基础上往前迈进了一步,解决了历史和诗歌各自领域内的问题,并为后者做出了微妙而有力的辩护。[3] 关于历史和诗歌各自的道德和政治教育功能,锡德尼提出它们各有千秋。在都铎时期,历史能够通过美德范例提供道德教育的观念已是根深蒂固。[4] 普鲁塔克曾系统地从心理层面解释出自历史的美德范例的力量,指出它让观

---

[1] Philip Sidney, "To Robert Sidney," p.292.

[2] Ibid., pp.291-292. 这并不表明锡德尼全盘接受博丹的观点,他在一些重要的问题上明显持有不同的意见。比如,博丹主张历史本质上是真实叙述(vera narrate),锡德尼对此持否定态度;再如,博丹认为我们应从气候、地理等自然环境中去寻找对人类历史产生某些根本性影响的因素,他的整个结论都建立在这个基本假设上,而在锡德尼看来,这是自然决定论的观点,他对此予以反驳。详见 Geoffrey Shepherd, "Notes," p.176。

[3] 尽管博丹强调历史的政治教育功能,这一点与英国史家原本就持有的"历史就是为政治教育目的服务"的史观十分契合,但是从1580年至1631年,他在英国并没有受到欢迎。在关于不列颠民族起源问题上,博丹连同波利多尔·弗吉尔遭到许多英国史家的攻击,例如,著名历史家拉斐尔·霍林斯赫德(Raphael Holinshed, 1529—1580)以不屑一顾的口吻引用博丹,原因是博丹不相信杰弗雷关于早期英国历史带有传奇色彩的叙述,以一种怀疑的态度处理有关不列颠民族起源的传说。尽管如此,博丹极大地启发和鼓励了一些开明的英国作家。锡德尼、加布里埃尔·哈维、托马斯·罗杰斯(Thomas Rogers, 1540—1611)、斯宾塞等,都在自己的作品中引用过博丹的《理解历史的方法》。详见 Leonard F. Dean, "Bodin's Methodus in England before 1625," p.162. 就作品中采用的历史方法和政治理论而言,斯宾塞也与博丹有共同之处,详见 H. S. V. Jones, *A Spenser Handbook*, pp.382-384。

[4] 历史学范例理论源自古希腊的修辞学和斯多葛派哲学,这也是古希腊思想对罗马思想产生最大影响的两个领域。由于罗马人重视实用胜过理论,古希腊修辞学的精细微妙之处被简约

(转下页)

者产生冲动,想使自己同样具有美德。这种冲动是自发性的,不同于幼儿摹仿所见之物的本能冲动,它运用知性力量,考察产生眼前范例的环境,并在此过程中拥有某种道德目的。[1] 锡德尼并未全然否定历史提供道德范例的功能和价值,他认为,纵然整部历史是无用的,没有呈现扬善惩恶的结果,单个插曲也可能是有用的。然而,他把普鲁塔克对历史的分析运用于诗歌,相信诗歌中塑造的范例更胜一筹,在道德教育方面诗歌远比历史更令人满意。历史要进行道德教育,只能偶一为之,因为历史真实并不总能符合道德教育的目的。历史经常记录美德招致惩罚,罪恶逍遥法外,这虽然是对世间真实状况的一种记录,但与道德原则不符,无法达到道德教育的目的。对于有违此目的的历史细节,都铎时期常见的做法是把它们省略,甚至当时最有良知的历史家威廉·卡姆顿也不例外。这一方面表明历史在道德教育方面远非完美无缺,可以说不是道德教育的最佳载体,另一方面也表明道德教育自身的重要性。锡德尼指出,在这一点上诗人的创造比出自历史的范例更有价值,诗歌不像历史,它可以让美德战无不胜,

---

(接上页)

化,斯多葛主义则从一种哲学转化成为一种生活态度。在这个过程中,公元前两世纪活跃在罗马的两位希腊斯多葛派哲学家,成功地在斯多葛理想与罗马关于公德和公职两方面的理想之间建立了认同,把其中为了公职而对人进行教育或训练的任务归于历史编纂。历史学家波利比奥斯直接传播了这一思想,其《历史》一书开篇就为此后数世纪确立了历史的教育宗旨。他不无夸张地指出,众人皆知,历史自始至终是要让人得到以下深刻印象:"对于活跃的政治生活,最有益的教育和训练非学习历史莫属;学会承受命运无常变化的唯一途径,乃是记起他人的苦难。"范例理论大体上就是基于波利比奥斯这段话中关于历史的两个命题。1609年卡索邦将此书译为拉丁文,并撰写长篇序言,提醒王公贵族历史在德性和政治教育方面的价值。古典时期波利比奥斯的命题就已被普遍接受,历史成了统治者所接受的教育中的主要内容,只有"行动者"才有能力书写有教育意义的历史。历史被认为通过呈现他人的经验来达到教育的目的,是寓教育于范例的哲学,最典型的莫过于从古代流传下来的两个故事:一个把西庇阿在迦太基大获全胜归结于他有阅读色诺芬的习惯;另一个则把卢库勒斯转变为得胜将军全然归结于他自己读史。详见 George H. Nadel, "Philosophy of History before Historicism," pp.294-295。

[1] 关于出自历史的范例对人产生的作用及普鲁塔克对此的解释,详见 George H. Nadel, "Philosophy of History before Historicism," pp.298-303。

"诗才总是用德行的全部光彩来打扮德行，使命运做她的好侍奴"（25）。这一切是历史无法做到的，因为历史"被一个愚蠢的真实所束缚住了，常常成为善行的鉴戒和放肆的邪恶的鼓励"（26）。

锡德尼认为，在政治教育方面历史的劣势瞬间转化为独特优势，描写众多人之行动比一人之伟业更接近真实。在他看来，诗歌或许可以向一位地方行政官灌输某种道德观念，或者帮助他形成某种与道德有关的观点，如某一项行动在道德上是对的，另一项是错的。诗歌所能做的仅此而已，它无法教他在一系列道德上均等的可能行动之间做出政治上正确的选择，也不能教他在政治上如何作为，这项任务属于历史，历史可以通过叙述事件的前因后果来达到目的。事件的原因对于纯粹以道德为目的的历史家并非很重要，但是对以政治为主的史家却是最根本的。锡德尼在《与弟书》中指出，在希罗多德和修昔底德等的著作中有对事件原因细致而建构性的描述，建议罗伯特在阅读此类著作时注意"权势显赫的政治集团的形成和毁灭及其原因，他们立定法律条文的时间和环境，战争的发起和结束，以及对付敌人的策略……这是一位真正的历史编纂者所应呈现的"[1]。锡德尼强调历史（也就是他的划分中的第二类历史）之所以有用，主要是因为它为行动者提供指导；历史家有时与神圣及自然哲学家、律师，特别是道德哲学家具有相同性质，他建议罗伯特学习历史家分析政治事务的方法。在《与弟书》的不同部分，关于历史的这一概念反复出现，充分表明锡德尼本人对历史的兴趣是在其政治教育功能方面。他在《为诗辩护》中没有谈论历史家在政治教育方面的案例，因为他并非在为历史家辩护。纵然如此，他也没有把这一概念完全抛之脑后。《为诗辩护》否定历史具有出色的道德教育功能，《与弟书》强调历史具有政治教育功能，这两种关于历史的观点，正如李维指出的，归根结底都是在肯定仅有一种类型的历

---

[1] Philip Sidney, "To Robert Sidney," p.292.

史,即政治历史。[1]在《阿卡迪亚》中,诗歌和历史在两位年轻王子梅西多卢斯和皮罗克勒斯的教育中,不是竞争对手,而是相互补充。[2]可见,锡德尼把历史的政治和道德教育两种功能的重要性颠倒过来,把道德哲学作为一种实用科目留给诗人,历史面临的诸多问题由此迎刃而解。他的主张无疑有着重大意义,虽然历史的道德目的并没有被全然忽略,但曾经被置于首位的功能现在被降到次要位置,正是这种"降级"才使得威廉·卡姆顿、培根等人的著作有可能出现。

综上所述,在诗歌和历史的较量中,历史在政治教育方面有着明显的优势,但在把人引向德行这一方面,也就是在道德教育方面,诗歌占据不容争辩的制高点。由于把人引向德行是人类学问的最高目的,因此,尽管在竞争中两者似乎平分秋色,但实际上诗歌战胜了历史。不同于前辈为诗辩护者,如薄伽丘把诗歌纳入神学的范畴,致使其无独立的终极价值,锡德尼把神学从与人类活动相关的学科中排除,使诗歌无须匍匐在神学"女王"的长袍下,获得独立地位,并且最终战胜劲敌哲学和历史,成为真正的王者。诗人拥有一种他人难以企及的力量,他创作的"有声画"使其作品可以对读者的心灵产生巨大作用,他如园丁一般可以在那里"种植"善的形象,而这形象会生根、发芽、生长,最终结出累累硕果。所有这一切无不与锡德尼在《为诗辩护》中赋予诗人的特殊"神性"有关。

---

1 详见F. J. Levy, "Sir Philip Sidney and the Idea of History," p.615。
2 详见Blair Worden, *The Sound of Virtue: Philip Sidney's "Arcadia" and Elizabethan Politics*, p.265。

第四章
诗人的"神性"

  自然从未以如此华丽的挂毯来装饰大地,如种种诗人所曾做过的;也未曾以那种悦人的河流、果实累累的树木、香气四溢的花朵,以及别的足使这为人过度深爱的大地更为可爱的东西。她的世界是铜的,而只有诗人才给予我们金的世界。

锡德尼《为诗辩护》

  在《为诗辩护》中,锡德尼为之辩护的诗歌在与哲学和历史的较量中脱颖而出,这不禁令人好奇:在他的笔下,创作这种理想诗歌的诗人有何独到之处,从而堪当大任?回答是明确的:诗人被赋予了一种与以往迥然有别的"神性"。锡德尼在前人的基础上形成的这一认识,在西方文学批评史上是一个非同凡响的贡献。在过去很长的一段时期内,相关学者在撰写文学批评史时,对中世纪往往一笔带过,或者干脆从朗吉努斯的《论崇高》直接跳到锡德尼的《为诗辩护》。他们对待中世纪文学批评的态度或许有待商榷,但是这也从另一方面说明了《为诗辩护》的划时代意义。[1]诚然,它的出现打破了文学批评的不活跃局面,创作主体的价值因诗人拥

---

[1] 这些批评家关于中世纪文学批评的主要观点,详见本论著第416—417页。

有了一种新的"神性"而得到极大的张扬。锡德尼通过吸收古典传统的相关元素，并融入基督教精神和当代思想，来凸显诗人的主体性。他写作《为诗辩护》与其说是在清教徒高森对诗歌的猛烈攻击面前为它辩护，毋宁说是面对柏拉图开诚布公地宣告他内心深处对人的创造力的赞美。在柏拉图对灵感的两种解释中，无论是把灵感看作一种自外而来的冲动，还是不朽的灵魂对生前的回忆，诗人的个人才能似乎无关紧要。锡德尼赋予诗人的"神性"不同的含义，他以新教徒的身份从艺术创作过程和艺术理念两个方面，把诗人的创造与上帝的神性创造并列，强调其创造性价值，重塑其尊严和地位，从而达到为诗正名的目的。

一

在古希腊时期，关于诗歌创作过程的流行思想认为，写作是一种技艺，诗人就像在其他技艺中一样做出有意识的努力，具体而言，就是有技巧地使用词语。尽管如此，从荷马史诗中，我们可以看到甚为流行的做法是把灵感与诗歌联系在一起，无论是《伊利亚特》还是《奥德赛》，开篇都有诗人为了能够用诗行来揭示真理而祈求缪斯女神赐予灵感的描写。比如，在《奥德赛》中，诗人写道：

> 告诉我，缪斯女神，那位精明能干者的经历，
> 在攻破神圣的特洛伊高堡之后，飘零浪迹。[1]

赫西俄德进一步证明了缪斯女神在诗人写作中的重要作用。在《神谱》的前言中，他描写了在赫利孔山上牧羊时缪斯女神是如何把创作圣乐

---

[1] 荷马《奥德赛》，第1页。

的技艺注入了他的心田。口头诗人（oral poet）面对观众却向缪斯女神祈祷，这样的画面营造出一种独特的氛围，不仅诗人仿佛置周遭环境于不顾，而且诗歌有着双重来源：诗人和缪斯女神。诚如克拉克所言，以现代人的概念而论，这种情况难免似是而非，甚至自相矛盾，因为在这一过程中诗歌的神性来源和诗人的技艺之间好像并没有明显的对立。[1]我们感兴趣的问题是，诗歌到底是来自诗人本身，还是缪斯女神？抑或兼而有之？如果是最后一种情况，那么两者之间又是一种什么关系呢？我们似乎需要得到一种非此即彼的选择，荷马之后的情形在某种程度上满足了这种需求。自他以后，为了获得更大的荣耀，诗人们往往声称写诗时受到缪斯女神或其他神祇的影响，一种自外而来的力量将他们抛入了迷狂或疯狂状态。[2] 易言以明之，在诗歌创作过程中，当诗人处于这种状态时，其本人的思想意识和技艺均不会发挥任何作用。

品达在略做修改之后肯定并强调了这层意思，毫不犹豫地重申灵感和技艺在诗歌中的价值。或许是为了回应当时技艺派的一些新主张，尽管其本人拥有精湛的诗歌写作技艺，但他还是坚持认为灵感具有至高无上的重要性。在品达的思想认识中有一个清晰的概念，那就是诗人的成就主要来自灵感或自然禀赋，其技艺本身无足轻重。他反复谈论这一话题，对"先天本就知道的人"和"后天苦学方知的人"进行比较。特别值得关注的是，除了灵感和诗人的技艺之外，这里出现了第三个元素，即诗人的"自

---

[1] 详见 Timothy Clark, *The Theory of Inspiration*, p.42。
[2] 详见 J. W. H. Atkins, *Literary Criticism in Antiquity: A Sketch of Its Development*, p.52。在古典时期，人们似乎有一种常识，认为诗人需要处于神赋迷狂中方能创作出杰出的诗歌，于是一些没有天赋的诗人就伪装出一副受到诗神凭附的样子，为的是让人觉得他们获得了灵感，不应被排除在缪斯女神居住的赫利孔之外。贺拉斯在《诗艺》中为我们留下了一幅滑稽可笑的画面："由于德谟克利特相信天才比可怜的艺术要强得多，把头脑健全的诗人排除在赫利孔之外，因此就有好大一部分诗人竟然连指甲也不愿意剪了，胡须也不愿意剃了，流连于人迹不到之处，回避着公共浴场。"详见贺拉斯《诗艺》，第140页。

然禀赋"或者"先天禀赋"。关于"自然"与"技艺"的争论日后延续了许多个世纪,其最初来源可以追溯至品达,这一重要元素使得他关于灵感的概念明显不同于更为原始的"迷狂或疯狂""神赋迷狂"。[1]他采用的表述"灵感或自然禀赋",似乎表明"灵感"作为诗人成就的来源在一定程度上等同于"自然禀赋",或者说,前者是后者发挥作用的结果。于是,品达所谓的"灵感"就成了天才们的一种有意识努力。

在品达之后,柏拉图在许多著作中完全排除了诗歌有着双重来源这种似是而非的情况,直截了当地全盘接受了"神赋迷狂"说。与品达相比,柏拉图的灵感说并不特别看重诗人的先天禀赋。他在《申辩篇》中提出,医生和其他人凭借的是技术和技巧,但是诗人有所不同,他们在创作时凭借自然天赋和一种非理性的灵感。[2]尽管柏拉图在此提到了"自然天赋",但是在《伊安篇》中貌似已将它遗忘。他以一种敬重的口吻谈论灵感,其他一切与之相比似乎都可有可无:"凡是高明的诗人,无论是在史诗还是在抒情诗方面,都不是凭技艺来做成他们的优美的诗歌,而是因为他们得到灵感,有神力凭附着。"[3]他把诗人比喻成一种轻飘的长着羽翼的神明的东西,不得到灵感,不失去平常理智而陷入迷狂,就没有能力创造,就不能作诗或代神说话。神对诗人们就像对占卜家和预言家一样:"夺取他们的平常理智,用他们做代言人,正因为要使听众知道,诗人并非借自己的力量在无知无觉中说出那些珍贵的词句,而是由神凭附着来向人说话。"[4]获得灵感的诗人受到神力作用后陷入一种迷狂状态,他们犹如希腊女神西布莉的随从,一路追随女神翻山越岭,狂歌劲舞,就像参加酒神节狂欢的妇女们。他们无意识地吐出的话语,都是缪斯女神要他们传递的。当他们

---

[1] 详见 J. W. H. Atkins, *Literary Criticism in Antiquity: A Sketch of Its Development*, p.16。
[2] 柏拉图《柏拉图对话集》,第31页。
[3] 柏拉图《柏拉图文艺对话集》,第6页。
[4] 同上,第6—7页。

坐在缪斯女神的青铜三脚祭台上时，早已是忘乎所以、神志不清了，灵感则如泉水一般从他们那儿自由自在地流淌而过。

在《斐德若篇》中，柏拉图对灵感做出了另一种解释。他指出，灵感是不朽的灵魂对前生的回忆，它在本质上是努力向上的，因而能产生提升结果的影响，但在清醒或正常的自我控制状态下，这种结果是无法达到的。他把神灵凭附的迷狂分成四种："预言的，教仪的，诗歌的，爱情的，每种都由天神主宰，预言由阿波罗，教仪由狄俄尼索斯，诗歌由缪斯姐妹们，爱情由阿芙洛狄忒和厄洛斯。"[1] 其中，诗歌的迷狂

> 凭附到一个温柔贞洁的心灵，感发它，引它到兴高采烈、神飞色舞的境界，流露于各种诗歌，颂赞古代英雄的丰功伟绩，垂为后世的教训。若是没有这种诗神的迷狂，无论谁去敲诗歌的门，他和他的作品都永远站在诗歌的门外，尽管他自己妄想单凭诗的艺术就可以成为一个诗人。他的神志清醒的诗遇到迷狂的诗就黯然无光了。[2]

诗歌的迷狂即为诗的灵感，柏拉图在此赋予灵感一词更深的含义。随着灵魂依稀回忆起它尚未投生人世前在理想王国所见到的景象，这种迷狂隐约出现。它是一种令人心醉神迷的力量，不是自外而来扰乱人的心绪，而是使灵魂从习俗和常规的约束之下得到神圣解脱，使诗人从感觉世界进入真实世界。为了说明这种灵感，柏拉图提到预言家、诗人和情人的活动，详细地描绘了获得灵感的情人的灵魂如何向上飞升，飞向那永恒不变的真实，而诗人的灵魂在本质上是与情人的灵魂同属一类的。他强调，是美促使灵魂探索理想王国，这种探索将止于对真理各方面的美的突然理解

1　柏拉图《柏拉图文艺对话集》，第121页。
2　同上，第94—95页。

和对真实的洞察。他暗示诗歌灵感的运行与此类似，它是一种直觉，是一种使人看清理想真实的潜在力量的苏醒。他还认识到至少在讨论诗歌时，"艺术家方面强烈情感是必要的"[1]。对于柏拉图的这种解释，我们在莎士比亚的《仲夏夜之梦》中可以听到一个遥远的回响："情人们和疯子们都富于纷乱的思想和成形的幻觉，他们所理会到的永远不是冷静的理智所能充分了解的。"[2]

在上述柏拉图对灵感的两种解释中，诗人主体性的价值令人颇为怀疑。诗人一旦被诗神凭附，其主体好像成为传达客体内容的一种器官，他仿佛完全不自觉地听从自己手中的笔的驱使，形成了陆机所说的"纷葳蕤以駇遝，唯毫素之所拟"的现象。诗人对于自己所说的内容一无所知，其言说除了不可信之外，还晦涩难懂，矛盾重重。[3]他们不能把自己解释清楚，柏拉图在《申辩篇》中说："我拿出几篇我认为是他们精心炮制的得意作品来，问他们是什么意思……他们自己却说不出所以然来。"[4]因此，柏拉图认为诗人本身的所有看法都完全不足为信。诗人的表达中有时包含某些"正确意见"的成分，这一点他是允许的，因为他承认诗人的言说缘于神赐的灵感，而不是他们自己。纵然如此，这类不完美的真理也必须接受严格的检查，无论如何都不能被用来替代建构在理性基础上的知识，因为诗人情感狂热，缺乏道德约束，不能为正常人提供安全的指导。正如格鲁布所言，"对于希腊人而言，神力不是最高的命运。它让人活灵活现地想起酒的迷醉和爱的痴狂。对于柏拉图，最重要的是由理性控制的宁静生活，受神力控制即使不是卑鄙的，也是危险的"[5]。可见，尽管柏拉图赋予

1　G. M. A. Grube, *The Greek and Roman Critics*, p.57.

2　莎士比亚《仲夏夜之梦》，第180页。

3　详见J. W. H. Atkins, *Literary Criticism in Antiquity: A Sketch of Its Development*, p.39。

4　柏拉图《柏拉图对话集》，第31页。

5　G. M. A. Grube, *The Greek and Roman Critics*, p.48.

诗歌的神性意味也许比其他人的更为深刻，但是正如库尔提乌斯所说，这种神性元素的存在，"排除并超越了人类，它就像缪斯女神，或其他某种神祇，抑或某种神性的迷狂，突然灌注到诗人的头脑当中。诗歌并非从诗人的主体性，而是从超人的权威那里，获得了形而上学的价值"[1]。

综上，无论是一种自外而来的冲动，还是不朽的灵魂对生前的回忆，柏拉图对灵感的这两种解释都把诗人与神性联系在了一起，但是艺术家自身的创造性被忽略了，诗人本身的个人才能似乎无关紧要。柏拉图既肯定诗人的"神性"，同时又贬低诗人，把他们仅仅当作"容器"。这是不足为怪的，因为柏拉图原本就没有把人太当一回事儿。他在《理想国》中指出："人世生活中的事本也没有什么值得太重视的。"[2]他在《法律篇》中把人比成绵羊、奴隶、木偶，是神的财产，他们可能是神的玩偶，也可能有某种更严肃的目的。对于这种观点，锡德尼并不赞同。

二

锡德尼在《为诗辩护》中否认诗歌是神赋灵感直接作用的结果，强调诗歌中包含诗人的创造性。他从词源学上探讨拉丁语和希腊语中"诗人"概念的内涵，以此揭示两者在神性问题上的本质不同。他在前人的基础上把诗人划分为三类，让柏拉图灵感论中的神赋迷狂仅作用于其中的一类，然后悄然构建其无法辨认的"真正的诗人"（right poet），从而使"诗性灵感"被别具一格地赋予了不同的含义。

诗人是否具有创造性，是个由来已久的问题。"诗歌是一种创造"的说法在新柏拉图主义思想中早已萌芽，新柏拉图主义者提出，对于上帝在

---

[1] 恩斯特·R. 库尔提乌斯《欧洲文学与拉丁中世纪》，第188页。
[2] 柏拉图《理想国》，第403页。

这个世界上依据其思想所创造的内容，人用其才智来加以想象，并用语言在书中进行表达，用人世间的材料为它制作一个复制本。尽管如此，在十六世纪早期，拉丁语中的"创造"（*creare*）仍被视为上帝的特权，诗人的作品被认为是"虚构"（*effingere*）的，而不是"创造"的。[1]要解释为什么会出现这种情况，我们需要对"创造"这一术语的历史稍加追溯。根据克利斯特勒的研究，古希腊语中用来指"制造"和"创造"的，是同一个单词"*poiein*"，希腊人称诗人的词"*poieten*"即来源于此，意思是制造者。柏拉图及其后的哲学家把神性力量视为世界的创造者，它并不是凭空创造，而是给予已存在的无形物质以形式。由于这个缘故，神性创造者或制造者通常被比喻为人类的工匠、建筑师或雕塑家。人们有时把这种比喻颠倒过来，认为人类艺术家从其材料中塑造了作品，就像神性工匠从物质中塑造了宇宙。对柏拉图及其新柏拉图主义继承者而言，神性艺术家通过将非物质和纯概念的形式赋予原型，将形式传递给物质。这种认识表明，由人所创造的完美艺术作品是艺术家在心灵中直接获得的某种非物质原型的物质复制品。[2]

从古希腊语转向中世纪的拉丁语时出现了一个值得关注的变化。拉丁语中出现了两个不同的单词，即"*creare*"和"*facere*"，它们分别表达创造和制造，暗示神性创造者和人类制造者之间存在明显的区别。古代基督教神学家莫普苏埃斯蒂亚的狄奥多尔（Theodore of Mopsuestia, c.350—429）主教指出，上帝赋予人制造（produce）"诸如房子、城镇、船只等原本不存在的东西"的能力，以此来摹仿上帝的创造（creation）。对于人的"制造、生产"和上帝的"创造"，他特别选用不同的动词，以示区别。[3]圣奥古斯丁根据《旧约》对神性创造的解释提出，上帝不是依据已

---

1 详见Geoffrey Shepherd, "Introduction", p.62。
2 详见保罗·奥斯卡·克利斯特勒《文艺复兴时期的思想与艺术》，第285页。
3 详见Erwin Panofsky, "Artist, Scientist, Genius: Notes on the 'Renaissance-Dämmerung,'" p.171。

经存在的物质而是凭空创造了这个世界，这一学说为后世所有基督教神学家遵从。因此，在基督教语境之下，"*creare*"一词自古以来就包含上帝从无中创造出这个世界的正统观念，这种创造力仅仅属于上帝，人虽然有能力制造（produce），但是不能创造。

我们可以从中世纪基督教的一项基本信条着手来探讨其原因。根据这一信条，人是上帝按照自己的形象创造的，他是自由的，能够制造，他本身是目的而不是途径。[1]这里人的"自由"是指他所拥有的接受或拒绝上帝恩典的自由，中世纪关于自由的一个典型艺术形象就是处于天使和魔鬼争夺中的人。由于人是由上帝创造的，他塑造自我和世界的能力受到了限制。正如圣奥古斯丁所言，"创造物不能创造"（*Creatura non potest creare*），因为"所有动因中最深处和最高点只能是上帝的作品，对于那些源自于此的东西，建立和控制它们是一回事，根据上帝赐予的功能进行某些外在操作，此时或彼时以这种或那种方式生产出某种东西，又是另一回事"[2]。圣托马斯不厌其烦地论证，除了上帝的行动之外，"创造"一词不能被恰如其分地用来指任何主体的行动。

随着文艺复兴时期的到来，当诗人和艺术家取得了巨大成就，但丁、米开朗琪罗等常被人与神性属性联系在一起时，上述观点开始发生变化，佛罗伦萨的作家明确地把诗人的创作与上帝创造宇宙的活动进行类比。当时出现了一种思想，认为艺术家是自然的创造性过程的摹仿者，即在上帝和诗人之间，在上帝之于他的世界和诗人之于他的诗歌之间，存在一种平行关系。[3]在由费奇诺主导的佛罗伦萨柏拉图学园，克里斯托弗洛·兰迪诺在他撰写的但丁评注中引用柏拉图的《伊安篇》和《斐德若篇》，采用拉丁语中的证据，即诗人被称为*vates*（该词有"预言者"的含义），来说

---

[1] Erwin Panofsky, "Artist, Scientist, Genius: Notes on the 'Renaissance-Dämmerung'," p.167.

[2] 转引自 Ibid., p.171。

[3] 详见 M. H. Abrams, *The Mirror and the Lamp: Romantic Theory and the Critical Tradition*, p.272。

明诗人具有一定的"神性",指出诗人的虚构十分接近于创造。兰迪诺还辨析了希腊语中"诗人"一词的含义,并把相关思想融入犹太教和基督教关于上帝创世行为的猜测之中,把上帝的创造跟诗人的"准创造"进行类比:

> 希腊人说"诗人"一词来自动词"*piin*",该词介乎"创造"(creating)和"制作"(making)之间,前者特指上帝从"无"中生出"有"来,后者运用在人身上,指他们用内容和形式制作艺术。正是由于这个原因,虽然诗人的虚构并不完全是无中生有,它还是不同于制作,十分接近于创造。上帝是至高无上的诗人,世界就是他的诗篇。[1]

兰迪诺把但丁的作品"离开制作而接近创造"视为诗人尊严的一种标识,也就是说,但丁的虚构虽不完全是无中生有,但几近于此。兰迪诺对神性思想的理论并无特别的兴趣,令他津津乐道的,是作品源自其中的材料或从中生出"有"来的"无"。在《维吉尔评注》中,兰迪诺对诗性创造的本质做出了更具体的解释,指出尽管上帝是诗人,或者说,上帝自然就是"至高无上的诗人"[2],但是这并不表明诗人就是上帝:

> 上帝从无中产生任何他想要的东西,我们称之为"创造",可是人恰好与之相反,只能根据给定的材料来制造。然而,诗人不是全然无所凭依地创作出一首诗歌,如维吉尔选择歌颂埃涅阿斯遭受的不幸和参加的战争,尽管如此,多亏把整个作品统合在一起的故事,他暗中精明地把最深的含义融入几乎从无中生出的故事之中。不过,那些

---

[1] 转引自 M. H. Abrams, *The Mirror and the Lamp: Romantic Theory and the Critical Tradition*, p.273.

[2] 关于上帝是"至高无上的诗人"的相关论述,详见 Michael Mack, *Sidney's Poetics: Imitating Creation*, ch.1。

感受到这些意思的人能够理解一个生而注定享受荣华富贵的人是如何一步一步地被净化,被去除其愚昧和各式各样的过错,乃至最终抵达至善。[1]

于兰迪诺而言,读者不应当为了从诗歌中获得真理而盯住埃涅阿斯生平中的那些准史实,相反,可以从把它们连接起来的故事中发现"最深的含义",而那些故事是最具有虚构性、全然无中生有的创造。

关于画家的创作也流行与上述相似的说法。达·芬奇虽然强调"作为科学家的艺术家"(the artist as a scientist),但是同样肯定"作为创造者和发明者的艺术家"(the artist as creator and inventor)。无论他何等强烈地感受到绘画是一种科学活动,他还是认识到仅用科学的方法无法创作出艺术品,一个好的画家需要某些对科学家而言或许并非必不可少的能力。在达·芬奇看来,年轻的艺术家需要先天禀赋;与此不同的是,没有天赋的学生通过纯粹的运算练习或者实际应用可以学会数学。不仅如此,画家必须用画图的方式,用视觉形式,向眼睛展示最初存在于他想象中的理念和创造,事实上,"无论何种存在物,无论它是以物质还是想象形式存在,本质上都为艺术家所拥有,首先是在其思想中,之后是在其双手创作的作品中"[2]。达·芬奇把这种创作能力与上帝创造世界的能力进行比较,肯定两者之间存在某种相似性:"存在于画家知识中的神性力量,把画家的思想转化为类似的神性思想,因为他凭借自由的双手创作出不同的人、动物、植物、水果、风景画、开阔的田野、深渊、令人毛骨悚然的地方。"[3]

上述观点在当时相当普遍,斯卡利杰、T.塔索等多位批评家都持有类似的看法。斯卡利杰在《诗学》中得出的结论早已隐含在兰迪诺的论述

---

[1] 转引自 E. N. Tigerstedt, "The Poet as Creator: Origins of A Metaphor," p.496。

[2] 详见 Anthony Blunt, *Artistic Theory in Italy: 1450–1600*, p.36。

[3] Ibid., p.37。

中，只不过当后者称上帝为"至高无上的诗人"时，他反其道而行之。像兰迪诺一样，他采用了亚里士多德的诸多策略，如把诗歌与历史进行对比，但是他得出的结论绝非亚氏所能预料。在阐述诗歌能够再现比生活更美好的意象时，他没有强调这种意象的普遍性，而是强调诗人呈现的是那种不存在之物的意象。诗歌超越所有其他艺术，诗人就像第二个上帝："因为所有其他的艺术都再现事物本来的样子，而诗人完全创造出另一个自然和各种不同的命运，在某种意义上就像一幅有声画（a speaking picture）。实际上，诗人在这样做的过程中几乎把自己变成了第二个上帝。"[1] 这里诗人不仅有能力摹仿一个对象，而且能够创造出原本不存在的事物。不过，斯卡利杰在选择词语时较为谨慎，没有使用几乎归上帝专有的"creare"，而是选用了带有"建立"或"塑造"含义的"condere"一词，指出诗歌在涉及某些事物时，"把它们安置在一个具体的情境中。自然而然地，诗人这个寻常的名称仿佛不是由人们达成一致，而是由某种自然神意而得来的，因为有学问的希腊人把诗歌恰当地称为某种创造"[2]。与斯卡利杰类似，T.塔索在《关于英雄诗的谈话》中也有言道："艺术的运作在我们看来仿佛是神圣的，是对第一位艺术家上帝的摹仿。"[3] 他还指出伟大的诗人"被称为神圣的，原因无外乎在他的作品中他就像那至高无上的设计师"[4]。

锡德尼把上述概念引入英国，他一方面比斯卡利杰更为谨慎，另一方面又对此加以创造性地发展。在他生活和创作的时代，在文学创作方面，"创造"（creare）仍然是一个新词，它既充满活力，又带有亵渎神祇的色彩，它把诗人在其最独特，也是最具特色的功能方面与上帝等同了起来。

---

[1] Julius Caesar Scaliger, "Poetics," pp.156–157.

[2] Ibid., p.157.

[3] Torquato Tasso, "Discourses on the Heroic Poem," p.492.

[4] Ibid., p.500.

十六世纪后半叶，人们还不太愿意声称诗人的创作就像神圣创造一样，锡德尼本人也未曾这样主张过。然而，在他对"另一个自然"的叙述中却回荡着某种宗教的和超验的弦外之音，这是我们未能在斯卡利杰的《诗学》中发现的。锡德尼承认，从古拉丁语的词源上来说，"诗人"一词具有神性含义，指出在罗马人中间，

> 诗人被称为瓦底士（vates），这就等于神的忖度者，有先见的人，未卜先知的人，如由其组合成的词 vaticinium（预言）和 vaticinari（预先道出）所显示出来的那样。这优秀民族给了这使人心醉的知识以如此高妙的名称。他们对诗歌的敬佩之情如此之深，以至于认为在偶然碰到的诗句中就常有对他们以后命运的重大预示。（7—8）

罗马人所称的诗人"瓦底士"（vates）有一种像神一样预知未来的神性，他们深信维吉尔就具有这种预言力。锡德尼对此的态度是微妙复杂的，甚至包含一些彼此矛盾的成分：他首先谴责罗马人在皇帝的纪本中"满载了这种占卜的事情"，之后又说他们也"绝不是无缘无故的"，最后总结道："那种在用字方面精确遵守的音律、韵律，还有那种为诗人所特有的高翔的想象自由，确实看上去有点神力包含在其中。"（8）如此看来，诗人并不是真正受到诗神灵感的凭附，他的那种所谓"神性"最多只是一种隐喻，是一种可以理解的错觉，是建立在遣词造句的技艺和"高翔的想象自由"之上的。我们不难从中发现锡德尼的嘲讽：灵感不是导致诗人想象的原因，而是想象对读者产生的影响。诚然，在身为新教徒的锡德尼的眼中，大卫、所罗门等是真正得到过上帝赐予的灵感的诗人，他谨慎地把他们所写的诗归为一类，坦言这种诗"确是不应当从神的礼拜堂里被赶出去的"（9）。

然而，大卫等得到的"神性"并不是锡德尼将赋予诗人的"神性"。

他对"诗人"一词的古希腊语词源的追溯,说明诗人具有一种全然不同的"神性":在古希腊语中诗人被称为普爱丁(poieten),"这是从普爱恩(poiein)这字来的,它的意思是'创造'(make)……我们英国人也称他为创造者(maker),这是和希腊人一致了"(9)。这个名称使得"诗人"一词成为"何等崇高和无与伦比的称号"(9),因为古希腊语中"诗人"和英语中"诗人"都隐含着一种"创造"的意味,它不同于在古拉丁语中"未卜先知"的神性含义,也不同于上文中兰迪诺对古希腊语中"诗人"一词的解读。锡德尼对诗人的划分以及作用于诗人的诗性灵感,均与这种差异直接相关。

在探讨锡德尼对诗人的划分及其深意之前,我们有必要来查看贺拉斯在《诗艺》中对诗人的划分。贺拉斯在讨论俄耳甫斯、安菲翁的教化功能时写下了一段话,日后在对诗人进行分类时,人们时常引以为据:

> 当人类尚在草昧时期,神的通译——圣明的俄耳甫斯——就阻止人类不使屠杀,放弃野蛮的生活,因此传说他能驯服老虎和凶猛的狮子。同样,忒拜城的建造者安菲翁,据传说,演奏竖琴,琴声甜美,如在恳求,感动了顽石,听凭他摆布。这就是古代(诗人)的智慧,(他们教导人们)划分公私,划分敬渎,禁止淫乱,制定夫妇礼法,建立邦国,铭法于木,因此诗人和诗歌都被人看作是神圣的,享受荣誉和令名。其后,举世闻名的荷马和提尔泰俄斯的诗歌激发了人们奔赴战场的雄心。神的旨意是通过诗歌传达的;诗歌也指示了生活的道路;(诗人也通过)诗歌求得帝王的恩宠;最后,在整天的劳动结束后,诗歌给人们带来欢乐。因此,你不必因为(追随)竖琴高手的诗神和歌神阿波罗而感觉可羞愧。[1]

---

[1] 贺拉斯《诗艺》,第144页。

虽然这段引文论说的是诗歌的教化功能，但是我们从中可以看到贺拉斯对诗人的划分，其中涉及时代、灵感和主题等。他大体上把诗人分为三类：其一为草昧时期的神圣诗人，如俄耳甫斯、安菲翁等；其二为在这之后的受到灵感凭附的诗人，如荷马和提尔泰俄斯；其三为一般性的诗人，他们创作节日庆典、给人带来欢乐的诗歌。贺拉斯对诗人的分类对后人产生了重要影响，比如，斯卡利杰就接受了他的分类。

斯卡利杰在《诗学》中分别根据时代、灵感和主题提出了三种分类。诗歌按照时代可以分为三个时期：第一是未开化的原始时期，如果人们不把阿波罗视为这一时期的创始人，那么它在人类记忆中最多只留下了一些无名的印迹；第二是诞生了神话和神学的时期，此时出现了俄耳甫斯、林纳斯、穆赛俄斯等受人尊敬的诗人；第三是始于荷马的时期，同属其间的有赫西俄德和其他诗人。斯卡利杰还根据灵感和主题对诗人进行划分，而这两者之间并不存在对应关系。他根据柏拉图的灵感概念把诗人分为两类，其一是天生受到诗神灵感凭附的诗人，其二是通过美酒找寻灵感的诗人。他根据主题把诗人分为三类：第一类是神圣诗人，如俄耳甫斯和安菲翁，他们的作品被认为是神圣的，能够把灵魂注入无生命之物，如顽石、树木，就像上述贺拉斯《诗艺》引文中所说的"感动了顽石"那样。[1] 第二类是哲学诗人，包括自然哲学家和道德哲学家，前者如恩培多克勒、尼坎德、亚拉图、卢克莱修等，后者又可以细分为政治哲学家、社会经济诗人和一般性道德家，如索伦、赫西俄德和毕达哥拉斯。第三类是斯卡利杰所说的"我们将要讨论的那些人"[2]。由此可见，斯卡利杰只是为了方便起见进行了这种划分，因为他相信有多少种主题就有多少种诗人，他所提供的也只是一种简便的划分方法。

---

[1] 斯卡利杰的这一思想来源于薄伽丘的《神谱》，而薄伽丘的思想来源于圣奥古斯丁的《上帝之城》。详见 Geoffrey Shepherd, "Notes," p.160。

[2] 关于斯卡利杰的划分，详见 Ibid.; G. Gregory Smith, ed. *Elizabethan Critical Essays*, I, p.387。

斯卡利杰的《诗学》于1561年出版之后，迅速成为英国诗人和理论家最重要的思想来源。[1]锡德尼的划分貌似以他的分类为基础，但是真实情况远非如此。[2]斯卡利杰只是为了辩论需要而对诗人进行了便捷的划分，相比之下，锡德尼明确划分了三类截然不同的诗人，并从摹仿的本质、目的、功能对他们进行区分，这些都是在前者的分类中未曾出现的。锡德尼把第一类诗人称为"*vates*"，他们"是摹仿神的不可思议的美德的"。大卫的《诗篇》、所罗门的《雅歌》《传道书》、摩西和底波拉的《颂歌》《约伯记》，还有被博学的特瑞墨利乌斯和尤尼乌斯称为《圣经》的诗篇的部分，莫不属于这一类。此外，"俄耳甫斯、安菲翁、荷马的《颂神歌》，虽然在神学上完全错误，也属于这一种诗"（12）。第二类是"属于搞哲学的人们的，有道德方面的，如提尔泰奥斯、福基利德斯和加图；亦有自然方面的，如卢克莱修及维吉尔的《田园诗》；亦有天文方面的，如马尼利乌斯和蓬塔诺；又有历史方面的，如卢卡"（12—13）。第三类是具有创造性的"真正的诗人"（13），如果说前两类诗人都是从自然中获取第二手材料，那么这一类诗人是柏拉图无法辨认的，他们"在其创造的比自然所产生的更好的事物中，或者完全崭新的、自然中所从来没有的形象中……升入了另一种自然"（10）。

锡德尼对诗人的区分是他深思熟虑的结果，与其辩护策略有关，目的是为了把柏拉图对诗人的攻击指向前两类诗人。如前文所述，锡德尼在《为诗辩护》中真正面对的，不是清教徒高森，而是柏拉图这个"人们越有智慧，就越会发现正当理由来钦佩"（50）的人，他并不想与这位强

---

[1] 关于斯卡利杰《诗学》在英国的接受情况，详见 William Scott, *The Model of Poetry*, pp.lxix-lxx, pp.85-86。

[2] 比如，斯宾格恩、史密斯等人均认为斯卡利杰的划分是锡德尼的基础，详见 J. E. Spingarn, *A History of Literary Criticism in the Renaissance*, pp.170-171; G. Gregory Smith, ed. *Elizabethan Critical Essays*, I, p.387。

劲的对手正面交锋。哈密尔顿颇有洞见地指出，锡德尼的做法是既把柏拉图拉入自己的阵营，同时又超越他。[1] 柏拉图攻击第一类和第二类诗人自有其原因，锡德尼对此并不予以反驳，甚至还表示赞同。柏拉图攻击第一类诗人，是因为他们中有的人诽谤诸神，如果他们赞美诸神，他是允许其进入理想国的。[2] 在《为诗辩护》中，锡德尼充分肯定了这类宗教诗人的价值，指出他们所写的诗 "必然会为听从圣詹姆斯的指教——在欢乐中唱《诗篇》——的人们所常用，但据我所知，也为另一些人使用而获得安慰，我们在带来死亡的罪恶的惨痛中，从那里获得那永不捐弃人类的慰藉"（12）[3]。尽管锡德尼承认这一类诗人是最高贵的，但他并不为之辩护。柏拉图攻击第二类诗人，把他们与画家相比，指出他们没有掌握相关主题的知识，却像二手贩子一样从哲学或历史中获取材料来进行创作，其作品是对复制品的复制，与真理隔着两层，因此，他毫不留情地将他们从理想国驱逐出去。[4] 与之相比，锡德尼把这类诗人比作蹩脚的画家，"是摹仿在他们面前的面貌的"（13），他甚至让其丧失被称作诗人的权利，指出 "究竟他们应该算作诗人与否，让语言学家来争论吧"（13）。

由于第二类诗人局限在所提问题的范围之内，他们无法受到诗性灵感的凭附，锡德尼关于灵感的讨论集中于第一类和第三类诗人。这两类诗人既互不相同，又有分有合，他们的边界颇有些模糊。在锡德尼看来，虽然第一类神学诗人所处理的主题是最高贵的，但是 "真正的诗人" 却更具包容性，涵盖所有 "可然的和当然的事物"（13）。"真正的诗人" 的范围不只是超出而是包含神学诗人，锡德尼声称，前者对其伟大主题的思考

1　详见 A. C. Hamilton, "Sidney's Idea of the 'Right Poet,'" p.52。
2　详见柏拉图《理想国》，第二、十卷。
3　圣詹姆斯（St. James），即圣雅阁，耶稣十二门徒之一。"永不捐弃人类的慰藉"，指神给人带来的慰藉，即神永不捐弃人类。
4　详见柏拉图《理想国》，第十卷。

在"神性"上并不亚于后者。因此，两者之间的区分虽说好像确立了虚构诗歌的独立地位，摒弃了薄伽丘等辩护者强调诗歌和神学之间相似性的做法，但事实上并非如初看上去那么确切。正如马克所言，锡德尼区分两者的最终目的，就是要把神学诗人的所有权利都赋予"真正的诗人"，并且在划分部分结束时在他们之间建立认同。[1]

关于在这两类诗人的艺术创作过程中灵感究竟扮演何种角色这一问题，锡德尼没有断然反驳或全盘否定柏拉图的思想。他显然相信诗歌是灵感的结果，是一种"神赐的礼物"，不过他把柏拉图意义上的神性灵感的直接作用仅仅限制在第一类圣诗的书写中，如神圣大卫创作的《诗篇》。大卫、所罗门、摩西、《约伯记》的作者均可被称为"瓦底士"，柏拉图对灵感的解释适用于这类人的写作，他们受到诗神的凭附，"没有一个恭敬圣灵的人会菲薄这些"（12）。在锡德尼看来，第一类诗人"可以被恰当地称为先知"（13），但是他们所获得的这种神性灵感并没有作用于第三类诗人，后者是真正的创造者，其诗歌必须全然是人所创造的。锡德尼的这种认识与他赋予诗歌的功能相关，他致力于复兴诗歌，目的不是为那令人沉迷而又渴望的过去唱一曲挽歌，而是把诗歌视为社会和政治变革的工具。他认为这项任务太过重大，不能仰赖缪斯女神那些"顽童"，他们带来的灵感难以预测而又无法操控，真的是任由其一时的心血来潮。

既然锡德尼认为"真正的诗人"没有受到缪斯女神的凭附，那么理所当然的结果就应该是他对"诗性灵感"持否定态度，但事实上他又不止一次地肯定"神的气息"（a divine breath）的作用，而在其他地方又表示自己无法赞同柏拉图的主张。这种似是而非的态度多少有些不太寻常，使得锡德尼关于诗性灵感的言论初看起来似乎比较混乱，令人困惑，仿

---

[1] Michael Mack, *Sidney's Poetics: Imitating Creation*, p.47.

佛他本人对此问题尚无明确主张。面对《为诗辩护》在诗性灵感问题上貌似自相矛盾的言论，研究者众说纷纭。比如，对于作为神性先知的诗人（也就是受到诗神凭附的"瓦底士"）和作为创造者的诗人，邓肯-琼斯等学者认为锡德尼的思想中存在某种难以调和的矛盾，比如，他拒绝接受有关灵感的文学传统，而备受他赞美的大卫的《诗篇》却是这种传统中的最佳典范。维纳对这种矛盾的解决方法是把被区分的两类诗人又重新联系在一起。[1] 莫尔从另一个角度切入，提出锡德尼亲历宗教改革时期有关圣灵的辩论，《为诗辩护》是他在这之后所写的一个神学文本，作者为所有具有预言性的诗歌辩护，就灵感而言，第一和第三类诗人并无区别，不同的只是他们的主题。[2] 亨尼格虽然恰如其分地把《为诗辩护》放置在宗教改革时期特有的语境中来讨论，即人们对诗歌在归正会（Reformed Church）中的地位莫衷一是，但是他忽视了获得神性灵感的"瓦底士"和具有创造力的诗人之间的区别，这迫使他不得不在两者中进行调和，其结果是人们难以理解为什么锡德尼声称"瓦底士"是最高贵的一类诗人。[3]

如果我们理解锡德尼所说的"恰当的灵感"的深意，就会发现他在灵感问题上仿佛显而易见的自相矛盾其实在更深层次上是前后一致的。虽然十六世纪新柏拉图主义诗学的"神赋灵感"学说已被普遍接受，但是锡德尼对此始终持保留态度。他在柏拉图关于缪斯女神的思想和基督教上帝对诗人的影响之间做出了明确区分，前者从外部把灵感赐予诗人，剥夺其理性，抑制其才智，使之处于迷狂状态，而后者在他看来则把人的先天能

---

[1] 详见Katherine Duncan-Jones and Jan A. Van Dorsten, eds. *A Defence of Poetry*, in *Miscellaneous Prose of Sir Philip Sidney*, p.188; Andrew D. Weiner, "Moving and Teaching: Sidney's *Defence of Poesie* as a Protestant Poetic," pp.91-112。

[2] 详见Roger E. Moore, "Sir Philip Sidney's Defense of Prophesying," pp.35-62。

[3] 详见S. K. Heniger, Jr., *Sidney and Spenser: The Poet as Maker*, ch.5。

力提升到一个更高的程度。[1] 锡德尼所指的"恰当的灵感"正是来自基督教上帝。起初基督教诗人反对缪斯女神，目的只不过是为了表明教会的思想一贯正确，反对是一种姿态，可是反对之声越大，说服力就越小。锡德尼巧妙地避开这一争论，强调"人的才智"来源于基督教上帝，它对"真正的诗人"发挥作用，使其受到完全不同于"神赋迷狂"的"恰当的灵感"的作用。"真正的诗人"由于受到基督教上帝的神性影响，仿佛感受到"神的气息"（11），"为自己的创新气魄所鼓舞"（10），凭借包括创造力、创新能力等在内的自己的才智完成其作品。这类诗人"带来他自己的东西，他不是从事情中获取他的构思，而是虚构出事情来表达他的构思"（37—38），他创作的所有内容都是出自他自己的才智。柏拉图把诗歌视为远远超出人的才智，是神赋灵感作用的结果，锡德尼以这种方式对此予以否定，由此可见，他是何等彻底地改变了斯卡利杰《诗学》中的三分法。"真正的诗人"不属于柏拉图攻击的对象，不同于他所指的蹩脚画家，而是那种高明的画家，他们"只服从才智而非律法，通过色彩给你最适合鉴赏的事物"（13）。

　　锡德尼"恰当的灵感"的概念与他个人的宗教信仰有着密切的关系。他是第一代"清教徒"，日后那些苛刻的清规戒律彼时尚未确立，其宗教精神的气质和维度很可能受到菲利普·杜普莱西·莫奈的《基督教真理》的影响。[2] 莫奈是一位受柏拉图思想影响的新教徒，卑微、虔敬，他学识渊博、文笔流畅，宣称激发他写作此书的，是世界之华美，人工之天成，还有人类思想之广博。与此类似，锡德尼在自己的作品中同样不时流露对那妙不可言、亘古未变的美的狂热爱恋，认为此种美唯有虔诚的信徒用其

1　详见 J. W. H. Atkins, *English Literary Criticism: The Renascence*, p.116。
2　锡德尼曾尝试把此书从法文翻译成英文，但是仅译完前几章后就奔赴荷兰并战死疆场，后来亚瑟·戈尔丁（Arthur Golding, 1536—1606）接替完成了全书的翻译和出版。详见 Geoffrey Shepherd, "Notes," p.227。

"心眼"方可一睹真容，可是周遭堕落的世界与之相距甚远。锡德尼的性格、生活方式乃至诗学理论，无不源自这种对现实和理想之间不一致性的深刻感受，而这也是生活在漫长中世纪的英国人的普遍感受。[1]这种感受在锡德尼身上还引发了忧郁和清静无为的情绪，使他相信在这个堕落的世界里人们只能看见完美留下的阴影，而茫然不知完美本身为何物，又是如何构成的。[2]他相信大地之美，诚然美不胜收，但若将它置于那完美的天国中，这一切又是多么微不足道，被尘世中人"过度深爱"（10）。这种认识如幽灵一般出没于锡德尼的生活和作品中，如在他著名的十四行诗《远离我，哦，爱终将跌入尘埃》中，在阿卡迪亚人们呼吸的空气中，我们都可以与之不期而遇。

锡德尼的诗学理论受到上述个人的宗教信仰和精神气质的影响，同时又与其政治理念高度一致。他认为宗教的目的超越所有人间的学问，诗歌只不过是人类技艺的最高形式，但真正的宗教证明了诗歌存在的合法性。不仅如此，诗歌也是一种能为神圣目的所用的技艺，大卫的《诗篇》和所罗门的《雅歌》就是典型的例子，"其中没有肮脏之物的《圣经》也有整个的部分是诗的，而就是我们的救世主耶稣也甘愿用它的精华"（38）。尽管锡德尼相信诗歌应该能够在新教联盟中发挥积极的作用，但是他坚信它不可以进入宗教的超自然领域。对于新教徒而言，渴望理解神性形式（celestial forms）如同侵犯令人敬畏的神本身，是不可接受的。在诗人这方面，诗性迷狂是狂妄放肆的，如果他胆敢声称自己拥有专属于上帝的那种独一无二的创造力，那么他无异于是在冒犯上帝，是在傲慢地与其在尘世间的代理"自然"一比高低。诗性迷狂还把读者提升到超出人类知识可接受的范围，这无疑对其构成了危险的诱惑。

---

1 详见 Geoffrey Shepherd, "Introduction," p.27。
2 从朗盖写给锡德尼的书信中我们可以看到，前者不时为后者深感忧虑。

锡德尼深信有必要为终有一死的诗人设定边界。这即使不是知识的边界，至少也应是其宏图大志的边界，他相信凡人本就不应僭越神之所以为神的领地。[1]虽然锡德尼希望诗歌能够感动人，使人拥有德行，但是它不能为人提供救赎，诗人不能取代圣子或神灵的角色。除此之外，诗人还受到神学禁令之外的因素的制约，他的感官是属于人的而非神的，受到人的条件的限制，其头脑虽然能够思考，但其活动应局限于人"自己才智的黄道带"之内（10），人不能超越于这个范围而试图在上帝的家园最高天里自由遨游。诗歌必须全然是人创造的作品，必须在人有限的才智范围之内引发完全属于人类的经验。因此，锡德尼放弃对流传久远的诗性迷狂的极端信仰，与柏拉图保持了一定的距离。他用不容置疑的口吻指出，柏拉图"归之于诗的比我自己还多：就是认为诗是一种神力的感染，远远超过了人的才智"（50）。这里的"神力"自然是缪斯女神，而就其神圣影响的本质而言，锡德尼没有给出任何论证，只是不无冒犯地解释道："这种论证会少有人理解，而且更加会少有人同意。"（12）

锡德尼在否认"真正的诗人"会获得外部神力时已远远地走在了同时代人的前面。"E. K."声称诗歌是一种有价值而又值得歌颂的艺术，同时又由于担心有人会从贺拉斯的意义上把他所说的"艺术"理解为诗人掌握一定规则后所拥有的某种技艺，他小心翼翼地修正道，诗歌"或者说不是一种艺术，而是一种神性直觉和天堂般的本能，它们不是从苦学苦练中得来，虽然两者都能使之增色。它来自某种神赋迷狂，来自天国的灵感注入人的才智"[2]。这里缪斯女神的作用是显而易见的，我们从中仿佛听到《伊安篇》和《斐德若篇》的回音。又如，斯宾塞在《仙后》第六卷的序言中祈祷，恳求那些"居于帕纳塞斯山"的"神圣顽童"（即缪斯女神）能够

---

1 详见 S. K. Heninger, Jr., *Sidney and Spenser: The Poet as Maker*, p.235。
2 转引自 Ibid., p.234。

光顾他，唯有他们才能把"神赋迷狂"注入"终有一死的凡人的心田"。加布里埃尔·哈维一眼就瞥见了斯宾塞的正统诗学，他在赞美《仙后》的诗歌中开篇就写道：

在你的新作中我一眼就瞥见
神赋迷狂令你的心田成沃土。[1]

这里至少诗人看起来像一个受到诗性灵感凭附的歌手，而他的诗歌带有传统意义上的神性意味。与此相比，乔治·查普曼（George Chapman, 1559—1634）的灵感论有所不同，他在为自己翻译的《奥德赛》所写的书信体献词中区分了两种诗性迷狂：

在诗歌中有两种迷狂……一种是癫狂，这是一种精神病症，也就是一种疯狂，染此病者被抛出人的整个范围之外……另一种是神赋迷狂，这是一种合理而又神性上健康的状态……一种是直接由上帝注入的完美状态，另一种则是出自人本身的传染病，它隐晦曲折而又堕落下贱。[2]

查普曼在这里赞同的依然是传统意义上的灵感。锡德尼有别于上述诸君，作为一名批评家，他认为诗歌创作是一种人类活动，旨在通过艺术规则和高超的才智达到卓越的目的。诗歌是某种与生俱来的思想产物，只有在这个意义上诗歌才是"神赐的礼物"，因为它归属于个人天赋的范畴。诗歌不是仅仅靠掌握技艺或者拥有关于艺术规则的知识就可以得来，拥有

---

[1] S. K. Heninger, Jr., *Sidney and Spenser: The Poet as Maker*, p.235. 关于锡德尼和斯宾塞在这一问题上的异同，详见 Louise Schleiner, "Spenser and Sidney on the *Vaticinium*," pp.129–145。

[2] George Chapman, *The Poems of George Chapman*, p.408.

一种诗性的禀赋是先决条件，只有在这个前提下学习技艺才是有意义的。[1] 总之，锡德尼既无法赞同柏拉图把诗人仅仅当作"容器"的主张，又没有全盘否定他关于灵感的思想，而是竭力用理性的词语来定义诗歌，强调诗人在创作过程中在有意识的状态下发挥个人的创造性才智。他对灵感的区分使得《为诗辩护》中一些貌似显而易见的自相矛盾得以消解，同时正如新历史批评家辛菲尔德所说，也为大量世俗诗歌的合法性得到辩护。[2]

三

锡德尼依据早期现代人们可以接受的观念构建了诗人可与上帝媲美的"神性"。我们将从"摹仿"的概念出发，通过他关于艺术和自然的关系及艺术理念的思想，来对此进行探讨。锡德尼根据亚里士多德的理论提出，诗歌从本质上来说是一种"摹仿"的艺术，明确表示"没有一种传授给人类的技艺不是以自然的作品为其主要对象的。没有大自然，它们就不存在，而它们是如此依靠它，以至于它们似乎是大自然所要演出的戏剧中的演员"（9）。易言之，在他的眼中，所有的艺术都是一种对自然的摹仿，没有一种艺术不是从自然中获取其精神和原则的，本身既不是自然的作品，也不以成为某种作品为目的的艺术乃为子虚乌有。关于"什么是自然"这一问题，锡德尼在新柏拉图主义传统的思想背景下形成了一种颇为繁复的认识，他所指的"自然"绝非"大自然"或"本质"这类词可以涵盖。[3] 根据这种传统，借用麦克因泰尔的表述，新柏拉图主义者"把诗歌

---

[1] 锡德尼对这个问题的看法与朗吉努斯的认识一致，而与贺拉斯略有不同。关于朗吉努斯的相关思想，详见本论著附录二《论朗吉努斯〈论崇高〉中关于艺术家的思想》。

[2] 详见 Alan Sinfield, "Sidney and Du Bartas," p.9。在对锡德尼进行研究的新历史主义批评者当中，辛菲尔德无疑是最具影响力的人物，不过近年来他的许多观点几乎都招致围攻。

[3] 在"艺术是对自然的摹仿"的古典传统中，关于"自然"（对应于英语中"nature"）一词，Arthur O. Lovejoy 和 George Boas 在 *Primitivism and Related Ideas in Antiquity* 中列出了多达三十四种含义，并且指出了这种分类尚未穷尽其所有含义。

对可能存在的对象的揭示与神圣理念的超验性联系在一起"[1]。这里"可能存在的对象"即指"内在的真实",它存在于一个超验世界里。艺术家要摹仿的不是外部自然,也不是经验事实,而是通过自己的思想把握到的"内在的真实",锡德尼所指的"自然"在一种程度上就是这种"内在的真实"。

鉴于"自然"的上述含义,锡德尼继承了新柏拉图主义传统中的"摹仿"概念。亚里士多德传统要求艺术家摹仿现象世界,认为真实存在于自然中,并且通过自然得以揭示;新柏拉图主义传统则引导艺术家鄙视对经验事实的忠实摹仿。[2] 柏拉图一方面跟亚里士多德一样,认为诗歌是一种摹仿性艺术,而且摹仿的对象是诗人可能虚构的影像,是虚构的;另一方面,他绝不会赞同亚氏所说的摹仿可以揭示真实。他在《理想国》第十卷中声称:"自荷马以来,所有的诗人都只是美德或自己制造的其他东西的影像的摹仿者,他们完全不知道真实。"[3] 他指出,诗人对自然的摹仿会被人误以为是实物。与柏拉图的看法相反,在新柏拉图主义思想中,这些影像等同于神圣理念,因此,诗歌可以揭示真实。锡德尼继承了新柏拉图主义传统的基督教形式,相信亚里士多德传统中所指的自然业已堕落,摹仿它只能让人束缚于堕落的世界。他认为"真正的诗人"的摹仿绝不像柏拉图攻击诗人时所说的那样,只是镜像式地反映事物的外表而远离真实。在他区分的三类诗人中,柏拉图的指控既不适用于前两类,也不适用于第三类"真正的诗人",因为他们摹仿的是一种虚构,其作品不会被认为是对某种东西的摹仿,也不应被视为如此。简言之,他们不是通过复制自然来达到摹仿的目的,而是在创造另一个自然。

诗人在创造"另一个自然"时无须受制于自然。各学科的从业者,如

---

[1] 详见John P. McIntyre, "Sidney's 'Golden World'," pp.359–360。

[2] 详见A. C. Hamilton, "Sidney's Idea of the 'Right Poet'," p.55。

[3] 柏拉图《理想国》,第396页。

天文学家、物理学家、哲学家、历史家等等，都有一块属于自己的领域，都受到研究范围的束缚。对于这些拘泥于某一范围的学科，锡德尼就其弊端举例详加说明，例如，历史家"如此局限于事物的特殊真实，而不知事物的一般真实"（18），他们的著作"由于被一个愚蠢世界的真实所束缚，常常鉴戒善行而鼓励放肆的邪恶"（26）。锡德尼在对各学科的比较中阐明，唯有"真正的诗人"能够挣脱此类约束：

> 只有诗人，不屑为这种服从所束缚，为自己的创新气魄所鼓舞，在其造出比自然所产生的更好的事物中，或者完全崭新的、自然中所从来没有的形象中，如那些英雄、半神、独眼巨人、怪兽、复仇神等等，实际上，升入了另一个自然，因而他与自然携手并进，不局限于它的赐予所许可的狭窄范围，而自由地在自己才智的黄道带中遨游。（9）

"真正的诗人"享有超拔于这个堕落世界的绝对自由，能够挣脱愚蠢世界的束缚，与"自然携手并进"，"升入了另一个自然"。为了教育和愉悦而摹仿，他进行摹仿，"却不是搬借过去、现在或将来实际存在的东西，而是在渊博见识的控制之下进入那神明的思考（divine consideration），思考那可然的和当然的事物"（13）。我们可以从中清晰地听到亚里士多德《诗学》中相关思想的遥远回响："诗人的职责不在于描述已经发生的事，而在于描述可能发生的事，即根据可然或必然的原则可能发生的事。"[1] 不过，锡德尼在其中加入了"渊博见识""神明的思考"等基督教元素。假如诗人"搬借过去、现在或将来实际存在的东西"，描绘它们的表面，就算其中包含不存在的事物，那么实际上他仍然是受制于"堕落的世界"。锡德尼声称诗人摹仿的是"那可然的和当然的事物"，这就表明诗人已超

---

[1] 亚里士多德《诗学》，第81页。

脱于这个世界，可以根据自己的理念创造出"金的世界"，它不同于上帝创造的"铜的世界"，也不是对此的简单摹仿：

> 自然从未以如此华丽的挂毯来装饰大地，如种种诗人所曾做过的；也未曾以那种悦人的河流、果实累累的树木、香气四溢的花朵，以及别的足使这为人过度深爱的大地更为可爱的东西。她的世界是铜的，而只有诗人才给予我们金的世界。（10）

由于锡德尼在以上几段引文中的措辞与斯卡利杰在《诗学》中的表述极为相似，特别是两人都把人类的技艺比作在大自然上演的戏剧中的演员，麦瑞克由此得出结论，说锡德尼的思想都来自斯卡利杰，而阐述则完全是他自己的。[1] 其实，两者之间的差别是本质性的。斯卡利杰的表述大致是这样的：所有其他的艺术和学科在涉及上帝创造的事物时，都只是表现它们本来的样子，而诗人却让自己创作出来的形象比事物本来存在的状态更美好，同时还呈现出原本不存在的事物。诗歌艺术不像其他艺术那样好似一个演员在叙述，而是像另一个上帝在创造事物本身。[2] 斯卡利杰的意图是为了表明诗人仿佛就像上帝一样，能够如此精美绝伦地创造。我们如果把他与锡德尼进行比较，就会发现两人持有的观念有所不同。在斯卡利杰的认识中，诗人仍然是受制于——而不是超脱于——"堕落的世界"，因为他并没有摹仿"那可然的和当然的事物"。锡德尼提出自然的"世界是铜的，而只有诗人才给予我们金的世界"，这种认识高度是斯卡利杰所无法企及的。概言之，在锡德尼的眼中，"摹仿"不是对现实简单的复制或再现，而是"真正的诗人"的主观创造，是一种提升过程。诗人创

---

[1] 详见 K. O. Myrick, *Sir Philip Sidney as a Literary Craftsman*, p.33。

[2] 详见 Julius Caesar Scaliger, "Poetics," p.157。

造的世界为"另一个自然",其中既有自然的成分,又有诗人个人才智的成分。

锡德尼所指的"真正的诗人"就像另一个上帝一样,在创造之前拥有某种理念。根据柏拉图的思想,理念独立存在,造物主依据它们用先前存在的材料创造世界,而诗人只能摹仿表象,与真理或理念隔着两层。锡德尼对此并没有全然否定,不过,他巧妙地对诗人进行划分,使得柏拉图所指的诗人只对应于其中的第一类和第二类。他们必须以那些令人感到棘手的材料为基础进行创造,由于缺少理念,只能或者像第一类诗人那样"让自己沉醉于赞美",或者像第二类诗人那样屈从于材料。[1] 在他的划分中的第三类诗人是柏拉图无法辨认的,因为柏拉图否认诗人对理念有任何感知能力,而锡德尼却悄然构建了一类新的诗人,也就是"真正的诗人",理念就潜藏于他们自身。锡德尼指出,"诗人通过把理念如他想象的那样,如此杰出地传达出来,表明他拥有理念是不言而喻的"(11)。这类"真正的诗人"能够像上帝一样,不仅从"无"中创造出"有",而且无须"借搬过去、现在或将来实际存在的东西"(13)。

然而,这种"理念"有别于柏拉图意义上的理念,为了探究其深意,我们有必要先来查看与之有着密切关联性的第三类诗人的创作过程。在锡德尼关于诗性创造的理论中,从诗人最初感知自然,到最终创作出"另一个自然",包括两个阶段。第一个阶段是从人的感官对外部世界的感觉中抽象出概念。关于这一过程是如何发生的,锡德尼的思考虽然与斯卡利杰有关,但更与当时人文主义探索的新动向相关,尤其得益于同时代的先进思想。在文艺复兴时期,由于人们对人的认识发生了变化,人自身被视为人类学问研究的适当对象,包括历史或社会中的人、独处中的人等等。这

---

[1] 关于柏拉图的造物主与锡德尼划分中的第一、二类诗人的对比,详见 A. C. Hamilton, "Sidney's Idea of the 'Right Poet,'" p.54。

种新的人文主义探索动向使人的思维过程成为一个前所未有的重要研究领域，人们对思维过程、大脑分析、传记和自传表现出空前的兴趣。法国人查理·德·博维耶（Charles de Bovelles，1475—1566）对在人的头脑中概念的形成过程做出了极具洞察力的分析，提出知识是一种活动，思维产生其自身的知识种类，反映整个感官世界，而且还创造出上帝所造事物的意象，其创造方式正如上帝的创造物本身是上帝知识的意象一样。博维耶关于人创造自身沉思形式的思想，与锡德尼关于诗人创造"另一个自然"的思想有极大的相似性。当然，博维耶的思想在当时并非具有特别的独创性，从佛罗伦萨的新柏拉图主义者及中世纪圣奥古斯丁的思想中，特别是在方济会士的著作当中，我们都可以发现类似的认识。[1]

较之博维耶，人文主义者、自然哲学家奇洛拉莫·弗拉卡斯托罗对人的大脑的分析对锡德尼产生了更直接的影响。弗拉卡斯托罗遵循亚里士多德传统，认为知识来自人的感官对外部世界的感觉，人的大脑在这些感觉的基础上形成意象，即外部事物的"表象"，它们拥有一种独立存在。对于那些不能直接感受到的事物，大脑正是从这些感官意象中形成"第二和抽象概念"，这样一个人在处理独立的对象时，就仿佛无论是在地点、主题或别的方面，它都是和其他东西联系在一起的。在这个意义上，"第二和抽象概念"处于所有独立对象的背后，与柏拉图的"理念"颇为类似。尽管锡德尼关于摹仿的思想在本质上属于亚里士多德传统，但其中不可避免地涉及柏拉图关于理想形式的概念。事实上，对于绝大多数文艺复兴时期的理论家而言，普遍性概念本身就意味着柏拉图的理念论。然而，"第二和抽象概念"来自感官意象，也就是间接地来自感官对象，它与柏拉图的"理念"迥然有别。

第二个阶段是从"第二和抽象概念"转化成"画面"，诗人再通过语

---

[1] 详见 Geoffrey Shepherd, "Introduction," p.23。

言来摹仿这幅"画面"(而不是"第二自然"的"铜的世界"),最后创作出"有声画"。"有声画"是锡德尼诗歌定义中的一个关键词,留待下一章中专门探讨,此处仅论及第二个阶段的过程。锡德尼对此的思考明显包含亚里士多德传统的元素,他认为人的才智使人能够通过想象力从概念材料中构建出"新形式",而这些概念材料是事先从感觉或者感观印象中抽象而出的。从定义上来说,概念具有普遍性,高于"自然带来的事物"[1]。锡德尼的"新形式"在自然中从未存在过,是特别不自然的,它们来自人的思想活动本身,而不是外部世界。由于所有的思想都始于感觉和概念,而它们来自自然,因此,诗人有必要"与自然携手共进",在超越其自然感觉限度之后,他便能"在自己才智的黄道带中"自由地遨游,正如莎士比亚在《仲夏夜之梦》中用形象化的诗歌语言所表达的那样,"诗人的眼睛在神奇狂放的一转中,便能从天上看到地下,从地下看到天上。想象会把不知名的事物用一种形式呈现出来,诗人的笔再使它们具有如实的形象,空虚的无物也会有居处和名字"[2]。锡德尼对诗人"给予我们金的世界"的坚定信念,与他坚信概念化过程的重要性密切相关,包括想象力、判断力、理性在内的诗人的个人才智在这个过程中起到重要的作用。

锡德尼的"新形式"就是"有声画"中的那幅"画面"。柏拉图和亚里士多德各自在解释摹仿论时,都采用了颇具深意的意象,锡德尼也不例外,在《为诗辩护》中反复使用绘画的比喻,把诗歌称为一幅"有声画"。尽管柏拉图也把诗歌比喻成绘画,但由于他所用的镜像自然隐含幻觉的意味,因而他的绘画意象仿佛是写实意义上的,或者说是一种照相式的,只能再现事物的表面。相比之下,锡德尼追随亚里士多德,把绘画视为一种观点,用以表达对世界的解释。"有声画"表明诗歌和绘画是姊妹

---

[1] Forrest G. Robinson, "Introduction," p.14.
[2] 莎士比亚《仲夏夜之梦》,第180页。

艺术，在再现自然方面有异曲同工之妙，两者都传递了一种关于普遍性真实的思想。"有声画"中的那幅"画面"，首先存在于诗人头脑中，也就是锡德尼所谓的"理念或事先的设想"（idea or fore-conceit）。

四

锡德尼的"理念或事先的设想"既是一个具有普遍性的概念，又是一个含义异常繁复的精神对象。它不纯粹是柏拉图主义的"理念"，也不同于前文所述的"第二和抽象概念"，尽管初看起来它与这两者都不无相似之处。他借用了柏拉图"理念"这一概念，但巧妙地"篡改"了原有的含义，融入相关的基督教元素，以凸显诗人与柏拉图灵感论中不一样的"神性"。和锡德尼的许多其他概念一样，他关于理念的思想有着诸多来源，反映出他强大的吸收、同化及创新能力。

锡德尼关于理念的概念与十六世纪普遍存在的知识氛围密切相关，其中较为显著的是佛罗伦萨的新柏拉图主义思想。多位新柏拉图主义者都对艺术家的理念及其在艺术创作过程中的作用进行过阐述，比如，乔瓦尼·皮科·德拉·米兰多拉（Giovanni Pico della Mirandola，1463—1494）认为，"导致艺术和才智运行的每一种原因，首先都包含它期望产生的形式。柏拉图主义者称这种形式为理念或典范……它通常比得以实现的状态更为完美和真实"。这种思想并不鲜见，费奇诺也表示："美是没有形式的，在原初的概念和最后的形式之间，存在密切的对应关系。"[1] 当时在哲学家中间流行的一种观念认为，人具备关于普遍性概念的知识，有能力接近上帝借以创造世界的模式和存在于"所有第二自然之作"（即具体事物）背后的理念；诗人在创作时像上帝一样，用具有普遍性的概念，而不是具

---

[1] 转引自 Geoffrey Shepherd, "Notes," p.158。

体的外部对象,作为他的范本。

锡德尼很可能是因为翻译菲利普·杜普莱西·莫奈的著作《基督教真理》而对此有深入了解。莫奈遵循自柏拉图以来形成的西方传统,认为上帝创造了"逻各斯"。该词有时被译为道或语言,有时也被译为理性,无论哪种译法,其中心含义都是说上帝通过相同的语言或道创造了世界。莫奈指出,人的理性以同样的方式创造词语和进行表达:"人拥有双重语言,一种存在于思想中,被称为内在语言,我们在把它说出来之前就已经完成了对它的构想;另一种是它的有声形象,被称为有声语言,由我们的双唇说出。"[1] 莫奈进一步提出,诗人就像匠人,"他通过在头脑中先期构想的模式来创作,那个模式就是他的内在词语,上帝就是这样通过他说出的语言以及他内在的技巧或艺术,来创造他的世界以及那里的万事万物"[2]。我们几乎可以肯定地说,由于翻译莫奈著作的缘故,锡德尼大体熟悉并部分接受了这些思想。

除了上述思想氛围之外,在聚焦锡德尼关于理念的思想之前,我们还有必要阐述相关的风格主义绘画理论,以洞悉十六世纪后半叶他们共同面临的任务以及其解决之道。[3] 锡德尼对当时欧洲文学、绘画等领域最先进的思想了然于胸,事实上,他部分参与和引领了其形成。他关于理念的思想与风格主义的绘画理论颇为相似,两者之间存在一种平行关系,正如西

---

[1] 转引自 Forrest G. Robinson, "Introduction," p.17。

[2] Ibid.

[3] 在西方艺术史中,风格主义画派盛行于十六世纪后半叶,这一时期通常被称为"巴洛克早期"(Early Baroque),其文化意识特征表现为革命性和传统性并存。如果说文艺复兴时期的思想者决意无条件地与中世纪决裂,那么巴洛克早期的思想者则完全不同,他们既想延续又想超越文艺复兴时期。这一时期至少存在三个既相互对立又彼此交叉的主要绘画艺术流派:其一以拉斐尔为代表,尝试延续古典风格;其二以柯勒乔和其他意大利北方画家为主,注重色彩和光线的效果;其三为风格主义画派,试图以相反的方式突破古典风格,对造型(plastic form)进行修正和重组。第一个流派相对温和,第二和第三与之相比较为极端。详见 Erwin Panofsky, *Idea: A Concept in Art History*, pp.71–72。

普赫德所言,"锡德尼关于诗歌的理论不是直接来源于风格主义的绘画理论,而是恰好与此重合"[1]。因此,风格主义的绘画理论或将有助于我们认识锡德尼的相关思想。

风格主义画派的理论家在探索过程中,与现代诗学的创始人斯卡利杰、卡斯特尔维屈罗等人几乎在同一条道路上并肩前行。他们发现眼前出现了一个隐秘的"深渊",此前一直不为人所知,现在需要借助各种哲学猜想来将它填满。这是一个关于艺术家思想的问题,即在艺术创作过程中,思想与自然之间是一种什么关系?在艺术家的头脑中,他将要创作的艺术作品的概念来自何方?对于这类问题,乔治·瓦萨里(Giorgio Vasari, 1511—1574)在《画家、雕塑家和建筑师生平》中表达了他的看法。就总体理论态度而言,他十分怀旧,但是在一定程度上又受到新的风格主义艺术理论的影响。尽管他在著作中只是陈述了当下艺术理论的实际状况,没有提供哲学分析,更没有得出什么结论,但是他的认识对于我们理解风格主义画派关于"理念"的理论具有一定的启发意义。瓦萨里首创了术语"设计的艺术"(*Arti del disegno*),并将其作为自己著名传记集里的指导性概念。[2] 他把艺术作品的"设计"(*disegno*)定义为一种存在于头脑中的"意象"(*concetto*)的视觉表达,但同时也表示,后者本身来自对特定视觉对象的观察,即"意象"不只是来源于"理念"。他指出:

---

[1] Geoffrey Shepherd, "Notes," p.158. 在十六世纪七十年代,锡德尼对绘画的兴趣使他与风格主义画家有所接触。该画派的代表性人物费德里科·朱卡利在佛罗伦萨服务于美迪奇家族,1575年应莱斯特伯爵之邀访问英国,并为他和伊丽莎白女王绘制肖像,在英期间交往的人仅限于伯爵及其集团成员。他是宗教改革之后到访英国的第一位意大利画家。详见 Graham Parry, "Review on Elizabeth Goldring's *Robert Dudley, Earl of Leicester, and the World of Elizabethan Art*," p.131。

[2] 1563年,理论上的这种变化在制度上得到体现。在瓦萨里的个人影响下,佛罗伦萨的画家、雕塑家和建筑师断绝了先前与工匠行会的联系,首次成立了一所艺术学院(Accadémies des Desegno [设计学院]),它日后成了意大利和其他国家类似机构的样板。详见保罗·奥斯卡·克利斯特勒《文艺复兴时期的思想与艺术》,第216页。

> 设计是三种艺术之父……它从诸多事物中得出具有普遍性的判断：自然中所有事物的形式或理念在比例上都非常有规律。因此，设计承认不仅在人类和动物的躯体中，而且也在植物、建筑、雕塑、绘画中，都存在全体与部分之间以及部分相互之间的比例。由于从这种承认中油然而生一种判断，它在头脑中形成日后被称作设计的东西，我们可以得出结论，这种设计就是一个人对其在智力上拥有、在头脑中想象、在理念上建构的概念的一种视觉表达和说明。[1]

上述引文表明，理念不只是以经验为先决条件，实际上是从经验中得来的；理念不仅可以与对真实的观察结合起来，而且其本身就是对真实的观察。人的思想活动能够从群体中选择个体，然后把不同个体的选择综合成一个全新的选择，这种活动使得理念变得明晰且更具有普遍性。鉴于柏拉图、普罗提诺等人关于理念的思想，瓦萨里的解释相当于根据理念的本质和功能对其进行了重新界定。理念不再是先验地存在于艺术家的头脑中，而是后验地由其本人提供，其角色发生了变化，与由感官获得的真实之间形成了一种派生关系。理念自此不再预先存在于艺术家的灵魂之中，更不是其"先天"拥有的，而是"进入"人的头脑，从现实中"派生"而出。[2] 瓦萨里把获得理念的可能性建立在以下推理的基础上：由于在组成方面自然本身是如此有规律和前后一致，人们可以从部分得知全部。不言而明的是，艺术家通过观察而获得的理念，同时能够揭示"根据法则进行创造的自然"的真实目的。"主体"和"客体"、思想和自然之间并不存在一种彼此对立或敌对的关系；相反，理念出自经验，必然与经验对应，前者可以补充或者替代后者。然而，后来的艺术家对瓦萨里的观点僵硬地进行概念化，在某些方面甚或退回到中世纪关于艺术作品本质的概念中。他

---

[1] 转引自 Erwin Panofsky, *Idea: A Concept in Art History*, pp.61-62。

[2] 对此的论述，详见 Ibid., pp.60-63。

们赞美"设计",称之为思想的"生命力之光"和"内眼",把建筑、雕塑和绘画局限于在外部世界技术性地呈现头脑中的某种"设计"。

瓦萨里在上述解释中虽然指出了"理念"是由艺术家本人提供,但是并没有明确地指出他们如何做到这一点,而风格主义者认为,"理念"或"意象"绝不可能是纯粹主观性或心理性的。于是,第一次出现了这样的问题:在人的头脑中,如何才能形成一种既非简单地从自然中获得,又非完全由人自身创造的概念?易言之,它与人的思想和自然两者均有关系,部分为人所创造,部分以某种方式来自自然,由此最终引申出关于艺术创作的可能性的问题。实际上,问题的提出本身就表明,一种新的艺术理论正在形成,它似乎暗示艺术家的思想本身具有一种概念化能力。潘诺夫斯基指出,

> 思想的独立概念化方式,竟然敢于怀疑"规则"的无条件有效性和从自然中得来的印象的绝对权威性,以致最终削弱了文艺复兴时期艺术理论的基石。这种概念化方式把艺术再现解释为精神概念的视觉表达,甚至期望创造一种不是来自《圣经》、诗歌或者历史传统,而是出自艺术家本人思想的全新绘画内容。尽管如此,它依然呼唤艺术创作的普适性法则和标准。[1]

归根结底,这是一个有关艺术家主体性的问题。上述所指的"思想的独立概念化方式"对文艺复兴时期盛行的艺术理论提出了挑战,这必然使人们认识到长期以来被视为理所当然的关系现在变得问题重重,人们不得不思考如下问题:在思想与自然之间,也就是人的思想与人的感官获得的真实感觉之间,到底是一种什么关系?对此的思考使得艺术理论领域出现

---

[1] Erwin Panofsky, *Idea: A Concept in Art History*, pp.82-83.

了一种转向，一直被遮蔽的思想与自然之间的沟壑，此时赫然出现在艺术理论家面前，他们觉得有必要提出某种思想来使之弥合。由于这个缘故，十六世纪中期之后出现的艺术理论都带有一种证明理论自身合法性的新特色。

艺术理论家在面对上述新任务时转向形而上学，希望用它来证明艺术家的内在概念具有一种超越主体的作用。和现代诗学的创始人一样，他们发现，想要解决面临的问题，求助于形而上学是唯一出路。在此之前，他们只需要回答有关艺术家如何正确再现事物和美的问题，现在还需要回答一个新问题：艺术再现——特别是美的再现——如何才是可能的？为了回答这个新问题，他们调动了所有潜在资源，其中主要有中世纪经院主义哲学中的亚里士多德传统和十五世纪的新柏拉图主义传统。在这些传统中，关于理念的理论处于相关艺术理论的中心位置，艺术理论家需要用它来解决当下面临的双重任务，既使艺术理论关注到原来并不尖锐的问题，同时又指明解决问题的路径。潘诺夫斯基指出，在风格主义出现之前，在艺术理论中理念的概念并不显得特别重要，充其量只不过是有助于遮蔽思想与自然之间存在的沟壑；而现在它强有力地突出了艺术人格，即艺术家的主体性，直指存在于主体与客体之间的问题。尽管它把曾经秘而不宣的沟壑揭示出来，但同时重新解释"理念"原初的形而上学含义，使填补弥合沟壑成为可能，因为新含义在一个更高的超验层面消融了主客体之间的对立。[1]

风格主义画派的两位重要画家和理论家——乔安·保罗·拉玛佐（Gian Paolo Lomazzo, 1538—1592）和费德里科·朱卡利（Federico Zuccari, 1540/1541—1609）代表了十六世纪末和十七世纪初绘画领域内的先进思想，为英国知识界所熟知。尽管两人关于理念的思想略有差异，

---

[1] 详见 Erwin Panofsky, *Idea: A Concept in Art History*, pp.83-84。

但是一致认为对于艺术家的所有创作对象而言，其理念是具有约束性的原则，只有当他的感觉能够帮助他体现理念时，他才能不受感官印象的束缚。[1] 拉玛佐和朱卡利很细致地把感官印象、理念与艺术家的思维过程联系起来，其中朱卡利在思想上与锡德尼尤为接近，他以独特的方式对"艺术再现如何才是可能的"这一问题做出了回答。关于艺术创作的一项公认原则，就是艺术家要在艺术作品中揭示的内容首先必须出现在其思想中，朱卡利从这一前提出发，细察了"内在理念"的来源及其效用。根据他的定义，"内在理念"又被称为"内在设计"（disegno interno）或者"理念"（idea），是一个精神概念，形成于人的思想中，能够使人清晰地认识事物。朱卡利在探讨过程中排除使用"理念"的任何神学表达形式，就像一名画家在与同行对话。他认为"内在设计"（或"理念"）完全独立于绘画行为本身，在艺术家提起画笔之前就出现在其头脑中。与"内在设计"对应的，是"外部设计"（disegno esterno），即艺术的实际再现形式。至于为什么"内在设计"会在艺术家的头脑中产生，原因就是上帝赋予了人这种能力，人的理念只能是神性思想的一朵火花。简言之，在他看来，是上帝把人提升到能够拥有"内在设想"或"理念"的高度。

具体而言，朱卡利的"理念"有三层含义。其一，它是内在于上帝才智中的原始意象，他据此来创造世界。这层含义与阿奎那《神学大全》中的著名定义一致。其二，它是内在于天使的关于尘世对象的意象。由于天使是一种纯粹精神性的存在，没有感官知觉，但又必须跟尘世对象打交道，特别是充当某些人物或地方的守护者角色，因此，上帝赋他们这种意象。其三，它是存在于人的思想中的概念，不同于上帝和天使的理念，是个人化的，而且并不独立于人的感官知觉。[2] 由此可见，这里"理念"的

---

[1] Geoffrey Shepherd, "Introduction," p.64.

[2] 详见 Erwin Panofsky, *Idea: A Concept in Art History*, p.86。

第三层含义与柏拉图所指的"理念"之间存在明显的不同。朱卡利认为人的"理念"不失为一种证据,证明人具有像上帝那样的本质,能够创造一个可理知的、堪与自然相媲美的全新宇宙。他指出:

> 万能的上帝,所有事物的第一动因,为了外在的行动,有必要观看和注视内在设计,他在其中感知他仅凭一瞥所创造的、正在创造的、将要创造的以及能够创造的万事万物……为了微型地表现神圣艺术的高超,他依据自己的形象创造了人,其灵魂是不可腐蚀的,因为是由非物质组成的,人拥有才智和意志,他可以借此脱颖而出,统治世界上除天使之外的所有生灵,他几乎成了第二个上帝。上帝还希望赋予他在自身之内形成理念的能力,以便他能知道所有被创造出来的生灵,在自身之内构建一个新世界,在精神上拥有和享受在外部自然中享受和统治的对象,内在地占有和享受它们。不仅如此,由于拥有这种设计,他几乎是在摹仿上帝,并与自然竞争,能够制造与自然物相像的数量无穷的人造物,通过绘画和雕塑的方式在大地上创造一个我们可以看见的新天堂。然而,在形成这个内在设计时,人与上帝迥然不同:上帝拥有一个独一无二的设计,在物质上更为完美,包含所有并非有别于他的对象,因为所有在上帝之中的对象就是上帝。可是,人在其自身中形成各种各样的设计,与其构想的不同事物对应。因此,人的设计是一种偶然,而且来源更为低下,也就是说,它们来源于感官。[1]

对于文艺复兴早期和盛期的理论家而言,自然是所有美的终极来源,而对于风格主义者而言,美具有一定的神秘主义色彩,它从上帝的思想直

---

1 转引自 Erwin Panofsky, *Idea: A Concept in Art History*, pp.87–88。

接进入人的思想中,独立于人的感官印象而存在。上帝创造的人因拥有才智和意志而几乎就像第二个上帝,人被赋予了形成理念的能力。理念存在于艺术家头脑中,是他们创作的艺术作品中所有美的来源,涵盖所有的感官印象。艺术家为外部世界绘制图画的能力,除了有助于为其理念找到外部表达形式之外,全然无足轻重。拉玛佐和朱卡利都敷衍地把艺术定义为对自然的摹仿,其他的风格主义者也不例外。比如,阿门黎里(Armenini,?—?)声称"我嘲笑那些认为每件自然物均无不可的人",拉玛佐则详细阐述了必须"更正"的自然的"错误"。与他们相比,路德维克·多尔斯(Lodovico Dolce,1508—1568)的表达更显谦恭,他于1550年在威尼斯写道:"画家不仅要努力复制自然,而且要超越它。我是说超越自然的一个部分,因为自然总体上是不可思议的。当画家成功地在一个躯体上揭示美的所有完美之处时,他便超越了自然,因为自然甚至无法在一千个躯体上把它们全然揭示出来。"[1] 尽管如此,拉玛佐和朱卡利两人的思想都带有一定的经院主义哲学色彩,他们都相信事物在以行动的方式存在之前都以潜能的形式存在,艺术和自然都依据同样的原则运行,它们不仅需要服从某种法则,而且受到某种才智(intellect)的制约,即艺术受制于人的才智,自然受制于神的才智。他们在此强调存在于艺术家思想中的理念,它构成摹仿的适当对象。[2]

简言之,一方面,所有的认知都始于感官,在这个程度上,画家与自然携手并进;另一方面,艺术家还拥有一种天赋能力,能够在自身内部形成另一个自然,他就像上帝一样是一位创造者,最终通过在他的才智的范围之内形成另一个更完美的世界——它正是艺术家所要摹仿的对象——而超越外部真实。

---

[1] Erwin Panofsky, *Idea: A Concept in Art History*, pp.81-82.

[2] 详见 Anthony Blunt, *Artistic Theory in Italy: 1450-1600*, pp.140-141。

五

锡德尼关于理念的思想与上述风格主义绘画理论颇为相似。在前述文化氛围中，他逐渐形成了他关于理念的认识，而对于任何新柏拉图主义思想，他都根据自己的英国式学术养成和新教信仰予以必要的修订。他很谨慎地把诗人与上帝进行比较，认为上帝拥有第一创造力，创造了包括人在内的自然，自然反过来又拥有第二创造力。人能够在头脑中微型再现上帝的创造活动，因为他拥有才智。诗人创作时并不是像"构造空中楼阁的人所做的那样"，完全无所凭依，而是像上帝创造世界时有其理念一样，也有着自己的"理念或事先的设想"："不要让这一点被玩笑般地来对待，因为这一个的作品是实在的，另一个的作品是摹仿的、虚构的；因为任何懂得这事的人都知道，每个技工的技能就在于对于作品的理念或事先的设想，而不在于其作品本身。"（11）锡德尼把诗人与上帝进行类比，不是因为两者创造出来的结果相似，也不是因为自然的铜的世界与诗人的金的世界之间可能存在相似性，其背后的原因诚如乌尔莱西所言，是"两者的创造性活动本身是相似的"，他们的创造过程是一致的。[1]

对于锡德尼而言，"理念或事先的设想"意味着明晰的概念，与他赋予诗歌的功能直接相关。它是一首诗的概念结构，在诗人落笔之前即已在其思想中形成，这是诗歌创作过程中最为重要的一个环节。尽管"事先的设想"显而易见属于诗人的构思，但是在锡德尼的时代人们无法简单地用修辞诗学（rhetorical poetics）的术语来对此进行解释。根据修辞学传统，构思或者"设想"对于形成一篇杰出的演讲举足轻重，它在整个过程中必须先于其他阶段出现。锡德尼加上前缀"事先的"（fore-），表明诗人的设想甚至在修辞过程的第一阶段之前就已存在。他声称诗人"不是从事情中取得他的构思，而是虚构出事情来表达他的构思"（37），即不是简单地从

---

[1] John C. Ulreich, Jr., "Poets Only Deliver: Sidney's Conception of Mimesis," p.76.

外部自然中得到概念，而是在头脑中形成理想的概念，然后把它们呈现在自己虚构的具体人物和事件中。[1] 锡德尼的诗人在构思时不是依赖传统的帮助，而是遵循上帝的方法，从"无"中生出能够呈现其"理念或事先的设想"的"有"。只有当诗人开始写作之前就在思想中拥有"理念或事先的设想"，比如关于善、恶或者激情等的概念，它才可能出现在诗歌中，否则他写下的诗歌只不过是一堆带有节奏的词语，几乎没有什么内在的理性。锡德尼批评同时代英国诗人的一个主要原因，就是在绝大多数英国诗歌中缺少这种清晰可见的"事先的设想"，如果把这些诗歌改写成散文，读者很容易发现它们缺少一种强有力的核心概念，这说明多数诗人"在开头并没有安排结尾"（55）。这样的诗歌必然缺乏内在逻辑性，难以承担引导、说服读者的重任，因此，锡德尼提出在诗人落笔之前，在他的脑海中就应该出现清晰明了的相关逻辑计划。[2] 读者在阅读一首诗歌时与诗人创作时经历的过程恰好相反，诗人唯有把词语与精准构想的思维模式结合在一起时，才有可能使已完成的诗歌同样清晰地呈现其内在逻辑性，从而达到教育和愉悦的目的。

诗人像上帝一样依凭具有普遍性的概念来创造，而不是以某些外在的、独特的对象为他的模型。上帝根据某种模式创造世界和理念（或第一自然），这些理念存在于"第二自然所有作品"的具体对象背后；人凭借对普遍概念的知识可以接近上帝的模式，也就是上文拉玛佐和朱卡利所说的那种"秩序法则"。就像匠人一样，诗人同样依据某种模式创造他的作品，这种模式就是事先浮现在他的头脑里的内在语言，上帝用那种内在语

---

1 托马斯·威尔逊在《修辞的艺术》中有类似的论述。他按照亚里士多德把修辞与"或然性思考"（probabilistic thinking）联系在一起的做法，把"找到恰当的事情"，也即构思，定义为"寻找真实的事物，或者很有可能发生的事物，它们可以合理地呈现一件事，使之看上去很有可能发生"。详见 Michael Mack, *Sidney's Poetics: Imitating Creation*, p.37.
2 锡德尼对这类诗歌提出批评的原因是诗人没有真切明了的"事先的设想"，关于导致这一点的原因，涉及另一个重要话题，即在摹仿过程中英国诗人如何保持其主体性的问题，详见本论著第六章。

言创造世界及其上的万事万物,就像使用其内在技巧或技艺一样。诗人如果能够把他的理念翻译成诗歌语言,就能创作出一个道德典范,它高于外部世界中的具体或特殊对象,正如色诺芬创作的居鲁士不是生活中某个具体的公正君王,而是展现理想君王所有美德的一个典范:它"不但造出了一个居鲁士——这不过是个个别的功绩,如大自然可以做到的,而且给予世界一个居鲁士以造出许多个居鲁士"(11)。与此类似,诗歌中的人间伊甸园、理想君王等超越自然的现象,诚如艾布拉姆斯所言,不是摹仿上帝创造的世界的结果,而是"由诗人自己建构的一个第二超自然"[1]。

锡德尼相信对自然的摹仿只能让人束缚于堕落的"铜的世界",诗人创造的是"金的世界"。根据《创世记》,上帝在完成创造世界时发现自己所创造的是一个好的世界,于是就依据自己的形象创造了人,后来人和世界都堕落了,原初的美德只留下了一些残迹。由于人类的堕落,存在于"第二自然"中所有事物都受到损害,周围世界的不完美一望而知,诗人在诗歌里充分揭示了这一点。柏拉图在《蒂迈欧篇》(*Timaeus*)中给出了类似的解释:造物主根据神性理念创造了宇宙,这个宇宙原本是完好无缺的,可是它只不过是一个复制品,与理念之间存在距离,况且随后开始堕落,离至善愈来愈远。柏拉图和正统基督教徒都相信,人可以从其不完美的状态中提升而起,抵达天国的完美状态。柏拉图思想和犹太基督教教义之间的一致性由此可见。在伊丽莎白时期,这种一致性最生动地体现在锡德尼的新柏拉图主义思想中,构成了《为诗辩护》中的一项最具生命力的原则:诗歌是人类试图超越堕落的自我进而抵达完美状态的一种努力。[2] 宇宙是上帝神圣智慧的产物,诗人的目的最终就是对此加以证实。

锡德尼呼唤的理想存在于诗人创造的"另一个世界"中的那些"可然的和当然的事物"当中,它们比在自然中的对象即"第二自然"更为真

---

[1] M. H. Abrams, *The Mirror and the Lamp: Romantic Theory and the Critical Tradition*, p.274.

[2] 关于伊丽莎白时期锡德尼和其他英国诗人对这一问题的思考,详见 E. M. W. Tillyard, *The Elizabethan World Picture*, ch.3.

实，是一个"金的世界"。锡德尼指出，在诗歌中诗人"以神的气息产生了远远超过自然所做出的东西……因为我们善于思考的头脑使我们知道了至善，而我们被污染了的意志却使我们达不到它"（11—12）。柏拉图（或普罗提诺）与《创世记》在此合二为一，诗人因"神的气息"而获得一种与来自缪斯的"神赋迷狂"不一样的神性，"至善"的概念来自柏拉图，而"善于思考的头脑"（erected wit）和"被污染了的意志"（infected will）等对《创世记》的指涉更是一目了然。"至善"既是柏拉图的"善"，也是基督教的伊甸园，而亚当的堕落揭示了创造物与柏拉图式理念之间的距离。诗人凭借像上帝一样的智力活动，在诗歌中揭示了上帝的第一创造中原本拥有的完美。在诗人的作品中读者所应看到的"金的世界"，与上文所指艺术家摹仿的超验概念是同样的。在早期现代欧洲，如斯迪尔曼宣称的那样，锡德尼第一次重新把文学作品称为一个微观世界。[1] 诗人的"理念或事先的设想"让他得以挣脱自然的束缚，被提升至"第二个上帝"的位置，锡德尼由此赋予了诗人与柏拉图灵感论中不一样的"神性"。

身为新教徒的锡德尼当然不是借此否定或贬低上帝的存在，真实情况恰恰相反。虽然与中世纪相比，文艺复兴时期的思想更以人为中心，也更世俗化，但是其宗教色彩却并不一定输给中世纪。[2] 这一时期文学理论的发展未曾，也不可能突破宗教的框架。锡德尼指出，人的创造过程表明他在所有第二自然的作品中占有主导地位，诗人个人智慧的作用由他自己的活动来定义，他"以神的气息产生了远远超过自然所做出的东西"（11）。不仅人的创造可以与上帝的创造媲美，而且人能够创造出超出自然的作品。正如前文拉玛佐所说，人可以"更正"自然的"错误"，借用钱锺书先生的话来说，这就是"人出于天，故人之补天，即天之假手自补"[3]。根

---

[1] 详见 Robert E. Stillman, "The Scope of Sidney's 'Defence of Poesy': The New Hermeneutic and Early Modern Poetics," p.372。

[2] 详见阿伦·布洛克《西方人文主义传统》，第32页。

[3] 钱锺书《谈艺录》，第61页。

据锡德尼的认识，诗人能够做到这一点，完全有赖于上帝的总体安排，其创造性力量就是出自上帝本身。因此，当锡德尼把超越自然的力量归于诗人时，他不承认自己是胆大妄为，而是在歌颂造物主："不要认为把人类才智的最高峰和自然的功能相衡是太狂妄的对比，还是歌颂那创造者的天上的创作者吧，他照着自己的形象造了人，就把他放在那第二自然的一切作品之外和之上。"（11）这是一种基督教人文主义思想，把人类的荣耀归属于上帝，明显不同于日后世俗人文主义将其完全归于人类本身。

概言之，锡德尼在《为诗辩护》中始终没有在十六世纪早期"*creare*"一词的意义上提出诗歌是某种创造，然而他明白无误地突出了诗人那种可与上帝媲美的创造性。诗人创造的"另一个自然"，是他有意识地适当运用包括想象力等在内的"人的才智"的产物，其动力不是像柏拉图灵感论所说的那样来自神赋迷狂。诗人创造的结果表明，他像上帝一样拥有"理念"。在锡德尼有关艺术创作过程及艺术理念的思想中，他强调诗人能够通过自己的"理念"理解上帝的神圣创造，采用与上帝在第一创造中相同的方式，创造出人间伊甸园。他把诗人与上帝进行类比，是因为两者的创造性活动本身是一致的。如果说柏拉图意义上处于神赋迷狂中的诗人在其表达中可以包含"不完美的真理"，那么拥有锡德尼意义上"神性"的诗人同样能够在其创造的另一个自然中揭示真理。锡德尼的思想中不仅包含亚里士多德传统和柏拉图传统中的相关元素，还融入了基督教元素，吸收了当时意大利的批评家斯卡利杰等人的思想[1]，成为同时代先进思想的一部分。

在锡德尼之后，他关于诗人"创造"的概念被普遍用于诗歌创作，对同时代及后来的诗人和批评家产生了重要影响。乔治·普特南姆于1589年出版了《英语诗歌的艺术》(*The Arte of English Poesie*)，在书中采用了有预兆性的"创造"一词。他开宗明义地指出：

---

[1] 除了本论著论及的斯卡利杰之外，斯宾格恩还特别提到了闵托诺，详见 J. E. Spingarn, *A History of Literary Criticism in the Renaissance*, p.171。

不夸张地说，诗人是一位创造者（maker）……正如我们（以一种相似的方式心怀敬意地）说，上帝无须为其神性想象而费尽周折，能够从无中生出整个世界……虽说如此，诗人仅靠自己的头脑便构想和创作出诗歌的形式和内容。这门技艺只有凭借神性直觉——柏拉图称之为"神性迷狂"——方能日臻完美……因而，不妨这样来看待诗人：如果他们能够自己构想并创造所有这些内容，而不服从事实的束缚……他们就是（以词语的形式）创造性的神（creating gods）。[1]

自此之后，正如艾布拉姆斯所言，意大利和英国的新柏拉图主义者让诗人像上帝一样具有创造性这一基本概念保存了下来："艺术家是一个像上帝一样的造物主，他创造了一个第二自然。"[2] 后来多恩、丹尼斯和蒲柏等英国诗人在论及诗歌创作时，都或多或少地使用"创造"一词。此外，锡德尼不仅为琼生提供了诗人和诗歌的定义，之后成了德莱顿文学思想的

---

[1] George Puttenham, "From *The Arte of English Poesie*," p.4. 对于该书的写作日期，学界至今尚无定论，但是几乎没有异议的是，无论是否早于锡德尼的《为诗辩护》，普氏都是用"创造"（create）来描写诗人创作的第一人。尽管如此，普氏未能从诗人与上帝的相似性中得出进一步结论。马克指出，虽然与普氏相比，锡德尼在词语的使用方面更显谦卑，但实际上远比他勇敢大胆。普氏把上帝跟诗人进行类比，目的只是为了描述什么是诗人所未曾做到的，即他没有像一位翻译一样复制；而锡德尼阐发了此种相似性带来的积极后果，让诗人在上帝的创造性力量中占有一席之地。详见 Michael Mack, *Sidney's Poetics: Imitating Creation*, pp.10-11。

[2] M. H. Abrams, *The Mirror and the Lamp: Romantic Theory and the Critical Tradition*, p.274. 艾布拉姆斯在此书中追溯了诗歌从被视为摹仿到被视为创造的历史，他提出，尽管根据浪漫主义的创作标准，锡德尼《为诗辩护》中的诗人还不够具有创造性，但其所作所为已超出了对自然的摹仿。艾氏发现镜和灯都不足以代表诗人创作时的思想特征，他必须为之另立一个范畴：诗歌是一个由诗人创造的"第二自然"，其创造行为类似于上帝创造世界。由于艾氏把创造力（power of creativity）等同于想象力（imagination），而后者在《为诗辩护》中是缺席的，锡德尼只谈论诗人的"才智"（wit），所以艾氏没有把锡德尼的理论当成诗性创造理论，他认为这种理论要到十八世纪才出现。然而，艾氏忽略了一个事实，即尽管"想象力"一词未在《为诗辩护》中出现，但是其含义已包含在十六世纪的"才智"一词中。对相关问题的讨论，详见 Ibid., pp.30-46; Michael Mack, *Sidney's Poetics: Imitating Creation*, "Introduction"。

祖先，而且他的理论被弥尔顿运用于自己最好的诗歌中。尤其值得注意的是，他们对诗人持有相同的认识，即他是一个创造者，类似于宇宙的神圣创造者。在整个十八世纪，学院派批评家尽管更看重欧陆同行的诗学思想，但是仍然不厌其烦地重申锡德尼的主张：诗人是创造者，诗歌是一种摹仿，是一种音乐或绘画性的艺术。即使是亨利·菲尔丁这样一位把小说看成戏仿生活的作家，也不时回望锡德尼在《为诗辩护》中阐述，在《阿卡迪亚》中艺术化演绎的诗歌定义。[1] 除英国诗人之外，在德国大诗人歌德的作品中，我们同样可以听到一个遥远的回响。歌德认为一部完美的艺术作品可以担得起与更好的自然并驾齐驱的名声，因为它既超越了自然又没有脱离自然：

> 一部完美的艺术作品是人的精神之作，在这个意义上，它也是自然的一个作品。但是由于它把分散的对象集中在一起，甚至把最平凡对象的意义和价值也吸纳其中，它因而超过了自然……真正的爱好者不仅看到被摹仿对象的真实性，而且看到了……小小艺术世界的超凡脱俗之处。[2]

《为诗辩护》自1580年前后问世以来，始终是文学批评史上最著名的文章之一，长盛不衰。文艺复兴早期的文学批评文章大多关注一些技术性问题，如"三一律"、韵律等，而《为诗辩护》无论是在主题上还是在处理方式上都远超同时代的作品。[3] 在欧洲文学批评史上第一次出现了一位英国人，他挣脱了早已了然于胸的欧陆传统，扩展了诗学理论探讨的范

---

1 详见 S. K. Heninger, Jr., *Sidney and Spenser: The Poet as Maker*, pp.227–228。

2 歌德《论文学艺术》，第43页。

3 由于锡德尼的贵族身份，他生前并不急于让自己的作品出版。《为诗辩护》问世之后以手稿形式在他周围的小圈子内流传，直到1595年方正式出版。

围，在他之后，英国传统逐渐得以形成。诗歌原本被视为神赋灵感的产物，锡德尼把它放置在人的才智范围之内，但是并没有把它降低为贺拉斯意义上通过训练即可获得的一种"技艺"。他强调作为主体的诗人的价值，以诗人有意识的创造性"神性"，取代其在柏拉图"灵感说"中享有的"容器"地位，最终把他提升至可与上帝相提并论的高度。锡德尼的认识极大地激发了日后出现的关于创造性想象的思想[1]，《为诗辩护》被当之无愧地称为"文艺复兴时期文学批评论著中最有胆识的一篇"。在锡德尼赋予诗人"神性"的同时，诗歌的定义也发生了革命性的变化，古已有之的概念被注入了全新的含义，正如我们将在下一章有关诗人的"有声画"中看到的一样。

---

[1] 关于锡德尼的认识与日后创造性想象之间的联系，详见 John O. Hayden, *Polerstar of the Ancients*, p.105; Ronald Levao, *Renaissance Minds and Their Fictions: Cusanus, Sidney, Shakespeare*, p.223。

第五章
诗人的"有声画"

诗,因此是个摹仿的艺术:正如亚里士多德用"mimesis"一词所称它的,这就是说,它是一种再现,一种仿造,或者一种采用形象的隐喻性表现。它是一幅有声画,目的在于教育和愉悦。

锡德尼《为诗辩护》

早期现代是西方文化在哲学、宗教、心理学等各个领域发生巨变的时代,锡德尼被认为在诗学领域发起了一场革命。在从新柏拉图主义美学到曙光初现的经验主义美学的根本性转向中,锡德尼彻底地修正了原有的诗学理论,是一名当仁不让的先锋。然而,他并没有完全与过去决裂,而是倡导一种融合性诗学,其中既保留传统成分,又包容创新。这种特质确保了诗学理论发展的延续性,他本人也因此成为英国和欧洲连接古今的人物。一方面,他的怀旧情绪一望而知,作为诗人、人文主义者和柏拉图主义者,他时常回望过往时代的诗学,那时诗歌的主题是天国之美,诗人的赞助者是缪斯女神。另一方面,作为一位注重实际事务的现代人、新教徒和早期的经验主义者,他引入了一种新诗学,创造性地转化了古已有之的概念,提出诗歌在本质上是一种创造意象的人类活动,把诗歌意象的感官吸引力引向"心眼"。这种观点为后来不仅面向"心眼"而且也面向"肉眼"（oculi corporals）写作的诗人铺平了道路，十六世纪九十年代的英国出现了令人始料未及的戏剧大繁荣局面。[1] "有声画"是锡德尼《为诗辩护》及其诗学中的一个核心概念，作者在其传统含义的基础上注入了新思想。

一

从广义上说，十六世纪初期的艺术理论仍然由新柏拉图主义美学思想所主导。十五世纪，在佛罗伦萨人费奇诺和兰迪诺的指导之下，这种从中世纪继承而来的理论得以复兴。该理论认为，诗人在创作过程中受到缪斯女神的指引，进入诗性迷狂状态，亲眼看见存在于超验理念王国的永恒真理。这些被称为"天国之美"的真理，通常像迷一样令人捉摸不透，诗人的任务就是要采用一种再现形式使之可被理解。[2] 幸运的是，诗人要完成这项任务有例可循，那就是神对宇宙的创造。在所有人当中诗人被认为最像上帝，因为他依据上帝本身创造宇宙的模式来进行创造。[3] 在柏拉图的《蒂迈欧篇》中，造物主在创造宇宙时以天国之美的理念为摹本，采用数学的方法对宇宙进行布局，使这种理念得以呈现，而《圣经》中基督教的上帝是根据数量、重量和分量来进行创造的。[4] 根据这种思想，我们周围的世界无处不以和谐比例显现着造物主用作摹本的天国之美，诗人在摹仿天国创造者的过程中，作为一项道德律令，在构建其虚构的宇宙时，必须

1　详见 S. K. Heninger, Jr., "Sidney's Pictures and the Theatre," p.399; "Speaking Pictures: Sidney's Rapproachement Between Poetry and Painting," p.15; C. S. Lewis, *English Literature in the Sixteenth Century: Excluding Drama*, p.1。

2　详见 S. K. Heninger, Jr., "Speaking Pictures: Sidney's Rapproachement Between Poetry and Painting," p.5。

3　详见 M. H. Abrams, *The Mirror and the Lamp: Romantic Theory and the Critical Tradition*, p.42。

4　详见本杰明·乔伊特评注《柏拉图著作集》（五），第338—415页；罗素《西方哲学史》（上卷），第189—196页。

时时遵循这种神性创造，把诗歌的世界与永恒不变的绝对本质王国联系起来；作为一项美学律令，为了使其作品在艺术上可被接受，必须使诗歌比例和谐以展现完美的宇宙。兰迪诺在论及这种诗学时指出："上帝是至高无上的诗人，世界是他的诗歌。正如上帝用数量、重量和分量来组织其创造，即作为其作品的可见和不可见的世界……诗人用音步的数量、长短音节的重量、公理和情绪的分量来创作他们的诗歌。"[1] 诗人必须像神一样根据音节的轻重、音步的数量等来创作。换言之，他必须用诗体写作，使作品富有音律和韵律，唯如此方能精确再现天国之美。[2]

在这种诗学中，就某种超验含义而言，诗歌的存在缘于其原创理念，也就是天国之美。这是一种虚无缥缈的非物质性存在，永存于柏拉图的本质世界或者基督教的天国，人可以通过和谐比例等数学方法来进行创造，使之显现于一种介于概念和认知之间的形式当中。[3] 在一首能够展现天国之美的诗歌当中，内容附属于形式，或者说，内容是形式的一种隐喻，是让人知晓形式的一种途径。在读者的阅读体验中，对主题的领悟只不过是理解和谐比例的一种途径，因为最终是由它来揭示形式的，而对内在形式的理解将使他意识到诗歌创作的原初理念。但丁的《神曲》正是展现天国之美的诗歌的代表，它是摹仿宇宙的杰作，以中世纪基督教化的托勒密宇宙结构为框架，描绘诗人历经地狱、炼狱和天堂，穿越宇宙空间，最终步入把自己引向上帝的旅程。诗歌包含三重境界，采用"三韵体"（terza rima），全诗的布局和结构匀称和谐，均衡有序，完全是建立在中世纪关于数字的神秘意义和象征性的概念之上。[4]

---

[1] 转引自Danilo Aguzzi-Barbagli, "Humanism and Poetics," p.94。

[2] S. K. Heninger, Jr., "Speaking Pictures: Sidney's Rapproachement Between Poetry and Painting," p.5.

[3] Ibid.

[4] 详见田德望《译本序》，第23页；胡家峦《历史的星空——英国文艺复兴时期诗歌与西方传统宇宙论》，第4—5页。

这种诗学带有明显的乐观主义色彩，诗人描写的和读者进入的都是一个金的世界。从诗人方面来说，他创作的诗歌总是以完美宇宙为摹本，而且总是反映天国之美的概念，无论其与尘世相距多么遥远。从读者方面来说，他从阅读中得到的体验正好与诗人"诗性迷狂"的创作过程平行而反向，借用兰迪诺的术语，它同样是一种"神赋迷狂"，它让读者因直接感受诗歌揭示的天国之美而进入狂喜状态。以下这段文字出自中世纪基督教作家圣皮尔·达米阿尼的著作《上帝与你同在》(*Dominus vobiscum*)，较为典型而又形象地再现了此种诗学：

> 多么美啊，当修道士夜间在他简陋的僧房里念赞美诗的时候，他真像上帝的军队里的一名哨兵。他沉思着在天空运行的星星，从他的口中有节奏地唱出赞美诗。星星的交替运行带来日夜的变化；他口中念出的一句句诗行像一股清泉；诗和天上的星星都以同样的运行奔向它们的目标。修士完成了他的任务，星星也完成了它的使命。一个在心灵里唱着赞歌，渴望不可企及的光辉，另一个则以和谐的节奏把白日的光辉再次送到人们的眼中。修士和星星都以不同的方式趋向他们的目的，他们都唱着上帝的仆人的颂歌。[1]

作为读者的修道士从他唱出的赞美诗中感知到天国的和谐，诗歌的节奏与星星的运行遥相呼应，他得以从中窥探天国的秘密。我们可以看出，他与新柏拉图主义诗学中的读者颇有类似之处。上述引文虽然没有称诗歌的作者为"上帝的仆人"，但是我们不难想象，诗人与星星、读者一样，以自己的方式走向并揭示天国之美。对于读者的狂喜状态，艾布拉姆斯曾提出过质疑："对于永恒不变的理念，人的世俗思想是一座不可信的仓库。它易受个人特质的影响，新柏拉图主义的内省带来的超理性狂喜，或许会

---

[1] 转引自欧金尼奥·加林《中世纪与文艺复兴》，第47—48页。

在不知不觉之后被更为世俗的情感所取代。"[1]诚然如此，只不过根据新柏拉图主义美学，此时读者既然像诗人一样处于"神赋迷狂"状态，其世俗的个人情感或许难以产生作用。

从上述引文中，我们可以看出新柏拉图主义诗学的基本特征。在这种诗学中，诗歌被比作音乐，两者均为宇宙和谐之音的回声。自古希腊时期开始，诗歌和音乐便因共同的形式属性而成为关系最为密切的姊妹艺术。对于古希腊人，mousike（诗乐）就包含了诗歌和音乐两种成分，相当于现代语言中的"歌曲"，里面既有文字又有曲调。我们在读到《伊利亚特》《奥德赛》等史诗时理所当然地把荷马看成诗人，但事实上在他所有的身份当中，他首先是一位音乐家。或者说，在古希腊人的认识中，音乐是诗歌中的一个重要组成部分，柏拉图甚至在《理想国》第十卷中指出，"这些音乐性的成分所造成的诗的魅力是巨大的"[2]。从诗行中去除韵律、音步和曲调等音乐性成分，就如同从绘画中剥离形状和颜色，剩下的将是平淡无奇的散文。这种诗乐水乳相融的传统，在中世纪基督教文化中以圣歌的形式发扬光大，在十六世纪达到顶峰，一种名为"小曲"（madrigal）的有趣形式融诗、乐于一体，成为文艺复兴时期特有的类型，正如在这一时期诗、画融合而成"寓意画"一样。在锡德尼的同时代人理查德·邦菲尔德看来，"音乐和甜美的诗歌是一致的"。乔治·普特南姆注意到，"诗歌是一种和谐地言说和书写的艺术：鉴于在其悦耳的声音中存在某种一致性，诗行和韵脚是一种音乐性的表达"[3]。在后来者约翰·弥尔顿眼中，"歌声和诗行"依然是"和谐的姊妹"[4]。

1　详见 M. H. Abrams, *The Mirror and the Lamp: Romantic Theory and the Critical Tradition*, p.44。
2　详见柏拉图《理想国》，第397页。
3　George Puttenham, "From *The Arte of English Poesie*," p.67.
4　详见 S. K. Heninger, Jr., "Sidney and Boethian Music," pp.37–46。关于西方古典传统中特别是文艺复兴时期诗歌与音乐的关系，详见 Bruce Pattison, *Music and Poetry of the English Renaissance*;

（转下页）

上述根深蒂固的新柏拉图主义诗学传统，对于文艺复兴时期的人文主义者而言，多少有些令人反感。原因并不难理解。中世纪后期和文艺复兴时期，数学取代逻辑学成为自然的语言，科学和技术大踏步前进，但是当时在艺术领域存在两种方向不同的思想倾向，令艺术家倍感困惑乃至挣扎。以绘画为例，一种是以达·芬奇为代表的倾向，他竭力证明绘画是一种科学，这种观点预示了日后伽利略的主张，即数学——唯有数学——能让思想抵达一种无可争辩的确定性。另一种倾向以阿格里帕为代表，他在1509年声称，绘画艺术的实践者同样拥有由神赋灵感引发的原创性，而这原本是佛罗伦萨学院新柏拉图主义者为诗人保留的特权。1514年丢勒在创作《忧郁之一》时，在科学真实和新柏拉图主义超理性的灵感之间挣扎，因为他既像达·芬奇和伽利略一样，相信唯有数学方能提供确定性，但又不得不急切地补充道，有许多东西是科学至今无法企及的。[1] 上述以达·芬奇为代表的倾向表明，一种较为微妙的转向正在发生，即调查和最终解释自然世界的恰当感官从"听"开始转向"视"。[2] 一些具有科学探索精神的人文主义者，希望在此世而非彼世的语境下思

（接上页）

"Literature and Music," pp.128-138; S. K. Heninger, Jr., *Sidney and Spenser: The Poet as Maker*, pp.80-91; Leslie C. Dunn, "Recent Studies in Poetry and Music of the English Renaissance (1986-2007)," pp.172-192.

1　Erwin Panofsky, "Artist, Scientist, Genius: Notes on the 'Renaissance-Dämmerung'," pp.173-179.
2　详见Forrest G. Robinson, *The Shape of Things Known: Sidney's Apology in Its Philosophical Tradition*, pp.8-9。这种转向与同一时期新教改革在基督教内部引发的范式转换完全相反，后者重新鉴定在基督徒的礼拜和祈祷中何种感官才应被置于首要地位。在新教改革运动中，耳朵与倾听的重要性被提升到了前所未有的高度，而眼睛则丧失了其在宗教活动中一度享有的特殊地位。马丁·路德认为，耳朵是基督徒唯一用得着的器官，"上帝的言说"通过耳朵才进入人的意识。这使原本被掩盖的"真相"，即人全然倚靠上帝，得以大白于天下。早于路德两个世纪之前的埃克哈特写道："倾听令人吐故纳新，目视则视劳神疲，即使惊鸿一瞥也无例外。故倾听之能所致永生福祉远胜目视之能。倾听永恒言说之能长于内敛，而目视之能则失之外逸；倾听则虚静，目视则躁动。福祉非来自个人行止，福祉源于人在上帝面前的无为……上帝在人的无为中方降下福祉。"详见迈尔斯《道成肉身：基督教思想史》，第318—319页。

考问题,许多工匠艺人,特别是画家和雕塑家,在创作时越来越多地依赖于眼睛观察到的东西,相信真实存在于物理世界,而不是天上的理念王国。随着经验主义开始在政治和宗教领域盛行,所有门类的艺术家都日益深刻地认识到,他们的作品有必要对感官发生作用。[1] 诗人们纷纷寻求一种新的诗学理论,它将证明诗人拥有合法权利去描写呈现于感官面前的对象,唯有如此,诗歌方能摆脱对绝对本质世界的依赖,诗人不用日复一日孜孜以求地去描绘天国的和谐比例,并最终能从那种枯燥重复的"劳作"中解放出来。

亚里士多德《诗学》中至关重要的"摹仿"概念为新诗学的出现预留了空间。在文艺复兴这个奇妙的时代,当亚氏的物理学在某种程度上受到人们的怀疑和挑战之际,他的《诗学》"却从故纸堆里走了出来,昂首阔步地迈进了学者的书房"[2]。此书于1498年首次从希腊文被译成拉丁文,为早期现代提供了唯一一套来自古典时期的完整文学理论体系,它把摹仿确立为艺术的根本目的。[3] 自从弗朗西斯科·罗伯特罗1548年出版《诗学》注释本以来,在诗学理论的讨论中,曾经长期缺席的亚氏日渐扮演重要角色,在卡斯特尔维屈罗和斯卡利杰的相关论著发表之后,更是成了主宰欧陆文学研究的主要力量。在十六世纪围绕《诗学》展开的激烈辩论中,对"摹仿"概念的解释成为关键问题。哈桑维指出:"文艺复兴时期,批评家对诗性摹仿的态度纷繁复杂,对此最好的进入方式,是勾勒他们对以下话题彼此矛盾的解读:亚氏依据被摹仿的主题、摹仿的方式和摹仿中使用的工具之间存在的不同,对他在诗歌中所发现的摹仿进行的分类。"[4]

1　详见S. K. Heninger, Jr., "Sidney's Speaking Pictures and the Theatre," p.396。

2　陈中梅《引言》,第13页。关于亚里士多德对早期现代诗学的影响,详见Bernard Weinberg, *History of Literary Criticism in the Italian Renaissance*, I, chs. 9–13。

3　详见Baxter Hathaway, *The Age of Criticism: The Late Renaissance in Italy*, p.6。

4　Ibid., p.23.

的确，亚氏赋予"摹仿"一词的含义相当模糊，这给后人留下了巨大的阐释空间。亚氏在《诗学》中开宗明义，指出诗歌是一种摹仿性艺术："史诗的编制，悲剧、喜剧、狄苏朗勃斯的编写以及绝大部分供阿洛斯和竖琴演奏的音乐，这一切总的说来都是摹仿。"[1] 关于悲剧的定义，亚氏指出："悲剧是对一个严肃、完整、有一定长度的行动的摹仿，它的媒介是经过'装饰'的语言，以不同的形式分别被用于剧的不同部分，它的摹仿方式是借助人物的行动，而不是叙述，通过引发怜悯和恐惧使这些情感得到疏泄。"[2] 从中可见，亚氏所指的摹仿是诗歌最重要的特征，摹仿的对象是行动中的人。亚氏从这一点引申出情节的概念："情节是对行动的摹仿，这里所说的'情节'指事件的组合。"[3] 这就是说，情节是把人的行动作为一个整体来展现的一系列事件。由于这些行动必须要由人来表现，随之而来的是关于人物的概念。然而，人的行动究竟是什么？诗歌用语言这种媒介又是如何进行摹仿的？对于这些问题，亚氏没有做出清晰的解释，他似乎只是暗示情节作为诗歌最重要的元素应当表现行动，而行动应当是"根据可然或必然的原则可能发生的事"[4]。亚氏尽管没有把真实发生的事件排除在诗性摹仿的对象之外，但是指出它们必须具有普遍意义，是根据可然或必然的原则可能发生的事件。这里无疑隐含了历史真实与诗性虚构之间的区别。

亚氏关于诗歌是一种摹仿性艺术的理论，对于正在出现的经验主义诗学，是一个事关本质的问题。关于亚氏所用的"摹仿"一词的确切含义，诗性虚构与客观真实之间的相互关系等问题，学者们争论不休，观点纷呈。他们试图澄清亚氏原本令人费解的观点，在此过程中大胆阐发新观

---

1 亚里士多德《诗学》，第27页。

2 同上，第63页。

3 同上，第63页。

4 同上，第81页。

点，最终达成了较为一致的认识：诗性摹仿的适当对象，不是诗人无法把握的形而上理念，如非物质性的天国之美，而是完全可以看得见的人的行动。他们认为，假如诗人不记录实际发生的历史事件，那么他的诗歌将没有事实基础，又由于他的诗歌是全然虚构的，与事实分离，那么"虚构性"也就带有"欺骗性"的含义。对这个问题最便捷的解决办法，就是诗人根据这一时期越来越引人注目的经验主义思想，把自己限制在实际观察到的对象上。以我们的后见之明而论，这种做法带来的问题就是它不可避免地导致了现实主义的出现，亚氏所说的诗歌应当摹仿行动中的人，很快就被转化成诗歌应当描写行动中的人。这里"摹仿"被改变成为"描写"，虽然只有一词之差，但是鉴于当时贺拉斯的《诗艺》对诗学理论产生的长期而深远的影响，此种解释很快就顺理成章地带来了如下结果：诗歌应当是对具体发生的行动的摹仿。[1] 对于十六世纪诗史的融合、诗史重要性的凸显等现象，我们都可以从这种观念中找到原因，更为重要的是，它的形成标志着诗学理论的一种转向：诗歌原来被视作一种有韵律的语言艺术，以其音律、韵律等回应并展现超验美的和谐比例，现在主要被看成一种描绘性的艺术，摹仿行动中的人。[2] 诗歌从一种形式艺术转化为一种描绘现象世界中的事物的画面性艺术。正如新型科学家把终极真理安置在物理世界的对象中，新的诗学把诗性世界与现象世界、虚构的世界与事实的世界联系在一起。在十六世纪初期，在艺术大家庭中，由于拥有共同的

---

[1] 对于类似的诗学问题，贺拉斯的《诗艺》比亚里士多德的《诗学》表现出更多的限制性。比如，亚氏在《诗学》第九章中谈到，有的悲剧除了使用一两个大家熟悉的人名外，其余的都取自虚构，有的甚至连一个这样的人名都没有，但仍然使人喜爱。因此，他提出"没有必要只从那些通常为悲剧提供情节的传统故事中寻找题材"。这表明亚氏认为悲剧的故事情节可以来自诗性虚构。对于这一问题，贺拉斯尽管承认采用虚构人物的可能性，但是坚信这样做将困难重重，强烈建议诗人"与其别出心裁写些人所不知、人所不曾用过的题材，不如把特洛亚的诗篇改编成戏剧"。详见亚里士多德《诗学》，第81页；贺拉斯《诗艺》，第132页。

[2] 详见 S. K. Heninger, Jr., "Sidney's Pictures and the Theatre," p.400。

形式属性，音乐与诗歌是关系最为紧密的姊妹艺术；到这个世纪后期，诗歌转而重新与绘画成为姊妹艺术。

音乐和绘画位置的置换是亚氏《诗学》"迈进学者的书房"带来的必然结果，而与此相关的是，锡德尼在诗歌的定义中把诗歌比喻成一幅"有声画"，这既非出于偶然，也非他随意而为。到十六世纪后半叶，"有声画"的概念被广泛用于艺术理论的讨论中，成为论者耳熟能详的术语，仿佛诗歌是"有声画"这一说法已成不言自明的真理。事实上，《为诗辩护》中的"有声画"概念与十六世纪后半叶诗学理论的变革密切相关，锡德尼在吸取传统元素的基础上，赋予了这一古老概念特有的现代含义。

二

"有声画"是一个历史悠久的概念，最早由古希腊家喻户晓的抒情诗和挽诗诗人赛门尼德（Simonides of Ceos，c.556—468BC）于公元前530年左右提出，后因普鲁塔克在《年轻人何以应该学诗》《雅典人在战争抑或在智慧方面更有名》《如何从友人当中分辨阿谀之徒》《道德论》《论荷马的生平和诗歌》等作品中反复使用而广为人知。[1] 普鲁塔克在《年轻人何以应该学诗》中对诗歌与绘画进行比较时，提到"有声画"的说法："年轻人开始踏入诗和戏剧的领域，要让他们保持稳重的态度，我们对诗艺有深入的看法，说它非常类似绘画，完全是摹仿的技艺和才华。不仅让他们知道一些老生常谈，像是'诗歌是有声画，绘画是无言诗'或者'诗中有画，画中有诗'。"[2] 就像亚里士多德在《诗学》中所做的一样，普鲁塔克进一步指出，生活中令人恶心、恐惧的动物或丑陋残破的面孔，呈现在艺术

---

[1] 钱锺书先生在《中国诗与中国画》中简要追溯了西方"有声画"的传统，但未提及普鲁塔克。详见《七缀集》，第6—7页。

[2] 普鲁塔克《道德论丛》，第34页。

中时却令人感到非常愉快，并且毫不吝啬地加以赞誉，"并非因为这是美丽的东西，而是出于所绘之物的惟妙惟肖"[1]。显然，这里给人带来愉悦的是艺术家精湛的技艺，倘若不是描绘得"惟妙惟肖"，那些丑陋的东西恐怕不会让人感到快乐。普鲁塔克强调诗歌类似绘画，两者都是摹仿性的，诗人的技艺是诗歌给人带来愉悦的重要原因。

普鲁塔克在《雅典人在战争抑或在智慧方面更有名》中多次提及"有声画"，竭力想说明诗人和画家两者都依赖于行动者，他所指的诗人实为历史家，诗歌实为历史。他指出，虽然雅典人以在哲学、艺术和文学上的成就而闻名于世，但是他们在军事上的功绩更加显赫。他强调，诗歌和绘画两者都是派生性的，诗人和画家在作品的主题方面往往有赖于伟大的行动者，如果没有行动者，就不会存在书写他们的作者："有人会为自己写出的作品感到骄傲，要是没有这些伟大的行动，文字的记录可以说一无是处。"[2] 伟大英雄的赫赫战功成就了历史家的名声，没有伯里克利、德摩斯梯尼、亚西比德等大英雄，修昔底德和克拉蒂帕斯将会被剔除出作家的行列。因此，普鲁塔克提出，正如演员必须忠于剧本，历史家的作用是尽可能忠实地记录别人的功勋，他们自己在此过程中也能获得某种高贵品质，也能分享应得的光彩和荣誉："双方都能蒙受其利，文字的著作所能产生的力量，像是透过一面镜子的反映将当事人的行为看得清清楚楚。"[3] 普鲁塔克把书写历史的作用与照镜子进行类别，是为了强调书写内容准确和完整的重要性。与此类似，他在谈论绘画时得出的结论是：一幅画无论多么栩栩如生，都是从属于它所描绘的真实对象，画家的判断无法与将领相提并论，图画中的胜利场面也不会比实情实景更加逼真和动人心魄。

1　普鲁塔克《道德论丛》，第34页。
2　同上，第803页。
3　同上，第804页。

正是在上述语境下，普鲁塔克再次对绘画和诗歌进行比较，充满敬意地引用他视为权威的赛门尼德：

> 赛门尼德曾经表示"绘画是无言诗，诗歌是有声画"（Poema loquens picture, picture tacitum poema debet esse）；画家的描绘和写生像是与参加的行动同时进行，文学的叙述和记载则是事过境迁以后的补充。画家运用色彩和构图而作者运用文字和语句，所要表达的主题并没有不同，差异之处在于临摹的材料和方法，然而两者依据的原则和目标可以说完全一致，给人影响最深刻的史家，对于史实的记载如同绘制一幅工笔画，能将行动和特性极其鲜明生动地呈现在众人的眼前。[1]

从上下文看，普鲁塔克所说的"绘画是无言诗，诗歌是有声画"为评价诗歌与绘画的互补性提供了一种固定的参照，虽说后来的诗学理论家经常为了各自不同的目的引用这一表述。普鲁塔克在引用赛门尼德所说的"诗歌"一词时，是把它视为一种对事件的记录，即"历史书写"或者"历史"。他把历史书写看成描绘一幅有关特定事件的准确画面，认为如果一个人能够用语言来呈现画面一般的生动效果，令人有身临其境之感，那么他就是一位成功的诗人。尽管"史笔善记事，画笔善状物"（《史画吟》），两者各有所长，但是普鲁塔克在此强调的是两者的相似性。正如亨尼格所说，他的真实意图是要贬低诗歌，表明诗歌与绘画一样是派生性的。[2] 因为他接着指出，"如果说拿画家来与将领较量没有什么意义，那么也不要拿历史家来与这些指挥官一比高下……文字本身不能创造出行

---

[1] 普鲁塔克《道德论丛》，第806页。

[2] 详见 S. K. Heninger, Jr., "Speaking Pictures: Sidney's Rapproachement Between Poetry and Painting," p.10。

为，唯有行为使得写出来的文字有阅读的价值"[1]。在普鲁塔克看来，诗歌不仅是派生性的，而且所描述和记载的对象都是具体历史事件，一幅画或者一首诗只不过是"无用的影子"，它们"的确在真实的事物"面前令人生厌。

普鲁塔克引用赛门尼德的语境后来被有意无意地遗忘了，到了十六世纪，诗学理论家用多种说法来对其理论进行补充，"historia"（历史）逐渐演变成"istoria"（历史画），进而转变成了带有虚构含义的叙述性"story"（故事）。随着这种传统的发展，诗歌成了一种对人类事务的叙述，诗人在叙述过程中必须浓墨重彩地描写细节，使诗歌像绘画一样呈现的内容给人逼真的错觉，让读者有身临其境之感。[2] 从某种程度上来说，普鲁塔克把诗歌推向了历史，推向了现实主义。

在讨论诗歌和绘画的关系时，诗学理论家越来越多地援引贺拉斯的"诗如画"（*ut pictura poesis*）概念，把它作为对普鲁塔克"绘画是无言诗，诗歌是有声画"理论的补充。事实上，对于两者的拉丁语表述形式，他们几乎同等熟悉。在《诗艺》临近结尾处，贺拉斯颇为轻描淡写地提出了"诗如画"的概念，他把诗歌作为一种描绘性艺术与绘画并列，深信就再现形象而言，诗歌可以像绘画一样获得高度成功，两者是姊妹艺术。不仅如此，诗歌自身也像绘画一样有高下之分："诗如画，有的要近看才看出它的美，有的要远看；有的放在暗处看最好，有的应放在明处看，不怕鉴赏家敏锐的挑剔；有的只能看一遍，有的百看不厌。"[3] 当然，贺拉斯在此

---

[1] 普鲁塔克《道德论丛》，第807—808页。

[2] 当然，日后诗歌和绘画之间的不同也受到关注，如在再现复杂的瞬间景象时，诗歌甚至历史都难以与绘画媲美，但是在描写事件或人物的行动过程方面，诗歌显然是绘画难以望其项背的，诚如莱辛所说，"生活高出图画有多么远，诗人在这里也就高出画家多么远"。详见莱辛《拉奥孔》，第83页。

[3] 贺拉斯《诗艺》，第142页。详见钱锺书《七缀集》，第6—7页；S. K. Heninger, Jr., "Sidney and Boethian Music," p.38。

用以比较的方式似乎略显偶然而琐碎，但是这里"诗如画"的概念隐含了一种诗歌判断标准，即一首诗歌的优劣要看它是否值得反复推敲，是否经得起以各种不同的标准来加以评判。然而，后人断章取义，把"诗如画"理解为"诗原通画"，仿佛苏轼《书鄢陵王主簿所画折枝二首（其一）》所谓："诗画本一律。"[1] 其实，假如要求一首诗歌就像一幅画一样逼真地反映生活，那么这对诗歌和绘画无疑在一定程度上都是一种限制，贺拉斯本人断无此意；可是到了十六世纪中叶，"诗如画"概念经常性地被人解读为一种律令：一首诗就像一幅画，应当提供一种真实地反映自然的准视觉形象。

当时人们广泛持有的一种绘画理论，从另一个角度给上述"诗如画"的观点提供了极大的支撑。文艺复兴时期绘画的代表人物莱昂·巴蒂斯塔·阿尔伯蒂在《画论》（*De Pictura*，1435）中提出，绘画是立足现实、通过对视觉的科学研究而建立起来的艺术。他推崇故事画，认为这种画是画家"最伟大、最尖端"（grandissima，summa）的作品。[2] 在这之后，一种同样依赖于"historia"概念的绘画理论开始流行。该理论把绘画看成一扇窗，透过它人们可以看到艺术家捕捉到的行动中的一个瞬间，它通常是连续性行动中一个有意味的瞬间，暗含此前和此后的行动，传递出整个事件的意义。画面中人物的姿势、表情可以表现出其究竟"意味着"什么，揭示他们的思想和情感。[3] 这种绘画理论推动了诗歌朝生动描写形象的方向发展，本·琼生对十六世纪末流行的做法概括如下："诗

---

1 详见钱锺书《七缀集》，第6页。

2 同上，第47页。

3 日后深信这一理论的人认为，一幅画只能画出整个故事里的一场情境，比如，莱辛就主张画家应当挑选全部"动作"中最耐人寻味和想象的"片刻"，即"最富于孕育性的那一顷刻，使得前前后后都可以从这一顷刻得到最清楚的理解"，千万别画故事"顶点"的情景。详见莱辛《拉奥孔》，第20、92页；钱锺书《七缀集》，第47页。一直到十九世纪，信奉这一理论的乃大有人在。

歌和绘画是本质相同的艺术，两者都致力于摹仿。普鲁塔克说得妙不可言：'绘画是无言诗，诗歌是有声画。'原因是它们两者都创造、虚构和塑造许多事物，而且使它们创造的一切都服务于自然。"[1] 在琼生看来，诗人就像画家，让自己的作品从属于自然，这里的"自然"并非十八世纪塞缪尔·约翰逊所指的"普遍自然"（general nature）或者"共通人性"（common humanity），而是如亨尼格所说，是"经验主义者用新近睁开的双眼看见的外部自然"[2]。

随之而来的问题是，如果诗人和画家让他们的作品从属于"外部自然"，那么其作品的价值必将受到怀疑。根据新柏拉图主义思想，用于思考的头脑高于作为感觉器官的肉眼，因为头脑通过智慧把人类与上帝联系在一起，头脑寻求看见的是真理，而不是有关自然现象，除非这些现象有助于人捕捉其背后的真实。这种思想的渊源可以追溯至柏拉图，他把整个世界分为现象世界和本质世界，对于只描写现象世界的绘画和诗歌，他表现出极大的不信任，认为它们并无多少价值可言。在整个中世纪，柏拉图的追随者也始终持有这种怀疑态度。比如，圣伊西多尔指出，"绘画呈现事物的表象，当这个表象被看见时，它把观者的头脑引向对原初事物的回忆"。这里绘画具有一种帮助人回忆的有限功能，但是它提供的是与原物看上去相似而不是相同的东西，他继而指出，"绘画几乎就像是虚构的，因为它提供的是仿造的形象，而不是真理"[3]。因此，绘画被认为是虚幻而带有欺骗性的，正如阿格里帕所言，"绘画欺骗视觉……使得画面上的东西看上去就好像是它们真实的样子"[4]。拉玛佐也承认，"画工的技术包括表

---

[1] Ben Jonson, *Timber, or Discoveries*, in *Works of Ben Jonson*, Vol.8, pp.609–610.

[2] S. K. Heninger, Jr., *Sidney and Spenser: The Poet as Maker*, p.109.

[3] 转引自 Ibid., p.101。

[4] Heinrich Cornelius Agrippa, *Of the Vanitie and Uncertaintie of Artes and Sciences: An Invective Declamation*, p.35.

现虚假的、欺骗性的而不是真实的画面"[1]。与此类似，纯粹描述性的诗歌也引起相同的怀疑。

然而，如果绘画能够表达抽象概念，可以被当成某种象征或语义符号，就像诗歌被视为寓言那样，那么情况将会大不相同，绘画将会被赋予某种目的和意义，进而保持其应有的尊严。自古典时期开始，绘画和诗歌就总是被实质性地联系在一起，柏拉图和亚里士多德不时对两者进行比较，除此之外，根据普林尼等作家留下的文字记载，画家也经常从文学作品中选择其创作主题。亨利·艾蒂安（Henri Estienne，1528—1598）在一篇序言中指出，在古希腊语中动词"γράφειν"同时具有"写"和"画"的含义，优秀的画家总是从杰出诗人的作品中选取绘画题材，欧弗拉诺尔的绘画和斐底阿斯的雕塑都取材于荷马描写宙斯的诗行。[2]拉玛佐持有类似的观点，为了证明绘画的合法性，他把它归为书写，指出书写无非就是一种白和黑两色的图画，绘画和诗歌均具有一种记忆和储藏文化的功能，难分伯仲。拉玛佐的依据主要有两类材料：其一是文艺复兴时期发现的内含表意文字的古典文本；其二是当时出版的有关古埃及象形文字的图书。这些材料都带有深受人文主义者喜爱的"学科大融合"[3]的典型特征，采用绘画和文字并用的形式来揭示远古时代的某种神秘学问。在新发现的古典文本中，绘画发挥和语言相同的功能，保存某一类型的文化在时间长河中积淀下来的智慧，同时自身也从中得到一种新含义，转变成为语义性媒介。绘画正是在此项功能中与诗歌最为接近，正如达·芬奇在回忆普鲁塔克时所言："绘画是有形但无声的诗歌，诗歌是有声但无形的画。这两种艺术你既可以称为诗歌，也可以称为绘画，它们在此互换感官，通过感官进入

---

[1] 转引自S. K. Heninger, Jr., *Sidney and Spenser: The Poet as Maker*, p.101。

[2] Ibid., pp.101-102.锡德尼与亨利·艾蒂安之间有通信往来，他很有可能熟悉这篇序言。

[3] 此处"大融合"的含义，可以参阅本论著绪言中关于消除学科隔离墙的论述。

心智层面。"[1]绘画和诗歌在面向心智的共同的目的中彼此交融，互换媒介，以至于出现绘画打动听觉、诗歌触动视觉的情况。绘画和诗歌携手并进，随之而来的最为丰硕的成果不是描摹事物，不是塑造形象，而是表达含义。[2]

对绘画的语义功能的进一步阐明得益于新柏拉图主义者对古典文本的解读和运用。十五世纪，费奇诺翻译了《赫尔墨斯全集》(*Corpus Hermeticum*，又称《秘文集》)，佛罗伦萨的新柏拉图主义者深为此书及其他古典文本中的象形文字所吸引，他们的解读在本质上与古希腊时期一致。古代的解读经由普罗提诺的著作保留至今，据称古埃及人能够自如地运用一种图像式象征主义，用物质对象的图像来表达抽象概念；如果图像被注入了象征品质，与之初次相遇的部分观者将会被其自然涌现的神光"照耀"，可以通过它们获得一种对神性理念的直觉性理解。[3]这表明在观者思想的视觉形式与事物的超验本质之间，那些抽象的意象架起了一座桥梁。有的研究者认为，象形文字可以被理解为外化的概念，是最高程度的沉思意象，来自创作者的主观内视(inner vision)世界，而又被转化为完美的客观视觉对象。[4]需要指出的是，图像的含义绝非对每个人都是清晰可见的，那些意象仅为人群中少数能够受到神光照耀者提供一种深刻的洞察力，唯有他们能够借此参透事物的本质。在新柏拉图主义者看来，理念及其内在的复杂关系，可以根据自身被构想时的视觉形式，通过象形文字这一媒介得以表达。这似乎表明观者能够在看到一幅图像的瞬间把握到它所蕴含的真理。象形文字把观者对它所要揭示的真理的理解与其外在客观

---

[1] Leonard da Vinci, *Paragone: A Comparison of the Arts*, p.58.

[2] 对这一问题较为细致的论述，详见 S. K. Heninger, Jr., *Sidney and Spenser: The Poet as Maker*, pp.101–103。

[3] 详见 Plotinus, *Enneads*, V, viii, 6。

[4] 详见 Forrest G. Robinson, *The Shape of Things Known: Sidney's Apology in Its Philosophical Tradition*, p.85。

形象联系了起来，从而使得消融心眼与肉眼之间的界限成为可能。这样传统上在头脑中方能一睹其真容的真理，可以在外部事物中得以窥见。[1]

十六世纪三十年代以一种较为成熟的面目出现的"寓意画"（emblem），正是诗歌和绘画交融的自然产物。"寓意画"既非诗歌，也非绘画，正如流行于十六世纪的"牧歌"（madrigal）是音乐和诗歌之间令人愉快的融合，它是诗歌和绘画之间完美的融合。"寓意画"的出现在一定程度上源于创作者受到古埃及象形文字的启发。文艺复兴时期《秘文集》非常流行，《霍拉波洛象形文字》（Hieroglyphics of Horapollo）又于1505年出版，在随后的两个世纪里，这两本书仿佛在世人面前呈现了一座古代意象的宝库，激发人们去创造一种新的象形符号。[2] 创作者为了提高表现力，不仅在隐喻层面上，而且也在物质层面上，以一种互补的方式，同时使用视觉元素和听觉元素，最终使得作品产生的含义大于两者简单的叠加。[3] 这种做法正如宋末诗人吴龙翰在为名画家杨公远自编诗集《野趣有声画》所作序言中指出的，是"画难画之景，以诗凑成；吟难吟之诗，以画补足"。[4] 寓意画在本质上与古埃及象形文字有着一致的语义功能，是绘画和诗歌交融的产物，从十六世纪中叶开始盛行于欧陆。[5]

需要指出的是，尽管"寓意画"很自然地会令人联想起有着悠久历史的"词语画"（word picture），但是两者之间有着明显的不同。"词语画"在希腊语中被称为"icons"（寓象），在拉丁语为"images"（意象），

1　Forrest G. Robinson, *The Shape of Things Known: Sidney's Apology in Its Philosophical Tradition*, p.86.
2　详见Ibid., p.87。
3　详见Elizabeth K. Hill, "What Is an Emblem?" pp.261–265。
4　详见钱锺书《七缀集》，第6页。
5　英国的第一部寓意画书籍是杰弗里·惠特尼（Geoffrey Whitney, 1548—1601）的《寓意画的一个选择》（*A Choice of Emblemes*），出现在1586年，但是1580年之前，英国人就已表现出对寓意画的极大兴趣，其中包括锡德尼及其文学圈子。锡德尼本人1573年在致朗盖的信中提及寓意画，亚伯拉罕·弗劳斯、乔尔丹诺·布鲁诺（Giordano Bruno, 1548—1600）等均把他们撰写的有关寓意画的手稿或著作敬献给他。

这两个术语都表明在"词语画"传统中绘画与诗歌之间存在一种极为亲密的关系，甚或两者之间达到了一种水乳交融的程度。据传，活跃于公元三世纪的老斐洛斯特拉图斯（Philostratus the Elder，c.190—c.230），谨遵亚里士多德在《诗学》中确立的原则"艺术应当摹仿人的行动"，直截了当地在作品中道出他创作语言肖像画的动机："任何轻视绘画的人，都没有客观公正地看待真理，也没有客观公正地看待所有诗人被赐予的智慧，因为就有关英雄的行为和外貌的知识而言，诗人和画家的重要贡献不分轩轾。"[1] 他把传说中的人物设置在近乎真实可信的历史背景之中，捕捉他们的人生中最真实感人的瞬间，绘制了六十五幅简洁明了而又生动逼真的"词语画"。艺术家通过描绘性细节用语言呈现出一幅幅浓墨重彩的画面，他们写下一行行具有画面性的诗句，犹如画家在画布上添加的一笔笔色彩。每一幅词语画面都构成一个寓象或意象，忠实再现令人难忘的主题。可见，不同于"寓意画"，"词语画"所强调的是犹如画面性的逼真描绘。

除了上述之外，文艺复兴时期学校普遍开设的修辞学课程为"寓意画"提供了又一种理论依据。诗歌和绘画都被视为符号系统，修辞学为这两个系统融为一体提供了具有特别意义的理论支撑：它们拥有一个共同点，其目的都是为了作用于读者的"心眼"，而不是具体的感官。"心眼"是一个修辞学概念，可以追溯至亚里士多德、西塞罗和马库斯·法比尤斯·匡迪连（Marcus Fabius Quintilianus，35—100）。亚氏暗示"心眼"是一种心理能力，西塞罗确信存在一种处理视觉意象的准感官功能"心眼"，这种学说被后来的修辞学家所继承。鉴于文艺复兴时期匡迪连被奉为修辞学权威，我们在此聚焦他对"心眼"的解释。

---

[1] 转引自 S. K. Heninger, Jr., "Speaking Pictures: Sidney's Rapproachement Between Poetry and Painting," p.12。

在匡迪连看来，"心眼"是"生动再现"（evidentia）直指的对象。古人创设了很多修辞手法，为的是使演说者能够制造某种准视觉意象的效果，以达到用演说艺术来煽动听者的目的。演说者呈现的栩栩如生的意象，会令听者产生身临其境之感，此时听者被转化为观者，仿佛在亲眼看见演说者用词语描绘的画面。修辞学家在关于风格的讨论中几乎众口一词，指出所有描绘性修辞手法的目的都是为了制造一种古人称为"生动再现"的效果。他们经常把修辞与绘画进行相比，由于两者都是一种制造意象的艺术，而修辞手法被认为类似于绘画中的"色彩"。[1] 从亚里士多德到与锡德尼同时代的托马斯·威尔逊，修辞学家无不强调在呈现人物、事件或故事时"生动再现"的分量。[2] 匡迪连声称，"'生动再现'超越'清晰呈现'，因为后者只不过是让人看见被呈现的对象，而前者让我们关注被呈现的对象本身"。在解释修辞学如何通过艺术幻觉制造意象时，他指出两者之间存在以下差别：

> 有的人能够如画面一般呈现正在清晰而生动地言说的事实，这种能力是一种巨大的天赋。假如一场演说只不过是美妙动听，假如一场演说只不过是让法官感到讲述给他听了他赖以做出决定的事实，而不是把活生生的真实呈现在他的"心眼"前，那么这样的演说就未能达到完美的效果。[3]

1　详见 S. K. Heninger, Jr., *Sidney and Spenser: The Poet as Maker*, p.96。

2　此处强调的是修辞与绘画在生动呈现画面时的相同之处。朗吉努斯在《论崇高》中细致地指出，诗人和演说家在呈现画面时有着不同的目的："说话人由于其情感的专注和亢奋而似乎见到他所谈起的事物并且使听者眼前产生类似的幻觉。诗人和演说家都用形象，但有不同的目的。诗的形象以使人惊心动魄为目的，演说的形象却是为了意思的明晰。"详见朗吉努斯《论崇高》，第128页。

3　转引自 S. K. Heninger, Jr., "Speaking Pictures: Sidney's Rapproachement Between Poetry and Painting," p.13。

在定义演说者描绘的词语图画时，匡迪连对纯词语是如何被转化成令人信服的视觉画面做出了解释，他宣称存在一种辅助感官，它使得人在思想中能够"看见"。这就是内向性视觉器官"心眼"，它是生动描述直指的对象。匡迪连指出，让演说呈现的画面直达"心眼"是演说家所有天赋中最高的一种，并且提示读者如何才能达到这种效果："让你的眼睛注视自然并追随她。所有的雄辩都事关人的活动，而每人都是把从他人那儿听见的事物运用于自身，头脑总是随时准备好接受它认为符合自然的东西。"[1] 这与上文提及的亚里士多德、西塞罗等人的认识一致。从匡迪连开始，"心眼"成了修辞学上的惯用词语，在任何相关话语的讨论中都被视为一个不言自明的事实。日后伊拉斯谟在一段关于诗歌高贵性的重要段落中，把匡迪连的理论运用于书面语中，指出除了原有的办法之外，还有一种使语言丰富的方法：

  那就是采用 evidentia，该词可以翻译成"生动再现"。任何时候为了使段落华美或者给读者带来快乐，而不只是简单地呈现主题，我们都会为文字增添色彩，使之看上去像一幅画面，以至于我们似乎是在描绘一幅画面，而不仅仅是描写，就好像读者是在观看，而不是在阅读。假如我们先在头脑中审视整个主题的本质以及与此相关的所有一切，事实上，也就是形象自身，那么我们应当能够令人满意地做到这一点。然后，我们用恰当的词语和修辞赋予它实质内容，使之尽可能生动而又清晰地呈现给读者。所有的诗人都擅长此道，其中最卓越者非荷马莫属。[2]

显然，伊拉斯谟在此回忆起修辞学上一个源于西塞罗的惯用说法。西塞

---

1 转引自 S. K. Heninger, Jr., *Sidney and Spenser: The Poet as Maker*, p.97。
2 Desiderius Erasmus, *"Copia": Foundations of the Abundant Style*, p.577.

罗在讨论失明问题以及讲述人如何克服失明障碍的故事时指出，荷马虽然双目失明，但是我们从他的史诗中看到的，是他绘制的画面，而不只是诗行：

> 战争发生在希腊的什么区域、何处海岸、哪个地点，采用了什么方式或者形式，部队有哪些编组，挑起战争的原因又是什么，人和动物有何种行动，难道他没有把这些都描绘得栩栩如生，使我们在阅读时仿佛看见了那些他自己没有见过的东西吗？[1]

西塞罗的说法得到后人的肯定，比如，卢西恩就宣称荷马为"所有画家中最出色的"。在西塞罗之后，人们经常把荷马说成画家而不是诗人，因为他在史诗中描绘的画面生动逼真，令人信服，读者仿佛身历其境，亲眼看见。从伊拉斯谟开始，所有关于话语的艺术，特别是诗歌，都被认为理应拥有这种制造准视觉印象的能力。

概言之，始于赛门尼德的"有声画"传统，因普鲁塔克的反复引用而广为人知，但后者所指的诗歌其实就是历史，而且与行动相比，它和绘画一样都是派生性的。随着普鲁塔克引用的语境被人遗忘，"历史"逐渐演变为"诗歌"。诗歌和绘画这两种姊妹艺术之间不仅有着源远流长的关系，还存在着一种像寓意画那样的特别关系。两者都能够产生有意义而又可感知的意象，这种意象因修辞学中所指的"再现"的力量而作用于人的"心眼"，能够对读者产生教化作用，而这正是行动者锡德尼寄希望于诗歌之所在。

三

锡德尼为实现用诗歌把人引向德行的政治计划，让诗人的"好知"最

---

[1] 转引自 S. K. Heninger, Jr., *Sidney and Spenser: The Poet as Maker*, p.98。

终促成读者的"好行",在诗学领域从新柏拉图主义美学向经验主义美学转向之际,为英国文坛带来了一种新的认识,即诗歌是一套能够制造被他称为"有声画"意象的词语系统。他的"有声画"概念以亚里士多德的思想为基础,同时又融入了柏拉图主义的思想元素,以使文学在政治功能方面更为有效。为了对此进行论述,我们首先来了解锡德尼对新柏拉图主义美学的总体态度。大体而言,他的态度模棱两可。一方面,他始终未能克服对新柏拉图主义美学的怀旧情绪,希望部分保留他对此的信念,比如,他相信诗歌是一门高贵的艺术,精致典雅,又具有提升人的作用,诗人能够创造出正直的心智可以欣赏的"金的世界"。另一方面,为了让诗人不至于变得太过莽撞,乃至迎合人类业已遭受污染的意志,他认为必须控制新柏拉图主义过于乐观的美学思想。如前一章所论,他明确拒绝其中关于神赋灵感的美学主张,认为诗歌必须保留在人的才智的活动范围之内,指出诗人应当有权利知道诗歌是如何写成的:"对诗歌本身感到乐趣的人,应当要求知道自己是在做些什么,又是如何做的,尤其要在一个绝不谄媚的理智之镜里照照自己。"(54)

上述态度决定了锡德尼在关键历史时刻做出的选择。在锡德尼登上舞台之际,西方文化正处于发生巨变的过渡期,他站在这样一个历史转折点上:往回望,在艺术大家庭中,诗歌和音乐在许多个世纪里都是关系最为密切的姊妹艺术,诗歌因自身的形式属性而被纳入诗乐,其韵律中保留了音乐的节拍,音乐的节奏乃至部分旋律都会出现在诗歌中,而现在这种亲密关系正在解体,两者分道扬镳,甚至形成竞争态势;向前看,阵营发生变化,诗歌因其描绘功能而与绘画靠拢,两者的关系正在加强。[1] 诗歌由于对叙事的依赖、在描写风景时对图像的使用等原因,开

---

[1] 关于诗歌与音乐的分道扬镳及竞争关系,详见 Dean T. Mace, "Marin Mersenne on Language and Music," pp.2–34。

始变得越来越像绘画。更为重要的是，诗歌与受众之间的关系发生了巨变，锡德尼生活的时代恰逢诗歌首次作为印刷品被人频繁地阅读，而不再是在吟诵中被人耳闻。在受众的接受方面，人的听觉功能受到挑战，视觉功能开始发挥越来越大的作用，达·芬奇甚至指出："如果你想用词语来揭示人物的形体，还有被安排得迥然不同的四肢的姿态，那么忘掉你的这种想法吧，因为你描绘得越细致，你就越会搅乱读者的头脑，也越会让他远离描绘的对象。因此，你有必要用图像来表现和描绘。"[1] 随着上述变化而来的一个问题是，应当把诗歌当成听觉艺术，还是视觉艺术？对此，锡德尼举棋不定，难以取舍。无论是在诗学理论，还是诗歌创作中，他的犹豫不决都不容小觑。

锡德尼的最终选择不是决然地与过去告别。在他的诗学中，随处可见诗歌和音乐合二为一的诗乐概念。他从小浸淫于融诗歌和音乐为一体的古希腊诗乐传统中，该传统已然成为其思想的一部分，他在写作中对此无须言明，更无须解释。在《为诗辩护》的字里行间时时出现作为音乐家的诗人，比如，锡德尼告诉我们"泰勒斯、恩培多克勒、巴门尼德都用诗行来歌唱他们的自然哲学"（5—6），稍后又让我们确信"甚至在最不开化、最质朴的、没有文学的印第安人中间也还有诗人，他们作歌，唱歌（他们称歌为阿瑞托），既歌唱他们祖先的功绩，又歌唱对神道的赞美"（7）。创作《诗篇》（*Palms*）的大卫自然是歌者，锡德尼解释道，"Palms"这个词"解释明白了，就是指歌曲"（8）。不仅如此，正统诗学把诗歌和音乐作为形式艺术结合在一起，锡德尼对此时常流露出敬意而非背叛，最明显之处莫过于《为诗辩护》结语部分的最后几句。他在嬉笑间最后一次"打骂"那些诗歌的攻击者，诙谐地警告他们：

---

[1] 转引自 Erwin Panofsky, "Artist, Scientist, Genius: Notes on the 'Renaissance-Dämmerung'," p.146。

但是假如——呸,这样一个"但是"——你是生得这样靠近尼罗河的震耳欲聋的瀑布,以致你听不到诗的行星般的音乐;假设你有一个如此惯于在地上爬行的心灵,以致他不能抬起自己来看看诗的天空,或者更确切地说,凭一种粗野的傲慢,会变成这样一个笨蛋,以致成为一个诗方面的摩摩斯。(67)

锡德尼在这里把诗歌比作"行星般的音乐",体现的正是诗歌和音乐之间的亲密关系。对于其诗学尤为重要的是,他依然深信诗歌能够激活读者灵魂中的内在和谐,使之与"宇宙灵魂"(world-soul)产生共鸣。[1] 音乐直指灵魂的作用,尽管对今人而言有些难以理解,但无疑使得它在众多技艺中享有最高的声望。在中世纪末,音乐在课程体系中地位显赫,在"四艺"中拥有一个稳定的位置,任何其他艺术门类都难以望其项背,而且这种殊荣甚至可以经由安尼修斯·曼利乌斯·西弗里努斯·波伊提乌(Anicius Manlius Severinus Boethius,480—524)、圣奥古斯丁和匡迪连,一直追溯至古希腊人。[2] 根据卡斯蒂廖内的《廷臣论》,许多有智慧的哲学家都认为,比例和谐的天体在运行时会发出一种美妙的音乐,凡人的灵魂是依照相同的音乐构成的,因而灵魂可以用音乐提升自己,使其美德和力量得以复活。书中的伯爵回忆道:"柏拉图和亚里士多德会让一个有教养的人同时也成为一位音乐家。"[3] 卡氏把从事与欣赏诗歌、音乐和绘画有关的活动归为一类,适合廷臣、绅士或者君主。在伊丽莎白时期的英国,人们有理由期望每一位绅士都掌握一些关于音乐的知识,甚至会弹奏某种

---

[1] 罗宾森认为,锡德尼用"行星般的音乐"来暗示诗歌的魔力,这种魔力在传统上是与天体的运行联系在一起的。详见 Forrest G. Robinson, "Notes," pp.53, 89。

[2] 详见 James Hutton, "Some English Poems in Praise of Music," pp.1-28; Nan C. Carpenter, *Music in the Medieval and Renaissance Universities*, pp.6-14。

[3] Baldesar Castiglione, *The Book of the Courtier*, p.95.

乐器，如鲁特琴，或者至少也是竖笛。在所有的技艺中，精通音乐被公认为文人雅士的标志。[1]事实上，这一时期最高贵的信仰借用的是音乐术语，例如，天使像天上的"唱诗班"一样出现，自然向往的是普遍的"和谐"，等等。[2]

波伊提乌对此的解释也许更易于我们理解。他指出，存在三种相互之间有着密切依存关系的音乐：其一为宇宙音乐（musica mundana），这是天体运行时发出的美妙声音，是宇宙神圣和谐之音，它维持着宇宙的秩序，使得宇宙的创造成为可能；其二是人类音乐（musica humana），这是宇宙和谐之音的回声，它使得个人的微观身心世界健康有序；其三是应用音乐（musica instrumentalis）。根据波伊提乌传统，音乐作品以宇宙的概念为终极摹仿对象，必然是宇宙音乐的回音，该回音无论多么微弱，都不应被忽视。音乐家的目的就是使听众意识到天体运行会发出声音，人的耳朵唯有在音乐作品中才能听见它。由于人的灵魂知晓天堂里的那种和谐，应用的音乐激发起潜伏在灵魂中的音乐，人的微观世界因而本能地与天体之歌和谐共鸣。[3]用费奇诺的话来说，"灵魂原先享受过那种和谐……它通过耳朵接受那无与伦比的音乐的回声，由此被引领回到对那和谐深沉而又寂寥静谧的回忆中"[4]。在这种美学中不存在作品形式或者主题的问题，所有的一切都先验地由宇宙概念来决定。应用音乐是天堂的宇宙和谐之音的回声，用锡德尼的话来说，它是"行星般的音乐"。诗歌中蕴含的这种音乐让读者与永恒真理的超验世界再度重逢，让他回忆起原来的居所，即位于天国的家园。因此，锡德尼的《为诗辩护》中有如下表达：诗歌让读

---

1 关于十六世纪音乐在英国的状况，详见Bruce Pattison, *Music and Poetry of the English Renaissance Universities*, ch.1。

2 S. K. Heninger, Jr., *Sidney and Spenser: The Poet as Maker*, p.67.

3 详见Ibid., ch.3。

4 转引自Ibid., p.68。

者的心灵"从身体的牢狱中提出来,使享其神圣的本质"(14)。斯宾塞《牧人月历》的《十月牧歌》表明他也持有类似的诗学。此外,诗人"行星般的音乐"还具有疗愈作用,与人的心灵和谐一致,因为诗歌还能够用来引发人类音乐,使其灵魂宁静井然。[1]

尽管锡德尼把诗歌比作"行星般的音乐",赞同它因音乐性而对灵魂产生的作用,但是他不同于许多新柏拉图主义者,反对把韵律作为诗歌的必要元素。锡德尼在亚里士多德的《诗学》中找到了现成的理论武器,大胆地参与到当时激烈的辩论当中。亚氏在《诗学》第一章开宗明义地指出,区别一部作品是否为诗歌,不是看作者是否采用了格律文,以荷马和恩培多克勒为例,他们除了格律之外并无其他相似之处,而我们称前者为诗人,后者为自然哲学家。亚氏提出的标准是看作者是否用作品进行摹仿,一部采用诗行形式写成,但没有进行摹仿的作品,与一部采用散文形式但进行了摹仿的作品相比,后者比前者与诗歌的关系更为密切,更适合被称为诗歌。[2] 与此一致的是,锡德尼指出"使人成为诗人的并不是押韵和写诗行"(14)。他把"诗行"的形式比作一件外套,指出"实际上绝大多数的诗人是把他们那体现诗意的创造穿上那种有节奏的、被称为诗行的写作形式的"(14)。诗行不过是一种装饰,因为"曾经有过许多诗人从来不用诗行写作,而现在成群的诗行写作者却不符合诗人的称号"(14)。诗行既未能反映出其与诗歌内容融为一体的特点,也没有揭示存在于诗歌中的思想与音律表达之间的重要关系。诗行不是构成诗歌的原因,正如"使人成为律师的并不是长袍,律师穿着盔甲辩护也还是律师而不是军人"(14)。在这一点上锡德尼完全不同于斯卡利杰,在后者的划分中用诗行形式写作的卢卡可以被称为诗人,而在前者的划分中他属于第二类诗人,不

---

[1] 详见 S. K. Heninger, Jr., "Sidney and Boethian Music," p.41。

[2] 详见亚里士多德《诗学》,第27—28页。

是"真正的诗人"。可见,锡德尼认为文学作品的形式因素并不是至关重要的,除非这种形式反映了其内在逻辑结构。

然而,我们并不能就此认为锡德尼忽视诗行的形式。在关于诗行与诗歌的关系问题上,一方面,他似乎遵循亚里士多德传统,相信诗行的形式是无足轻重的;另一方面,正如阿特金斯所言,他在实践中意识到"诗行即便不是诗歌的根本性元素,至少也是必不可少而又不可分割的元素"[1]。他对诗歌中美妙的音律、韵律等赞赏有加,因为诗人的共议"已经选择诗行作为'最合适的服装',认为他们既在内容上超过一切,在形式上也要同样胜过一切;不用酒后茶余的童话方式,或梦中呓语的方式随口说话,而是以恰到好处为准则,按照题材的性质称量着每一个字的每一个音节"(14—15)。在锡德尼极具融合性的诗学中,他愿意承认韵律给诗歌带来的美,但是这种形式方面的东西是外在的,而非诗歌的本质。他像急先锋一样,在《为诗辩护》中发起了一种转向,诗歌被转变成一种创造形象的描述性和叙述性艺术,原本在新柏拉图主义美学中至关重要的形式被放置在了次要的位置上,而附属于形式的内容被提升到了一个更高的位置上。他明白无误地指出,"只有那种令人愉悦的,有教育意义的美德、罪恶或其他等等的卓越形象的虚构,才是认识诗人的真正标志"(14)。他的《阿卡迪亚》提供了有力的证明,说明诗歌不只是一种根据音步、诗行和诗节细致安排长短音节的形式,而是要把贫瘠的哲学箴规转化成富有生命的意象。

在锡德尼之后,多位作家表达了类似的认识。本·琼生小心翼翼地提到,写作诗行不是诗人特有的职业,诗人"不是指只按照韵律来写作的人,而是虚构和创作故事的人"[2]。与此相似,培根在《学术的推进》(The

---

1 J. W. H. Atkins, *English Literary Criticism: The Renascence*, p.116.

2 Ben Jonson, *Timber, or Discoveries*, in *Works of Ben Jonson*, Vol.8, p.635.

Advancement of Learning，1605）中声称，诗歌"是虚构的历史而非任何其他种类，它既可以用诗行也可以用散文的形式写成"[1]。这里"历史"（historia）一词既指我们现在所称的历史（history），也指"故事"（story）或"叙事"（narrative）。这样用散文或诗行形式写下的文字都可以被称为诗歌，两者的不同仅在于其形式属性。如果我们把散文排除在用"诗歌"一词指代的一类文学作品之外，那么也就意味着把诗歌定义为一种仅以诗行的形式属性为特征的艺术。[2] 锡德尼、琼生和培根均遵循亚里士多德，拒绝这种简单化的定义，而是把诗歌定义为一种依赖描写和叙事潜能的艺术，这种潜能也就是琼生所说的"创作故事"或者培根所说的"虚构历史"的潜能。[3]

四

为了实现上述转向，锡德尼在诗歌的定义中融入了亚里士多德关于诗歌是一种摹仿的新概念，把诗歌比喻为"有声画"。[4] 他把亚氏的《诗学》

---

[1] Francis Bacon, *The Works of Francis Bacon*, Vol.III, p.343.

[2] 黑格尔认为，散文和诗歌的区别是不言自明的，前者是关于"自然世界"，而适合于后者的对象是"精神的无限领域"。散文是一回事，诗歌是另一回事，彼此之间区别明显，一个是真实的，另一个是空灵的。他声称具有现实主义色彩的小说，自然而然地以散文的形式为其载体。不过，这种区别似乎达到了解释西方文化演变的目的，但是也日益变得不实用，乃至如今被抛弃。详见黑格尔《美学》（第三卷下册），第17—27页。

[3] 详见 S. K. Heninger, Jr., *Sidney and Spenser: The Poet as Maker*. p.61。

[4] 史密斯认为，在吉拉尔迪·辛提奥的《演讲》（1554）和卡斯特尔维屈罗的《亚里士多德〈诗学〉诠释》（1570）之间出现的一系列批评性论文，对伊丽莎白时期的文学理论产生了最重要的影响。桑迪斯指出，尽管在阿斯克姆的《师者》中出现了早期现代英国第一次对《诗学》的引用，但是直到锡德尼的《为诗辩护》出现，"意大利文艺复兴时期的亚里士多德主义"才最终完美地融入了英国文学批评。详见 Gregory Smith, "Introduction," p.lxxxviii; John Edwin Sandys, *A History of Classical Scholarship: Classical Rhetoric and the Christian Tradition*, pp.77, 83。

介绍给本国同胞，在他之前英国无人严肃地提及这部著作。[1] 他根据亚氏对摹仿的解释重新定义诗歌："诗，因此是个摹仿的艺术：正如亚里士多

---

[1] 关于锡德尼甚至英国对亚里士多德《诗学》的了解和认识，近年西方学界出现了许多不同观点。一种常见的观点认为，当时英国没有亚氏的《诗学》，因为英国出版社首次刊印的拉丁文版《诗学》出现在1619年，而英文版迟至1705年才出现。即使此前英国有《诗学》，由于该书是用希腊文写成的，锡德尼和其他不懂希腊文的英国人同样无法阅读。无论是哪种情况，或者两者情况都不存在，锡德尼关于《诗学》的知识都经过了意大利批评家闵托诺、卡斯特尔维屈罗等人的过滤，他们使得亚氏的诗学理论与其文本之间产生了距离。这种观点主要是由斯宾格恩于1899年在《文艺复兴时期文学批评史》一书中提出，是此后近半个世纪的主流观点。颠覆性的新论出现在1944年，这一年道林在《锡德尼和他人的思想》一文中提出，锡德尼在《为诗辩护》中阐发了自己的观点，而并非仅仅行使"包装"之责。然而，此后评论界仍认为，锡德尼对《诗学》的认识没有超出意大利人，例如，赫顿指出："锡德尼的《为诗辩护》是第一篇充分利用了《诗学》的英语论文……可是，锡德尼对三一律和净化概念的讨论，表明他在对亚里士多德的理解上并未超出同时代的意大利人……很少有证据能够表明，伊丽莎白时期有关亚氏的批评观点，超出了关于《诗学》的第二手材料的范围……斯宾塞在文学批评方面的亚里士多德主义很可能是第二手的。"事实上，在锡德尼的《为诗辩护》中，亚氏及其《诗学》可谓无处不在。早在1787年，在《为诗辩护》的第一个现代版本中，约瑟夫·沃顿就指出，锡德尼精研"亚氏《诗学》的最佳拉丁文和意大利文评注"。在他看来，锡德尼是第一位把亚氏诗学原则融入英国批评思想的人。1867年，迪斯累利也指出，锡德尼"在这部闪烁着思想光芒和饱含诗意深情的批评著作中，在朗吉努斯式的激情和感情的感召之下，介绍了亚里士多德的主要原则，在英国文学史无前例地展现了一位诗人批评家的批评圣训"。可是，二十世纪后半叶，对此问题出现了越来越多怀疑的声音，比如西普赫德在1965年版《为诗辩护》的注释中提到"锡德尼在一般艺术问题上的亚里士多德主义"，马斯仁在2002年版中把它修正为："目前尚无法确定锡德尼是否掌握《诗学》的第一手材料。"较为难得且具有说服力的不同观点来自亚历山大和拉扎鲁斯，前者在2004年明确指出，锡德尼"阅读了亚里士多德的《诗学》和《修辞学》……在对亚氏《诗学》原则的精心运用中，他在英国远远走在时代的前面"。后者2013年在博士论文中提出，在十六世纪英国的图书馆内，读者可以广泛接触到来自欧洲的不同版本的《诗学》；他还在2015年发表的一篇期刊论文中详尽论证，锡德尼不仅直接阅读了《诗学》，而且读的是古希腊原文。详见 J. E. Spingarn, *A History of Literary Criticism in the Renaissance,* pp.170-174; Cornell March Dowlin, "Sidney and Other Men's Thought," pp.257-271; Ronald A. Horton, "Aristotle and his Commentators," pp.58-59; Joseph Warton, ed. *Sir Philip Sidney's Defence of Poetry. And, Observation on Poetry and Eloquence, From the Discoveries of Ben Jonson,* a2v; Isaac Disraeli, *Amenities of Literature: Consisting of Sketches and Characters of English Literature,* pp.458-459; Geoffrey Shepherd, "Notes," p.109, n.33ff; R. W. Maslen, "Notes," p.92, nn.20-21; Gavin Alexander, *Sidney's* "The Defence of Poesy" *and Selected Renaisssance Literary Criticism,* p.lvii; Micha Lazarus, *Aristotle's* Poetics *in Renaissance England* (D.Phil. thesis) and "Sidney's Greek Poetics," pp.504-536。

德用'mimesis'一词所称它的,这就是说,它是一种再现,一种仿造,或者一种采用形象的隐喻性表现。它是一幅有声画,目的在于教育和愉悦。"(12)作为西方文学批评史上最著名的定义之一,它无疑让人回想起源自普鲁塔克的误传概念,因为锡德尼为了阐明他关于诗歌是一种摹仿性艺术的观点,指出诗歌是一幅"有声画"。这一定义不啻为一种宣言,把锡德尼与一种新的批评联系在了一起,即把诗歌的意象而不是形式属性作为辨别诗歌的特征。自锡德尼之后,诗学中出现了一股强劲之势,最终导致一个仿佛不言自明的真理的出现,这就是诗、画是姊妹艺术。[1]

锡德尼因在定义中把诗歌比喻为"有声画"而与前人有着明显的不同。他的定义被认为借用了斯卡利杰《诗学》(*Poetices*, I.i.2—6)中的如下表述:

> 诗歌描写的不仅有存在之物,而且还有非存在之物,把它们当成仿佛存在一般,表明它们能够或者应当怎样存在。整个事物在摹仿中被人理解。不过,摹仿只是手段,目的是为了达到寓教于乐的终极目标……诗歌和其他艺术再现事物,如同为耳朵提供一幅画面。[2]

斯卡利杰在诗歌的定义中还提出,"所有的话语都包含思想、意象、摹仿,正如所有的绘画一样,这一点得到柏拉图和亚里士多德的肯定"(*Poetices*, IV.i.401)[3]。我们如果对两人的定义进行比较,就会发现锡德尼的定义中出现了"有声画"这个比喻,而斯卡利杰采用的则是"如同为耳朵提供一幅画面"。虽然两人都是以画比诗,但是含义相差甚远:斯卡利

---

[1] 诗、画作为孪生姊妹是西方文论的一块奠基石,只是后来两者被太过密切地联系在一起,成了日后莱辛所要扫除的一块绊脚石,因为在他看来,诗、画各有各的面貌衣饰。详见钱锺书《七缀集》,第6—7页;S. K. Heninger, Jr., "Sidney and Boethian Music," p.38。

[2] 转引自 Geoffrey Shepherd, "Notes," p.160。

[3] Ibid.

杰强调那幅"画面"是"如同为耳朵提供"的,似乎它只是作用于听觉这一感官,而锡德尼的"有声画"却另有深意。十六世纪八十年代,源自普鲁塔克的"有声画"概念,跟"寓意书"(emblem-book)比跟历史的关系更为密切,它的价值与其说在于它对历史事件的准确记录,毋宁说在于它作为一种词语和视觉元素混合体在语义方面的可能性。锡德尼反复思考的问题是:受制于词语媒介的诗人,如何用词语来描绘形象,才能使它所产生的意义不仅把人引向主要知识,而且引向德行?这也是日后维特根斯坦提出的问题:"当我们理解一个单词时,出现在我们脑海里的究竟是什么?"维氏的答案是:"难道不是某种与图画一样的东西吗?难道不就是一幅图画吗?"[1]锡德尼的答案与此相似,只不过他谈论的是一首诗,而维氏谈论的是一个单词。当锡德尼把诗歌定义为"有声画"时,在他的头脑中出现的,不是那种限制性的诗歌概念,即把诗歌作为一种用词语对现实所做的生动逼真的描绘,而是把诗歌本身当成一幅画面。这幅画面呈现一种视觉经验,从共时的角度看,它是静态的描述,但正如"有声"(speaking)一词表明的那样,它同时也因对词语的使用而拥有一种历时的维度。对于锡德尼而言,一首诗就是一幅"有声画",这幅画旨在作用于人的"心眼",最终把人引向德行。

锡德尼所用的"有声画"能够达到上述目的,原因在于它包含一种被称为"劲道"(*energeia*)的品质。"*energeia*"的词根具有"活动、运作或功效"的含义,它经常出现在区分不同行动的哲学讨论中,涉及的不只是简单的变化,而是带有目的性的变化或者一项完整行动或真实。[2]从亚里士多德到伊拉斯谟、斯卡利杰,"劲道"一词就像前文中的"*evidentia*"(生动再现)一样,在他们的著作中一再出现,他们都视之为语言中使概

---

[1] 转引自 S. K. Heninger, Jr., *Sidney and Spenser: The Poet as Maker*, p.224。

[2] 详见 David Bradshaw, *Aristotle East and West: Metaphysics and the Division of Christendom*, pp.18-19。

念或思想清晰的品质。[1] 亚氏在《修辞学》中声称，比喻的特征就是一种被他称作"劲道"的品质，它使比喻具有一种生动性，"使事物活现在眼前"，仿佛就是一幅画。[2] 伊拉斯谟在《论词语和思想的再现》（On Copia of Word and Ideas）中把"energeia"视为装点作家思想的又一种方法。[3] 斯卡利杰在《诗学》中指出，希腊人所谓的"energeia"，是指清晰呈现主题的力量，它不是指呈现主题时所采用的词语，而是对事物本身的生动领悟。"energeia"过度或不足都是一种缺陷：过度导致矫揉造作，不足带来疲软乏力。在修辞学传统中有一系列修辞手法被认为拥有"劲道"的品质，比如，演说者用比喻的方式可以形象生动地描述某物，使之栩栩如生地呈现于听者的眼前，此物即刻产生明显可知的效果。[4]

匡迪连后来把亚氏的"energeia"与另一个词"enargeia"（生动、逼真）合起来使用，那些练习演讲术的人顺理成章地既需要练"劲道"，又需要练"生动"。西塞罗和匡迪连两人都指出，演说者不仅要愉悦、教育，还要感动听众，他可以通过几种途径达到这个目的，其中最成功的一种就是生动地描绘事物或事件。演说者的这种做法被伊拉斯谟移用到诗人身上，指出诗人应当"用形象来表现，目的是为了达到用比喻来呈现的效果"[5]。乔治·普特南在《英语诗歌的艺术》中，引人注目地把古希腊语中的"enargeia"跟"energeia"两者进行比较，指出前者的词源是

---

1 例如，在亚里士多德的著作中，"energeia"共出现671次之多，详见 David Bradshaw, *Aristotle East and West: Metaphysics and the Division of Christendom*, p.1。该书详尽梳理了从亚氏、普罗提诺到阿奎那在哲学和神学中使用"energeia"一词的历史。
2 亚里士多德《修辞学》，第304、337页。锡德尼在《为诗辩护》中所说的希腊人称为"energeia"的品质，由钱学熙在《为诗辩护》中译为"劲道"，即为中文版《修辞学》中的"使事物活现在眼前"的含义。
3 其他方法包括 hypotyposis, prosopopoeia, prosopographia, topographia 和 chronographia，详见 Desiderius Erasmus, *On Copia of Words and Ideas*, pp.47–55。
4 详见 Lee A. Sonnino, *A Handbook to Sixteenth-Century Rhetoric*, p.252。
5 详见 S. K. Heninger, Jr., "Sidney's Pictures and the Theater," pp.400–401。

"*argos*",它利用词语中那些能够触动视觉的品质,使语言"增添灿烂的光辉和色彩";后者的词源是"*ergon*",它通过含义内在地激发受众思考、联想等来达到效果,它所需要的是语言中的概念清晰。[1]概言之,有"劲道"的比喻,犹如一幅清晰的画面,直接呈现于人的"心眼"之前。

锡德尼直接追随这一传统,强调诗人像演说家一样使用语言来制造形象,为了达到影响观众的目的,应当向他们呈现生动、清晰的画面,这幅"有声画"直接指向观众的"心眼"。锡德尼在指出诗歌是一幅"有声画"之前,为了介绍亚氏所用的"mimesis"这一奇怪的词,在定义中采用了三个动名词"一种再现"(a representing)、"一种仿造"(a counterfeiting)和"一种采用形象的隐喻性表现"(a figuring forth to speak metaphorically),借用它们来表达一种含义上的微妙但却是根本性的变化。根据亨尼格具有说服力的解读,第一个词"一种再现"暗示作品与摹仿对象之间可能存在的一种最密切的关系,即作品再现了摹仿对象,或者说,为对象提供了一种合理的复制品。第二个词"一种仿造"的原文"counterfeiting"与"feigning"是同义词,在伊丽莎白时期两者的用法都有些模棱两可,含有"用人工的方式制造"之意,至于此种仿造究竟是否指向某种欺骗,在这里似乎并不是一个大问题。"仿造"的结果可以是对摹仿对象的准确复制,也可以是严重歪曲,为的是达到误导受众的目的。在锡德尼的时代,"仿造"并不比"人造"更带有贬义,而是暗示某种双重性,一件仿造品既可以与摹仿对象相同,也可以相异。[2]第三个词"一种采用形象的隐喻性表现"首次把语言视为摹仿的媒介,把作品与摹仿对象的关系延伸至一个极为广阔的范围。这个动名词是锡德尼为他的整个诗歌计划精心构建的,其中每一个词都含义丰富,特别是有着准确含义和悠

---

[1] George Puttenham, "From *The Arte of English Poesie*," p.148.

[2] 详见 S. K. Heninger, Jr., *Sidney and Spenser: The Poet as Maker*, pp.256-287。

久传统的"隐喻"（metaphorically）[1]一词。

在锡德尼的诗歌定义中，紧随上述三个动名词而出现的是他采用的比喻"有声画"，他视之为完成摹仿的一个主要途径。十六世纪末，关于诗人创作诗歌这一行为究竟是何种人类活动，众说纷纭，莫衷一是，比如，乔治·普特南姆就提出了四种不同的可能性：

> 假如他们不需要任何真实确切的主题，而能够自己设计和制造所有事物，那么，就以语言的方式来创作而言，他们就像创造性的神一样。假如他们凭借神圣或自然的直觉来做成这一切，那么必定是深受上天的恩赐。假如是凭借自身的经历，那么他们无疑是非常明智之人。假如是凭借眼前的楷模或范例，那么他们的确是所有其他人当中最美妙绝伦的摹仿者和仿造者。[2]

根据普特南姆的认识，一位诗人或许可以像上帝一样从无中生出有来，他或者因神赋灵感而创作，或者由于个人的经验而写作，或者尊崇古典范例。每一种可能性都提示一种不同的诗学。锡德尼在他给诗歌的定义中提出了第五种可能性，这是一种英国前所未有的新诗学。于锡德尼而言，正如亚里士多德用"mimesis"一词所指的那样，诗歌是一种摹仿的艺术，一种创作视觉意象的艺术。锡德尼深知视觉艺术的重要性，特别强调视觉意象。在欧洲"大游学"期间，他至少三次让人为他画像，这不是因为虚荣，而是敏锐地意识到绘画艺术的实用价值。他和同时代人一样，深信视觉表现形式有着一系列社会和政治功能，其美学方面的感染力只有在影响到这些功能时才具有重要性。易言之，美学功能

---

[1] 关于"隐喻"的准确含义及悠久传统，详见 S. K. Heninger, Jr., "'Metaphor' and Sidney's Defence of Poesie," pp.117-149。

[2] George Puttenham, "From *The Arte of English Poesie*," p.4.

并非独立自足，而是与社会和政治功能联系在一起。不仅如此，锡德尼还认为绘画有一种独特的功能，能够赋予事物生命力，以一种近乎神奇的方式作用于观者的感官，并由此作用于其心智和情感。他在谈到画面对观者思想的作用时，把由画面导致的视觉体验描绘成一种对身体的侵犯形式：他们犹如进犯的军队或强奸者，"打动和透入人们的灵魂""占据其心目"（19）。这里锡德尼所指的画面不只是物理上的画面，更是指诗歌呈现于观者脑海中的画面。这些词语在《为诗辩护》中的原文是"strike" "pierce" "possess the sight of the soul"，与后来约翰·多恩在《圣十四行诗》第十四首中描写虔诚的信徒渴望上帝作用于自己时所使用的词语 "batter" "break" "blow" "burn" 等，同样令人震撼不已。由此，我们未尝没有理由提出，于锡德尼而言，诗歌能够对人的心灵产生一种类似于宗教的强大作用。

画面作用于人的身和心两方面的能力，把绘画与诗歌连接起来，使它们不同于其他学科，其中诗歌呈现的画面胜过真正的绘画。关于逼真的绘画所能产生的作用，文艺复兴时期最有名的一个神话传说，是说古希腊时期的艺术家宙克西斯（Zeuxis）画了一串葡萄，它们是如此惟妙惟肖，以至于鸟儿纷纷飞来啄食。[1] 锡德尼在《为诗辩护》中虽然没有提及这个传说，但是他暗示诗人像宙克西斯一样，调动起读者的欲望，吸引他走进文本的世界："你的行程将通过这样一个美丽的葡萄园，在开头就给你一串葡萄，而这串葡萄是富有这种滋味，它会使你渴望前进。"（29）然而，这并不是全部，事实上诗人比宙克西斯更胜一筹。宙克西斯画出的葡萄只能欺骗鸟儿的眼睛，无法满足它们的味蕾，而诗人却犹如厨艺精湛的厨师，能够给人带来满足感，他提供的美味佳肴老少咸宜，因为"诗作是适合最柔弱的脾胃的食物"（22）。这正如钱锺书所言，"诗中有画而又非画所能

---

[1] 详见 R. W. Maslen, "Introduction," p.50。

表达"[1]。

除了上述传统之外，锡德尼在形成对身心都能起到巨大作用的"有声画"概念时，还创造性地吸收了罗宾森所称的西方"视觉认识论"（visual epistemology）传统思想，指出在诗歌中思想可以被呈现得像可视画面一样。这一传统的思想来源是柏拉图，同时又带有浓厚的基督教色彩。对于柏拉图，知识的对象是形式最真的存在，与此相应的是，概念具有真实客观的指示物，这就是理念或形式。知识是通过对形式的回忆、感知和认识而获得，这个过程是建立在《蒂迈欧篇》中确立的原则的基础之上。柏拉图在这篇对话录中把灵魂分为欲望、精神和理性三个部分，指出"人最神圣的理性部分存在于人的头脑中，掌管所有其他部分"[2]。构成理性部分的成分，最初与构成可理知的宇宙（intelligible universe）的成分相同，"只不过后来变得不那么纯粹了，但在纯粹的程度上仍然排列在第二或第三的位置"[3]。由于两者之间这种本质上的相似性，理性的灵魂拥有认识宇宙秩序的方法。这就是回忆。柏拉图几乎毫无例外地把回忆描绘成一种视觉行为，理念"存在"于自然之中，而"看见"它们足以唤醒灵魂。于柏拉图而言，人最重要的感官是"看"，人之所以最终凝视形式，就是因为看见展现在眼前自然界中的神性设计。[4]

视觉的重要性不仅表现在对理念的回忆中，而且也表现在求知的行动中。在《理想国》中有不少把"思"与"看"联系起来的重要例子，比如，哲学王狂热地渴望"看见"真理，他清晰的目光为他提供了一种可以使社会井然有序的完美范式。又如，苏格拉底把描绘善视为哲学研究的终

---

1 转引自钱锺书《七缀集》，第37页。
2 Plato, *Timaeus*, p.444.
3 Ibid., p.440.
4 详见Forrest G. Robinson, *The Shape of Things Known: Sidney's Apology in Its Philosophical Tradition*, pp.15-16。

极目的，承认对善进行全面细致的描绘远非他力所能及，不过他提供了他认为与善最相像的东西，那就是太阳。他指出，"我们说善在可见世界中所产生的儿子——那个很像它的东西——所指的就是太阳。太阳跟视觉和可见事物的关系，正好像可理知世界里面善本身跟理智和可理知事物的关系一样"[1]。善一旦被看见，真理的整个结构就在人的心眼前昭然若揭。因此，终极知识是一种知解力（understanding），那是一种非推理性、非语言性的沉思，沉思的对象是光芒闪烁的形式。这种获得知识的途径，正如罗宾森指出的，不可避免地会把知解力描述成一个"看"的过程，因为就"我"与"非我"之间有限的交流范围而言，似乎没有其他方法能够提供这种视觉上的即时性和清晰度。[2]

十六世纪，思想像画面一样可以看见，这种认识已被普遍接受，但是在锡德尼之前，尚无人提出思想在诗歌中可以是视觉对象。他是唯一确信美德——更不用说邪恶和激情——可以用视觉形式来呈现的人，他的真正创新之处不是改变了古代视觉认识论的前提，而是从一个新的角度来运用它们。虽然"思"即为"看"，"理念"即为"画面"，但是锡德尼提出存在于思想中的意象或画面可以通过诗歌中的有声画而不是外部画面来传递。他的灵感来源带有宗教性，很可能来自菲利普·杜普莱西·莫奈的《基督教真理》。此书充满了柏拉图式双重视觉认识论思想，即一重投向自然世界，另一重投向灵魂中的上帝之光，我们也许可以称前者为"肉眼"，后者为"心眼"。根据莫奈的基督教思想，人可以在自然中看见上帝，他的神圣形象印刻在人的灵魂上，而且正如太阳是世界之光，上帝还是人的才智（intellect）之光。对于人而言，上帝的本质无法想象，难以琢磨，但是"心眼"拥有一种自然力量，能够看到间接反映在外部宇宙之

---

[1] 柏拉图《理想国》，第266页。

[2] 详见Forrest G. Robinson, *The Shape of Things Known: Sidney's Apology in Its Philosophical Tradition*, p.17。

中和才智本身之内的上帝。莫奈因此自信地提出，他能够通过"生动地描绘真正的宗教，连同其散发出来的喜乐、幸福和荣光"，来达到"排除无神论的错误和激发基督教信仰的目的"[1]。由于此书在锡德尼写作《为诗辩护》之前就已出版，研究者有理由相信它让他及时肯定了自己本质上画面性的思考习惯。正如莫奈确信反映在自然中的上帝形象将会把人吸引到真正的宗教上来，锡德尼坚信诗性画面将能够把人引向德行，而这是"任何学问所向往的最高尚的目的"（14）。

如前所述，两人的思想来源均可追溯至柏拉图，特别是《斐德若篇》（*Phaedrus*，250d），不过，锡德尼同样熟悉西塞罗《论责任》中的相关论述，他在与柏拉图和西塞罗的对话中进一步丰富了呈现于"心眼"前的画面的内涵。[2] 根据锡德尼从他们两人那里借用而来并且在《为诗辩护》中多次提及的常识，美德是如此之美，人一旦能够看见它，势必就会爱上它。比如，西塞罗指出，道德上的善将会把爱注入任何真正看见它的人，"正如柏拉图所说，'如果能用肉眼看见它，它就会唤起对智慧的酷爱'"[3]。尽管锡德尼对此表示赞同，但在《为诗辩护》中在辩论的一个关键点上，他对此做出回应，提出诗人的任务是要用形象或画面，使得美德清晰可

---

[1] Forrest G. Robinson, *The Shape of Things Known: Sidney's Apology in Its Philosophical Tradition*, pp.101-102.

[2] 关于锡德尼与柏拉图的关系及其柏拉图主义思想，杰恩认为他是伊丽莎白时期少数几位作家之一，他们没有照抄法国十四行诗人那种被冲淡了的彼得拉克式柏拉图主义，而是回溯至其意大利源头。伯格威尔提出，锡德尼明显拒绝佛罗伦萨的柏拉图主义，他因翻译莫奈的《基督教真理》的缘故，而与圣奥古斯丁的柏拉图主义思想更为接近。详见 Sears Jayne, "Ficino and the Platonism of the English Renaissance," pp.233-236; Ake Bergvall, *The "Enabling of Judgement": Sir Philip Sidney and the Education of the Reader*, ch.2. 亚历山大极具说服力地指出，有充分证据表明锡德尼集中地直接阅读过柏拉图，而非经由意大利批评家的转述，我们有理由相信他的柏拉图主义主要来源于柏拉图本人的著作。他在《为诗辩护》中引用或提及了《会饮篇》《裴多篇》《理想国》《伊安篇》和《蒂迈欧篇》。锡德尼的书信表明，他于1579年获得了一套三卷本的《柏拉图著作全集》，这是他在日内瓦的朋友亨利·艾蒂安新近采用希腊文和拉丁文双语出版发行的。详见 Gavin Alexander, "Loving and Reading in Sidney," pp.46-47。

[3] 西塞罗《论老年 论友谊 论责任》，第96页。

见,美丽动人,让读者不仅被它吸引,而且心中油然而生敬意:

> 如果柏拉图和塔利的话是对的,即能够认识美德的人会陶醉于它的美丽,那么他(指英雄诗人)就是要装扮美德,使她更美丽,让她穿上节日的服装,以至于任何人都能欣赏她,只要他不屑于在了解之前就先瞧不起她……它(指英雄诗)不仅是诗歌中的一种,而是那最好、最完美的一种。因为既然每一行为的形象都会激动和教育心灵,所以这种杰出人物的崇高形象最能使心灵中燃起要值得人家尊敬的愿望,并且使之充满怎样可以值得人家尊敬的指示。(36)

这类诗通过将可视画面呈现于"心眼"前,让读者"心灵中燃起要值得人家尊敬的愿望"。概言之,诗歌摹仿的不仅仅是行动,而是一幅"有声画",这幅画面表现出灵魂的德性活动,此活动将为读者所摹仿。这里揭示出锡德尼赋予摹仿的全部含义,诗人的诗性虚构形象最终成为读者摹仿的对象,读者将被它感动,进而爱上和摹仿那种美德的典范,并且付诸行动。[1] 我们不禁要提出这样的问题:在锡德尼的思考中,诗人需要如何构建"有声画",方能实现他赋予诗歌的双重目的呢?

五

在关于"有声画"的特质及其构建问题上,锡德尼特别强调的是它应当体现诗歌所具有的普遍性特征。在这一点上,他极大地受益于亚里士多德关于普遍性的理论。亚氏在《诗学》中指出,"诗人的职责不在于描述已经发生的事,而在于描述可能发生的事,即根据可然或必然的原则可能

---

[1] 关于这一摹仿过程及其对读者的影响,详见 Michael Raiger, "Sidney's Defense of Plato," p.37。

发生的事……诗倾向于表现带有普遍性的事,而历史却倾向于记载具体事件"[1]。所谓"带有普遍性的事",是指根据可然或必然的原则可能或应该发生的事,或者某一类人可能会说的话或会做的事,诗要表现的就是这种普遍性。正如新型科学家观察自然收集数据,采用归纳法提出假设并论证,最终视之为自然法则,经验主义诗人从包括文学、历史、个人经验、神话等在内的信息源中,归纳出普遍性和典型性。锡德尼在对诗歌和历史进行比较时,直接援引亚氏的上述著名论断,指出诗歌比历史更具有哲学性,"诗歌是从事于kathology的,就是说从事于普遍事物的研究的,而历史是从事于kathekaton的,即特殊事物的研究的"(22)。他指出,诗人把这种普遍性作为摹仿对象,设计一种能够代表那种可然或必然性的情节。这种情节是在大量数据的基础上通过抽象过程得出的一种假设,是由思想活动构建起来的。它就像科学假设,虽然是建立在具体案例的基础之上,但是通常情况下适用于所有案例。锡德尼的"有声画"体现的正是诗歌的这种普遍性特征。

具体而言,锡德尼诗歌定义中的"有声画"是抽象的道德概念与具体人物的诗性融合。"有声"的含义较为清晰,是指诗人在创作过程中必然会用上词语这种媒介;可是,"画"的含义却极为模糊,研究者持有两种不同的观点。一种观点认为,锡德尼把诗歌比作"有声画"表明,诗歌是一种用词语构成的具象性画面,是一种重视对外部自然进行生动描绘的语言艺术,因此,"画"就是指诗人头脑中就某一具体事物形成的画面。然而,这种解释与《为诗辩护》中一些原则背道而驰,比如,锡德尼认为对于身为"人类的老师"的诗人,诗歌的基本主题应该是抽象的道德概念,而不是具体的对象。第二种观点认为,锡德尼很有可能是用"画"(picture)来指一个抽象的概念在读者头脑中被转换成一幅视觉画面。显

---

[1] 亚里士多德《诗学》,第81页。

然,"画"在这个意义上有助于解释锡德尼所说的诗人"结合了一般的概念和特殊的实例"(19)。事实上,这里"特殊的实例"并非由感官获得,因为锡德尼深信诗人应通过具体的人物来展现行动中具有普遍意义的道德性。我们或许可以说,锡德尼所指的"有声画"是人的"心眼"看见的一幅画面,它表明一首诗是一个普遍性的或概括性的概念。

在诗人构建"有声画"时,锡德尼认为其摹仿的对象不是从感官获得的具体印象,或者外部自然,而是某种抽象概念在头脑中转换成的视觉形象。他素来对绘画和绘画理论兴趣甚浓,或许不会赞成达·芬奇在《画论》中表达的观点。达·芬奇在对诗歌和绘画进行比较之后,对绘画大加褒扬,因为至少在他看来,科学的形式与外部世界的视觉形式相同,由眼睛所见并由画家绘制的形状就是事物真实的样子,与之相比,诗人用词语所描绘的内容,与科学的、真实的情况隔着一层。[1] 锡德尼的观点大体上与此相反,他视外部自然为"铜的世界",把科学知识等同于诗人内心所见到的形式。他的"有声画"绝不是指诗人在作品中呈现的关于外部自然的逼真画面,而是指在头脑中形成并可见的概念,诗人和画家摹仿的都是这个概念,而不是具体的人,正如奇洛拉莫·弗拉卡斯托罗所言:"诗人就像画家,他不愿再现这个或那个具体的人,因为此人有诸多不足,但是他在沉思其造物主那具有普遍性而又绝美的理念之后,按事物本应存在的样子创造它们。"他还声称,"诗人摹仿的,不是某个具体的对象,而是身着其自身的美的简单理念,亚里士多德称其为普遍性"[2]。锡德尼对此显然是赞同的。就创作过程而言,诗人和画家有极大的相似之处。诗人用词

---

[1] 锡德尼在游学欧陆期间曾请威尼斯画家保罗·卡利亚里(Paolo Cagliari, 1528—1588)为其画肖像,回到英伦之后还向相关人士提出绘画理论问题。关于锡德尼的肖像画,详见 Katherine Duncan-Jones, *Sir Philip Sidney: Courtier Poet*, p.75;关于绘画理论问题,详见 Forrest G. Robinson, *The Shape of Things Known: Sidney's Apology in Its Philosophical Tradition*, p.105。

[2] 转引自 Forrest G. Robinson, *The Shape of Things Known: Sidney's Apology in Its Philosophical Tradition*, p.106。

语而画家用图像来再现那个在思想中可见的概念,词语和线条只不过是媒介,艺术真实经由它们变得清晰可见,恰如约翰·赫斯金所说,"头脑中的概念是事物的图像,而唇舌是那些图像的阐释者"[1]。此外,莫奈提出艺术家在头脑中有一个可"见"(veu)之物,尽管锡德尼接受了这一概念,但是他用名词"意象"(conceit)替代动作过程"思"(a pense),也就是说,他把抽象的概念转化成意象,一个意象就等同于一个思想,可以在头脑中被看见,情感性意象亦然。简言之,诗人的意象是一个思想或理念,它是通过外部视觉获得并在头脑中加以完善的,由此得出的概念反过来又为心眼所见,为诗歌提供形式或模式。

最后,我们可以用《为诗辩护》中关于诗人如何描绘卢克雷蒂娅的例子来说明上述"有声画"的建构过程。锡德尼把画家分为低劣和高明的两类,前者"是摹仿在他们面前的面貌的",后者"只服从才智的法律,而通过色彩给你最适合鉴赏的事物"(13)。以创作一幅关于卢克雷蒂娅的绘画为例,出色的画家在描绘"卢克雷蒂娅坚定而又哀怨的眼神的时候,当他画到她为了他人的过错而惩罚自己时,画上所描绘的,并非画家所亲见的卢克雷蒂娅,而是这样一种美德的外貌之美"(13)。艺术家通过画面上展现的卢克雷蒂娅外在的美,描绘了她内在的美德,绘画于是成为一种美德的定义。最优秀的诗人就像这类出色的画家,在创作一首关于卢克雷蒂娅的诗歌时,同样不是摹仿他亲眼见过的卢克雷蒂娅。由于诗人为了达到教育和愉悦的目的,摹仿的是具有普遍性而非具体的对象,他根据亚里士多德的"可然律"拥有特许权,可以虚构可能或必然会发生的故事。诗人的首要任务是把他关于贞洁的种种想法加以组织,在完成这一步骤之后,再把他的思想付诸文字,这样用词语描绘的贞洁女子卢克雷蒂娅的形象,

---

1 转引自 Forrest G. Robinson, *The Shape of Things Known: Sidney's Apology in Its Philosophical Tradition*, p.107。

便呈现于事先清晰地构想出来的抽象道德概念的框架上,其结果就是一幅关于贞洁的"有声画"。它是抽象的道德概念与具体人物的诗性的融合,如果诗人能够成功地将两者融为一体,那么他就能让所有的美德、邪恶和情感各就其位,展现在读者眼前,令人仿佛不是对其有所耳闻,而是亲眼看到。这幅"有声画"向读者呈现的,诚如亨尼格所言,既有过程(动词)又有状态(名词),它既是动态的又是静态的,既是暂时性的又是永恒性的,它为读者带来的既有词语体验又有视觉体验。从概念上来说,诗歌既享有柏拉图式理念的权威,又有具体对象的直接性。[1]

综上所述,在社会巨变、新旧转折之际,锡德尼对原有的诗学理论了然于胸,当他在构建并阐述新理论时,他没有放弃旧理论中已有的成就,尝试在新旧之间进行调和、达成妥协,让旧理论在延续中包容指向经验主义方向的创新,以实现他用诗歌把人引向德行的目的。随着十六世纪诗性真实从柏拉图—基督教的天国转向现实世界,同样带有浓郁宗教色彩的新诗学应运而生。锡德尼的"有声画"概念宣告了一项根本性的宗旨,即诗歌最重要的特质就是像逼真的绘画艺术,一首诗就是经由语言媒介呈现出来的一个具有普遍性的概念,它是在思想中可以被看见的一幅"画"。诗歌所蕴含的"劲道"是一种知识性的清晰,来自诗人对自己预设的概念的精准理解,因为他摹仿的是自己的"理念或事先的设想",而不是"第二自然"的"铜的世界"。在锡德尼把诗歌比作"有声画"时,他清晰地阐明了诗人有能力在哲学家的抽象箴规和历史家的具体范例之间进行协商,同时又揭示了诗性力量的来源。然而,像"有声画"那样拥有强大诗性力量,能够作用于"心眼"的诗歌,是锡德尼心目中理想的诗歌,当他转向英国文坛时,却发现那里另有一番景象。

---

[1] 详见 S. K. Heninger, Jr., "Sidney's Speaking Pictures and the Theatre," p.397。

第六章
诗人的"无艺之艺"

> 这就是从所有的,特别是最著名的作家那里,采撷各种与你自己的禀赋吻合的精彩内容,不只是把你发现的那些美好之物加之于你的语言中,而是消化它们,使之成为自己的东西,以至于它们不像是从他人那里借鉴而来的,而是出自你本人的思想,散发出个人天性的气息和活力……这样你的语言就不会像是东拼西凑的,而是如河流一般流淌自你的思想深处。
>
> 伊拉斯谟《西塞罗》

尽管在锡德尼从事写作的年代英国文学沉疴在身,与他在《为诗辩护》正文部分为之辩护的理想诗歌相距甚远,但是他没有失去信心,自告奋勇地为"病人"把脉开方,决心用它来实现自己的政治计划。*sprezzatura*(无艺之艺)[1]被普遍视为《为诗辩护》表现出的艺术特征,也是我们解读锡德尼"秘方"的钥匙。通过对"无艺之艺"及出自它的"典

---

[1] *sprezzatura* 为意大利文,在英文中被译为 "artless art" "nonchalance" "scorn" 等等,但这些译法均不尽如人意,无法传递出其在《廷臣论》中多方面的丰富含义。在汉语中,该词有时被译为"潇洒""云淡风轻"等,这些译法也同样无法充分达意,本论著权且将其译作"无艺之艺"。欧美学界已基本达成共识,鉴于文化方面的特殊性,*sprezzatura* 无法对等地被翻译成

(转下页)

雅"概念的梳理，本章提出，在这一艺术特征的表象之下，是锡德尼在英国文学呈现一派萧条景象时对其现状与未来的严肃思考，其中隐含了他为英国文学病症开出的良方。西塞罗主义的盛行致使英国作家因刻意摹仿而丧失主体性，面对这种可悲的状况，锡德尼不是一味地主张采用反西塞罗主义者倡导的简约风格，也不是简单地否定西塞罗式的绚丽风格，而是反对生搬硬套地学习外来文化，尝试打破英国作家因亦步亦趋的摹仿而丧失独立思想的状态，他深信英语母语作为文学载体的价值和巨大潜力。他本着得体原则在创作风格上变化多样，在《为诗辩护》中用强调作家主体性的"无艺之艺"风格，抨击固有的僵化做法，以谋求英国文学的独立发展之道，在最终开启英国文学"黄金时代"的文艺复兴中，当仁不让地担任领袖之职。

一

在本论著中被译为"无艺之艺"的意大利词 *sprezzatura* 出自十六世纪风靡一时的《廷臣论》。作者巴尔达萨雷·卡斯蒂廖内在第一卷第二十六章中，让书中的一个主要谈话者洛多维科·达·卡努萨伯爵受女主人指派，负责谈论一个如何培养理想廷臣的"游戏"。他在谈话中引入"无艺之艺"一词，把它定义为"某种若无其事的淡然，用以掩盖所有匠气十足的工艺，以使得自己所做或所说的一切都貌似不费力气，不费思量"[1]。他

（接上页）

另一种语言。该词已被收入《不可译之词：哲学词典》(*Dictionary of Untranslatables: A Philosophical Lexicon*, ed. Barbara Cassin, New Jersey: Princeton University Press, 2017)，这是一部关于对人的思维方式产生过影响的词语或术语的专用词典。关于《为诗辩护》在艺术风格上的"无艺之艺"特征，详见 Kenneth Orne Myrick, *Sir Philip Sidney as a Literary Craftsman*, pp.40, 78, 297; John O. Hayden, *Polestar of the Ancients: The Aristotelian Tradition in Classical and English Literary Criticism*, p.104。

1　Baldassare Castiglione, *The Book of the Courtier*, p.67.

用这个词来描述一种隐藏艺术的艺术,如艺术化地展现作品,使之看上去就像鬼斧神工的天成之作一样,这是经由教养而得来的某种能力。他还把宫廷的"无艺之艺"与古代演说家的艺术进行类比,那些演说家巧妙地隐藏自己关于语言文字的知识,目的是使"他们的演说就好像不是经过刻苦努力和训练,而是根据自然和真理的法则,以最简单的方式创作而成,原因是假如他们的技艺昭然若揭,人们很有可能会因感到受了欺骗而恼羞成怒"(67)。博格不无误导地称这种做法为"淡然的无艺之艺",因为这个名字本身涉及的绝不仅仅是淡然、不在乎、掩藏力气或思量的能力,而是——用他颇为绕口的话说——"表现一个人没有表现出他明显投入学习如何表现他没有表现出努力的能力"[1]。简言之,这是一种信手拈来、天然成趣的能力,所有曲里拐弯的心机和努力皆不留一丝痕迹。

然而,这仅触及"无艺之艺"纯美学方面的含义。根据维恩·瑞伯恩的解读,洛多维科伯爵在第二十八章给出了该词第二方面的含义,这里"无艺之艺"是指"一种暗示的艺术,这就是说,廷臣的观众所面对的形象可以诱导他们想象其背后的一个更大的真实",这将会令廷臣"使自己变成一个更具诱惑力、让人无法抗拒的人物"[2]。非但如此,由于"无艺之艺"的动词和形容词形式在第一、二卷中多次出现,瑞伯恩从中察觉到该词还指涉"一种略带傲慢的轻蔑态度",沙孔、杰威奇等研究者把这种态度与一种维持阶层之间界限的策略联系在一起,认为精英圈子的"无艺之艺"建立在一种合谋编码表演的基础上,表演者及其同伙向无法解读编码的圈外人重申自身的优越性。[3]

---

1 Harry Berger, Jr., "Sprezzatura and the Absence of Grace," p.296.

2 Wayne A. Rebhorn, *Courtly Performance: Masking and Festivity in Castiglione's Book of the Courtier*, p.38.

3 Ibid., pp.34–35; Eduardo Saccone, "*Grazia, Sprezzatura, Affettazione* in the *Courtier*," pp.59–64; Daniel Javitch, "Il Cortegiono and the Constraints of Despotism," pp.24–25.

"无艺之艺"因被引入政治舞台而产生了第三方面的含义。在意大利宫廷,廷臣们竞相向君主献媚邀宠,彼此之间的竞争激烈而残酷,杰威奇视"无艺之艺"为这种语境下廷臣们对"专制统治对他们的限制"做出的一种回应,这样该词便呈现出不同的含义。统治者渴望下属处于被监控状态,而宫廷对礼貌文雅又有着很高的标准,这些均迫使廷臣潜藏蛰伏,或者至少把自己带有侵犯性和竞争性的动机掩藏起来。由于这个缘故,宫廷文化看重寡言少语、不动声色、轻描淡写等品质。在廷臣的世界里,优雅的欺骗行为受到重视,这不仅是因为它给人带来一种内在的快乐,而且因为统治这个世界的君主使之成为必要。[1]这就引申出"无艺之艺"第四方面的含义,即它是一种辩护性嘲讽的形式,一种把自己真正的渴望、感觉、思考、打算或计划隐藏在"沉默寡言和无动于衷的面具之下"的能力。[2]博格称之为"怀疑的无艺之艺",指出它涉及的与其说是简单的欺骗,毋宁说是欺骗带来的威胁,也就是说它展示出一种进行欺骗的能力。[3]

上述四个方面的含义都指向一种表现欺骗能力的能力,即廷臣有能力表现出他拥有一种欺骗的能力,只要需要他随时可以施展。轻举妄动是这种能力的一种行为符号,既指涉能力本身,也构成使之付诸实施的媒介。这一竞争性行为不仅表明廷臣愿意在宫廷争宠,而且保证其掩藏在面具下的是野心和进攻性随时可以被用来为君主效劳。同样匪夷所思的是,真正的廷臣宣称自己有能力阳奉阴违,在他乐于用来为君主效劳的个人本领之中,就包括其表现自己有能力装假。我们可以说,这种行为修辞是一种编舞艺术,其中主要的舞蹈元素就是行为人进行欺骗的能力和意愿,廷臣通过展示它们来达到提升自己和赢得君主信任的目的。因此,表演性展示"无艺之艺"是一种权力隐喻,也是一种焦虑隐喻。《廷臣论》中的对

---

[1] 详见 Daniel Javitch, "Il Cortegiono and the Constraints of Despotism," pp.23-26。

[2] Ibid., p.24.

[3] 详见 Harry Berger, Jr., "*Sprezzatura* and the Absence of Grace," p.297。

话者敏锐地感觉到，在意大利宫廷文化中，廷臣身处十分危险的境地，但是身为主宰者或独裁者的君主亦不能逍遥自在，他自身就大有可能处于一种被更强大的君主国包围的境况中。在这种焦虑背景下，"无艺之艺"所展现的慵懒淡然被描述为一种男性的，而不是女性的内在力量的符号，它犹如一副丝绒手套隐约显现的轮廓，表面上美妙柔和，内里或许蕴藏巨大张力。

我们还可以用"grazia"（典雅）来对"无艺之艺"的含义做进一步阐释。由于宫廷文化在廷臣的外貌方面有一整套规范，廷臣需要长期摹仿，不停地学习、表演和掩饰。这种持续摹仿给廷臣带来巨大压力，但是同时"无艺之艺"相关的表现技巧也对有关外貌方面的规范形成一定的制约。易言之，"无艺之艺"在规范和摹仿之间进行了调和，使两者都不至于剑走偏锋。洛多维科伯爵认为"理想的廷臣应当出身高贵"，他在为此辩护时第一次把这些规范与天赋联系在了一起："高贵的出身犹如明灯，照亮各种行为，无论善恶，激发他们追求卓越，恐惧失去名望，渴望赢得赞美。由于出身低贱的凡夫俗子缺少这种刺激和对失去名望的恐惧，他们的行为不拥有这种高贵的光芒。"（64）他进一步指出，"情况无外乎是这样的：无论是在军队还是在其他有价值的职业中，那些最杰出的人莫不出身高贵，因为自然在每一个物品中都暗藏了一颗种子，它有一种方式用其最基本的特征来影响和传递由此生发的一切"（64）。伯爵在讨论中引入"典雅"一词，承认如果缺少适当的养育，贵族子弟也会误入歧途，并不是每一个贵族都天生具有"典雅"之气。该词很快再次出现，伯爵谈论费拉拉的红衣主教时，说他"享有一个令人愉快的出身，这种典雅弥漫在他的全身、他的外貌、他的言谈举止以及所有的行为中"。他补充道，"不拥有如此完美的先天禀赋的人，不会享有绝妙的典雅，他们可以力争做到细心和努力，以便在很大程度上修饰和修正自己的先天不足。因此，除了高贵的出身之外，我希望廷臣在这方面是幸运的"（55）。他后来又指出，

"廷臣在所有的行为、姿态等方面都应带有一种典雅之气。在我看来，如调味品一般，你应当在一切当中都拥有它，如若不然，其他任何品质和条件都无足挂齿"（65）。

可见，"典雅"是一种附加于那些可感知的具体品格和条件之上的额外品质。典雅是一个人的天赋，是一种来自"自然和天国的礼物"（65），无法通过后天训练习得，因为假如一个人费尽心思想要得到它，或者行动中表现出过多刻意追求或努力的痕迹，典雅便会消失殆尽。相反，一个人纯然轻松自如才有可能呈现出典雅的品质，掩藏获得典雅的技巧是唯一值得做出的努力，正如瑞伯恩所言，廷臣应当能够展示"一种举重若轻的能力，将投入其中的有意识努力全都隐藏起来"[1]。"若轻"是表象，"举重"是背后的真实，典雅正是出自"无艺之艺"。洛多维科伯爵声称，"最高程度的典雅出自简洁和淡然"（86）。他还在对话中把典雅与古代画家采用的方法进行比较，指出在古代最杰出的画家中流传这样一句谚语：勤奋过度会给艺术创作造成损害。古希腊画家阿佩利斯（Apelles）就曾批评另一位画家普罗托吉尼斯（Protogenes），说他太过用功，无法把画笔从画布上移开。[2]

虽说如此，摹仿的价值并没有被彻底否定。洛多维科伯爵在引入"无艺之艺"一词之前谈到，一个优秀的学生必须不停地摹仿，但不是摹仿某一个人，而是凭借自己的判断博采众长。伯爵在此提出一条忠告，指出理想的廷臣在摹仿行为举止的楷模的过程中，应当集古希腊画家宙克西斯的选择和柏拉图对话录中那些嘴上涂蜜的诗人的甜言蜜语为一体，因为宙克西斯只挑选近乎完美的模特，而柏拉图即使是攻击诗歌时也不得不承认它的魔力。伯爵对此进一步解释道，理想的廷臣在摹仿时要像小偷一样：

---

[1] Wayne A. Rebhorn, *Courtly Performances: Masking and Festivity in Castiglione's Book of the Courtier*, p.33.

[2] 详见 Baldassare Castiglione, *The Book of the Courtier*, p.69。

"廷臣必须从在他看来拥有这种典雅的人那儿偷取它,就像在葱绿的草场上蜂蜜从草丛中轻快飞过劫掠鲜花一样,从每人那里偷取最值得赞赏的部分。"(66—67)至于在这条建议中为什么说是"偷取",韩宁把这与宙克西斯的模特及文艺复兴时期画家阿尔伯蒂对此的使用联系在一起,强调"画家的义务是通过只摹仿最接近完美的模特,创造理想的摹仿性艺术,廷臣既是宙克西斯又是他的模特,用许多精美的部分来组成一个完美的理想"[1]。廷臣要获得典雅之气,不能靠生吞活剥,而是要将采撷自不同来源的典雅化为己有,使之成为自我的有机组成部分。

卡斯蒂廖内对典雅就其社会意义所做的上述论述,与乔治·瓦萨里把它运用于艺术时的观点颇为相近。瓦萨里的艺术理论大有可能源自《廷臣论》,它的重要特点就是里面包含了一种被称为"典雅"的新品质。事实上,典雅理论首先由风格主义作家——特别是其中的新柏拉图主义者——提出并加以发展,瓦萨里虽然不是首创者,但他是将其运用于艺术的第一人。尽管在瓦萨里之前"典雅"一词就已被用于绘画,但那时"典雅"似乎可以与"美"互换,或者两者最多只是在美的程度上略有差异而已。瓦萨里赋予"典雅"一种新的含义,使之不仅不同于美,而且与之形成对照。他把美视为一种具有理性属性的品质,依赖于规则,而典雅则是一种难以定义的品质,依赖于判断或眼光。他把"精致、精妙和极致的典雅"称为"完美艺术展现的品质",指出如果缺少这类品质,一幅人物画即使四肢与身高比例和谐,符合古典法则,也仍然有所不足,因为正确的比例无法带来典雅。[2] 在瓦萨里的理论中,"典雅"一词最清晰的概念是与艺术家轻松而又快速地完成艺术创作的能力相关。他在自传中声称自己"不仅以最快的速度,而且以一种令人难以置信的轻巧,毫不费力地"创作其作品,任何辛苦雕琢的痕迹都会使艺术品表现出一种致命的低下品质。他

---

[1] 详见 Robert W. Hanning, "Castiglione's Verbal Portrait," pp.134–135。
[2] 详见 Anthony Blunt, *Artistic Theory in Italy: 1450–1600*, p.92。

认为在达·芬奇之前，由于艺术家过度学习彼埃罗·德拉·弗朗西斯卡（Piero della Francesca, c.1415—1492）和其他人，艺术品呈现出一派枯燥乏味的景象，在他之后这种面貌才被一扫而光，"那种完美的典雅"再次出现。[1]

在瓦萨里看来，艺术家的典雅以及轻松而快速完成作品的能力皆源自其先天禀赋，而非后天的勤学和苦练。他指出，"一些人毫不费力便能创作，并且使作品带上某种别人勤学或摹仿也无法得来的典雅，他们深受天国和自然的恩宠"[2]。这并不表明瓦萨里否定后天勤学苦练和摹仿他人作品的价值，因为他同样谴责那些疏于发现自身天资并加以培养的艺术家。事实上，他既以一种方式否定勤学苦练和细致摹仿，又以另一种方式对其加以肯定。具体就绘画而言，艺术家必须不辞辛劳地摹仿，以便在描绘自然对象时达致游刃有余的境地，但是当艺术家创作一幅具体的作品时，他必须尽可能一气呵成，不要在画板上留下任何费劲摹仿的痕迹。艺术家一旦在画艺上达到炉火纯青的程度，创作时便能抛开任何摹本而从记忆中攫取所需要的元素，挥洒自如。这与卡斯蒂廖内确立的原则几乎一模一样。《廷臣论》是一部关于廷臣的行为举止的书，而瓦萨里有关绘画的典雅理论出自该书，这一事实表明了典雅概念在瓦萨里作品中的真正意义。对于十五世纪的人文主义者而言，绘画已日益成为一种科学性艺术，如过度依赖人体比例、骨骼和肌肉运动等，而瓦萨里欲让绘画重新获得一种对人自身优雅的行为举止的认识。锡德尼的《为诗辩护》表现出"无艺之艺"的特征，背后有着与此相似的深意。

研究者一般认为《为诗辩护》的这种特征体现在风格上，主要是在行文、词语、结构、句式等方面。锡德尼似乎追寻着一种清晰的思路，顺着所思所想，洋洋洒洒，所用词语绝不构成作者写作或者读者阅读的障碍。

---

[1] Anthony Blunt, *Artistic Theory in Italy: 1450-1600*, pp.94-95.
[2] 转引自 Ibid., p.96.

文章遵循古典法庭辩论的繁复文体结构，但是这种结构有时似有若无，并非一目了然。作者本人对其早已了然于胸，论述时随心之所欲，入乎其中，出乎其外，收放自如。吉尔伯特指出，"《为诗辩护》有着令人钦佩的结构，锡德尼在此框架之内挥洒自如，这就好比他在骑马和比武时，既技艺精湛风姿优雅，同时又遵循比赛规则"[1]。《为诗辩护》中那种色尼加式的句子，节奏舒缓从容，有时会让读者在不知不觉中如入迷雾，然则，作者快速而又典雅地对上一部分做出的总结，让读者仿佛在蓦然回首间发现"航标"。[2]《为诗辩护》的这种风格特征为读者提供了一种参照物，与"单调乏味的时代"甚为流行的英国诗歌的风格形成对照。[3]

对于《为诗辩护》展现的上述艺术风格特征，研究者持有不同的认识。麦瑞克、丹纳等把它归因于作者的廷臣身份。麦瑞克在分析锡德尼对自己著作的调侃时指出，如果一个廷臣想要赢得殊荣，那么对于必须严肃处理之事，似乎应表现出那种淡然以待的"温文尔雅的冷漠"[4]。丹纳则把《阿卡迪亚》中乔装的王子展现出的"淡然"运用于锡德尼本人，认为田园乔装提供了一种路径，诗人即便年纪轻轻，恐怕已经以他独特的优雅风度和冷漠，"开始探索英雄叙事的种种可能性。'阿卡迪亚'这个概念本身就含有一种'轻描淡写'的含义。让一位作家获得更大成就的，或许正是他满足于声称取得较少成就的那种表现"[5]。蒙特戈莫里等研究者认为，这

---

[1] Allan H. Gilbert, *Literary Criticism: Plato to Dryden*, p.405.
[2] 古典拉丁散文有西塞罗式（Ciceronian）与色尼加式（Senecan）两种不同的风格。王佐良指出，"西塞罗式讲究修辞术，用大量的明喻、暗喻、拟人、夸张等手法铺陈一事，句子是长的，丰满的，音调是铿锵的；色尼加式则相反，着重论点的鲜明与表达的有力，句子是短的，不求堂皇的韵律而接近口语的节奏"。文艺复兴时期的英国散文也有西塞罗式和色尼加式之分，各有佳作。详见王佐良《英国散文的流变》，第15页。
[3] 刘易斯认为十六世纪最后二十年英国诗歌发生了巨大变化，他称此前为英国诗歌的"单调乏味的时代"。详见C. S. Lewis, *English Literature in the Sixteenth Century: Excluding Drama*, p.1.
[4] Kenneth Orne Myrick, *Sir Philip Sidney as a Literary Craftsman*, p.40.
[5] 转引自A. C. Hamilton, *Sir Philip Sidney: A Study of His Life and Works*, p.188。

种特征属于当时反西塞罗主义者倡导的简约风格,这样他们同时得出结论:锡德尼在短暂的写作生涯中风格发生了变化。例如,蒙特戈莫里把锡德尼归于十六世纪至十七世纪早期偏爱简约风格的一类作家,认为他后来拒绝自己早期作品《阿卡迪亚》中的"西塞罗"倾向,而在之后的《爱星者和星星》中,读者仿佛听到了《为诗辩护》的回响:反对抒情性绚丽华美的传统风格,大力倡导一种更为简约、直接的风格。然而,这组十四行诗又未能一以贯之地完全忠实于他本人关于这类风格的一些原则。[1] 麦瑞克甚至相信《为诗辩护》本身就包含着这类不一致:锡德尼既注重得体的风格,也就是不装腔作势的简约风格,又不放弃修辞性的修饰,两者之间无法调和:"在《为诗辩护》中古典得体原则让作者鄙视矫揉造作,而文艺复兴时期对修饰的偏好导致他看重华丽的辞藻。"[2] 特林皮提出,"锡德尼在《为诗辩护》中讨论简约风格之后,在后期作品中采用了精致典雅的修辞和修饰"。他总结道,锡德尼"未能自始至终保持本土简约风格,或者坚守早已坚定地确立下来的那些原则"[3]。

  上述研究者较为集中而有说服力地指出了锡德尼的廷臣身份对其风格的影响。在崇尚"无艺之艺"的意大利宫廷文化中,廷臣被认为应当具有一种"举重若轻"的能力,他们恰当地强调了其中的"若轻"部分。他们因《为诗辩护》"无艺之艺"的艺术特征而把它看成具有反西塞罗主义者倡导的简约风格,或者因其中表现出的不同风格而认为锡德尼无法调和文本内在的矛盾。可是,这两种观点均未探讨什么是锡德尼"所举之重",也没有回答他所采用的风格与其终极意图之间存在何种关系这一问题。事实上,至少早在写作《旧阿卡迪亚》时,锡德尼有关风格的批评原则和思想就已基本成熟并日渐完善,之后他始终如一,无论是采用简约还是绚丽

---

[1] 详见 Robert Montgemory, *Symmetry and Sense*, p.64。

[2] Kenneth Orne Myrick, *Sir Philip Sidney as a Literary Craftsman*, p.180.

[3] Wesley Trimpi, *Ben Jonson's Poems: A Study of the Plain Style*, p.149.

风格，他都抱有一致的意图。

诚然，锡德尼的廷臣身份对其诗人身份产生了影响，《为诗辩护》表现出的"无艺之艺"的特征是廷臣的一种行事姿态或一个艺术风格问题，但是在此之外，它与他"所举之重"密切相关。锡德尼的同时代人乔治·查普曼在谈到自己费时费力写下的一首诗时，轻描淡写、似是而非地说，其主题就像穆萨乌斯的《海洛和情人利安德》那样不值一提："为一个如此不足挂齿的主题写下那些诗行，实在有违鄙人的双手，比起任何钱贩子沉甸甸的庄严肃穆，它都能够更多地揭示有价值的灵魂和神圣智慧的分量，而在这些钱贩子的职业中所有严肃的主题都得以终结。"[1] 锡德尼的"淡然"与此不无类似，同样事关一个"严肃的主题"。

二

在锡德尼开始创作的十六世纪七十年代末，英国的文学景象甚为萧条。正如他在《为诗辩护》中写到的那样，自乔叟以来，除了托马斯·萨克维尔（Thomas Sackville，1536—1608）的《治者之鉴》（*The Mirror for Magistrates*，1559）、亨利·霍华德即萨利伯爵（Henry Howard, Earl of Surrey，1516/1517—1547）的抒情诗和斯宾塞的《牧人月历》之外，文学园地如荒原一般。[2] 锡德尼坦言："我不记得曾经见过什么印了出来的东西，具有诗的筋骨。"（55）关于乔叟本人，他感叹万分："不知哪一种情况更值得惊叹，是他在那乌烟瘴气的时代能够看得如此清楚，还是我们在这清朗光明的时代，就算跟着他走也还是如此跌跌撞撞。"（55）这种萧条景象的形成有其历史原因，与诗人们面临的问题不无关系。

---

[1] George Chapman, *The Poems of George Chapman*, p.132.
[2] 《治者之鉴》于1559年初版，后来不断补充再版。书中收集了历史上许多君主衰落败亡的悲剧故事，书名和内容均与《资治通鉴》颇为契合。

十六世纪中叶英国诗人在写作时至少面临三大问题。其一是不能确定如何写出有节奏的诗行；其二是可供选择的诗歌形式有限；其三是不能确定最适合诗歌形式的风格和语言。[1] 英语中重音和轻音音节规律性的交替出现构成诗行的节奏，然而，十五世纪的英国诗人丧失了写作这种诗行的能力，直到十六世纪三十年代亨利八世统治后期，托马斯·怀亚特爵士（Sir Thomas Wyatt, 1503—1542）、尼古拉斯·格里马尔德（Nicholas Grimald, 1519—1562）和萨利伯爵等才重新发现由重音音节构成的节奏。一些印刷书籍使这种发现得以广泛传播，影响最大的应该是理查德·托特尔（Richard Tottel, c.1530—1594）于1557年出版的《杂集》（*Tottel's Miscellany*）。在伊丽莎白时期，这部文集共再版八次，里面包含歌曲和十四行诗，其中既有常规的又有各式各样新式的诗歌形式，仅怀亚特一人就采用了二十九种之多。伊丽莎白时期最早的职业诗人从《杂集》和其他相关作品中凝练出一种统一的诗歌风格，将诗歌形式和修辞技巧局限在一个极为狭小的范围之内。据统计，在现存的十六世纪上半叶的诗歌中，超过七成都只是采用了四种押韵形式中的一种，它们均由乔叟首创或是他所使用过的。在诗歌的格律上，诗人们仿佛不敢越出雷池一步，害怕一旦越出抑扬格的范围便完全丧失节奏感。在怀亚特和萨利取得辉煌成就之后，十六世纪六十、七十年代的英语诗歌已然华彩尽失，在技术层面上陷入了一种了无生气的境地，绝大多数诗歌给人的感觉是平淡无奇、枯燥乏味。[2] 在八十年代锡德尼、斯宾塞等诗人出现之前，"单调乏味"的风格一统英国文坛。

除了诗行的节奏和形式方面的问题之外，诗人还不知道应该如何形成一种适合诗歌内容的措辞和修辞。在实际写作过程中，他们往往会使作品呈现出绚丽和简约两种较为极端的风格，前者的特征是诗歌中充斥着非同

---

1 详见 William A. Ringler, ed. *The Poems of Sir Philip Sidney*, p.lii。
2 详见 Theodore Spenser, "The Poetry of Sir Philip Sidney," pp.35-37。

寻常的词语，后者是夹杂着方言俚语。这一局面的形成由来已久，追根溯源，第一类风格中常出现的那些词语多半由拉丁语派生而来，十五世纪因僧侣诗人约翰·宁德盖特（John Lydgate，1370—1451）的大力推动而广为流传，直至十六世纪中叶；第二类是由亨利八世的宫廷诗人约翰·思卡尔顿（John Skelton，1463—1529）倡导的风格。到了伊丽莎白时期，诗人深感困惑不知如何在这两种风格之间做出抉择，也不能确定一首诗歌究竟应采用何种修辞手法和哪一个层次的词语。[1] 由于"西塞罗主义"在欧洲大陆和英国长期盛行，两者中占上风者是修辞繁复的绚丽风格。[2]

为了进一步探讨英国诗歌面临的问题，我们首先需要在更为宽广的人文主义语境中来认识"西塞罗主义"的产生和盛行。西塞罗修辞理论的标识是他坚持智慧（sapientia）和雄辩（eloquentia）的结合，他在《论创意》（De inventione）中写道，缺少雄辩的智慧对国家了无裨益，而没有智慧的雄辩危害甚巨，这是一项古老的常识。他心目中完美的演说者不只是掌握了精湛的演讲技巧，而是对重要的主题和各种技艺同样拥有广博的综合性知识。在他的文化视野中，最富有特色的理想莫过于修辞和哲学的结合。他本人的相关做法对后人普遍深具吸引力。然而，在文艺复兴时期的意大利，两者之间的关系发生了变化，正如塞格尔所言：

---

[1] 详见 Steven W. May, "Poetry," pp.551–552。
[2] 研究者习惯性地将"西塞罗主义"等同于精致绚丽的修辞风格，而将"反西塞罗主义"等同于简约风格。这是一种过于简单化的划分，因为那些声称自己为反西塞罗主义的人所反的并不是西塞罗本人，而是一批僵化的摹仿者，他们被冠以"崇拜西塞罗风格者"（Ciceronians）之名。顾名思义，这些人信奉西塞罗主义，强调亦步亦趋或者说奴性地摹仿西塞罗的风格。其实，"西塞罗主义"的含义并非固定不变，在十六世纪就发生了微妙的变化，在十六世纪九十年代之前，对于伊拉斯谟、朗盖、加布里埃尔·哈维等从事写作的人来说，"西塞罗式的"几乎总是暗指一种特殊的摹仿方式，即忠实地摹仿唯一的大师西塞罗，到十六世纪末，这一术语被用来指一套文风特征，如华美绚丽、冗长繁复、修辞精致、节奏强烈等等。详见 Neil L. Rudenstine, *Sidney's Poetic Development*, p.299; Wesley Trimpi, *Ben Jonson's Poems: A Study of the Plain Style*, p.28。

人文主义的计划沿着下述路径发展起来：从彼得拉克结合两者（其中关于人的智力和道德生活的哲学标准保持相当的独立性，并带有相似的不一致性，正如它们在西塞罗的著作中一样）开始，经过萨卢塔蒂摇摆不定，再到布鲁尼更为自信地肯定演说家的哲学视角，最后再到瓦拉直截了当地要求哲学服从于修辞。如果我们说彼得拉克人文主义思想发展到十五世纪表现出这样一种趋势，大体上是不会错的：人文主义者开始以赋予哲学越来越少独立性的方式来构思智慧和雄辩的结合。[1]

往这个方向发展的第一步就是一些人文主义者使哲学从属于修辞，之后最终导致西塞罗主义的盛行。事实上，在彼得拉克之后，哲学和修辞、智慧和雄辩之间的关系成为文艺复兴时期学术研究的一个重要问题。诚然，在十五世纪的人文主义者中，西塞罗确立的上述原则激起了遥远的回响，譬如，布鲁尼明确提出，对不包含事实和真理的文学形式了如指掌，或者掌握广博的知识却无法优雅表达，两者都存在严重不足，因为学问的这两个方面须臾不可分离，因此，人文主义者应致力于实现双重目标，既要获得广博的知识，又要掌握表达的技巧。尽管如此，这一时期人文主义者的研究兴趣主要集中在演讲术和散文风格方面的问题上，他们希望从中找到精湛的表达技巧。究其原因，一方面，在这一历史阶段人文主义者或许是出于对西塞罗演讲的景仰，视古代演讲者为古典作家中的领袖人物，演讲术重新获得其在古代的显赫声名。同时，由于无论是在外交、公民生活中，还是在学术领域，仪式性演讲都扮演着举足轻重的角色，这种时代精神鼓励人们在意大利公共生活中复兴演讲。另一方面，意大利人文主义

---

1 Jerrold Seigel, *Rhetoric and Philosophy in Renaissance Humanism: The Union of Eloquence and Wisdom, Petrarch to Valla*, p.255.

者深切地感受到，表达的艺术在中世纪拉丁语当中业已走向衰败，复兴古典拉丁语的重任迫在眉睫。人文主义学者把西塞罗式的和奥古斯丁式的拉丁语重新定为标准和理想的语言。他们不仅重新关注散文风格，而且重申了一些极具价值的艺术原则，日后的事实证明，这一做法具有非同寻常的意义。

在人文主义者看来，最根本的任务是复兴古代语法。他们认为在一种基于语言文字的教育中，语法构成最重要的基础。在整个中世纪，语法学虽然属于七艺之一，但已日渐成为一种机械而又枯燥的学问，缺少独立的学科地位，附属于逻辑学和修辞学，仅仅关注词法、句法和作诗法。意大利人文主义者深受匡迪连的影响，对这种内容贫乏的学科发起挑战，最终使之变成了充满活力的新学问，对于正确表达、形成良好的风格以及解释文学作品等，语法学逐渐变得必不可少。相比之下，逻辑学和修辞学现在转而成为辅助性学科，其价值主要在于提升风格。人文主义者普遍认为，语法的功能是"使表达有秩序"，逻辑"使表达有意思"，修辞"使表达有光彩"。

语法学的复兴激发了学者们对风格问题的探讨。以瓦拉为例，在他之前语法问题的解决主要依靠那些被视作权威的古人著作，再辅之以后来语法学家的推理和猜想。但是这些依据并非坚实可靠，针对这一问题，瓦拉指出伟大经典作家的创作实践是唯一不可撼动的权威。他就文学标准提出了一项具有意义深远的全新原则，那就是把新发现的古典著作视为语言和风格的完美楷模（*Ego pro lege accipio quidquid magnis auctoribus placuit*）。尽管这项原则原本是针对词法和句法的，但仍成为文艺复兴时期最早的古典主义原则，它表明在文学方面权威的崇高地位归属于古代的伟大著作，唯有它们才能代表最高的艺术理想。[1]

---

1 详见J. W. H. Atkins, *English Literary Criticism: The Renascence*, pp.16–20。

再如，佩特鲁斯·保卢斯·维吉里乌斯（Petrus Paulus Vergerius，1370—1444）最早提出，风格问题事关一件作品能否永久流传，他认为没有风格的思想将不可能长存于世，这一观点后来为布鲁尼、阿尼斯·西尔维乌斯（Aeneas Silvius，1405—1464）等一再重申。选择恰当的词语于是成为作品获得永恒价值的必要条件，而其中最根本的元素是古代最优秀的作家所使用的词语。维吉里乌斯不鼓励作家创造新词，强烈谴责使用外来词、随意改变词形、重新使用早已过时的词语或者表达方式等做法，因为对于一门语言来说最为重要的莫过于被人恰当理解。假如一个隐喻使原本应该简单明了的含义变得晦涩难懂，那么它就不再是对语言的修饰，而成了令人讨厌的累赘。维吉里乌斯还提出了其他一些相关原则，譬如，作者应使表达的方式和风格与表达的主题一致，妥当安排句子中的词语，巧妙连接前后句子，排除任何形式的装腔作势，等等。

不过，与上述原则相比，一个特殊的风格问题产生了更为深远的影响。在复兴正确使用拉丁语的过程中，人文主义学者提出了一些摹仿古罗马伟大演说家和历史学家的原则，西塞罗作为一名散文文体家从一开始就不可避免地被确立为众人摹仿的对象，到十五世纪早期，这种做法便导致了"西塞罗传统"的形成。他们确立以西塞罗的文体为主要摹仿范本，目的是为了形成一种优雅的风格，其中既包含西塞罗的主要写作原则，同时又能满足当代的表达需要。这时的摹仿是一种最宽泛意义上的摹仿，代表一种对古典形式和精神的复兴，摹仿的对象绝不仅仅局限于西塞罗一人的作品。这种摹仿概念鼓励作家们形成了一种自然而有活力的风格，当时的天才作家从中找到了施展才华的舞台，可以无拘无束创造性地使用自己生动活泼的语言。[1]

---

[1] 关于西塞罗主义的产生和盛行及其原因，详见 J. W. H. Atkins, *English Literary Criticism: The Renascence*, ch.2。

在写作中摹仿古人的范本，原本是一个古已有之的做法。伊索克拉底最早指出了摹仿古人的范例或范本的重要性，此后在古罗马时期，无论是在理论上还是实践中，摹仿都得到普遍的认可，贺拉斯还开启了一项伟大传统，那就是摹仿古代艺术家那些堪称典范的作品，他劝导读者："你们应当日日夜夜把玩希腊的范例。"[1] 他心中的典范是荷马和古希腊悲剧家创作的古典作品，他提倡诗人在保持自己主体性的基础上，摹仿古人最优秀的品质，借鉴他们的创作技巧，大胆吸收其作品中高贵的原创主题，"不落希腊人的窠臼，并且（在作品中）歌颂本国的事迹"[2]。他主张诗人在采用"古典的"题材时体现自己的独创性："你不沿着众人走俗了的道路前进，不把精力花在逐字逐句的死搬死译上，不在摹仿的时候作茧自缚，既怕人耻笑又怕犯了写作规则，不敢越出雷池一步。"[3] 根据贺拉斯的摹仿概念，艺术家在形式技巧上摹仿古典作品，吸收古人的方法，目的在于创新，真正的摹仿是一种再创造，而不是毫无意义的重复。阿特金斯称这种摹仿为"向古人发出的一种吁请，意在最终带来表达上的独创"[4]。然而，到十五世纪中叶，摹仿概念被严重扭曲，摹仿对象被不可思议地局限在狭小的范围之内。西塞罗传统中出现了狂热的教条主义者，崇拜西塞罗风格者日渐沉迷于他的语言，视西塞罗的作品为散文风格和词汇的唯一范本，譬如，巴托洛米奥·斯卡拉（Bartolomeo Scala，1430—1497）提出，摹仿者必须耐心细致地摹仿的唯一对象是西塞罗，他们的表达必须严格局限在采用西塞罗文章中出现过的字词、词法和句法的范围内。西塞罗主义就此正式登上舞台。

随着西塞罗主义的出现和盛行，不同的声音也随之出现，反对派倡

---

[1] 贺拉斯《诗艺》，第138页。
[2] 同上，第139页。
[3] 同上，第133页。
[4] J. W. H. Atkins, *Literary Criticism in Antiquity: A Sketch of Its Development*, p.79.

导兼收并蓄和更具有原创精神的风格。早在1450年，阿尼斯·西尔维乌斯就提出警告，反对强制要求作家摹仿古老风格的做法，他还不失时机地让人们重温阿莱拉特的法沃里努斯（Favorinus of Arelate，c.80—c.160）的建议：继承古代伟人的美德，让他们的古语随风而逝。更重要的反对意见出自这个时代最杰出的学者安杰勒斯·波利提安（Angelus Politianus，1454—1494）。他指出，风格归根结底是一个私人问题，只会摹仿他人风格的人在他看来就像一个学舌的鹦鹉，他提醒大家，要记住匡迪连是如何嘲笑那些声称自己与西塞罗有亲缘关系的人，贺拉斯又是如何贬低除了摹仿一无所知者的价值。此等摹仿者写出来的作品缺乏写作者的个性，没有内在的精气神或生命，无法挑动他人的情感，因而毫无真实的价值和力度可言。波利提安告诫写作者抛弃对西塞罗主义的可悲迷信，因为它强迫写作者贬低自己的创造力，禁止他们把眼光投向西塞罗之外的作家。

波利提安在抨击西塞罗主义时还触及了一些更深层次的问题。他不仅深受匡迪连的影响，而且大有可能受到塔西佗的影响。塔西佗在《对话》中对绝对标准的有效性提出质疑，同时也为西塞罗之后散文风格方面的创新进行辩护，波利提安的做法与此一脉相承，他谴责有关古典原则的理论本身，怀疑是否真实存在过一个标准固定而又绝对的理想古典时期，进而抨击视西塞罗为唯一摹仿对象的原则。他注意到，在所谓的"理想的古典时期"，也就是西塞罗所处的那个时期，作家的写作方式变化多样，写作效果千姿百态，不一而足。西塞罗本人也没有自始至终采用某种固定的标准，他总是博采众长，在一生中依次受到过亚细亚、罗德西亚和雅典等地的不同风格的影响，因而不能为西塞罗主义的原则提供范例。此外，波利提安还强调西塞罗之后的作家在风格创新方面的价值，反驳并终结了有关他们水平整体下滑的错误观点，指出尽管他们的风格发生了变化，但是"不同"并不意味着"逊色"于前人。恰恰相反，他从"不同"中看到了这些作家独特的魅力及其诸多提升风格的可贵品质，指出了独尊一家的弊端，强调在摹仿古人时应不带成见、敞开胸怀。后人应细致研究这些作家，目的是在此基础上形成自己独到的风格，而不是仅仅止步于对他们的摹仿。[1] 上述观点表明波利提安的摹仿概念既包含了关于标准相对性的思考，也指明摹仿只不过是形成个人风格的预备阶段。

波利提安的重要性是毋庸置疑的，十五世纪末在西塞罗主义盛行的时代，他的观点令人耳目一新，但是后来的情况表明教条、机械地摹仿态势并未得到有效遏制或扭转，他之后的学者在阐述风格及构建其他文学理论时，多半忽略其学说，彼得罗·本博（Pietro Bembo，1470—1547）和马里厄斯·尼佐利乌斯（Marius Nizolius，1498—1576）等意大利人文主义学者依然过度摹仿西塞罗风格，甚至还编纂辞典，专门收集西塞罗在作品中使用过的字词。[2] 到十六世纪初，波利提安所关注的内容依然是紧要问题。

三

十六世纪初期，学者们围绕这些问题展开了辩论。欧洲关于西塞罗主义的辩论发生在波利提安之友、皮科之侄小皮科和崇拜西塞罗风格者本博之间，到十六世纪二十年代，伊拉斯谟和斯卡利杰分别从他们手中接过了接力棒。我们在谈论这一时期的英国文学时，无法绕开约翰·柯乐特（John Colet，1467—1519）、伊拉斯谟和胡安·路易斯·比韦斯三位杰出的人文主义学者，他们虽来自不同的国家，但都与当代英国生活有着千丝万缕的联系，都对英国思想界产生了重要影响。其中，伊拉斯谟在十六

---

[1] 详见 J. W. H. Atkins, *English Literary Criticism: The Renascence*, pp.22–24。

[2] 伊拉斯谟在《西塞罗》和锡德尼在《为诗辩护》中抨击僵化的西塞罗主义者时，都把尼佐利乌斯编纂这类辞典的做法作为批判或嘲讽的对象。

世纪前二十年主导了欧洲知识界，之后在英国思想界的影响仍长盛不衰。[1] 鉴于此，我们在论及英国的西塞罗主义之争时，可以从聚焦最重要的辩手伊拉斯谟着手，其独特的基督教式雄辩因柯乐特的大力推动而在英格兰广为传布。[2]

西塞罗主义之争涉及的一个重要概念无疑是摹仿，它在早期现代宗教改革语境下所具有的特殊内涵构成了我们探讨伊拉斯谟的一个基础。锡德尼的同时代人托马斯·罗杰斯将中世纪后期关于基督教信仰的经典著作《摹仿基督》(*Of the Imitation of Christ*, 1592) 译成英文，1580年，他在为其译著撰写的书信体序言中指出：

> 许多人在雄辩上千辛万苦地摹仿西塞罗，在哲学上摹仿亚里士多德，在法律上摹仿查士丁尼，为了世俗智慧在物理上摹仿盖伦；不仅于此，绝大多数人在虚荣上摹仿法国人，在奢华上摹仿丹麦人，在勇武上摹仿西班牙人，在偶像崇拜上摹仿教皇党人，在亵渎神明和生活不纯洁上摹仿异教徒，然而在天堂般的智慧和所有敬虔方面，却不追

---

[1] 直至1628年，用弥尔顿的话来说，情况仍是伊拉斯谟的《愚人颂》"在剑桥人手一册"。根据拉斯洛普，英格兰的新学就其性质而言可以被称为伊拉斯谟式的，因为"虽然柯乐特和托马斯·李纳克尔（Thomas Linacre, 1460—1524）对它有清晰的认识，但是伊拉斯谟把它集中地，同时也是最充满活力地体现了出来"。非但如此，文艺复兴时期是一个教学大发展的时代，伊拉斯谟对伊丽莎白时期教学产生了重大影响，正如德里克在他编辑的托马斯·威尔逊《修辞的艺术》中所言："伊拉斯谟对威尔逊的影响是开创性的，其社会和宗教理想很可能在林肯郡，必定在伊顿公学和剑桥大学，弥漫在对威尔逊的研究中，而且后者依赖伊拉斯谟的文本。基督教的虔敬和古典的学问之间的融合，对威尔逊的以下假设产生了根本性影响：第一，基督教价值观应当支配异教哲学；第二，获取古典智慧的目的是提升宗教和公民服务，而不是个人的荣耀；第三，对古典先例的摹仿是指有现实意义的训练，而不是对古典拉丁文的奴性摹仿。"详见 Myron P. Gilmore, *The World of Humanism, 1453–1517*, p.223; Henry Burrowes Lathrop, *Translations from the Classics into English from Caxton to Chapman, 1477–1620*, p.32; Thomas Wilson, *The Arte of Rhetorique*, ed. Thomas Derrick, p.lxxxvii。

[2] 关于伊拉斯谟对风格的总体态度以及在西塞罗主义之争中的主要论点，详见 J. W. H. Atkins, *English Literary Criticism: The Renascence*, ch.3。

随我们的救世主基督。这于我们而言是一种耻辱。[1]

罗杰斯在此不只是断言一个宗教改革前文本的当前效用,而且也使之适合用作攻击教皇党人偶像崇拜的工具,他的这种能力使其翻译行为具有了文化意义。于他而言,较之其他任何形式的摹仿,对上帝的摹仿理应高于一切。早期现代欧陆及英伦读者应当是熟知摹仿概念的这层含义,因为1500年至1700年间《摹仿基督》的英译本达十三种之多,罗杰斯的译本只是其中之一,在1580年至1609年间每隔一年重印一次。[2] 罗杰斯在上述引文中的选择通过《摹仿基督》批判文艺复兴时期的人文世俗主义,这实际上提醒我们注意不要因当代相关研究方法中隐含的世俗倾向,而忽视于早期现代十分重要的宗教维度。[3] 研究者舒格提出,宗教话语是这一时期"探讨几乎每一个主题的文化母体"[4]。换言之,在早期现代的历史语境下,我们讨论西塞罗主义之争及其核心概念"摹仿"时不宜脱离宗教话语。就伊拉斯谟的情况而论,其基督教思想构成了他关于西塞罗主义的观点的底色。

伊拉斯谟在辩论中表现出反西塞罗主义的倾向。十六世纪初,克里斯托夫·德·朗格尔(Christophe de Longueil,1488—1522)等法国学者从他们的意大利老师那里"沾染上了病毒",把西塞罗主义带到北方。伊拉斯谟最初很可能是由于阅读斯卡拉和波利提安之间的通信而对西塞罗主义

---

1 转引自Nandra Perry, "Imitatio and Identity: Thomas Rogers, Philip Sidney, and the Protestant Self," p.366。

2 Elizabeth K. Hudson, "English Protestants and the *Imitatio Christi*, 1580–1620," p.543.

3 佩里认为这部书流行之广提醒后人,"与罗利、马洛和莎士比亚等人的'自我塑造'并行不悖的,是更传统、世俗化程度更低的主体性模式,其中宗教话语是自我再现和自我分析的主要语言"。详见Nandra Perry, "Imitatio and Identity: Thomas Rogers, Philip Sidney, and the Protestant Self," p.366–367。

4 Debora Keller Shuger, *Habits of Thought in the English Renaissance: Religion, Politics, and the Dominant Culture*, p.6.

产生反感。1509年在逗留意大利期间,他在教廷参加了一个西塞罗式的布道,其传布的内容与其说是基督教,还不如说是异教,这令他十分警觉。[1] 不过,真正激发他有所行动的应该是朗格尔身后出版的演讲录和书信集。伊拉斯谟在1528年发表对话体著作《西塞罗》(*Ciceronianus*,1528)时,表现出明确的反西塞罗主义倾向,立场坚定地站在波利提安一边,以不屑一顾的沉默回应"令人敬畏"的斯卡利杰"粗鄙无礼的下流攻击"。他追随布鲁尼和其他人文主义者,坚信思想和表达作为文学中的两种元素各有其价值,指出"如果说前者在重要性上排列第一,那么后者在时间顺序上排列第一……因为思想观念只有通过描述它们的词语才能够被人理解"[2]。这些人文主义者竭力在两者之间维持平衡,其意义自不待言,但更重要的是,他们对过度沉迷于表达而忽视内容的问题提出了警告。伊拉斯谟认识到一些人文主义者为了风格自身的缘故而展示风格,反中世纪拉丁语运动已在他们当中掀起了一股浪潮。他多次提出文化视野的开阔理应比风格更为重要,谴责一些人炫耀性展示风格的做法,指出一个人讲雅典人说的希腊语这件事本身并无不妥,但是他不应装模作样地表现出雅典式的派头。

伊拉斯谟在一些关于风格的总体及具体原则中提出了鲜明的个人观点。他坚持认为措辞要恰当,词语应与表达的主题一致,这一得体原则几乎贯穿在他关于风格的所有讨论中。他强调表达如果不能同时既与艺术家自身和谐,又与主题吻合,那么便不能被称为典雅;词语背后如果没有意义,便是言过其实,等等。此外,他注意到言说应当自然真诚,表达应有个性,风格应从属于思想,他和波利提安一样要求风格应当能够体现写作者的个性。他还提出为了使表达丰富,可以采用"详述"的方法来提升风

---

[1] 详见 Judith Rice Henderson, "The Enigma of Erasmus' *Conficiendarum epistolarum formula*," pp.313–330; "'Vain Affectations': Bacon on Ciceronianism in 'The Advancement of Learning'," pp.209–234。

[2] 转引自 J. W. H. Atkins, *English Literary Criticism: The Renascence*, p.42。

格的技巧，也就是用寓言、格言、比喻、范例等方式更有效地展开某一话题，指出这一方法不同于中世纪那种乏味的解说和重复，称赞它是表达主题的一种理性手段。他要求作家在选用技巧时应当有鉴别力，只能选取适合的技巧，而不是不分青红皂白地滥用。[1]

伊拉斯谟坚决反对鼓励奴性摹仿唯一的范本西塞罗，认为崇拜西塞罗风格者在语言和历史方面都犯下了时间错位的错误。他嘲笑那些崇拜西塞罗风格者在摹仿时刻板教条，仅尊崇一家的风格，思想保守，目光短浅，纯粹为了语言表达而牺牲实质性的内容。他们只使用西塞罗用过的词语，胆小如鼠，绝不敢说出西塞罗未曾说过的话。他在《西塞罗》中以讽刺手法刻画了一个名为诺索彭鲁斯的人物，他是狂热的崇拜西塞罗风格者，认为摹仿西塞罗就意味着一丝不苟地重现其著作中的字词、短语和节奏，以达到让读者难辨真伪的程度。他在与另一人物布尔弗洛斯的对话中自称：

整整七年，除了西塞罗的书我什么都不碰，忍住不碰其他的书，虔诚得就像卡尔特会僧侣不碰禽肉……免得某个外来的词出其不意地闯入，遮掩了西塞罗语言的光辉。不仅如此，我还把它们锁在箱子里，让所有其他的书都从我的眼前消失，以免自己在漫不经心中犯错。从这之后，在我的图书馆里，除了西塞罗，其他人皆无一席之地。[2]

诺索彭鲁斯还像真实生活中的尼佐利乌斯一样编纂了一部辞典，里面按照字母顺序列出西塞罗真正使用过的字词，他在自己的写作中绝不使用未列入辞典的字词，即便是泰伦斯或其他同样声名卓著的作家使用过的字词，他也毫不犹豫地将其排除在外。他还振振有词地说道：

---

[1] 详见 J. W. H. Atkins, *English Literary Criticism: The Renascence*, pp.42–43。
[2] Desiderius Erasmus, *Ciceronianus*, in *Controversies Over the Imitation of Cicero in the Renaissance*, p.23.

> 假如一个人在自己的书里用上了一个不能在西塞罗的著作中找到出处的词，哪怕只是一个微不足道的词，此人也不配被称为崇拜西塞罗风格者。在一个人的词汇表中，即使只存在一个没有打上西塞罗烙印的词，我也会把整个词汇表看成假的，就像假币一样。[1]

当然，他也承认崇拜西塞罗风格者永远都不可能写出关于耶稣或者基督教的文章，因为西塞罗本人没有讨论过这一话题，自然也就没有使用过相关的词语。伊拉斯谟指出，这类崇拜西塞罗风格者为了制造形似的效果而不惜忽略内容，严重扭曲了西塞罗关于修辞的概念。西塞罗本人把对内容的思考当成写作和辩论的第一步，伊拉斯谟告诫他们：

> 西塞罗雄辩的源泉是什么？它是一个具有丰富的普遍性知识的头脑，特别关注那些将形成文字的主题；它是一个训练有素的头脑，在修辞规则、言说及写作方面日夜苦练和沉思。在所有这一切中，最根本的是对要辩护的内容有一颗充满爱的心灵。[2]

除了语言方面之外，崇拜西塞罗风格者在历史方面也同样犯了错。西塞罗的修辞术形成于罗马共和国时期，那时政治、法律等各种事务都需在大型公共集会上辩论或处理，公开、正式的雄辩形式适合这样的场景；而今时过境迁，十六世纪的政治和法律远不像古罗马时期那么公开。华美的修辞和绚丽的风格得以产生的社会条件已不复存在，十六世纪严谨、虔敬而又不事张扬的基督教社会已使这类风格显得格格不入。[3] 他怀疑西塞罗雄

---

[1] Desiderius Erasmus, *Ciceronianus*, in *Controversies Over the Imitation of Cicero in the Renaissance*, p.27.

[2] Ibid., p.80.

[3] 详见Ibid., pp.84–85; Neil L. Rudenstine, *Sidney's Poetic Development*, p.140; George Williamson, *The Senecan Amble*, pp.11–20。

辩的戏剧性是否适合基督徒，因为与华丽优雅的语言相比，他们更期待德性生活。况且，西塞罗没有使用过讨论基督教话题的词语，无法满足当代需要。伊拉斯谟警告像诺索彭鲁斯这样的摹仿者，"假如西塞罗死而复生，他自己都要笑话这些崇拜西塞罗风格者"，因为"时代已变，我们的直觉、需要和想法都与西塞罗有所不同"[1]。他质问道："即便承认西塞罗的雄辩曾经有用，今天何用之有？"因此，虽然伊拉斯谟提倡一种"真正的"西塞罗风格，但他认为应根据现代需要而对古代材料加以利用，宣称他所处的时代需要某种比西塞罗常用的手法"更严肃、更少戏剧性、更阳刚"的方式。

伊拉斯谟把崇拜西塞罗风格者在语言和历史方面的时间错位与罪联系在一起，特别是与所有好的模式从原初纯洁状态向下堕落及由此导致把事物的表面和本质合二为一的趋势联系在一起：

> 在着装、名号和生活上更接近萨丹纳帕勒斯而不是圣本笃，却吹嘘自己是圣本笃的信徒，是对圣本笃的侮辱；尽管在性格上表现得更接近法利赛人，却夸耀圣弗朗西斯的名字，是对圣弗朗西斯——那个没有邪恶意志的人——的侮辱；远离如此伟大人物的教义和虔敬，却声称自己是圣奥古斯丁的信徒，是对圣奥古斯丁的侮辱；除了名字之外一无所知，或许是对耶稣的侮辱。与此相同，除了西塞罗和崇拜西塞罗风格者这类词之外语言中一无所有，比任何人都更远离西塞罗的雄辩，这样的人说自己是西塞罗主义者，是在玷污西塞罗的名声。[2]

在伊拉斯谟看来，真正的崇拜西塞罗风格者应当重视本质胜过外表，使西塞罗的雄辩理想适应独特的时代和地点要求。早期现代崇拜者处于与

---

[1] 转引自 J. W. H. Atkins, *English Literary Criticism: The Renascence*, p.46。

[2] Desiderius Erasmus, *Ciceronianus*, in *Controversies Over the Imitation of Cicero in the Renaissance*, p.65.

西塞罗不同的环境中,基督教的存在是其中最主要的不同。伊拉斯谟谴责他们不虔敬,坚持认为虽说摹仿西塞罗并无过错,但是真正的雄辩深深地根植在摹仿基督和圣言中,其在《圣经》中的启示在历史偶然性的所指中融入了超验含义。根据伊拉斯谟,正确的信念是雄辩的前提条件,他断言,"当这种信念一旦确定,没有什么是比基督教更好的点缀,没有什么比耶稣·基督之名更具有说服力,也没有什么比教会里的伟人用来揭示秘密的言辞更动人心弦"[1]。

伊拉斯谟的建议是摹仿者应研究西塞罗的写作精神而不仅仅是语言,在摹仿过程中要注意发挥自己的创造性。伊拉斯谟之反西塞罗主义并不要求摹仿者与西塞罗本人分道扬镳,而是与文艺复兴时期那些狭隘的信徒彻底决裂,他认为"真正的"西塞罗主义者应当捕捉大师的神韵,与外在的"形似"相比,内在的"神似"更应受到重视,摹仿者自己的言说应当清晰流畅、生动活泼,与主题内容、时代状况和人物性格和谐一致。他声称,"这是可能发生的,一个最出色的崇拜西塞罗风格者是最不像西塞罗的人,这就是说,他演说得最流畅,最有见地,尽管是以不同的方式。这并不足怪,因为现在的环境已经截然不同了"[2]。然而,十六世纪的西塞罗风格崇拜者忽视思考,即忽视作家自身的创造性,其必然结果就是凡是西塞罗未曾写过的主题,他们便无从入手,主体的创造性更是无从谈起。他们把西塞罗著作中的华彩片段移花接木地安插在自己文章中,在这样做的时候,将自己的个人气质、才智、创造性等一概抹杀。伊拉斯谟通过其代言人布尔弗洛斯抨击诺索彭鲁斯之流的做法,坚定地表示作家必须遵循自己的先天禀赋,摹仿不是教条地默记和照抄原文的字词和短语。就像前文所述《廷臣论》中的伯爵提出"偷取"建议一样,布尔弗洛斯指出摹仿者

---

[1] Desiderius Erasmus, *Ciceronianus*, in *Controversies Over the Imitation of Cicero in the Renaissance*, p.129.

[2] Ibid., p.78.

应博采众长，创造性地转化获得的内容，使之带有自己独特个性的印迹，最终将它们化为己有：

> 这就是从所有的，特别是最著名的作家那里，采撷各种与你自己的禀赋吻合的精彩内容，不只是把你发现的那些美好之物加之于你的语言中，而是消化它们，使之成为自己的东西，以至于它们不像是从他人那里借鉴而来的，而是出自你本人的思想，散发出个人天性的气息和活力……这样你的语言就不会像是东拼西凑的，而是如河流一般流淌自你的思想深处。[1]

布尔弗洛斯相信以这种方式摹仿的人才是西塞罗的真正继承人。在伊拉斯谟的描绘中，基督教的演说家受到教会的约束，长期浸淫于《圣经》的神圣语言中，他的雄辩不是由各种古典资源组成的"百纳布"，而是原创的、自然的表达。事实上，在伊拉斯谟的认识中，"摹仿"和"摹仿基督"是同一的，是即兴表演中的神圣练习，是主题的一种变体，各种变体殊途同归，终极目的只有一个，那就是基督的美德。伊拉斯谟在《西塞罗》的最后写道："自由艺、哲学和演讲术被人研习，目的就是我们可以认识耶稣，我们可以庆祝基督的荣耀。"[2] 值得注意的是，对于医治过度华丽的西塞罗风格这一病症，伊拉斯谟提出雅典（Attic）直白的简约风格不失为一剂良药，这与他们期待文字所承载的功能是一致的，而这种功能往往是非文学性的，因而他们对内容的重视胜过形式。

尽管伊拉斯谟发表《西塞罗》时他在书中列举的西塞罗主义的"病毒"尚未"越过"阿尔卑斯山大规模"流行"起来，但是在近半个世纪之后的

---

[1] Desiderius Erasmus, *Ciceronianus*, in *Controversies Over the Imitation of Cicero in the Renaissance*, p.123.

[2] Ibid., p.129.

1577年的英格兰，与他志趣相投的坚定的反西塞罗主义者加布里埃尔·哈维已痛感有必要在同名文章中进一步张扬其主张，他声称"我在伊拉斯谟这里发现了一个崇拜西塞罗风格者，他不属于那些过分讲究的家伙愚不可及地想象的那种人"[1]。到十六世纪末，"病毒"在英国已然大肆流行，形势日益严峻，培根在《学术的推进》中称之为"学问的第一次温热病，发热者只知使用词语而置内容于不顾"，他痛批剑桥大学的人文主义者尼可拉斯·卡尔和罗杰·阿斯克姆诱导年轻人进入一种"精雕细琢的学问"的世界，"几乎神化西塞罗"[2]。事实上，早在锡德尼于十六世纪七十年代末"步入诗人的行列"之前，英国就已出现了西塞罗主义者和反西塞罗主义者之间的争论，两派对伊拉斯谟的上述主张做出了两种迥然有别的回应。

在与伊拉斯谟大异其趣的西塞罗主义者当中，最具影响力的人物莫过于阿斯克姆。[3]他或许属于哈维所指的在摹仿方面"过分讲究的家伙"，不止一次地声明摹仿的本质与其说是复制，不如说是创造。他指出大多数伟大的罗马作家都摹仿过希腊作家，如维吉尔摹仿荷马，西塞罗摹仿狄摩西尼，贺拉斯摹仿品达，色尼加摹仿欧里庇得斯，而且学者们早已注意到了这一点。他以维吉尔摹仿荷马为例来说明如何达到摹仿的效果，提出摹仿者在学习过程中应思考维吉尔是如何借鉴、省略或补充荷马的细节描写，如何修改和重新组织荷马的材料，最后再思考他这样做的原因。他指出摹仿者从中可以发现，真正意义上的摹仿不是不加区分地借鉴荷马史诗中的事件、词语或措辞，更不是奴性、机械地复制措辞或结构上的细节，摹仿的精髓在于理性而又有分寸地借用范本，使艺术直觉和艺术判断经常性地交相辉映。[4]阿斯克姆的这套说辞看起来与贺拉斯关于为创新而进行创造

1　Gabriel Harvey, *Ciceronianus*, p.77.
2　Francis Bacon, *The Works of Francis Bacon*, Vol.III, pp.283-284.
3　关于罗杰·阿斯克姆的影响力，详见本论著第66—67页。
4　关于阿斯克姆的有关观点，详见 Roger Ascham, "Of Imitation," pp.1-45。

性摹仿的说法颇为相似，然而，当落实到具体的摹仿对象问题上时，我们会发现两者迥然不同，前者机械、僵化的一面跃然而出，表明他是相当狂热的崇拜西塞罗风格者。

虽然阿斯克姆认为一般情况下摹仿者应仅向最优秀的作家学习，但在实际效果上他倡导了一种唯西塞罗独尊的风尚。他指出，在雄辩问题上摹仿者必须追随少数几位作家，主要是某一位作家。一方面，他注意到西塞罗本人成功地摹仿了多位典范作家，如柏拉图、色诺芬、狄摩西尼、伊索克拉底、亚里士多德等等，而且理解他在作品中如何重现他们的优秀风格。他赞赏地引用约翰·切克（John Cheke，1514—1557）的乐观陈述："仅细致钻研以下寥寥数本书，便可成为一位杰出人士：首先是《圣经》，再加上塔利的拉丁语著作，柏拉图、亚里士多德、色诺芬和狄摩西尼的希腊语著作。"[1] 另一方面，他坚定地认为历史上存在一个理想的古典时期，后人可以从中安全地获取拉丁语范本。他引用维莱乌斯·帕特尔库鲁斯（Velleius Paterculus，19BC—31AD），说明艺术的完美状态只会存续一个短暂的时期，随之而来的是衰败和消失。由于这个缘故，他坚信最纯粹的拉丁语雄辩只存在了不足百年，大致上处于从大西庇阿，即普布利乌斯·科尔内利乌斯·西庇阿（Publius Cornelius Scipio，236—183BC）生活的时代到奥古斯都皇帝统治时期（27BC—14AD）之间。纵观这一时期，他得出的结论是在散文方面仅有一位作家——西塞罗——提供了适合摹仿的范本，而在其他作家的作品中都或多或少地存在各种问题和不足。[2]

这种唯西塞罗独尊的做法是他所处时代的风尚。哈维用自身的经历为我们呈现了当时崇拜西塞罗风格者的写作状况：无论是在单词的选择、句

---

[1] Roger Ascham, "Of Imitaton," p.18.
[2] Ibid., p.45.

子的组织和结构、时态的区别性使用上，还是在惯用词语的匀称分布、分句和从句的构建、圆周句的节奏音韵上，他都亦步亦趋地摹仿西塞罗；他看重词语胜于内容，语言胜于思想；他深信摹仿的精髓在于选择尽可能多华丽而又典雅的词语，以一种有节奏的周期将它们连接起来，使之井然有序。那时的哈维就像他在书中讽刺的人物一样，令自己日后痛恨不已：他是"追逐西塞罗词语的捕野禽者，在所有最微小的细枝末节上，虔诚地跟在他后面，就像在沙滩上捡鹅卵石一样，从西塞罗那儿收集到几枚石子，而把最宝贵的辩论宝石和哲学明珠踩在脚下"[1]。

阿斯克姆本人唯西塞罗独尊的摹仿客观上导致了重形式轻内容的结果。有研究者认为，他不同于那些狂热的崇拜西塞罗风格者，他所倡导的西塞罗主义包含了新教元素，与他们所追逐且渐显僵化的东西有着本质的内在区别。譬如，阿尔文·沃斯提出，由于西塞罗在《论创意》中确立的正统古典西塞罗主义以几乎难以察觉的方式变得更为僵化和道德化，在关于词语与内容、修辞与哲学之间的关系方面，阿斯克姆所赞同的概念只不过是准西塞罗的。像他这样的英国西塞罗主义者所要求的不只是把修辞与哲学结合起来，而且是把话语、风格与宗教、政治及社会价值结合起来。在英国的崇拜西塞罗风格者当中，对词语的关注源自演说者的一种更充分的意识，即他们应当向上帝、英国和古典主义表达最深切的个人效忠之意，而并非像在奴性摹仿西塞罗的人当中那样，只是简单地信任词语的根本地位。[2]

然而，即便阿斯克姆在主观上有这种强烈意愿，在客观上他所倡导的摹仿也造成了形式高于一切的局面。对此刘易斯有过一段言简意赅而又直指问题核心的评论：

---

[1] Gabriel Harvey, *Ciceronianus*, p.77.

[2] 详见 Alvin Vos, "'Good Matter and Good Utterance': The Character of English Ciceronianism," pp.3–18。

他是一位僵化的人文主义者，自称是同时代人斯丢缪斯的追随者，是崇拜西塞罗风格者，是摹仿原则彻头彻尾的信徒。这里不是指亚里士多德关于对自然的摹仿，而是作家对作家的摹仿，它由罗马文学对希腊文学的摹仿而发展为一项原则。到阿斯克姆所处的时代，这已然成为一种对摹仿的摹仿。我们将从学习其摹仿狄摩西尼的方法中，学会如何摹仿塔利。关于这种毫无意义的摹仿外表的盛宴，阿斯克姆竟对其营养价值深信不疑，这着实令人惊讶。[1]

我们不难看出，在阿斯克姆的概念中摹仿有两个完全不同于贺拉斯所倡导的特性：其一是对摹仿的摹仿，也就是摹仿前人摹仿的方法；其二是摹仿的内容为事物的外部形式而非内容，摹仿者无须创造。他确信"那些我们发现对事物喜欢做出判断的人，往往在表达他们的想法时甚为粗鄙"，在他看来，"风格将是全部的学问"[2]。根据阿斯克姆的这种认识，摹仿者无须对事物做出判断，形式重于内容，对形式的摹仿压倒一切。在锡德尼步入英国文坛之际，出自纯粹西塞罗摹仿者的绚丽风格，几乎成为诗歌的主要风格。这是一种注重细节、夸大其词的风格，讲究烦琐微妙的重复以及稳重、庄严而又匀称的结构，多数情况下这种风格适合彼得拉克式爱情诗所表现的强烈情感。[3]然而，摹仿者在表达并不适合的内容时，依然刻板僵硬地摹仿西塞罗。诗人过度注重形式而轻视内容，其结果就是诗歌沦落为一种修辞性的修饰艺术，读者感受到的主要愉悦来自修辞技巧，而不是作品中蕴含的丰富情感或戏剧性效果。英国本土文学的发展受到了严重的制约。

作为对上述西塞罗式繁复绚丽风格的一种对抗力量，英国的反西塞

1　C. S. Lewis, *English Literature in the Sixteenth Century: Excluding Drama*, p.281.

2　Ibid.

3　详见Robert Montgomery, *Symmetry and Sense*, p.4。

罗主义者倡导一种简约朴实的风格。在欧洲范围内，简约风格主要体现在十六世纪后半叶和十七世纪初期尤斯图斯·利普修斯（Justus Lipsius，1547—1606）、蒙田、培根的散文和本·琼生的诗歌中，此处我们仅论及英国的情况。在崇尚简约风格的人看来，崇拜西塞罗风格者走得太远，他们对西塞罗使用过的词语、节奏和意象的兴趣达到了盲目崇拜的程度，而对洪亮而有节奏的雄辩的迷信只不过是借华丽语言的外表掩盖内在的无知和空洞。早在十六世纪上半叶，反西塞罗主义者就大力主张文章应有必要的思想深度，譬如，其中的代表性人物托马斯·埃利奥特指出："假如言说者知识贫乏，那么其言辞和理由无论何等华美堂皇，也都只能满足无知者的双耳，对他们实在少有裨益。"[1]他们提倡用简单明了来取代华美绚丽，用自然表达来代替矫揉造作。简约派美学追求随意、自然的效果，拒绝显而易见的风格化修饰，理由是修饰不可避免地会阻碍思想的表达，如约翰·杰威尔（John Jewel，1522—1571）和埃利奥特均反对作家采用过度繁复华丽、正式而又单调的圆周句式风格，认为它们不利于清晰的表达。当然，他们同样招致崇拜西塞罗风格者的猛烈攻击，阿斯克姆在《摹仿》中对此谴责道："不在乎词语只在乎内容，你不知道这对学问造成何等伤害，这会带来语言和心灵的分离。"[2]

拉莫斯的改革传入英国为简约风格倡导者的观点提供了权威依据，修辞与哲学的关系被重新提出。拉莫斯使逻辑和修辞之间的传统差距进一步缩小，信奉其理论的诗人为了更好地理解构思和谋篇布局，常常深深地被逻辑学所吸引。[3]诗歌与逻辑之间的依存关系虽不如修辞与逻辑之间的关系那么明显，但同样是不言而喻的。拉莫斯对逻辑学的重组促使诗人们有

1　转引自 Robert Montgomery, *Symmetry and Sense*, p.66。

2　Roger Ascham, "Of Imitation," p.6。

3　详见 Robert Montgomery, *Symmetry and Sense*, p.65; Wilbur S. Howell, *Logic and Rhetoric in England, 1500–1700*, ch.4。

意识地尝试把诗歌与逻辑联系起来，他们尽管创作时在确保所写内容符合诗歌要求的前提下不排除雄辩术中的各种微妙方法，但是深信诗歌作为一种符合理性的话语主要还是建构在逻辑基础之上，以一种有序的方式来组织安排思想活动。逻辑的法则就是思想活动的法则，诗人必须知道并运用这些法则，否则诗歌就不能接近真理或者把人的思想活动引向真理，文艺复兴时期人们对诗歌教育功能的理解便是基于这种认识；反西塞罗主义传统还强调，通过非正式风格展现的思想活动在说服人方面具有特殊价值。[1]这样由于拉莫斯主义的传入，英国的西塞罗主义之争再度挑起哲学与修辞学之间古老的争吵，就风格而言，这在很大程度上意味着简约与庄严风格之争。[2]原因是如果话语起始于心理顺序，思想被允许以它在头脑中出现的顺序再现，那么它最初的形式便是口语化的话语，这种话语拥有一种突发性的顺序、最松散的结构和最无约束的句法。我们或许可以说，对话性风格很少会为了逻辑和语法要求，更不会为了修辞顺序，而牺牲心理顺序；处于另一极端的圆周句风格恰恰与此相反，其特征是反复锤炼以达到一种最有序的节奏。[3]这样就出现了两种常见风格的区别：一种适合推理，另一种更正式的绚丽风格适合演说性的说服。[4]

拉莫斯的教义在英国的西塞罗主义之争中产生了影响，简约风格因倡导者的实用目的而备受推崇。如前文所述，早在十六世纪初期，伊拉斯谟在为简约风格辩护时有着明确的实用目的，他着重强调自古罗马时期以来，政治和法律事务已发生了变化，昔日繁复的绚丽风格已变得不合时宜。哈维和他一样，偏爱那种雅典式的简约风格，声称这是某种"简洁有力"的东西，立场鲜明地反对重形式（尤其是词语）轻内容的虚假西塞罗

1　详见 Rosemund Tuve, *Elizabethan and Metaphysical Imagery*, pp.252, 281–282, 313–323。

2　详见 George Williamson, *The Senecan Amble*, p.12。

3　Ibid., p.59。

4　详见 Robert Montgomery, *Symmetry and Sense*, p.5。

主义。他的《西塞罗》(Ciceronianus，1577) 最初是向剑桥大学学生发表的就职演讲，旨在纠正年轻人当中流行的滥用西塞罗风格的倾向，指出因为他们未来写作或演讲的内容都将集中于宗教、法律、政治、外交、学术等不同领域内，他们应当以含义清晰明了为目的：

> 切勿只眷顾词语的灿烂绿叶，更应青睐意义和推理的成熟果实……谨记荷马（见《伊利亚特》I.201）把词语描绘成 *pteroenta*，也就是带有翼翅，此皆因倘无主题的分量与之抗衡，它们便会轻松振翅远飞。让修辞与辩证法和知识如影随形。让舌头和思想并驾齐驱。向伊拉斯谟学习，让华美的文字和充实的内容携手并行；向拉莫斯学习，拥抱已和雄辩结盟的哲学；向荷马的菲尼克斯学习，是写作者，也是行动者。[1]

哈维要求读者或者听者将精力集中于内容而非形式，宣称他本人的著作在剥离了所有修辞性内容之后，光彩属于内容而非华美的词语。除了继承伊拉斯谟的反西塞罗主义思想之外，哈维在《西塞罗》中还融入了拉莫斯的教义，反对僵化的摹仿，一方面强调话语的顺序，另一方面也并非全然排斥修辞，而是认为有必要对其加以限制。哈维希望把雄辩和知识、思想和语言连接起来，指出西塞罗本人的风格并非如其崇拜者在作品中呈现的那样。对于西塞罗为古典简约风格提出的一些原则，哈维尝试和前辈一样使之流行起来。哈维写道："我发现与拉莫斯描绘的那种崇拜西塞罗风格者实属同类，他竭尽全力以其才智来复兴和重新创造西塞罗最为辉煌的成就和他所有完全值得摹仿的美德。"[2] 当然，这里的"拉莫斯描绘的那

---

[1] Gabriel Harvey, *Ciceronianus*, p.82.

[2] Ibid., p.77.

种崇拜西塞罗风格者"与前文中所论述的"崇拜西塞罗风格者",无可否认有着共同之处,那就是"崇拜西塞罗风格",但是他们又有着根本的不同。可见,有关西塞罗风格的辩论,与其说关注的是具体的风格传统,毋宁说是摹仿及创新这个中心话题。[1]关于这个话题,或许没有谁比锡德尼谈论得更具创造性和启示意义的了。

四

在十六世纪后半叶,锡德尼强烈地认识到英国文学呈现萧条景象的核心症结之所在及其医治良方,有意识地在西塞罗主义之争中表达诗人的主体性及文化自信的重要性,并赋予"无艺之艺"以简约风格之外的思想含义。从锡德尼的《为诗辩护》及诗歌中,我们可以看到对于英国文学的可悲状况,他采取了行动。由于在伊丽莎白时期锡德尼的诗歌以手抄本形式流传,比其他任何诗人的作品都流传得更广,他的行动影响了这一时期诗歌的发展方向,开启了英国文学的"黄金时代",其特点就是让形式和修辞服务于意义和效果,而不是将它们本身作为目的。[2]锡德尼关于风格的原则早在他创作《阿卡迪亚》之前就已确立,他不像哈维,从未做过神圣"塔利"的虔诚信徒,因而其思想无须发生根本性改变,作品的风格也始终如一。在写作生涯早期,他就是一位风格复杂的诗人,既能写得华丽典雅,又能写得粗粝质朴,还能写得轻松随意。在创作成熟期,他立足于反西塞罗主义传统中,同情性地理解当时传入英国的拉莫斯主义思想,在此基础上形成了自己的"一种混合型的"写作风格。

锡德尼反对这个世纪中叶盛行的极端西塞罗主义,他与反西塞罗主义

---

1 详见 Neil L. Rudenstine, *Sidney's Poetic Development*, p.135。

2 详见 Steven W. May, "Poetry," p.556。

者既有一致之处，也有个人的独到见解。在创造和摹仿这类问题上，他和伊拉斯谟、朗盖、哈维等人文主义者一样，强调主题的重要性和创造性摹仿的必要性，坚持认为作家应形成自己的创作风格，这种风格应能体现其对主题的认识。不过，在其他一些问题上，锡德尼明显持有不同于他们的观点，特别是关于简约风格这一复杂问题。他基于得体原则、摹仿和创造的方式对作家或主题做出判断，而不是断然确定他本人和其他作家应当采用绚丽、简约抑或是任何其他一种风格。鲁登斯坦正确地指出，"得体的内容，而不是'修辞'或'修饰'，是他选择风格的依据。和其他文艺复兴时期的诗人一样，他改变风格只是为了适合写作的内容"[1]。对于阐述性散文和演说，锡德尼和其他人文主义者一样要求采用简单明了的风格，反对为修饰而修饰的做法。在他的各类散文体文章中，《致女王书》是最为正式的一种，但即便在此书信中他也开诚布公地强调，将"用简洁而直白的词语"写下他反对女王与安茹公爵联姻的原因。我们必须承认他信守了承诺。对于诗歌以及丰富多彩的其他类型的散文，他比伊拉斯谟、哈维等对风格的判断远为复杂，他本人的创作风格也变化多样，让人从中感受到绚丽繁复之美。无论是哪一种情况，自然、得体都是他一以贯之坚持的原则。

锡德尼之反西塞罗主义与华丽的西塞罗风格是相容的。早在创作浪漫传奇故事《阿卡迪亚》（1578—1581）之前，他就已形成了反西塞罗主义思想。1573年朗盖在致锡德尼的信中写道：

> 你请我告诉你，如何方能形成自己的写作风格。我以为你会从阅读两卷西塞罗书信集中获益，阅读不仅是为了他的拉丁文的美妙，而且也是为了其中相当重要的内容。关于罗马共和国被推翻的原因，你

---

[1] Neil L. Rudenstine, *Sidney's Poetic Development*, p.131.

再也找不到更好的表述了。许多人认为以下方法相当有用：选取他的一封信译成另一种语言，合上书，再把它译回拉丁文；然后再翻开原书，把你的表达与西塞罗的进行比较。然则，你必须当心，切勿受到一些人的异端邪说的影响，他们认为精彩包含在对西塞罗的摹仿之中，于是把自己的生命全都耗费于此。[1]

朗盖提醒锡德尼要警惕西塞罗主义的危险性，而后者回复道："关于作文，我打算听从您的忠告，我将选取西塞罗的一封信，把它译成法文，然后再从法文译成英文。"[2]虽然我们难以从中判断锡德尼对西塞罗风格的看法，但无疑他把朗盖的忠告牢记在心。1580年，他在致其弟罗伯特的信中写道："只要你能够规范地说和写拉丁语，我从不要求刻苦学习摹仿西塞罗风格，这是牛津大学的主要恶习，'在追求词语的过程中，他们牺牲了主题'。感谢上帝，我的一个华丽的玩具将会在二月寄来。"[3]这里首先值得我们注意的是，锡德尼明确表达了对刻板摹仿西塞罗风格的反感，而这种态度与"一个华丽的玩具"《阿卡迪亚》的风格是相容的。关于这部作品的风格，我们且看哈维的评说。哈维告诉读者，从《阿卡迪亚》里勇敢的皮罗克勒斯和梅西多卢斯的冒险经历中，他们可以读到荷马愤怒的《伊利亚特》和精明的《奥德赛》。哈维情不自禁地赞叹道："愿这悦耳的故事长存，他优美而又趣味盎然的银色意象，他高贵勇气的金色栋梁，昭告世人，它们的作者是雄辩大师，他浑身上下散发着缪斯的气息，他如蜜蜂般

1　Philip Sidney, *The Correspondence of Sir Philip Sidney*, pp.77-78.
2　Ibid., p.92.
3　Philip Sidney, *Sir Philip Sidney: The Major Works, including Astrophil and Stell*, p.293. "在追求词语的过程中，他们牺牲了主题"的原文为拉丁语"qui dum verba sectantur, ses ipsas negligent"。Katherine Duncan-Jones 将此句译为"Who, while they pursue the words, neglect the subject matter"，并指出在牛津大学求学期间锡德尼本人的写作风格甚为烦琐。详见Katherine Duncan-Jones, "Notes," pp.399-400。

采撷着才智和艺术那美妙绝伦的花朵。"[1] 这段引文表明在哈维和无数读者看来,《阿卡迪亚》有着绚丽的西塞罗风格。它同时也至少表明锡德尼虽然和哈维一样是反西塞罗主义者,但此时他在这部田园英雄传奇故事中大量运用华丽的修饰和夸张的修辞,而这两者之间是不存在矛盾的。[2]

这里涉及内容和形式的关系问题。锡德尼在这个问题上毫不留情地把他的批评直接指向英国文坛,指出"在这里有两个部分,用词语表达的内容和表达内容的词语,在这两方面我们都没有把技巧和摹仿用得恰当"(54),直言不讳地批评西塞罗主义中存在的重要问题,认为崇拜西塞罗风格者追逐"词语"而忽略"内容"(res ipsas)(54)。尽管引文中的"我们"泛指英国诗人,但我们发现这项指控并不适合锡德尼本人及其作品。正如他在《与弟书》中提及的,他不能容忍因偏爱华丽的表达方式而牺牲内容的做法,在《阿卡迪亚》及其他作品中,"内容"并未被忽略,创作者优先关注的就是充实的内容本身。锡德尼不同于那些极端的西塞罗主义者,而与西塞罗本人以及哈维一样,相信拥有智慧和雄辩比仅拥有雄辩更有价值,内容比词语更重要。

在内容问题上,锡德尼强调包括真情实感、思想及创造性在内的诗人主体性的重要价值。他并不是说诗人不能向他人学习,只能"原创",他所强调的是诗人要遵循自己的禀赋天性和尊重自己的真情实感,在学习他人的内容和风格时,必须真正地化为己有,而不是在学习的过程中丧失自我。然而,英国文坛真实的情况却不如人意。他满怀深情地指出,尽管上帝赋予了英国人如此美好的心灵,他们拥有用来书写的双手和用来构思的才智,本来是可以好好地加以利用,产出丰硕的成果,"我们把眼睛转到任何东西上,都会有新萌生出来的来源"(60),但是英国诗人却因奴性地摹仿他人而将这一切弃之不顾:

---

[1] Gabriel Harvey, "From *Pierce's Supererogation*," pp.264-265.
[2] 详见 Neil L. Rudenstine, *Sidney's Poetic Development*, p.134。

事实上许多属于所谓不可抗拒的爱情的作品，如果我是个情妇，是不会让自己相信他们真的是在恋爱：他们如此冷静地使用火热的词句，就像宁可读恋人的作品而不是真实感受那情感的人。他们抓来几个夸张的词句，把它们凑合在一起，就像一个人曾经告诉过我的，风在西北方向，从南边吹来，因为这样就可以确信关于风的话他已经说得足够多了。(60—61)

锡德尼呼吁诗人要"真实感受到那情感"，唯有这样他们的语言才会像伊拉斯谟向诗人提出的那样，如河水一般从思想深处流淌而出。可是，在摹仿彼得拉克爱情诗盛行的时代，诗人们惯常的做法就是"如此冷静地使用火热的词"，从其他恋人的作品中"抓来几个夸张的词句"。这是一种奴性地追随彼得拉克传统的做法。锡德尼把这视为诗人们的主要问题，因为如此这般他们的作品必然是东拼西凑的：从他人的作品中找来一些碎片或残渣，再把它们"缝合"在一起，既不顾及这些字词真正的含义，也忽视自己的真实感受。这是最令人沮丧的一种西塞罗主义，其结果正如"风在西北方向，从南边吹来"那般不知所云，诗歌支离破碎，毫无逻辑可言。

有学者指出锡德尼本人亦属此类摹仿者，但这一判断值得商榷。阿特金斯指出锡德尼亦未能幸免于奴性追随彼得拉克传统，《爱星者和星星》中有大量诗歌可以为证，无论是在精神内核还是外在形式上，它们都受到来自意大利的影响。这组诗未能表达真情实感，而是某种幻想的、不真实的情绪，本质上就是文学习作，根据当时的惯例再现对一种诗性求偶（poetic courtship）的理想化回忆。[1] 特林皮也困惑地指出，"奇怪的是，对于过度摹仿彼得拉克，最初同时也是最好的批评，竟出自所有宫廷诗人都竭力摹仿的对象"[2]。然而，阿特金斯指出的问题并不能等同于锡德尼所批

---

1 详见 J. W. H. Atkins, *English Literary Criticism: The Renascence*, p.132。

2 Wesley Trimpi, *Ben Jonson's Poems: A Study of the Plain Style*, p.104.

判的内容。锡德尼批评英国诗人为了修饰而对形式尤其是词语的僵化摹仿，指出这将致使诗人的内在情感、个人独特的思考被忽略，他着重强调的是一种表现在作品内在逻辑上的东西，它能体现诗人主体性，而这在《爱星者和星星》中并不缺失。

　　事实上，对于从十六世纪中叶的"单调乏味"向"黄金时代"的风格转型，上述这段关于"爱情的作品"的引文，最精炼地概括了锡德尼写作的美学目的。西塞罗主义者为了修辞本身的缘故，用华美繁复的修辞来让情妇头晕目眩，而锡德尼写作情诗，意在用真情实感的力量来感动她。[1]在某种程度上，爱星者可以被视作锡德尼的代言人，在第六首十四行诗中，他声称自己能用诗歌表达个人的情感，批评那些只会摹仿其他诗人的"华丽辞藻"的人。[2]正如锡德尼在《为诗辩护》中抨击写绮丽体诗歌和盲目崇拜西塞罗风格的人，爱星者在第十五首十四行诗中甚为严厉地苛责了那些忘记了自我和本土文化的妄自菲薄之徒，因为

　　　　你找寻古老诗坛的裂缝
　　　　流出的每一条涓涓溪流，
　　　　和周围每朵并不美丽的
　　　　鲜花，把它硬塞入诗歌。

　　　　你真把字典的方法引进
　　　　自家押韵诗，如嘈杂绳梯；
　　　　把彼得拉克逝去久远的
　　　　悲伤用新愁愚智来浅吟。

1　详见Roger Ascham, "Of Imitation," p.17。

2　Philip Sidney, *Sir Philip Sidney: The Major Works, including Astrophil and Stell*, p.155.

你远道求助是误入歧途，
因你所需实为内心感动：
盗来之物定然终要见光。

倘若（为了爱和艺）你寻求
孕育那流芳百世的盛名，
凝望史黛拉，再舞文弄墨。[1]

爱星者谴责毫无想象力地滥用传统，全盘借鉴或者强行附上不必要的韵律和意象，这样做的必然结果就是诗歌中毫无真情实感可言，而"内心感动"才是诗人真正需要的。只有诗人"真实感受到那情感"，其"同样强烈的情感或'劲道'（如希腊人所说的）才会轻松地把那情感流露出来"（61）。锡德尼所指的"劲道"是一种知识性的清晰，来自诗人对自己的"理念或事先的设想"的精准理解，它与情感的真实是如此紧密地联系在一起，以至于一切修饰都被排除，因为修辞必将淡化真实性和说服力，因此，他希望诗人就像西塞罗本人所指的简单明了的演说家一样，给予思想而不是词语更多关注。

对于如何在作品中表达思想，锡德尼强调诗人的创造性的重要价值。在"创造"这一概念上，锡德尼除了深为伊拉斯谟及哈维的相关论述所吸引之外，还吸收了他本人研究拉莫斯的成果，他的作品被认为表现出了一定的拉莫斯主义特色，这与其说是他与其他追随者一样遵循了任何公认的拉莫斯逻辑学原则，毋宁说是因为两人之间存在一种同情性的理解。[2] 尽管锡德尼对

---

[1] Philip Sidney, *Sir Philip Sidney: The Major Works, including Astrophil and Stell*, p.158.
[2] 我们需要对锡德尼与拉莫斯在思想上的关系稍加明确。《为诗辩护》中多处透露出拉莫斯主义的痕迹，但这并不表明锡德尼本人受到他的影响。他在牛津大学求学时接受过的训练必定包含古典修辞学和亚里士多德逻辑学，尚无证据表明他对这种训练有过明显的攻击。相反，

（转下页）

拉莫斯的了解和兴趣是广为人知的，而且他和身为拉莫斯私人朋友的朗盖共同推动了其思想在欧陆和英伦的大学之外的知识圈中传播，但是这并不表明他简单地完全受其影响，从而崇尚简约、排斥绚丽风格，他所强调的是诗人的恰当"内容"的本质，而这与诗人的创造性相关。他在谈到英国作家在技巧和摹仿方面的问题时，指出了他们的作品在内容方面的弊病：

> 我们的内容真是随你高兴的，然而，这是错误地实行着奥维德的诗句"无论什么我试图说的，都是诗"，而总不率领它进入一定的阵线，以致读者简直会说不出自己在哪里……我不记得曾经见过什么印了出来的东西，具有诗的筋骨。为了证明这一点，只要把大多数的这种诗翻成散文，尔后问问它的意义，就会发现那只是一行产生另一行，在开头并没有安排好结尾：这就自然成为一堆混乱的词句，带有叮叮当当的诗韵，但并不带有多少道理。（54—55）

上述引文表明锡德尼对"道理"和"安排"给予严肃的关注，因为他要求诗人"率领"内容"进入一定的阵线"。这说明他最为重视的是话语"内容"，尤其是其内在逻辑性，而非华丽的辞藻本身。锡德尼认为诗人的

（接上页）
他一直不忘提升自己的希腊语，目的主要是为了看懂亚里士多德的《政治学》；他不厌其烦地翻译《修辞学》，而对一位坚定的拉莫斯主义者，这会是令人匪夷所思的冒险行动。他在《为诗辩护》和书信中多次提及亚里士多德、西塞罗、狄摩西尼及其他古典修辞学家，而从未提及拉莫斯。不仅如此，《为诗辩护》采用了古典法庭演说形式，这足以说明他对古典修辞学抱有足够的信心。这一切都表明他对拉莫斯的兴趣是有限度的，而且肯定与他对亚里士多德的强烈兴趣是并行不悖的。此外，拉莫斯把一些自己尚不能肯定的东西当成刚性方法灌输给了众多追随者，而这种方法在实际运用过程中往往与他自己的前提不符。锡德尼与这些追随者截然不同，以他对事物的认识，他不会没有意识到拉莫斯逻辑学至少在英国极易转化成一种流于表面的技巧，以致会在某种程度上制约对复杂事物本质的探讨。详见Malcolm William Wallace, *The Life of Sir Philip Sidney*, pp.97–107; Neil L. Rudenstine, *Sidney's Poetic Development*, pp.299–300; Geoffrey Shepherd, "Introduction," p.35。

第一要务远不是为了制造出具有修饰性的匀称之美,而是主题、创造和诗歌的"筋骨",即他所采用的逻辑和修辞结构。[1]拉莫斯像亚里士多德一样,坚信在说服性话语中"创造性"应放在首位,这一点大有可能加深了锡德尼对逻辑严密的辩论的喜爱。自创作之初开始,无论是在诗歌还是在传奇故事中,锡德尼都表现出对各种严密逻辑和紧凑安排的关注,他本人的诗歌和散文都有着极强的内在逻辑性,而过度修饰的风格却会对此造成严重损害。[2]拉莫斯主义或许在一般意义上加深了他对重词语轻内容的西塞罗主义的反感,成为促使他反对诗歌中过度修饰的众多原因之一。从另一个角度来说,他对一定程度上带有拉莫斯主义色彩、有节制的修辞表现出兴趣,这也说明他有意识地反对极端主义者的过度做法。[3]

五

锡德尼抨击英国诗人中流行的过度修饰的风格,痛感这种风格导致英国文学沉疴在身,他必须为同胞们指出其病症和医治良方。那些病症不但存在于诗人当中,而且也存在于散文作者、学者和传道人当中,患病者不外乎崇拜西塞罗风格者、绮丽体诗人和彼得拉克的摹仿者等等,他们的写作已然形成一种文风。锡德尼主要指出了两类病症,第一类是在有些诗人的作品中通篇可见"矫揉造作的雄辩和外来的冷僻词语,以致在任何可怜的英国人看来,其中许多简直像怪物,而全部则必然都像陌生人",他们有时为了押头韵,"钉住一个字母,似乎他们不得不遵循字典的办法,有时用了十分陈旧的修辞方式和语言花朵"(61)。这里的"外来的冷僻词语"译自英文词组"farfet words",普特南姆在《英语诗歌的艺术》中对

---

[1] 详见Neil L. Rudenstine, *Sidney's Poetic Development*, pp.138, 300。

[2] 详见Rosemond Tuve, *Elizabethan and Metaphysical Imagery*, pp.319-323。

[3] 详见Robert Montgemory, *Symmetry and Sense*, p.67; Geoffrey Shepherd, "Notes," p.228。

"farfet"的解释是"当我们从遥远的地方取来一个词,而不是就近选择一个能同样清晰,甚至更明了地表达内容的词时,我称之为farfet"[1]。

英国作家在语言上舍近求远症,究其本质,就是一种对欧陆语言的迷信。导致这一病症的病因并不难理解,简单而言,就是英国作家普遍缺少对英语语言文化的认同和自信。其实,文艺复兴时期欧陆人士普遍具有一种深深的文化自卑感,他们把古希腊和古罗马的成就看得远远高于当今社会所取得的一切。[2] 与之相比,英国人有过之而无不及,有些诗人对来自欧洲尤其是意大利的词语或修辞方式情有独钟,而对本民族的语言不屑一顾。当时英语是一种遭到欧洲人、甚至本国人歧视的语言,使用范围仅限于一个远离地中海文艺复兴发源地的小岛,使用人数极为有限,几乎没有任何意大利人、西班牙人或者法国人会突发奇想来学习这门语言。许多欧洲人都认为英语是一种野蛮人的语言,不是世界主要文学语言之一,不适合用来写作诗歌。[3] 伊丽莎白时期的英国人也认为自己的母语是一种"混

---

[1] George Puttenham, "From *The Arte of English Poetry*," p.169.
[2] 详见Steven W. May, "Poetry," p.556。
[3] 详见John Buxton, *Elizabethan Taste*, p.171。欧洲大陆人士对英国语言和文化的歧视由来已久。在古罗马时期,诗人维吉尔把不列颠描述为一个遥远荒凉的地方,它与全世界都隔绝开来,到十六世纪早期,对于生活在马德里和巴黎的人而言,英国依然如故。详见Stephen Greenblatt, ed. *The Norton Anthology of English Literature: the Sixteenth Century and the Early Seventeenth Century*, p.3. 从十四世纪薄伽丘描述彼得拉克的影响的一段文字中,我们可以看到英国这个"最遥远的小角落"长期以来在欧洲人心目中的位置:"不仅在当代人而且在所有卓越的古人中,他(注:指彼得拉克)的确值得被视为杰出者。他作为诗人的显赫名声得到公认,我是说,不只是所有意大利人,因为他们的荣耀是独一无二、万古长青的,而且是所有生活在法国、德国,甚至那个世界上最遥远的小角落英国的人。不仅如此,我还必须补充,还有许多希腊人。"详见Giovanni Boccaccio, *Boccaccio on Poetry*, pp.115-116。1418年,意大利人文主义者波焦来到英国,他在致佛罗伦萨的朋友尼科利的信中写道,"我看了许多修道院,到处挤满了新晋博士,这里甚至都找不到一个值得倾听的人。有一些古代著作,但我们国内有更好的版本。这个岛上几乎所有的修道院都是最近四百年内建的,这点时间既没有产生有学问的人,也没有产生我们所寻求的书"。详见史蒂芬·格林布拉特《大转向:世界如何步入现代》,第174页。尽管1499年首次访问英国的伊拉斯谟在离开时盛赞托马斯·李纳克尔、

(转下页)

杂的语言",存在种种不足,其中有两个问题尤为突出,首先是英语母语的词汇使得使用者不可能清晰表达或者雄辩,其次是英语的语法和拼写不够标准和稳定。

锡德尼试图改变上述状况,对于在写作中一味套用外来词的做法,他显然深为反感,相反对母语怀有一种强大的自信,力图用其作品来证明英语可以用来表达细腻的情感和精微的思想。在此我们仅以一例为证。亚瑟·戈尔丁在接手译完莫奈的《基督教真理》后,在致莱斯特伯爵的献词中,列出了很有可能是锡德尼本人确立的翻译原则:

> 如果任何单词或词组看上去陌生(或许在某些地方会出现这种情况),我毫不怀疑阁下将会洞悉,由于所涉及的内容珍贵而又精深,用母语处理尚有难度……我们甚为仔细地从母语资源中构建合适的名称和术语,而不是采用拉丁术语,或者借用任何外语中的词语。尽管这些名称和术语并不总是最寻常可见的,但永远都是我们可以信任而又易于理解的。[1]

这段引文传递出锡德尼对外来语的态度和对母语的信心。戈尔丁提到有些内容"用母语处理尚有难度",即人们对母语普遍缺乏信心,与欧陆国家的语言相比,英语的词语资源显得相当贫乏。[2] 在这种背景下,锡

(接上页)
托马斯·莫尔等人文主义者,惊叹"这里遍地长出一种多么茁壮的古代学问的稻苗,看到这种景象真是妙不可言",但是英语语言和文化的低下地位一如既往,即便是受他赞美的莫尔也选择用拉丁语写作《乌托邦》。转引自 Clare Carroll, "Humanism and English Literature in the Fifteenth and Sixteenth Centuries," p.247.

1 转引自 Geoffrey Shepherd, "Notes," p.227.
2 当时母语资源的贫乏使得把古典和当代著作翻译成英文成为一项艰巨的任务,但是莱斯特伯爵等人认为这些著作将有助于推动新教事业和推进英国的学术,因而在翻译方面给予特别的赞助。详见 Graham Parry, "Literary Patronage," p.121.

德尼深感诗人们在刻意摹仿西塞罗方面应有所节制，他相信母语的价值和作用，特别是英语作为一种文学载体所具有的巨大潜力。他一方面优先从母语资源中构建适合的名称和术语，另一方面积极乐观地看待已融入英语的外来语，而不是悲观地认为它们只会对英语造成损害。在他之前，约翰·切克、罗杰·阿斯克姆等人都比较抗拒外来语，比如切克就把外来语视为与母语对立，指出"我的观点是我们必须用清晰、纯洁的母语书写，从其他语言借用的词语不应混杂其间或对其构成挤压。如果我们没有对此多加小心，仅借用外来语而从不偿还，母语将不可避免地走向破产的结局"[1]。"E. K."也在《牧人月历》的前言中抱怨："他们时而从法语，时而从意大利语，总是从拉丁语那儿借来破布残片，补上漏洞……他们把我们的英语母语变成了所有其他语言的大杂烩。"[2]

与他们相比，锡德尼的态度显得更为包容而又自信，他对十六世纪八十年代的真实情况有着更为清醒的认识。他认为外来语的增加的确使英语成了一种拥有许多外来元素却无词型变化的"混杂的"语言，但这些特点同时也增加了英语的价值，使其成为一种富含各种资源的语言，也使表达变得更为便利。二十余年之前，理查德·托特尔在《杂集》中表达了对母语的热爱和自信："在诗歌中，我们的母语和其他语言一样值得颂扬。"[3]锡德尼与此一脉相承，他不失时机地为母语献上一曲赞歌，在指出大多数作家所犯的共同毛病之后，先是自谦道："我并不是擅自来教诗人他们应当怎样做，只是发现了我自己和其余的人同样有病，所以来指出大部分作家都犯了的共同毛病中的一两点病症。"（63）[4] 他随后激情洋溢地感叹道：

1　转引自 Clare Carroll, "English Literature in the Fifteenth and Sixteenth Centuries," p.263。

2　"E. K.," "Epistle Dedicatory to The Shepheards Calender," p.130.

3　转引自 Steven W. May, "Poetry," p.552。

4　麦瑞克和蒙特戈莫里均认为，说自己"同样有病"，是锡德尼对《阿卡迪亚》的风格的一种心照不宣而又严肃的批评；阿特金斯将此视为锡德尼做出的一种坦率而得体的自我批评；

（转下页）

"我们的语言给了我们巨大的机会,因为它确实容许对它加以任何美妙的使用。"(63)在锡德尼的眼中,一门语言最美丽动人之处就是能构成合成词,英语在这方面比拉丁语更胜一筹,可以与希腊语相媲美。就甜美而又恰当地表达头脑中的意象而言,英语可以与世界上任何一种语言相提并论,然而,英语的美妙却是英国诗人未能认识到的,他们中的许多人仍忙于收集异邦的词语。[1] 锡德尼对母语无与伦比的赞美,在拉丁语作为文学载体的地位依然稳固而英语又普遍遭受歧视的年代,无疑是及时而又令当世英国诗人欢欣鼓舞的。

鉴于英语本身所具有的巨大潜能,锡德尼提出诗人在阅读异邦诗人的著作时,应当学习他们的智慧和学识,而不是仅仅收集他们典雅的词语,然后矫揉造作地用在自己的诗歌或散文里。他感叹道:"真的,我愿——假使我可以如此大胆以致愿自己力所不及的事情——西塞罗和狄摩西尼(他们是极值得摹仿的)的勤恳的摹仿者不要带着尼佐利乌斯的那种本子摘录他们的比喻和词句。"(61)锡德尼在提及最臭名昭著的崇拜西塞罗风格者尼佐利乌斯时,同样谴责了类似诺索彭鲁斯的那种僵化的教条主义做法。譬如,罗杰·阿斯克姆在书中描述并提倡从其他作家那里搜集词语,他几乎把西塞罗和狄摩西尼供上神坛,诱导年轻人不舍昼夜、勤奋刻苦地摹仿他们那种精致考究的表达。对此,锡德尼毫不掩饰地表示鄙视。正如伊拉斯谟借布尔弗洛斯之口敦促作家们要遵循自己的禀赋天性,不只是把他们

(接上页)

鲁登斯坦则认为,这是把本人纳入自己的批评中,是一种自谦的表示。本论著认为锡德尼称自己和其他的诗人患有同样的病症,是一种辩护技巧,是为了进一步把听者纳入自己的阵营,以达到说服他们的预期效果,正如《为诗辩护》开头部分把听众归为自己同类,对诗歌这个"最初的乳母"心存感念,而不是像"刺猬"或毒蛇那样的忘恩负义者之流(4)。详见Kenneth Orne Myrick, *Sir Philip Sidney as a Literary Craftsman*, p.189; Robert Montgemory, *Symmetry and Sense*, p.64; J. W. H. Atkins, *English Literary Criticism: The Renascence*, p.134; Neil L. Rudenstine, *Sidney's Poetic Development*, p.302。

1 详见J. W. H. Atkins, *English Literary Criticism: The Renascence*, p.134。

发现的那些美好的表达强加于自己的语言之中，而是消化吸收化为己有，锡德尼深信诗歌应当表达个人独特的情感，希望作家们对于他人文采斐然的词语"要用细致的翻译好像把它们整个吞下，使他们整个成为自己的"（61）。"尼佐利乌斯的那种本子"显然只会抑制"细致的翻译"，此类东西鼓励的是一种奴性的摹仿，类似贺拉斯在《诗艺》中批评的那种情况，以这种方式"创作"出来的文学作品必然既无创造性又无实质性内容可言。

锡德尼指出的第二类病症是在有些作品中充满了异域想象和太过自由撷取而来的很不自然的比喻。他对这类作品表现出了深切的关注，对修饰问题有着自己缜密的思考，认为风格的采用应与表达的内容一致，也就是符合得体原则。违反这一原则的主要表现有僵化和过度使用两种情况。关于第一种情况，锡德尼主张作者在使用想象或比喻时不能生搬硬套西塞罗的风格，采用的修饰应与所写的主题一致。他抱怨崇拜西塞罗风格者，因为"他们现在好像把糖和香料投入每一只放到桌上来的盘子里；或者就像那种印第安人，他们不满足于在耳朵上自然合适的地方戴上耳环，而要把珠宝穿在鼻上、唇上，因为他们下定了决心要漂亮"（61）。糖和香料放在哪些盘子里以及放多少，耳环和珠宝戴在哪个部位才是自然合适的，这一切都需要遵循得体原则。与他们相比，西塞罗本人的做法却是恰到好处，而且符合这一原则的：

> 西塞罗，当他要用一个口才的霹雳来赶走喀提林的时候，他常用那种重复词句的修辞方式，如"他还活着。还活着？唉，他甚至还到参议院里来"等等。真的，被一个极为有理的愤怒燃烧了起来，他要使他的词句好像加上一倍而发出口来；因为他有意识地做了我们看到发脾气的人自然而然地做的事情。我们注意到了这种语言的魅力，就有时把它硬拉到给熟朋友的书信里来了，而在这里假装生气就是太做作了。（61—62）

锡德尼赞赏西塞罗重复词句，因为这种修辞方式自然而然地表达了他的愤怒，可是一个没有被此种情感所激发的摹仿者，为了效仿西塞罗而生吞活剥地把这种修辞方式用在不合适的地方，就显得太过做作。这段引文明白无误地表明锡德尼反对不分场合或主题地滥用，糖、香料、耳环、珠宝、重复词句的修辞手法等等，本身不仅是可以接受的，而且有时还是必要的。例如，他在讨论抒情诗时提到，

一听到那关于珀希和道格拉斯的老歌曲，总发现自己比听到军号还激动，虽然它只是由一个声音沙哑、风格粗野的盲琴师所唱着。它还是以野蛮时代的尘土和蛛网为衣服，如果它用上了品达的富丽文采装扮起来，它将会产生怎样的效果呢？（35）

锡德尼提及品达，不是因为那老歌曲不中听，而是他的文采将为之增色。又如，锡德尼并不排斥"大量的谐音"，而是提出这样的问题："怎样使用大量谐音，听起来才有讲经坛上的严肃。"（62）可见，他并不反对修辞性修饰本身，而是反对在一些具体情境中因刻意摹仿而不恰当地使用修饰。概言之，他攻击的目标不是修饰本身而是修饰的方法，不是头韵本身而是僵化地使用头韵。他不是为了确立一种"简单明了"的简约风格而反对修饰，他反对的是作者毫无主体意识、亦步亦趋地摹仿西塞罗或彼得拉克，机械地误用或滥用修饰。

关于第二种过度使用的情况，锡德尼明确表示反对。他感叹一些诗人为了某些比喻，搜罗"一切植物性著作，一切关于兽类的、鸟类的、鱼类的故事"，"为了要它们成群地来伺候我们的任何奇思异想"，他们的传奇故事的确成了"一种荒唐透顶的对耳朵的摧残"（62）。在约翰·黎里（John Lily，1553—1606）的《尤弗伊斯》（*Euphues*，1578）和斯蒂芬·高森的《弊端学堂》中，这类做法俯拾即是，已然成为一种潮流。在

黎里及其摹仿者的绮丽体风格的作品里，通篇充斥着头韵、对偶、平衡以及没完没了的取自动物王国的意象，作者还不负责任地从自然史，特别是从普林尼（Pliny the Elder，23—79）和伊拉斯谟的手册中撷取材料。锡德尼并不反对禽兽类的比喻，但强烈谴责这种对尤弗伊斯体的狂热，他在《爱星者和星星》第三首中嘲笑那些诗人，说他们为了让每一行意蕴丰富，用印度或非洲的植物或野兽来做比喻。[1] 这类作品虽然表面光鲜亮丽，言辞巧妙，但是内容贫乏，了无新意，作者选用的例子多半是杜撰的，这种做法使得学问本身变得无足轻重。[2]

锡德尼用演说来揭示比喻的本质，指出它们绝不会有助于劝导，只能说明而不能证明，过多的说明只会适得其反，令人兴致索然，因为

> 一个比喻的力量不是用来向一个对立的论争者证明任何东西的，而只是用来向愿意接受的听客做说明的；这一点达到了之后，其余的就是最使人厌烦的无聊话了；它只是使人忘却比喻所服务的目的，一点也不会充实人们的见识，因为见识或者是已经满足了的，或者就不是比喻所能满足的。（62）

这段引文令人联想起西塞罗为他的前辈、罗马著名演说家M.安东尼（M. Antonius，143—87BC）和马库斯·李锡尼乌斯·克拉苏（Marcus Licinius Crassus，115—53BC）所作的证言。锡德尼以这两人为例，说明尽管对于演说这门艺术的精细微妙之处，他们一个声称一无所知，另一个表示并不重视它，可是其演说却能够达到非同凡响的效果："凭一种简单明了（plaine sensibleness），他们可以赢得群众耳朵的信任；而这种信任就是最靠近说服的台阶；而说服又是一切演说的主要目的。"（62）因此，

---

[1] Philip Sidney, *Sir Philip Sidney: The Major Works, including Astrophil and Stell*, p.154.
[2] 详见Forrest G. Robinson, "Notes", p.83; Geoffrey Shepherd, "Notes", p.230。

锡德尼建议极省俭地用比喻这类手法，一个不加区分的使用者是"注意说得巧妙甚于说得真实的"，任何人都会看出来，"他是跟着他自己的音乐跳舞"（63）。由于说服观众是演说的主要目的，锡德尼赞同伊拉斯谟等的观点，使用者应采用直白的简约风格，而不是过度华丽的西塞罗风格。由此可见，锡德尼并不反对修饰本身，他"欢迎修饰，只是反感过度使用和滥用"[1]。他在谈论所处时代抒情诗的不足和可能性时，至少在理论上拒绝为修饰而修饰的做法。在锡德尼看来，并不是所有的写作都有同样的目的，诗歌或传奇故事的目的就不同于宣传性的小册子或者公众演说，他并不主张两者一律采用简约风格，但他同样反对修饰过度的西塞罗风格。这种区分使我们清晰地看到锡德尼明显不同于伊拉斯谟和哈维之处。对于锡德尼而言，评价"巧妙"和"明了"的标准应当因对象或情境而异，使用者需要考虑是否符合得体原则。[2]这样崇拜西塞罗风格者、绮丽体作家和彼得拉克的摹仿者都被放到一个常识性的评判标准面前，即他们的写作是否"含义简单明了"。从另一个视角来看，锡德尼这样做的目的就是借助文体上的节制来激发内容方面的活力。[3]《为诗辩护》和《爱星者和星星》无不表明，锡德尼认为诗人不应用矫揉造作、异域想象以及太过自由的比喻等来炫耀自己，他必须揭示真理，而滥用修饰势必构成实现这一目标的障碍。这样他不仅谴责糟糕的文体者，而且谴责以崇拜西塞罗者和绮丽体作家的散文为代表的整个风格体系。

锡德尼凭借过人的洞察力指出了一种健康的风格。他表示令人甚感奇怪的是，较之某些满腹经纶的学者，廷臣在这方面技高一筹："我曾经发现，在不少没有多大学问的廷臣中间有比某些学者更为健全的风格。"（63）这里的"学者"显然包括上述那些崇拜西塞罗风格者、绮丽体作家

1　Robert Montgemory, *Symmetry and Sense*, p.71.

2　详见 Neil L. Rudenstine, *Sidney's Poetic Development*, p.143。

3　详见 Robert Montgemory, *Symmetry and Sense*, p.72。

或者彼得拉克的摹仿者，原因并不仅仅是廷臣的写作属于简约风格，既无幽默风趣可言，又排斥华丽典雅的辞藻，而是因为

> 除了遵循凭实践发现的最合乎自然的办法，那廷臣虽然并不依靠艺术技巧，但是做得合乎艺术技巧，尽管他自己还不知道这一点；另一个却用艺术技巧来卖弄艺术，而不是隐藏掉艺术技巧，如他在这些场合所应当做的，这样他就远离了自然而其实也就滥用了艺术技巧。（63）

廷臣是在自然的引导之下做得合乎艺术法则，而自己对此毫无知觉。相比之下，学者为了炫耀性地展示其技艺，以一种非自然的，因而也是非艺术的方式来书写。锡德尼暗示艺术的法则就是自然的法则，因此"技巧"要行之有效，就应被隐藏起来。这两项根本性的箴规，都具有自亚里士多德之后古代教义的特色。"最合乎自然的方法"无疑包含尊重作家的天性、自然地表达其主体意识和情感，而"自己还不知道"做得"合乎艺术技巧"。这显然就是 *sprezzatura* 的核心含义，这样创作出来的艺术品必然带有瓦萨里所说的"典雅"之气。锡德尼一贯所持的写作原则与此一致，即诗人必须知道自己的主题，有着自己的思想和真情实感，其风格必须反映这种知识，而那些既无主体性又缺乏文化自信的过度摹仿者的做法，与此背道而驰。锡德尼在对当时过分烦琐的文学性修饰做出判断之后总结道："既然我们承认了我们有点不对头，我们就可以屈从内容和形式（matter and manner）的正当使用了。"（63）对内容和形式的"正当使用"就是崇尚自然。

综上所述，锡德尼《为诗辩护》中表现出"无艺之艺"的艺术风格是廷臣的行事姿态所致，同时事关一个严肃话题。尽管这种风格无疑反映了伊拉斯谟等作家对他的影响，但它基本上不属于简约风格。把它归于这类

风格将使《为诗辩护》与锡德尼的各种诗歌实践之间出现矛盾，与其诗艺的发展之间也产生不吻合之处。锡德尼和伊拉斯谟、哈维等写作者一样，反对过度修饰的西塞罗主义，但他不是简单地偏向简约或绚丽风格。在英国文学呈现萧条景象的情况下，他指出其病症并开出医治的良方。正如瓦萨里借"典雅"欲让绘画重新获得一种对人的优雅举止行为的认识，锡德尼本着得体原则，以"无艺之艺"强调英国作家的主体性，试图带领他们走出迷雾，重新认识母语和自身创造力的价值。锡德尼在1586年早逝之后缺席主导了十六世纪九十年代的英国文坛，如他生前所愿，这时的英国文学迎来了生机勃勃的"黄金时代"。

第七章

锡德尼之死：一个英国文化偶像的塑造

> 他们背负着鼠咬虫蛀的古籍，将自己的权威大多建构在别人的记载上，而那别人的最大权威只是建构在值得注意的传闻的基础之上；他们忙于调和异说，从偏爱中提炼真实，熟悉千载之前甚于当代，而尤其熟悉世上的行情甚于自己的识鉴；他们搜罗古董，猎取新奇，在年轻无知的人看来是个奇迹，在座谈中是个暴君，常常勃然大怒地否认任何人在阐明美德和德行中可与他相比拟。
>
> 锡德尼《为诗辩护》

伊丽莎白时期评判文学的标准，正如本论著第一章所述，主要是作品的实用和道德价值。锡德尼认为各种知识都应有实用价值，都应服务于公众的利益，如若不然，则等同于无。他生前壮志未酬，身后却以他独一无二的方式服务于君王及其"宏图伟业"：先是缺席主导了十六世纪九十年代的英国文坛，日后又被塑造成英国文化偶像、价值符号，为大英帝国的扩展提供一套核心价值观。锡德尼身后形象被塑造的过程，犹如一首诗歌的创作过程，在绵延数百年的时间长河中，多位塑造者为了各自的政治计划，凭借清晰的"理念或事先的设想"共同创作了一个关于锡德尼的传说，使其在不同阶段呈现出不一样的形象，它们恰似《为诗辩护》里诗歌定义中的"有声画",产生了"打动和透入人们的灵魂""占据其心目"的作用(19)。锡德尼诗学对后世影响之重大,莫过于此。

一

早期现代对人的身份的认识构成了锡德尼形象被塑造的时代背景。早在古典世界,精英阶层普遍具有一种对个人身份进行塑造的自我意识,后来在基督教文化中,由于人们对人塑造身份的能力产生了怀疑,这种意识不再广为存在。圣奥古斯丁宣称:"把手从你身上放开。如果你试图构建你自己,你将建立起一堆废墟。"[1] 这种观点产生了深远影响,在随后的几个世纪里广为流传,直到早期现代才出现了不同的声音,因为这一时期在主导身份建构的知识、社会、心理和审美结构等方面均发生了变化。布克哈特在《意大利文艺复兴时期的文化》中敏锐地指出,中世纪后期从封建统治转向暴政统治的过程中,意大利巨大的社会动荡促使人的意识发生了根本性改变:君主及其秘书长、大臣、诗人、随从等都失去了其固有的身份,他们与权力之间的关系使之萌生了对一种自身和周围世界的新意识,自我和国家都变成了被塑造的艺术品。[2] 乔瓦尼·皮科·德拉·米兰多拉在《论人的尊严》(Oration on the Dignity of Man,1486)中指出,上帝告诉亚当"你仿佛是自己的创造者和塑造者,你可以依据你喜欢的任何样式来形塑自己"[3]。一个人如何操纵外表、塑造身份、建构自我以及把它呈现于外部世界,如何判断它所产生的效果,所有这一切都成了修辞技巧,所有这一切似乎都成了一种新知识,是新的人文主义教育首先要传授的

---

[1] 转引自 Stephen Greenblatt, *Renaissance Self-Fashioning: From More to Shakespeare*, p.2。

[2] 关于国家和个人如何被视为艺术品,详见布克哈特《意大利文艺复兴时期的文化》第一章; Stephen Greenblatt, *Renaissance Self-Fashioning: From More to Shakespeare*, ch.4。

[3] Giovanni Pico, "*Oration on the Dignity of Man*," p.225.

内容。[1]

十六世纪下半叶至十七世纪上半叶，英国的情形与上述颇为一致。这一时期英国社会处于巨大的转型过程中，尤其是在被历史学称为"中世纪和早期现代英国的分水岭"的十六世纪八十年代至十七世纪二十年代，原有的封建社会的结构被彻底终结，资本主义社会形态开始建立，与其原始积累密不可分的，是人们对自我转型和表演的热衷。[2]人的自我意识变得日益强烈，人们把对身份的塑造视为一种可操作的艺术化过程。[3]埃德蒙·斯宾塞在1589年写道，在《仙后》中所谓"塑造"的目的和意义就是要"呈现一位绅士"（fashion a gentleman），即培养、形塑一个人，使之像一位绅士一样呈现在他人的面前。诗人在《爱情小唱》中向心上人倾诉道："你主宰了我的思想，自内而外地塑造了我。"[4]这里斯宾塞所使用的"塑造"一词，带有文艺复兴时期人文主义者视人为艺术品的含义，即每一个独立的个体都有能力形塑自己，可以从铜的世界里创造出金的世界，从大自然提供的原始材料中雕刻出一个更完美的人。这层含义在乔叟的诗歌中从未出现过。

此外，人们还格外关注他人眼中的自我形象。在锡德尼的十四行诗组诗《爱星者和星星》第四十一首中，作为一个公众人物，"我"赢得了人们眼中流露出来的赞誉，他们当中有英国人，也有"一些从可爱的敌人法国派来的人"。此时，深陷爱河的"我"比任何其他时候都更强烈地感知到"我"在他人目光中所占据的独特位置，"骑士""镇上的人""法官"，当然还有史黛拉，无不凝望着"我"，而"我"每时每刻都意识到自己是他们凝视的对象。锡德尼在这首诗里描绘的情况，几乎就是托马斯·莫

---

1 详见Catherine Bates, "Literature and the Court," p.351。

2 详见Sean McEvoy, *Ben Jonson, Renaissance Dramatist*, p.54。

3 详见Stephen Greenblatt, *Renaissance Self-Fashioning: From More to Shakespeare*, pp.1-2。

4 Edmund Spenser, *Fairy Queene* 6.9.31; *Amoretti* 8。

尔、沃尔特·罗利爵士、约翰·多恩等文艺复兴时期一些充满活力的英国人的原型。[1] 除了这类人物之外，在这个时代的文学作品中还出现了几乎与之对立的反面人物形象（villain），他们同样有较强的自我意识，关注他人眼中的自己，并以艺术化的方式呈现自己。[2]

对于文艺复兴时期的人而言，有意识的角色扮演和"自我戏剧化"，总体上是他们对生活的普遍态度。正如格林布拉特在关于罗利爵士生平的研究中指出的那样，罗利具有一种强烈的冲动，"寻求把艺术的品质赋予生活"，同时还强调人拥有一种不可思议的能力，能够随时——特别是在危机时刻——转而成为他为自己设定的角色，不宁唯是，人还竭力通过巨大的想象力和意志力将"艺术的象征性力量"融入生活。[3] 到了被称为"世界剧院时代"的十七世纪，戏剧主宰了西方文坛，一个甚为流行的说法是把世界比喻成舞台，每一个人都在舞台上扮演自己的角色。莎士比亚在《皆大欢喜》中所言，"世界是一个舞台，所有的男男女女不过是一些演员；他们都有下场的时候，也都有上场的时候"[4]。对于这种把世界比作舞台的时髦说法，赫伊津哈从哲学和文化层面做出了解释，认为这是当时对流行的新柏拉图主义的一种回应，带有明显的道德意味，究其本质，不过是西方文学中的一个古老主题在新时代的一种新变异，即万事万物皆虚幻浮华，毫无价值。[5]

1　详见 Joseph Candido, "Fulke Greville's Biography of Sir Philip Sidney and the 'Architectonic' Tudor Life," pp.3–12。

2　从十六世纪初开始，特别是在英国和法国，社会流动性快速增长，人们进入一个更高阶层的可能性相应增加，中产阶级以一种前所未有的方式上升。然而，尽管与以往时代相比，新的社会流动性不可同日而语，但是较之全社会的需求而言，个体上升的机会毕竟显得杯水车薪，这是导致了文学作品中这类反面人物出现的主要原因。详见 Lionel Trilling, *Sincerity and Authenticity*, ch.1。

3　Stephen J. Greenblatt, *Sir Walter Ralegh: The Renaissance Man and His Roles*, pp.22, 169, 170.

4　莎士比亚《皆大欢喜》，第208页。

5　详见 Johan Huizinga, *Homo Ludens: A Study of the Play-element in Culture*, p.5。

一个人"舞台角色"的塑造,既可以出于其本人的自我意识,也可以是由他人主宰的。在锡德尼的多部作品中,我们都可以发现他对自我的塑造,然而,他日后留给世人的形象却多半是在他早逝之后被他人塑造而成的,而且还多次因不同的主导者而发生变化,直至十九世纪终于成为一个耀眼的英国文化偶像。约翰·巴克斯顿指出,"不管怎么说,甚至直到今天,如果我们被要求说出一个代表英国人理想形象的人物,绝大多数人都会提名菲利普·锡德尼。他的同时代人无论身处国内还是国外,概莫能外"[1]。被用来跟锡德尼进行比较的人物,除了拜伦、两位丘吉尔之外,还有J.F.肯尼迪,他被研究者说成是"一个雄心勃勃、富有献身精神和哲学家气质的公职人员,他在人生中途不幸罹难,这让整个西方世界顿时陷入有自我意识的诚实反思之中"[2]。这种描述如果被移用到锡德尼身上,可以说是十分贴切的。

锡德尼研究者从不同角度探讨了后人对其形象的塑造。理查德·希尔耶在论著《菲利普·锡德尼爵士:文化偶像》中,把锡德尼与另外八人分别进行对比,提出他生前身后都满足了人们对理想绅士的期望,因此"他比文艺复兴时期的任何其他人都更全面地代表了一套价值观"[3]。爱德华·巴利在《锡德尼的塑造》中把研究重点放在锡德尼的作品上,提出"锡德尼传说的构建者远不如他本人在作品中对自己的构建有趣和'真实'"[4]。约翰·高尔斯的论文《十九世纪锡德尼传说的发展》仅探讨了锡德尼在这一个世纪的形象,对此前的情况未置一词。[5] 然而,他们的研究尚未回答如下问题:锡德尼为什么会被偶像化,在这个偶像的塑造过程中,各种权贵或政治势力扮演了什么作用,其背后的动机何在?这一系列类问

---

[1] John Buxton, *Sir Philip Sidney and English Renaissance*, p.80.

[2] 转引自 Richard Hillyer, *Sir Philip Sidney, Cultural Icon*, p.viii。

[3] Ibid., p.xv.

[4] Edward Berry, *The Making of Sir Philip Sidney*, p.212.

[5] 详见 John Gouws, "The Nineteenth-Century Development of the Sidney Legend," pp.251-260。

题构成了一个值得深入探讨的选题，有着重要的启示意义。

我们必须承认从锡德尼的生平来看，他从未有过导致重大后果的惊天动地之举，既然如此，那么为什么是锡德尼而不是其他人被塑造成英国的文化偶像？要回答这个问题，我们不妨首先简要回顾其一生中发生的主要事件。他于1575年返回英国之前的经历，主要包括在牛津大学的学习和在欧洲大陆的三年大游学，在此期间他广交各类达官和饱学之士。在随后长达十年的时间里，他仿佛是伊丽莎白女王宫廷中最光彩夺目和才华横溢者的廷臣，但是他自己却觉得是最无足轻重的一位。他心怀凌云壮志，制订了各种宏伟的行动计划，如组建一个能抗衡西班牙势力的新教联盟，1577年他还作为特使被派往欧陆，就此事与多位新教领导人密谈磋商，可是事后女王迟迟没有任何行动。由于没有得到过女王的恩准，锡德尼无法投身于他构想中的伟大事业，个人的才华难以施展，远大的抱负不能实现。从这一年开始，在长达八年的时间里，因没有获得过女王任何实质性的任用，他暗自寻找行动的机会，曾在经济上资助过一些航海探险，也曾尝试参加弗朗西斯·德雷克爵士（Sir Francis Drake，1540—1596）的航海计划，可是就在起航远行前夕被女王发现并阻止。锡德尼对女王的作用似乎仅限于为她提供娱乐，如设计和参加宫廷骑马比武，参加女王的巡游，等等，这与他渴望的行动者的人生大相径庭。直到1585年，锡德尼才终于获得军事任命，次年就在一场不成功的小战役中身负重伤，几周之后便撒手人寰。

尽管上述事件并不是什么壮举，但是锡德尼在英伦和欧陆却享有崇高的名望，而这部分成为其形象被构建的现实基础。宁格勒指出，无论是大权在握的政治家，如莱斯特伯爵和伯雷勋爵，还是声名显赫的航海家或冒险家，如沃尔特·罗利爵士和弗朗西斯·德雷克爵士，抑或是文采斐然的诗人，如斯宾塞和莎士比亚，这些同时代人中没有一人像锡德尼那样广受赞誉。[1] 他的魅力和名望带有浓厚的个人色彩，任何与他有过密切交往的

---

[1] 详见 W. A. Ringler, Jr., "Sir Philip Sidney: the Myth and the Man," p.5。

人，都能很快感受到他那令人如沐春风般的个性。巴克斯顿猜测，锡德尼的那些意大利朋友一定对有他相伴的那份快乐难以忘怀：

> 倾听他的言谈和甜美笑声
> 那一刻你定是在人间天堂。[1]

锡德尼的名望与其自身多方面的才能紧密相关。无论是生前还是身后，他都满足了人们对理想绅士的各种期望，路易斯·蒙特若斯甚至提出，早在他去世之前，"就被他的家庭、朋友和政治联盟者神话化了"[2]。他总是被笼罩在某种令人难以置信的光环之中，我们从他的同时代人及后来者的描写当中看到的是一种几乎无法企及的完美形象。在人生的各个阶段他会因不同的品质而为人称颂，而且总是被人用形容词的最高级形式来描写，比如，青春年少的他被视为谦恭虔诚的楷模，成年之后又被尊为英勇无畏的完美政治家。锡德尼之父在致次子罗伯特的家书中写道：

> 摹仿菲利普的美德、训练、学习和行动。他是珍贵的饰品，为他那个年龄的人增添光彩；他是宫廷所有心怀良善美德的年轻人的楷模，引领他们养成优雅的举止和审慎的生活态度。诚然，我这么说并没有奉承他或者我自己，他拥有的美德比我至今在任何人身上所能发现的都要多。[3]

又如，锡德尼从十七岁到二十岁在欧洲游学，所到之处无不以他别具

---

[1] John Buxton, *Sir Philip Sidney and English Renaissance*, p.75.
[2] Louis Adrian Montrose, "Celebration and Insinuation: Sir Philip Sidney and the Motives of Elizabethan Courtship," p.7.
[3] 转引自一篇无名氏撰写的书评，详见 *The North American Review*, Vol.88, No.183 (April, 1859), p.323。

一格的个人魅力和学识令众人倾倒。对他人生的这一阶段，巴克斯顿用一个问题做出了最好的总结："那个1572年春从英伦出发的十七岁男孩，在旅居欧洲大陆的三年时间里，为什么能够从意大利到低地国家、从法国到波兰收获无数赞誉？"他随后指出，"直至马尔伯勒在欧陆参战的年代，尚无其他英国人可与之媲美，在英国诗人当中唯有拜伦可与之相提并论"[1]。在锡德尼二十五岁的时候，斯宾塞在《牧人月历》中称他为"高贵精神和骑士精神"的完美楷模，稍后查尔斯·菲兹格弗雷称他为"英格兰的战神和缪斯女神"[2]。

除了多方面的出色才能之外，锡德尼强大的家族背景，也使得他自幼就被相关势力寄予厚望，甚至被赋予某种使命。在1568年至1578年间，欧洲大陆内战频仍，联省多次向英国求助，锡德尼无论是在大游学期间，还是在以伊丽莎白女王外交特使身份故地重游之际，均被精神导师、胡格诺派的重要人物于贝尔·朗盖介绍给该派在各国的领袖，他们正在领导反抗西班牙的斗争，对锡德尼都有着各自不同的期待，但本质上都是想通过他的关系得到其家族甚至伊丽莎白女王的支持。[3]他们谨小慎微地定义锡德尼的角色，而他本人对此大体上是欣然接受的。朗盖在致锡德尼的第一封信中写道：

> 你记得你曾多么频繁而又严肃地向我承诺，你将小心谨慎……冒犯我带来的只不过是不足挂齿的后果，可是想一想你将会对那无与伦

---

[1] John Buxton, *Sir Philip Sidney and English Renaissance*, p.34. 马尔伯勒的全名为约翰·丘吉尔·马尔伯勒（John Churchill Marlborough，1650—1722），又被称为马尔伯勒公爵一世（1st Duke of Marlborough）。他是英国将领，在西班牙王位继承战争（1701—1714）中统率英荷联军击败法国路易十四，后因下院指控其滥用公款而被撤职（1711）。

[2] 详见 W. A. Ringler, Jr., "Sir Philip Sidney: the Myth and the Man," p.2。

[3] 锡德尼日后参战也与这些势力有关，这也成为伊丽莎白女王对锡德尼及其家族严加防范的一个重要原因。

比的天父犯罪，那将会令人多么痛苦。他把所有的希望都寄托在你的身上……对于你的性格承诺将要带来的所有美德，他期待看到它们结出累累硕果。[1]

朗盖在此后的信中再三提醒锡德尼谨记自己的使命。与上述所引信件相隔大约两周之后，朗盖写道："只要你对自己诚实无欺，不允许自己转而变成另一个人，你就永远会遇见好人，他们会带着发自内心深处的善意来接待你。"[2]他情不自禁地为锡德尼的人身安全感到焦虑不安："我亲爱的锡德尼，我为你的安全感到忧虑，因为我考虑到了你的出身、秉性、对善的渴望、你已取得的进步——而且我深知你的祖国有权寄希望于你的是什么……"[3]他甚至把锡德尼的安危与处于危难中的国家的需要联系在一起：

> 我毫不怀疑，假如获上帝恩准你得以颐享天年，你的祖国一旦处于危难之中将会从你的美德中获益匪浅，特别是因为我注意到除了那些精神禀赋之外，你还拥有显赫的出身，威严的仪表，巨额财富的预期，你的亲人们在祖国所拥有的权威和影响，还有其他所有那些通常被称为命运的恩赐的东西。[4]

锡德尼的名望我们从中可略见一斑，它部分成为其身后形象被进一步构建的现实基础。他生前热切渴望参战，建功立业，而伊丽莎白女王不愿向欧陆的胡格诺教派或者荷兰提供实质性的援助。锡德尼抱怨没有机会让他的思想服务于公众利益，然而，让他始料未及的是，1586年他的早逝却

---

[1] Philip Sidney, *The Correspondence of Sir Philip Sidney*, p.33.
[2] Ibid., p.42.
[3] Ibid., p.146.
[4] Ibid., p.999.

为各等权贵提供了机会，其中既有女王，也有他声势显赫的家族。不仅如此，从他的早逝中还诞生了一个关于锡德尼的传说，后人从中塑造了一个英国文化偶像。毋庸置疑，在这个意义上，他对"公众利益"是有所贡献的。尤为令人惊叹的是，对于自己身后名声的形成过程，锡德尼本人似乎早已在《为诗辩护》中有过预言。

锡德尼在《为诗辩护》中指出，建构历史的过程不失虚妄。历史家"背负着鼠咬虫蛀的古籍，将自己的权威大多建构在别人的记载上，而那别人的最大权威只是建构在值得注意的传闻的基础之上；他们忙于调和异说，从偏爱中提炼真实"(16)。正如阿兰·哈格所说，这番话"仿佛是指传闻逸事和著述中他本人历史形象的某些来源"[1]。要令人信服地回答"为什么是锡德尼而不是其他人被塑造成英国的文化偶像"这一问题，我们也许需要更多证据，但是拉斐尔·福尔科这样说是不会错的："在伊丽莎白女王的宫廷中，锡德尼之后那一代廷臣所继承的锡德尼传说，在很大程度上取决于为他举行的隆重葬礼和十六世纪八十年代后期出现的大量挽诗。"[2] 锡德尼早逝之后被尊为"扎特芬英雄"和都铎王朝的典型领导者，几乎所有的传记作者都继承了有关他的传说，而构建这个传说的，与其说是他的生，毋宁说是他的死。

早期现代的锡德尼之死构成了其文学和政治生涯中最重要的事件。他生前一方面在公开的政治生涯中处处受阻，另一方面在退隐生活中创作文学作品，其早逝终结了这种行动者和沉思者的双重人生，开启了一个偶像制造运动，其文化意义不亚于其文学作品的价值。如果不是早逝，锡德尼是绝不可能像斯宾塞那样允许自己的诗歌公开出版发行，他总是格外注意限制读者的规模，这既是因为他有着强烈的贵族意识，出版自己的著作在

---

[1] Alan Hager, "The Exemplary Mirage: Fabrication of Sir Philip Sidney's Biographical Image and the Sidney Reader," p.1.

[2] Raphael Falco, "Instant Artifact: Vernacular Elegies for Philip Sidney," p.3.

他看来完全不符合自己的身份，也是因为他深信虚构作品很可能会被没有经验或心怀恶意的读者严重误读，甚或危险地解读。[1] 这种态度明显地反映在他致其妹彭布罗克伯爵夫人玛丽·赫伯特的信中。[2] 锡德尼的早逝使其作品得以出版，从而使十六世纪九十年代成为锡德尼的时代，斯人虽已远去，英国文坛却为他所主导。另外，尽管他生前有着绚丽夺目的一面，但残酷的政治斗争令其难以施展政治抱负，唯有早逝使得其形象的偶像化运动成为可能。[3]

各种势力通过有意为之的视而不见和有选择性的大张旗鼓，为了达到各自的宣传目的，大肆利用锡德尼之死。事实和虚构合谋，共同构建了一个关于锡德尼的传说：他是一个伟大的民族英雄、廷臣、战士和诗人，他是代表伊丽莎白时期骑士精神、新教精神和妙不可言的英国性的典范。伊丽莎白女王把他塑造成完美牧羊人骑士，以此实施对廷臣的有效控制，同时用盛大隆重的葬礼，来把公众的注意力从审判和处死苏格兰女王玛丽的血腥事件中移开。他不再是生前那个备受多疑的女王排斥和疏远、郁郁寡

---

1 详见 David Norbrook, *Poetry and Politics in the English Renaissance.* p.83; Nandra Perry, "Imitatio and Identity: Thomas Rogers, Philip Sidney, and the Protestant Self," p.404。

2 锡德尼在这封被用作《旧阿卡迪亚》前言的信中写道："最亲爱的夫人，您最值得被称为最亲爱的，此刻您见到的，是我的闲散之作，我恐怕它就像蜘蛛网，更适合随风而去，不值得为了任何其他目的而传播开来。从我这方面来说，就像古希腊人中那些残忍的父亲惯常对待不打算养育的孩子那样，我发现内心深处真真切切地希望把这个孩子抛入遗忘的沙漠，承担其父之责实在令我感到勉为其难。可是，您殷切地期盼我能够创作，对于我的内心，您的愿望便是绝对律令。这部作品仅为您而作，只献给您一人。倘若您只是自己阅读，或者把它给几位亲朋好友看，而且他们将会权衡善意中的过失，那么尽管它本身是个畸形怪状的玩意儿，我还是希望为了孩子父亲的缘故，它能够得到原谅，甚或被另眼高看。诚然，对于更为严苛的目光，它是不足挂齿的，写得乏善可陈……总之，年轻的头脑并不如我所愿（将会如上帝所愿）处于良好状态，生出种种奇思异想，这些想法如果不以某种方式被接引出来，将会长成一个恶魔；如果它们在我的头脑里只进不出，那么我或许会更加遗憾。这个孩子主要的安全就在于他不会去远渡重洋。"详见 Philip Sidney, *The Old Arcadia*, p.3。

3 详见 Gavin Alexander, *Writing after Sidney: The Literary Response to Sir Philip Sidney, 1586–1640*, p.xix。

欢、壮志难酬的廷臣。锡德尼之妹彭布罗克伯爵夫人以作者、编辑和恩主的身份，把他的形象从最初挽歌中的战士和恩主，转变成诗人和为新教事业抛洒热血的殉教者。她的目的是为了唤起众人对其母系和父系家族的记忆，重振家族雄风。十九世纪出现了对骑士品质和绅士概念的追捧，它们构成了锡德尼传说进一步发展的决定性因素，一套与之相关的价值观得以形成。英王乔治三世热衷于高贵的英雄主义，对传说的发展起到推波助澜的作用。当锡德尼的形象作为基督教骑士精神的关键性符号，服务于大英帝国的扩张主义时，他终于被塑造成了耀眼的英国文化偶像，即具有骑士风度的完美绅士典范。

二

伊丽莎白女王出于政治目的主导了锡德尼形象的第一次转变。女王宣传计划的一项重要内容就是有选择性地利用锡德尼的意外早逝，延迟举行隆重盛大的葬礼。锡德尼的形象从一个时常被忽略的廷臣，转变为一个完美牧羊人骑士的典范，他不仅举止殷勤有礼，而且拥有英雄主义品质。我们可以通过两个事件来查看相关史实，以便从中知晓锡德尼生前在伊丽莎白女王宫廷里的地位。其一是"网球场事件"。1579年锡德尼因使用网球场而跟信奉天主教的牛津伯爵产生了公开冲突。伯爵是女王与法王之弟安茹公爵联姻的支持者，他肆无忌惮地嘲笑锡德尼的身世不够高贵，还讥讽他自命不凡，抱有危险的政治野心。[1]事实上，自出生之日起，锡德尼就是母系家族中莱斯特伯爵和沃里克伯爵两个爵位的继承人，但是期望中的爵位总是如水中月镜中花一般可望而不可即。在他短暂的人生中相当长的一个时期内，他拥有的仅为游学欧陆时法王理查九世为他加封的一个荣誉

1　David Norbrook, *Poetry and Politics in the English Renaissance*. p.90.

贵族头衔"锡德尼男爵"。正如其传记作者迈克·G.布勒南指出的那样，对于臣民获得国外君主分封的头衔之类的事，伊丽莎白女王"素来敏感多疑"[1]。于是，在"网球场事件"中，女王不失时机地警告锡德尼，尽管他拥有声名远扬的法国荣誉贵族头衔，但是在她的眼中，"他依然只不过是一个普普通通的英国绅士……他应当谨记伯爵与绅士之间的区别，下级应当对上级表现出尊敬，君主有必要维护他们所有的做法"[2]。

其二是"安茹求婚事件"。1579年伊丽莎白女王虽已四十六岁"高龄"，但在她和二十三岁的法国安茹公爵之间似乎还存在联姻的可能性。长期以来，锡德尼的舅舅莱斯特伯爵是女王唯一宠爱并可能下嫁的本国廷臣，特殊的地位让他多少有些不可一世，朝中早已有人因他对女王施加影响而深恶痛绝之，两派之间明争暗斗。求婚一事公布后，派性斗争进一步加剧。安茹被认为应对"圣巴塞洛缪之夜大屠杀"负主要责任，莱斯特集团有步骤地采取一系列措施反对女王和安茹公爵之间的联姻。比如，约翰·斯达布什出版恶毒攻击安茹的小册子，称信奉天主教的安茹为撒旦的化身："这条老奸巨猾的毒蛇化作人形，口含尖刺，绞尽脑汁勾引夏娃，如果她被勾引，我们或许就要失去英伦天堂。"[3]三个月之后，在伦敦西斯敏的集市上，斯达布什被斩断双手。关于联姻之事，用朗盖的话说，锡德尼也"被那些他不得不服从的人命令上书女王"[4]。他大有可能是听从了莱斯特伯爵的安排，在慷慨激昂的《致女王书》中声称，自己是女王最忠实的廷臣之一，热切渴望向她进言；他言辞激烈地指责安茹公爵是一个懦夫，更糟糕的是他是一个法国人，英国公众断然不会接受他，这场婚姻必定会以失败而告终。[5]我们以后见之明不得不承认锡德尼言之有理，但毋

1　Michael G. Brennan, *The Sidneys of Penhurst and the Monarchy, 1500-1700*, p.70.
2　Alan Stewart, *Philip Sidney: A Double Life*, p.217.
3　转引自 Andrew D. Weiner, *Sir Philip Sidney and the Poetics of Protestantism*, p.19。
4　详见 Philip Sidney, *The Correspondence of Sir Philip Sidney*, p.1013。
5　详见 Michael G. Brennan, *The Sidneys of Penhurst and the Monarchy, 1500-1700*, p.78。

庸讳言，他在策略上考虑欠周。不久之后，女王决定放弃与联姻有关的全部计划，但这绝不是锡德尼《致女王书》导致的结果。事态的发展很快表明，关于此事任何违背女王本人意愿的反对之声，非但徒劳而且危险。朗盖就深为锡德尼的安危担忧，相信他很可能不得不远离祖国。[1]他的推测合情合理，因为女王一旦与安茹成婚，锡德尼和莱斯特集团在朝中必然处于险恶之境，远离英伦、流放异乡将是唯一的选择。布勒南正确地指出，锡德尼本人也许没有意识到，由于在宫廷中如此断然地站在反对派的一边，他"让自己不只是远离了女王的恩宠，而且把仕途置于危险之境，甚或大有可能自毁前程"[2]。

的确，锡德尼生前很少得到女王的恩宠，但她却让他身后呈现出一个完全不同的形象。锡德尼在离世前一年给岳父、国务大臣沃尔辛厄姆的信中抱怨道："女王是多么习惯于把任何事情都朝着不利于我的方向解释。"[3]沃尔辛厄姆在给莱斯特的信中也悲伤而又无奈地感叹，"我发觉女王陛下一有机会就找他的茬"，他只能哀叹"女王陛下失去了一个珍贵的仆人，王国失去了一个价值非凡的成员"[4]。幸运的是，在政治上的无能为力，并未让他没有其他机会发挥自己的才能，个人政治生涯上的不幸成为英国文学史上的幸事。锡德尼在1586年早逝之前，从未真正有志于做一名诗人，只是在从政愿望一再受挫时才转向缪斯女神，并于1578至1584年之间完成了短暂人生中最重要的作品。生前被伊丽莎白女王的宫廷疏远这一事实，一方面成就了锡德尼的名山事业，另一方面也丝毫不影响女王在他身后为了自己的目的把他塑造成一个楷模式的人物。尽管他为之献身的那场战争既非为了宗教事业，也非为了自由的缘故，可是在宣传上重点强调的是所

---

1 Philip Sidney, *The Correspondence of Sir Philip Sidney*, p.944.
2 Michael G. Brennan, *The Sidneys of Penhurst and the Monarchy, 1500—1700*, p.42.
3 Philip Sidney, *The Correspondence of Sir Philip Sidney*, p.1214.
4 转引自James M. Osborn, *Young Philip Sidney, 1572—1577*, pp.515, 516。

谓反抗"外来统治"或"天主教压迫"等主题，女王通过其主要宣传专家亨利·李爵士掀起了一股对锡德尼的崇拜热潮。[1]

荷兰反抗西班牙菲利普二世的军事行动（以下简称"荷兰反叛"[2]），究竟是为了何种目的，从一开始就不那么明确。反抗者是一个混杂着不同团体和个人的联盟，其中既有新教徒，也有天主教徒。他们反抗的理由各不相同，仅有的共同点就是他们都不喜欢菲利普二世，或者他的某些政策。[3]对于伊丽莎白女王而言，至关重要的是维持欧陆各派之间的力量均衡："如果法国和西班牙势均力敌，英国就可以高枕无忧。倘若平衡遭到破坏，她就必须介入，站在弱势的一边。如果情况许可，英国必须通过个人或者国外当局来介入。"[4]例如，早在1572年，她应允英国志愿者赴荷兰援助反抗者，以期阻止法国占领安特卫普港。1577年，她向根特和平运动的温和支持者提供贷款。伊丽莎白女王一直无意直接援助反抗者，直到1585年情形急转直下，平衡深陷危机，她才决定公开支持反叛者，向他们派遣援军。她任命莱斯特伯爵为统帅，锡德尼担任总督，负责驻守军事要塞弗拉辛。

从多个角度来看，英国介入"荷兰反叛"都算不得成功。西蒙·戈罗

---

[1] 这种宣传影响深远，十九世纪托马斯·邹奇在《菲利普·锡德尼爵士生平和写作回忆录》中仍写道，锡德尼"为之战斗和英勇负伤的事业，是正义和光荣的，是为了自由和宗教的事业而反抗西班牙的独裁和迷信"。详见Thomas Zouch, *Memoirs of the Life and Writings of Sir Philip Sidney*, pp.263-264。

[2] 本论著暂且称为"荷兰反叛"（the Dutch Revolt）的冲突，传统上被称为"荷兰战争"（the "War in the Netherlands"）或者"八十年战争"（the Eighty Years' War）。究竟应该采用何种名称才是合适的，至今众说纷纭。莱顿大学官方网站英文版采用"the Dutch Revolt"，但是维基百科上一篇相关的长文在采用此名称之后引发了学者激烈的辩论，后来大家把"荷兰反叛"与传统的名称"八十年战争"结合起来使用。详见Roger Kuin, "Sir Philip Sidney and World War Zero: Implications of the Dutch Revolt," p.34。

[3] Simon Groenveld, "'In the Course of His God and True Religion': Sidney and the Dutch Revolt," pp.58-61。

[4] Ibid., p.63。

恩维尔德指出，英国的介入是"在高度复杂形势下的一个不成功的插曲。'反叛'不是为了某个单一目标进行的斗争，而是有着多重目标的一场战争，其中不同的组织或个人都有着各自的目的"[1]。例如，莱斯特伯爵向来狂热地主张英国向欧陆新教徒施予援手，他"在来到低地国家之前，构想的目标只有一个：为真正的信仰而战，这将是一场必须根据古典骑士规则进行的战斗"[2]。锡德尼在女王的宫廷中长期受到压制，一直渴望奔赴欧陆投身反抗西班牙侵略的军事行动。这种抱负既具有理想主义色彩，同时又能够满足他的个人愿望，即证明自己是尚武的贵族阶层中的一员，除此之外并无更多含义。锡德尼短暂的参战经历从一开始就令他感到挫败。1585年11月，他和一小队随处抵达弗拉辛，同月22日他在致莱斯特伯爵的信中写道："我们星期四抵达这座小镇，因为大风骤起，船长不敢在这座小镇停靠，我们被迫在拉美金斯镇靠岸，然后，从那里一路泥泞艰苦跋涉。以这种方式履新的总督实为绝无仅有。"[3]根据有关记载，当时气候恶劣，原有的士兵全都被拖欠军饷，没有足够的事情可做，个个处于饥寒交迫、一触即发的状态，伤病人数已经过半。他们不断地与本地官员发生摩擦，令怀怀者满怀恐惧，让市民心生狐疑，而对前来援助的人似乎并不领情。[4]这就是锡德尼置身其中的环境，可以说毫无英雄主义色彩可言。两位十九世纪的历史家对他的参战和牺牲做出了较为客观的评价。福劳德指出，"只有寥寥数人而不是多人丧生，但是在这些如此疯狂地抛掷生命的人当

---

[1] Simon Groenveld, "'In the Course of His God and True Religion': Sidney and the Dutch Revolt," p.65.

[2] Ibid., p.63.

[3] 详见 Philip Sidney, *The Correspondence of Sir Philip Sidney*, p.1128. 作为对荷兰实施援助的回报，伊丽莎白女王获得弗拉辛、布里尔和拉美金斯三镇。拉美金斯是位于弗拉辛东北三英里处的外海港口，在战略上对后者可以起到保护作用。弗拉辛在地理位置上不仅可以控制进出安特卫普的海路，而且是荷兰南部的唯一深水港，对于在军事上有效控制西班牙对英国的侵略至关重要。详见 Roger Kuin, "Notes," p.1128。

[4] 详见 Roger Kuin, "Sir Philip Sidney and World War Zero: Implications of the Dutch Revolt," p.34。

中，就有菲利普·锡德尼"。约翰·理查德·格林多少有些夸大这场行动的重要性，但是采用了相同的措辞来表达他的荒谬和虚无感，指出锡德尼"是为了在弗兰德斯挽救英国军队而抛掷了自己的生命"[1]。

尽管如此，在锡德尼的身后，他的形象从一位文艺复兴时期的绅士转变成了完美的骑士。我们先来看骑士和绅士之间的异同。骑士作为一个阶层的出现是封建制度发展到一定阶段的产物，而作为一种生活方式，它有着十分古老的原因，可以追溯至原始文化中的祭典习俗。奉献、宣誓和比武是骑士生活中最重要的三个元素，它们均出自古老的祭典仪式。在中世纪人们的思想和情感中，骑士概念发挥一种主导性作用，其重要性仅次于宗教。在相当长的时期内，在某种程度上，人们普遍把骑士身份等同于博士学位。勇气和知识两者均具有高等级的功能，而骑士和博士分别代表它们神圣不可侵犯的形式，行动者（the man of action）一旦被封为骑士，就被提升至理想的高水平，正如求知者（the man of knowledge）一旦被授予博士学位，就会被认为在求知的道路上达到了高境界。因此，骑士和博士这两种人也分别被称为"英雄"和"贤人"。[2]

骑士和博士的并置关系表明骑士概念被赋予了相当高的伦理价值。在西方传统文化中，在有关美德问题上，骑士理想有着比田园理想更丰富的内涵。田园理想追求的是远离尘嚣的世外桃源，在这里美德是消极的，是一个人在朴素、平等、自由和富足的状态下缺少作恶的动机，他追求的主要对象是快乐，而不是美德。相比之下，在骑士理想中，情况有所不同，这里对美德的追求是积极和利他主义的，比如，骑士的使命被认为是为受压迫者提供保护，为统治者誓死效忠，为基督教徒谋求福利。他向往美德胜过快乐，表现出珍惜名誉、追求荣誉、崇拜英雄等品质。[3] 从本质上来

1　转引自 John Gouws, "The Nineteenth-Century Development of the Sidney Legend," pp.258-259。
2　详见 Johan Huizinga, *The Waning of the Middle Ages*, pp.63-64。
3　详见 Ibid., pp.67-77。

说，骑士所崇尚的美德都是禁欲主义的，它们的特征主要表现在他的誓言和勇敢行为中。骑士的誓言在外人看来怪异而野蛮，例如，他会发誓在完成某项英雄的使命之前拒绝任何休息或者慰藉，而他的勇敢行为则是一种最彻底的自我否定和最简单的自我牺牲，是一种对自我本能需要和个人根本利益的极度克制，简言之，是一种原始的禁欲主义形式。对于禁欲主义者而言，上述美德都是最基本的，比任何其他形式的美德都出现得更早，也更具有永久性的价值。

尽管骑士理想因其内在的自我牺牲特征而易于被完全精神化，但是它本身却是根植于深厚的爱欲土壤中。黑格尔在讨论骑士风时指出，使主体达到无限性的主要有三种感情：荣誉、爱情和忠贞，其中爱情是这个领域的中心。对爱情包含的丰富意蕴，他做出如下论述：

> 爱情并不像荣誉那样往往依靠思考和知解力的诡辩，而是根植于心情里，性别既然在这里起作用，所以同时也建立在精神化的自然关系的基础上。不过爱情如果要显出它的本质，就只有通过主体按照他的内在精神和本身的无限性而进入这种精神化的自然关系。这种把自己的意识消失在另一个人身上的情况，这种忘我无私的精神（只有凭这种精神，主体才会重新发现他自己，才真正实现他的自我），这种忘我的精神（由于忘我，爱情的主体不是为了自己而存在和生活，不是为自己而操心，而是在另一个人身上找到自己存在的根源，同时也只有在这另一个人身上才能完全享受他自己）就形成了爱情的无限性。[1]

由此可见，就其本质而言，爱情表现在一个人将其自我消失在另一个

---

[1] 黑格尔《美学》（第二卷），第326—327页。

人的身上，达到无私忘我的精神状态，或者说，被爱的人依然成为主体存在的全部意义。在骑士精神中，正如中国学者孙凤城指出的，"爱情占主要地位，表现为对贵妇人的爱慕和崇拜，为他们服务，为爱情冒险，以此作为骑士的最高荣誉"[1]。在骑士风中，所有的爱欲比赛都必须在女人面前进行，这是持矛比武和骑士宣誓的一个最基本的元素，这也就意味着骑士必须是在女人面前抛洒热血，展示他的英勇行为或者力量。[2]骑士比武是爱欲比赛中最典雅而又昂贵的装饰形式，它是骑士功能的最高表达形式。尤为独特的是，在爱与被爱者之间是一种不对等的关系，因为根据骑士传统，被爱的贵妇人无须对爱慕她的骑士有任何相应的爱的表达，对此骑士也许会表现出刻意为之的少许抱怨，但总体上他的付出是不求任何回报的。

与中世纪的骑士形象相关的是文艺复兴时期的绅士形象。约翰·赫伊津哈指出，这两个时期的社会理想同中有异，骑士精神的复兴是文艺复兴时期到来的一个序曲。[3]如果说中世纪人们的理想是成为完美的骑士，那么文艺复兴时期则是成为完美的绅士。骑士和绅士有诸多相似之处，如他们多半家世良好，武艺精湛，对君主表现出忠诚，尊重宗教和基本道德，并且以一种得体的方式注重庆典仪式。不过，骑士和绅士两者之间也存在明显的差异。在乔叟笔下，完美的骑士一般都是士兵或者将领，他们多半学有所长。与之相比，文艺复兴时期的理想绅士通常是全面发展的人，有着多方面的兴趣和才艺，这一时期的"全才"理想鼓励人们去发展被阿斯克姆、黎里等人称为"尤弗伊斯"（euphues）的品质，即尊重个人的自然倾向，保持温和的脾气和个性的和谐发展。宁格勒称这种理想为"文艺复兴时期对现代社会的重要贡献"[4]。布洛克认为从中可以看到西方人文教育

---

1 孙凤城《中世纪骑士文学》，第104页。
2 详见Johan Huiginga, *Men and Ideas: History, the Middle Ages, and the Renaissance*, pp.86-87。
3 John Huiginga, *The Waning of the Middle Ages*, p.61; *Men and Ideas: History, the Middle Ages, and the Renaissance*, p.199.
4 William A. Ringler, Jr., "Sir Philip Sidney: the Myth and the Man," p.9.

理念背后的深层概念，也就是致力于培养适合所谓"自由人"全面发展的品质和人格。[1]

此外，特别值得一提的是文艺复兴时期绅士理想中的行事方式。卡斯蒂廖内在《廷臣论》中借洛多维科伯爵之口指出，一位理想的绅士必须是处理人际关系的艺术家，他所有的行动都应是"貌似不费力气，不费思量"[2]。绅士自然应当对各种事情尽心尽力，可是他永远都不应该给人留下这种印象。他应具备有天赋的业余爱好者通常表现出的优雅而又淡然的态度，而不是职业人士孜孜以求、兢兢业业的严肃做派。伯爵认为绅士必须骁勇善战，但是我们却不应期望一位廷臣对自己的勇气大肆炫耀，带着一副自以为是的高傲神情，夸夸其谈地号称什么"自己已与盔甲结成百年之好"[3]。伯爵还用一则逸事来说明绅士拥有这种素质的必要性。在某个贵族的庄园里，某宾客拒绝跳舞、听音乐或者参加其他娱乐活动，理由是这些愚蠢而又不足挂齿的小事不关他的事。一位女士向他请教："那您的事是什么呢？"他带有敌意地说道："战斗。"女士回答道："现在是非战争时期，您不处于作战状态，让您自己养精蓄锐是一件好事，把您自己连同所有的作战马具都收藏好以备后用，以免您变得比现在更迂腐，我倒认为是一件好事。"[4]这则例子表明一位理想绅士不应当在不适当的场合严肃刻板地展示其勇武，而应把它们掩藏在轻松随意之中。就锡德尼而言，无论是从其接受的人文主义教育，展现的多方面才艺，还是与人相处和行事的方式，他身上体现的绅士品质都是相当明显的。不过，他的这种品质需要等到十八世纪末十九世纪初才会被有计划地利用。

---

[1] 详见阿伦·布洛克《西方人文主义传统》，第一章。

[2] Baldassare Castiglione, *The Book of the Courtier*, p.32.这种绅士理想也反映在诗歌风格中，详见本论著第80—87页。

[3] Ibid., p.58.

[4] Ibid.

第七章 锡德尼之死：一个英国文化偶像的塑造

在锡德尼早逝之后，伊丽莎白女王最需要张扬的是他的骑士而非绅士品质。如果说在亨利七世和亨利八世统治时期，宫廷的官方语言把过去追溯至亚瑟王，以证明其统治权的合法性，同时伸张英格兰独立于罗马教廷的权利，那么在伊丽莎白时期，她所采用的是更具文学性，却带有相同政治色彩的策略，即在宫廷文化中融入骑士传奇故事，因为骑士形象对女王加强自己的统治有着非同寻常的意义。[1] 由于女王继位的合法性曾一再遭到质疑，全国各地多次出现叛乱，反叛者企图推翻她的统治，因此，对于她迫在眉睫的问题是如何让廷臣、贵族和平民臣服于她。她的主要解决办法之一就是大力提倡骑士文化，经常性地在廷臣们当中举行骑马持矛比武活动，鼓励他们把她的宫廷视为一个骑士风气盛行的地方。哈格颇有洞察地指出，为了达到最大限度地巩固其统治的目的，她需要借助理想的骑士形象来"对一些急躁莽撞的廷臣加以控制"[2]。在整个伊丽莎白女王统治时期，骑士品质和骑士故事都是宫廷诗歌和娱乐活动中的重要内容，它们对于再现和颂扬王室和贵族的权力能够发挥独特的作用。[3] 事实上，在都铎王朝的宫廷里，这类活动颇为流行，观者中既有本国臣民，也有外交使节。在比武中技压群雄，无疑代表着令人折服的勇气和技艺，女王的祖先当年都是骑士比武场上出生入死的直接参与者，如亨利二世折戟而亡，亨利八世在一次比武中几近命丧黄泉，但其勇武气概令国外使臣折服。[4]

如果说女王的祖先直接在比武中展示勇气，那么她为了解决服从问题则对这种传统方式进行了创造性的转换。女王不同于祖先，不能参加比

---

[1] 关于伊丽莎白女王之前宫廷对亚瑟王传奇的使用，详见 Sydney Anglo, *Spectacle, Pageantry, and Early Tudor Policy*。

[2] Alan Hager, "The Exemplary Mirage: Fabrication of Sir Philip Sidney's Biographical Image and the Sidney Reader," p.4.

[3] 关于这类娱乐活动，详见 Monica Santini, "Romance Imagery in Elizebethan Entertainments and Tournaments," p.39。

[4] 详见 Jane Stevenson, "The Female Monarch and Her Subjects," p.28。文中摘录了一段威尼斯大使留下的精彩文字，生动再现了亨利八世在比武场上的英勇行为。

武,甚至在比武场上奔跑也非她所能及,但是这并不妨碍她重新布局,使得整个比武的关注点都集中在她这位最重要的观者而不是比武者身上。[1]女王在1586年的一次议会演讲中指出,"我们君主被安置在舞台上,处于全世界观者的眼前或视野之中"[2]。她充分认识到这种舞台中心位置的价值。在她生活的时代,君主不能依赖常规军,没有全国性的公安力量可以用来维持国内稳定,也缺乏有效的监控机制来确保政令畅通,国家治理最行之有效的一套方法就是精心策划的仪式和表演。从女王的角度来看,效果最佳的表演应该就像1572年在她面前举行的持矛骑马比赛:女王连同所有的王公贵族全都"身着盛装华服",被火炬照耀得熠熠生辉,"那些注视着观礼台的人,仿佛亲眼看到一座天国的剧院,而不是尘世的宫殿"[3]。在这里现场展示的画面,犹如剧院呈现的情景,被利用到了极致,恰到好处地达到期望中的完美效果,令观者惊叹错愕,心怀畏惧,目眩神迷,哑然无语,唯有在远处仰视高高在上的君王。

女王深谙在其统治中这类表演对解决服从问题的奇妙作用。根据女王的布局,在宫廷举行骑马持矛比武活动的时候,在欢闹的骑士氛围中,她成了骑士或廷臣们争先恐后表达忠心的对象。此时的她仿佛幻化为一个准宗教性质的意象,与她联系在一起的是希腊神话中主管正义的阿斯托利亚女神,古罗马的维斯太贞女,甚至是基督教中纯洁的圣母玛利亚。无论是对诗人还是对贵族和平民,女王在这些场合中的形象都产生了影响,我们不难从中看出她企图通过骑马比武所达到的宣传目的。耶迪斯指出,"粗俗的乡下人只需花费几个便士,就可以看到骑士对女王顶礼膜拜的景象"[4]。廷臣对女王的臣服必然对平民起到示范作用,为此,女王往往在表

---

[1] Jane Stevenson, "The Female Monarch and Her Subjects," p.29.

[2] 转引自 Catherine Bates, "Literature and the Court," p.354。

[3] Ibid.

[4] Frances A. Yates, *Astraea: The Imperial Theme in the Sixteenth Century*, p.101.

演中不得不至少象征性地把她最重要的廷臣转变成自己的崇拜者，如果廷臣们被转化成她潜在的情人，众星捧月般地围绕在她的周围，而她是他们爱恋的对象，他们是骑士传统中患相思病的骑士，那么正如莱文所说："服从的问题就迎刃而解，这需要多么盛大的表演！"[1]这类表演对女王本人不会产生任何负面影响，同时代人弗朗西斯·培根对其本质和意义做出过鞭辟入里的分析，指出如果观众纵情观看女王鼓励的这种表演，就会发现它们像中世纪的浪漫传奇故事：

> 女王身处幸福岛、宫廷或者其他地方，她允许廷臣们表达狂热的爱慕之情，但禁止欲望。不过，假如你严肃地看待这些表演，它们实际上属于相当高级的层次，挑战了另一种形式的爱慕，因为无疑这些嬉戏调情极少贬损她的声望，根本不会影响其统治权，既不会削弱其权力，也不会对她实现宏图大业构成任何障碍。[2]

引文中"另一种形式的爱慕"应当是指寻常的男女之间包含欲望成分的爱慕，女王主导的这类表演给培根的感受是，宫廷里的浪漫气氛是按照她的意图虚构的，具有一种文学色彩，不会对王权构成危害。事实上，女王对权力的运作与对虚构的使用，两者密切地联系在一起，她一旦把廷臣转变成自己的爱慕者，廷臣便不再是要求回报的仆人，而是匍匐在她脚下的恋人。

锡德尼之死正好为女王提供了这样的机会。她可以把锡德尼转化为"盛大的表演"中的一个重要角色，也就是一个具有楷模意义的完美骑士。于是，锡德尼被作为正在消失的骑士阶层的代表性人物受到赞美，或者说

---

1 Joseph M. Levine, *Great Lives Observed: Elizabeth I*, p.5.
2 转引自 Stephen Greenblatt, *Renaissance Self-Fashioning: From More to Shakespeare*, p.166。

因错误的内容而被赞美。其实，锡德尼非但不是一个中世纪时期不食人间烟火的幻想者，远离世俗社会，恪守一种浪漫而又过时的行为准则，相反，他全身心地投身于所处时代的洪流中，具有出众的实干精神和才能，曾经往来穿梭于敌对的宫廷、阵营之间，出色地完成女王赋予的外交使命，而且在人生的最后一年还指挥过军事行动，等等。非但如此，他还具有艺术化处理人际关系的高超本领，比如，他虽不得不服从莱斯特伯爵，但又绝不放弃自己的原则，同时对伯爵的死党还维持一份殊为难得的尊重。[1]一个更具有说服力的例子是他的《致女王书》，他不仅就女王与安茹公爵可能缔结的婚姻对政局将会产生的影响做出了理性而又实用的分析，而且还采用了一种令人自然而然地联想到马基雅维利的独特话语。[2]正如哈格指出的，我们有理由相信，锡德尼作为完美骑士而不是理想绅士受到赞美，是女王通过其宣传专家亨利·李爵士掀起的一股崇拜热潮，它通过把锡德尼转化为完美的牧羊人骑士，"起到抑制那些女王难以控制的鲁莽廷臣的作用"[3]。

除此之外，女王把锡德尼转化为骑士形象，还有助于她以某种马基雅维利方式利用他的早逝。女王巧妙地拖延锡德尼的葬礼，使之与处死苏格兰女王玛丽的血腥事件在时间上"巧合"，这样葬礼就如同"烟幕弹"一般能够转移和分散公众的注意力。[4]具体而言，锡德尼之死及随后的一切安排，似乎都与审判和处死玛丽女王之间存在某种并置关系。锡德尼在扎特芬身负重伤三周之后，于1586年10月18日去世。1586年10月16日，审判

---

[1] 此处的"死党"指伯雷勋爵。多部传记均谈及锡德尼与他的关系。

[2] 关于两人话语的对比研究，详见 Ivring Ribner, "Machiavelli and Sidney's Discourse to the Queen," pp.177–189。

[3] Alan Hager, "The Exemplary Mirage: Fabrication of Sir Philip Sidney's Biographical Image and the Sidney Reader," p.7.

[4] 详见 Alan Hager, "The Exemplary Mirage: Fabrication of Sir Philip Sidney's Biographical Image and the Sidney Reader," pp.8–9。

第七章 锡德尼之死：一个英国文化偶像的塑造　　355

庭以图谋弑君和叛乱罪重新开庭审理伶牙俐齿的玛丽女王。锡德尼的遗体于11月2日从荷兰运抵伦敦，悼念活动于同日开始。1587年2月8日玛丽女王被处死，八天之后锡德尼盛大隆重的葬礼正式上演。著名锡德尼传记作家奥斯本指出，这场在伦敦圣保罗大教堂举行的葬礼肃穆悲壮，"是为温斯顿·丘吉尔举行的国葬之前，为王室等级之下的人举行的最为隆重盛大的葬礼，如此规模以及举国哀悼的情形对于一介平民而言是绝无仅有的"[1]。巴克斯顿则指出，"在圣保罗大教堂举行的葬礼，场面隆重，无与伦比"[2]。所有的廷臣都身着黑色服装，举国上下沉浸在一片肃穆的哀悼气氛中。这两个轰动一时的事件貌似巧合，实为暗箱操作的结果，恰如哈格所说，这是"一个马基雅维利主义的例子，背后掩藏的是伊丽莎白女王宫廷的欺骗手段"[3]。锡德尼的葬礼被不合情理地长时间拖延，一个相当确切的原因是费用问题，由于"女王拒绝提供费用"，锡德尼的岳父国务大臣沃尔辛厄姆不得不寻找其他途径凑足葬礼所需的六千英镑。然而，女王无疑是这一庄重的仪式具体日期的决定者之一。当场面盛大的丧礼仪仗队穿行于伦敦的街道时，人们的注意力自然被从处死玛丽的血腥事件中吸引过来，我们有理由相信这正是女王所期望的。

锡德尼之死及其葬礼不仅被女王出于玩弄权术的目的而大肆利用，而且也为莱斯特集团带来张扬其"鹰派"立场的机会。由于官方在对"荷兰反叛"的宣传中重点强调反抗"天主教压迫"等主题，因此锡德尼可以被顺理成章地说成是为新教事业而献身的英雄，这与骑士传统中骑士为宗教信仰去冒险的做法相吻合。莱斯特集团成员多半支持军事上的新教干涉主义政策，希望"在欧洲大陆上对西班牙形成联合新教军事攻势"[4]。锡德尼

---

[1] James M. Osborn, *Young Philip Sidney, 1572-1577*, p.516.

[2] John Buxton, *Sir Philip Sidney and English Renaissance*, p.171.

[3] Alan Hager, "The Exemplary Mirage: Fabrication of Sir Philip Sidney's Biographical Image and the Sidney Reader," p.8.

[4] Ibid., pp.3-4.

的葬礼是一次公共表演,展示了他们反对天主教西班牙的决心,格瑞维尔有言道,它"通过微妙地处理死者,起到了鼓励和倍增生者的信心的作用"[1]。锡德尼形象的第二次转变即与此相关。

三

在锡德尼去世之后的纪念性诗文中,我们可以发现其形象的第二次转变。这是一场由其妹彭布罗克伯爵夫人为了家族利益主导的一种转变。在锡德尼和莱斯特伯爵于1586年和1588年相继离世之后,锡德尼父系和母系家族的联盟就缺乏出类拔萃的男性领导者,这种局面一直持续到1603年伯爵夫人之子威廉·赫伯特(即日后的彭布罗克伯爵)长大成人开始正式承担重任为止。在此期间,伯爵夫人运筹帷幄,力挽家族命运于狂澜。她在走出悲伤的阴影之后,声势浩荡地重返社交界,发誓要让锡德尼得到特有的荣誉,重振家族雄风。[2] 她通过扮演编辑、诗人和恩主等角色发起了一场运动,旨在"唤起大家对达德利家族和锡德尼家族的回忆,同时庆祝彭布罗克夫人为这一支健在的主要成员"[3]。在这场运动中,锡德尼的形象从最初挽诗中多才多艺的恩主和战士转变为诗人,最后成为新教殉教者。在这一过程中,伊丽莎白女王的王位继承人詹姆斯一世也起到了不容忽视的作用。诚然,锡德尼的形象发生这种转变,部分原因可能是十六世纪九十年代《阿卡迪亚》和《爱星者和星星》的面世,可是其著作的出版本身无法解释以下两个相关的重要问题:第一,为什么后来的挽诗作者停止把他视为恩主?第二,许多早期挽诗作者极有可能有幸读过锡德尼的手稿,为

---

1 Fulke Greville, *The Prose Works of Fulke Greville*, p.85.
2 详见 Margaret P. Hannay, "'This Moses and This Mirian': The Countess of Pembroke's Role in the Legend of Sir Philip Sidney," p.218; Michael G. Brennan, *The Sidneys of Penhurst and the Monarchy, 1500–1700*, p.100。
3 Eleanor Rosenberg, *Leicester: Patron of Letters*, p.350.

什么他们都淡化了他作为诗人的重要性？对于这些问题，唯有细察伯爵夫人的作用，我们方可找到答案。

我们首先来看锡德尼早逝之后出现的纪念性诗文。虽然锡德尼生前一直被视为未来的政坛领袖和接班人，但是他的早逝给英国文坛带来的震动胜过政坛。牛津大学和剑桥大学最早出版纪念他的挽歌集，多数挽歌用拉丁语写成，也有少数采用了希腊语、希伯来语和意大利语。剑桥诗集最先面世，赫然位列其中的作者有苏格兰国王詹姆斯六世，还有锡德尼的其他苏格兰崇拜者。牛津诗集在经过一段时间的拖延之后面世，为此编者、基督教堂学院的威廉·嘎杰甚至觉得有必要向莱斯特伯爵表达歉意。不过，牛津很快出版了第二部纪念诗集，作者为新学院的二十九位成员，他们把这部诗集敬献给锡德尼的妹夫彭布罗克伯爵。尽管锡德尼本人与该学院无甚关系，但其父和妹夫赫伯特家族的人都曾就读于此。另外，在莱顿也出版了一部纪念锡德尼的诗集，在英国国内和欧洲大陆还出现了许多挽歌和其他纪念性文字。多年之后出版的埃德蒙·斯宾塞的《爱星者》（*Astrophel*）无疑是这些诗歌中的翘楚，同名诗集中的作者还有彭布罗克伯爵夫人、福科尔·格瑞维尔、沃尔特·罗利爵士等等。一些未曾与锡德尼谋面的长辈和晚辈英国诗人也都纷纷创作挽歌以示纪念，如乔治·维特斯顿（George Whetstone，c.1544—1587）、本·琼生、麦克·德雷顿等。写作挽歌的还有法国、荷兰，甚至意大利的一些诗人。著名音乐家威廉·伯德（William Byrd，1543—1623）为锡德尼的两首诗谱曲，画家托马斯·兰特等用绘画记录下其盛大隆重的葬礼场面。除此之外，还出现了许多传记性文字，其中影响最大、流传最广的是格瑞维尔的《菲利普·锡德尼爵士传》。[1]

---

[1] 详见John Buxton, *Sir Philip Sidney and the English Renaissance*, pp.173-175。巴克斯顿认为，格瑞维尔的传记同时也是最令人失望的，因为它虽出自密友之手，但与其说它是传记，毋宁说是一篇以锡德尼为范例的有关政治智慧的论文。

在献给锡德尼的最初挽诗中，压倒性的主题就是他的才艺多面性问题及他对各种艺术的赞助，这种主题贯穿于早期所有的纪念性文集。多方面才艺的全面发展本质上是文艺复兴时期人文主义教育所倡导的，也是普遍适合于廷臣的一种文化表达。锡德尼也因此成为诸神的宠儿，但是这些才艺彼此冲突，他需要面对如何协调它们的问题。然而，让战神马尔斯和智慧艺术女神密涅瓦或缪斯女神达成和解几乎是不可能之事。比如，亚瑟·高吉斯在一首十四行诗中写道："马尔斯和缪斯女神进行殊死搏斗。"[1]在约翰·巴尔默的挽诗中，战神马尔斯和众神的信徒墨丘利之间发生激烈的辩论，智慧女神帕拉斯接过话题伸张自己的权利，请求主神朱庇特把锡德尼奖励给她。虽然朱庇特允诺了，可是战神心怀嫉妒，残酷地结束了锡德尼的生命。[2]除了各种才艺之间的协调问题之外，许多挽诗还因才艺被荒废而表达出一种深深的惋惜之情。[3]苏格兰国王詹姆斯六世在诗中为所有艺术的损失而哀叹：

你强大的马尔斯，英勇士兵的君王，
还有你密涅瓦，引领智慧者，
还有你阿波罗，拥有帕纳塞斯山上
每一种才艺的知识，
连同择彼处而居的所有姐妹
都为他哀伤悲泣。[4]

詹姆斯六世没有提及锡德尼的诗歌，而是盛赞他在荷兰的英雄之举和

---

1 转引自 John Buxton, *Sir Philip Sidney and the English Renaissance*, p.174。
2 详见 Raphael Falco, "Instant Artifact: Vernacular Elegies for Philip Sidney," p.4。
3 详见 Dominic Baker-Smith, "Preface," in *Sir Philip Sidney's Achievements*, pp.97–98。
4 转引自 Michael G. Brennan, *The Sidneys of Penhurst and the Monarchy, 1500–1700*. p.97。

第七章　锡德尼之死：一个英国文化偶像的塑造　　359

对各类学术的赞助。事实上，绝大多数早期挽诗都没有把锡德尼当成一名诗人。在一首署名"A.W."的诗歌中，所有的缪斯女神都在悲悼，原因是锡德尼再也不能为那些诗人提供赞助了：

> 除了阴郁的哀叹，没有旋律，没有声音。
> 可我心知甚明，缪斯痛不欲生悲戚不止，
> 看墨尔波墨涅羞愧地躲藏在一角。
> 可听见那细微的叹息，发自她肺腑
> 　　　　　　　　深处？
> 卡利俄珀在哭泣，欢乐的塔利亚也时而悲鸣。[1]

从传统上来说，墨尔波墨涅是悲剧女神，卡利俄珀是史诗女神，而塔利亚是喜剧女神，这些类别的诗歌锡德尼本人均未曾涉足。[2] 因此，正如福尔科指出的，"与其说缪斯女神哀叹是因为锡德尼不再在他们各自的领域里创作，不如说是因为他再也不能为那些创作者提供赞助了"[3]。锡德尼是一位名声远扬的恩主，他及其家族对英国学术的赞助类似于意大利文艺复兴时期美迪奇家族对艺术的赞助。[4] 在锡德尼短暂的人生中，他对文人的赞助行为几乎成了他的某种标识，沃利斯在《菲利普·锡德尼爵士传》中写道，"在锡德尼的性格中，没有哪一部分比他对朋友的忠诚和对所有人的善意更鲜明的了"[5]。在许多挽诗中，锡德尼被比作古罗马最著名的文

---

[1] 转引自 Raphael Falco, "Instant Artifact: Vernacular Elegies for Philip Sidney," p.7。
[2] 这里列举的缪斯女神都是诗歌的守护神，但自古以来，缪斯女神还是哲学和音乐的守护神，甚至所有更高级的精神追求都带有缪斯女神的印记。关于缪斯女神的详细讨论，详见恩斯特·R. 库尔提乌斯《欧洲文学与拉丁中世纪》，第299—324页。
[3] Raphael Falco, "Instant Artifact: Vernacular Elegies for Philip Sidney," p.8.
[4] 详见 John Buxton, *Sir Philip Sidney and English Renaissance*, pp.133-172。
[5] Malcolm William Wallace, *The Life of Sir Philip Sidney*, p.261.

学赞助人盖乌斯·希尔尼乌斯·梅塞纳斯（Gaius Cilnius Maecenas，68—8BC），他赞助过维吉尔、贺拉斯和普罗佩提乌斯等。在牛津诗集中，锡德尼作为恩主的文学眼光也为挽诗作者所颂扬。比如，理查德·雷特沃被誉为"最有天才的拉丁语诗人"，与锡德尼和格瑞维尔均有私交，且熟悉前者的诗歌，他声称是锡德尼教会了自己如何赢得善变的缪斯女神的欢心，怎样运用高贵的风格写作。[1]又如，理查德·易德思把锡德尼与牛津伯爵进行比较，指出后者赞助一些作家把浪漫传奇从法语、意大利文和西班牙语译成英语，又鼓励另一些作家把时间浪费在把法语和意大利语诗歌译成拉丁语，而前者鼓励斯宾塞写下了《仙后》，两人品位之高下、眼光之短浅或长远，不言而喻。易德思在挽诗中问道，谁来继续这样的工作？现在缪斯女神的捍卫者业已逝去，未来她们会变成怎样？威廉·卡姆顿重复了这一令人焦虑的问题，然后肯定地回答道，正如现今锡德尼代表了缪斯女神，未来缪斯女神将代表锡德尼。[2]

尽管詹姆斯六世的挽诗盛赞锡德尼在荷兰的英雄壮举，但多数早期挽诗都淡化了他的英勇行为。乔治·卡尔顿似乎接触过锡德尼在扎特芬战场的英勇行为的目击者，因为他生动细致地描绘了锡德尼如何为了营救维勒比·德·伊利斯拜勋爵而身负致命重伤，但是他在挽诗中选择歌颂的是身为诗人的锡德尼的天赋和他对诗人的赞助，而不是他在战场上的英勇行为。其实，这也是绝大多数早期挽歌诗人的立场，原因正如巴克斯顿所说，对这些有教养的文明人而言，

> 战争似乎是令人厌恶的野蛮行径，根本不值得像锡德尼这样的人去为之牺牲生命。他们甚至责备他浪费自己的生命，没有把这种降低身份的归属于士兵的任务让其他不那么有才华的人去完成。他们的确

---

[1] 详见John Buxton, *Sir Philip Sidney and the English Renaissance*, p.175。
[2] Ibid., p.178。

远没有把锡德尼当成后人所熟知的写过传奇故事和一些十四行诗的英勇战士。对于他们而言，他是一位不错的诗人和慷慨的恩主。[1]

锡德尼是诗歌创作的对象而不是创作者，是阿基琉斯而不是荷马。这是他离世之初在挽诗中的典型形象，诗人们的第一冲动是"把他作为倒下的骑士和贵族恩主的形象为他建立纪念碑，此外，就是作为技巧精湛的纪念碑之建造者来吸引其他恩主的注意力"[2]。

锡德尼的上述形象被套路化地呈现在最初的挽诗中，于1587年出版的第一部挽诗集是其中的典型代表。四年之后的1591年，锡德尼的形象发生突变。无论是作为诗人还是恩主，彭布罗克伯爵夫人这时都已被确立为锡德尼的继承人。她被视为诗人们最好的朋友和保护者，同时代诗人德雷顿指出，"所有的牧羊人都把他们的牧歌"敬献给她。当时的诗人无论是否受惠于她，鲜有人不在自己的诗歌中插入数行对她的歌颂。诗人们虽用各种各样的名称来指代她，但无一例外地都把她视为英国文艺复兴的灵感之源。她不仅邀请诗人们访问其庄园威尔顿，而且还把他们安排在家中的不同职位上，比如，塞缪尔·丹尼尔被任命为其子的家庭教师，休·桑福德为其夫彭布罗克伯爵的秘书，托马斯·墨菲特为家庭医生。[3] 伯爵夫人决心鼓励诗人按照她的意愿来颂扬兄长，正如1593年出版的《新阿卡迪亚》中的"致读者"所言："只要她的决心不被意外事件所动摇，所有这些努力都会继续下去，对出色兄长恒久不变的爱，让她致力于纪念他的事业。"[4] 她刻意把锡德尼转化为美德的化身，用神圣化的方式来呈现他的作品和生平，大加鼓励传记作者把他当作富有传奇色彩的圣徒。伯爵夫人在

1　John Buxton, *Sir Philip Sidney and the English Renaissance*, p.177.

2　Raphael Falco, "Instant Artifact: Vernacular Elegies for Philip Sidney," p.10.

3　详见John Buxton, *Sir Philip Sidney and the English Renaissance*, p.233。

4　转引自Margaret P. Hannay, "'This Moses and This Mirian': The Countess of Pembroke's Role in the Legend of Sir Philip Sidney," p.220。

这一过程中发挥了编者、诗人和恩主三重作用。

伯爵夫人担当编者角色，整理出版了日后奠定锡德尼文学地位的主要作品。锡德尼早逝之后，对于如何恰当地呈现其作品，彭布罗克伯爵夫人有着明确的个人主张。在锡德尼的作品中，《为诗辩护》和《赞美诗》(*Psalm*)带有强烈的新教色彩，与有关他的圣徒传记一致，但是十四行诗组诗《爱星者和星星》描写的是对一位已婚女人史黛拉未能如愿以偿的欲望。[1] 在这组诗中，作者的形象至少在语言层面上并非白璧无瑕，伯爵夫人及锡德尼的友人都为他狂热的情爱表达深感不安，起初竭力阻止诗歌的流传，之后又在斯宾塞主编的《爱星者》中给出一望而知的不实解读。伯爵夫人授意墨菲特在《高贵》中对锡德尼与已婚女人的暧昧关系闪烁其词，反而重点强调他的纯洁："即使是在刚刚进入青春期，他也抑制住了人生那个阶段升腾而起的狂野冲动……他做到这一点，不是天性使然，因为天性让他精力充沛、血气方刚，活跃敏锐，而是源于他所拥有的美德的力量，尤其是源于上帝的至善。"[2] 她没有让《旧阿卡迪亚》付梓，原因是书中有些内容表明锡德尼未能控制好自己的冲动，而这些很可能会招致对他的攻击。比如，锡德尼的双眼易被女性的美貌所吸引，故事中的皮罗克勒斯注视着菲洛克丽沐浴在拉顿河中：她褪去外袍，如同"从云雾中出现的红日"；当她浸入河水中时，"冷水的触摸在她的胴体上激起一阵美丽的战栗，犹如恒星中最美丽的那一颗闪烁的光芒"。又如，在皮罗克勒斯面前，菲洛克丽"从卧榻上起来，犹如维纳斯从母亲大海中升起，与其说她被自身过错带来的惊慌和悲伤击倒，毋宁说被爱欲的力量和助人的渴望振奋，她把美丽的头颅贴在他的胸膛前"[3]。

---

1 锡德尼本人临终前似乎对此事甚为痛悔，他向牧师忏悔道："回想起来，我曾心怀虚荣，且沾沾自喜，不能割舍。这就是我的里奇夫人。"详见 *Sir Philip Sidney, The Major Works*, p.317。

2 Thomas Moffet, *Nobilis or the View of the Life and Death of a Sidney and Lessus Lugubris*, p.77.

3 Philip Sidney, *The Old Arcadia*, p.206.

不仅如此,伯爵夫人还以恩主的身份大力推动诗人创作诗歌赞美锡德尼。这类作品中最为重要的有托马斯·墨菲特的《高贵》和斯宾塞的《时间的废墟》(*The Rvines of Time*)、《爱星者》。在这些献给她的作品中,锡德尼既是美德的化身,也是诗人、信仰的捍卫者。他是"道德楷模,行为高贵,远离年轻人常常难以抵挡的诱惑,不屑于为了变得富有而接受不义之财,如天主教徒被没收的财产,他还常常帮助穷苦人"[1]。《高贵》是一部关于大学学习的小册子,由于伯爵夫人希望儿子威廉·赫伯特长大之后能够像"锡德尼家族的花朵"爱星者一样,墨菲特在书中把锡德尼塑造成侄儿可以仿效的"美德形象"。他把锡德尼的一生划分成不同的阶段,说明每一阶段他是如何实现美德和学识两方面的理想。《时间的废墟》颂扬整个达德利家族和锡德尼家族的联盟,而《爱星者》则是专为纪念锡德尼而作。

这里不再有早期挽歌中资助各类学术的慷慨恩主,取而代之的是诗人形象。在锡德尼生前,印刷品中只有六处暗示过他是一位作家。他的所有作品均未出版,只是以手抄本的形式流传,不过,流传范围超出了亲密朋友的圈子,有幸读到的人还包括一些牛津大学的学者以及与荷兰战争相关的政界人士,他们无不深表钦佩。在最初的挽歌中,牛津和剑桥一百四十三位作者所写的二百七十首挽歌中,只有少数人知道或猜到锡德尼自己亦曾涉足阿波罗的花园,而在他早逝之后四年之内出现的大量挽歌中,仅有二十一首表明他是一位诗人,仅有六首引用了他的作品。[2] 与这些早期挽歌诗人不同,斯宾塞把牧羊人爱星者描绘成一名才华横溢、尽善尽美的廷臣,他没有认识到自己创作的诗歌的价值,或许他认为诗歌毫无用处,于是投笔从戎,最终命丧异邦。斯宾塞对锡德尼的委婉批评隐约流露在字里行间,正如拉斐尔·福尔科指出的,"锡德尼用战场上'耀眼的成就'来

---

[1] Philip Sidney, *The Old Arcadia*, p.222.

[2] W. A. Ringler, Jr., "Sir Philip Sidney: the Myth and the Man," p.11.

代替对诗歌的追求,这样做的结果是毁灭性的。我们说斯宾塞持这种批评态度是不会错的"[1]。其实,斯宾塞从诗歌方面的损失这一角度来哀悼锡德尼,同时表达了自己深深的惋惜之情,这种做法本身就是在确立其不可替代的诗人地位。

与之相关的是,其他一些诗文也突显了锡德尼的诗人身份。锡德尼之友沃尔特·罗利爵士在著名的墓志铭中也特别强调了其诗人身份,称他为"我们这个时代的西庇阿、西塞罗和彼得拉克",在文艺复兴时期西庇阿被视为理想的军事领袖,西塞罗是具有雄辩才能的国家领导人,彼得拉克则是完美的诗人。[2] 约翰·戴维斯爵士在1594年出版的诗歌中把锡德尼归为值得歌颂的一类诗人,承认他在纯粹文学领域内的广博才能:

然而爱星者一人或许就足矣,

他那灵活的缪斯如飞狮一般,

将一切转化为各式绝妙形式。[3]

理查德·卡鲁(Richard Carew,1555—1620)在论文《无与伦比的英语》(1595—1596)中同样强调,锡德尼不是多种角色的扮演者,而是一位诗人:"你要读维吉尔吗?那就读萨利伯爵;要读加塔拉斯?那就读莎士比亚和马洛的片段;要读奥维德……你要同时又读诗歌又读散文?那就读我们这个时代的奇迹菲利普·锡德尼爵士。"[4]

除了诗人形象之外,锡德尼还被描写为新教殉教者。伯爵夫人亲自创作过多首诗歌来纪念兄长,锡德尼的形象在她的诗歌中明显发生变化,最

---

[1] Raphael Falco, "Instant Artifact: Vernacular Elegies for Philip Sidney," p.15.

[2] 详见 W. A. Ringler, Jr., "Sir Philip Sidney: the Myth and the Man," p.2。

[3] John Davis, *The Poems of Sir John Davis*, stanza 30.

[4] Richard Carew, "The Excellency of the English Tongue," p.293.

初她根据早期定下的调子把他当作牧羊人来歌颂,后来则把他当作新教殉教者。这种形象也常出现在献给她的诗歌中,正如玛格丽特·P. 韩耐指出的那样,其中最典型的描写就是锡德尼"为了维护神圣的教义而抛洒热血"[1]。这种形象在锡德尼的其终身密友福科尔·格瑞维尔于1652年首次出版的书中最终被塑造而成。在格瑞维尔的《菲利普·锡德尼爵士传》一书中,最著名的一个片段就是描写锡德尼在扎特芬身负重伤时的场景:

> 他没有忘记古代圣贤对正义之战的描写,即最有价值的人总是最严实地武装自己,于是他马上全副武装起来。然而,当他遇见轻装出发的最高指挥官时,难以察觉的竞争心让他想要无可匹敌地展现他的冒险行为。他褪去护腿甲……因失血过多而口干舌燥,他想喝水,水很快被送到他面前。他把水杯举到唇边,忽然看见有人抬着一个可怜的士兵从前面经过。士兵也是在同一场盛宴上最后一次进食,此时正抬起双眼直勾勾地盯着水杯。这一幕被菲利普爵士察觉到了。他滴水未沾,把水杯从唇边移开,递给那位可怜的士兵,同时说道:"你的需要有甚于我。"(thy necessity is yet greater than mine.)[2]

---

1 Margaret P. Hannay, "'This Moses and This Mirian': The Countess of Pembroke's Role in the Legend of Sir Philip Sidney," p.221.

2 Fulke Greville, *The Life of Sir Philip Sidney*, pp.128-130. 学者在提到格瑞维尔的此书时会使用不同的书名,这令读者感到一定的困惑。格瑞维尔在手稿中最初采用 *A Dedication* 为书名,目的仅仅是将一系列诗歌敬献给亡友。后来他逐渐扩大写作内容,而最初的目的似乎被他遗忘,书中除了他年轻时所写的诗歌之外,还有年老时以散文体形式写成的类似独白的文字,而书也变得更像是一部围绕着亡友锡德尼和伊丽莎白女王的长篇论著。日后关于锡德尼的许多故事均出自此书。最初的编者 P. B. 为此书冠以 *A Dedication of Sir Philip Sidney* 之名。尽管格瑞维尔本人于1628年意外身亡,但直到1652年此书才得以面世,这时采用的书名为 *The Life of the Renowned Sir Philip Sidney*。此后该书名一直沿用,可是学者甚至编者往往将之简称为 *Life of Sir Philip Sidney* 或者 *Life of Sidney*。详见 Nowell Smith, "Introduction," pp.v-xxi; Howard Maynadier, "The Areopagus of Sidney and Spenser," p.298. 本论著采用牛津大学克拉伦敦出版社1907年版本的书名。

在这个被称为"格瑞维尔片段"的文字中,锡德尼被塑造成一位具有崇高利他主义精神的人物。不过,这里却有两个问题值得细致分析:首先,是关于护腿甲的问题。根据格瑞维尔的描述,锡德尼在上战场之前原本是全副武装的,但是遇见了轻装的兵营指挥官,于是为了让自己与他冒同等的风险而快速脱去了护腿甲。然而,数位扎特芬战场的亲历者证明,他不是为了那种戏剧化的骑士姿态,穿上了护腿甲之后又脱去,他原本就没有穿。他有意不穿护腿甲奔赴战场,因为他相信这样可以大大增加灵活性和攻击力,能够更有效地作战。[1]

其次是关于"你的需要有甚于我"。这句话被当成锡德尼临终前的最后一句话,而实际上他受伤三周之后才离世,说过的其他话均被有选择性地忽略了。对于这个锡德尼一生中最著名的场景,格瑞维尔是唯一的权威叙述者,而他并非事件的亲历者,况且他是在事件发生二十五年之后才写下这段文字的。根据宁格勒的研究,关于这场致锡德尼于死命的军事冲突有十多种叙述,全部出自亲历者的描述,而且他们也像格瑞维尔一样急于赞美锡德尼,事无巨细地描写了他的勇气、受伤的经过以及骑马离开战场时的情景,但是无一人提及"你的需要有甚于我"一事。宁格勒令人信服地指出,"假如他们知道或者想到过此事,一定会乐于报告的"[2]。邓肯-琼斯也进一步确认,"我们应当记住,格瑞维尔当时不在荷兰,而这个故事没有出现在任何其他回忆录、传记或挽诗中"[3]。事件虽未发生,但格瑞维尔也并非完全"空穴来风",正如邓肯-琼斯所说,"相似的故事跟古代好几位英雄联系在一起,如亚历山大大帝"[4]。这样"格瑞维尔片段"在纪念密友锡德尼的书中出现也就不难理解了。

---

[1] 详见 A. W. Ringler, Jr., "Sir Philip Sidney: the Myth and the Man," pp.7–8。

[2] Ibid., p.8.

[3] Katherine Duncan-Jones, ed. *Sir Philip Sidney: Life, Death and Legend*, p.23.

[4] Ibid., p.23.

第七章　锡德尼之死：一个英国文化偶像的塑造

锡德尼临终前展现崇高精神和英雄气概的这个场景，如果没有格瑞维尔留下的栩栩如生的叙述，或许就不会进入后人的视野。它赋予锡德尼特有的楷模价值，格瑞维尔本人在《菲利普·锡德尼爵士传》中对此直言不讳："诚然，他是一个真正有价值的楷模，一个适合征服、传播、改革或任何其他行动的人，他是人群中最伟大而又坚强的人。"[1] 直到十九世纪，人们关于锡德尼的知识主要来源于这部传记，此后一代又一代的缺席目击者不仅没有质疑这个未经证实的场景，而且还不断地添枝加叶，补上一些格瑞维尔传记中不存在的细节。[2] 后人因崇拜英雄人物而不断地夸大锡德尼的美德，有意无意地遮蔽其不足或缺点，对此罗杰·豪尔恰如其分地评价道，"身负重伤的骑士所展现的崇高精神，与他的性格以及二十世纪所声称的其形象之间，是如此吻合，以至于后人如果直截了当地把它当作虚构的谎言加以拒绝，就会显得轻率鲁莽"[3]。

此外，在锡德尼形象的转变中，我们还不能忘记伊丽莎白女王的王位继承人、当时的苏格兰国王詹姆斯六世的作用。对于锡德尼身后英名的建立，他不遗余力，"起到了推动者的作用"[4]。当然，他这样做不是毫无缘由的。早在1575年，锡德尼完成欧陆大游学归来，因急于要在伊丽莎白女王的宫廷里崭露头角，就通过詹姆斯的廷臣约翰·萨顿爵士向当时年仅九岁的国王表达了效忠之意。在这之后，一再遭受女王打压的锡德尼家族以罕见的"政治上的远见卓识"做出判断，认为在女王驾崩之后詹姆斯六世大有可能继承英格兰的王位。[5] 于是，他们精心培育与他的关系。二十八年之后，当詹姆斯六世成为英格兰国王詹姆斯一世时，锡德尼家族也就开始

1　Fulke Greville, *The Life of Sir Philip Sidney*, p.33.

2　详见 Richard Hillyer, *Sir Philip Sidney, Cultural Icon*, p.44。

3　Roger Howell, *Sir Philip Sidney: The Shepherd Knight*, p.56.

4　Michael G. Brennan, *The Sidneys of Penhurst and the Monarchy, 1500–1700*, p.64.

5　Ibid., p.114.

了他们收获的季节。詹姆斯六世不仅如前所述在锡德尼离世之初写挽诗哀悼他,声称失去他是"所有艺术的损失",而且后来还称他为"勇敢的新教殉教者",大力推动为他建立不朽的英名。

最后需要指出的是,锡德尼在《爱星者和星星》《阿卡迪亚》等作品中也提供了虚构的自传,其中再现的作者本人的形象,比上述创作"锡德尼传说"的诗人、传记作者、彭布罗克伯爵夫人和国王詹姆斯一世等呈现的理想化形象更为有趣,或许也更为"真实"。然而,关于锡德尼流传于世的形象是出于传说的创作者而非他本人。[1]

四

锡德尼的形象经过上述两次转变之后,在十七世纪上半叶基本得以完成,在此后长达一个半世纪的时间里没有发生重大变化,只是流传得更为广泛,到十九世纪一个英国文化偶像终于在此基础上被塑造而成。在整个十七世纪,对锡德尼的形象至关重要的"格瑞维尔片段"没有被广为人知,因为《菲利普·锡德尼爵士传》并不畅销,而两度出版发行的《阿卡迪亚》在作者介绍部分对该片段也未置一词。[2] 进入十八世纪之后,情形发生了重大变化,《阿卡迪亚》两次再版时编者都全文引用该片段,更为重要的是,大卫·休谟(David Hume,1711—1776)在他著名的《英国史》(*History of England*,1754—1761)中也用专章记录了锡德尼在战场身负重伤的一幕:

> 那个时代的作家把他描绘为造诣非凡的完美绅士,是他们凭借无穷的想象力在诗歌或小说中所能呈现的楷模。他拥有正直高尚的品

---

[1] 详见 Edward Berry, *The Making of Sir Philip Sidney*, p.212。
[2] 详见 John Gouws, "The Nineteenth-Century Development of the Sidney Legend," p.253。

行，温文尔雅的谈吐，豪迈的勇气，博雅的学识，所有这些使得他成为英格兰王官中华美的装饰和快乐的源泉。女王和莱斯特伯爵把对他的赞赏全部用于鼓励天才和文学事业，因而对他的颂扬得以流芳百世。一个人无论多么卑微，都能够成为他关爱的对象。他在完成英雄之举后，身负重伤倒在疆场。这时有人送上一杯水，以缓解他的干渴。他注意到身旁有一位士兵，情形同样悲惨，于是喃喃地说道："你的需要有甚于我。"他让人把水递给了他。[1]

《英国史》在1800年之前再版达九次之多，十九世纪再版三十次，其影响可谓遍及英伦和欧陆。[2] 休谟的叙述虽然在语气和精神上更接近于锡德尼所处的时代，但是在十九世纪他的记录被有选择性地加以利用，致使锡德尼传说开始朝偶像化的方向发展。

在这个世纪里，大英帝国急剧扩张，以贸易和手工业为基础的近代城市经济正在取代以往以土地所有制为基础的生活形态。这个时候出现了所谓骑士神话的中世纪化现象，其根本内容就是通过有选择性的怀旧建立某种价值观，以适应时代发展的需要。当时出现了对骑士品质和绅士概念的追捧，骑士风的盛行就像约翰·高尔斯指出的那样，不只是英国人沉迷于骑士品质的问题，而是"代表着一种神话结构，许多英国男女试图用这种结构来使他们的社会有序化，使他们在那个社会中的作用合理化"[3]。与此形成呼应的是，锡德尼传说得到进一步发展，一套与之相关的价值观逐渐得以形成，如自我克制、谦恭有礼、换位思考、珍视荣誉、拒绝欺诈、在困难面前不屈不挠、积极乐观等等。托马斯·邹奇在1808年出版的《菲利普·锡德尼爵士生平和写作回忆录》中写道："锡德尼在人生临近尾声的

---

[1] 转引自John Gouws, "The Nineteenth-Century Development of the Sidney Legend," p.253。

[2] Ibid., p.260.

[3] Ibid., p.251.

那个阶段呈现给我们的是至善最突出的特征。在这个最可怕的阶段，他展现出了宽厚仁慈、坚韧刚毅、战无不胜的毅力，我们可以真切地肯定，在古往今来的人物传记中找不出比这更具有光彩的品质。"[1] 在1867年出版的《阿卡迪亚》的前言中，这种品质得到进一步提升：

> 他热情，勇敢，明窗般透亮，优雅得体，无论是在赛场还是战场上都毫不例外。他既是造诣非凡的学者，又是才艺出众的骑士。他热爱语言文学，慷慨大方，勇于牺牲自己的利益，道德高尚，名誉清白。有幸与他相遇的人，无不爱慕和尊崇他。有关他的回忆总是那么纯净、温暖，令人回味无穷。他为国争光，让人自豪。锡德尼的言谈从不愚蠢或平庸，他有过无数慷慨之举，人生最后的行为是其中的登峰造极之举。在我们看来，一位英国绅士就应当像他这样。[2]

从上述描写中我们可以看到，十九世纪对锡德尼的认识深受当时流行的绅士概念的影响。《阿卡迪亚》的编者汉斯·弗里斯威尔几乎把所有优秀品质都集于锡德尼一身，其中有两个对十九世纪的英国尤为重要的元素特别突出：其一是爱国主义情怀，其二是英雄主义品质。锡德尼由此成为骑士传统中理想的英国绅士典范，与骑士、恩主、诗人和新教殉教者等早期形象有着明显的不同。

这种典范的形成得益于十九世纪骑士神话与爱国情怀的结合。在这种结合中，原本就名声远扬的"格瑞维尔片段"被从传记中抽离出来，获得了独立的存在，其偶像化潜质得以展现，而一旦锡德尼被确立为偶像，他就不可避免地成了大众想象中的人物。在这个过程中，锡德尼变得越来越

---

[1] Thomas Zouch, *Memoirs of the Life and Writings of Sir Philip Sidney*, p.256.

[2] 转引自 John Gouws, "The Nineteenth-Century Development of the Sidney Legend," p.252。

远离原来的他，甚至也远离格瑞维尔传记中的他。比如，原书在叙述他最后的英勇行为之前，有前文中引用的关于"护腿甲"的描写，由于褪去了护腿甲，"他就这样在命运女神的秘密操纵之下，在上帝似乎决心要击中他的那个部位，没有任何防护"[1]。我们从中无疑可以读到锡德尼性格中的弱点，如他因急于建功立业而表现得鲁莽大意、缺乏耐心、性情急躁等等。然而，在锡德尼偶像化的过程中，所有这些性格上的不足都被"从记录中清除"[2]。诗人雪莱甚至称锡德尼为"绝顶温和之人，一个纯洁无瑕的灵魂"，而"温和"与我们从锡德尼的书信中得到的印象似有云壤之别。比如，有一次他怀疑父亲的秘书埃德蒙·莫里诺泄露了他私人信件中的秘密，于是毫不留情地写道：

> 莫里诺先生：寥寥数语足矣。我给父亲的信竟被某些不请自来的人偷看了。对此我所能谴责的，唯你一人而已……今后如果我再次发现你偷看我写给父亲的信，而父亲并没有要求你这么做，你也并没有得到我同意，那么我的匕首将刺向你的身体。言必行，因为此非戏言……菲利普·锡德尼。[3]

这种言辞是绝不可能出自一个"绝顶温和之人"。真实的情况是不仅锡德尼性格上的不足被"清除"，他被女王疏远的事实被忽略，而且他还不断地被赋予各种完美的品质。托马斯·邹奇在《菲利普·锡德尼爵士生平和写作回忆录》中写道，"伊丽莎白女王统治时期被具有真正价值的典范装点得比英国历史上任何一个时期都更富丽华美"[4]。女王及其与锡德尼

1　Fulke Greville, *The Life of Sir Philip Sidney*, p.128.
2　Blair Worden, *The Sound of Virtue: Philip Sidney's "Arcadia" and Elizabethan Politics*, p.68.
3　Philip Sidney, *The Correspondence of Sir Philip Sidney*, pp.843-844.
4　Thomas Zouch, *Memoirs of the Life and Writings of Sir Philip Sidney*, p.9.

的关系散发出一种最为耀眼的光芒:"女王以别出心裁的善意对待他,称他为'她的菲利普',以示区别于她的姐夫西班牙国王菲利普。即使是在一些不那么重要的事情上,获得一位明君的称赞也是任何一位谨慎之士不会低估的荣耀。"[1]诗人W. H. 艾尔兰在民谣《令人悲伤的菲利普·锡德尼爵士之死》(*Of the Doleful Death of Sir Philip Sidney*, 1816)的引言中同样忽略事实,声称锡德尼深受女王的"宠爱",他是她"宫廷中的明珠":

> 这位独具一格的贵族青年是他的君主伊丽莎白女王特别宠爱的廷臣。他不得不多次抑制自己对荣誉的渴望。他学识渊博、英勇无畏、慷慨大度,在整个欧陆都享有崇高的声誉。他被推选参加波兰国王的竞选,但是女王拒绝促成此事,这不是出于忌妒,而是因为她不愿失去她宫廷中的明珠。他于1586年9月22日逝世。[2]

到1818年,"格瑞维尔片段"已经家喻户晓,锡德尼这个名字"激起一种爱戴和崇敬之情,它永远萦绕在同胞的心田"[3]。不只是他的本国同胞,甚至定居于北美的人士,也都对他怀有这种情感。一位匿名的纽约女士为了展现锡德尼最动人的个人品质,写了一本名为《菲利普·锡德尼爵士的生平和时代》(*The Life and Times of Sir Philip Sidney*, 1859)的书。她把此书献给自己的儿子,以"纪念这样一个人,他的名字是每一种男性美德的同义词,他的榜样超越了他所处的时代,几个世纪之后依然璀璨夺目"[4]。

除了爱国主义情怀开始融入骑士神话之外,高贵的英雄主义行为也

---

[1] Thomas Zouch, *Memoirs of the Life and Writings of Sir Philip Sidney*, p.83.

[2] 转引自John Gouws, "The Nineteenth-Century Development of the Sidney Legend," p.254。

[3] Ibid., p.255.

[4] 引文出自一篇无名氏撰写的书评,详见*The North American Review*, Vol.88, No.183 (April, 1859), p.314。

第七章　锡德尼之死：一个英国文化偶像的塑造　　373

常与中世纪骑士品质联系在一起。英格兰国王乔治三世对此分外热衷，这对锡德尼传说的偶像化发展起到了推波助澜的作用。早在1779年，乔治三世就让御用历史题材画师本杰明·沃斯特创作了一幅名为《菲利普·锡德尼爵士之死》(Death of Sir Philip Sidney)的油画。画家从锡德尼传记中抽出"格瑞维尔片段"，用它来呈现他所代表的那种高贵。更为重要的是，锡德尼"最后的行为被赋予了耐心、刚毅和无私等品质"[1]。1806年，沃斯特被要求根据休谟《英国史》中记录的事件创作一幅油画，"格瑞维尔片段"再一次成为他的创作主题。画家在一幅名为《身负致命重伤的菲利普·锡德尼爵士》(The Fatal Wounding of Sir Philip Sidney)的画作中，为了达到渲染情感的效果，进一步牺牲了历史真实，把锡德尼描绘得如圣人一般。

　　这种表现形式让"格瑞维尔片段"带上了一种不可抗拒的力量。历史上让锡德尼献身的那场小冲突，在画面上被描绘成了一场重大战役。画面中央是身负重伤的英雄菲利普·锡德尼爵士，他的周围是一幅让人焦虑不安、杂乱无序的景象。他身着镶有花边衣领的洁白服装，戴着护腿甲，面容略显苍白，整个人流露出一丝女性气质。他圣洁安详，表情和姿势都明显来自宗教题材的传统形象：他目光宁静地投向远方，显然没有注意到周围的一片混乱，对为他检查伤口的人无动于衷。他仿佛是在接受加冕礼，坐姿隐隐约约呈现出基督被钉在十字架上的样子。整个画面无不激发起观众感伤、虔诚、敬仰的情绪。在人们的心目中，锡德尼既是一个圣人，又是具有感染力的绅士，同时还是拥有自我克制、镇定自若和坚忍不拔等品质的典范。[2] 锡德尼在扎特芬临终前的姿势被刻画得如基督受难一般，当他的这种形象作为基督教骑士精神的关键性符号服务于大英帝国的扩张主义时，他终于被塑造成了光芒四射的英国文化偶像，即具有骑士风度的完

1　John Gouws, "The Nineteenth-Century Development of the Sidney Legend," p.258.

2　Ibid., p.257.

美绅士典范。

　　进入二十世纪之后,这一光芒耀眼的典范形象依然时常可见。在第一次世界大战前夕,如本论著开篇所述,在菲利普·锡德尼纪念碑落成典礼上,约翰·赫伊津哈在致辞中用一种修辞性的反问,对于他战死疆场给予最高程度的赞美。同时,他还提出锡德尼身为诗人的英勇行为,连同他在诗作中呈现的世界,最完美地揭示出了诗人的本质:"锡德尼让我们懂得了究竟什么是诗人,他本人又是何等值得我们颂扬他:这位诗人投身于铜的世界,却给我们带来了金的世界。"[1] 1919年,在纪念陆军少校罗伯特·格里高利的诗文中,W. B. 叶芝称他为"我们的锡德尼,我们的白璧无瑕之人"。二十世纪中叶,刘易斯感叹道,"即便相隔如此遥远的距离",锡德尼这个偶像"依然光芒闪烁"[2]。

　　概言之,从锡德尼的早逝开始,各种权势为了自身的目的,凭借各自清晰的"理念或事先的设想"使得他的形象发生多次转变,共同构建了一个关于锡德尼的传说。最初伊丽莎白女王为了宣传的目的大肆利用锡德尼之死,使他的形象在生前身后迥然有别。后来彭布罗克伯爵夫人为了重振家族雄风又使得锡德尼的形象从战士进而转变成新教殉道者。到十九世纪,锡德尼的形象被赋予了各种不同的道德价值,成了完美绅士的典范。尽管在这个传说中事实和虚构并存,但是正如《为诗辩护》中的理想诗歌,它对个人、国家和民族产生了巨大作用,最终以一种仿佛不出锡德尼所料的方式服务于公众利益。有谁能说作为英国文化偶像的锡德尼不是正如其诗歌定义中的"有声画"呢?

---

[1] Johan Huizinga, *An Address Delivered by J. Huizinga... on the Occasion of Uncovering a Memorial to Sir Philip Sidney at Zutphen on July 2nd 1913*, p.1.

[2] C. S. Lewis, *English Literature in the Sixteenth Century: Excluding Drama*, p.324.

菲利普·锡德尼年表

1554　　11月30日出生于英国肯特郡彭斯赫斯特庄园（Penshurst）；

1564　　进入什鲁斯伯里文法学校；

1566　　由舅舅莱斯特伯爵在牛津大学引荐给伊丽莎白女王；

1572—1575　　在欧洲大陆"大游学"，得到于贝尔·朗盖的精神指导；

1575　　5月返回英国，很快进入女王的宫廷；

7月参加莱斯特伯爵在肯尼沃斯（Kenilworth）为女王举行的娱乐活动；

同年父亲亨利·锡德尼爵士作为爱尔兰总督开始第三个任期；

1576　　成为女王的尝酒侍者；

陪同埃塞克斯伯爵赴爱尔兰协助父亲亨利爵士；

1577　　2月至6月之间出使欧洲大陆，与新教君主会面；

彭布罗克伯爵迎娶妹妹玛丽·锡德尼；

返回英国之后大力支持欧陆的新教事业；

撰写《论爱尔兰事务》，为父亲亨利爵士对爱尔兰事务的处理辩护；

1578	在女王和莱斯特伯爵逗留万斯特德（Wanstead）期间，创作《五月夫人》供女王消遣；
	继续大力支持欧陆的新教事业；
	在威尔顿庄园（Wilton）探望妹妹彭布罗克伯爵夫人期间，开始写作《阿卡迪亚》（1578—1581）；
1579	8月安茹公爵（此前的阿朗松公爵）抵达英国向女王求婚；
	锡德尼因"网球场事件"向牛津伯爵提出决斗请求；
	上书女王，反对女王与法国公爵之间联姻；
	斯蒂芬·高森向锡德尼敬献《弊端学堂》，斯宾塞敬献《牧人月历》；
	锡德尼退隐至威尔顿庄园，继续创作《阿卡迪亚》，开始写作《为诗辩护》（1579—1583）；
1580	继续写作《阿卡迪亚》；
	重返宫廷；
1581	1月当选议员；
	《爱星者和星星》中史黛拉的原型佩内洛普·德弗罗被引荐至宫廷，后来成为里奇夫人；
	4月参加宫廷持矛骑马比武，《欲望的四个养子》上演；
	开始写作《爱星者和星星》（1581—1583）；
1582	陪同安茹公爵至荷兰；
	很可能开始修改《阿卡迪亚》（1582—1584）；
1583	1月被授予爵士头衔以代表欧洲卡西米尔大公参加嘉德骑士受封仪式；

	被女王任命协助军械署主任沃里克伯爵；
	9月迎娶弗朗西丝·沃尔辛厄姆；
1584	很可能写作《为莱斯特伯爵辩护》（1584—1585）；
1585	很可能开始翻译菲利普·杜普莱西·莫奈的《基督教真理》；
	开始翻译《诗篇》；
	被任命为弗拉辛总督，11月到任；
1586	夏季父亲和母亲相继过世；
	9月22日在荷兰扎特芬身负重伤，10月17日在荷兰阿纳姆过世；
1587	2月16日其盛大葬礼在伦敦圣保罗大教堂举行。

附录一

含泪的微笑：重访亚里士多德《诗学》中的悲剧快感

内容摘要：亚里士多德的《诗学》和其他古代的文本一样，因年代的久远和文本的残缺，今人阅读理解起来会困难重重，甚或出现严重误读的情况。历来各种学说为"悲剧快感"提供了不同的解释，与其相连的"怜悯和恐惧"一直是学术的竞技场，各类解释"累层"起来可以构成一部"悲剧快感"的演变史。本文尝试不受"悲剧快感"演变史的束缚，从古希腊时期对"痛苦的欢笑"的共识及亚里士多德有关快乐的理论出发，结合他本人在《政治学》《尼各马可伦理学》和《修辞学》中的相关思想，来分析《诗学》中的悲剧快感，探寻悲剧"特有的快感"的深意。

关键词：亚里士多德，《诗学》，悲剧快感，怜悯和恐惧，疏导

Title: "Smile through the Tears": The Tragic Pleasure in Aristotle's *Poetics* Revisited

Abstract: Due to its long age and incompleteness, Aristotle's *Poetics*, like other ancient texts, was by no means free from difficulty, and lent itself readily to serious misinterpretation. Various interpretations have been provided to the term "tragic pleasure", and the "pity and fear" closely related to it has become an arena where not a few famous scholars displayed their "hidden skills". Their interpretations make up an evolutionary history of the "tragic pleasure". Free from its bondage, and based both on the common view about pleasure of grief in the ancient Greece, and on Aristotle's general principles of pleasure, this paper aims at exploring the deep meaning of the pleasure proper to tragedies through categorizing the tragic pleasure and drawing relevant ideas from Aristotle's *Politics*, *Nicomachean Ethics*, and *Rhetoric*.

Keywords: Aristotle, *Poetics*, tragicpleasure, pity and fear, katharsis

亚里士多德《诗学》中的"悲剧快感",诚如历史学家顾颉刚在《春秋时的孔子和汉代时的孔子》中所说的研究对象"孔子":"各时代的人,他们心中怎样想,就便怎样说,孔子的人格也就跟着他们变个不歇,害得一般人永远摸不清头路,不知道孔子的真面目究竟是怎样的。"[1]从如雷贯耳的大哲学家,到名不见经传的文学批评家,无不对悲剧快感做出或富有哲思或离奇古怪的分析。从心理距离说、恶意说到同情说,各种学说不一而足;"悲剧快感"真的是"跟着他们变个不歇"。与"悲剧快感"相连的短短的两个词"怜悯和恐惧",诚如朱光潜在《悲剧心理学》中所言,"一直成为学术的竞技场,许许多多著名学者都要在这里来试一试自己的技巧和本领,然而却历来只是一片混乱"[2]。借用顾颉刚先生的"累层说"概念,他们的解释"累层"起来可以构成一部"悲剧快感"的演变史。

毋庸讳言,对于"悲剧快感",论者莫衷一是,各派争论不休。一部文学作品问世之后,就如同飞出笼子的小鸟收不回来了,或者说是"一

---

[1] 顾颉刚《古史辨》(二),第131页。
[2] 朱光潜《悲剧心理学》,第78页。

言既出，驷马难追"[1]，艾略特甚至认为："同一首诗对于不同的读者可能会是不同的，所有的理解或许都不同于作者本意，读者的解释可以不同于作者的，而同样有效，且每或胜于作者本意。"[2] 这正如钱锺书先生指出的，"'诗无通故达诂'，已成今日西方文论常识"[3]。诗歌一经发表，便不再受作者的控制，批评家和阅读者可以对它有不同的阐释，这里的多重含义（ambiguities）是因诗歌语言比普通语言含义更为丰富的缘故。[4]《诗学》虽说是一部论述诗歌的经典著作，但作为一部哲学家写就的理论著作，其中的概念不仅与诗歌中所用的词语迥然有别，而且往往有着严密而又精深的含义，这种含义还与同一作者的其他著作互证，尽管亚氏的著作如罗素指出的那样，不乏自相矛盾、难以自圆其说之处。[5]《诗学》和其他古代文本一样，因年代的久远和文本的残缺，今人阅读理解起来会困难重重，甚或会出现严重误读的情况。对于像"悲剧快感"这样的关键词，如果我们不考虑当时的历史背景，把它从文本中割裂出来，忽视它产生的环境和条件，那么它"即便不是毫无意义，也很可能使人产生误解"[6]。十九世纪英国批评家马修·阿诺德就指出，人们对古希腊文本的理解出现了很多误读。本文尝试不受"悲剧快感"演变史的束缚，从亚里士多德有关快乐的一般性理论以及古希腊时期对"痛苦的欢笑"的共识出发，结合他本人在《政治学》、《尼各马可伦理学》（以下简称《伦理学》）和《修辞学》中的相关思想，来分析《诗学》中的悲剧快感，着重探寻悲剧"特有的快感"的深意。

---

[1] 贺拉斯《诗艺》，第143页。
[2] T. S. Eliot, "The Music of Poetry," pp.57-58.
[3] 钱锺书《谈艺录》，第615页。
[4] T. S. Eliot, "The Music of Poetry," p.58.
[5] 罗素《西方哲学史》（下卷），第143页。
[6] J. W. H. Atkins, *Literary Criticism in Antiquity: A Sketch of Its Development*, p.3.

一

亚氏关于快乐的一般性理论主要出现在《伦理学》的第七卷和第十卷当中。在第七卷的讨论中，他的理论核心是把快乐视为一种活动。他在"纯粹的"快乐与"偶性的"快乐之间做出了区分，因而也在本身就是纯粹快乐的实现活动与那些只在偶性上令人愉悦的活动之间做出了区分。纯粹的快乐是指那些属于我们的正常品质未受到阻碍的实现活动，这种实现活动本身就是令人愉快的。它"不包含痛苦或欲望的快乐（如沉思的快乐），这是一个人处于正常的状态而不存在任何匮乏情况下的快乐"[1]。除了沉思的快乐之外，这类快乐还包括感知的快乐，推理的快乐，等等。偶性的快乐是由摆脱痛苦、纠正错误或与此类似的事情引发的。向正常品质的回复则是使匮乏得到充实的过程：

> 在正常的状态下，我们以总体上令人愉悦的事物为快乐。而在向正常品质回复过程中，我们甚至从相反的事物，例如苦涩的东西中感受到快乐……快乐既是实现活动，也是目的。快乐不是产生于我们已经成为的状态，而产生于我们对自己的力量的运用。快乐也不是都有外在的目的的，只有使我们的正常品质完善的那些快乐才有这样的目的。（219）

也就是说，快乐是由活动导致的，引起快乐的活动以快乐结束。快乐使整个事情完满。

在第十卷的讨论中，亚氏的理论核心则在于快乐是完善活动。他在第四节"快乐与实现活动"中指出：

---

[1] 亚里士多德《尼各马可伦理学》，第219页。

对每种感觉来说，最好的实现活动是处于最好状态的感觉者指向最好的感觉对象时的活动。这种实现活动最完善，又最愉悦。因为，每种感觉都有其快乐。思想与沉思也是如此。最完善的实现活动也就最令人愉悦。而最完善的实现活动是良好状态的感觉者指向最好的感觉对象时的活动。（301）

由于实现活动不同，它们的快乐也就不同。每种实现活动都有其特殊的快乐，一种活动的特有的快乐必定与另一种活动的不同，即快乐因实现活动的不同而迥异。比如，"视觉在纯净上超过触觉，听觉与嗅觉超过味觉，它们各自的快乐之间也是这样"（301）。实现活动为它自身的快乐所完善，而为异己的快乐所破坏。"当一种实现活动伴随着快乐时，我们就判断得更好、更清楚。"（300）例如，如果喜欢几何，我们就会把几何题做得更好，就对每个题目有更深的体会。有些实现活动会被其他的快乐所妨碍。例如，爱听长笛的人听到长笛的演奏就无心继续谈话，因为他们更喜欢听长笛演奏而不是谈话，所以，听长笛的快乐妨碍谈话的活动。

就以悲剧或史诗为主要代表的诗歌而言，虽说"人情乐极生悲，自属寻常，悲极生乐，斯境罕证"[1]，但其中呈现出来的苦难能够给观众或读者带来快乐，即一种"含泪的微笑"，这在古希腊时期既是不争的事实，也是哲学家和诗人的共识。关于这种情感体验的描写早就出现在荷马史诗《伊利亚特》中，如第二十四卷中的"然而当阿基琉斯享尽痛苦的欢乐时"。[2] 柏拉图毫无争议地把荷马描述的这种混合快乐接受过来，并且至少用在他的两个对话中。柏拉图在《理想国》第十卷中指出："当我们听荷马或某一悲剧诗人摹仿某一英雄受苦，长时间地悲叹或吟唱，捶打自己的

---

[1] 钱锺书《管锥编》（第三卷），第884页。
[2] Homer, *The Iliad*, p.525.

胸膛，你知道，这时即使是我们中的最优秀人物也会喜欢它，同情地热切地听着，听入了迷。我们会赞成一个能用这种手段最有力地打动我们情感的诗人是一个优秀的诗人。"[1]这里有两点特别值得我们注意，其一是悲剧或史诗呈现出来的是苦难，而观众从中得到的是快乐；其二是诗人所采用的手段值得特别关注，因为它"最有力地打动我们情感"。柏拉图随后指出：

> 我们天性最优秀的那个部分，因未能受到理性甚或习惯应有的教育，放松了对哭诉的监督。理由是：它在看别人的苦难，而赞美和怜悯别人——一个宣扬自己的美德而又表现出极端痛苦的人——是没有什么可耻的。此外，它认为自己得到的这个快乐全然是好事，它是一定不会同意因反对全部的诗歌而让这种快乐一起失去的。因为没有多少人能想到，替别人设身处地的感受将不可避免地影响我们为自己的感受，在那些场合养肥了的怜悯之情，到了我们自己受苦时就不容易被制服了。[2]

柏拉图认为观众能够从别人的苦难中，以及从赞美和怜悯别人中得到快乐。他认识到这种从摹仿中得到的快乐，不仅是来自令人愉快的情境，而且也来自引人哀怜的情境，尽管他不赞同甚至鄙视这类快感，因为在他来看，诗歌通过挑动情感，制造出一种在实际生活中通往这类情感的危险途径，进而毒害人的灵魂，应当被控制。他在《斐莱布篇》中谈到这种快乐和痛苦的结合，比如愤怒、恐惧、悲哀、爱情、妒忌、羡慕等等，都是在痛苦中又结合有快乐的。人在观看喜剧时往往是在快乐中又感到痛苦，

---

[1] 柏拉图《理想国》，第405页。
[2] 同上，第405—406页。

"还有,你记得人们在看悲剧的时候既欣喜又流泪吗?"[1]对旁人的痛苦感到乐趣,对别人的无知——他不能"认识自己",或是对自己的智慧、财富、美貌等想得过分,就相当滑稽可笑。"无知本是一种痛苦,但嘲笑它时却得到快乐。"[2]柏拉图所言的观众观看悲剧时那种"含泪的微笑"的情感体验,是欣赏悲剧时的核心体验。

亚氏的《诗学》是对柏拉图攻击诗歌的最初回应。他拒绝全盘接受柏拉图关于情感的思想,但两人在有关诗歌的不少问题上却有着共同的立场,其中之一就是尽管他们对待快乐的态度迥异,但两人都认为诗歌无论是作为一种摹仿,还是通过摹仿手段挑起情感,均会给人带来快感。亚氏承认悲剧能够给人带来快感,他在《诗学》中至少十次用不同的词语提及悲剧给人带来的"快感",不过他毫不含糊地指出,这其中有的是悲剧特有的快感,有的只是一般性的快感,后者同样可以由史诗和喜剧引发。

二

在亚氏《诗学》中有关悲剧快感的论述中,既包含着悲剧定义中提及的一般性快感,也包含与亚氏快乐理论及当时的悲剧实践相关的其他一般性快感,而这些都不是他所指的悲剧特有的快感。在第六章中关于悲剧的定义中,至少有三种是一般性快感:

> 悲剧是对一个严肃、完整、有一定长度的行动的摹仿,它的媒介是经过"装饰"的语言,以不同的形式分别被用于剧的不同部分,它的摹仿方式是借助人物的行动,而不是叙述,通过引发怜悯和恐惧

---

[1] 柏拉图《斐莱布篇》,《柏拉图全集》(第三卷),第234页。
[2] 汪子嵩等《希腊哲学史》(第二卷),第1006页。

使这些情感得到疏导。所谓"经过装饰的语言",指包含节奏和音调(即唱段)的语言,所谓"以不同的形式分别被用于不同的部分",指剧的某些部分仅用格律文,而另一些部分则以唱段的形式组成。[1]

这个关于"悲剧"的定义中,包含着各种各样的悲剧快感。亚氏首先指出悲剧是一种摹仿,与此相应的是认知快感和由摹仿技巧引发的快感。他在第四章中指出,"在生活中讨厌看到的某些实物,比如最讨人嫌的动物形体和尸体,但当我们观看此类物体的极其逼真的艺术再现时,却会产生一种快感"(47)。亚氏强调摹仿带来的快感是某种从学习中得来的快感,这是一种认知快感。他认为"求知不仅于哲学家,而且对一般人来说都是一件最快乐的事"(47)。这是因为理解摹仿要涉及运用人的认知能力,这是人的一种本能。通过对作品的观察,他们可以学到东西,并可就每个具体形象进行推理,比如,"认出作品中的某个人物是某某人"(47)。亚氏进一步指出了一种由摹仿技巧引发的快感:"如果观赏者从未见过作品的原型,他就不会从作为摹仿品的形象中获得快感。在这种情况下,引发快感的便是作品的技术处理、色彩或诸如此类的原因。"(47)这里的摹仿技巧也就是前文中所引柏拉图所谓的"最有力地打动我们情感的诗人"采用的手段。上述快感是悲剧快感,来自艺术家的摹仿,但它们却不是悲剧特有的快感,因为它们同样存在于喜剧中。伴随认知快感和由摹仿技巧引发的快感的,是某些中性情绪,而不是怜悯和恐惧。

除了摹仿之外,亚氏在悲剧的定义中格外强调悲剧的媒介是经过"装饰"的语言,即指能够给观赏者带来快感的"包含节奏和音调的语言"(63)。在同一章中的最后一段里,亚氏说:"唱段是最重要的'装饰'。"(65)也就是说,它是快感来源中最重要的一种。这种经过"装饰"的语

---

[1] 亚里士多德《诗学》,第63页。

言在悲剧中同样会引发快感。这是一种文本快感。亚氏在第四章中有言道:"音调感和节奏感的产生是出于我们的天性(格律文显然是节奏的部分)。"(47)因此,它们和摹仿一样,对一般人来说同样是一件快乐的事。在第二十六章中,亚氏在对悲剧和史诗进行比较时还指出了一个与此相关的快感来源:"悲剧有一个分量不轻的成分,即音乐(和戏景),通过它悲剧能以极生动的方式提供快感。"(191)不过,亚氏对戏景的评价不高,认为它虽然能吸引人,却"艺术性最少,和诗艺的关系也最疏远"(65)。无论是音乐感和节奏感,还是经过"装饰"的语言、唱段,或者音乐和戏景,这些文本快感的确是悲剧快感,但同样不是悲剧特有的快感。它们不是由怜悯和恐惧情绪引发的,同样存在于喜剧当中,而且它们也不是由摹仿引发的,即不是由悲剧情节带来的。

除上述悲剧定义中由认知、摹仿技巧和文本引发的快感之外,还有两种一般性快感。其一是亚氏快乐理论中提及的一种快感。在他看来,沉思高贵的对象同样会引发快感。悲剧摹仿的,正是高贵的对象和行动,如亚氏在《诗学》第二章指出的,"喜剧倾向于表现比今天的人差的人,悲剧则倾向于表现比今天的人好的人"(39)。他在第六章提到:"就以格律文的形式摹仿严肃的人物而言,史诗'跟随'悲剧。"(65)不过,只有在人物没有从顺达之境转入败逆之境的情况下,沉思这类高贵的人物才会引发快感。因此,这种快感不是取决于怜悯和恐惧。其二是在当时悲剧实践中常见的悲剧复线情节给观众带来的快感。这类复线情节往往有奖善惩恶的大结局,这与观众的心理诉求一致,因而受到欢迎。在《诗学》第十三章结尾时论及第二等的情节时,亚氏指出《奥德赛》中有两条情节发展线索,到头来好人和坏人分别受到赏罚,观众喜欢这样的情节,但这类情节给观众带来的却不是悲剧特有的快感。这是诗人"被观众的喜恶所左右,为迎合后者的意愿而写作。但是,这不是悲剧提供的快感——此种快感更像是喜剧式的"(98)。对这类情节,柏拉图在《法律篇》第二卷中也表达了类似的反感。

　　综上所述，我们可以看到在亚氏的《诗学》中，诸如认知快感、由摹仿的技巧引发的快感、文本快感、沉思高贵的对象引发的快感、复线情节带来的快感等等，虽然都可以包含在悲剧快感这个含义较为宽泛的概念之下，但它们不是由怜悯和恐惧情绪引发的，均是一般性快感，而不是悲剧特有的快感。显然，在亚氏的诗学思想中，除了一般性快感之外，悲剧应给人带来一种由它才能引发的快感。亚氏还强调史诗也与悲剧一样，应给人一种由它才能引发的快感，如他在第二十三章指出，史诗"像一个完整的动物个体一样，给人一种应该由它引发的快感"（161）。他只在第二十四章指出，悲剧和史诗"提供的不应是出于偶然的，而应是上文提及的那种快感"（191）。他没有明说适合史诗的那种特有的快感到底是怎样的一种快感。

三

　　亚氏《诗学》中悲剧特有的快感是一个极为复杂的概念，明显不同于其他艺术带来的快感。其独特之处在于悲剧摹仿的对象是在实际生活中会给人带来痛苦的情感和情境，而快感正来源于对此的摹仿。悲剧诗人既非通过消除其中令人痛苦的元素，也非在他的笔下淋漓尽致地展现痛苦，来达致给人带来快感的效果。他运用自己的艺术技巧，通过他使人的思维进入同情之境的力量，将思考、情感和视听等感官作用于原本只会引起痛苦的主题上，进而引发纯粹的快感。亚氏多次指出，并非所有的悲剧都能够引发快感，由于诗人错误地运用其才思，一些让人痛苦的主题依然如故，给人带来的毫无快感可言。在某种程度上，悲剧快感类似于朗吉努斯在《论崇高》中论及的崇高语言和思想在一部作品中所产生的效果："崇高的语言对听众的效果不是说服，而是狂喜"，"一个崇高的思想，如果出现在恰到好处的场合，就会如黑夜中的闪电照亮一切，在刹那之间显出雄辩家的全部威力"[1]。因而，悲剧中有无这种快感是衡量一部悲剧之高下的重要因素，而这里的悲剧快感是指悲剧特有的快感。

《诗学》对悲剧特有的快感最直接的阐述出现在第十四章："我们应通过悲剧寻求那种应该由它引发的，而不是各种各样的快感。既然诗人应通过摹仿使人产生怜悯和恐惧并从体验这些情感中得到快感，那么，很明显，他必须使情节包蕴产生此种效果的动因。"（105）这一段阐述表明悲剧特有的快感不仅仅来自观众或读者被挑起的怜悯和恐惧情绪，或者是来自摹仿，而是说快感同时来自这两者，正如豪斯指出的，"很可能是说只有通过摹仿的手段，怜悯和恐惧才有可能成为快感的来源"[2]。仅仅通过摹仿的手段所得到的快感，如前文所述，当属于一般性的快感，而从体验怜悯和恐惧中得到快感，必然有其内在的原因，因为在《诗学》中总是成双成对地出现的这两种情感本身往往是与痛苦相关的。

亚氏在《修辞学》中把恐惧定义为"一种由于想象有足以导致毁灭或痛苦的、迫在眉睫的祸害而引起的痛苦或不安的情绪"，并进而指出："人们并不畏惧一切祸害，而仅仅畏惧足以导致很大痛苦或毁灭的祸害，只要这种祸害不是隔得很远，而是近在身边，迫在眉睫，因为人们并不畏惧非常遥远的祸害。"[3] 怜悯的定义与恐惧密切相关：怜悯是"一种由于落在不应当受害的人身上的毁灭性的或引起痛苦的、想来很快就会落到自己身上或亲友身上的祸害所引起的痛苦情绪。因为，很明显，一个可能产生怜悯之情的人，必然认为自己或亲友会遭受某种祸害，如定义中提起的这种祸害或与此相似的或几乎相同的祸害"（225）。我们恐惧的一切事情，"如果落到别人身上，就都能引起怜悯之情"（226）。毫无疑问，怜悯和恐惧会

---

[1] Longinus, *"On the Sublime,"* p.81.

[2] Humphry House, *Aristotle's Poetics*, p.116.

[3] 亚里士多德《修辞学》，第215页。

引发痛苦，如果我们假设怜悯和恐惧能够引发快感，那么这种快感必然是一种自相矛盾的快感。亚氏关于悲剧的定义为我们提示了这两种情绪与悲剧特有的快感之间的关系。

亚氏在悲剧的定义中指出，悲剧的摹仿方式是"借助人物的行动，而不是叙述，通过引发怜悯和恐惧使这些情感得到疏导（katharsis）[1]"。弥尔顿在对其进行解读时指出："亚里士多德所说的悲剧，拥有引起怜悯和恐惧或者恐怖的力量，疏导思想中的那些情绪，以及类似的情绪。也就是说，以某种快乐来调节和改变由阅读或观看那些被惟妙惟肖地摹仿的情绪，使之达到适当的程度。"[2] 不过，弥尔顿在这里把"快乐"更多的是与精湛的摹仿技艺，而不是与疏导这一事实联系在一起。我们从上一节的讨论中知道，悲剧中通过摹仿的手段得来的快感属于一般性快感，不是悲剧特有的快感，因为史诗或者喜剧同样可以通过摹仿引发这种快感。毋庸置疑，悲剧定义中那个含义扑朔迷离的"疏导"成了理解悲剧特有的快感的关键词。

亚氏关于"疏导"理论的说明，与医学、宗教和诗歌均相关。[3] 在医学中关涉的是人的身体状态，在宗教和诗歌中是人的情感状态，具体到悲剧中则是怜悯和恐惧的悲剧状态。亚氏曾在《政治学》中提到："我们姑且先引用'疏导'这一名词，等到我们讲授《诗学》的时候再行详解。"[4] 然而，在《诗学》中仅有的一次提及这个词就是在悲剧的定义中。因此，我们可以用他在医学和宗教上使用的"疏导"来帮助理解在诗歌中使用的"疏导"及其与悲剧特有的快感之间的关系。

---

1 希腊语中的"katharsis"一词，因译者所持观点不同，而在英文译本中出现了"purgation""purification"和"clarification"等不同的译法，在中文中也有"疏导""净化"和"被除"等译法。本文作者倾向于认同"疏导"（purgation）的译法，但是"疏导"仍难以完全涵盖"katharsis"一词的含义，特别是在医学和宗教方面。

2 John Milton, *The Annotated Milton Complete English Poems*, p.619.

3 O. B. Hardison, Jr., *Aristotle's Poetics*, p.133.

4 亚里士多德《政治学》，第437页。

就医学而言，"疏导"有两种含义：其一是用药物来排空某物，含有"净化"（purification）之意；其二是身体上发生的某种变化，回复到某种平衡状态，如热冷平衡，并维持这种平衡以达到一种健康状态。在亚氏创办的学园里，有人稍晚于《诗学》写了一本名为《问题》的书，里面有关于冷热问题的论述，指出人体内黑色胆汁的冷和热直接与人的情感相关，据说黑色胆汁冷总是伴随着"绝望和恐惧"的情绪，而回复到正常的温度则能够矫正这种状态。[1] 亚氏在《诗学》中使用的"疏导"常被认为有与医学上的"疏导"相关的两种隐喻：其一是就像医学上那样用排泄药来排空某物，如F. L. 卢卡斯在《悲剧》中不容置疑地强调这个词"绝对是一个医学隐喻———种排泄药的隐喻"，并且用他那句令人难忘的隽语道出了他对该理论的深深厌恶："剧院不是医院。"[2] 不过，亚氏在《诗学》中从未在任何地方暗示过，指望去剧院疏导怜悯和恐怖的情绪是观众去看悲剧的原因。[3] 其二就是观看悲剧能够让观众的情绪回复到某种平衡状态。在意识和潜意识中存在着与黑色胆汁冷热类似的情况，如古希腊哲学家赫拉克利特所称的"反转"（anantiodromia）之说，即"意识中有偏向，则潜意识中能生相克之反向"[4]。在情感和观念中，情况也不例外："所谓情感中只有辩证（die Dialektik des Herzens, di Dialektik des Gefuhls），较观念中之辩证愈为纯粹著明（An die Stelle der Dialektik des Begriffs tritt immer reiner und bestimmter die Dialektik des Gefuhls）。"[5] 这正如《老子》第四十章中的"反为道之动"。

就宗教而言，亚氏最著名的论述出现在《政治学》第八卷中论及音乐的用处时，他指出音乐可以疏导狂热的宗教情感。有些人的心灵对怜悯、

---

1 Humphry House, *Aristotle's Poetics*, p.106.
2 F. L. Lucas, *Tragedy: Serious Drama in Relation to Aristotle's "Poetics"*, p.24.
3 Humphry House, *Aristotle's Poetics*, p.113.
4 钱锺书《谈艺录》，第612页。
5 钱锺书《管锥编》，第1058页。

恐惧、激动这类情感有着特别敏锐的感应,一般人也会有同感,只是或强或弱、程度不等而已。某些人尤其易于激起宗教灵感,而音乐则对他们狂热的宗教情感有疏导作用:"我们可以看到这些人每每被祭颂音节所激动,当他们倾听兴奋神魂的歌咏时,就如醉似狂,不能自已,几而苏醒,回复安静,好似服了一帖药剂,顿然消除了他的病患。"[1]同样,用音乐也可以在另一些特别容易感受恐惧和怜悯情绪或其他任何情绪的人们,引致同样的效果;而对于其余的人,依个人感应程度的强弱,实际上也一定发生相符的影响。于是,"所有的人们全都由音乐激发情感,个个在某种程度上疏导了沉郁而继以普遍的怡悦。所以这些意在消除积悃的祭颂音节实际上给予我们大家以纯真无邪的快乐"[2]。

就与此相关的悲剧的功能和目的而言,"疏导"是根本性的,它不是仅仅作用于观众中为数不多的情绪特别敏感者,而是全体观众。"疏导"对情绪特别敏感者有治疗作用,能帮助缓解他们不适当地感受到怜悯和恐惧的压力,让他们回复安静,也可以对其余的人产生相应的影响。"疏导"之所以能"继以普遍的怡悦",是因为回复到自然或健康的状态是令人怡悦的,正如前文中亚氏有关快乐的一般性理论所表明的那样。如果在对情感的疏导中存在着快乐,那么它必定是一种"偶性的"快乐,而不是"纯粹的"快乐。不过,通过这种方式,人感受"纯粹的"快乐的能力将得到提升。同时,亚氏在《伦理学》中还指出:"那些激起正常本性的活动的事物,则是本性上令人愉悦的。"[3]我们由此似乎很容易得出这样的结论:在亚氏的诗学理论中,情感的疏导是引起悲剧特有的快感的唯一原因。有学者借用弥尔顿的《力士参孙》(*Samson Agonistes*,1671)中的最后一行诗,指出读者或者观众在看完一部悲剧之后终于获得"心绪宁静,所有激

---

[1] 亚里士多德《政治学》,第437页。

[2] 同上,第437—438页。

[3] 亚里士多德《尼各马可伦理学》,第225页。

情燃尽"之快感，悲剧正是以这种快感吸引人的。[1]然而，这与亚里士多德的原意相悖，也与人之常情不符。观众看完悲剧的感受既非暴风雨过后的宁静，也非所有情绪宣泄完了之后的畅快。

四

在亚氏看来，"疏导"并不是把某种情感或情绪清除出去，我们应当适当地感受到怜悯和恐惧的情绪。悲剧中适当的快感既为观众中那些情绪特别敏感者，也为其中最正常者而存在，因为由于"疏导"作用，悲剧的情感体验不是增加而是削减了敏感者的极端情绪，使之达到适当的程度。而这个"适当"与他更具普遍意义的"中庸之道"的哲学思想相一致，也与悲剧特有的快感中另一层深意相关。悲剧中特有的快感除了上述因疏导而能"继以普遍的怡悦"之外，还将怜悯和恐怖情绪因疏导而达到一种中庸状态，这种状态由于符合道德德性而给观众带来一种纯真无邪的快乐。

亚氏对这一思想最清晰的表述出现在《伦理学》第二卷中。他首先指出每一个匠师都避免过度与不及，而寻求和选择一个适度："这个不是事物自身的而是对我们而言的中间。如果每一种科学都要寻求适度，并以这种适度为尺度来衡量其产品才完成得好（所以对于一件好作品的一种普遍评论说，增一分则太长，减一分则太短。这意思是，过度与不及都破坏完美，唯有适度才保存完美）。"[2]亚氏继而指出，道德德性也同自然一样，必定是以求取适度为目的的，原因在于"道德德性同情感与实践相关，而情感与实践中存在着过度、不及与适度"（47）。亚氏以人们感受到的恐惧、勇敢、欲望、怒气和怜悯等情感为例，说明这类情感给人带来的快乐与痛苦都可能太多或太少，这两种情形都不好，都不是德性的品质。具体就

---

[1] Humphry House, *Aristotle's Poetics*, p.113.
[2] 亚里士多德《尼各马可伦理学》，第46页。

"勇敢"而言，勇敢的人是处于过度恐惧和过度鲁莽之间的人，"是出于适当的原因、以适当的方式以及在适当的时间，经受得住该经受的，也怕所该怕的事物的人"（80）。在亚氏看来，只有"适当的时间、适当的场合、对于适当的人、出于适当的原因、以适当的方式感受这些感情，就既是适度的又是最好的。这也就是德性的品质"（46—47）。他在《政治学》中将这种思想扩大及万事万物："我们都认为万事都是过犹不及，我们应当遵循两个极端之间的'中庸之道'。"[1]

就欣赏悲剧而言，观众感受到怜悯和恐惧的情绪，这种行为不仅因"疏导"而给他们带来"怡悦"，还因是合德性的而给他们带来纯真无邪的快乐，这里在亚氏的假设中观众中绝大多数人都是爱德性者。他在《伦理学》中指出：

> 快乐是灵魂的习惯。当一个人喜欢某事物时，那事物就会给予他快乐……公正的行为给予爱公正者快乐，合德性的行为给予爱德性者快乐。许多人的快乐相互冲突，因为那些快乐不是本性上令人愉悦的。而爱高尚的人以本性上令人愉悦的事物为快乐。合于德性的活动就是这样的事物。这样的活动既令爱高尚的人们愉悦，又自身就令人愉悦。（23）

人们喜欢做自然的事情或在过去的经验中自然形成的东西，因此爱高尚的人喜欢做合德性的活动。怜悯和恐惧是对悲剧中令人怜悯和恐惧的事件的适当反应，所以对悲剧做出怜悯和恐惧的反应，对于爱高尚的人而言，就是进行合于德性的活动。作为一种合于德性的活动，这种反应对于爱高尚者就是令人愉悦的。在现实的生活当中，怜悯和恐惧是在悲惨的情境中被适当感受到的情绪，而这类情境与愉悦的情绪发生冲突，这种情况

---

[1] 亚里士多德《政治学》，第439页。

正如亚氏在《伦理学》中论及勇敢与快乐和痛苦的关系时指出的,勇敢的行为原则上对于勇敢者来说是令人愉悦的,但是周围令人不愉悦的环境"掩盖"了这种愉悦:

> 在引起恐惧的事物面前不受纷扰、处之平静,比在激发信心的场合这样做更是真正的勇敢……人们有时就把承受痛苦的人称作勇敢的人。所以勇敢就包含着痛苦,它受到称赞也是公正的,因为承受痛苦比躲避快乐更加困难。不过勇敢的目的却似乎是令人愉悦的,只是这种愉悦被周围的环境掩盖着。(87)

然而,由于悲剧是一种摹仿,不是发生在现实生活中,因此,剧中悲惨的情境令观众深深地感受到怜悯和恐惧的情绪,这种反应是合德性的活动,观众从这种反应中获得的愉悦,而剧中悲惨的情境又不与这种愉悦发生冲突。

亚氏的疏导理论既是他对柏拉图对诗歌的攻击的反驳,也是他为诗歌所作的辩护的基本元素之一。对于诗歌挑起人的情感,亚氏非但不反感,而且认为情感不应当被抑制,抑制只会适得其反,使情感变得更为强烈。当然,情感也不应当不加控制,任其自由发展或许会导致混乱或狂热。人应当把握好一个度,用恰当的方式调节好情感,使其被适当地感受到。对于狂热的宗教情感,人们可以通过宗教仪式或音乐来加以疏导,继而使之回归到一种正常的平衡状态。悲剧通过"疏导"使观众的怜悯和恐惧情绪达致适度的状态,进而"继以普遍的怡悦"。根据亚氏的描述,这是一种"顺势疗法",类似于"以暴易暴"的方法。简言之,悲剧带来的这种适当的快感依赖于摹仿,经由怜悯和恐怖的情感体验而来,同时又为爱高尚的观众所能够获取。悲剧"特有的快感"的深意也正在于此。

附录二

论朗吉努斯《论崇高》中关于艺术家的思想

内容摘要：古希腊时期文学批评理论关注的主要对象，是独立于艺术家思想的外部真实，而对艺术家本身的兴趣则相对缺乏。朗吉努斯打破了这种局面，第一次把关注的目光从外部真实投向艺术家本身。他关于艺术家的思想可以从两种关系里揭示出来，其中不乏矛盾之处。其一，在艺术家的自然天性与后天艺术训练的关系方面，他反对同时代人重自然而轻艺术的观点，试图在两者之间维持一种平衡，坚信创作具有崇高风格的作品，两者缺一不可。其二，在艺术家与古典作家及其作品的关系方面，他为没有天赋者指出了一条成就伟大作品的道路，即摹仿古典作家和他们的作品。不同于柏拉图、亚里士多德和贺拉斯的摹仿论，他所指的是艺术家对古人的一种精神性摹仿，摹仿概念由此获得全新的含义。

关键词：朗吉努斯，艺术家，自然，艺术，摹仿

Title: On Longinus's Thoughts on Artist in *The Sublime*

Abstract: In the ancient Greek literary criticism, the primary concern is the external reality, and there is a comparative lack of interest in the artist himself. Longinus breaks the ground, and for the first time turns the critical attention to the artist himself. This paper argues that Longinus's paradoxical thoughts on artist can be revealed in two relations. One is that between nature and art of the artist, and the other between the artist and the ancients as well as their works. Against the current view of laying more importance to nature than to art, he tries to keep balance between the two, and believes that to accomplish a work of sublimity, both are important. For those short of gifted nature, he believes it is still possible to achieve sublimity, and suggests an imitation of the ancients. Different from Plato, Aristotle and Horace, he emphasizes a kind of spiritual imitation, and in doing so, he greatly enriches the uses of mimesis.

Keywords: Longinus, artist, nature, art, imitation

现代主义者把外部世界看成偶然的存在，杂乱无序并且毫无意义，古希腊人与此不同，他们相信宇宙是理性有序和谐的，依照固定的法则和形式运行，这种运行是一个"有意义的过程，所有不同的部分都与整体相互关联着"[1]。这些固定的法则和形式就是自然的本质，就是知识和真理，是古希腊哲学要追求探索的对象。这种古典思想意味着古希腊时期文学理论的一个基本前提就是摹仿论，即独立于艺术家的思想之外，存在着一个他试图摹仿的对象，艺术是对自然的摹仿，艺术的本质取决于关于自然的概念。艺术创作和关注的主要对象是外部真实，而不是艺术创作主体，即艺术家的主观情感或想象，艺术的理想和目的"永远不能是传递艺术家的情感"[2]。因此，有关艺术家本身的问题自然不能成为古希腊时期文学理论中的话题。

然而，在一篇至今学者们仍不能确定其创作年代和作者真实姓名的残

---

1 Walter Jackson Bate, ed. *Criticism: The Major Texts*, p.4.
2 Ibid., p.3.

缺的旷世名篇《论崇高》中[1]，一位大约在公元一世纪居住在罗马的希腊人打破了这种局面。后人为方便起鉴称他为朗吉努斯。他既有亚里士多德的一面，也有柏拉图的一面。像亚氏一样，他把自己的理论构建在现存希腊文学的基础之上，试图对文学现象做出理性的解释，然而在精神上他又几乎是亚氏的反面，处处流露出对柏拉图的仰慕。[2]巴特认为他"作为一种权威声音的来源，在批评方法和价值的重大转向中，也许超过从亚里士多德到十八世纪中叶的任何一位批评家"[3]。朗吉努斯把关注的目光不仅仅投向古希腊那些关于古典艺术理想的伟大而又质朴的真理，而且投向了艺术家本身。在格鲁布看来，这是"自柏拉图之后，批评家的注意力第一次清晰地集中在艺术家身上"[4]。本文作者认为，我们可以从朗吉努斯指出的成就具有崇高风格作品的路径中，从两种关系里揭示出他关于艺术家的思想，其中不乏矛盾之处。其一，在艺术家的自然天性与后天艺术训练的关系方面，他反对同时代人重自然而轻艺术的观点，试图在两者之间维持一种平衡，坚信创作具有崇高风格的艺术作品，两者缺一不可。其二，在艺术家与古典作家及其作品的关系方面，他为没有天赋者指出了一条成就伟大作品的道路，那就是摹仿古典作家和他们的作品。不同于柏拉图、亚里士多德和贺拉斯的摹仿论，他所指的是艺术家对古人的一种精神性摹仿，

---

[1] 对于朗吉努斯生活和写作的年代，西方古典文学理论家仍然争论不休，如 J. W. H. 阿特金斯认为"这部作品最好被描述为公元一世纪后半叶一位匿名作者的作品，很可能是奥古斯都大帝或者他的继位者统治时期那些移居罗马的希腊人之一"（详见 J. W. H. Atkins, *Literary Criticism in Antiquity: A Sketch of Its Development*, p.216）。格鲁布则针锋相对地提出，"公元一世纪不仅不能被证明，而且在我看来是不太可能的"（详见 G. M. A. Grube, *The Creek and Roman Critics*, p.342）；后来者采取妥协政策的不乏其人，如海登就很巧地表示，"这一问题既然如此不确定，看来最好让作者和年代问题保持未知数状态，就说作品写于公元后初期，权宜之计称作者为朗吉努斯"（详见 John O. Hayden, *Polestar of the Ancients: The Aristotelian Tradition in Classical and English Literary Criticism*, p.82）。

[2] J. W. H. Atkins, *Literary Criticism in Antiquity: A Sketch of Its Development*, p.251.

[3] Walter Jackson Bate, ed. *Criticism: The Major Texts*, p.62.

[4] G. M. A. Grube, *The Creek and Roman Critics*, p.344.

并由此赋予摹仿概念全新的含义。

一、艺术家的自然天性与艺术技巧之间的关系

本文中的"自然天性"和"艺术技巧"两词在英文中分别对应于"nature"和"art"，类似于中国传统诗论中的"天然"和"功夫"。"nature"和"art"两词有极丰富的含义，在塞缪尔·约翰逊编纂的词典中，对于"nature"一词，仅与文学批评有关的含义就列出了十三条之多。从亚里士多德、普鲁塔克到乔舒亚·雷诺兹等都对"nature"的含义做过解释，不一而足。"art"一词在古希腊语言中是"techné"，是指可以传授的技巧、技术，从制鞋、打铁到制作音乐、药品等等。希腊人用这个词来指所有的制作技艺，只要可以列出它们具有客观性的基本原理。[1]在本文中，"nature"指的是艺术家的自然天性或天才、天资、天赋，而"art"则指后天的训练、技艺以及写作中遵循的艺术规则、艺术技巧等。

在朗吉努斯看来，艺术家的自然天性是创作具有崇高风格的作品的一个重要来源。他没有给这种风格下定义，而是描述了它达到的效果：不只是说服人，也不仅仅是给人带来快乐，而是令人欣喜若狂，忘乎所以。换言之，这类作品中有着一种令读者（或者听者）无法抗拒的魅力。[2]那么，很自然的一个问题就是，使作品具有这种魅力的崇高风格自何而来？要回答这个问题，首先需要来认识朗吉努斯赋予"崇高"一词的含义。他所指的"崇高"比十八世纪以来现代意义上的"崇高"含义要更为丰富。从十七世纪翻译这篇杰作的布瓦洛开始，关于朗吉努斯的"崇高"的主要含义，特别是它是否为修辞学中的一个词语，评论家就各持己见。比如，

---

[1] Allen Tate, "Longinus," p.347.

[2] 亚里士多德在《修辞学》中指出修辞的目的是说服人，显然朗吉努斯在这里比亚里士多德更进了一步。正是依据这一点，后来的理论家把诗歌、崇高和权力联系在一起。

布瓦洛认为:"朗吉努斯用'崇高'一词,不是指演说家所谓的崇高风格,而是指在话语中使人感到独特、精彩的东西,它能提升文本,使读者欣喜若狂、忘乎所以。崇高风格总是使用令人印象深刻的词语,而他的'崇高'可以出现在简洁的思想、形象或词语的变化中。"[1] 奥尔巴赫认为,朗吉努斯的文章代表对一种他称之为"修辞学崇高"风格的反叛。[2] 本文作者赞同阿特金斯的观点,即在朗吉努斯的思想中,"崇高"具有"高贵、高尚、尊贵"的意义,他是在最广泛的意义上指所有能提升作品风格,使之超出一般,成为卓越的东西。[3] 他本人的这篇《论崇高》就是一个典范,正如布瓦洛说:"在讨论崇高时,他本人就是最为崇高的。"[4] 十八世纪对于各种值得用修辞学意义上的"崇高风格"来描述的自然现象,人们已经开始用这种朗吉努斯意义上的"崇高"来描述了。[5] 此外,他的"崇高"从本质上来说还具有伦理学含义,如他在文章的最后一部分把当下文风的败坏归罪于罗马伦理道德的沦丧等原因。

朗吉努斯在《论崇高》中提出,具有崇高风格的作品有五个来源:第一,艺术家把握伟大思想的能力;第二,强烈深厚的情感;第三,修辞格的恰当运用;第四,高尚的文辞;第五,庄严而生动的布局。其中,后三者通过后天的艺术训练可以获得,而前两者是一种先天禀赋,属于艺术家的自然天性范畴,它们同时也"扮演着更为重要的角色"[6]。由于作者关于第二个来源的文字没有流传下来,就艺术家的自然天性而言,本文仅就第一个来源进行论述。

1　Nicolas Boileau, "Preface," in *Traite du sublime*, p.70.
2　Erich Auebach, *Literary Language and Its Public in Late Latin Antiquity and in the Middle Age*, p.193.
3　J. W. H. Atkins, *Literary Criticism in Antiquity: A Sketch of Its Development*, p.217.
4　转引自 Jonathan Lamb, "The Sublime," p.395。
5　Anne Janowitz, "The Sublime," p.113.
6　M. H. Abrams, *The Mirror and the Lamp: Romantic Theory and the Critical Tradition*, p.73.

关于艺术家的自然天性，朗吉努斯的思想既矛盾又统一。他把"艺术家把握伟大思想的能力"放在崇高的五个来源之首，强调拥有这种能力的艺术家需要具备伟大的心灵或者思想。他指出"崇高就是伟大心灵的回声"，崇高绝不可能出自一个思想猥琐低下之人，因为"把整个生活浪费在琐屑的、狭隘的思想和习惯中的人，是绝不能创作出什么值得人类永久尊敬的作品的"[1]。正如《文心雕龙·体性篇》中指出的："吐纳英华，莫非性情。"钱锺书亦说："其言之格调，则往往流露本相：狷急人之作风，不能变为澄澹，豪迈人之笔性，不能尽变为谨严。"[2] 虽说一个人是否拥有伟大的心灵是一个自然天性的问题，但朗吉努斯认为这种天性是否能得以发展，又与后天所处的社会风尚息息相关。倘若没有良好的社会风气，艺术家即便有极高的天赋，也难以成就具有崇高风格的作品。他在表达这种观点时流露出明显的伦理倾向。

朗吉努斯对当时盛行的风气甚为不满，而风气问题至关重要，是"创作里的潜势力"[3]。在《论崇高》中，他就所处时代难以成就文学杰作的原因，列出两种不同观点，他不点名地指出，其中之一以某位哲学家为代表，明眼人一看即知此人为西塞罗。西塞罗将难以产生杰作归因于政治体制，认为在一个独裁的政体内，个人缺少言论自由，奴性得以滋养，人云亦云，创造性的思想活动受到压制，不存在供想象力驰骋的足够空间。这种气候不适合天才的成长，伟大的文学作品的种子缺少发芽生长的土壤。朗吉努斯则认为，与政治原因相比，更为致命的是伦理道德原因。在一个道德败坏的时代，人们的心灵受到毒害，自然不能产生伟大的作品。道德的败坏主要表现在这些方面：爱慕金钱，纵情享乐，无礼轻慢，鲜廉寡耻，理想缺失，精神委顿，所有这些带来的必然结果是使人本应高贵的灵

---

[1] Longinus, "*On the Sublime*," p.85.
[2] 钱锺书《谈艺录》，第161页。
[3] 钱锺书《七缀集》，第2页。

魂日渐变得庸俗猥琐。[1]贺拉斯亦持相似的观点，他感叹古罗马不可能像古希腊那样出现文学艺术的繁荣，原因就在于存在着对创作美好的诗歌极为有害的风气，比如，"孩子们小小年纪被教育得贪恋钱财，如果数钱数对了，就会得到大人的表扬"[2]。

朗吉努斯提出，当艺术家具备了伟大的心灵，并生活在一个有着良好社会风尚的环境里，要创作出具有崇高风格的作品，技艺不可或缺。换言之，艺术家的自然天赋和技艺缺一不可。他在此重申了贺拉斯在《诗艺》中说过的话："写一首好诗，是靠天然还是靠功夫，这是一个古老的问题。我的看法是，我不知道没有丰富的天然，苦学有何用处，没有训练，天然又有何作为：两者应该相互为用，相互结合。"[3]朗吉努斯用近乎格言式的语言总结出自然天性和艺术训练的重要性：天才"每每需要鞭子，但也需要缰绳"[4]。这里"鞭子"便是自然天性，而"缰绳"则代表艺术规则。

虽然要创作具有崇高风格的作品，艺术家的自然天赋和技艺缺一不可，但是两者孰轻孰重，朗吉努斯与贺拉斯明显存在分歧。贺拉斯更看着艺术规则，而朗吉努斯则更强调自然天赋。这两者之间的关系，类似钱锺书先生在《管锥编》中论及的古诗文中"自然"与"功夫"的对照。[5]朗吉努斯所说的具有崇高风格、无法抗拒的魅力的作品，正如法国当代著名哲学家雅克·马利坦所说的"美的艺术"，其中自然天赋类似于以下引文中的"最初规则"：

---

1 详见Longinus, "On the Sublime," pp.106-107。
2 Horace, "The Art of Poetry," p.74.
3 Ibid., p.76.
4 Ibid., p.82.
5 钱锺书先生引用两首诗来加以说明，其一是赵翼《瓯北诗钞·绝句》卷二《论诗》之四："少时学语苦难圆，只道工夫半未全；到老方知非力取，三分人事七分天。"其二是魏文帝《典论·论文》："文以气为主，气之清浊有体，不可力强而致。"见钱锺书《管锥编》（第四卷），第1337—1338页。

就美的艺术而言，艺术家全部的忠实、顺从和注意必须交付给我们在创造性直觉中所拥有的最初规则……在这种最初的、原生的、粗疏的规则与其他所有不论多么不可替代的法则之间，存在着一种也可以说是无边无际的本质区别，如同天壤之别。所有其他的法则皆是尘世的，它们涉及艺术品的制作过程，某些具体的操作方式。但是，这种最初的法则却是天国的，因为它涉及的是在精神范畴内，在美之中产生的作品的概念本身。如果创造性直觉缺失，一部作品可以被完整地创作出来，但它什么也不是；艺术家什么也没有说。如果创造性直觉出现，而且在某种程度上进入作品，那么作品将存在并对我们言说，即便它制作得不那么完美。[1]

在这一点上，朗吉努斯既不同于贺拉斯，其实也有异于亚里士多德。不同于亚氏之处在于朗吉努斯赋予思想和语言一定程度的客观性，而在亚氏的《诗学》中，六个决定悲剧性质的成分中，思想和语言"属于非结构性的成分，其诗歌语言观是不可能包含这种客观性的"[2]。

对于自然天赋与艺术规则之间关系，朗吉努斯反对把两者对立起来的观点。他生活在公元一世纪前后，那是一个文学批评标准混乱的时代，在演说家和作家中间流行着多种风格，令人莫衷一是，他写作《论崇高》的目的就是要与这种风气做斗争。在这封写给罗马贵族的信中，他反驳以斯西留斯为代表的一派批评家的观点。他们认为作家崇高的风格仅仅来源于其自然天性，伟大的作家是天生就是伟大的，除了他的天资之外，余者无足轻重。他们强调自然而轻视艺术，认为人的"自然天性"既然是天生的，不是通过后天学习得来的，就应当无拘无束，自由自在，"一旦被艺术规则束缚就枯萎"（82）。他们和柏拉图一样，认为诗人的技艺并非必不

---

[1] Jacques Maritan, *Creative Intuition in Art and Poetry*, p.60.

[2] Allen Tate, "Longinus," p.348.

可少。柏拉图在《伊安篇》中假借苏格拉底之口表达了他的"神赋迷狂"说:"凡是高明的诗人,无论在史诗或抒情诗方面,都不是凭技艺来做成他们的优美的诗歌,而是因为他们得到灵感,有神力凭附着……不得到灵感,不失去平常理智而陷入迷狂,就没有能力创造,就不能作诗或代神说话。"[1]他们为了说明"神赋迷狂"的合理性,不惜摒弃一切艺术规则,相信在艺术创作时天才"不受知识的引导……仅凭心血来潮和随心所欲"。这正如我国西晋文学家陆机所说的"纷葳蕤以馺遝,唯毫素之所拟",作家的主体此时好像成为传达客体的一种"容器"。他们由此把艺术家的自然天性与后天的艺术训练对立了起来。

朗吉努斯对此持完全不同的观点。他说艺术家把握伟大思想的能力,"虽然是一个天生而非学来的能力,但是我们也必须尽可能锻炼我们的灵魂,使之达到崇高,使之永远孕育着崇高的思想"(85)。正如古尔勒克指出的,他其实指出了自然天赋在某种程度上也包含着后天训练。[2]朗吉努斯一方面强调艺术家情感的强度和想象力是天生的,超越技艺和规则的范围,另一方面他不赞同那些认为艺术规则削弱天才的人,批评他们"把艺术品变成了不受约束也不承载知识的自我表达,不受知识的限制和约束"[3]。虽说在激情和崇高风格的语言表达这类问题上,艺术家的自然天性是自由不羁的,然而它并不是惯常于自由散漫,完全没有章法的。自然天性本身创造出一套体系,艺术规则只不过把它显现出来。在他看来,"存在着一些表达的成分,它们只掌握在自然天性之手,唯有从艺术之源方可汲取"(82)。他指出"只有当技艺看上去就像自然天性一样,它才是完美无缺的"(95)。我们在康德的《判断力批判》第四十五节中可以找到类似的表述:"自然是美的,如果它看上去同时像是艺术;而艺术只有当我

---

[1] 柏拉图《柏拉图文艺对话集》,第6—7页。

[2] Suzanne Guerlac, "Longinus and the Subject of the Sublime," p.277.

[3] Walter Jackson Bate, "Introduction," p.61.

们意识到它是艺术而在我们看来它却又像是自然时，才能被称为美的。"[1] 朗吉努斯用一种同义重复的语言把艺术家自然天性与后天艺术训练之间的对立搁置起来："天才据说是一种自然天性，而不是通过后天训练获得的，创造它的唯一后天训练就是自然天性。"（82）这样他就赋予艺术规则双重功能，"首先提供保护措施，避免过度滥用特权，其次使人通过技艺掌握自然天性本身的表达方式"[2]。

如果说以斯氏为代表的一派利用天才的概念来质疑艺术规则，那么在朗吉努斯这里，天才成了指代自然天赋或者艺术训练的一个词。准确地说，天才是自然天性和艺术训练的一种混合物："狄摩西尼宣称，所有的祈神赐福中最大的一种是好运，紧随其后的是正确判断……我们可以把这运用在文学中，说自然天赋占据好运的位置，而艺术训练占据正确的判断的位置。"（82）在由天才创作的伟大艺术品中，两者浑然天成，难分彼此，或者说两者之间的对立被消除，共同成为天才和崇高表达的一种双重来源。这正如后来莎士比亚在《冬天的故事》中借波力克希尼斯之口所言："这是一种改良天然的艺术，或者可说是改变天然，但那种艺术的本身正是出于天然。"[3] 这也类似于刘勰在《文心雕龙》中表达的思想，如《体性篇》中所言"摹体以定习，因性以练才"，以及《神思篇》"积习以储宝，酌理以富才"，《事类篇》"才自内发，学以外成"，都是说明先天的禀赋还需要经过后天的锻炼。作家的创作个性并不完全来自先天的禀赋，只有使来自天资的才气再经过学习的陶染之功，才构成作家的创作个性。[4]

艺术训练能为自然天性具体做些什么呢？朗吉努斯没有直接回答，而是在第三十三章至第三十六章关于隐喻技巧部分，将精雕细琢的艺术技巧

---

1 康德《判断力批判》，第149页。
2 J. W. H. Atkins, *Literary Criticism in Antiquity: A Sketch of Its Development*, pp.221-222. 诗人素来被认为在创作时享有某种特权（poetic license），但不能滥用特权。
3 详见莎士比亚《奥赛罗；冬天的故事；一报还一报》，第215页。
4 王元化《文心雕龙讲疏》，第142—143页。

和不拘小节的伟大灵魂两者进行鲜明的对比之后指出:"显而易见,我们可以说在艺术技巧方面的精雕细琢令人艳羡,然而在自然作品方面,仰慕的对象是宏伟。"(102)朗吉努斯的个人倾向还是相当明显的:他要寻找一条路径,逃离诗歌本身的技巧,进入诗人伟大的灵魂中,因为"诗人的精神会在技巧中枯萎,而他的灵魂却能令人欢愉"[1]。那么,是不是没有天赋者,就不可能成为伟大的艺术家,也无法成就伟大的艺术品?朗吉努斯的答案是否定的,这似乎又与他本人的观点自相矛盾了。他为没有天赋者指出了一条道路:通过与古典作家和作品建立一种关系,没有天赋者仍然可以成就伟大的作品。

二、艺术家与古典作家和作品的摹仿关系

在朗吉努斯看来,要创作出具有崇高风格的作品,艺术家需要具备崇高的心灵,这是无可否认的。虽说这属于艺术家的先天禀赋,不是靠后天训练得来,但是他为有此缺失之人指出了一条路:"摹仿过去伟大的诗人和作家,并且同他们竞赛。"(90)原因在于热心摹仿古代伟大的诗人和作家能够滋养和发展崇高的心灵。他们在认同过去伟大作家的时候,会"无意识地吸取和摹仿他们的思想、情感和表达方式"[2]。

朗吉努斯在此着重强调的是伟大的古人而非今人。他坚持认为,真正的崇高是经得起时间的考验的。什么是文学,什么不是,最好的检验仍然是看作品是否拥有一种能力,让读者一读再读之下,热情依然不减,而且世代如此。他提请读者注意的是关于文学和文学批评的一个根本性真理,也就是所有伟大艺术都拥有的这种取之不竭的活力。因此,具有崇高风格的作品必须为读者留下回味无穷的内容,它远远超过词语表面所传递的内

---

[1] William K. Wimsatt, Jr. and Cleanth Brooks, *Literary Criticism: A Short History*, p.106.

[2] Walter Jackson Bate, *Criticism: The Major Texts*, p.61.

容，正如我们常说的"言有尽而意无穷"或者"言不尽意"。朗吉努斯指出对风格的判断是"长期经验的最持久最丰硕的成果"，因为"真正伟大的作品经得起反复检验，对它的记忆是难以磨灭的"(84)。它在所有的时代令所有的人快乐，"一般来说，凡是大家永远喜爱的作品，就是崇高的真正好榜样。当所有不同职业、习惯、理想、时代、语言的人们，对于某一作品，大家看法完全相同的时候，这种不谋而合、异口同声的判断，使我们赞扬这一作品的信心更加坚定而不可动摇"(84)。

要分析摹仿古人如何能够帮助艺术家成就具有崇高风格的作品，我们需要理解朗吉努斯对摹仿概念的有趣使用，因为在这一点上他不仅不同于此前古典理论家柏拉图、亚里士多德和贺拉斯等人的观点，而且极大地丰富了摹仿概念的内涵和运用。他赋予摹仿的含义是文学批评上的新观念，即承认来自伟大的创造性天才的想象力，从而"把摹仿提高到一个更高的层次上"[1]。

艺术是对自然的摹仿，对于西方古典文学理论家，这是毋庸置疑的，然而，对于艺术是否能揭示自然的本质，他们并未达成一致。根据古希腊哲学思想，自然的本质蕴含在具有普遍性的形式和原则之中。柏拉图坚信这种形式或理念是唯一的真实，像悲剧诗人这类艺术家由于只能摹仿事物的表面，"自然地与王者或真实隔着两层"[2]。柏拉图排除艺术家通过摹仿达到真实或理念的可能性，他们非但不能揭示真理，而且会导致道德败坏。在《理想国》第四卷中他把人的灵魂从上到下划分为理性、理智和激情三个等级[3]，"诗人的创作是和心灵的低贱部分打交道，因此我们完全有理由拒绝让诗人进入治理良好的城邦"[4]。在第十卷中，柏拉图区分了三种讲述

1　J. W. H. Atkins, *Literary Criticism in Antiquity: A Sketch of Its Development*, p.223.
2　柏拉图《柏拉图文艺对话集》，第392页。
3　同上，第164—168页。
4　同上，第404页。

故事的方式：叙述、摹仿以及两者的混合。悲剧与史诗的区别在于形式，史诗除了直接引语之外就是叙述，而在悲剧中有直接的角色扮演，这种摹仿会对"摹仿者"的思想产生极大的影响。

亚里士多德的摹仿论与柏拉图的存在很大的不同，他不赞同柏拉图的摹仿论，认为表面世界不只是永恒不变的理念的复制品，自然是一个变化或发展的过程，真实便隐藏在这个过程中。形式通过具体的事物来显现自己，同时具体的事物获得形式和意义，根据永恒有序的原则运作。诗人的摹仿类似于这个过程，他从自然中获得形式，在不同的媒介中把它重塑出来。这种媒介就是每一件艺术品内在秩序原则的来源，摹仿者因此也就是创造者，诗人正是通过自己独特的摹仿发现行动的最终形式。悲剧的情节是由行动组成的，所以他说"情节是悲剧的根本，用形象的话来说，是悲剧的灵魂"[1]。

到了贺拉斯的时代，摹仿已经有了另一层含义，那就是艺术家对古代那些堪称典范的作品的摹仿。他在《诗艺》中指出前辈罗马诗人"品位低下"，给出的建议是"日夜摹仿古希腊的典范"[2]。贺拉斯和同时代的罗马批评家一样，不追新求异，这在我们看来似乎过于保守，正如评论家黑顿所说，"在经历过浪漫主义时期之后，人们倾向于把原创性作为评判文学作品的一个主要标准"[3]。然而，贺拉斯并不是把对古人的"摹仿"看成简单的"复制"，而是"再创作"，他反对任何形式的没有创造性的盲目复制。他没有对亚里士多德的"摹仿"理论表达任何确切的个人看法，但是当他把诗歌与绘画这样的摹仿性艺术进行对比时，他似乎在暗示诗歌创作中存在着一个摹仿过程。在他看来，戏剧就是"对生活的摹仿"，建议诗人"把生活和社会风俗作为范例，从中吸取好像就是来自真实生活中的那种

---

[1] 亚里士多德《诗学》，第65页。

[2] Horace, "*The Art of Poetry*," p.73.

[3] John O. Hayden, *Polestar of the Ancients: The Aristotelian Tradition in Classical and English Literary Criticism*, p.72.

语言"[1]。但这只是他赋予"摹仿"的一层含义。他的思想中，诗歌创作过程还是一个"创造发明"过程，诗人自由自在地虚构，创作出一种事实与虚构混合的新作品。简言之，摹仿是一个创造性过程，旨在创作出愉悦和教化读者的作品，"与现实生活仅有极少的，甚至没有对应关系"[2]。由此可见，贺拉斯高贵的摹仿概念是艺术家吸收古人的方法，也就是对古典作品在形式技巧上的摹仿，目的在于创作新作品。

朗吉努斯对摹仿的使用与上述三人都有所不同。他区分两种类型的摹仿：一种是机械性的，依赖于冷静的观察以及重复性行为，正如贺拉斯倡导的那样；另一种是精神性的，是一种想象力（phantasia）的活动，甚至摹仿者灵魂的活动也介入其中。在这类摹仿中，艺术家的主体性扮演重要角色，创造性是不可或缺的成分。他称之为"文学性摹仿"（literary mimesis）。

在朗吉努斯看来，"文学性摹仿"的目的在于摹仿者通过想象与被摹仿者之间构建某种认同，而不是使两者相像。比如诗人在摹仿荷马、柏拉图或狄摩西尼的作品时，用自己的精神来重塑他们的形象，想象他们崇高的语言。虽说"想象力"（phantasia）在亚里士多德的摹仿概念中早已出现，他本人有过关于"想象力"的心理学理论，但是他没有把它与诗人或艺术家的任何特殊活动联系起来。在亚氏的摹仿概念中，摹仿者"不能创造出它没有看见的东西"，也就是说需要先存在一个摹仿对象，然而，在朗吉努斯这里，"想象力"的创造性功能却可以"创造出它没有看见的东西"[3]。他不是在一般的哲学意义上使用这一概念，而是"当热情和情感使你仿佛真的看到了你正在谈论的东西，当你把它置于听者的眼前时"，才开始运用这种"想象力"。在他看来，"所有崇高的作家都依赖想象力；他们认同英雄，分享他们的经历"[4]。因此，在摹仿古代作家时，摹仿者也需

1　Horace, *"The Art of Poetry,"* p.74.

2　J. W. H. Atkins, *Literary Criticism in Antiquity: A Sketch of Its Development*, p.76.

3　D. A. Russell, *Criticism in Antiquity*, p.109.

4　Longinus, *"On the Sublime,"* p.91.

要运用想象力。在摹仿者的这种神秘产品中,他使用的媒介就是他本人,他既主动又被动,是崇高的接受者,也是崇高的创造者。他的心灵在想象当中构建的崇高楷模反过来又作用于心灵本身。换言之,摹仿意味着"apotyposis",即"从某物得到一种印象"[1]。这是一个用来指父母对子女产生影响的标准词语,仿佛摹仿者的心灵是一种没有形状的物质,被摹仿的作家作为一种楷模,可以把自己的形象留在其上。[2]一个人通过思考崇高作家可能采用的表达方式能够达致崇高,用作楷模的作家将被摹仿者内化。这样的摹仿不仅仅是摹仿形式,而是崇高的本质,它能够使人的精神得以提升,并通过表现这种精神来提升作品。

朗吉努斯把艺术家对古代作家和作品的摹仿描绘成一个复杂的过程,它首先是一个被动的、阴性的过程。他借用了一个关于古希腊阿波罗神的女祭司的传说:"这位女祭司走近德尔斐的三角青铜祭坛,地面上有一个裂缝,据说有神灵的气息从裂缝中冒出。女祭司感受天神的威力,像有神灵附身一样,随即说出了天神的谕旨。"[3]女祭司的灵魂好似因天神的影响而"受孕"。对于那些想向古人学习的人来说,情况与此类似,古代伟大作家的精神犹如"神灵的气息",这种"气息"能够被人吸入体内,对人的精神产生作用:"从古人伟大的气质中,就有一种涓涓细流,好像从神圣的岩洞中流出,灌注到他们的心苗中去,因此连那些看来不容易着迷的人也受到了启发,在古人伟大的魅力下,不觉五体投地了。"[4]以柏拉图为例,他"把那来自荷马这个伟大源泉的无数支流,汇集到他自己那儿……如果柏拉图没有这样做,那么他的哲学教义就不可能这样完美无缺,也不可能在很多情况下找到诗的主题和表达形式的统一"(90)。

---

[1] George B. Walsh, "Sublime Method: Longinus on Language and Imitation," p.266.

[2] Ibid., p.266.

[3] Longinus, *On the Sublime,* p.90.

[4] Ibid., p.90.

当朗吉努斯引用柏拉图的例子来加以说明时，他对摹仿过程的比喻发生了变化。正如沃尔希指出的，这时摹仿逐渐从阴性转变成一个阳性的、竞争性的过程。[1] 柏拉图仿佛成了一个手持长矛、与古人战斗的勇士。一般性的摹仿不足以带来"导致崇高的永恒火焰"，而他所建议的"热心摹仿"却能够做到，就是因为这种摹仿包含着带有阳性意味的新意：把古代伟大的作家放置在竞争者和对话者的位置上。朗吉努斯认为，"正如赫西俄德所言，对于凡人来说，这样较量一下是好的。的确，争夺光荣的桂冠是崇高的，也是最值得争夺的胜利，即使在竞赛中为前人所挫败，也没有什么不光彩的地方"（90）。在这个例子当中，开始时柏拉图是接受者，是有待塑造的，随后他逐渐转变成一个与荷马较量的雄性"对抗者"。

要在摹仿中将人的思想提升到完美的理想状态，朗吉努斯认为除了竞争之外，还需要一个与古人及后人对话的过程。他指出：

> 如果我们给予自己的思想更进一步的暗示："假如柏拉图或狄摩西尼都在场，他们会听我写的这一段吗？它对他们会产生怎样的效果？"如果提议用这样的裁判或听众来听我们的作品，并且确信自己的作品是提交给这类具有超人智慧的证人和裁判，我们所要经历的折磨的确是巨大的。如果加上这样的问题，还将更具刺激性："如果我这样写，所有的子孙后代会怎样接受它呢？"（90）

从某种程度上来说，除了有与艺术家的想象力相关的创造性成分之外，上述文字已经隐含了心理分析的因素。在朗吉努斯这里，与此前的同一概念相比，摹仿成了一种更为令人兴奋的东西：摹仿是一束耀眼的启蒙之光和一股强大的灵感之源，唯有通过听从于古典大师方可获得。这种摹

---

[1] 详见 George B. Walsh, "Sublime Method: Longinus on Language and Imitation," p.266。

仿不是盲目摹仿古人留下的文字，而是对古代伟大作家的精神的摹仿。朗吉努斯宣称这种摹仿过程不是抄袭，它产生的效果如同看见一尊造型优美的雕塑之后留下深刻印象而产生的效果，是一种充满激情的摹仿。这种以捕捉古人的精神为目的的摹仿，是一种充满生机的创造力，正是它创造了古代的杰作。他把这种摹仿的效果描述为某种启示，它以一种神秘的方式引领着摹仿者的思想，使之走向理想的完美之境。赫恩在《朗吉努斯与英国文学批评》中指出，摹仿由此成为"一种灵感之源，这是朗吉努斯的柏拉图的一面坚信不疑的"[1]。

对朗吉努斯的这种摹仿论，后人用多种形象化的语言来进行描述，如约翰·德莱顿在《特诺里斯和克拉西达》的序言中说："那些我们意欲摹仿的伟大人物，是高举在前方熊熊燃烧的火炬，照亮了前行的道路，把我们的思想提升至我们眼中那些伟大天才的高度。"[2] 约瑟夫·艾迪生在1712年3月29日的《旁观者》(Spectator, No.333) 上写道，通过朗吉努斯提出的摹仿伟大作家的方式，"一位伟大的天才通常从另一位天才那里捕捉到火焰，凭借他的精神写作，而不是奴性地抄袭他……弥尔顿虽然自身的天赋足以让他完成一部伟大的作品，但是朗吉努斯提出的这种摹仿，无疑使他的思想得到提升，变得高贵"[3]。

朗吉努斯关于艺术家与古典作家和作品之间摹仿关系的思想，对十八世纪后期的文学批评理论产生了重要影响，那时古典主义理论家强调经验、学习和对古人的摹仿。对于朗吉努斯提出的向古人学习的重要性，他们以不同的方式加以阐述和发展。比如，塞缪尔·约翰逊认为，从古代留传下来的作品如果仍然被人尊重，那是因为它们表现了普遍的自然（general nature），经受了时间的考验，他在《莎士比亚戏剧序言》中把这

---

[1] T. R. Henn, *Longinus and English Criticism*, p.92.
[2] William P. Ker, *Essays of Dryden*, p.206.
[3] Joseph Addison, *Spectator*, http://www.doc88.com/p-9923630101970.html.

类作品本身等同于自然,认为"没有任何其他的考验能比过长久的留传和连续的尊敬更适用"[1]。著名古典主义画家乔舒亚·雷诺兹在第六部《谈话》中指出:"不同于仅仅被动的摹仿,与伟大的前人的作品长久接触,积极地、充满想象力地与之共情,为开发艺术家的潜能提供最为富有成效的途径。易言之,情感和想象应当由作品的质量来引导和教育,这类作品应已经过时间的考验。"他曾以富有节奏感的流畅语言重申这一主张——"曾经给人带来快乐、正在带来给人快乐的作品,很可能再次给人带来快乐",对于主要艺术家的作品,人们通过"习惯性的沉思和默想……或许可以再次获得人类积累起来的经验"[2]。

二十世纪著名文学批评家泰特称朗吉努斯"是第一位文学批评家,尽管必然是不完善的",他在《论崇高》中第一次把文学批评家关注的目光从外部真实投向艺术家本身。[3]他作为最后一位古典艺术家出现在古典批评史中,他的古典性不仅仅表现在对古希腊传统的尊重上,而且体现在他试图在艺术家的自然天性与艺术训练之间维持一种平衡。虽然他承认艺术家的伟大心灵或思想主要是一种天资,而不是通过后天训练获得的,但他坚信创作具有崇高风格的艺术作品,两者都是不可或缺的。同时,他为没有天赋者指出了一条成就伟大作品的道路,那就是摹仿古典作家和他们的作品,并由此赋予摹仿全新的含义。在一个文学价值评判标准混乱的年代,他因而指出了创作伟大作品的一条更好的路径。他为诸多古典文学理论问题创造性地提供了全新的视角,第一次采用了十八世纪后半叶起文学批评常用的方法,他的许多思想在经受了近两千年时间的考验之后,依然如明珠般璀璨耀眼。

1　Samuel Johnson, "Preface to Shakespeare," p.225.

2　Joshua Renolds, *Seven Discourses on Art*, https://www.amazon.cn/dp/B00AIHH6HA.

3　Allen Tate, "Longinus," p.353.

附录三

中世纪文学批评与基督教的关系之初探

内容摘要：本文尝试在梳理西方学界对中世纪文学批评的态度转向的基础上，初探中世纪文学批评与基督教的关系，提出基督教对所谓的"异教"文化的态度决定了这一时期的文学批评是实用性的，而非美学性的，尽管它被认为与此前的古典时期和此后的文艺复兴时期难以媲美，但为了解释《圣经》而构建起来的寓言解释体系，毋庸置疑对后世的文学批评产生了重大影响。

关键词：中世纪，文学批评，基督教，寓言

Title: On the Relations of the Literary Criticism of the Middle Ages with the Christianity

Abstract: This article aims at exploring the relations of the literary criticism of the Middle Ages with the Christianity. It argues that the attitude of the Christianity towards the so-called "pagan" culture determines that the criticism of this period is practical instead of aesthetic. Though it has long been regarded that it is not as glorious as the literary criticism of the Classical Age and unable to compete with that of the Renaissance Age, its powerful interpretation system, built up for revealing the allegorical meanings in the Bible, undoubtedly had great impact on the later literary criticism.

Key words: Middle Ages, literary criticism, Christianity, allegory

陈寅恪先生1931年在《吾国学术之现状及清华之职责》一文中指出："西洋文学哲学艺术历史等，苟输入传达，不失其真，即为难能可贵，遑论其有所创新。"[1]岁月荏苒，九十余年之后的今日，或许在上述各方面都有了一定的进步，但有一些领域要认识其真实状况，绝非易事。西方中世纪文学批评就是一个典型的例子，西方学者就曾经历过艰巨的学术探索之旅，在过去的一个世纪里，他们在认识上走过了一条曲折的道路，之后才艰难地接近真实。然而，要恰如其分地评价文艺复兴时期的文学批评及其与此前批评的传承和发展关系，如菲利普·锡德尼诗学的承前启后的价值，这一阶段又是不可忽略的。本文尝试在梳理西方学界批评态度转向的基础之上走进这个领域，初探中世纪文学批评与基督教的关系，提出中世纪基督教对所谓的"异教"文化的态度决定了这一时期的文学批评是实用性的，而非美学性的，尽管它与此前的古典时期和此后的文艺复兴时期难以媲美，但为了解释《圣经》而构建起来的寓言解释体系，毋庸置疑对后世的文学批评产生了重大影响。

近百年中，西方学者对中世纪文学批评的认识经历了一个堪称拨乱反正的过程。关于中世纪的本质，从文艺复兴开始就存在着一种传统认识，即"中世纪是辉煌的古希腊罗马时代和发端于意大利文艺复兴的现代文明之间的低谷"[2]。到二十世纪，学者们基本达成共识，认为对中世纪全面否定的观点是有失偏颇的。文学批评界的情况与此类似，在过去很长一段时期内，不少西方文学理论家认为，中世纪是西方文学批评史上一个超过千年的近乎空白的时期。有的学者不承认中世纪存在文学批评，例如乔治·萨斯布利在《从最早的文本至今的欧洲批评和文学趣味史》一书中宣称，中世纪当然不是一个批评的时代，但丁是当时文化沙漠中仅有的一块绿洲，他把从古希腊亚里士多德、朗吉努斯那里继承的文学理论的火炬，

---

[1] 陈寅恪《金明馆业稿二编》，第361页。
[2] 吴芬《中世纪文学·概述》，第80页。

传递给柯勒律治和圣波夫,其间历经千载。半个世纪之后,J. W. H. 阿特金斯在《英国文学批评:中世纪》中挑战萨斯布利的观点,不过他也认为那是"一个在有关文学的事务上,人们思想混乱的时代,不能指望其对文学批评有甚重大贡献"[1]。许多西方学者在撰写文学批评史时,对中世纪往往一笔带过,如温塞特和布鲁克斯在1957年出版的《文学批评简史》中失望地表示,中世纪圣托马斯·阿奎那没有提出关于美、艺术或者诗歌的新理论,"中世纪不是文学理论和批评的时代……是一个在神权社会里的神学思想时代"[2]。瓦特·巴特在《批评:主要文本》中对中世纪惜墨如金:"中世纪对文学思想相对冷漠"[3]。更有学者干脆从朗吉努斯的《论崇高》直接跳到菲利普·锡德尼爵士的《为诗辩护》,认为其间的一千五百年是文学批评的不活跃时期,除了一些修辞学方面的文章之外,乏善可陈。[4] 原因之一也许正如锡德尼诗学研究者西普赫德指出的,"在文学或诗歌史或者诗歌批评作为独立的知性对象得到承认之前,你无法真正拥有它们,而在中世纪文学或者诗歌都没有拥有这种独立性"[5]。这样干脆避开中世纪的做法,仿佛表明文学理论和批评的发展是可以跨越时空的。

然而,正如艾略特针对文学所说的,"过去因现在而改变,正如现在为过去所指引"[6]。文学以及文学理论、批评的发展毕竟是一个演化过程,我们无法绕开中世纪。二十世纪七十年代以后,一批西方古典批评理论选本和论著的问世,表明西方学者对中世纪文学批评的认识开始发生了变化。比如,在《中世纪文学批评:翻译和解释》(*Medieval Literary*

---

[1] J. W. H. Atkins, *English Literary Criticism: The Medieval Phase*, p.3.

[2] William K.Wimsatt, Jr. and Cleanth Brooks, *Literary Criticism: A Short History*, p.154.

[3] Walter Jackson Bate, "Introduction," p.7.

[4] 详见John O. Hayden, *Polestar of the Ancients: The Aristotelian Tradition in Classical and English Literary Criticism*, p.100。

[5] Geoffrey Shepherd, "Introduction," p.18.

[6] T. S. Eliot, "Tradition and individual talent," p.24.

Criticism: Translation and Interpretation，1974）中，编者O. B.哈迪森等指出，亚里士多德的《诗学》在中世纪不是不为人所知的，而是早在十三世纪就在巴黎大学颇为流行。二十世纪七十年代还出现了多部论述中世纪的修辞学、演讲术、新柏拉图文学理论的著作，它们开辟了中世纪文学批评研究的新天地。二十世纪八十年代至今，可以说是中世纪文学理论和批评研究的"黄金时代"，2005年出版的《剑桥文学批评史·中世纪卷》就汇集了数十位学者的最新研究成果。

从前人的研究中，我们可以发现在从公元四至十五世纪的漫长中世纪，文学批评的发展与文学的繁荣在步调上是不一致的。文学的繁荣出现在中世纪后期，即从十一到十五世纪的"信仰时期"。在这一时期内，世俗文学蓬勃发展，诞生了一批用法语、德语、英语和意大利语等民族语言写成的文学名作，如《罗兰之歌》《神曲》《十日谈》《坎特伯雷故事集》等。就文学批评而言，中世纪后期基本上没有创新，只不过是在沿用罗马帝国衰亡之后几个世纪里形成的批评概念，哈伦德认为，"真正重要的是中世纪早期"[1]。这里的"早期"是一个什么概念呢？中世纪一般被划分为五个时期：第一是后古典时期（公元前一世纪至公元七世纪）；第二是理查大帝加洛林王朝时期（公元八至十世纪）；第三是中世纪全盛时期（公元十一至十三世纪）；第四是经院主义时期（公元十三至十四世纪）；第五是人文主义时期（公元十四至十六世纪）。[2]这里不仅第一时期和古典时期、第五时期和文艺复兴时期有部分重叠，而且中间的三个时期之间也存在部分重叠。文学批评上的所谓"中世纪早期"通常是指上述的第一和第二时期。当然，这并不意味着文学批评在中世纪后期毫无作为。

基督教与中世纪的文学批评之间存在着千丝万缕的联系，基督教文化与古希腊罗马文化的相遇无不影响，甚至决定了当时文学批评的任务、目

---

[1] Richard Harland, *Literary Theory from Plato to Barthes: An Introductory History*, p.22.

[2] O. B. Hardison, Jr., *Medieval Literary Criticism: Translations and Interpretations*, p.23.

的和主要内容。基督教起源于犹太人居住的巴勒斯坦地区，此地在政治上隶属于罗马帝国，在文化上则为希腊世界的一部分。当基督教这一新的宗教在地中海地区广为传播时，日后构成《新约》正典的那些内容均由带有悠久文学和哲学传统印记的希腊语写成，有的篇章出自保罗、卢克（Luke）、约翰等接受过文学，甚至是哲学教育的人之手。在此后的几个世纪里，早期辩护者、希腊教父以及大议会（Great Councils）无不承担起定义和发展基督教教义，使之能够为整个希腊语世界接受的任务。这样在有所保留的前提下，研读希腊诗歌和散文作品终于得到许可，而希腊不同哲学流派的教义则必须接受细致的审查，任何有悖于基督教教义的内容都被剔除；相反，任何相容的内容都被用于支撑或补充基督教神学思想。[1]

在后古典时期，公元四世纪可以被称为文学批评的分水岭。在此之前，整个古典传统依然盛行，学者们全盘吸收和消化古典批评家的思想。西塞罗和匡迪连的修辞学著作被直接重印，或者依照基督教的需要而加以修改，贺拉斯更是持续不断地被人广泛阅读。相比之下，之后的公元四至七世纪是一个更为重要的时期，出现了一批有分量的批评著作，内容主要是对古典著作的修订、注释和结集。在此期间，基督教因吸收了多种古希腊罗马文化的元素而得以迅猛发展；反之，新思想也以这样一种方式进入了古希腊罗马传统。在人类历史上，一种优秀的文化从来都不会轻易地被完全取代，更不用说当时蓬勃兴起的基督教文化并不打算将古希腊罗马文化全盘摒弃。西罗马帝国在政治上衰亡之后，希腊罗马文化依然在此后的几个世纪里以多种不同的形式存在，显示出一种顽强的生命力。然而，恰如哈伦德所言，不可否认的是，"基督教即使是在保存希腊罗马文化时，也禁不住改变它触碰到的一切"[2]。基督教徒对古希腊罗马传统中的有些元素视而不见，对有些则蓄意篡改，甚至改得面目全非。以有意的歪曲来吸

1　Paul Oskar Kristeller, *Renaissance Concepts of Man and Other Essays*, p.70.

2　Richard Harland, *Literary Theory from Plato to Barthes: An Introductory History*, p.22.

收异质文化，毫无疑问，是他们一种深谋远虑的行为，因为早期的基督教徒并不是朝着一个新方向茫然被动地前行，而是充分意识到自己是上帝的选民，他们要构建的新文化在很大程度上就是要符合新的教规。这样就必然会涉及他们对待异质文化的态度和文学批评的根本任务。

异质文化，特别是古希腊罗马诗歌和神话，用圣奥古斯丁的话来说，犹如谨慎的希伯来人逃离埃及时带出来的金子，弃之可惜，留之堪忧。在拉伯努斯·马路斯的《牧师的基本原则》(Clerical Institute)中有一个形象的比喻，他说如果人们因其不可抵挡的诱惑而想阅读非犹太教诗歌或书籍，那么对待它们就应当像对待《旧约·申命记》中被俘获的女人：

> 如果一个犹太人想让她成为自己的妻子，他应该剃光她的头发，减去她的指甲，拔掉她的眉毛。当她被清洗干净之后，他才能像丈夫一样去拥抱她。当一本世俗之书落到我们手里，我们习惯的做法有着同样的特征。我们如果发现异教文化中有可用之处，便把它吸收进自己的教义，如果有关于异教偶像、爱或纯粹世俗的内容，则毫不留情地加以拒绝。我们剃光某些书的头，用锋利的剪刀剪去其他一些书的指甲。[1]

可见，存留的标准全看这些诗歌或书籍能否符合基督教教义或者为基督教服务了。早期基督教神父特尔屠良拒斥古典戏剧，经学家、拉丁教父圣哲罗姆称诗歌为"魔鬼的美酒"，圣奥古斯丁也在《忏悔录》中内疚地回忆他过去沉迷于维吉尔的《埃涅阿斯纪》，为帝多的死哭泣。[2]不过，这并不是说他们对诗歌和戏剧一概加以排斥。其实，在古典时期诗歌被用来教授人们演讲术，现在基督教徒也需要同样的技巧，因此基督教作家有意

---

1 转引自 O. B. Hardison, Jr., *Medieval Literary Criticism: Translations and Interpretations*, p.5。

2 详见 Augustine, *The Confessions of St. Augustine*, pp.56–57。

识地吸收贺拉斯的《诗艺》这类著作，基督教诗人则为圣经题材采用古典诗歌的形式和风格。然而，他们对待戏剧的态度则全然不同。他们几乎全盘否定戏剧，许多古典文学批评中的重要概念遭到基督教思想的排斥，其中首当其冲的自然是柏拉图和亚里士多德发展起来的与戏剧相关的摹仿概念。

虽然柏拉图和亚里士多德对摹仿的看法不一，但是共同发展了"摹仿"这个文学批评史中最重要的概念之一。柏拉图在《理想国》第十卷中指出艺术是对外表的摹仿，与真实隔着两层，只能挑起人的灵魂中低等的部分。他说人的灵魂中的那个不冷静的部分，也就是非理性的部分，给摹仿提供了大量各式各样的材料，而"那个理智的平静的精神状态……不是涌到剧场里来的那一大群杂七杂八的人所能理解的"[1]。柏拉图坚信真理存在于形式之中，亚里士多德修正了他的观点，认为具有普遍性的形式必须通过物质的、具体的东西来实现，因此戏剧的情节能够揭示真理。柏拉图对戏剧持有清教徒式的思想，基督教神父与此类似，他们竭力倡导禁欲主义思想，自然反对信众涌入剧场，放纵情感，看戏在他们看来只能提供快乐，而不能给人带来足够的教益。于是，戏剧日渐沉寂，最后消失得几近了无踪影，摹仿的概念也随之被人遗忘，直至中世纪后期两者才再次出现。由此可见，这一时期文学批评的主要目的是实用性的而不是美学性的。

与"摹仿"概念被尘封不同的是，古希腊关于修辞的理论知识则被继承。他们把这种知识运用在诗歌的创作艺术上，但在实际运用中却很少表现出创新思想，最多只不过是"把古老的修辞方法照搬到诗歌上，即让主题先出现，让有说服力的陈述随后出现"[2]。相比之下，在中世纪文学批评中关于虚构的标准显得更为重要。这首先涉及对异教传统的吸收带来的一

---

[1] 柏拉图《理想国》，第404页。

[2] Richard Harland, *Literary Theory from Plato to Barthes: An Introductory History*, p.23.

个文学史方面的特殊问题。此前文学史上的作家基本上都局限在古希腊和罗马作家之列,现在基督教作家认为有必要重写文学史,使之包含旧约和基督教文学的作者。由于大量基督教作家的加入,文学史中的希腊作家显得越来越少,古典传统本身随之发生变化。先前的古典文学理论中有一个根本性假设,即古典文学是自足的,它只受自身的影响,例如,亚里士多德在《诗学》中采用的例子全部来自古希腊文学,而当朗吉努斯在《论崇高》中引用《旧约·创世记》中上帝的话时,他的这一做法被认为是史无前例的。重写文学史的直接后果之一,就是这个假设遭到了质疑。在基督教作家看来,希伯来文学比希腊文学更为古老,它有可能对古典著作产生了影响,这种可能性大大激励了学者们猜测《旧约》跟希腊和罗马文学之间可能存在的对应关系。从基督教的角度来看,古希腊罗马的神话纯属一派谎言,更有甚者,它还会导致人们信仰虚假的神或者虚假的奇迹,唯有《圣经》才记录下真实的历史。在谎言和终极真实之间是否存在调和的可能性呢?正是在这里出现了中世纪最为重要的批评活动的空间,即寓意解读法。

"寓言"(Allegory)源自希腊语,意为"它言",也就是说寓言提供一层字面意思,而真正需要理解的是隐含其中的另一层意思。最早的寓意解读活动出现在公元前六世纪,在古罗马帝国后期这种方法被广泛使用。[1]新柏拉图主义哲学家把具体独特的表面看成是代表某种终极真实的符号,芸芸众生混沌未开,自然不能由表及里,洞察入微,只有少数有哲学思想的人能够透过表面看清这些符号的含义。而中世纪关于文艺的一个普遍的看法,就是认为"一切文艺表现和事物形象都是象征性或寓言性的,背后都隐藏着一种秘奥的意义"[2]。柏拉图关于理念的思想为新柏拉图主义者带来灵感,他们开辟了广阔的阐释空间,不遗余力地试图挖掘隐藏在文学作

---

[1] 详见本论著第53—54页。
[2] 朱光潜《西方美学史》,第135页。

品简单的情节和人物背后的奥义。与此类似的是，基督教也把世界看成是符号，世界就是一本上帝写就的书，里面到处都隐藏着需要基督徒读懂的信息。基督本人就是通过寓言传教，这给人们一个明确的提示：除他实际说出的话的表面意思之外，还有更为深刻的含义有待信众领悟。[1]此外，《圣经》的解释者还需要通过解经把《旧约》和《新约》的不同的精神气质调和起来。

随着解经活动的进行，一套在三至四个层面上解读《圣经》的体系逐渐得以形成。在字面意思之上，任何一个层面的多种不同的解读都是具有同等效力的，对所有可能的解释只有一个限制性标准，那就是圣奥古斯丁提出的"清晰原则"，即所有的解释都必须与基督教教义吻合。[2]虽然这个要求看上去似乎过分宽松，但是由于《圣经》被认为是在圣灵的感召之下写成的，作者只不过是传递神圣旨意的一个渠道而已，神圣旨意与每个具体作者的意图和水平都不相干。虽然用于《圣经》的寓意解读法在中世纪普遍流行，但是圣奥古斯丁和圣阿奎那等认为，这种解读法是不可以被运用于世俗文学的，因为世俗文学的作者在创作过程中没有得到神圣的灵感，因此作品中也不存在更高层次的含义。尽管如此，中世纪还是出现了寓意解读法被运用到解读世俗文学作品上的情况，特别是解读维吉尔的诗史。例如，《埃涅阿斯纪》中的第四首牧歌被认为是弥赛亚式的预言，预示着基督的诞生。维吉尔在中世纪被看作拥护基督教的诗人，因而是最伟大的诗人。[3]

---

[1] 一直到文艺复兴时期，佛罗伦萨的柏拉图学院仍然"有意识地以调和古代精神和基督教精神作为它的目标"。详见布克哈特《意大利文艺复兴时期的文化》，第491页。

[2] Richard Harland, *Literary Theory from Plato to Barthes: An Introductory History*, p.25.

[3] 甚至出现了"维吉尔占卜"（*sortes Virgilianae*）这一说法，即"随便地翻开维吉尔的著作，把所翻的一段当作一个预兆"。在文艺复兴时期，这一做法"又重新成为流行的事情了"。详见布克哈特《意大利文艺复兴时期的文化》，第513页。锡德尼在《为诗辩护》中用这个例子来说明诗人享有的预言家地位。

但丁还把这一做法往前推进了一步。中世纪寓意解读法采用注释的形式，而注释一般又是用拉丁语写成的。拉丁语与用民族语言写成的文学之间存在着鸿沟，两者很少有直接的相互作用。但丁的出现改变了这一局面，他在给斯卡拉族的康·格朗德的一封信（Epistle to Congrande）和《筵席》第二卷第一章中强调，在《圣经》解释中的四层意思也可以在世俗的、用民族语言创作的诗歌中找到，它们分别是字面的、寓言的、道德的和秘奥的意思：

> 为了说明这种处理方式，最好用这几句诗为例："以色列出了埃及，雅各家离开说异言之民。那时犹大为主的圣所，以色列为他所治理的国度。"如果单从字面看，这几句诗告诉我们的是在摩西时代，以色列族人出埃及；如果从寓言看，所指的就是基督为人类赎罪；如果从精神哲学的意义看，所指的就是灵魂从罪孽的苦恼，转到享受上帝保佑的幸福；如果从秘奥的意义看，所指的就是笃信上帝的灵魂从罪恶的束缚中解放出来，达到永恒光荣的自由。这些神秘的意义虽各有不同的名称，可以总称为寓言，因为它们都不同于字面的或历史的意义。[1]

从这段文字看，这个例子显然不属于世俗文学，但是它并不因此而失其重要性。在但丁之后，薄伽丘在他的《非犹太教众神家谱》（Genealogy of the Gentile Gods）中从四层意思上解释古希腊神话，书名本身就充分暗示了它的象征性和寓言性的内容。作者在书的第十四和十五章中为诗歌进行辩护，试图把诗歌从中世纪相对卑微的地位提升到更高的地位。乔治·萨斯布利因此说此书展示了"他的文艺复兴一面的源头，这是无可争

---

[1] 转引自朱光潜《西方美学史》，第135页。

议的"[1]。其实，为"早已沦落为孩童的笑料"的诗歌争取获得它应有的地位，正是锡德尼等所做的。寓意解读活动没有因为文艺复兴的来临而结束，而是对后来的文学批评持续产生影响。

由此可见，中世纪是一个基督教神权占主导地位的时代，神学思想凌驾于人文思想之上，而文学批评本质上属于人文主义活动，在这种社会并得不到特别的鼓励。中世纪是一个伟大的文学创作的时代，为未来的文学批评提供了肥沃的土壤，但中世纪并非如许多批评家认为的那样，是文学批评的沙漠。这一时期的文学批评虽不如此前的古典时期那么灿烂辉煌，也无法与其后的文艺复兴时期相提并论，但绝不是一个空白期，自有其独特的价值。无论是在其任务、目的还是主要内容上，中世纪文学批评无不受到基督教的影响，以至于它最显著的特点就是构建了强大而又繁复精微的寓意解读体系，这一体系主要被用于《圣经》解读，有时也被用在世俗文学的解释上。仅从这一点上来说，中世纪的文学批评对后世产生的影响就不可抹杀。

1　转引自 William K.Wimsatt, Jr. and Cleanth Brooks, *Literary Criticism: A Short History*, p.152。

参考文献

Abrams, M. H. *The Mirror and the Lamp: Romantic Theory and the Critical Tradition*, Oxford: Oxford University Press, 1977.

Addison, Joseph. *Spectator*, No.333, March 29, 1712, [EB/OL]. (1712-03-29) [2019-09-30]. http://www.doc88.com/p-9923630101970.html.

Agrippa, Heinrich Cornelius. *Of the Vanitie and Uncertaintie of Artes and Sciences: An Invective Declamation*, trans. James Sanford, London, 1569.

Aguzzi-Barbagli, Danilo. "Humanism and Poetics." *Renaissance Humanism: Foundations, Forms and Legacy*, ed. Albert Rabil, Jr., Philadelphia: University of Pennsylvania Press, 1988.

Alexander, Gavin. *Sidney's "The Defence of Poesy" and Selected Renaissance Literary Criticism*, London: Penguin, 2004.

―――. *Writing After Sidney: The Literary Response to Sir Philip Sidney, 1586–1640*. New York: Oxford University Press, 2006.

―――. "Loving and Reading in Sidney." *Studies in Philology*, Vol.114, No.1 (Winter, 2017): 39–66.

Anglo, Sydney. *Spectacle, Pageantry, and Early Tudor Policy*, Oxford: Clarendon Press, 1969.

Anon. "The Manner of Sir Philip Sidney's Death." *Sir Philip Sidney: The Major Works*, ed. Katherine Duncan-Jones, Oxford: Oxford University Press, 2008. pp.315–318.

Aquinas, Thomas. "From *Summa Theologica*." *Literary Criticism and Theory: The Greeks to the Present*, ed. Robert Con Davis and Laurie Finke, New York & London: Longman Inc. 1989. pp.144–147.

Ascham, Roger. *The English Works of Roger Ascham*, ed. W. A. Wright, Cambridge:

Cambridge University Press, 1904.

———. "From *Of Imitation*." *Elizabethan Critical Essays*, Vol.I, ed. G. Gregory Smith, London: Oxford University Press, 1950. pp.1–45.

Atkins, J. W. H. *Literary Criticism in Antiquity: A Sketch of Its Development*, Vol.1 (Greek), Cambridge: at the University Press, 1934.

———. *English Literary Criticism: The Renascence*, London: Methuen & Co. Ltd., 1951.

———. *English Literary Criticism: The Medieval Phase*, London: Methuen & Co. Ltd., 1952.

Auebach, Erich. *Literary Language and Its Public in Late Latin Antiquity and in the Middle Age*. New Jersey: Princeton University Press, 1965.

Augustine. *The Confessions of St. Augustine*, trans. John K. Ryan, New York: Doubleday, 1960.

———. "From *On Christian Doctrine*." *The Critical Tradition: Classic Texts and Contemporary Trends*, ed. David H. Richter, Boston: Bedford Books, 1998. pp.125–138.

Bacon, Francis. *The Advancement of Leaning* (Vol.II), ed. W. A. Wright, Oxford: Oxford University Press, 1900.

———. *The Works of Francis Bacon* (Vol.III, Vol.IV), ed. James Spedding, Robert Ellis, and Douglas Heath, London: Longman, 1858–1874.

Baker-Smith, Dominic. "Preface." *Sir Philip Sidney's Achievements*, ed. M. J. B. Allen, New York: Ams Press, 1990. pp.ix–xii.

Baldwin, Charles Sears. *Renaissance Literary Theory and Practice*, Gloucester: Peter Smith, 1959.

Barnes, Catherine. "The Hidden Persuader: The Complex Speaking Voice of Sidney's *Defence of Poetry*." *PMLA*, Vol.86, No.3 (May, 1971): 422–427.

Bates, Catherine. "Literature and the Court." *The Cambridge History of Early Modern English Literature*, ed. David Loewenstein and Janel Mueller, Cambridge: Cambridge University Press, 2006, pp.343–373.

Bate, Walter Jackson. "Introduction." *Criticism: The Major Texts* (enlarged edition), ed. Walter Jackson Bate, New York: Harcourt Brace Jovanovich, Publishers, 1970.

Belson, William. *The poetry of Edmund Spenser*, New York: Columbia University Press, 1963.

Berger, Harry, Jr. "Sprezzatura and the Absence of Grace." *The Book of the Courtier: The Singleton Translation*, ed. Daniel Javitch, New York: W. W. Norton, 2002. pp.295–306.

Bergvall, Ake. "The 'Enabling of Judgement': An Old Reading of the New 'Arcadia'." *Studies in Philology*, Vol.85, No.4 (1988): 471–488.

Berry, Edward. "The Poet as Warrior in Sidney's Defence of Poetry." *Studies in English Literature, 1500–1900*, Vol.29, No.1 (Winter, 1989): 21–34.

———. *The Making of Sir Philip Sidney*, Toronto: University of Toronto Press, 1998.

Bess, Jennifer. "Schooling to Virtue in Sidney's *Astrophil and Stella*, Sonnet 49." *Explicator* 67 (2009), pp.186–191.

Bindoff, S. T. *Tudor England,* Pelican History of England 5. 1950, Baltimore: Penguin, 1969.

Blunt, Anthony. *Artistic Theory in Italy: 1450–1600*, Oxford: Oxford University Press, 1962.

Boccaccio, Giovanni. *Bocacaccio on Poetry, being the Preface and the Fourteenth and Fifteenth Books of Boccaccio's Genealogia Deorum Gentilium*, ed. and trans. Charles G. Osgood, New York: The Bobbs–Merrill Company, 1956.

———. "The Life of Dante." *Literary Criticism: Plato to Dryden*, ed. Allan H. Gilbert, Detroit: Wayne State University Press, 1982. pp.207–211.

———. "Genealogy of the Gentile Gods: Book XIV." *Literary Criticism and Theory: The Greeks to the Present*, ed. Robert Con Davis and Laurie Finke, New York & London: Longman Inc. 1989. pp.163–179.

Bodin, Jean. *Method for the Easy Comprehension of History*, trans. Beatrice Reynolds, New York: W. W. Norton & Company, 1969.

Boileau, Nicolas. "Preface." in his translation of Longinus's *Traite du sublime*. ed. and intro. Francis Goyet, Paris: Livre de Poche, 1995.

Bradshaw, David. *Aristotle East and West: Metaphysics and the Division of Christendom*, Cambridge: Cambridge University Press, 2004.

Brennan, Michael G. *The Sidneys of Penhurst and the Monarchy, 1500–1700*, Wilshire: Antony Rowe Ltd., 2006.

Bronowski, Jacob. *The Poet's Defence*, Cambridge: Cambridge University Press, 1939.

Brooke, Tucker. *A Literary History of England*, New York: Routledge & Kegan Paul, 1948.

Buxton, John. *Sir Philip Sidney and English Renaissance,* London: Macmillan & Co. Ltd., 1954.

———. *Elizabethan Taste*. London: Macmillan & Co. Ltd., 1963.

Candido, Joseph. "Fulke Greville's Biography of Sir Philip Sidney and the 'Architectonic' Tudor Life." *South Central Review*, Vol.2, No.1 (Spring, 1985): 3–12.

Carew, Richard. "From *The Excellency of English Tongue.*" *Elizabethan Critical Essays*, Vol.2, ed. G. Gregory Smith, London: Oxford University Press, 1950, pp.285-294.

Carpenter, Frederic I. *A Reference Guide to Edmund Spenser*, Chicago: The University of Chicago Press, 1923.

Carpenter, Nan C. *Music in the Medieval and Renaissance Universities*, Norman: University of Oklahoma Press, 1958.

Carroll, Clare. "Humanism and English literature in the fifteenth and sixteenth centuries." *The Cambridge Companion to Renaissance Humanism*, New York: Cambridge University Press, 1996.

Castiglione, Baldassare. *The Book of the Courtier*, trans. George Bull, London: the Penguin Group, 2003.

Castelvetro, Lodovico. "The Poetics of Aristotle Translated and Annotated." *Literary Criticism: Plato to Dryden*, ed. Allan H. Gilbert, Detroit: Wayne State University Press, 1967. pp.305-357.

Chapman, George. *The Poems of George Chapman*, ed. P.B. Bartlett, New York: Russell & Russell, 1941.

Clark, Timothy. *The Theory of Inspiration*, Manchester: Manchester University Press, 1997.

Collini, Stefan. "What is Intellectual History?" *History Today*, No.35 (1985): 46-54.

Coogan, Robert M. "The Triumph of Reason: Sidney's Defense and Aristotle's Rhetoric." *Papers on Language and Literature* 17 (1981): 255-270.

Craig, D. H. "A Hybrid Growth: Sidney's Theory of Poetry in *An Apology for Poetry*." *English Literary Renaissance* 10 (1980): 183-201.

Crowley, Timothy D. "New Light on Philip Sidney and Elizabethan Foreign Policy." *Sidney Journal* 32.2 (2014): 85-94.

Cusa, Nicolas. *Of Learned Ignorance*, London: Routledge & Kegan Paul, 1954.

Davis, John. *The Poems of Sir John Davis*, ed. Robert Kruger, with Ruby Nemser. Oxford: Clarendon Press, 1972.

Davis, Robert Con and Laurie Finke, ed. *Literary Criticism and Theory: The Greeks to the Present*, New York & London: Longman Inc., 1989.

Dean, Leonard F. "Sir Francis Bacon's Theory of Civil History-Writing." *ELH*, Vol.8, No.3 (Sept., 1941): 161-183.

_____. "Bodin's 'Methdous' in England before 1625." *Studies in Philology*, Vol.39, No.2 (Apr., 1942): 160-166.

Devereux, James A. "The Meaning of Delight in Sidney's Defense of Poesy." *Studies in the*

Literary Imagination 15 (1982): 85−97.

Disraeli, Isaac. *Amenities of Literature: Consisting of Sketches and Characters of English Literature*, Vol.2, London: Frederick Warne, 1867.

Doherty, M. J. *The Mistress-Knowledge: Sir Philip Sidney's "Defense of Poesie" and Literary Architectonics in the English Renaissance*, Nashville: Vanderbilt University Press, 1991.

Donno, Elizabeth Story. "Old Mouse-eaten Records: History in Sidney's 'Apology'." *Studies in Philology*, Vol.72, No.3 (Jul., 1975): 275−298.

Dowlin, Cornell March. "Sidney's Two Definitions of Poetry." *Modern Language Quarterly* 3 (1942): 573−581.

_____. "Sidney and Other Men's Thought." *The Review of English Studies*, Vol.XX, No.80 (1944): 257−271.

Duncan-Jones, Katherine, ed. *Sir Philip Sidney: Life, Death and Legend, An Exhibition to Commemorate the 400th Anniversary of the Death of Sir Philip Sidney*, Oxford: Holywell Press, 1986.

_____. *Sir Philip Sidney: Courtier Poet*, New Haven: Yale University Press, 1991.

_____. "Introduction." *Sir Philip Sidney: The Major Works, including Astrophil and Stella*, Oxford: Oxford University Press, 2008a. pp.vii−xviii.

_____. "Notes." *Sir Philip Sidney: The Major Works, including Astrophil and Stella*, Oxford: Oxford University Press, 2008b. pp.330−408.

Duncan-Jones, Katherine and Jan A. Van Dorsten, eds. *Miscellaneous Prose of Sir Philip Sidney*, New York: Oxford University Press, 1973.

Dunn, Leslie C. "Recent Studies in Poetry and Music of the English Renaissance (1986−2007)." *English Literary Renaissance*, Vol.38, No.1, *Studies in Renaissance Drama* (Winter, 2008): 172−192.

Dutton, Richard. *Ben Jonson: Authority: Criticism,* London: Macmillan, 1996.

"E. K.". "Epistle Dedicatory to *The Shepheards Calendar*." *Elizabethan Critical Essays*, Vol.I, ed. G. Gregory Smith, London: Oxford University Press, 1950. pp.127−134.

Eliot, T. S. *John Dryden*, New York: Terence & Elsa Holliday, 1932.

_____. *After Strange Gods: A Primer of Modern Heresy*, London: Faber and Faber, 1934.

_____. *T. S. Eliot: Selected Prose*, ed. John Hayward. Victoria: Penguin/Faber and Faber, 1958.

"Tradition and the Individual Talent." p.24.

"The Music of Poetry." pp.57−58.

Elton, G. R. *Political History: Principles and Practice*, London: Penguin Press, 1970.

Erasmus, Desiderius. *On Copia of Words and Ideas*, trans. Donald B. King and H. David Rix, Milwaukee: Marquette University Press, 1963.

_____. *Praise of Folly and Letter to Maarten Van Dorp 1515*, trans. Betty Radice, London: Penguin Books Ltd, 1971.

_____. *Ciceronianus* (1528), trans. Izora Scott, New York: AMS Press, 1972.

_____. *"Copia": Foundations of the Abundant Style*, trans. Betty I. Knott, *Collected Works of Erasmus*, ed. Craig R. Thompson, Vol.24, Toronto University Press, 1974.

_____. *Ciceronianus*, in *Controversies Over the Imitation of Cicero in the Renaissance*, ed. and tr. Izora Scott, Davis: Hermagoras Press, 1991.

Farmer, Norman, Jr. "Fulke Greville and Sir John Coke: An Exchange of Letters on a History Lecture and Certain Latin Verses on Sir Philip Sidney." *Huntington Library Quarterly*, Vol.33, No.3 (May, 1970): 217−236.

Falco, Raphael. "Instant Artifact: Vernacular Elegies for Philip Sidney." *Studies in Philology*. Vol.89, No.1 (Winter, 1992): 1−19.

Ferguson, Margaret W. *Trials of Desire: Renaissance Defenses of Poetry*, New Haven: Yale University Press, 1983.

Ferguson, Wallace K., et al. *The Renaissance: Six Essays*, New York and Evanston: Harper & Row Publishers, 1962.

Fussner, F. Smith. *The Historical Revolution: English Historical Thought 1580−1640*, London: Routledge & Kegan Paul, 1962.

Garrett, Martin, ed. *Sidney: The Critical Heritage*, London: Routledge & Kegan Paul, 1996.

Geren, Elizabeth Klein. *"The Painted Gloss of Pleasure": Sir Philip Sidney and the Visual Arts in Sixteenth-Century England*, New Haven: Yale University, Ph.D.: 273. 1998.

Gilbert, Allan H. *Literary Criticism: Plato to Dryden*, Detroit: Wayne State University Press, 1982.

Gilmore, Myron P. *The World of Humanism, 1453−1517*, New York: Harper and Brothers, 1952.

Gouws, John. "The Nineteenth-Century Development of the Sidney Legend." *Sir Philip Sidney's Achievements*, ed. M. J. B. Allen. New York: Ams Press, 1990. pp.251−260.

Greenblatt, Stephen. *Renaissance Self-Fashioning: From More to Shakespeare*, Chicago: The University of Chicago Press, 2005.

_____, ed. *The Norton Anthology of English Literature: the Sixteenth Century and the Early Seventeenth Century*, New York · London: W. W. Norton & Company, 2018.

Greville, Fulke. *Life of Sir Philip Sidney*, ed. Nowell Smith, Oxford: Clarendon Press, 1907.

_____. *The Prose Works of Fulke Greville*, ed. John Gouws. Oxford: Clarendon Press, 1986.

_____. *Life of Sir Philip Sidney*. in *The Works in Verse and Prose Complete of the Right Honourable Fulke Greville, Lord Brooke*, Vol.4 of 4, ed. Alexander B. Grosart, London: Forgotten Books & Co. Ltd., 2014.

Groenveld, Simon. " 'In the Course of His God and True Religion': Sidney and the Dutch Revolt." *Sir Philip Sidney's Achievements*, ed. M. J. B. Allen. New York: Ams Press, 1990. pp.57–67.

Grube, G. M. A. *The Creek and Roman Critics*, London: Methuen & Co. Ltd., 1965.

Guerlac, Suzanne. "Longinus and the Subject of the Sublime." *New Literary History*, Vol.16, No.2 (Winter, 1985): 275–289.

Hadfield, Andrew. *Literature, Politics and National Identity*, Cambridge: Cambridge University Press, 1994.

Hager, Alan. "The Exemplary Mirage: Fabrication of Sir Philip Sidney's Biographical Image and the Sidney Reader." *ELH*, Vol.48, No.1 (Spring, 1981): 1–16.

_____. "The Mistress Knowledge: Sir Philip Sidney's *'Defence of Poesie'* and Literary Architectonics in the English Renaissance by Mary Jane Doherty." *The Journal of English and Germanic Philology*, Vol.97, No.4 (Oct., 1998): 585–586.

Hallam, G. W. "Sidney's Supposed Ramism." *Renaissance Papers* 1963, Chapel Hill. N. C., 1963.

Hamilton, A. C. "Sidney and Agrippa." *The Review of English Studies*, Vol.7, No.26 (Apr., 1956): 151–157.

_____. "Sidney's Idea of the 'Right Poet'." *Comparative Literature*, Vol.9, No.1 (Winter, 1957): 51–59.

_____. *Sir Philip Sidney: A Study of His Life and Works*, Cambridge: Cambridge University Press, 1977.

_____. "Sidney's Humanism." *Sir Philip Sidney's Achievements*, ed. M. J. B. Allen. New York: Ams Press, 1990. pp.109–116.

Hannay, Margaret P. "'This Moses and This Mirian': The Countess of Pembroke's Role in the Legend of Sir Philip Sidney." *Sir Philip Sidney's Achievements*, ed. M. J. B. Allen. New York: Ams Press, 1990. pp.217–226.

Hanning, Robert W. "Castiglione's Verbal Portrait: Structures and Strategies." *Castiglione: The Ideal and the Real in Renaissance Culture*, ed. Robert W. Hanning and David

Rosand, New Haven: Yale University Press, 1983, pp.31–142.

Hardison, O. B., Jr. *Aristotle's Poetics*, New Jersey: Prentice-Hall, 1968.

_____. "The Two Voices of Sidney's Apology for Poetry." *English Literary Renaissance* 2 (1972): 83–99.

_____. *Medieval Literary Criticism: Translations and Interpretations*, New York: Frederick Ungar, 1974.

Harington, John. "A Preface, or Rather a Briefe Apologie of Poetrie, Prefixed to the Translation of Orlando Furioso." *Elizabethan Critical Essays*, Vol.II, ed. G. Gregory Smith, London: Oxford University Press, 1950, pp.194–222.

Harland, Richard. *Literary Theory from Plato to Barthes: An Introductory History*. Beijing: Foreign Language and Research Press, 2005.

Harrison, T. P., Jr. "The Relations of Spenser and Sidney", PMLA 45 (1930): 712–731.

Harvey, Gabriel. *Ciceronianus*, ed. Harold Wilson and Clarence Forbes, University Studies of the University of Nebraska, XLV, Lincoln, 1945.

_____. "From *Pierce's Supererogation*." *Elizabethan Critical Essays*, Vol.II, ed. Smith, G. Gregory, Oxford: Oxford University Press, 1950, pp.245–282.

Hathaway, Baxter. *The Age of Criticism: The Late Renaissance in Italy,* New York: Cornell University Press, 1962.

_____. *Marvels and Commonplaces: Renaissance Literary Criticism*, New York, 1986.

Havelock, Eric A. *Preface to Plato*, Cambridge: The Belknap Press of Harvard University Press, 1963.

Hayden, John O. *Polestar of the Ancients: The Aristotelian Tradition in Classical and English Literary Criticism*, London: Associated University Presses, 1979.

Hearsey, Marguerite. "Sidney's Defense of Poesy and Amyot's *Preface* in North's Plutarch: A Relationship." *Studies in Philology,* Vol.30, No.4 (1933): 535–550.

Henderson, Judith Rice. "The Enigma of Erasmus' *Conficiendarum epistolarum formula*," *Renaissance and Reformation* 25 (1989): 313–330.

_____. "'Vain Affectations': Bacon on Ciceronianism in 'The Advancement of Learning'." *English Literary Renaissance*, Spring 1995, Vol.25, No.2 (Spring 1995): 209–234.

Heninger, S. K., Jr. "'Metaphor' and Sidney's Defence of Poesie." *John Donne Journal* 1 (1982): 117–149.

_____. "Sidney and Boethian Music." *Studies in English Literature, 1500–1900*, Vol.23, No.1, The English Renaissance (Winter, 1983): 37–46.

_____. "Speaking Pictures: Sidney's Rapproachement Between Poetry and Painting." *Sir*

Philip Sidney and the Interpretation of Renaissance Culture, ed. Gary F. Waller and Michael D. Moore, London & Sydney: Croom Helm Ltd, 1984. pp.3−16.

———. "Sidney and Serranus' Plato." *Sidney in Retrospect: Selections from English Literary Renaissance,* ed. Arthur F. Kinney and the Editors of ELR, Amherst: The University of Massachusetts Press, 1988, pp.27−44.

———. *Sidney and Spenser: The Poet as Maker*, University Park and London: The Pennsylvania State University, 1989.

———. "Sidney's Speaking Pictures and the Theatre." *Style*, Vol.23, No.3, Texts and Pretexts in the English Renaissance (Fall, 1989): 395−404.

———. "Spenser, *Sidney and Poetic Form*." Delivered May 22, 1990, as a Kathleen Williams Lecture at the International Congress on Medieval Studies, Kalamazoo, Michigan, in commemoration of the 400th anniversary of hte publication of Edmund Spenser's *Faerie Queen*e and Philip Sidney's *Arcadia*.

Henn, T. R. *Longinus and English Criticism*. Cambridge: Cambridge University Press, 1934.

Herron, Thomas and Willy Maley. "Introduction: Monumental Sidney." *Sidney Journal* 29.1−2 (2011): 1−26.

Hill, Christopher. *Intellectual Origins of the English Revolution*, Oxford: Clarendon Press, 1965.

Hill, Elizabeth K. "What Is an Emblem?" *Journal of Aesthetics and Art Criticism* 29 (1970−1971): 261−265.

Hillyer, Richard. *Sir Philip Sidney, Cultural Icon*, New York: Palgrave Macmillan, 2010.

Homer. *The Iliad*, The Collector's Library, London: CRW Publishing Limited, 2003.

Horace. "*The Art of Poetry*." *The Critical Tradition: Classic Texts and Contemporary Trends*, ed. David H. Richter, Boston: Bedford Books, 1998, pp.68−78.

Horton, Ronald A. "Aristotle and his Commentators." *The Spenser Encyclopedia*, ed. A. C. Hamilton, Toronto: University of Toronto Press, 1990, pp.57−60.

House, Humphry. *Aristotle's Poetics*, Rupert Hart-Davis, 1956.

Howell, Roger. *Sir Philip Sidney: The Shepherd Knight*, Boston: Little, Brown, and Co., 1968.

Howell, Wilbur S. *Logic and Rhetoric in England, 1500−1700*, New Jersey: Princeton University Press, 1956.

Hudson, Elizabeth K. "English Protestants and the *Imitatio Christi*, 1580−1620." *Sixteenth-Century Journal*, Vol.19, No.4 (Winter, 1988): 541−558.

Huizinga, Johan. *The Waning of the Middle Ages*, New York: Doubleday & Company, 1954.

———. *An Address on Delivered by J. Huizinga... on the Occasion of Uncovering a Memorial* to Sir Philip Sidney at Zutphen on July 2nd 1913, Oxford: All Souls College, 1957.

_____. Men and Ideas: History, the Middle Ages, and the Renaissance, London: Eyre & Spottiswoode, 1960.

_____. Homo Ludens: A Study of the Play-element in Culture, Boston: The Beacon Press, 1992.

Hutton, James. "Some English Poems in Praise of Music." English Miscellany 2 (1951): 1-28.

Janowitz, Anne. "The Sublime." The Oxford Encyclopedia of British Literature, ed. David Scott Kastan, Shanghai Foreign Language Education Press, 2009, pp.113-116.

Javitch, Daniel. "Il Cortegiono and the Constraints of Despotism." Castignione: The Ideal and the Real in Renaissance Culture, ed. Robert W. Hanning and David Rosand, New Haven: Yale University Press, 1983, pp.17-28.

Jayne, Sears. "Ficino and the Platonism of the English Renaissance." Comparative Literature 4 (1952): 214-238.

Jensen, Freyja Cox. "Intellectual Developments." The Elizabethan World, ed. Susan Doran and Norman Jones, London and New York: Routledge & Kegan Paul, 2011. pp.511-530.

Johnson, Samuel. "Preface to Shakespeare." The Critical Tradition: Classic Texts and Contemporary Trends, ed. David H. Richter, Boston: Bedford Books, 1998.

Jones, H. S. V. A Spenser Handbook, New York: F. S. Crofts & Co., 1940.

Jonson, Ben. Works of Ben Jonson, Vol.8, ed. C. H. Herford, and Percy and Evelyn Simpson. 11 vols. Oxford: Clarendon Press, 1925-1952.

Kaiser, Walter. Praisers of Folly: Erasmus Rabelais Shakespeare, London: Victor Gollancz Ltd, 1964.

Kalmo, Hent and Quentin Skinner, eds. Sovereignty in Fragments: The Past, Present and Future of A Contested Concept. Cambridge: Cambridge University Press, 2010.

Keenan, Julie Eileen. Sir Philip Sidney and the Politics of Protestant Counsel, College Park: University of Maryland, Ph.D.: 272, 1994.

Kelley, Donald R. "Baudouin's Conception of History." Renaissance Essays II. ed. William J. Connell, New York: University of Rochester Press, 1993.

Kennan, Patricia Ann. Sidney Defending Poetry, Bari: Adriatica Editrice, 1990.

Ker, William P. Essays of Dryden. Whitefish: Kessinger Publishing, 2007.

Kinney, Arthur F. "Stephen Gosson's Art of Argumentation in The School of Abuse." Studies in English Literature, VII (1967): 43-54.

_____. "Parody and Its Implications in Sydney's Defense of Poesie." *Studies in English Literature, 1500–1900*, Vol.12, No.1, The English Renaissance (Winter, 1972):1–19.

_____, ed. *Essential Articles for the Study of Sir Philip Sidney*, Hamden: Shoe String Press, 1986.

_____. "Preface." *Sidney in Retrospect: Selections for English Literary Renaissance*, ed. Arthur F. Kinney and the Editors of ELR, Amherst: The University of Massachusetts Press, 1988. pp.vii–xi.

Kouri, E. I. *England and the Attempts to Form a Protestant Alliance in the Late 1560s: A Case Study in European Diplomacy*, Helsinki: Soumalainen Tiedeakatemia, 1981.

Kristeller, Paul Oskar. *Renaissance Concepts of Man and Other Essays*, New York: Harper & Row Publishers, 1972.

Krouse, Michael. "Plato and Sidney's Defence of Poesie." *Comparative Literature*, Vol.6, No.2 (Spring, 1954): 138–147.

Kuin, Roger. "Querre-Muhau: Sir Philip Sidney and the New World." *Renaissance Quarterly*, Vol.51, No.2 (Summer, 1998): 549–585.

_____. "Philip Sidney." *The Oxford Encyclopedia of British Literature*, ed. David Scott Kastan. Vol.5, Shanghai Foreign Language Education Press, 2009. pp.10–14.

_____. "Sir Philip Sidney and World War Zero: Implications of the Dutch Revolt." *Sidney Journal* 30.2 (2012): 34–55.

_____. "Introduction." *The Correspondence of Sir Philip Sidney*, ed. Roger Kuin, Oxford: Oxford University Press, 2012, pp.xi–xvii.

_____. "Notes." *The Correspondence of Sir Philip Sidney*, ed. Roger Kuin, Oxford: Oxford University Press, 2012.

Lamb, Jonathan. "The Sublime." *The Cambridge History of Literary Criticism*, Volume IV, The Eighteenth Century, eds. H. B. Nisbet and Claude Rawson, Cambridge: Cambridge University Press, 1997. pp.394–416.

Lathrop, Henry Burrowes. *Translations from the Classics into English from Caxton to Chapman, 1477–1620*, University of Wisconsin Studies in Language and Literature, No.35, Madison: Wisconsin University Press, 1933.

Lawry, Jon Sherman. *Sidney's Two Arcadias: Pattern and Proceeding*, Ithaca: Cornell University Press, 1975. pp.154–289.

Lazarus, Micha. *Aristotle's Poetics in Renaissance England*, Oxford: University of Oxford, Ph.D., 2013.

_____. "Sidney's Greek Poetics." *Studies in Philology*, Vol.12, No.3 (Summer, 2015): 504–

536.

Lehnhof, Kent R. "Profeminism in Philip Sidney's *Apologie for Poetrie.*" *Studies in English Literature 1500-1900*, Vol.48, No.1 (Winter, 2008): 23-43.

Levao, Ronald. *Renaissance Minds and Their Fictions: Cusanus, Sidney, Shakespeare*, Berkeley: University of California Press, 1985.

Levine, Joseph M. *Great Lives Observed: Elizabeth I*, New Jersey: Prentice-Hall, 1969.

Levy, F. J. "Sir Philip Sidney and the Idea of History." *Bibliotheque d'Humanisme et Renaissance*, T.26, No.3 (1964): 608-617.

_____. *Tudor Historical Thought*, San Marino: Huntington Library, 1967.

_____. "Philip Sidney Reconsidered." *Sidney in Retrospect: Selections for English Literary Renaissance*, ed. Arthur F. Kinney and the Editors of ELR, Amherst: The University of Massachusetts Press, 1988. pp.3-14.

Lewalski, Barbara K. "How Poetry Moves Readers: Sidney, Spenser, and Milton." *University of Toronto Quarterly*, Vol.80, No.3 (Summer, 2011): 756-769.

Lewis, C. S. *English Literature in the Sixteenth Century: Excluding Drama*, Oxford: Clarendon Press, 1954.

Lockey, Brian C. *Early Modern Catholics, Royalists, and Cosmopolitans: English Transnationalism and the Christian Commonwealth*, Surrey: Ashgate Publishing Limited, 2015.

Loewentstein, David and Janel Mueller. *The Cambridge History of Early Modern English Literature*, Cambridge: Cambridge University Press, 2006.

Longinus, "*On the Sublime.*" *The Critical Tradition: Classic Texts and Contemporary Trends*, ed. David H. Richter, Boston: Bedford Books, 1998. pp.79-107.

Lovejoy, Arthur O. and George Boas. *Primitivism and Related Ideas in Antiquity*, Baltimore: John Hopkins University Press, 1935.

Lucas, F. L. *Tragedy: Serious Drama in Relation to Aristotle's "Poetics"*, London: Hogarth Press, 1957.

Mace, Dean T. "Marin Mersenne on Language and Music." *Journal of Music Theory* 14 (Spring, 1970): 2-34.

Mack, Michael. *The Analogy of God and Man in Sidney and Shakespeare*, New York: Columbia University, Ph.D.: 310, 1998.

_____. *Sidney's Poetics: Imitating Creation*, Washington, D.C.: The Catholic University of America Press, 2005.

Mack, Peter. *Elizabethan Rhetoric: Theory and Practice*, Cambridge: Cambridge University Press, 2002.

Maritan, Jacques. *Creative Intuition in Art and Poetry*. Bollingen Series, XXXV, 1. New York: Pantheon Books Inc, 1953.

Maslen, R. W. "Introduction." *An Apology of Poetry or The Defence of Poesy*, ed. Geoffrey Shepherd, revised and expanded for this third edition by R. W. Maslen, Manchester and New York: Manchester University Press, 2002. pp.1-78.

Mason, H. A. "An Introduction to Literary Criticism by Way of Sidney's *Apologie for Poetrie*." *Cambridge Quarterly* 12, No.2-3 (1984): 79-193.

Matz, Robert. *Defending Literature in Early Modern England: Renaissance Literary Theory in Social Context*, New York: Cambridge University Press, 2000.

May, Steven W. "Poetry." *The Elizabethan World*, ed. Susan Doran and Norman Jones, London and New York: Routledge & Kegan Paul, 2011. pp.550-566.

Maynadier, Howard. "The Areopagus of Sidney and Spenser." *The Modern Language Review*, vol.4, No.3 (Apr., 1909): 289-301.

McCoy, Richard C. *Sir Philip Sidney: Rebellion in Arcadia*, New Brunswick: Rutgers University Press, 1979.

_____. "Sidney and Elizabethan Chivalry." *Sir Philip Sidney's Achievements*, ed. M. J. B. Allen. New York: Ams Press, 1990. pp.32-41.

McEvoy, Sean. *Ben Jonson, Renaissance Dramatist*, Edinburgh: Edinburgh University Press, 2008.

McIntyre, John P. "Sidney's 'Golden World'." *Comparative Literature* 14 (1962): 356-365.

Milton, John. *The Annotated Milton Complete English Poems*, ed. Burton Raffel, London: Bantam Books, 1999.

Minnis, Alastair and Ian Johnson, eds. *The Cambridge History of Literary Criticism* (Volume 2) *The Middle Ages*, Cambridge: Cambridge University Press, 2005.

Moffet, Thomas. *Nobilis or the View of the Life and Death of a Sidney and Lessus Lugubris*, eds. Virgil B. Heltzel and Hoyt H. Hudson, California: The University of California Press, 1940.

Montgomery, Robert. *Symmetry and Sense: The Poetry of Sir Philip Sidney*, Austin: University of Texas Press, 1961.

Montrose, Louis Adrian. "Celebration and Insinuation: Sir Philip Sidney and the Motives of Elizabethan Courtship." *The Celebratory Mode*. ed. Leonard Barkan, *Renaissance Drama*, n.s. 8 (1977): 3-35.

Moore, Roger E. "Sir Philip Sidney's Defense of Prophesying." *Studies in English Literature,*

1500—1900, Vol.50, No.1 (Winter, 2010): 35—62.

Mullinger, James Bass. *The University of Cambridge from the Election of Buckingham... to the Decline of the Platonist Movement.* (Vol.3), Cambridge: Cambridge University Press, 2009.

Murdoch, Iris. *The Fire and the Sun: Why Plato Banished the Artists,* Oxford: Clarendon Press, 1978.

Murray, Penelope. "Poetic Inspiration in Early Greece." *Journal of Hellenic Studies*, 101 (1981): 87—100.

_____. *Plato on Poetry*, Cambridge: Cambridge University Press, 2008.

Myrick, Kenneth Orne. *Sir Philip Sidney as a Literary Craftsman*, Cambridge: Harvard University Press, 1935.

Nadel, George H. "Philosophy of History before Historicism." *History and Theory*, Vol.3, No.3 (1964): 291—315.

Nashe, Thomas. "From *The Anatomie of Absurditie*", *Elizabethan Critical Essays*, Vol.I, ed. G. Gregory Smith, London: Oxford University Press, 1950, pp.321—337.

Nelson, William. *Fact or Fiction: The Dilemma of the Renaissance Storyteller*, Cambridge: Harvard University Press, 1973.

Norbrook, David. *Poetry and Politics in the English Renaissance,* London: Routledge & Kegan Paul, 1984, 2002.

Ong, Walter J. "Ramus and the Transit to the Modern Mind." *Modern Schoolman*, XXXII (May, 1955): 301—311.

_____. *Ramus, Method and the Decay of Dialogue: From the Art of Discourse to the Art of Reason*, Cambridge: Harvard University Press, 1958.

Osborn, James M. *Young Philip Sidney, 1572—1577,* The Elizabethan Club Series 5, New Haven: Yale University Press, 1972.

Panofsky, Erwin. "Artist, Scientist, Genius: Notes on the 'Renaissance-Dämmerung'." *The Renaissance: Six Essays,* New York and Evanston: Harper & Row Publishers, 1962. pp.123—182.

_____. *Idea: A Concept in Art Theory*, trans. by Joseph J. S. Peake, Columbus: University of South Carolina Press, 1968.

Parry, Graham. "Literary Patronage." *The Cambridge History of Early Modern English Literature*, ed. David Loewenstein and Janel Mueller, Cambridge: Cambridge University Press, 2006, pp.117—140.

_____. "Review on Elizabeth Goldring's *Robert Dudley, Earl of Leicester, and the World of*

Elizabethan Art," *Sidney Journal* 33.2 (2015): 129−134.

Pattison, Bruce. "Literature and Music." *The English Renaissance 1510−1688*, ed. Vivian de Sola Pinto. London: Cresset, 1938.

_____. *Music and Poetry of the English Renaissance*, London: Methuen & Co. Ltd., 1948.

Pelikan, Jaroslav. *The Christian Tradition: A History of the Development of Doctrine, Vol.4: Reformation of Church and Dogma (1300−1700)*, Chicago: The University of Chicago Press, 1984.

Perry, Nandra. "Imitatio and Identity: Thomas Rogers, Philip Sidney, and the Protestant Self." *English Literary Renaissance*, Vol.35, No.3 (2005): 365−406.

Pico, Giovanni. "*Oration on the Dignity of Man*." trans. Elizabeth Livermore Forbes, in *The Renaissance Philosophy of Man*, ed. Ernst Cassirer, Paul Oskar Kristeller and John Herman Randall, Chicago: The University of Chicago Press, 1948.

Plotinus. *Enneads*, trans, Stephen MacKenna, 5 vols, London: The Medici Society, 1917−1930.

Puttenham, George. "From *The Arte of English Poesie*." *Elizabethan Critical Essays*, Vol. II, ed. G. Gregory Smith, London: Oxford University Press, 1950. pp.1−193.

Raiger, Michael. "Sidney's Defense of Plato." *Religion & Literature*, Vol.30, No.2 (Summer, 1998): 21−57.

Rebhorn, Wayne A. *Courtly Performances: Masking and Festivity in Castiglione's Book of the Courtier*, Detroit: Wayne State University Press, 1978.

Renolds, Joshua. *Seven Discourses on Art*, [EB/OL]. (1774−12−10) [2019−09−30]. https://www.amazon.cn/dp/B00AIHH6HA.

Ribner, Ivring. "Machiavelli and Sidney's Discourse to the Queen." *Italica*, 26 (1949): 177−189.

Rice, Eugene F., Jr. *The Renaissance Idea of Wisdom*, Cambridge: Harvard University Press, 1958.

Richards, Jennifer. "Philip Sidney and Protestant Poetics." *Sidney Newsletter and Journal* 14 (1996): 28−37.

Richter, David H. *The Critical Tradition: Classic Texts and Contemporary Trends*, Boston: Bedford Books, 1998.

Ringler, William A., Jr. *Stephen Gosson: A Biographical and Critical Study*, New Jersey: Princeton University Press, 1942.

_____. "Sir Philip Sidney: the Myth and the Man." *1586 and the Creation of A Legend*, ed. Jan A. Van Dorsten, Dominic Baker-Smith and Arthur F. Kinney, Leiden: Leiden University

Press, 1986.

Robertson, Jean. "Sir Philip Sidney and His Poetry." *Elizabethan Poetry*, ed. John R. Brown and Bernard Harris, London: Edward Arnold Publishers Ltd., 1960, pp.111-129.

Robinson, Forrest G. "Introduction." *An Apology for Poetry*, ed. Forrest G. Robinson, Indianapolis: The Bobbs-Merrill Company, Inc, 1970. pp.vii-xxvi.

_____. "Notes." *An Apology for Poetry*, ed. Forrest G. Robinson, Indianapolis: The Bobbs-Merrill Company, Inc, 1970. pp.3-89.

_____. *The Shape of Things Unknown: Sidney's Apology in Its Philosophical Tradition*, Cambridge: Harvard University Press, 1972.

Rosenberg, Eleanor. *Leicester: Patron of Letters*, New York: Columbia University Press, 1976.

Ross, Trevor. "Literature." *The Oxford Encyclopedia of British Literature*, Shanghai: Shanghai Foreign Language Education Press, 2009. pp.314-319.

Rowse, A. L. *The England of Elizabeth: The Structure of Society*, New York: Macmillan Company, 1951.

Rudinstine, Neil L. *Sidney's Poetic Development*, Cambridge: Harvard University Press, 1967.

Russell, D. A. *Criticism in Antiquity*. Bristol: Bristol Classical Press, 1995.

Russell, D. A. and M. Winterbottom, eds. *Ancient Literary Criticism: The Principal Texts in New Translations*. Oxford: Oxford University Press, 1972.

Saccone, Eduardo. "*Grazia, Sprezzatura, Affectazione* in the *Courtier.*" in *Castignione: The Ideal and the Real in Renaissance Culture*, ed. Robert W. Hanning and David Rosand, New Haven: Yale University Press, 1983, pp.45-68.

Samuel, Irene. "The Influence of Plato on Sir Philip Sidney's Defense of Poesy." *Modern Language Quarterly* 1 (1940): 383-391.

Sandys, John Edwin. *A History of Classical Scholarship: Classical Rhetoric and the Christian Tradition*, Cambridge: Cambridge University Press, 1908.

Santini, Monica. "Romance Imagery in Elizabethan Entertainments and Tournaments." in *Queen and Country: The Relation between the Monarch and the People in the Development of English Nation*, ed. Alessandra Patrina, Bern: Peter Lang, 2011.

Sargent, Ralph M. *At the Court of Queen Elizabeth*, London: Oxford University Press, 1935.

Scaliger, Julius Caesar. "Poetics." *The Great Critics: An Anthology of Literary Criticism*, eds. James Harry Smith and Edd Winfield Parks, New York: W. W. Norton & Company, 1967. pp.106-119.

Schleiner, Louise. "Spenser and Sidney on the *Vaticinium*." *Spenser Studies: A Renaissance Poetry* 6 (1985): 129−145.

Scott, William. *The Model of Poetry*, ed. Gavin Alexander, Cambridge: Cambridge University Press, 2013.

Seigel, Jerrold. *Rhetoric and Philosophy in Renaissance Humanism: The Union of Eloquence and Wisdom, Petrarch to Valla*, New Jersey: Princeton University Press, 1968.

Shepherd, Geoffrey. "Introduction." *An Apology of Poetry or The Defence of Poesy*, ed. Geoffrey Shepherd, Edinburgh: R. & R. Clark, Ltd., 1965. pp.1−91.

_____. "Notes." *An Apology of Poetry or The Defence of Poesy*, ed. Geoffrey Shepherd, Edinburgh: R. & R. Clark, Ltd., 1965. pp.143−237.

Shufran, Lauren. "At Wit's End: Philip Sidney, *Akrasia*, and the Postlapsarian Limits of Reason and Will." *Studies in Philology*, Vol.115, No.4 (Fall, 2018): 679−718.

Shuger, Debora Keller. *Habits of Thought in the English Renaissance: Religion, Politics, and the Dominant Culture*, The New Historicism: Studies in Cultural Poetics 13, Berkeley: University of California University Press, 1990.

Sidney, Philip. *The Poems of Sir Philip Sidney*, ed. William A. Ringler, Jr., Oxford: Clarendon Press, 1962.

_____. *The Prose Works of Sir Philip Sidney*, Vol.3, ed. Albert Feuillerat, Cambridge: Cambridge University Press, 1962.

_____. *An Apology for Poetry or The Defence of Poesy*, ed. Geoffrey Shepherd, Edinburgh: R. & R. Clark, Ltd., 1965.[1]

_____. *An Apology for Poetry*, ed. Forrest G. Robinson, Indianapolis: The Bobbs-Merrill Company, Inc, 1970.

_____. *Miscellaneous Prose of Sir Philip Sidney*, ed. Katherine Duncan-Jones and Jan A. Van Dorsten, New York: Oxford University Press, 1973.

"Defense of the Earl of Leicester." p.134.

_____. *Old Arcadia*, ed. J. Robertson, Oxford: Clarendon Press, 1973.

_____. *The Countess of Pembroke's Arcadia*, ed. Maurice Evans, New York: Penguin, 1977.

_____. *An Apology for Poetry or The Defence of Poesy*, ed. Geoffrey Shepherd, revised & expanded for this third edition by R. W. Maslen, Manchester and New York: Manchester University Press, 2002.

---

[1] 本研究参照了锡德尼《为诗辩护》的多个版本，不同的版本及编者的注释略有不同，本人根据自己的理解确定了最为可信的含义。

_____. *Sir Philip Sidney: The Major Works, including Astrophil and Stella*, ed. Katherine Duncan-Jones, Oxford: Oxford University Press, 2008.

 "To My Dear Lady and Sister the Countess of Pembroke." p.3.

 "To Robert Sidney." pp.284–287, 291–294.

 "To Edward Denny." pp.287–290.

_____. *The Correspondence of Sir Philip Sidney and Hubert Languet* (1845), ed. S. A. Pears, London: Kessinger Publishing, 2008.

_____. *The Correspondence of Sir Philip Sidney*, ed. Roger Kuin, New York: Oxford University Press, 2012.

Simon, Elliott M. "Sidney's Arcadia: In Praise of Folly." *The Sixteenth Century Journal*, Vol.17, No.3 (Autumn, 1986): 285–302.

Simpson-Younger, Nancy. "Beginning with Goodwill in the Works of Sir Philip Sidney." *Studies in Philology*, Vol.113, No.4 (Fall, 2016): 797–821.

Sinfield, Alan. "Sidney and Du Bartas." *Comparative Literature* 27 (1975): 8–20.

Skinner, Quentin. *Visions of Politics,* Vol.1, Cambridge: Cambridge University Press, 2002.

Skretkowicz, Victor. "Categorising Redirection in Sidney's *New Arcadia*." *Narrative Strategies in Early English Fiction*, ed. Wolfgang Gortschacher and Holger Klein, Lewiston: The Edwin Mellen Press, 1995.

Smith, G. Gregory. "Introduction." *Elizabethan Critical Essays*, Vol.I, Oxford: Oxford University Press, 1950. pp.xi–xcii.

Smith, Nowell. "Introduction." *Life of Sir Philip Sidney*, Oxford: Clarendon Press, 1907.

Sonnino, Lee A. *A Handbook to Sixteenth-Century Rhetoric*, London: Routledge & Kegan Paul, 1968.

Spenser, Edmund. *Poetical Works*, ed. J. C. Smith and E. de Selincourt, Oxford: Oxford University Press, 1912.

_____. *Fairie Queene*, Book V, ed. Frederick M. Padelford, et al., in *The Works of Edmund Spenser*, ed. Edwin Greenlaw, et al. Baltimore: The Johns Hopkins Press, 1936.

_____. "Spenser-Harvey Correspondence, 1579–1580." *Elizabethan Critical Essays*, Vol.1, ed. G. Gregory Smith, London: Oxford University Press, 1950.

Spenser, Theodore. "The Poetry of Sir Philip Sidney." *Essential Articles for the Study of Sir Philip Sidney*, ed. Arthur F. Kinney, Hamden: Shoe String Press, 1986. pp.31–59.

Spingarn, J. E. *A History of Literary Criticism in the Renaissance*, New York: Columbia University Press, 1963.

Steggle, Matthew. "Philip Sidney." *The Oxford Encyclopedia of British Literature*, ed.

David Scott Kastan. Vol.5, Shanghai Foreign Language Education Press, 2009. pp.482-484.

Steiner, George. *George Steiner: A Reader*, Harmondsworth: Penguin Books Ltd., 1984.

Stevenson, Jane. "The Female Monarch and Her Subjects." *Queen and Country: The Relation between the Monarch and the People in the Development of English Nation*, ed. Alessandra Patrina, Bern: Peter Lang, 2011.

Stewart, Alan. *Philip Sidney: A Double Life*, London: Chatto & Windus, 1988.

Stillman, Robert E. "The Scope of Sidney's 'Defence of Poesy': The New Hermeneutic and Early Modern Poetics." *English Literary Renaissance*, Vol.32, No.3, Renaissance Poetics (Autumn, 2002): 355-385.

_____. *Philip Sidney and the Poetics of Renaissance Cosmopolitanism*. Hampshire: Ashgate Publishing, 2008.

Strozier, Robert M. "Poetic Conception in Sir Philip Sidney's "An Apology for Poetry"." *The Yearbook of English Studies*, Vol.2 (1972): 49-62.

Stump, Donald V. "Sydney's Concept of Tragedy in the *Apology* and the '*Arcadia*'." *Studies in Philology*, Vol.79, No.1 (Winter, 1982): 41-61.

Tasso, Torquato. "Discourses on the Heroic Poem." *Literary Criticism: Plato to Dryden*, ed. Allen H. Gilbert, Detroit: Wayne State University Press, 1982.

Tate, Allen. "Longinus." *The Hudson Review*, Vol.1, No.3 (Autumn, 1948): 344-361.

Tatlock, J. S. P. "Bernardo Tasso and Sidney." *Italica*, Vol.12, No.2 (Jun., 1935): 74-80.

Temple, William. *William Temple's Analysis of Sir Philip Sidney's Apology for Poetry: An Edition and Translation*, ed. John Webster, Binghamton, New York: Marts, 1984.

Thorne, J. P. "A Ramistical Commentary on Sidney's '*An Apologie for Poetrie*'." *Modern Philology*, Vol.54, No.3 (Feb., 1957):158-164.

Tigerstedt, E. N. "The Poet as Creator: Origins of a Metaphor." *Comparative Literature Studies*, Vol.5, No.4 (Dec., 1968): 455-488.

_____. "Fuor Poeticus: Poetic Inspiration in Greek Literature before Democritus and Plato." *Journal of History of Ideas*, 31 (1970), 163-178.

Tillyard, E. M. W. *The Elizabethan World Picture*, London: Chatto & Windus, 1950.

Trapp, J. B. "Rhetoric and the Renaissance." *Background to the English Renaissance: Introductory Lectures* by A. G. Dickens, E. H. Gombrich, J. R. Hale, Bruce Pattison, J. B. Trapp, ed. J. B. Trapp, London: Gray-Mills Publishing, 1974, pp.90-108.

Trevor-Roper, Hugh. "Queen Elizabeth's First Historian: William Camden." *Renaissance Essays*, ed. Trevor-Roper, Chicago: The University of Chicago Press, 1985.

Trimble, William R. "Early Tudor Historiography, 1485-1548." *Journal of the History of Ideas*, XI (1950): 30-41.

Trimpi, Wesley. *Ben Jonson's Poems: A Study of the Plain Style*, Stanford: Stanford University Press, 1962.

_____. "Sir Philip Sidney's *An Apology for Poetry*." *The Cambridge History of Literary Criticism,* Vol.III, *The Renaissance*, ed. Glyn P.Norton, Cambridge: Cambridge University Press, 1999.

Tuggle, Brad. "Riding and Writing: Equine Poetics in Renaissance English Horsemanship Manuals and the Writing of Sir Philip Sidney." *Sidney Journal* 32.2 (2014): 17-37.

Tuve, Rosamund. *Allegorical Imagery: Some Medieval Books and Their Posterity*, New Jersey: Princeton University Press, 1966.

_____. *Elizabethan and Metaphysical Imagery*, Chicago: The University of Chicago Press, 1972.

Ulreich, John C., Jr. "Poets Only Deliver: Sidney's Conception of Mimesis." *Studies in the Literary Imagination* 15 (1982): 67-84.

Van Dorsten, Jan A. *Poets, Patrons, and Professors: Sir Philip Sidney, Daniel Rogers, and the Leiden Humanists*, New York: Oxford University Press, 1962.

_____. "Literary Patronage in Elizabethan England: the Early Phrase." *Patronage in the Renaissance*, New Jersey: Princeton University Press, 1981. pp.191-206.

Van Dorsten, Jan A., Baker-Smith, Dominic and Kinney, Arthur F. *Sir Philip Sidney: 1586 and the Creation of A Legend*, Leiden: Leiden University Press, 1986.

Vinci, Leonard da. *Paragone: A Comparison of the Arts*, ed. and trans. Irma A. Richter. London: Oxford University Press, 1949.

Vickers, Brian. "Francis Bacon and the Progress of Knowledge." *Journal of the History of Ideas* 53.3 (1992): 495-518.

Vos, Alvin. "'Good Matter and Good Utterance': The Character of English Ciceronianism." *Studies in English Literature, 1500-1900*, Vol.19, No.1, *The English Renaissance* (Winter, 1979): 3-18.

Wallace, Malcolm William. *The Life of Sir Philip Sidney*, Cambridge: Cambridge University Press, 1915.

Waller, Gary F. and Michael D. Moore. *Sir Philip Sidney and the Interpretation of Renaissance Culture*, London & Sydney: Croom Helm, 1984.

Walsh, George B. "Sublime Method: Longinus on Language and Imitation." *Critical Antiquity*, Vol.7, No.2 (Oct., 1988): 252-269.

Warkentin, Germanie. "Sidney's Authors." *Sir Philip Sidney's Achievements*, ed. M. J. B. Allen. New York: Ams Press, 1990. pp.68–89.

Warton, Joseph, ed. *Sir Philip Sidney's Defence of Poetry. And, Observation on Poetry and Eloquence, from the Discoveries of Ben Jonson*, London: printed for G. G. J. and J. Robinson; and J. Walter, 1787.[1]

Webbe, William. "From *A Discourse of English Poetrie* (1586)." *Elizabethan Critical Essays*, Vol.I, ed. G. Gregory Smith, London: Oxford University Press, 1950. pp.226–302.

Weinberg, Bernard. *A History of Literary Criticism in the Italian Renaissance*, Chicago: The University of Chicago Press, 1961.

———. "Introduction." *A History of Literary Criticism in the Renaissance*, New York: Columbia University Press, 1963. pp.v–xii.

Weiner, Andrew D. *Sir Philip Sidney and the Poetics of Protestantism: A Study of Context*. Minneapolis: The University of Minnesota Press, 1978.

———. "Moving and Teaching: Sidney's *Defence of Poesie* as a Protestant Poetic." *Essential Articles for the Study of Sir Philip Sidney*, ed. Arthur F. Kinney, Hamden: Shoe String Press, 1986. pp.91–112.

Weisinger, Herbert. "Ideas of History During the Renaissance." *Journal of the History of Ideas*, Vol.6, No.4 (Oct., 1945): 415–435.

Wiles, A. G. D. "Parallel Analysis of the Two Versions of Sidney's Arcadia, including the Major Variations of the Folio of 1593." *Studies in Philology*. Vol.39, No.2 (1942): 167–206.

Willey, Basil. *Tendencies in Renaissance Literary Theory*, Cambridge: Cambridge University Press, 1922.

Williamson, George. *The Senecan Amble*, Chicago: The University of Chicago Press, 1951.

Wilson, Mona. *Sir Philip Sidney*, London: Rupert Hart-Davis, 1950.

Wimsatt, W. K., Jr. and Cleanth Brooks. *Literary Criticism: A Short History*, Chicago: The University of Chicago Press, 1978.

Woolf, D. R. *The Idea of History in Early Stuart England*, Toronto: The University of Toronto Press, 1990.

Woolf, Virginia. *The Second Common Reader*, New York: Harcourt, Brace and Company, 1932.

---

1 此书为 British Library 的古籍。

Worden, Blair. *The Sound of Virtue: Philip Sidney's "Arcadia" and Elizabethan Politics*, New Haven: Yale University Press, 1996.

_____. "Historians and Poets." *Huntington Library Quarterly*, Vol.86, No.1-2 (March, 2005): 71-93.

Yates, Frances A. *Astraea: the Imperial Theme in the Sixteenth Century*, London: Routledge & Kegan Paul, 1985.

Zouch, Thomas. *Memoirs of the Life and Writings of Sir Philip Sidney*, York: Wilson and Son, 1808.

陈寅恪:《金明馆丛稿二编》,北京:生活·读书·新知三联书店,2009年。

陈中梅:《引言》,载《诗学》,亚里士多德著,陈中梅译,北京:商务印书馆,1996年,第1—21页。

_____.《柏拉图诗学和艺术思想研究》,北京:商务印书馆,2002年。

顾颉刚:《古史辨》(第二册),上海:上海古籍出版社,1982年。

何伟文:《论朗吉努斯〈论崇高〉中关于艺术家的思想》,载《上海交通大学学报》(哲学社会科学版),2012年第4期,第83—91页。

_____.《论锡德尼〈为诗辩护〉中诗人的"神性"》,载《外国文学评论》,2014年第3期,第184—199页。

_____.《含泪的微笑:重访亚里士多德〈诗学〉中的悲剧快感》,载《当代外语研究》,2015年第5期,第56—61页。

_____.《锡德尼之死:一个英国文化偶像的塑造》,载《外国文学评论》,2015年第3期,第105—121页。

_____.《论西方诗辩传统的形成》,载《英美文学研究论丛》,2016年第1期,第345—358页。

_____.《论锡德尼〈诗辩〉中诗人的创造性和诗性灵感》,载《浙江外国语学院学报》,2019年第5期,第18—27页。

胡家峦:《历史的星空——英国文艺复兴时期诗歌与西方传统宇宙论》,北京:北京大学出版社,2001年。

_____.《文艺复兴时期英国诗歌与园林传统》,北京:北京大学出版社,2008年。

李玉成:《译序》,载《中世纪与文艺复兴》,欧金尼奥·加林著,李玉成等译,北京:商务印书馆,2016年。

吕一民:《法国通史》,上海:上海社会科学院出版社,2002年。

钱锺书:《谈艺录》,北京:中华书局,1993年。

_____.《七缀集》,上海:上海古籍出版社,1996年。

_____.《管锥编》,北京:中华书局,1999年。

参考文献

孙凤城:《中世纪骑士文学》,载《欧洲文学史》(第一卷),李赋宁主编,北京:商务印书馆,1999年,第104—112页。

田德望:《译本序》,《神曲》,但丁著,田德望译,北京:人民文学出版社,2004年。

汪子嵩等:《希腊哲学史》(第一、二卷),北京:人民出版社,2004年。

王元化:《文心雕龙讲疏》,桂林:广西师范大学出版社,2004年。

王佐良:《英国散文的流变》,北京:商务印书馆,1998年。

吴芬:《中世纪文学·概述》,载《欧洲文学史》(第一卷),李赋宁主编,北京:商务印书馆,1999年,第80—87页。

伍蠡甫:《西方文论选》(上卷),上海:上海译文出版社,1981年。

余英时:《史学、史家与时代》,桂林:广西师范大学出版社,2004年。

朱光潜:《西方美学史》,北京:人民文学出版社,2002年。

_____.《悲剧心理学》,合肥:安徽教育出版社,2008年。

诺贝特·埃利亚斯:《文明的进程:文明的社会发生和心理发生的研究》,王佩莉、袁志英译,上海:上海译文出版社,2018年。

约翰·巴克勒等:《西方社会史》(第二卷),霍文利等译,桂林:广西师范大学出版社,2005年。

柏拉图:《理想国》,郭斌和、张竹明译,北京:商务印书馆,1986年。

_____.《斐莱布篇》,载《柏拉图全集》(第三卷),王晓朝译,北京:人民出版社,2003年。

_____.《柏拉图对话集》,王太庆译,北京:商务印书馆,2004年。

_____.《柏拉图文艺对话集》,朱光潜译,北京:人民文学出版社,2008年。

_____.《柏拉图著作集》(第五卷),本杰明·乔伊特英译/评注,桂林:广西师范大学出版社,2008年。

雅各布·布克哈特:《意大利文艺复兴时期的文化》,何新译,北京:商务印书馆,1996年。

阿伦·布洛克:《西方人文主义传统》,董乐山译,北京:群言出版社,2012年。

恩格斯:《自然辩证法》(节选),载《马克思恩格斯选集》(第四卷),中共中央马克思恩格斯列宁斯大林著作编译局编,北京:人民出版社,1995年。

斐罗斯屈拉塔斯:《狄阿那的阿波洛尼阿斯的生平》,载《西方文论选》(上卷),伍蠡甫主编,上海:上海译文出版社,1981年,第132—135页。

歌德:《论文学艺术》,范大灿等译,上海:上海人民出版社,2005年。

斯蒂芬·格林布拉特:《大转向:世界如何步入现代》,唐建清译,北京:社会科学文献出版社,2020年。

荷马:《伊利亚特》,陈中梅译,南京:译林出版社,2006年。

_____.《奥德赛》,陈中梅译,南京:译林出版社,2007年。

贺拉斯:《诗艺》,杨周翰译,北京:人民文学出版社,2008年。

约翰·赫伊津哈:《中世纪的衰落》,刘军、舒炜等译,北京:北京大学出版社,2015年。

黑格尔:《美学》(第二卷),朱光潜译,北京:商务印书馆,2009年。

_____.《美学》(第三卷下册),朱光潜译,北京:商务印书馆,2009年。

欧金尼奥·加林:《文艺复兴时期的人》,李玉成译,北京:生活·读书·新知三联书店,2004年。

_____.《中世纪与文艺复兴》,李玉成译,北京:商务印书馆,2016年。

康德:《判断力批判》,邓晓芒译,北京:人民出版社,2008年。

保罗·奥斯卡·克利斯特勒:《文艺复兴时期的思想与艺术》,邵宏译,南宁:广西美术出版社,2017年。

贝奈戴托·克罗齐:《历史学的理论和实际》,傅任敢译,北京:商务印书馆,2010年。

恩斯特·R.库尔提乌斯:《欧洲文学与拉丁中世纪》,林振华译,杭州:浙江大学出版社,2017年。

莱辛:《拉奥孔》,朱光潜译,合肥:安徽教育出版社,2006年。

朗吉努斯:《论崇高》,钱学熙译,载《西方文论选》(上卷),伍蠡甫主编,上海:上海译文出版社,1981年,第120—131页。

罗森:《诗与哲学之争》,张辉译,北京:华夏出版社,2004年。

罗素:《西方哲学史》(上、下卷),马元德译,北京:商务印书馆,1988年。

马克思:《马克思恩格斯选集》(第二卷),北京:人民出版社,1972年。

玛格丽特·迈尔斯:《道成肉身:基督教思想史》,杨华明等译,北京:中央编译出版社,2012年。

蒙田:《蒙田随笔全集》(第一、二卷),马振骋译,上海:上海书店出版社,2015年。

普鲁塔克:《道德论丛》(全四卷),席代岳译,长春:吉林出版集团有限责任公司,2015年。

莎士比亚:《仲夏夜之梦》,朱生豪译,上海:上海古籍出版社,2002年。

_____.《皆大欢喜》,朱生豪译,上海:上海古籍出版社,2002年。

_____.《奥赛罗》,朱生豪译,上海:上海古籍出版社,2002年。

_____.《冬天的故事》,朱生豪译,上海:上海古籍出版社,2002年。

_____.《一报还一报》,朱生豪译,上海:上海古籍出版社,2002年。

斯塔夫里阿诺斯:《全球通史》,吴象婴、梁赤民译,上海:上海社会科学院出版社,1999年。

汤因比:《历史研究》,郭小凌等译,上海:上海人民出版社,2016年。

汤因比、G. R. 厄本：《汤因比论汤因比：汤因比—厄本对话录》，胡益明等译，北京：商务印书馆，2012年。
西塞罗：《论老年　论友谊　论责任》，徐奕春译，北京：商务印书馆，2007年。
弗里德里希·希尔：《欧洲思想史》，赵复三译，桂林：广西师范大学出版社，2007年。
锡德尼：《为诗辩护》，钱学熙译，北京：人民文学出版社，1998年。
亚里士多德：《物理学》，张竹明译，北京：商务印书馆，1982年。
＿＿＿.《诗学》，陈中梅译，北京：商务印书馆，1996年。
＿＿＿.《形而上学》，北京：商务印书馆，1997年。
＿＿＿.《尼各马可伦理学》，廖申白译注，北京：商务印书馆，2003年。
＿＿＿.《政治学》，吴寿彭译，北京：商务印书馆，2012年。
＿＿＿.《修辞学》，罗念生译，上海：上海人民出版社，2016年。

后　记

2009年底，我对当代英国哲学家和小说家艾丽丝·默多克（Iris Murdoch, 1919—1999）的研究暂告一段落，之后便着手研究早期现代英国诗人菲利普·锡德尼的人生和诗学。从默多克转向锡德尼，跨越了四百年的时间和多种不同的文类，我记得当时经常被问及的一个问题是："为什么会转向研究锡德尼呢？"尽管默多克关注的是现代哲学和美学理论语境中恢复柏拉图的本来面目，但她提出的问题本身，即"柏拉图为什么驱逐艺术家"，也是早期现代锡德尼试图构建其诗学理论时面对的问题。锡德尼尝试在柏拉图这里发现一种美学理论，以确保诗歌获得独立的学科地位和尊严，诗人在理想国占有一席之地，同时又不触犯道德律令。

和柏拉图、默多克一样，锡德尼立足当下生活构建他的新诗学，这就决定了多重历史语境在本研究中的重要性，此类研究必须建立在前人的多项学术贡献上。我特别受益于菲利普·锡德尼著作的以下版本：杰弗里·西普赫德编注的《为诗辩护》（1965）、凯瑟琳·邓肯－琼斯的《旧阿卡迪亚》和《菲利普·锡德尼重要作品选》（2008），以及罗杰·奎恩的《菲利普·锡德尼书信集》（2012）。我还受益于国内外学者在十六世纪后半叶英国及欧洲大陆的历史、政治、宗教和外交等领域取得的研究成果。此外，我从当代多位锡德尼学者的观点中获得启发，但也因视角的不同，彼此看到的经常是不一样的图景，他们中多人成了我在写作过程中阐明自己的观点时的潜在对话者。对前辈和同时代学者的研究，我深表谢意和敬意。

本书的撰写得到过许多机构和师友的支持。国家社会科学基金和国家留学基金为本研究提供了经费支持；上海交通大学外国语学院、剑桥大学克莱尔堂多年来提供了各种便利条件；中国国家图书馆、上海交通大学图书馆、剑桥大学图书馆、牛津大学博德利图书馆提供了绝大部分的研究资料。学界的许多师友在不同的阶段给予过极大的帮助：在研究初期，张仲载教授、盛宁研究员、胡全生教授和陆建德研究员的相助令人难忘；在研究方法和研究单位（research units）的确立阶段，鲁唯一教授、安德鲁·肯尼迪教授（已故）、凯瑟琳·亚历山大教授等曾多次与我讨论；研究后期，颜海平教授细致阅读了部分文稿，并就有关问题多次与我长谈。在查找资料的方面，以下学者和学生提供过可贵的帮助：郑荣华、丛晓明、郑鸿升、林琴、温晓梅、郑松筠、陈维、岳剑锋、黄麟斐、程铭纳、白倩、高可昕、石雅馨、邱新娃、王月苗、顾本莹等。此外，商务印书馆的鲍静静女士为本书的出版做出了高效而妥当的安排，责任编辑王晓妍女士凭借高度的专业精神细致地校订了全书，在诸多方面提出了宝贵的意见和建议。在整个写作过程中，我的家人对我有求必应，无限包容，特别是我的女儿在紧张的攻读博士学位期间，无数次抽空为我在博德利图书馆查阅资料、核实信息。如果没有大家的关心和付出，就没有这本书今天的面貌。我对他们的深切谢意是难以言表的。

我希望本书的出版能够把自己的研究呈现给读者，也希望与更多来自不同学科的学者进行交流，听到各种批评和反馈。